杜桂萍 主編

清代詩人別集叢刊

# 姜宸英集

## 下

杜廣學 輯校

人民文學出版社

# 姜西溟先生文鈔四卷

# 姜西溟先生文鈔序

趙侗斆

科舉之學行而古文廢。有明三百年來，以制義名家者指不勝屈，至於詩古文辭，求其自成一家言、足以單行傳世者，則一二鉅公而外，不可數數覯。甚矣，作者之難也！浙東慈谿西溟姜公篤志好學，少工舉業，晚乃卓然以古文著稱。一時賢公卿交口薦譽之，名徹殿廷，徵入史館，奉有纂修之命。公乃裒前後所著爲一集，目曰《湛菴未定稿》，傳誦人口。吾先大夫裘萼公聞而慨然曰：『姜公，今之昌黎也。小小著述，具有馬、班遺法，惜其書未布行，若可購得，吾無辭厚價矣。』

姜公爲人狷介，以古道自處，不肯隨俗俯仰，雖負重名，而久困場屋，從容史館者且十二年，至癸酉始得中順天鄉試，丁丑會魁，殿試一甲第三名，時年已七十矣。己卯科奉命爲順天副主考，而先大夫適出其門，益自慶幸，以爲今而後，庶可親炙而傳其書也，乃因緣相左，公竟遭坎坷以歿。先大夫爲棺殮哭之，且以未傳其書爲恨。

乙卯歲，余忝列浙東分巡，甫下車，卽訪姜公後嗣，知其家業蕩然，有孫二人：長得風疾，余捐廉養置僧舍；次頗韶秀，而貧不能娶，宗嗣不絶如綫，余急爲之娶，冀延其後。既而余調補兩浙鹽驛，思所以振興鹺籍兩書院以廣勵人才，特延鄭雪崖先生主持紫陽一席。先生固予年執，而與姜公爲同里，談及《湛菴未定稿》，先生則出篋中所藏梓本若干卷，並手錄《明史·刑法志》、《列傳》諸篇見付。余受而卒業焉，乃知姜公真一代作者，其所涉筆，不刻不諛，不激不隨，或削而峭，或窈而曲，或奔騰而旋折，或掩抑而淒清，或如商彝周簋孄斑古豔，或如酒人劍客慷慨悲歌。凡秦漢唐宋之文，無有片語得犯腕下，而究其神韻音節，則又歷歷無一之弗肖焉。有明以來古文大家其單行傳世者，似未有以遠過姜公也。吾先大夫以昌黎目之，固當。因鈔其《未定稿》中之尤佳者，付之剞劂，以質姜公之神，以成先大夫之志，且爲業科舉者別開一徑焉。其《明史》所及載諸篇，則概不入集。乾隆四年七月望日，南蘭後學趙侗斅識於武林鹺署。

## 姜湛園先生傳

（見《湛園詩稿》卷首）

# 姜西溟先生文鈔卷一

## 序

### 恭頌巡視淮河臨幸江浙詩序〔一〕

臣聞巡狩著於虞周，有五載十二歲之别；肆覲徧於方岳，垂陳詩納市價之文。雖時有不同，而舉無非事，要皆法天行之不息，求民瘼於永寧，爲神聖惓惓之至意也。然或千乘萬騎之紛馳，必致諸司供設之滋擾。欽惟我皇上德光上下，治洽平成。文物聲明，丕觀謨烈之盛；干戈撻伐，無殊締造之奇。至化翔被於無垠，休徵協應於有象。惟是淮揚下流爲河漕要地，往者巡遊至止。上廑宸衷，捐内帑以鑿中河，歷海壖以疏下淤。漕既無虞，河行就理。至今而上溯南巡之歲月，又曠歷十年矣。

水勢不常，浸成下潰。民方憂乎堯墊，帝旋切乎禹思。爰降明綸，躬親閲視。以今年二月癸卯吉辰，恭奉皇太后鑾輿南幸，兼以省觀民俗，上悦慈心。同黄姚東狩之期，爲青陽布令之始。舟皆魚貫，岸絕騎行，乃裹餱糧，悉先儲峙。驛遞無置頓之苦，役夫豐扉屨之資。是以所過郡邑，桑柘之行列不亂，市肆之闤闠寂如。籬落聲歡，與櫂謳而偕沸；旄倪目送，隨帆影以俱長。然後駐蹕河干，沿流上下，命司空以授方略，約河伯以就疏排。經畫必出於萬全，無容苟且而貽事後之悔；隄防悉期於可久，勿恤多費而煩再舉之勞。既喜行地有時，猶恐民天未足。詔截漕糧先後二十余萬石，賑貸各被災州縣銀米無數。慮如此其周也，德如此其厚也，於是吳越父老望幸益勤，縉紳大夫連章上請。皇上俯念而憐之，乃不辭遠涉，曲徇其意，躬御皇太后渡江而南，歷覽山川，祇奉色笑。顧以沿途所見閭閻生聚，視昔少殊，謂有司撫字之未周，則獎廉懲貪以肅官方，蠲稅停征以蘇農困。裁征關之浮額，旅集千航；罷煮海之增輸，煙開萬竈。寬罣誤，赦眚災，以啟人爲善之途；廣生徒，校騎射，以闢人功名之路。而且敬修前代之陵寢，優賚百歲之耆氓。詔旨下隱上聞，溫文軼於西漢；封章朝至夕發，旰食過乎周文。褒賢德以降宸章，盡是麗日揮雲之翰墨；對江山而發睿詠，無非高天厚地之襟懷。蓋皇上體德惟乾，視民猶子，聖學邁隆於千古，神謀卓絕於百王。而又本之於至誠，推之於大孝，所以鑾輿未屆而童叟歡迎，翠葆將旋而攀援載道。新盛事於十年之中，沛恩膏於三月之內。河淮既已底定，齊魯悉被沾濡。自古帝王過化存神之妙，誠莫盛於今日者也。

臣向因編纂之餘，謬應射策之選，恭荷皇上念臣老生，食俸有日，拔之儔輩，置以殊科。自愧衰庸，報稱無地，謹製七言律體八章，上祝皇躬之仁壽。敢竊比於扈從，如親覲乎光輝。執卷多慚，濡毫增悚。

**【校記】**

〔一〕馮本移此文於《葦間詩集》卷五《聖駕南巡恭頌八章》前，爲詩之小序。

## 恭製蕩平沙漠愷歌十章序

臣聞王者之師，有征無戰，其不得已而用兵，非爲生民除患害、萬世詒治安，則勿舉也。我皇上文武聖神之德，度越前古。自御歷以來，削平三孽，內消藩鎮尾大之虞；開郡海疆，外控扶桑萬里之國。神樞闔闢，出天潛地，廟算指畫，雷動飆馳。固已遐至邇安，中外禔福，垂卜世無疆之祉矣。

厄魯特噶爾丹者，嚮蒙國家覆庇厚恩，不知感激，反肆其爪距，屢懲不悛。皇上於是惻然思爲民除之，以爲寇不可長，不一勞則不永逸也，乃上稽於天，內斷於心，遂下親征之詔令。所司儲峙既周，分師三路，帝車中運。禡牙之日，祥風來應。軍行出境，屬國羣瞻。自初發訖於回鑾，首尾纔八十日已。絕大漠，渡克勒河朔，偏躪賊境，至於拕諾山，逼巴顔烏喇。賊方驚我師從天而下，喙奔不暇，而皇上所遣西路大師，已分師逆擊，大破賊於昭木多地方矣。夫親屈萬乘之尊，遠臨絕轡之野，勞身損膳，以爲民攘患，至仁也；大計一定，不撓眾阻，不避艱險，平行大漠，若從枕席上過師，黃鉞一麾，所向披靡，三月之間，頓成掃盪，至勇也。若至選將授律，決勝帷幄，因機制變，鬼神莫知，此非天下之至明極聖，不足以與於此。

臣草茅下賤，蒙皇上拔置史館，纂修《明史》，復分纂《大清一統志》，屢因顧問及臣名字，至今糜俸一十五年。念君恩深厚，未知圖報之地，值膚功告成，還師飲至，普天率土，無不額手稱慶，喜遇昇平。若夫作爲文章，以敷揚盛烈，臣忝列詞館，亦與有職焉。謹按《周禮·大司馬》：『王師有功，以愷樂獻於社。』《大司樂》：『王師大獻，則奏愷樂。』愷樂者，卽後世鐃歌、鼓吹之所本也，漢世謂之愷歌。臣愚不敢妄擬前人之作，自同雅奏，輒製成《愷歌》十章。雖辭義淺薄，懼不足以發皇聖功萬一，特區區歡愛之誠懷不能已，或亦使天下之仰懿鑠、希末光者，謂臣身依輦轂，耳目所親聞見，以視他日金石之奏、竹帛之傳，亦有足考信將來者也。謹稽首頓首，撰列如左。

## 紅蘭室詩序

紅蘭室主人詩三種：一《紅蘭室集》，一《玉池生集》，一《出塞集》。與其客朱君襄、顧君卓校讐既定，都爲一編，凡若干卷。嘗考漢時賢王，稱河間、東平兩王，皆好經書，被服儒術，然河間傳《離騷》，東平能賦頌歌詩。此外惟長沙、廣川見於《藝文志》者，辭賦數篇，僅存其名而已，蓋作者之難也。竊怪唐以詩取士，振風雅於六季淫靡之後，哲匠代起，四百年間，而宗室有屬籍者，其文辭轉不少概見。卽汝陽、漢中兄弟，與高、杜諸公遊，所謂『文雅見天倫』者，宜其皆有之，而至今篇什寥寥，豈其先有而後失其傳耶？抑王侯之家，聲色靡曼，足以移易其志氣，雖有文采過人之姿，亦將迷溺而不得出也？

今皇上天縱神聖，覃思六藝，睿藻所被，雲漢昭而江河流。其間左右珥筆賡颺之盛，蔚然挈一代之著作，與雅頌比隆已。惟是作屏，王室實有其人。紅蘭室主人者，乃先安親王之季子，而今王之介弟也。自某留都下，不敢輕有曳裾，主人延之至再，不敢固守不見之義。今年冬，始隨使者至邸，出其所爲三種集者，酌酒而屬爲之序。竊不揣固陋，評其詩於兩集中：體兼濃麗清逸者，義山、致光之遺調也；奇情慷慨、湍馳飆激而不可遏者，《出塞》諸詠，鮑明遠之軼蕩、高達夫之悲壯也。主人年少修謹，學古之外，無他嗜好，尤愛禮文士與敦布衣之交，見者無不厭心而去。夫河間、東平之得稱賢者，惟其能讀書爲善也，而漢時諸王之名能詩者，亦卒莫過焉。今主人之賢，其視漢二王無所遜，則其發而爲詩也，固有不求工而不能不工者矣。朱、顧二君，皆吳中號能詩家，主人日與唱和，親禮之厚甚，嘗傳言引陳思王書『百世而後，誰定吾文』之語，請愚掎摭其利病，虛懷若此，於詩方日進而未已也。然則吾今之所歎爲絶工者，庸知俟之他日不更有大異於今日者耶？於以鳴國家之盛業，而躋斯文於兩漢之盛，其自命甚重，吾又何足以知之？

## 古香齋集序

古香主人手輯其近詩，自《出居庸關》至《邊外憶友》諸什爲《出塞詩》，附以還京後諸作，合之共爲一卷。丙子春，皇上親征漠北，命主人駐守歸化城，防寇奔軼路，任親賢也。按，歸化城在唐豐、勝二州境，主人與其從行生徐蘭按之《圖經》，謂陰山千餘里，草木茂盛，多禽獸，爲匈奴苑囿。今大同起西陽河堡邊外之山皆斥鹵，惟此山土暖而幽深，夏多奇花卉，山脈甚長，知卽古陰山也。又《地里志》『朔州有連山，其山中斷，兩峯峻起，名曰高闕』，亦與今歸化城西北山所開之闕合。王昭君墓在其地，至今其塚草木猶青云。是陰山、高闕皆在歸化城界內，此昔趙武靈之所經營，而秦蒙氏父子、漢衛霍諸名將所往來提戈用兵處也。

主人治兵之暇，按轡循行，週視險隘，在在皆有經畫遭遇。皇上神武天授，師行出境，捷書屢報，謀臣猛將無所用其智勇，因得以其間與客登臨懷古。風乾草枯之際，極目蕭條，思從中來，每一詩成，輒令壯士歌之。其音調激昂悲壯，聞者無不搤腕增氣，志逐伊吾之北者。及蕩平，既奏，歸臥朱邸，良夜桂苑，清嘯孤引，蕭然若不知有戎馬之事。其自號谷園荷鋤，而詩之閒曠恬適，亦如之矣。古之有道者隨時舒卷，不滯於物，卽其所傳隻言長語，猶足以弘長風流，而況乎處昇平之運以發爲文詠之盛如是，顧不足爲論世者之慨慕也哉。

## 王阮亭五七言詩選序

（見《湛園未定稿》卷二《五七言詩選序》）

## 朱竹垞騰笑集序

（見《湛園未定稿》卷二《騰笑集序》）

## 陳其年湖海樓詩序

（見《湛園未定稿》卷二）

## 嚴蓀友詩集序

（見《湛園未定稿》卷二《嚴蓀友詩序》）

## 王黄湄過嶺詩集序

（見《湛園未定稿》卷二《過嶺詩集序》）

## 史蕉飲蕪城詩集序

鍾嶸論詩，起東京及江表，大抵盛衰三變，而其由衰而之盛也，必有英傑爲之領袖，若陳思、陸機、謝客是已。自元嘉以後，文體綺靡，至唐而陳正字振其頽波。及五代之餘，迄乎宋初，西崑之體盛行，而王元之、歐陽永叔歸諸大雅。是數子者，豈獨其才之有殊於衆哉？其志氣堅定，不爲時俗移易，所謂世人之無常而徐公有常也。故余每論詩，取其不爲時所移易者而已〔一〕。以吾之有常，而勝彼之無常，殆久之而無常者既定，風氣漸有所歸，而隱操其移易之柄者，常在此不在彼。今世稱詩家，上者規模韓、蘇，次則撏撦楊、陸，高才横厲，固無所不可。及拙者爲之，弊端百出，險辭單韻，動卽千言；街坊讕語，盡充比興，不復知作者有源流派別，徒相與爲聒噪而已。於此之時，而有擷王、孟之遺芬，標錢、劉之逸韻，思以大變乎其積習，譬如披涼風、激清流以灑執熱而拂埃壒，使人快然不知煩濊之去體。其有功於斯事，何如耶？

余讀廣陵蕉飲史先生之詩，而知風會之有所歸也。先生五言古，澄淡精瑩，直窺開、寶風格；七言古調，尤能兼采漢魏樂府，被以新聲；近體取裁豐贍，湔削清警，總之無一塵俗語。讀其詩而接其人，泠泠有世外之賞。蓋先生爲人，散朗孤岸，脫略形跡，故其詩飄灑絕俗亦如之。其同時相唱和者，湯編修西厓。兩人氣誼、詩格頗相類，皆所謂有常而不受移易於世者。使仲偉復出，品第其詩，以次於古作者之後，必有難爲主客者矣。

**【校記】**

〔一〕『時』，馮本作『世俗』。

# 遂初堂詩集序

韓退之論書，謂喜怒窘窮，憂悲愉佚，怨恨思慕，酣醉無聊不平，有動於心，必於書焉發之。後人嘗取之以論詩。而其言情炎於中，利欲鬬進，然後一決之於書，與夫澹泊相遭，而頽墮委靡潰敗，不可收拾。審是，則退之不得爲知書也。夫書之入神，惟其垂縮往收，藏鋒不露，能得意於行墨之外耳。張伯英、王逸少風流標格，高出世俗，故其書亦妙絶古今，而豈以求工於劍拔弩張之態哉？推此以觀古人之詩，陶淵明、左太沖、張孟陽、韋蘇州、白樂天，其人品皆高潔，薄於世味，故其詩亦閒澹真率，稱其生平。至如潘岳之乾沒，沈約之詭譎，唐沈、宋之躁兢，雖其才高辭麗，令人讀之索然無餘思者，不得澹泊故也。不澹泊，則志浮動；志浮動，則本不立。彼既惟利欲之是求，而能復返於性情之正哉？夫惟澹泊自將者，爲能得其性情之正，故其翰墨馳騁，無適而不可，歷觀詩人，鮮不以此爲重。

今鸛峯先生，其幾是者歟？先生弱冠能詩，丁時板蕩，放浪山水，有浮游塵外之意。後迫於太夫人命，出應科舉，浮沈州縣十餘年，復由郎署視學齊魯。計其所涉歷，是非利害紛紜，日變於前，而其翛然塵外之意，所不與世故汩沒者，時時見之於遇物感興之際。故爲吏則所至稱治，有循良之稱；視學則師嚴道尊，士風翕然丕變於古。不知其人，視其詩則皆可以一吟詠而得之也。先生自山左歸，懸車不出，坐臥半隱園中。中爲霄漢樓，左瞰大江，右矚龍川，百子諸峯羅列几案。與故人憑眺其上，飲酒嘯呼，絶不問戶外事，而其詩益恢奇宏放，不可以一律拘。吾以是益知澹泊者之於詩，爲能發抒其性情之正，而情炎於利欲，氣沮於得喪營營者之不足以與於斯也。聞先生年少積詩最富，遭兵火散失，所存僅若干首。長公田子大行編次成集，以示予，屬爲序，亦先生意也。田子又示余先生手鈔杜詩一卷，蓋先生守磁時，嘗得明趙邸北宋賜本閣帖，至老猶臨摹不輟，故其作字遒逸，得晉賢風致，有足與其詩相映發者。

## 十峰詩刻序

（見《湛園未定稿》卷二）

## 李司空詩序

詩之必本於志，今學詩者皆知言之矣，顧其勢有不盡然者。貧士終日吮毫，爲人客作，何與己性情事？而承明侍從之臣，珥筆左右，鋪陳德美，莫不鏗鍧其辭，黼黻其章，以言乎應制，則工矣，然此昔人所謂金華殿語，無關至極者也。惟夫身居廊廟之中，心寄江湖之上，其意之所之，往往與山水景物別有領會，斯則蟬蛻塵埃而蕭散閒淡，與比興爲近者也。

己巳年，今大司空廬陵李公嘗被命出祀岱嶽，望祭東海，輶軒往返，得詩數百篇。頃又合癸酉在京所作爲一集，辱以示某。惟公碩德鉅望，簡在帝心，將命祇肅，奉職匪解，有古大臣風節，非如世之爭工於聲病間者。乃其興會所發，抉奇呈奧，有專詩家鏤心剜腎所不能到者。而約其大旨，一以沖淡爲宗。至讀所爲《鹹菜》二十首〔一〕，則《羔羊》大夫正直節儉之風，宛然可見。蓋公久宦京師，未嘗買第而居，賃宅湫隘，嘗兩歲三徙，都人士皆歎息歌詠其事迹。其襟懷所寄，非所謂蕭散閒淡而與比興近者與？嘗疑諸葛武侯之在隆中，抱膝而吟《梁父》一章耳，後爲相封侯，竟不聞有吟詠之事。然其自言寧靜淡泊，此其相業所存，亦即作詩之本也。若武侯，可謂深於詩者矣。公物望方新，旦夕揆地，要其事業、文章本領在是。讀公之詩者，當於此乎得之。

**【校記】**

〔一〕『爲』，馮本作『謂』。

## 趙文饒詩集序

嘉定趙進士文饒先生，需次家居，赴師友之難，被吏牽染幾殆。事既白，上名吏部，部持之甚堅，未得用。其同年友唐東江儀部招與同舍，去余寓咫尺，於是余三人者嘗相過從，論詩無所不盡，要自不與外人同。集前後詩凡數種〔一〕，屬余論定。

趙子之詩，廣博奧衍〔二〕，氣渾以醇，溢爲奇怪，如頡文籀篆，三代之敦彝，恣突如崩堤，勁健如屈鐵，一言以蔽之，曰古而已。或謂趙子近體，大半妍美，不可以古概之。余曰：『夫深山之大木百圍，輪囷轇轕，狀若神鬼。春至發生滋榮，繁花彩藹，掩映風日，凡草木之麗者不能過也。如此，可謂之非古乎？』疑者乃服。然趙子詩愈古，身愈困。彼爭新競豔於字句之間者，灑然自得，過而不問者相輩也，洵古文直無用於今世，獨吾與東江讀之歎息而已。趙子幸自愛古道，其終不可泯也。世復有吾與東江者，而力能振子之詩，則此集將不爲風氣先哉？

**【校記】**

〔一〕馮本「集」上有「而趙子」三字。

〔二〕馮本「廣博奧衍」下有「其大放於詞」五字。

## 徐芝仙出塞詩序

徐子芝仙善爲詩。前年王師北征，芝仙亦以書生衣短後，躍馬出關，經榆林、土木，登祁連，涉瀚海，南望北斗，跡明文皇之用兵處。所歷砂磧險巇，剽將健兒喘汗不得前，芝仙方緩轡縱觀，哦詠自若。嘗夜經古戰場，見燐火蔽空，如流星萬點，乍明倏沒。中有巨火獨明甚，衆燐隨其迴轉，若將領指揮之狀。俄聞鬼哭啾啾，漸來逼人，特爲詩弔之。其詩一往雄健，如快馬斫陳，勢不留行，要必盡寫其意中之所得而止。至遇奇花怪石，土風詭異，瑣屑攟拾，偏饒有風致。古稱鮑明遠、岑嘉州工爲邊塞之辭，如芝仙之以歌詠代紀述，前人所未有也。余備員史館，見今《一統志·外裔考》數年排纂未就，幸采掇其中數條上之，亦足資博覽之一助云。

# 送高詹事歸養詩序

上既起詹事高公於里，命之總裁《政治典訓》，復三次扈從親征，盪平漠北，中外寧謐矣。會《典訓》亦告成，於時太夫人亦在京師賜第，公乃上書陳情，乞賜歸養。大略謂：『臣母年七十有三，止生臣一子，早歲孀居，與臣伶仃相倚。昔在京邸，項生一瘻，醫藥罔效。回南五載，南方生長之地，水土和柔，漸獲平復。今來京重發，氣衰少食，兼一歲之中痰厥再三，風燭不保，思就故鄉風土，或可再望消除，少延歲月。臣荷皇上厚恩，自當夙夜匪懈，勉修厥職。惟是親年已逼桑榆，迫思鄉土。爲人子者，隱而不告於君父之前，苟且歲月，希叨榮進，縱人見臣母子同居，不忍苛責，而臣清夜捫心，何以自安？按律，父母年七十以上，獨子許令終養。謹循例叩請，伏乞聖恩，俯賜矜憐。』上覽疏憫然。越五日，溫旨獎諭，且進公正詹，允歸侍養。

夫親老許令終養者，律文也。苟爲循律而已，迎養官署，於義固無不可。然老人意緒多戀舊鄉，非獨其風土素習也，凡親戚之往來，室宇之灑掃，與夫物產風味，無一不恍惚入其夢想。久失其意，鬱悒悲思，疾疢旋生，若是者，可謂之養志乎？彼其忘親遠宦，至老不歸，以自干於律文之誅者，又無論已。故曰『志養，難也』。

今讀公疏，至誠悱惻，務在先意承志，得親之歡心而已，固非徒以一去鳴高者。然下則辭寵於方盛之日，上則推恩於將去之時，此其君臣相與之際，非古今所不一二見者乎？蓋皇上方弘錫類之仁於天下，而公遭际明聖，因得自陳其私，以無憾於古所謂將母之意，用是恩賚便蕃，豈特为公一家之慶哉？於以變士大夫之風尚，敦孝弟而化浮薄，崇退讓而重廉恥，其在此行矣。是日也，太夫人建八座之旌棨，列騶前導，彩輿出國門。僉事公緩轡從其後，供帳填路，萬目竦瞻，喜可知也。作詩文頌美者，合朝野凡若干人，而某特序以送之。

## 樵貴谷詩序

文章必有爲而作，故作之爲可傳，而其傳爲可久。余嘗苦爲人序詩，既立戒以謝客，而求者猶嬲之不置。不應則怒，應之無諛辭，諛不稱其意，則益怒。故余爲人詩序，大抵怵於人之多怒而無所爲而作者，居其大半。

吳子與余遊幾三十年，余素服其篆籀之工，不知其能詩也。客有刻其《樵貴谷稿》者，一日吳子以貽余。余開卷覺其有異，竟讀之，則益歎其異，以爲今詩人自南海屈大均沒後，少有類此者，因不待其有請而許爲之序。

大抵吳子之詩，尤長在五言，才調鮮華，涉筆渾渾入古，不必借徑於中、晚、兩宋以洗滌其塵蒙之氣，要與今之規模初、盛者，區以別矣。蓋其不欲以詩自名，故其於詩自非内有動於中、外有觸於物，則不暇以爲，爲之且不暇，而猶蘄於人之知之者乎？是則吳子之詩之所以不可及也。雖然，客既爲吳子刻其詩，余今又爲之序而文之，是倏與忽之相遇於渾沌之地也，吳子其亦善自計矣。

# 周弘濟皋懷詩鈔序

同邑友人周君弘濟中進士三年，攜其詩卷來京師謁選，與余談終日，言詩益妙，而頗見其有厭薄爲吏之意。余退，謂人曰：『周君之於吏治也，蓋有餘。』客曰：『何故？』曰：『夫吏道至今日稍雜而多端矣，而縣令尤甚。彼欲爲之者如此其急，非果能爲天子牧養小民也。有入貲縣官，朘民之膏，厚自取償者；有多端設施，號武健勝任者；有好意嘔煦，善事上官，邀聲譽者。要之始終經營一官而止耳，此外略無餘意。如此，生民安得不日困乎？今君之視其官也，蕭然若無與而應之，泛然如不得已，其不剝民以自養，生事以立名，剋下以奉上，可知。去此三者，而民之受利已十得八九矣。』

或疑其以好閒廢事。余驟讀君之詩，沖淡閒遠，誠有落落如世外之人不可近者。顧其中寄託深遠，常歎司牧失職，閭閻虛耗，飢寒勞苦之不恤，而主德之不下究，閔閔然有不任其憂者。故知君非無意當世人也。子美之詩史，樂天之諷諭，其中寓意無所不有。推是道也，以及於天下，斯民其有濟乎！而何區區一邑之足爲？嗟乎！奔利若鶩，滔滔皆是，君之道誠難矣！獨絃哀歌，激太古之音以邀里耳之聽，其能不嗑然以笑者誰與？吏治之不古，詩格之日下，有嘿同氣機者焉。予撫此卷，蓋不勝感慨係之也。

## 張聲百秦遊詩序

同年友張子聲百寄余《秦遊詩》前後二集。《秦遊》者，張子覲其尊甫觀察公於西安使署所作。是行也，自燕歷晉至秦，二千四百里，中更太行、井陘，極天下隘險處。行旅之所掉慄眩顧而不敢前者，張子獨意氣迅發，快馬馳上下阪，觸目會心，口占筆記。及乎登華嶽，望大河，臨終南，肆眺於樗杜、灞滻、文武周公秦漢以來之所經營處，而發爲詠古之詩，至二十篇。所述古今事變，與夫名臣碩儒、隱逸詭怪之跡多矣。其辭義飄渺恍惚，若不可測。要其寄興所在，求之嗣宗以下，射洪、曲江以上，各有其磊磊不可磨滅者。而聲百爲人坦懷古誼，向朋友，抒寫無所不盡，俗人或不能知之，而余知之獨深。因謂其詩之無愧於古人者，亦多得之此也。

去年過津門，讀君仲兄逸峯詩，喜而爲之序，既又贈詩相訂入關。余既以事不果行，自歎此生老矣，無復再往理，經年悒悒。繼得是卷讀之，恍若身至其地，而親與之馳騁角和於其間也，豈不幸哉？今聲百將以季秋之杪，復覲觀察公皖江，計其山川經歷，大抵皆逸峯詩卷中所流詠地也。聲百遊吳詩，從此當益富，卽逸峯《秦遊》諸什，聞亦盈帙矣。兩人之詩，皆得南北江山之助，觀察公從而寓目焉，一時父兄師友之樂，概可想見。余之序其詩，將不一而足也。古有歎老疾俱至，圖畫所經履名山於室中以當臥遊者。余以君家棣蕚之詩，資臥遊之勝，比於古人，差謂無恨矣。

# 筠亭詩餘小序

少時與客爲長短句，亦不下百餘闋。然讀周、柳淫冶之詞，心竊鄙之，不能竟學。後見朱檢討竹垞之論詞，盡洗《草堂》餘習，獨標南宋閒澹婉麗、飄渺出塵之韻爲詞家正宗，而以白石山人爲稱首，鉤脣戛舌，冷沁心脾，雖其境過清，要自無一點俗豔。以此於詞學亦不復心非，而私怪今之爲此者絶少也。

丁丑五月，秀水錢子文特來訪余京邸〔一〕，出其所爲《筠亭集》者，索余序之。余雖愛其詞無俗調，然戒爲詩文序久矣，固辭於錢子。已又介予同年友徐子个臣來，徐子曰：『錢君，竹垞快壻也，子何可以無言？』雖然，竹垞之論詞備矣，錢子聞之既熟，而於其所謂閒淡婉麗、飄渺出塵之韻，亦既極力摹擬而得其神似矣。予雖欲言，何所加於是哉？抑聞竹垞近林居，於詩與文持論尤别。予固嘗從事於斯兩者，而皆未有逮。子歸聞而婦翁之言，視此藝當益成而上，其必有以語我也。

【校記】

〔一〕『文特』，底本作『又持』，據淵本、津本改。

# 廣陵倡和詩序

（見《湛園未定稿》卷二）

## 賀歸娶詩序

（見《湛園未定稿》卷二）

## 張弘蘧制義序

（見《湛園未定稿》卷二《張子制義序》）

## 奇零草序

（見《湛園未定稿》卷二）

## 姚石村南遊日記序

初，虞山姚子石村赴粤東觀察蔣使君之招，以甲子歲八月自金閶發舟，十月抵粤省署，又一歲還吳。道途往返，所經必有詩，詩必先以小叙，指次分明，詳略有體，名爲《南遊日記》，以投余於京師。余纔一開卷，而江山萬里恍然入目，此豈非所謂摩詰『詩中有畫』者乎？石村故善畫。昨余過慈仁寺海棠院，見其畫壁老松，排空偃蓋，蚴蟉奇突。趙恒夫黄門書側，謂『石村與王石谷山人俱出虞山，同師指授，畫格故不相下』。今石谷名重天下，而石村旅況寥落如故，故特令其畫壁以當子昂之琴。其爲名流愛重如此。然黄門之所賞，猶以畫也。余觀石村詩，雖不工於畫，亦自有足傳者。讀蔣觀察序，以奉命繪輿圖，特招致姚子董其事，又不知觀察之所賞於石村者，究竟於余與黄門何如也？觀察下世久，石村尚存其序於集中，蓋已不勝一人知己之感矣。

## 萬青閣全集序

君子之立言也，内必有其實之可循，外必有其事之可據。内無其實也，外無其事也，然而其言傳焉，則君子勿貴也。況乎其言之斷斷勿傳也，亦終歸於無有而已矣。所謂實之有可循者，其理足乎己，故其詞溢乎外，若宋儒先之説、關閩濂洛之書，尚矣。所謂事之有可據者，其見利害明，故其決成敗審，若趙營平之議兵事，賈長沙、陸敬輿之言治道是已。是人者，非今所尤急急求之者與？今觀新安趙給事恒夫所著書，其幾是與？

給事初仕爲交城令，今歲夏，從弟友棠爲晉遊，自交城來，爲余述其邑中父老言。邑境聯塞距河，緜亙一千里，自明季寇盜盤聚，積爲三晉害。累任兹土者，噤不敢問，幸俸滿無事去。自前令趙公至，即計除賊。既鉤得其姓名與所囊槖，部署已定。一日，大會飲賓客，密諭司吏者促其籌，夜中報五鼓，客未散，裝出門，陽爲閱軍於邑西之静安堡者，雖所偕將卒逮丞尉，俱不知。行四十里，黎明休軍，始下令分騎步入山搜剿。賊偵者，見官軍不由西路，乃從北入，大驚相告，各奔潰，墮崖塹死無算。留一旬，盡誅其頭目二十餘人，餘或死或降，無脱者，而民間寂若無聞。百年大盜，根株盡拔，邑遂安枕至今。復欲爲民開高離山，鑿巖石一千餘丈，通水道出之龍門，渠溉田十萬四千餘頃。功未及成而去，而生祠遍邑中，猶尸祝之不絶也。

余聞之而歎曰：『明之末季，盜起秦晉。交静諸山，逼處太原左掖，尤爲淵藪。當時經略、督撫大臣輩出，撫剿失成算，寇起一方，蔓延楚豫，卒之糜爛遍天下。使得給事者一二人，付之兵柄，相犄角其間，則皇甫真、朱儁恢蕩之功，不難再奏。惜乎！給事所試止一邑。其生時之幸，而不可謂非其才之不幸也。其所上當事書及檄移、案牘，言用兵方略、賊平善後事宜，條析動中窾要，發越震掉，文采横溢。彼豈暇沾沾爲文士之習哉？不期文而文自生者，所謂利害明而成敗審也。君既以功擢郎署，改授諫垣，會有謡諑，翻然遠引。既上知其枉，詔起來京，猶偃息寓園，往來信宿僧寺間，與客把酒賦詩，鬬奇角險，一韻或疊至數百首不止。或者謂給事於世非果恝然，聊藉是以耗磨其壯心。然耶？否耶？然觀其窈渺巉刻而一本於騷人之旨，其中之所存，必有深思而默會於文字之外者，則請以俟後之君子。』

# 董文友新刻文集序

余自去年冬，卽立意不願爲文字，將歸而鍵關以息吾志而未暇也。余之所不願爲文者，嘗與董子文友言其故，董子以爲然。昔元黃文獻公之論文曰：『作文之法，以羣經爲本根，遷、固二史爲波瀾。本根不繁，則無以造道之原；波瀾不廣，則無以盡事之變。』此言約而能要，宋文憲公屢稱之以勵學者。

余少嗜書，於古人之微辭眇義，亦能時時獵取，涉其藩籬。既奔走於科舉之學十五六年，見時之所謂科舉者，非獨無藉於古文，雖其音節之稍似，則同輩者羣指以爲譏笑，不待試之有司而後知其牴牾也。於是姑暫釋其所學，隨時骫骳，務悅於觀者之目，乃學廢而所求益以不遂。始自念得失有命，少壯不可復得，將竭吾之年歲，以深探於六經之旨、二史之法，然後放而之於百家，使其發於文章而道之飁有聞焉，其可也。然竊觀今之爲古文者日益衆，跡其所爲，又不殊於向之所爲科舉之業者，以號於人曰唐宋已、西漢已，特不知彼之所謂唐宋與西漢者，果不盡非耶？其已可傳否耶？今爲科舉之業，則吾滯而彼速化焉，彼之變而爲古文而可傳者，安在其不可必也？吾第歸而求之，俟其學之至，而確然有以自信於中，毁譽得喪之不得而入，如是者雖終吾身可也，傳不傳奚有哉？吾之所言於董子者如此。

今年，董子刻其集成，屬余爲序。余讀董子之文，稱引繁博，根蒂經史。吾之所欲爲董子言者，董子既已習聞之。雖董子自視若不足，然極之變化以要其至，吾知其無易於是而已。予與董子同應舉有司，兩人年又相若，乃董子獨能卓然自信成一家言，不待予之久而知悔，此則予之所以有愧於夫人也。

## 懷葛堂文集序

友人寧都魏徵君冰叔，雖隱居不仕，益讀書，好觀古治亂之跡，以逆揣其成敗得失之所以然。所著書以略見其意者，有《左氏經世》一編。康熙戊午年，或應詔以博學宏儒薦，竟不可起。有弟子梁君，名份，字質人，徵君謂可以傳吾學者。自徵君没後數年，而君來京師，出所爲《懷葛堂集》示余。其爲書，鉤貫經史，包括古今以立言。究其旨歸，嘗慨然有濟物之意，何其一似吾徵君也？使梁君而得志，則徵君之學行矣。然君緣師志，退守窮約，年過四十不求仕，故其身愈困，著述愈富。今徵君没既久，而其學愈重於天下者，亦君之力也。君嘗參幕西陲，著《西遊圖說》，未及成書，適撫寧按察張公前駐節西安，以千金資君縱遊塞上。君以孱書生隨數騎結束出關，徧歷河湟四郡，以極之朔漠重地，覽其山川城郭之險隘，退而歷訊之老將戍卒，得其可以資守禦、習戰攻者。凡用兵之地，所至各繪之圖，圖有說，西塞三邊部落二千里之形勢，瞭然在目。是書，予尚未得見，以君平時著書所嘗聞於師者觀之，則信乎其爲有用之學矣。夫智謀之士，俛仰規畫，乘時抵隙，以赴功名之會，亦時有所論述，及試之有效不效者。其爲己之私勝也，苟利於己，將不難緣飾利害，冀以速售其說已爾。君於世無所求，於己無不足，而又其識足以權變。其筆力之馳騁，足以達己見，而言人之所不能言，則其書之成，以爲世利益無疑也。予滋喜徵君之學之得所傳，因牽連及之。

## 黄心甫自譜序

（見《湛園未定稿》卷二《黄子自譜序》）

## 大興張氏宗譜序

宗之有譜，有經有緯。《書・堯典》：『以親九族。』九族者，注家謂自高祖以至於曾元。此本吾一身先後推之，故曰經。《禮・大傳》：『繫之以姓而弗別，綴之以食而弗殊，雖百世而婚姻不通者，周道也。』此本吾一身旁推之，故曰緯。上治祖宗，下治子孫，旁治昆弟，是之謂有經有緯，而譜法盡矣。

自周歷漢，及魏、晉以來，雖當南北朝横潰分裂之際，世家舊族皆能講明譜法，不失其世守。至於唐之既衰，而氏族混淆，收族之道漸微者，譜學不立故也。由明季迄今，又五十年。其間變革之故多矣，以是大興張氏家失其譜。今奉直君輔公，至不能知其六世以上祖諱，雖其贈公兄弟伯仲次序猶未得詳。蓋數經兵火，離散失所以致然。

今年春，適余至津門，奉直不鄙而與之商略譜例，本先贈公所手訂世次序，自高祖以下列曾祖、大父、父與其子爲六世，是爲本支。又旁及其曾祖兄弟，以至於從祖之子孫得八世，是爲旁支。等而上之，順而下之，本支爲經；合族以食，序以昭穆，旁支爲緯，親親之道備矣。則又於其成立者，掇拾其行事履歷，各綴小傳於後，附之以封誥、銘狀、表贊、家傳，體例燦然，足垂久遠。奉直曰：『吾家自曾祖中憲公以進士起家，稱名太守，後中科第者四五人，掛朝籍者復數人。今子孫散處，或在大名，或在河南，幾不知存歿，將謀遍訪之未暇，而其僅存者亦瑣尾不振，吾經紀其衣食，棲託有所，婚嫁以時。又揀其能者委之經營，秀者導之學業，凡以盡吾力之所能爲者而已。』跡君之所爲，其得此於今世也蓋鮮。抑余有爲君進者：大宗之法不講久矣，始自贈公來津門，則君適其別子爲宗者。君既能以其事力之所及盡其心，以合於古收族之道矣。若創立宗法，建祀堂，置祀田，設祭器，斟酌家禮而爲之冠婚喪祭之儀，待君子孫之繁衍，則張氏之宗風，北方士大夫家必有慕悅來取法者。此厚風俗，敦禮教，而復之古之一事，願君之終勉爲之也。

## 山西鄉試錄前序代

歲癸酉，天下復當較士於鄉，所司以山西典試臣列名請，皇上遲迴久之，始命檢討臣某及內閣中書臣某往。命下時，爲七月丙寅日，越一日戊辰，臣某即戒裝，軺車星邁，無間晨夜。至則將及瑣院，與守土諸臣庭見，備述皇上興賢育才、鄭重大典至意。一時聞者，無不以手加額，欣逢盛會。既而惶悚受事，各虔厥職。時則巡撫右副都御史臣某實任監臨，紀綱整肅，爲內外率先。布政使臣某、參議臣某提調綜密，按察使臣某監試有法。爰進提督學道副使臣某，科試士幾千有奇，偕同考試官臣某某三試之。臣再三告誡以天道可畏、人才難得，使臣簡書在抱，惟公與慎，無敢不共。時則同考官十幾人，各刓精疲神，焚膏繼晷。閲十幾日，得士四十人如額。既出闈，輯三場文凡二十篇以獻，臣例得序書簡端。

竊惟國家定都北平，山西實古冀州地，雲中、定襄、飛狐之口，犬牙恒鎮間，不啻畿輔郡也。故居其地者，得京師之聲教爲先，而儁偉雄秀傑出之士，又往往震發淩厲。自春秋以來，名著於諸侯之籍，及漢、魏、唐、宋至於今，不絶而逾盛，宜矣。然臣所司者，衡文之事也，故不敢他有所援據，而即以所聞於山右之人文言之。夫文章之道不同也，其分派大約有四，而今科舉之文不與焉。太史公記事，史家之文，涑水《通鑑》爲一例。柳柳州經術之文，閎博而未純，柳仲塗、元裕之爲一例。文中子《中説》，理學之文，薛文清《讀書錄》爲一例。至於薛道衡、王勃、宋之問、王維等辭賦之文，其類尤不可枚舉。是四者之於文，雖有華實純駁之不同，要皆能專工於所事，各極其才力之所至，卓然有以自立，而不至泯沒於後世，此其最著者也。然而詞章之士，君子猶或鄙焉。

若今所謂科舉之學，其去聖人之道益遠矣。臣顧樂爲多士告者，臣蓋有感於歐陽氏之説也。歐陽修謂年少志盛，方欲取榮譽於世，則莫若順時。夫順時者，掇拾剽竊，從俗下爲文，正今日舉子所深患。而修之言曰：『天聖中，詔書敕學者去浮華，其後風俗大變，士大夫所爲彬彬有兩漢之風矣。』蓋修之所謂順時，乃其所以善復古者也。雖然，使非宋仁宗天聖極盛之時，斥華尚正，丕變風俗，則何時之足云？然有其時矣，徒欲齊肩於兩漢之士，此猶爲未至也。

今我皇上德協聖神，洪闡經學，頒《講筵解義》、《孝經衍義》於中外，修闕里廟，樹碑揭榜，風厲學宫，比之盛宋，相去萬萬。諸士當此時漸染教化，治一經，應明詔，由鄉舉上之禮部，其羔鴈而見於公卿者，皆五經、六藝之言也。其入對大廷者，皆正心誠意之學也。其異日之服官蒞政者，皆正誼不謀利、徒區區齊明道不計功之朝講而夕究者也。使其立志不回，鋭然深造於道德，將等四家而上之不難矣。肩於兩漢之士，臣有以知多士之不屑也。

臣江右末士，竊幸備驅使一方，得自託於以人事君之義。是集中二十篇者，雖不足以盡一科之盛，然其能順時合古以不負所學者，於皇上惓惓作人之意，庶或可藉手以告也。惟時有事茲土者，例得並書。

# 姜西溟先生文鈔卷二

## 序下

### 送王少詹使祀南海序

（見《湛園未定稿》卷三《送王少詹使祀南海神廟序》）

### 送鄭庶常請假歸省序

（見《湛園未定稿》卷三）

### 送王白民隱居南歸序

（見《湛園未定稿》卷三）

## 送陳紫馭遊永康序

（見《湛園未定稿》卷三）

## 送馮孟勉西遊序

（見《湛園未定稿》卷三《送馮子序》）

## 送族姪華林遷平陽郡丞序

余家舊籍淄川，族姓繁衍，散處他郡。余浪遊河北，每見山東諸同姓，輒訊知其族派，與之往還。所見文雅雄儁之士不少，其所心契而期以遠大、能張吾宗者，莫如今平陽郡司馬華林其人。

華林之先，亦由淄川分居萊陽，今附籍奉天，推世系以叔事余，余不辭而與之遊，相暱如親從然也。當丁卯歲，天子大比八旂之待選者，而臨軒試之。人持盈尺紙，伏階墀下，風掀日炙，筆乾不得下。人方窘甚，君就坐，展卷疾書，成七言詩一章，音調鏗鏘，辭旨蔚茂。天子見之稱異，破常格，以其名付吏部選，得樂陵令去。樂陵，故疲邑，前政骫骳已甚。君至則奮然振刷，不爲鮖箭小數。每夜身從數騎巡徼，盜發輒得。百里間震其威名，無犬吠警。潔己奉職，聽斷明允。朔望，釋奠學宮，與士子講論經義，以季考其業，而上下其等第，士益自興起於文事。遇佳客至，設席談笑，吟詠間作。退食蕭然，閉閤誦讀而已。六年之中，薦牘交上。

今年春，遂以卓異遷平陽郡司馬。方就道，而邑人遮道留不得，於是京師士大夫聞之，莫不爲樂陵惜而爲平陽之百姓慶也。夏四月，值平陽四邑有地震之警，當宁聞報驚怛，勘災之使朝聞夕往，疆埸大吏猶以不敏被譴，諸有事地方莫不惴惴從事。而夙聞君之精明練達，則日望其至，相與共事，以無貽聖天子西顧憂。君前仕粤有政聲，繼治樂陵，丰采益著，而適當今日盤錯之任。蒲州去郡城六百里而遙，天幸全此一方，以待君之設施也。是行其可緩哉？比者朝廷鼓舞吏治，常不次用人，自郡縣拔擢，不一二年而輒超藩、臬、督撫者有之。吾之期君以遠到者，此其時也。然朝廷方藉君之才以經營四方，而吾徒區區欲私爲一家之光寵者，蓋親愛之無已也，豈無他人不如我同姓？行哉，行哉，吾又將執筆而書君之最矣。

（見《湛園未定稿》卷三《宋牧仲僉憲壽序》）

## 壽宋牧仲僉憲序

## 張太守壽序六邑令公祝

國家設刺史以領其郡之屬，此古方伯連帥之任，而爲其令者，亦百里侯國也。古者，官聯相屬，情均一體，上無督責於其下，下無取必於其上，上下相得，以治其民，故政教翔洽，民氣悦豫。天降之祥，時和年豐，物無疵癘。然後以時朝見於天子，而天子予之燕以示慈惠。其詩曰：『其德不爽，壽考不忘。』又曰：『令德壽豈。』夫天子之於臣下，非獨能爵禄富貴之而已，又能錫之以壽，視其德之可錫，則壽斯應之矣。此三代賢公卿治民而得君，以得天之效也。降及漢初，守令間猶存此意。班固云：『是時，循吏如吳公、文翁之屬，皆謹身帥先，居以廉平。』《黄霸傳》：『力行教化，而後誅罰，務在成就安全。』長吏薛宣移書其屬曰：『屬縣各有賢君，馮翊垂拱蒙成。』蓋良二千石之於民，非能家至而戶拊之也。其委任在令長，而令長之賢又非可以威驅勢迫而得也。無過以身帥先，示之廉平而已。以廉平之教，帥奉法之吏，民悦其令，令安其守，相與同心協力，以幾治功之成，此卽古天子所欲錫之以壽者也。

吾郡枕山臂江，東南際海，晝疆而邑者六。地勢邊險，澆龐異俗，號煩劇難理。武隧張公出郎署，來守兹土，經明行修，秉志潔清。其律己也嚴，而推心以行之也恒恕。下車五年中，悉屏去稗政，而興起教化，與民休息。會六邑之宰皆起家經術，稟公條教，退而各修其政，非有所窘迫束濕也。去拘牽之苦，洗手視事，力不煩而事大治，則相與歸美於公，欲有所歌詠頌述，以致其意。值公初度，乃合辭請余文，以佐之觴。余維六邑之宰，能不自矜其治政，咸以爲非公之教不及此。公之賢能不自用，而一委之於所屬，徒以廉平帥先之而已。然而六邑之政已無不大治，此與三代、盛漢之風何以異？自公來此，監司以上慰薦者數矣，不日政成報最，天子考古典禮，宴而飲酒賦詩以寵之。吾知六邑之賢宰，且將川詠雲飛，而《蓼蕭》零露之澤，共仰沾濡也，則是非獨吾郡一方之盛，乃天下之所以觀感者也，是不可以無言。

## 寄壽鎮海薛五玉先生八十序

乙亥秋，客自鎮海來京師，傳先生以今年壽開八秩，邑子與遊者皆奉觴稱祝其家。先生精力强固，日揖客獻酬語笑，至暮無倦容。余聞之，喜不勝。

憶乙未年，館於其邑謝氏，值先生四十生日，余爲文壽之。時年少盛氣，其言大抵謂大夫束髮受書，宜早拾階位，發抒於事業，使生民小大被其澤。感先生饜飫道術，未及施，乃無事至四十爲可惜，向所見如此。自此别去，日奔走江南北間，仰事俯育之不支，數踏省門不利，顛躓日甚。始信窮通有命，科名得失，自在有司，於其人學問文章略不相關涉。如此碌碌十數年如余者，所謂求有事而不得者也。及被薦入史館，私幸既不得與國家立功業自表見，庶幾託之著述，猶愈於世之無聞者。編成史志數種，列傳二百餘篇，又同修《一統志》。校讐日久，心枯髮禿，月提囊僅支米一石，俸錢六七緡，不抵芻馬僦屋費。同事者或從布衣起，官至大僚去，後來登第少年相繼秉史筆，稱老先生爲前輩。而余以十四年編纂舊手，漠然退處如故，史亦至今未就也。自念求去，則力耕不任；欲且留，則年事蹉跎，人情輕薄可厭，鬱鬱居此，若是者將謂之無事乎？不可也；將謂之有事乎？吾但知有事之爲累，不知其爲樂也。或者世之所謂有事者，其志得求，遂有異於此，是果有命焉。吾其如命何？蓋愧且悔之不得矣。

先生於書無所不窺，少時應試，輒冠其儔，亦未嘗有意干進，晚貢胄學不赴，顧益喜爲時文，然遇大比亦不一往。褐衣糲食，屢空晏如，時遊目於梓蔭，候濤城內外之間。居則偕其門弟子講説經義，旁及百家門戶。其議論廣奧切實，得其指授，悉成就有家法，同時諸老生謝不及也。先吾爲序時，至今歷四十年。此四十年中，余之顛蹶沒溺於是非得喪之途者，不知其幾矣。先生足不踰鄉井，問之世俗事，如夢不知，如醉熙熙，殆不解世路有夷險，人間功名富貴爲何物。而凡四十年所閲之寒暑晝夜、陰陽舒慘、盛衰菀落之遞變於前，亦何往非其自得之趣耶？由是觀之，雖加數十年於先生之今日，亦猶是也。先生真今之有道者耶！彼顛蹶沒溺於是非得喪之途者，何足以陳於有道者之前？甚矣，吾向者之妄言也！

往從余及先生遊者，謝氏諸從，今唯有大周及在武、維賢數君在耳。聞其皆失志老困，非復少時意氣，況於衰病如余者，尚足問哉？今特書余所愧且悔者，三千里外而致之先生，且以質於大周諸君。余才思轉乏，視少作當更不如，然其識則既長矣。雖其既長，亦奈之何哉？

## 壽冢宰陳公五十序

（見《湛園未定稿》卷三《冢宰陳公五十壽序》）

## 閻徵君六十一初度序

徒爲詞章之學而已，聖人之道不存焉。聖人之大指在六經，能有功於經學者，是道之所重也。韓退之曰：『每逢學士真儒，歎息踧踖，愧生於中，顔變於外，不復自比於人。』以退之之才而心屈於儒者如此，則經學豈易言乎？漢承秦火，諸老儒口傳壁匿，斯文得以無墜。是時，伏生授《尚書》，年九十餘。申培、轅固傳《詩》，培八十，固九十餘。胡毋生爲博士，傳《公羊》，歸老於家，度年亦當在八九十間。張蒼傳《春秋》，年過百歲。獨《樂》失其傳。文帝時得魏文侯樂工竇公，一百八十歲，獻樂章，即《周官·大司樂》篇也。然則經學之不亡者，徒以諸老儒在耳。天既厄之於秦，而又以其傳分寄之於諸儒，以默相而安全之，使不夭閼於危亂之世。及乎真主出而文學興，其所係豈微也哉？

國家之興五十年矣，功令非六經、四子之書不以進，然士子荒經蔑古，於今爲甚。其陋者抱殘守缺，期足應舉而已。而一二狡者，穿穴破碎聖人之微言，以誑誘承學之徒，而規取厚利爲名高，患將不知所止。獨友人太原徵君閻先生，爲諸生時即能脱落舉子業，閉門治經，亦不喜聚徒講學。日抱遺經，校讐傳注得失。其辨《古文尚書》之非真，所引據書出入經史百家。讀人文喜指摘其利病，人服其博而畏其辨，卒莫能難也。先生於諸經亦無不淹貫，然不能拘分刌、度繩墨爲世俗文字，與世詞章之士異趨，用此矻矻至老。今年六十有一。先是一年，先生嘗爲文告其所知，曰：『先君六十生日，以予母之喪未及禫除，不忍奪子之服以稱觴，遂展期一年，而予不可以無遵也。』適長君復申孝廉在都，至是謀歸爲壽，徵文於余。余特援古儒先以爲先生祝，謂經術之係於先生甚鉅，其壽當遠視古人不難也。余行告歸，道淮陰，將訪先生於其廬。平生讀經，宿疑積滯，無慮數十，冀少留相從剖決。曹孟德曰：『老而好學者，惟孤與袁伯業耳。』余竊自附斯言，先生其必有以益我也。

### 封君陳公八十壽序

（見《湛園未定稿》卷三《誥封都憲陳太公八十榮壽序》）

## 記

### 劉孝子尋親記

（見《湛園未定稿》卷四）

### 蘭谿縣重建尊經閣記

（見《湛園未定稿》卷四）

# 白鹿洞講堂圖記

白鹿洞，本以唐李渤讀書處得名，其爲授經之地，始自顔翊。南唐就洞中建學。宋南渡後，朱子來知軍事，拓地爲書院，四方從學者日衆。於是時，天下四大書院，鹿洞爲尤盛。元之山長，多以處士博聞有道義者充之。明三百年，山長之設無聞，書院時廢時復，卒不領於天子之經制，以至於今，士大夫官於其地而知以講學爲事者寥寥也。翰林院侍講高公先秉憲督學江右，甫下車，進士子，諭以朝廷崇儒重道，所以興起文事至意。以其較藝之暇，帥士子至鹿洞釋奠先師，退就講堂，陳經敷席，鐘鼓笙磬，叶奏堂下，音吐朗徹，揖讓有儀。瞻歎者以爲目所未經見，於是命善手圖其事，用垂久遠。

昔《魯頌》美僖公新泮宫，其前三章皆曰『思樂泮水』，水三面縈繞學宫，如璧判然，紀其勝也。繼之以采芹、采藻、采茆，水之所産也。又述其出郊儀衛之盛，旂旆飛揚，車馬壯飭，而鸞聲在道，亦噦噦然和而有節。『無小無大，從公于邁』，願學者衆也；『載色載笑，匪怒伊教』，則講學行禮之事也。古之重學也如是。

余未獲從公遊，今披圖而觀之，則潯陽之江九派出其前，風帆往來，禽魚翔泳，而並效於欄檻之下。泮水之象，與樹木蔭翳，莎綠苔碧，可以遊息而盤桓者，有采芹、采藻、采茆之思焉。織文鳥章，掩映山麓，畫幰停轍於林樾，羣駟散齕於豐草，伍伯圉隸，雜坐臥其傍，皆有喜色。旂茷茷〔一〕，鸞噦噦，馬蹻蹻，可知也。司鐸之官，傴僂前引，青青子衿，老而擁書。足趨階者，少弱擠不前者，立偶語者，肩摩視者，倚石傾耳如領悟者，不可數計，無小大從公者也。公坐堂上，對諸生若有所指揮，溫溫然有樂易之容，『匪怒伊教』，此之謂也。昔者魯道之盛，泮宫修而頌聲作。由斯以觀，書院其復興如朱子時乎？公以余爲可與道古也者，故屬記之如此。

【校記】

〔一〕『茷茷』，底本作『筏筏』，據《詩·魯頌·泮水》『其旗茷茷，鸞聲噦噦』改。

## 張使君提調陝西鄉試闈政記

選舉之法，以文字取人，已爲非古。至晚近防禁愈多，弊端滋出。明中世遂有違式之例，其得選者曰中式，於是士始有負盛才學而累舉不得終場者。本朝初年，禁網疎闊，後因科場屢有發覺，磨勘之法始峻。外簾避嫌，吹求苛密。舉子落筆，一勾戳之誤，一點畫之失，雖於書法可通，而以其不合於書吏之題紙式樣，概從截角，不已冤乎？又有油污、墨累、煤爇之類，非條例所載者，不可勝紀。士子三年埋首書案如處子，九日夜眠食號房如囚隸，其所望榜頭姓氏，僅以供交衢之一貼，可痛也。夫士不幸而以文章見屈於有司，命也，此古人之所同也。今則文未嘗一入主司之目，其幸而初場被賞，又以二三場罣誤而擲之。主司雖有憐才之心，亦付之無可如何而已。此今士子之受困，有古人所未經見者。其間雖有條議及之，而相沿敝風，卒莫之改。嗚呼！其亦終無如之何已。於無可如何之中，宛轉調劑，期於上不戾法而下不失士，若今僉憲张公之所爲，亦庶乎其無憾矣！

癸酉陝西秋試，張公提調入闈。秦當荒祲後，人士流亡大半。其在籍應舉，率荒棄舉業，作字尤鹵莽。某令摘不如式者數百卷來上，公訝其太多，麾之退，令以白撫軍〔一〕。撫軍詰公，公曰：『若此，則闈中無卷矣。』撫軍曰：『其如功令何？』公曰：『吾正以奉功令也。』乃案條例所不載者，殆十之六，命悉付謄錄所，錄送內簾，而其外復有文不終卷者，有題字訛舛者，有擡頭失落者，皆手自翻閱，設法令完好，並付謄錄所。於文不終卷者，呼其人促成之，慮其僨也，預貯人參與服，而倍給其飲膳焉。凡場中飯糜湯茗、旦暮之供，必親視令潔以豐。及榜發解額四十人，得公力以全者幾二十餘人。舉子投謁見兩主考，主考曰『此張公力也』，具言其所以，於是人人感激，詣公固謝稱弟子，公固不受，曰：『此撫軍命，吾不敢以不盡心也。』

先是，試官竣事，藩司責考官量派五六十金，曰部費，爲部中磨勘之費也。例中式者，給旗扁花紅，亦可五十兩許。有司因扣其額，而上之主考，償部費焉。國家待士之典，舉子曾不得一沾其惠，其由來久矣。公於兩主考始至時，先遣吏問部費云何，兩主考固賢者，復云『不須此』。公以其言諭有司，有司辭以奉詔蠲租，費無從出。公敕吏按籍，每人尚可得銀二十三兩零，有司辭塞，舉子遂各從布政司挈金歸。自是賓興士始得沾國家盛典，十五省唯關中獨也。

余久困場屋，薦卷者六而被摘者三。丁卯試京兆，已定第二名，以言忤監臨陸御史，末場詭稱墨累貼之。言路憤惋，欲爲伸理，復爲御史巧沮中止。其人雖不久罪逐，而余之老困甚矣。友人昝明經彥爲余述秦闈事，余聞益自傷泣下。昨主考汪編修文漪復述之甚詳，且曰：『彼中人聞邸報，兩公子並舉京兆〔二〕，皆歡傳謂天道降祥之速，而不啻尚少也。』因屬余記其事，將以風於有位者。公蒞官廉平，於職事之外，所以造福於三秦者甚多。以非本事，故不列。咎名茹芝，汪名灝，兩公子坦、壎，與余同年舉。

【校記】

〔一〕『撫軍』，馮本作『監臨』，下同。

〔二〕『並舉』，馮本作『兼舉』。

## 拙閒堂藏硯記

（見《湛園未定稿》卷四）

## 敦好齋記

錢唐王子丹麓自署其所居曰敦好齋，取陶公『詩書敦宿好』之義也。予嘗稱陶公爲學道者，願因敦好之義而終言之。

夫自漢以來，《詩》、《書》之放廢久矣。至魏之末季，王、何輩出，競爲清談以惑世。士大夫非《易》、老莊之書不讀。《易》，聖人所以明陰陽消息之理，而與異端之旨同述，其傳流於江左，糟粕六經，菲薄湯武，百餘年不絶，而後熾爲乾竺之教。至於江陵失守，蕭繹輟講，文武之道竟與瓦礫同殉，此晉名流之遺禍，所以不在秦李斯下也。陶公傷之，其言曰：『洙泗輟微響，漂流逮狂秦。《詩》、《書》復何罪，一朝成灰塵。區區諸老翁，爲事誠殷勤。如何絕世下，六籍無一親。』其悲時憤俗而自寓之意見矣。南朝二百八十餘年，無人能爲此言者，惜也。遭時不幸，終以酒人自晦，非其志也。使其得時以試行其所學，佛老之害或者其猶未甚歟？

今王子德修學殖，適於世用，其視陶公之所好，當不僅托諸閒居也已。然而今天下風俗之患，與前又異。人懷狙詐，貪利鮮恥。名節不立，忠信不植。朝野相被，習爲固然。此其較清談之害孰多？吾滋懼先王仁義禮智之教，不盡委諸地不止。傳曰：『君子反經而已矣。經正則庶民興。』夫物流極則必反，由今之道反之，必自經術始。吾友能無意乎？吾與子之稱是齋者，宜在此不在彼也。

## 汪東川讀書圖記

（見《湛園未定稿》卷四《汪春坊讀書圖記》）

## 勉齋記

余寓天津，日從愚庵張君遊。其嗣君子勉。子勉師宛平楊子可久，吾同年友也。每率兒子嗣洙過其讀書之齋，飲酒論文，常至夜分別。余將還京師，子勉請所以名其齋者，余卽以其字題之曰『勉齋』。

昔孔子對哀公問，以困知、勉行爲三累之下。今子勉天性敏妙，爲人醇懿篤實，有造道之器。其於學也，可不勞而成。余之以是名其齋也，何居？蓋古人爲學工夫次第，其勞逸雖殊等，而君子之自治也，恒樂處其最下者而已。惟其質之駑鈍，故勞苦艱難而猶懼其無所成。若夫有過人之姿，而自甘於庸眾，人之所不屑爲，程之以遠大，鼓之以勇猛，積之以不已，譬猶聚糧出門，戒舟輿，冒險阻，以行於萬里之途，雖不遽至，其至也可計日待矣。若夫閉門而安坐，雖有趫材軼足，跬步不足以自達。勉與不勉之故也。人一己百，人十己千，彼豈必皆中材以下哉？凡事力均而功倍，則其舉之也易，而成之可以久而不壞。鹵莽而爲之，亦鹵莽而報之矣。故董子亦曰：『事在勉强而已。』子勉尊甫望子成立，延名師教之，又廣市書籍、經史監本及諸子名集雜家者流之書，視其校讎之善而摹刻之工緻者，無不充牣於齋中。子試掇其精而咀其華，以爲養心修身、理物經世之用，而餘以資爲文章之助，上之可媲夫古作者，下之不失爲聞人，可以取榮名，顯當世。勉之辭義，不既大矣哉？遂書以質吾友，其平時所常爲子勉論說者，宜有取於此也。

（見《湛園未定稿》卷四）

## 停舟書屋記

思硯齋記

（見《湛園未定稿》卷四）

十二硯齋記

（見《湛園未定稿》卷四）

雲起樓記

（見《湛園未定稿》卷四）

小有堂記

（見《湛園未定稿》卷四）

## 貞靖祠雙松記

（見《湛園未定稿》卷四）

## 葶圃記

（見《湛園未定稿》卷四）

## 重建陝西驛傳道衙門記代

本朝驛傳之制，昉自前代。順治間，部議裁闕，陝西則並其事於糧儲道。康熙三十一年，總制題復之，移某於黔中來領其事。時舊署既毁，余至乃請於督撫，徙治舊按院衙門。顧按院署亦廢久，唯荒阯僅存。或議請官給其費，或議宜責成有司量派里甲。余唯關中向羅兵燹，繼當災祲流亡之後，蒙皇上恩德，多方賑濟，還定安集之民，始克胥匡以生。驛傳之復，所以佐行省旬宣之不逮。余首應此任，其可重繁費以廑聖天子西顧憂？乃勉自經營，召吏與工，庀材飭事。自門廡廳事，以至内廨、射堂、賓館、公私之舍、官吏之棲，以間計者幾千楹；棟梁櫨欂、椽桷巨細之木，以數計者幾千株。至於磚甓瓦石、蜃蛤之灰，丹黝之漆，綵繪之色之以物計者，夫役、工匠、執事之屬之廩而以人計者，莫不先爲程度，量力而授之。事經始於某年某月日，訖事於某年某月日。用工之多至若干，總費錢五千萬有奇，而官與民不知焉。蓋余之爲此也綦勞矣！

昔《周禮·地官·遺人》之制，『掌郊里之委積以待賓客』，『野鄙之委積以待羇旅』，『凡軍旅會同，師役掌其委積之事』，則今驛傳所職掌近是。其制曰『國野之道，十里有廬，廬有飲食』，其屬則《地官》所謂『廬氏』，『若有賓客，則令守涂路之人聚欜之』是也。『三十里有宿，宿有路室，路室有委』，其屬則《地官》所謂『委人』，『掌以稍聚待賓客，以甸聚待羇旅』，而軍旅『共其委積芻薪者』是也。『五十里有市，市有候館〔一〕，候館有積』，其屬卽《秋官》『司市』，所謂『凡會同師旅，市司帥賈師而從治其政令者』是也。周建都豐鎬，畿內千里，爲今布政司所轄之地。當時車書萬國，玉帛奔輳，而十里、三十里、五十里之委積，儲之也素，而供之也時。故遺人之職，可以不勞而集。今夷爲列省，地當西北徼道，大帥設閫開府者數十處，又內接晉、豫、楚、蜀，西抵蕃界，北連沙漠，冠蓋之銜命而出者，與夫兵馬之往來驛騷，日百十輩。而十里、三十里、五十里之委積，儲之不必其素，而共之不必其時，董其事者不亦難乎？夫人必安其身，而後可以盡其思於職業。且長安省治，諸屬國朝貢所出之孔道也。使野處而草茇焉，天子命使之謂何？而何以繫觀瞻？

余自下車以來，釐革冗弊。凡芻料之減剋、夫役之疲困、勢力之豪脅、有司之情狥，莫不上遵國憲，下順人情，而曲爲之制。洗手奉職，與民無擾，冀以少報天子特簡之恩，與督撫虛公委任之意。然後經理是役，迄於有成。既落成而記之，以志吾之不敢苟於其職已耳，非敢以爲後來之法。然後之登斯堂者，或亦慨然興感，思有以補吾之不及，此余之所深望也已。

**【校記】**

〔一〕兩『市』字，底本作『布』，據淵本改。

# 姜西溟先生文鈔卷三

## 書

### 上張閣學書

（見《湛園未定稿》卷四《寄張閣學書》）

### 上葉學士書

（見《湛園未定稿》卷四《寄葉學士書》）

### 寄鄧參政書

（見《湛園未定稿》卷四）

## 復張鳳陽書名宣，字儀陸，乙未科進士

某再拜：　昨承手翰，屬爲《先太君傳》，謂僕之文爲足以發幽而闡微，則非愚力所敢任。以僕列官史館，有表揚幽貞之責，若徒工祝辭而譽墓，則何文之足傳？某捧讀惶悚，敢不勉焉？竭其駑憊，以副知己之望，以慰孝子順孫顯揚無已之盛心。然伏自思維，唐李習之《與皇甫持正書》，謂前漢事跡灼然在人口者，以遷、固敘述之工，故學者悅而習焉。其讀之詳也，故溫習者事跡彰，罕讀者事跡晦。讀之跡數，在辭之高下，而自誇其敘高愍女、楊烈婦，謂不出班孟堅、蔡伯喈下。後《唐書》所記亦悉仍其舊文，則其詞之工可知。今太夫人節概，固不讓此兩婦女者。僕才非李翺，而門下猥望之以遷、固之事，以期所以不朽於先人，僕竊以爲過也。緣此逡巡閣筆者數日，既感門下見知之甚，誼不可以淺陋自外，輒按狀撰次錄呈，惟左右讀而擇焉。抑僕又聞之，曾子固求歐陽公爲其大父誌銘，一自爲先大夫集序，一書致謝歐公。今所傳者，歐之文固精矣，而曾公兩文激昂頓挫，具有史公家法。微歐陽，其大父事亦多傳。若門下所爲家狀及枉書一通，文詞茂美，敘致悽惋，不啻頡頏子固。顧僕無歐陽之筆，則太夫人之節烈，後之秉史筆者，舍門下所自爲，又奚取也？　僕拜命之辱，因書其所愧，並所嚮往於左右者，用以爲答。

## 復洪虞鄰書

某自少讀先生行卷，便心知嚮往，藏此三十餘年矣。長公來，承先生不鄙，而先惠之書，兼賜大集，讀之感荷不勝。顧其辭義深博，後進淺學，茫然如望洋於大河之濱，不能測其涯涘也。承諭，比來有兩浙古文十名家之選，所以嘉惠承學意良厚，顧竊有疑者，不敢不白於左右。吾浙固稱文獻之邦，自明洪、永以來，能以古文辭名世、至今烜赫人口耳者，幾人哉？計三百年中，無過三四公止耳，王子充、宋景濂、方希哲、王陽明是也。他如謝方石、茅鹿門、徐文長諸公，猶具體而未醇，不足以齊肩於數公之列。自浙而推之他省，亦猶是矣。蓋人才之難得也，何數百年英靈之聚，靳於昔而獨盛於今時，又皆出於浙東、西一水之間，而其數又不啻十人之多至此耶？此某所以始承來教，竊不能無疑也。及展讀終幅，云欲徵某文就選，以充其所謂十人之數者，於是不覺汗流顔頳，舍其所以疑者，復轉而爲愧焉。某固常有志於古之文矣，苦姿性駑鈍，開卷過目輒旄忘，向所習書，隔數月視之，如未經見，以此自詭嘗得新書讀耳。雖於作者之旨，稍窺見本原，執筆爲文，時復相近。然少年時科舉輟其半，中年以後奔走疾患，復輟其半。所涉獵經傳，竊取之以緣飾爲文者，特其稠雜中工夫什百之一二耳。而貧賤也，俗下應酬之文字又不能以無所爲，則其一二存者，果可以盡信乎？此視古人之並力一嚮以專攻斯事，至於久而後名其家者，大不侔也。先生誤采其浮名，而不知其實之無有，使以某文字入選，豈不足爲門下知言之累哉？不但是也，且使遠近有識之士讀某之文，而妄揣量彼九人者之於文，亦如是而已矣。其爲九人之累以累先生者，益不淺也。某之所以終疑而且愧者以此。然荷先生沖懷下問，誼不可令長公虚往，因裒次近所著數卷附呈，可一看置之。若不蒙垂諒，必欲以煩剞劂，則某有瘞筆焚硯而逃耳。臨復狂率，唯鑒其誠款勿罪。某惶恐再拜。

## 與友人書

（見《湛園未定稿》卷四）

## 投所知詩啟

（見《湛園未定稿》卷四）

# 論

## 士先器識而後文藝論

『士先器識而後文藝』，是已。以四子之不遇早死，驗其器識之淺薄，此爲不可。夫器識，豈可以貴賤壽夭論哉？審如此言，則屈原爲浮華之祖，《離騷》爲導淫之篇，而子蘭、子上得先幾之識，蒙老成之譽矣。昔先王於矇瞽、侏儒、百工、一技之士，必有所以區處之，使不至於失所。況文章爲天地之精氣所存，人士得之，百無一二，爲國者豈可不知所以愛惜之哉？若慮其浮薄而預爲之教，以要之有成，如古大樂正之法，斯可矣。不宜反挫抑之，使不竟其用也。王、楊、盧、駱，杜子美至比其體爲江河萬古之流。自唐及今，如四子者代不幾見，雖其淹鬱於一時，終炳爍於後世。以視彼名德不昌而坐享期頤者，其器識爲何如也？明劉健亦賢相，薄何景明，不使入館閣。夫館閣，儲文之地。以景明之才猶不得入，不知朝廷設此何用。健斥李、杜爲一醉漢，吾知使生李、杜於明時〔一〕，其受屈抑必甚於開、寶間矣。大臣不重文學，此非細事。則天后見駱賓王檄己文，曰：『有才如此，而使之淪落不偶，宰相之過也。』一才士淪落至歸過宰相，此真人君之言。其能籠絡豪傑，使爲己用，亦非偶然也。

【校記】

〔一〕『明時』，馮本作『此時』。

## 東漢文論

西京承戰國、先秦之後，故其文雄峭多奇氣，晁、賈諸疏是也。承平既久，士氣薾弱，見之於文章者，爲嘽緩曼衍而不振，朱子所謂『衰世之文』也。東漢因之，雖以光武之講論經理，明、章之崇儒重道，而文體日趨駢儷，遂濫觴晉、魏、六朝，不能遏也。豈風氣使然？雖甚權力不能與之爭乎？昔司馬遷文尚矜奇，故公孫弘、董仲舒傳不錄其對策，而班固收之。東漢之書成於蔚宗，其所援述時人書疏，多更删潤。是三書者，遂各成一代之文，則著作之家，固風氣所從出也，可不慎與？然東漢人矜名節，師弟傳經，期足明理而已，與夫西漢大師相授受，爲發策決科取青紫者不侔也。至魁壘耆碩，正色立朝，封事屢上，讀之有使人欷歔累涕者，其爲益於名教甚矣，豈異時杜谷輩淺儒所可望哉？而郭泰、黄憲、徐穉之倫，文辭不概見，何與？夫人之信有得於己矣，則其於外宜有所不暇者，此又學者之不可不知也。

# 傳

## 新城王方伯傳

（見《湛園未定稿》卷五）

## 謝工部傳

（見《湛園未定稿》卷五）

## 節孝李母丘太孺人傳

（見《湛園未定稿》卷五《李節母丘太孺人傳》）

## 先參議贈太僕公傳略

（見《湛園未定稿》卷五）

## 先太常公傳略

（見《湛園未定稿》卷五）

# 神道碑

## 工部尚書睢陽湯公神道碑代

工部尚書睢陽湯公卒於位，其孤以其喪歸葬於某原。明年，以官世治行來請銘，余曰：『噫！公之死，宜得余銘久矣。』爰按公狀，又徵之太史，而以余所立朝親見者，備銘之石，俾揭於墓道。序曰：

公諱斌，字孔伯，號荊峴，一號潛庵。順治五年舉於鄉，次年會試中式，又三年成進士，改弘文院庶吉士。邸舍不避風雨，常坐讀書，不妄有通謁。給事中蔚州魏公象樞、吏部湯陰王公伯勉，皆以清節名於時，每過門輒緩轡徘徊，歎息乃去。甲午授國史院檢討，時議修《明史》，上言：『宜依《宋》、《遼》、《金》、《元史》例，錄南渡後死事諸臣。』執政詫其言，疏上，夜半傳旨，召至南苑，人皆爲公懼。乃世祖皇帝顧與溫語移時，不以爲罪也。乙未詔選翰林科道衙門出任監司，公得潼關道副使。是時，黔師屯成都，漢中經略兵屯湖南，關中徵發四至，民逃匿十二三。公下車約束，每大軍至，使人逆之境外，無得入城。總兵陳德之調湖南也，至關，欲留，公謂：『二萬人坐食於此，勢必不支，然其母病不可彊遣也。』於是陳檄車五千輛，騎報曰：『陳將軍實用車二千，其餘待折鏹以行。』公潛遣人僦車二千，而民率匿車河下，還報車少，將軍乃謂公曰：『我自僦車，盍畀我錢乎？』公曰：『甚善！顧必以人量車，每車坐幾人，使民知其不足而補之。』陳遽傳令軍中，公乃出，坐關門上，揮士以次升車，滿十輛即遣出關，而河下車皆集。漏盡，四鼓悉出，無一人譁者。因設祖道關門外，請將軍出，將軍聞鼓聲大驚，欲追還軍士。公曰：『吾民一散，不可復聚，且軍已出關，不得入也。』遂倉皇去。至洛陽，其母死，留治喪匝月。軍變焚殺，上聞，而關城以公故得宴然無事。未幾，流民歸者數千戶。歲旱無麥，而春夏兵餉例支麥，麥價浮於穀。公請發倉穀以代，軍帥以爲若是，兵且變，督撫徵麥益急。公曰：『吾民乏食，將爲餓殍。公憂兵變，獨不憂民變乎？』即發倉穀，與兵約『今歲無麥，食此，明年將補支若麥，而若以穀償官』，皆喜曰：『願如令。』於是關西數千里麥徵悉停，兵民賴之。

公蒞事精敏，訟無留獄，環境五十里聽質者，皆不齎宿糧。從卿士大夫咨民疾苦，隨罷行之。或有以私干者，見公輒縮胸不得發。嘗行勘荒遇雨，止大樹下，民朱欄其樹外，時人以比之甘棠也。量移嶺北道參政，轄贛南二府，甫三日，清積案三百餘件。李玉廷者，明舊將，以所部萬人入山爲盜，公以書約降之。未及期，七日，而海寇犯江寧。公策玉廷必變計，夜馳至南安，設守畢，而寇果至，見有備遁去。隨請於制府，用將士分屯要害五六處，誡令固守，毋妄動。玉廷所向與兵遇，遂就擒，其黨亦解散。

公持身清潔，所至欲爲地方興利除弊。其志甚鋭，其才足以濟之，而一本之於至誠。故上官雖時有所牴牾，而終釋其意不疑，以有成功。自潼關移任，僅攜僕二人，往返八千里。既定大亂，念封中憲公病甚，卽謀歸省，督撫惜之。例外官予告，非特薦不得起。公故有異母弟，甫六歲。督撫欲令權宜，以終養請。公曰：『奈何以此欺吾君也？且謂無兄弟而歸，吾父必不樂。』竟以病告罷，年纔三十三云。

初，明末寇陷睢陽，公母趙恭人以節死，順治間始得旌。公之歸也，日侍中憲公及軒恭人，色養備至。而爲趙恭人建祠於所居西偏，每朔望謁家廟畢，必至祠瞻拜歔欷。里人私識其來時刻，先後十餘年未嘗少差。丁中憲憂，服闋，走蘇門孫徵君門，請受業。與同志爲志學會，講求玩索，所養日充粹，官長稀見其面。有同年任方伯者，見郡守，問公近狀。郡守對言『實未聞有此人』，方伯益嗟歎不已。今上戊午詔舉博學鴻儒，司寇魏公以公名上試，補翰林院侍講，同纂修《明史》。辛酉，充日講起居注官，轉侍讀，典試浙江。壬戌，充《明史》總裁。次年，直講筵，纂修兩朝《聖訓》。公先講一日，輒正襟端坐，潛思經義。比入講，敷陳詳切，務以誠意動上聽。歷左右庶子，擢內閣學士，兼禮部侍郎。居四月，會江寧巡撫缺，上命公往。陛辭，諭以『朕非忍出卿於外，顧江南風俗奢靡，訟獄繁夥，以卿耐清苦，特令往撫之，冀有所變革』，因賜鞍馬一，綵緞十，白金五百兩。比行，又入見，上徹御饌賜之，復賜御書三軸，曰：『今當遠離，展此如對朕也。』時上將南巡，急抵任，至則文案山積。數日迎駕，北渡江，就舟中判決，晝夜不假寐者六日，而積滯盡清。公扈蹕至江寧，上再賜御書一軸，蟒裘羊酒，傳旨令徑歸署。

蘇、松舊患，積逋相仍，有司不滿歲卽罣誤去，以故皆不自愛而私規近利。上官陰持其短，索賂益急，虧公帑頌繫者纍纍。公至，則進州縣吏，盡斥其所爲，且曰：『今與若更始，苟稱職，吾不吝薦引；卽不能，以考成罷歸，猶得完身名，守墳墓。奈何日坐堂皇，引前官妻子對簿勘產，反蹈若所爲？』皆頓首涕泣，曰：『公活我。』又誡司道郡守不得責屬吏餽金，皆指天自誓曰：『不敢。』於是除耗羨，嚴私派，清漕弊，汰蠹役，行保甲，革鹽商匣費。一切皆以身先，屏絕請託。居數月，乃劾其貪暴尤甚者去之。自制府將軍下，皆傳相戒，不受所屬一錢。奉使京朝官、往來過客，迅棹疾去，亭傳無斗粟之費，吏治廓然大清。

公之陛辭也，上諭以『積逋，當以次漸理』，故公爲政，先謀寬民力，興教化，培植根本爲務。嘗請改並徵積逋爲分年帶徵，免十八九兩年災欠。減賦額，寬考成，豁逃丁，調驛困，免蘆課買銅，除邳州版荒，捐明萬曆朝所加九釐餉。聞有災傷弊政，不問部議可否，疏立拜發，亦恃上之知其誠悃，故見事無不爲，所告無不盡也。初至，報睢寧、沭陽、邳州災，上爲之蠲賦數千兩。又報泰州災，並永蠲前二年賦。次年，淮、揚、徐大水，奏免賦十餘萬兩。又盡免高郵、寶應、泰州、興化、鹽城等州縣賦復幾十餘萬。嗚呼！上之信公而加惠於民至矣。公所以將順而宣布之者，豈非所謂主聖臣賢、千載一時者歟？公猶以救荒之法爲未足，乃發常平倉粟，及丐將軍提鎮榷關，輸粟往賑，又檄布政司以庫金五萬告糴江西、湖廣。或謂公宜先奏聞，公曰：『吾君愛民，必候旨往糴，民不溝中瘠乎？』遂遣兩同知行，誡之曰：『若至，極言淮、揚饑狀，米斗一金，令遠近聞之。』糴財及半，運未還，而大賈爭泛舟下江市中，斗米直百錢而已。後歲熟，償庫，國帑無損，而民所全活以億萬計。有司請報湖蕩蓮芡，公駁還，固以例請。公曰：『例自人作，寬一分則民受一分之賜，且蓮芡或不時熟，一報部卽爲永額，後欲去之，可得乎？』

凡禁遊冶，驅優伶倡伎，嚴市肆淫辭邪說之流行刊布者，禁有喪家無得火化及久停柩者。令下一歲，報葬者三萬餘棺。五通神者，祠廟遍江南，巫射利誕妄，士女怵於禍福，奔走如鶩。公取其像投湖中，民始大駭，已而妖遂絕。廣立義倉、社學，聚民講《孝經》、《小學》。月吉讀上諭、律令，舊俗丕變。而或勸公以講學者，公謝曰：『吾知盡吾職，不知講學也。』又請爲公立書院，公曰：『吾不講學，安用書院？』蓋公之學主於隨處體認天理，其要歸於自得，而外貌頽然，不自矜飾，故人非久相識者不知其嘗學道也。其學於蘇門也，師法姚江，而不以先入之言爲主，故於濂、洛、關、閩之書，尊信之尤篤。與夫世之標宗旨、樹藩籬以自炫鬻者，迴然異趨，唯其一本於誠而已。其樂閒靜，甘淡泊，天性也。居官不以絲毫擾於民。夏從質肆中易苧帳自蔽，春野薺生，日采取啖之。脫粟羹豆與幕客對飯，下至臧獲皆怡然無怨也。民間至以公姓爲諧語，謂之『豆腐湯』云。蠲漕及地丁，分年帶徵，以部費爲名，前後派銀四十餘萬。布政司屢以爲請，且謂民樂輸〔二〕。公不可，請之亟，公怒，將發其事，吏叩頭謝，久乃已。不得已，遂空手入都，而他部每郡縣坐勒費至三四千金不止。公見屬吏，必霽顏色，告以君恩不可負，民命不可殘，懇懇如家人語。故其下皆畏而愛之。

方整刷未竟，會皇太子出閣，上諭吏部特授公禮部尚書，管詹事府事。至則命公坐講，問路所由及奏銷部核，當罰俸，特旨免之。歲大計，藩臬託治裝，遷延無行意。公曰：『明日不行，行劾汝矣。』地方利病。公以鳳陽災對，上遽遣官往賑。尋充經筵講官，總裁《明史》，與會議，上所以任公者甚至。

然公嫉惡過甚，在吳時已有不便公所爲者，以爲形己之短而忌之。而公亦以久勞簿領，精耗神疲，殿幄起居，動見抉摘，部覆革職者再，降調者一。翰林掌院及詹事府公劾者，皆一賴上寬仁曲全，僅鐫級而已。公請養母求去，不得，又自惟奉職無狀，久留不可，闔門屏營，席藁待罪。上特宣入，則涕泣叩頭請死，上惻然爲之動容。未幾，遷工部尚書，方受事而病已不可爲矣。上遣御醫診視，疾稍間。奉命詣潞河勘楠木，感風寒歸，遂大困。臨沒，戒其子曰：『孟子言「乍見孺子入井」，汝輩須養此真心，令時時發見。久之，全體渾然，可達天德。若襲取於外，終爲鄉願，無益也。』復以聖恩未報、母養未終爲言，挽子溥手以指畫『草遺疏謝上』五字，遂瞑。上聞，遣學士多奇、翁叔元奠茶酒，命馳驛歸，以尚書禮祭葬。

公忠孝廉潔，出於天性，臨事制義，充之學問，平時見爲迂闊，而當幾磊磊立斷。馭下凜不可干，而所在務寬小過。撫吳時，行取縣令二人，於功令不當薦，部議駁還，上特破例用之，今都御史郭公琇其一人也。蘇有高士徐枋，居西山，四十年不入城。公屏騶從步行造門，枋終不肯出，公歎息而去。時議兩高之。其聞召將去吳也，百姓啼號罷市十餘日，投匭斂錢，謀叩閽不得，則老幼提攜奔送，自吳門至江北千里，不絕於道。其沒也，無知不知皆哭，曰：『正人死矣。』人謂公撫吳，廉直似海忠介，而去其煩苛；精敏似周文襄，而加之方正。至其學問純粹，有體有用，藴之而爲道德，發之而爲事業，而人猶惜其用之未盡，則有非二公之所得而與者矣。其家居，室無廣廈，侍無姬媵，日以讀書養親爲事。所著有《洛學編》二卷，《補睢州志》二卷，詩文二百餘篇，公移、條約十餘卷，藏於家。享年五十有九。元配馬氏封恭人。子四人：溥、濬、沆、準。女三人，皆適士族。銘曰：

惟湯於世寬始祖，遇明之興奮厥武，積功神電衛百戶。孫襲千戶其諱庠，自滁來遷家睢陽，易守岷衛祖烈光。六傳希范趙城丞，子敏孫契州諸生，三世棄武名一經。尚書生也爲國器，性耽典籍弱不戲，學播仁種耨以義。朝出蓬山暮華陰，遺愛衍溢留虔南，華山高高貢水深。歸棲子舍矢不出，再返玉堂詎意必，掌帝絲綸預機密。帝憂南顧予汝賢，公出整頓未兩年，民蒸俗熙吏恪虔。帝曰汝歸司胄教，夫彼己氏豈同調，蜮含狙伺術已巧。事有變遷理則那，主恩前後無偏頗，千載視此石嵯峨。

【校記】

〔一〕『謂』，馮本作『爲』。

## 兵部督捕理事官前浙江道御史徐公神道碑代

本朝有名御史曰徐公越者，其仕在先朝，及今上康熙之十三四年間，而人望之若前世人。其僅遷一官以謝歸其里未久也，而人想其言論風采，以爲非耳目所常得聞見，是不可以無傳也。蓋余伯兄大司寇嘗爲之文以勒諸幽矣，而嗣子覺復以墓道之碑跣請於余者，以余兄弟知之尤詳也，敢不敬諾？

公字山琢，存庵其别號，望本太末，世家句章。明洪武中，以軍籍徙淮安衛。自曾祖某以上皆不仕。祖某。父某，誥贈中大夫。祖妣王氏、杜氏，妣楊氏、王氏，同贈淑人，皆以公故。公舉順治九年進士，外艱服闋，授行人司行人。十七年御試，擢浙江道御史，移疾歸。康熙六年，補山東道御史，出巡鹽河東，還臺内陞，仍在臺。久之，補兵部督捕理事官，旋請告，遂不出。公在臺，最號敢言。順治末年，兩年中疏凡九上。自康熙六年至十二年，共五十疏，而於治河事宜尤詳，論治河疏先後凡十一上。先帝時，請不時召見大小臣聽令，反覆指陳，以備采擇，且曰：『臣願皇上留徙死之刑，以待巨奸大佞。其攖逆鱗者，當稍示以優容，寬好名之禁，以礪中材下士；其冒天功者，則國有常典。』一時傳誦，以爲名言。康熙七年，駕將幸口外，極陳地震之異，乞勿輕動以順天意，詔是之。越四日，又降旨褒，因遍諭羣臣：『自後事有缺失，宜如前直言無隱，朕不憚改更。』河南撫臣請急賑汝南諸郡，部議以未報災不允。公疏：『不早報災，罪在有司，百姓何辜，而聽其茹糠咽皮、坐填溝壑乎？』奉旨責不具報者，而令趣發賑如御史言。諸論川湖採取楠木累民，論奸商大猾宜寘重法，論經筵不宜久撤，論關差不宜多員，論屯墾之兵宜早安緝，論五城棲流所宜修葺，皆得俞旨。復因亢旱祈禱，請寬逃人株連之罪，則和氣自應，事雖不行，時論韙之。先是，州縣兩稅開徵，本以四月、九月，有請如舊制者，部以國用未足爲言。至是，公言：『聞各省預撥餉銀，除足備一年外，存留尚多，此而不足，直待何時始足乎？請如舊便。』十年，會淮陽水災，上遣大臣行視。公請於各州縣多分設米廠，使貧民免守候之苦、擁擠之患，然後計日給一升，每三日一放米，以百日爲率，則一石之米可活一人，百石之米卽可活百人。雖多至十萬人，亦止費官庾十萬石耳。使者與有司宜遍歷躬視，勿急限還期，勿預定米數。疏入，上大喜，本不下閣，卽命賑濟，侍郎田逢吉酌行。而並九年八月緩徵一疏，特召面陳，反覆數四，天顔愈和。公應對詳敏，在廷無不瞻聳者。旣內陞加四品俸，益自感奮。十二年，糾定南王女孔四貞，其夫孫延齡與撫臣互訐，方在對簿，不宜許其入朝。上曰：『此女，太皇太后所愛。』對曰：『卽公主干憲，臣亦須糾。』上動容，可其奏。

家居十二年，唯屏跡讀書，人稀得見面。沒以二十六年十一月某日也，年六十有八。配李氏，贈淑人，繼任氏。子覺候〔一〕，選知縣。女三人，皆適士族。孫四人，曾孫一人。以某月日卜葬於某原。公居臺，首尾七十餘疏，而家本淮上，目擊淮黄衝突、居民昏墊、漕道通塞之故，其言尤多。時有用不用，然識者莫不謂然，而以其不盡用爲可惜。銘曰：

黄入運河，水緩沙滯。天妃一閘，以時啟閉。公上書言，宜如舊制。加之挑濬，漕行其利。公又上書，言分黄導淮。黄流漲遏，閘不受淮。則衝鑿高堰，而高寶其災。開支河地，於黄家嘴。弱黄分導，淮不爲暴。公疏始上，旨未及降。桃源煙墩，決三百丈。河臣叫呼，公悉其故。自三年前，河水北衝。與南岸歲修，五大險工。幸不相偪，而噤不請塞。清河洲長，裴口倒射。今者之決，理所必極。言河北數州，積屍浮漂。民之孑遺，顛於爲巢。府帖旁午，派夫采柳。采柳一束，縻三百錢。派夫鵠面，動集數千。財殫民盡，國何有焉？官爲采募，於事實便。次言歸仁，隄宜修復。滚水之壩，季馴倡築。具載成書，臣所諳熟。石鐵灰樁，於官取足。明年七月，三疏同日，一請修高堰。高堰之修，係生靈百萬。高堰一決，河口必闕。河口之闕，海口必塞。上潰下塞，是謂無策。內遷留臺，復陳河患。夾沙黄流，積淤成板。河身岸齊，民其阽危。孰爲議者，請開遥堤。遥堤之設，曠土則宜〔二〕。城郭接壤，安用此爲？而況民舍，墳墓俱隳。爲今之計，莫若大挑。澗涇芒稻，畚鍤之勞。勿惜勿遲，黄淮滔滔。上支弗治，孰濬其尻？臣昧死言，以備芻蕘。自公之去，執言盈庭。天子曰吁，疇卽余工。公今既死，詎復聞此？吾書以告，百爾君子。

【校記】

〔一〕『子』，底本闕，據淵本、津本補。

〔二〕『曠土』，馮本作『廣土』。

# 姜西溟先生文鈔卷四

## 墓誌銘

### 江南糧儲參議道前戸部侍郎櫟園周公墓誌銘

公諱亮工，字元亮，別號櫟園，開封人〔一〕。先世有諱匡者，仕宋，知江西撫州軍事，因家焉。其後三徙，定居櫟下。至公祖贈鴻臚寺序班庭槐，遊大梁而樂之，復占籍開封。鴻臚生子文煒，卽公父，國子監生，任諸暨簿。

公中明崇禎十三年進士，授濰令。是時，濰被敵圍久，公以一書生乘障，親集鏃其身，城以不陷。事聞，行取授浙江道監察御史。未幾，京師破。順治二年，詔起公，以御史招撫兩淮，改兩淮鹽法道，陞海防兵備道，遷福建按察使。踰年，陞布政司右布政，尋轉左。首尾在閩八年。其以按察駐節邵武也，邵武在萬山中，嘯聚彌山谷，城外烽火燭天。公權宜治軍事，募敢死士，日開門轉戰谿谷間，多所擒獲。夜則獨坐譙樓上，仰天長嘯，賦詩高詠。衛士擊刁斗聲，中夜與相聞。事少間，建詩話樓，祀宋嚴滄浪其上，召邑諸生能詩者，日與倡和，境內益安。爲右藩時，屢奉檄，歷署建南、汀南、漳泉諸道，皆數反側地，人所顧卻不敢就。獨單車往來鋒鏑中，百方經略，所至輒見紀。故自內召出境及被劾還質，質竟傳逮，復入都。百姓皆扶老攜幼，頂香迎道左，爭奏酒食，勸盡觴，號哭聲竟數百里。閩詩人高兆作《四泣詩》紀其事。

初，公以左副都御史徵上章言閩事，報可。又密有所建白，頗摘抉用事者，驟擢戶部右侍郎。而閩者咋舌，曰：『禍始此矣。』未幾，督臣果飛章劾奏，詔赴閩勘。比到，前督已罷去，按察使與五司理會鞫，得其冤狀，列狀上中丞。時久旱，牘具，雨大澍，民爲作歌曰『束卷雨』云。復逮下刑部訊，秋朝審可疑。故事，獄上可疑者報聞即釋。而是時適傳恩赦，凡已論囚概減等。公反以赦例當隨輩徒塞外，待春發遣，緣大行遺詔免。尋以僉事出任青州海防道。

公生平喜爲詩，凡按部所過山川風俗及臨陣對敵、呼吸生死、居閒召客、讌飲詠啁、吹彈六博、揄袂獻笑，無不以詩爲遊戲。心營口授，史不給書，而頌繫前後數年，所得詩尤多。方坐獄堂下，健卒猙獰立，鋃鐺纍纍，呼謈聲如沸，手拳據地，顧伍伯乞紙筆，作《送客遊大梁詩》二十絕句，投筆起對簿，詩語皆驚人。素與黃山吳生善，吳從公獄中久，其爲《北雪詩序》，略曰：『記初冬，余與生夜坐爲詩，漏下數十刻，嗚嗚吟不止，或至心傷，則相對泣。嘗對臥薄板上，忽聯句成，兩人擁敗絮，從口吻中濕筆，露臂爭書，薄板躍起，短燭撲滅，一笑而止。』其高致如此。按青逾年，遷參議江南督糧道，復遭劾，解職聽勘，事解，尋卒。

公材器揮霍，善經濟，喜議論，疾握齱拘文吏。當大疑難，剸斷生殺，神氣安閒，無不迎刃解者。自筮仕即在兵間，尋擢臺職，益欲以意氣自奮，不幸遭亂歸。才爲時需，十年之間晉歷卿貳，然時時與世牴牾。庚戌再被論，忽夜起徬徨，取火盡燒其生平所著述百餘卷，曰：『使吾終身顛踣而不偶者，此物也。』

辛亥冬，某遇公西陵佛寺，留飲，拊几太息，謂余曰：『吾與子相見，知無幾。今我年六十，子歸爲我作《恕老堂酌酒歌》而已。』恕老堂者，公所居著書處也。余渡江，詩不果作，然竊歎公之才，其轗坷歷落而老且衰於此，視其中默默如不自聊，將遂已也。循公之跡，考公之志，則古之大人君子，其身尊名立，人望之若不可及。而當其壯年逾邁，俯仰身世、出處、盛衰之故，其皆有不自得者乎？則夫世之辭富貴而就貧賤，寧獨善其身以置生民之休戚理亂於不顧，至於老死而不悔者，彼亦誠有所激也。嗚呼！可以知公矣。

公好獎與後進，嘗置一簿坐上，與客言海内人才某某，輒疏記之。諸所嘗經過，雖深山穴處中，物色無不到。見少年能文士觭辭隻韻，立爲延譽。或數屏車騎過之，老生貧交，相依如兄弟。其爲文及詩，機杼必自己出，語矜創獲，不蹈襲前人一字，劌鉥湔濯而歸之大雅。尤嗜繪事及古篆籀法。每天明盥漱出外舍，從容談説古今圖史書畫、方名彝器，皆條分節解，盡其指趣。客退則手一卷，燈熒熒然，至夜分歸寢，以爲常。元配馮淑人，生子五：在浚，國學生，考充官學教習；在延，庠生；在建、在都、在青，皆國學生。孫男女四人。卒年六十有一。將以某月日葬於某原。銘曰：

謂莫知耶？爲大司農。謂逢其時，胡蹶而終？詭譎偭規，滑稽乃容。余不忍爲，奚辭固窮？烏石巍巍，滔滔大江。文蒸武施，唯公之功。公之德威，汔於數邦。肆我文辭，砭鍼瞽聾。萬派千支，於海朝宗。如賁待槌，如懸待撞。晚歷嶔崎，益放而洪。誰其司之，命彼祝融。悠悠我思，蒼蒼彼穹。北山之崖，嗟櫟園公。

【校記】

〔一〕『開封』，底本闕，據淵本補。

## 山陰仲淵何公合葬墓誌銘

（見《湛園未定稿》卷六）

## 安城楊君墓誌銘

康熙二十八年己巳春，車駕南巡至蘇州，有紹興人士楊賓及其弟寶，以父得罪徙寧古塔久，泣血奔叩行在，願身率妻子代父戍。上駐蹕問之，以其罪名重，非祖制不允。又沿御舟行數百里，呼號竄突騎從間，人馬蹂踐，衛士執鞭箠雨下。賓兄弟出，强辭與抗，幾斃，終不得達。由是見者皆感涕，稱爲孝子。既而諗知其父得罪狀，又有可憐者。賓父以壬寅冬徙塞外，其《行述》所謂安城府君者也。君既謫塞外，是時賓年纔十三。後二十八年，賓始得往視之。又二年，辛未冬十一月某日，君竟歿於戍所。君所坐於國法，不得還葬，妻隨行者例留之。賓聞訃，衰服跪刑部、兵部門，凡四百五十有五日，號泣陳訴，垢形骨立，酸動行路。當事者憐之，爲求比例，遂得請。蓋上之曲成人孝如此。今年九月某日，寶扶柩抵潞河，母范孺人亦隨到。賓與余族弟寓節善，數爲余述其賢。既聞余在都，則泣請曰：『吾父以狗友譴死，非子寵之銘，不足以慰吾親於地下。』銘曰：

君諱春華，越其更名。友聲其字，居越安城。晚遂自號，不忘所生。父蓄業儒，既而不就。累官總兵，副鎮京口。君年十七，補博士員。適當明季，厭經生言。散金結客，豪俠滿門。卒以賈禍，亦不言冤。君之得禍，以友滋蔓。友亦被牽，密書屬援。爲邏者獲，友固弗承。君謂我出，事始得明。國有常憲，棄友於市。處君末減，南冠而縶。君初出塞，雪花如掌。朔風狂吹，指墮馬上。渡混同江，那木色齊。種種惡道，及諸阿機。萬木排比，仰不見天。老根亂石，斷冰結連。不受馬蹄，起踣其間。異鳥怪獸，叢哭林嗥。同侶失色，百聲號咷。君獨凝睇，山川阨塞。詭形殊勢，筆之於冊。忽然長嘯，攬轡支策。掉頭吟詠，不爲戚戚。人傳君貌，有頎而黑。修髯大聲，雙眸電射。至則謾罵，其守土士。彼愕不知，或瞠而視。時法初立，漢人罕至。至輒爲傭，犬彘之飼。君教入山，斫木爲屋。蔽以木皮，炕銼具足。以我所攜，布帛絲枲。易其魚皮，人稍知市。爲賈而豐，教以字書。禮讓蔚興，藹藹村墟。贖諸罪隸，生者養之。死給之槥，婚喪以時。不足爭助，後則爲恥。曰不可見，楊馬法矣。長老之稱，馬法是云。馬法既死，哭聲田田。柩所過道，設祭魚飧。緜壽七十，子三賓寶。季名曰寵，女二孫九。女孫亦二，幼尚未字。初君之出，其色揚揚。視死與生，如去來常。況死而歸，先壟是依。是惟有子，以釋君悲。子也式穀，守爾初服。銘勒諸幽，允臧墨卜。

## 明經吴君約庵合葬墓誌銘

君吴姓，諱鉅，字任斯，江南清河縣人。祖璜，明萬曆年鄉貢士，涇縣訓導，以經義造就生徒，多所成就，學者稱爲心融先生，卒年九十有五。

君少承先訓，學務有本，言動必以禮。毗陵孫文介公慎行深所器重，延致家，與之講論《易》理，成《心易解》一編。父諱某，早歿。訓導公在堂，侍養備至，間從容請質經義，得其歡心。竭力爲兩幼叔營婚置産，及其自奉泊如，妻子至衣食不周，不問也。

然吴氏世績學，未有以科第顯者。自訓導暨君，祖孫間雖日以讀書明道爲己任，顧謂：『朝廷設科舉，本以待文學行誼之士，吾業受書爲博士弟子，而學力淺薄，不足以稱明詔，豈必有司不公明之過？』故每至大比，必持牒入省門，囊卷橐筆，與儕輩露宿階下，低頭就席舍。年已向暮，髮童然矣。然每試必與，與輒報罷。而君與訓導公俱先後需次爲歲貢生，薦於廷。君遇康熙乙卯冊立覃恩，例授州同知，非其志也。亟請於部，改教職歸，盡焚其所爲舉子文字，而以其所學教其四子，皆成立。

元配高氏，孺人，有賢行，佐君督課諸子尤嚴，常躬織絍至丙夜。諸子請休，不肯，曰：『吾但聽爾曹讀書聲，便可忘寢。』君初被貢後，猶攜長子湛鄉試。孺人典釵斂裝，行無倦色，曰：『吾於爾父子每放榜時，心膽俱碎矣。』嗚呼！國家制科，三年卽放進士至三四百人，少亦不下百五十人，而天下省試所錄士又無論以千計。其間賢不肖雜揉，冠未上頭，一經未上口，猥列賢書，冠進賢以齒序於縉紳者，何限？而宿學碩儒，砥行立名，踸踔而不得進，終於襴衫席帽，齎恨入棺。如吳氏一門祖孫父子夫婦之間，至以涕洟相慰勉，貧老至死而不悔。彼爲之有司者，果公與明？非耶，詎獨無人心耶？夫自有道者視之，窮通得喪，彼在外者，亦何與己事，奈何當事者之曾不加意，致使士沒齒有不平之歎也？

君享年七十三，卒以康熙某年某月。孺人後君幾年卒，年八十。子四：湛，恩貢生，候選訓導；沆，邑增生，先没；泓、瀚，俱歲貢生。合葬君於某原，以丁丑年某月日。銘曰：

人言科舉，有礙於學。或言學政，有益於科舉。兩者得失，孰爲細巨？孰營營於斯，而能以兼取？愚公之山，三世以之。子子孫孫，山畏而移。湛、沆、泓、瀚，角立嶷嶷。有美封壤，草茂泉滋。魄歸勿遲，必大其筮。

## 誥封一品夫人韓母何夫人祔葬墓誌銘

古者夫婦無合葬之禮。周公蓋祔，而孔子亦合葬於防，其禮起自中古。然禮，婦死，夫爲之主，宜非子得銘。母死，祔於父矣，而復得請銘於賢士大夫者，唐宋以來嘗有之。蓋緣孝子之心，痛所生之日遠，徒以致其不得已之情於其母耳，故君子不以爲過。若今誥封一品韓夫人之葬，非獨其情之不得已也，其德更有足紀者。此余於其嗣子銓兄弟之固請，尤不忍其無聞也。

夫人姓何氏，父諱某，年十四歸於故兵部尚書兼都御史韓公諱某，爲元配。尚書公父諱承宣，謚忠烈，明末爲歷城令，徇難家破。公以弱孤童從王師出關。數年，復從世祖章皇帝入關定鼎，擢吏部郎，遷宗人府啟心郎。公時悲念忠烈公不置，夫人爲言：『聞有姑尚在蒲，盍訪而迎之，以歸奉養？是君終天之恨得釋，而忠烈公爲不亡也。』是時，公居官貧甚，乃鬻奩餘，爲公裝行，迎王太夫人並諸弟入都，内竭孝敬之誠，外盡中饋之道。故王太夫人安之，喜有賢婦，而公諸弟俱得藉以成名〔一〕。既公出撫江南，再督師偏沅，滇黔蕩平，移節西川，夫人皆隨行。而其任偏沅，與賊相持於七里山也，夫人括家貲給飽，騰鼓敢死之氣，往往有烈丈夫概。逮事稍閒，見居民室廬殘毀，捐金造屋數百間，以業民之露處者。後子銓出守衡州，有老父數十人拜馬前，願一見太夫人爲幸，其遺愛感人心如是，卽所以佐公者可知矣。

夫人待庶子鏐有均平之德，接猶子及族人恩意必周。然性嚴，諸子不正衣冠不敢見。自尚書公捐館數年，家難作，夫人備經憂患，賴天子寬厚，傾巢復完。臨没，呼諸子榻前，屬之曰：『我家非聖德保全，煢煢一老嫗，欲再見汝兄弟，得乎？吾今以天年終，復何恨？願若等世世勿忘「上報君恩」四字。十弟令陵川，歸亦以此語之。』遂取命服加身而卒，康熙丁丑十月十三丑時也〔二〕，得年六十四歲。子銓，安陸府知府；鏐，高州府化州石城縣知縣，卒於任；鋐，應州知州；鈞，澤州陵川縣知縣；錦，候選知縣。五子自鏐外，皆夫人出。女六，所適詳尚書公表狀中。銓兄弟既卒哭，以今年四月吉，祔葬夫人於溧水縣之新阡。銘曰：

大人嶽嶽，孕靈鍾秀。亦資幽贊，内德之懋。猗尚書公，四牧巖封。既文以武，著勳鼎鐘。厥有賢配，配惟以德。順於姑嫜，子承家克。爰相夫子，蔚爲國楨。佐籌行間，才亦足稱。没而遺誡，小大莫忘。耿耿君恩，指此幽壙。

【校記】

〔一〕『成名』，馮本作『成立』。

〔二〕『丑時』，馮本作『日』。

# 墓表

## 戶科掌印給事中黃湄王公墓表

（見《湛園未定稿》卷六）

## 河津令李公墓表

公諱源，字星來，一字江餘，姓李氏。其先自遵化徙居商河。高祖諱志皋，壽百有十歲。志皋生蘭，明嘉靖間再徙德州，而蘭子大華遂以舉人起家武强令，生二子：明誠、明誠。明誠領鄉薦，十上春官不第。魏忠賢聞其名，幣招之不得，由此名益重。無子，以明誠長子爲後，卽公也。順治乙酉舉於鄉，次年成進士，除知河津縣事。

縣殘於賊，少居民。公潔己視事，寬徭輕刑，以與之休息。未幾，流亡復集，於是鋤奸吏，屏豪彊。

有張家璧者，侵奪人田産子女無數，歷數政不敢問。公搒其子於庭，以次列被冤者簿質之，而盡錄其所奪，還之主。於是傍近縣聞之，訴狀者皆書紙尾，請下河津治。案牘填委，剖決無滯，老吏不得上下手，政聲日聞。上官雖素威嚴者，輒爲公霽容，以戒於他縣令，曰：『若治縣，何不效河津耶？』一日，上謁臺使，問河津何所有，對曰：『止有龍門山耳，他固無有也。』凡臺所下檄，不便即還檄。上司初不能平，久之反以爲賢而慰。薦公章屢上，報最矣。會大同總兵姜瓖反，破汾潞，盡下平陽諸屬縣。公築隍浚壕，募勇卒，擐甲登埤，爲死守計。相持至五月，不能支，乃率健兒十餘人突圍出。而張家璧者，遂乘亂伏黨山中，謀劫公投賊。適風沙晝晦，疾馳數十里得脱。時蒲州已陷，即求援於陝西總督孟公，且請身爲鄉導，前驅擊賊。得兵三千人，大破賊蒲州，收復河津，而家璧亦就擒。村堡尚有爲賊守者，軍士欲屠之，公持不可，乃止。寇平，總制上公功狀，吏議以功過相準，不敘，遂拂衣歸。順治十三年，詔城池失守官情勢可原者，許督撫以名奏。河津數百人詣臺白狀，撫軍立爲疏聞，終格於部議不行，公自此無意當世矣。

家故有別墅，築退庵居之，因以自號。積書萬卷，朱墨點勘，於國家典故、河漕、鹽屯、兵農諸務，皆有論次。而其於古治亂、興廢、得失之故，遇事感發，胸中排笮，有耿耿不能下者，則託之詩歌，時復放浪於世外之言。園居乘夜，折柬招客，浮白大叫，博簺競進，絲竹迭奏，非達旦不休。或時晝眠，雖達官在門，撼之不可起，人以爲任達也，而不知其中之所寄有難言者。即讀其書者，亦以爲感憤無聊而已，而不知其身之既老，而才之有可用也。晚歲閉門靜坐，屏絕讌會，預定亡日期戊辰四月某日，果至期卒，壽七十歲。

夫疆埸之事，城亡與亡，正也。脫身求援，以圖恢復，亦正也。不幸而事敗，圖不克遂原心者，猶錄其功。況於出萬死一生之力，收城殺賊，名爲功過相準，而不以功覆過，何也？且其時失守從賊，因緣還職者輩望，而公獨以深文被黜，不屑出一言自解說，遂至老死不復，不大可惜乎？雖然，自公罷官迄捐館，垂四十年，其間仕宦風波之震撼，檣摧軸折，或身家之不保，後先接踵也，乃公獨蕭然塵埃之外，是非不入其耳，得喪不關其心。晚有賢子四人，諸孫林立，一門師友，鄉里歸重。彼此相較，其得失何如耶？

公元配朱孺人，能佐公貧賤以成名者也。繼王孺人。又繼王孺人，父諱夢卜，十六歸公於河津署中。公歸里後，日對客宴飲，不問家人產。孺人聞客至，治具立辦，御家嚴肅，口授《孝經》、《論語》，教諸子畢，方就外傅。撫前母子如己出，恩意反過之。河津公雖失志久困，而能怡然自忘其憂者，亦以有孺人也。孺人後公八年，以丙子八月日卒，享年六十有五。朱孺人生子楨，國子監學正。王孺人所生子森，助教； 榛，舉人； 樫，庠生。女之壻曰趙廷講、于德慎、金庭遴。某曾祖太常公與武强公同癸酉鄉舉，而某又與榛同舉癸酉順天鄉試，交誼最厚，故因榛請，不敢以固陋辭，謹掇其梗概，而揭之於墓道之石。

（見《湛園未定稿》卷六）

## 旌表節烈湯母趙恭人墓表

## 祭文

### 祭大學士徐公文

（見《湛園未定稿》卷六）

### 祭慎詒馮公文

（見《湛園未定稿》卷六）

## 雜文

### 京口義渡贍產碑文

（見《湛園未定稿》卷五）

書光禄卿介岑龔公墓碑陰

（見《湛園未定稿》卷六）

題南齊華孝子小像

（見《湛園未定稿》卷五）

題宋濳谿謝臯羽傳後

（見《湛園未定稿》卷五）

書嵇叔夜傳後

（見《湛園未定稿》卷五）

## 書儒林傳後

（見《湛園未定稿》卷五）

## 書左雄察舉議後

（見《湛園未定稿》卷五）

## 題傳經堂集後

（見《湛園未定稿》卷五）

## 姚明山學士擬傳辨誣

（見《湛園未定稿》卷五）

## 困學記題辭

（見《湛園未定稿》卷五）

## 讀孔子世家

（見《湛園未定稿》卷五）

## 讀漢書二則

（見《湛園未定稿》卷五）

## 友説贈許子甫草

（見《湛園未定稿》卷五）

# 真意堂佚稿一卷

# 真意堂佚稿一卷

## 序六首

### 贈孫無言歸黄山序

王子于一，南州高士也，亂後寓居廣陵十五六年。孫子無言亦自新安來，居十餘年。往予將適廣陵，遇王子於西陵之古刹，謂予：『予友孫無言者，耿介士，子至則必訪之。』既至，而孫子居僻遠，物色無所得。是年，王子死於湖上。其次年春，會予復來廣陵，求孫子月餘，已相會於客坐。然無言聞予名，即邂逅傾倒盡歡。蓋于一去年已寓書無言，爲言姜子西溟也。而兩人掩涕者久之。

予觀揚州爲地當南北要衝，富麗最天下。然其土平衍，無山林登眺之樂，水泉濁寫，下流穢雜；其人澆薄而市心，美衣服，取容好。故其至者，非四方仕宦、車舟往來之經歷，則富商巨賈、遊閒之子弟，徵貴賤，射什一之利，調箏弄丸，馳騁於狗馬聲伎而豪者耳。其他則皆窮無所恃、賴遊手以博衣食者也。無言之與王子，何爲久於此而不去哉？

王子數賣賦求活，不能給，則東涉大江，遷延於錢塘、會稽。已而齎志客死，久不得歸葬。孫子自中州還，即謀隱於其里之黄山。至見於詠歌與友人唱和者，不一而足，然至今亦倚徙未遂也。夫宇内名山羣嶽之外，如龍門、鴈宕、羅浮、天台、武夷、九疑，遠至外國詭怪不經之地，尚有梯窮巖、航逆流，裹糧問道至之者。黄山，孫子之少長也，其視七十二峯之勝，几案間物耳，亦如海外三山，可望而不可卽，何哉？孫與王子既流離失所，不任其哀，而予之留滯亦初閲寒暑矣。予之久於此而不去也，又孰使之而然耶？顧予非以飢驅，必不來此。來而孫子已遂其歸計，就黄山而老焉，雖欲相見無繇也。貧賤之於人，雖若可恨，若予與孫子遇合，亦何負哉？

## 孫朗仲詩序

車廐，相傳越句踐飼馬地，予外家居焉。兒時常從母氏遊，樂其風土。比龘曉事，海内鼎沸，苦兵革不休。予家城中，足跡不敢越郊外一步。母氏數病，中更亂，家益落，則又時時遠跡吴楚間，親舊間闊者久之。雖日懷西山之勝，思一如兒時遊，不可得。

孫子朗仲，外大父行也。舟車萍梗，常問相值。年差長於予，因得爲忘分交。其人善貧而好詩，予詩不逮遠甚，而貧適類之。語云『窮愁之辭易工』，故予雖不解詩，反得以其貧狎遊諸能詩者間。

今年辛丑卒歲，乘興抵山，則孫子在焉，肯盡出其詩，讀之。予覽其《憂旱不舉火》諸什，太息曰：『是數詩者，極貧之致矣。』予厭貧，脱身來此，徒欲從殘山剩水，博數日歡，讀其詩益悲不自禁，何爲哉？予恐後之見者而將有掩涕如蒯通者也。雖然，孫子善貧，卽極貧之致，使其少得所願，慷慨論天下事，必有可觀。惜其不苟合於世，而世之能言孫子者，亦未知其才之可用如此。夫予與孫子，猶越人也，試爲之攬袂乎兩江之間，觀霸主飲馬餘蹟，從此東去六十里，則異時甬上以封閭閭之子者也，豈非壯哉？又其西十里許，江水洄洑，眾山盤攫如虎豹者，其家忠烈公墓焉，此固前代間以死濟國者也。孫子居此，無亦慨然而有懷，益堅其志，用所未足耳。以孫子之才，落落遇合，宜其深感不平，然亦奚暇以《孤憤》爲耶？

## 徐電發詩序

穹窿上下，巖谷之間，蓋有隱君子云。春初，予自玄墓還憩靈巖寺，徘徊於琴臺、香徑諸勝，去穹窿僅二里許。會時有俗客，俱牽纏，急解維去，未暇物色也。又數月，得遇徐子電發。徐子爲人，跌宕自喜，其所遊多深沈奇士，或晦跡弋釣，黃冠緇笠，蓬翟雜居，麋猿之爲伍，甚至變姓名，混市肆。雖落落隱淪乎，君至則必求得之，予故欲因之以遍識其所願交者。然君則先出詩一編示予，予讀之，大抵幽邃繚曲，如流泉之出山，衝穴觸坻，下注乎深澗，蹙之成文，激之成聲，而夾岸深林異卉，幽芳襲人，以爲鵁鶄翡翠之所翔集，蓋不待其卷之終，譬若捨棹以入於武陵之蹊，尚不暇知其漢耶？晉魏耶？要非久爲之，則何能極深至是也？

君期予以秋冬泛舟乎胥湖，息駕乎銅嶺，尋赤松子采脂之處，久而後返焉，庶其爲予償山靈之愧已乎？徐子往矣。昔蔡中郎入青溪訪鬼谷子，山五曲，每曲則鼓琴以寫其聲，至今傳其操云。予亦將攜子詩於高山流泉之間，援琴而鼓之，當必有游魚噞沫而出聽者，則予之言信矣。

吴江又有高士曰吴某，亦善詩，詩類徐子，而特好著書，亦深藏不出。徐子屢從予言之。予所謂隱君子者，某之師徐君俟齋也。

## 小山堂詩序

予客吴，與施子有一相對居。而小山堂者，則施子所自爲讀書處也。每暇輒散帶過從，歡然命酌。家僮五六人，雅善清樂，青衣序立庭下，引喉發聲，按節而徐舉，足以滌煩襟、導湮鬱。施子則自起歌《桂樹》之篇，發清商之辭。其聲激揚震蕩，若將蟬脱塵埃之外，而與造物者遊，而其胸中悲憤磊落之氣，亦復不能自禁。蓋施子非隱者也，顧一發不中，則摧機而息之耳。獨其所爲交遊文字之樂，根於性命，若不可解。積詩既多，裒次之成卷，而復名之以其地者，蓋不忍斯堂之無傳也。

予既得屢從，偃息於此，以考其地圖。堂之左隅爲吴王子城舊基。此地至唐時稱極盛，其上有西樓，亦曰望市樓。白居易、劉禹錫之爲刺史，嘗日攜伎賦詩於此，白詩中所謂『風月萬家，笙歌一曲』者，至南宋時猶然，今落落闤闠數十家而已。迤北瀰望，墟莽極目。或曰是故吴宫遺址，非也。蓋元末張士誠僭號時，嘗設太尉府於此。其時官署鱗集，兵燹之後，廢爲沙礫，則柳橋槐市之盛，不可復覩。因思古今異勢，市朝變遷，其盛衰不常如此。然而自劉、白始唱於前，踵而遊者范文正、王元之之徒，往往登陴發詠，其詩流落人間，至今學士家猶能傳之，豈非名勝之地，託之其人，則可久哉？

自古作者，若宋玉、揚雄、陶潛之居，庾信之宅，陳子昂之金華讀書處，宋之問、王維之藍田別業，杜甫之浣花溪草堂，其在吳則有若蘇舜欽之滄浪亭、陸龜蒙之甫里、范成大之石湖別墅，凡此類，不可勝記。後世讀其書者，未有不想見其故墟者也，況登其堂，接其謦欬，以相爲把盞刻燭而賦詩者乎？此集之成，在唐宋作者千百年之後，雖風物盛衰、人事遭際之不同，然於以寫山水之清音、抒性情之幽邈，一也。或者以予之屢遊而嘗爲之往來酬酢，以得附名於其間也，則予固不可以無言。

## 霜哺篇序

夫婦節之重於天下，此與忠臣孝子之風，何以殊哉？秦皇帝至無道也，其登會稽，刻石頌功德，曰：『飭省宣義，有子而嫁，倍死不貞。』又曰：『妻爲逃嫁，子不得母，咸化廉清。』當此之時，始滅六國一統，與天下更新，乃式閭封墓之事寂然，一寡婦清，窮鄉女子耳，親與爲褒崇，抗禮萬乘，豈其所重專在此耶？抑以仗節守死，在世之男子爲尋常不足道，而得之閨閤女流者爲難也。夫女而守難矣。女而貧，貧且不易其守，斯又難矣。方其孑身孤館，上漏下凍之不恤，兒啼懷中，左絧右炊，米鹽瑣屑，力經營冀一飽，猶懼不克焉，其辛苦何如也！里胥追呼，鄉黨之徵發期會，則寡者不免。豪横盜賊之所侵凌，風雨水火之所剝擊，則孤兒寡婦當之，若此煢煢至於數十年，其爲撫空闈而歎遙夜者，又無論矣。然而崇臺雙闕，國之旌典，若者鮮或過而問也，則人子之心宜何居？曰朝廷之寵錫，一時也；儒者之表章，萬世也。彼巴寡婦清者，非司馬遷偶傳之卓王孫、程鄭諸富人之列，則懷清之臺，有與荒煙蔓草同其蕪没耳。夫遷傳貨殖，不傳列女，非也，其視寡婦，猶之乎卓王孫、程鄭者也。然而自遷之一言，而至今知有所謂寡婦清者，況於仁人君子之樂善不倦，琬琰黼黻其辭，鼓鐘鏗鍧其聲，皎之以日月，厲之以風霜，更唱迭酬，以寫其所爲萬死一生之狀，嫠面割耳，誓天比石之誠，於以昭垂於彤管，爲勸於將來，則其與一時之寵錫，孰多？

孝子袁駿母吴氏，世所謂吴節婦者也。孝子述其行，求表章於當世之能文者，則華亭陳徵君繼儒所題爲《霜哺篇》是也。積今得詩若文裝爲卷，至三十五軸。予曰：『夫古者一言爲富，子乃若是，侈乎？』駿曰：『不然。吾母苦節，至今老矣。予懼其無聞，故所爲博求夫當世之言者，使人觸目而得之，則庶其有傳焉。此駿之志也。且使其言之皆忠孝，皆節義，則雖其辭之不文，均足以爲世勸。雖多，奚患焉？』予謂此則非獨駿之志，亦諸君子相與立言之志也。

憶年十八九時，見天下喪亂，所至揭竿野戰，婦死其夫、子死其父之骨相撑，委隨阬谷填没，姓氏無紀。嘗欲廣爲搜輯，成《淚書》一卷，庶幾貞魂義魄有所依棲。因循人事，負此志者又十八九年。孝子駿力求予序，其許之而不果者亦數月矣，豈予之用心不如諸君子哉？蜀有遺民李君長祥者，善著書，多嗚咽之旨。予讀之意動，涕洟承頰，則起彷徨，欲爲孝子序，遂序之如此。予於他人之言忠孝者，不解也，其感之也以李，其發而見之於文也以袁，何其不相謀而相值與？予曰：『婦節之重於天下，此與忠臣孝子之風，何以殊哉？』其不信然哉？

# 吳母胡孺人六十壽序

八月之望，胡孺人生既六十年矣，其子延支集其婦子於庭，拜觴之酒，而孺人欣然曰：『吾今乃可以舉斯觴也。自予十七爲汝家婦，七年而稱未亡人，創痛殘息，勢甘自引。顧自念幸有身，生子男耶，吳氏宗得無廢；卽女耶，行吾志未晚。邀天之貺，藐孤得遂長成，三十八年於今。自汝先人無祿，吾入抱孤而泣，懼吾事之不濟也，日號於亡者，庶其陰克相予。吾出則奉吾舅姑，强歡笑，躬擊紝以資滫瀡。吾煢焉孑焉無告者，亦三十八年。今有孫已出就傅矣，先人之靈沒且不朽。』言未畢，聲咽咽，泣數行下，已乃舉觴，盡家人歡。是時也，姜子旅於江北，聞其言而壯之。

姜子曰：孺人生今六十年，計其生年與孺人相先後、爲世奇男子、仕宦於朝、聲稱籍甚者，未盡零落，其所歷春秋，或遠過於孺人，顧有其不可壽者在也。無亦其生之不辰，足可憫憐者耶？而巾幗女流，目不解古人字形點畫，趨死若鶩，香銷粉委於鋒鏑之下，予所見累累，雖壯其決烈，然人生亦誠不願見此事。獨孺人身更多患，提尺孤，出之險，存不爲隱忍，毁不至滅性。跡其艱難向隅、百死一生之際，正宇內承平日久、人情欣欣樂生時也，孺人當此，幾不欲活。迄板蕩以來，仕宦家播遷兵火，或用罪譴謫，徼外數千里，瓜抄蔓引，健兒持利刃夾立，徒跣訣道旁忍須臾者，皆昔時夫婦相保、誓生死契闊者也。然孺人則方熙熙然抱弱孫置膝上，視家人稱壽畢，從容談笑，反如太平時，豈非節義之報久而後著哉？

新安吴氏族姓遍天下，而延支之生獨孤。延支母孺人腹延支，緒不絶如綫，而延支長最賢能，廣致海内賢者言壽其母。夫松柏之始生咫耳，嚴霜剝其條，冬雪封其幹，而後乃輪囷廣蔭，來玄鶴而翔清風。爲孺人之霜雪者多矣，有觀德於吴氏之門者，噫！其可易量也與？

## 記一首

### 嘉樹園記

予嘗謂園亭之勝，惟勳戚豪右之家其力大者優爲之，而結構之善無取焉。若夫山人墨士之一丘一壑，固不足以語於天下之極觀也，而讀書工文章之士，旁出其力，以與彼有力者爭勝，非不可喜，然常苦於其力之所不繼。故必士大夫之賢而能文者，其力始足以備經營。其氣象之瑰梧奇偉，與夫意思之規畫曲折，始足以盡江山之美，而極登眺之樂。然搢紳先生之所處，多在通都大邑間，車騎往來，稠雜紛沓，稍遇事變，則廢復無常處。故予自江東祖道千里以來，及於大江之南北，見所過富貴家亭池餘址，所不湮爲茂草而棄爲牧馬之悲嘶、寒風之蕭颯者，恒十不一二。其間所號爲士大夫，則結綬數千里外，水陸奔走，視所居如傳舍，求其狎魚鳥、友猿鶴，如古所謂遊方之外者，抑又難矣。

延令去維揚不二百里，其風俗之韶麗，與揚爲近，而僻介一隅，無過客之擾、戎馬之患。吏部季公用文章取高弟，家食優遊者垂三十年，故得以其間治園於其邑之東偏，日累月積，而維揚嘉樹之園遂甲於天下。園廣袤三里許，鑿石以爲山，疏流以爲池，高有臺，下有亭，回有曲廊。暑有臨風之榭，寒有負暄之室。開廣之基，闢以爲堂，其亭臺、廊榭、堂室之屬之可名者，恒百十處，皆依山臨水以相縈帶，凡位於山水之側者，皆如其自然者焉。佳木靈草之蒙茸而森蔚，芙蕖菱荇之芬郁而延蔓，凡託乎山水以生且植者，亦皆如其自然者焉。青簾白舫、紅欄綠竹，與夫風鴛雨燕、啼鶯乳鵲之間關而上下於煙靄寥廓之間，可以倒山簡之接䍠，折謝公之屐齒。及其巖洞窈窕，水流汩汩，清風之颯然，則阮籍、孫登所以長嘯而不返，而鳳鸞鳴而虎豹嘷者也。然而遠望極目，則長江明滅其外，江南諸山恍若可睹，而予顧有不能盡述者。噫！是非所謂賢而能文者，而又以其力致之，且不役役於富貴利達，以其瑰梧奇偉之氣，而盡其規畫曲折之善者耶？

予雖不工於文章，顧足之所涉，目與心會，雖其力不足以致之，而倦遊偃蹇，則反如仕宦之奔走於聲利而日不暇給者。然常南望舊廬，忽忽自慨，以爲無益。蓋自吾之得遊於此，而喟然忘其身之在遠也。聞公居園中，常日爲詩文以自娛，暇則更留意於翰墨聲律之事，無不精到，而一不以營其心。蓋其所寄者近，所託者遠，後之覽者固不徒求之區區泉石之間矣。而讀予之文者，抑可以見時世之盛衰、風土之夷險、與夫士之遇合之難易。其幸而得遇，其爲之不苟又如此，而於是乎適值之也，故記。

# 傳二首

## 李中丞傳

明神宗皇帝在位之十年十月，上用言官論，有詔：司禮監太監馮保罔上諸不法事，罪當誅，謫奉御，南京居住。旋命有司籍其家。當是時，中外莫不稱快，服上英決，而御史李公之名震於天下。

公諱植，字汝培。其先大同人。父承式，官福建左布政使，挈家道廣陵，因家焉。承式居官廉，所至有惠政。子九人，公其長也。中萬曆丁丑進士，由庶常改江西道御史。初，江陵柄政專，言者蠭起，雖相繼杖貶，論猶籍籍。而馮保居中用事，作威福，不可動。積十餘年，無一人敢言保奸狀，懼禍至莫測。公甫爲御史，卽奮曰：『事孰有大於此者乎？』乃伏闕疏保罪十二，且曰：『保所爲，劉瑾、王直不過。今在朝大小臣無敢出身爲皇上指陳者，而内廷左右亦未聞有一人如張永者，助皇上誅保謝天下。其党張大受、徐爵等日夜指畫，睥睨兩宫間，恐一旦變生肘腋，將若何？卽皇上聽臣言誅戮保等，臣受竄逐，死且不朽。』疏入，上震怒，謫保並其黨，無一留者。方公拜疏時，或陰爲保地，欲尼之不上。既上，會保休沐出，有小黄門者持疏竟詣上前，讀已，隨得旨逐保。保既出，自是人人側目李御史焉，然忌公者亦日益至矣。

公本晉人，性伉直少容，遇意所欲發，觸迕不避權貴，尤不喜結納，相標署爲名高。故東南士大夫多疾之，而江陵及保之党爲尤甚。癸未，按畿内，兼命巡關，時黑石關新破，所虜略人口畜産以百數，邊臣匿其敗不報，反以捷聞。公親歷諸墩寨，覈所殘失，以實奏，政府滋不悦，幾中之法。詔令御史勘，如公言，卽罷去總督某，易其統帥與諸隱匿者，而上於是益深器公。還臺，請削奪江陵官，寬其没産。上乃曰：『御史李植、江東之、羊可立，此三人者奉職公，其令吏部，以不次用。』蓋東之、可立，皆與公相繼言事者也，故上諭並及之。

已公得太僕少卿，而壽宫之議起。初，神宗扦大峪山壽宫，址未就。公陪祀山陵，私指語東之、可立，『是多水石地，不善，卽皇上萬歲後，懼不足以安聖躬』。遂引朱子裕陵議，三人合疏，願卜遷。執政疑其有黨，欲有所排陷，愈怒，同列助攻者衆。於是與東之、可立三人同日謫外，在道，予告歸。

甲午，起南大理丞。乙未，轉北右通政，升光祿卿。故事，卿三載遷都御史者，例得左右副，然公竟以右僉出撫遼陽矣。時遼大帥方有寵，稅使高淮怙勢侵暴。公至，則日夜練卒屯兵，及嚴核冒首勇、侵牟軍實諸宿弊爲邊害者，自帥下皆不便公所爲。毋何，諜騎十五萬抵閭陽界。諸將惶恐問計，公持重，謂『敵衆我寡，戒勿與戰，第清野堅壁以待之，無令得利去而已』。敵知有備，尋解圍去。事平奏聞，而按臣王業弘希中貴帥旨，急誣劾罷之。議者謂公以萬五千之師，當敵十五萬之衆，一矢不遺，境内晏然，自遼前後數被衂以來所未有也。公既去，邊事益僨，當事始復思公，議推轂之矣，公亦謂『上遇臣厚，臣無以報』。先是，公疏保後，被上眷，已斥復用，愈感激自奮。至是家居，雖素貧，食客日數十人，奇謀劍士攘臂其間。又得西洋火器法，與客親臨製之，試之廣牧地，冀一當敵。其用心如此。方在任時，議復古車戰。其法分軍爲五，曰五軍車營。車以衛步，步以衛騎，騎以衛車，行爲陳，止爲營，變化若常山之蛇。常自言曰：『吾法雖止用兵五千，若得良將將之，賢於十萬師遠矣。』然公廢竟以讒，不果用。又十餘年，東帥失利，國勢浸不可爲，而公亦放棄老矣，常北望涕泣久之，遂鬱鬱以終。

論曰：李公維楨，號知人，常目公居言責不撓官守，居官守不避言責，信哉！然當神廟季年，諸公率用朋黨相傾軋，無憂國之忠，而天子亦因循，不復以人才爲念。公既孤直寡援，終蹶不起，跡其由來，可謂履霜之漸矣。公孫湘爲予言，公兄弟成進士者三人，兩舉於鄉。既公開府歸，方伯公尚無恙。每家庭序立，恂恂惟謹。今給事中宗孔，其曾孫也。

## 楊節婦傳

事有危其身而爲之，人人知其不可。然幸而獲濟於萬一，猶有所望於後，則其志得堅，雖死無恨。若夫無所望於後而爲之，積數十年不渝其志，此仁人君子之用心，非夫稟德忠孝之至者，不足以語於斯也。顧其事尋常，人不肯道，不肯道，故益薄之而不爲。嗚呼！自奇矯險僻之行顯於世，高者務爲不經以罔時譽，其下者自度吾力不能及，則反甘棄其身於不肖，視所事不知爲何如人。聞節婦之風者，亦可以愧矣。

節婦姓楊氏，儒家子，適林生某。生之父曰鳳竹，新昌訓導。節婦生十七年而嫁，嫁七年而某夭，無嗣。鳳竹遭亂棄官歸，病風，家壁立，節婦養之二十年，卒。其妻李氏，老病至今，然節婦年亦幾垂暮矣。予聞之其族人曰：『方某之屬纊也，流涕謂兩親曰：「兒不孝，不能終養。」聲嗚咽，氣斷，復旁睨其妻楊氏曰：「吾終以累若矣，然若又無子。」遂絕。當受囑時，節婦俛不能答，没乃哭之幾隕，而奉其兩親，反勝於夫在時。未幾，其舅姑念婦年少苦守，乃以吾兩人故，内不安日甚，微視其志，決奉事益謹。久之，而不忍以奪也，至老終無所復言。』嗟乎！使氏幸有子，度至今，堅壯成力，縱不能讀書取爵位，顯榮親之令名，卽千里服賈，或南畝戮力，亦得藉其胼胝息肩垂暮之年。方鳳竹與其妻氣力强盛時，尚强自經營得食。既罷官家居，龍鍾不能起，夫婦仰活，獨婦一人。自鳳竹始没，至卒哭，氏所以斂送者雖薄，必盡力。歲時蒸嘗，必致其誠。其姑老病僅存，則日呻吟於風號雨剝之床。甑無米，椸無衣，炊無薪，然猶勉力藥餌，日夜拊摩不絕。暇則躬廁牏洗滌，仰天而籲之生。嗚呼！氏之於林氏不薄矣。人或謂氏：『何自苦至此？』氏曰：『吾不忍忘夫死時之言也。』予觀氏於林氏，非徒爲之妻與其婦，兼爲之子者也。不然，七十五歲奄奄之老，何以得没？八十一歲之姑，何以至今得存？爲某者，豈不亦無恨於早亡耶？此予所謂無所望而爲之，終不渝其志者，節婦之謂也。

今制有旌節，大則聞於朝，優詔表閭，次亦有司稟給終其身。然或爲有力者得之，求其庶幾於節婦之爲者，不少概見。故述其大略，俟觀風者有所采焉。

# 湛園藏稿四卷

# 湛園藏稿卷一

## 論

### 律曆論

律曆之有書，始於司馬遷之《史記》，其言曰『黄鐘爲萬事根本』，而本律以爲曆者，則漢之太初也。始，漢造《太初曆》，以八十一分爲統母，其數起於黄鐘之籥，曰：『律容一龠，積八十一寸，則一日之分也。』此律之所以合曆與？後劉歆又以《春秋》、《易》象推合其數，蓋附會之説也，而莫甚於唐大衍之曆，舉其術而一附之於《易》，蓋大衍先立曆數而後推之以合乎《易》，非因《易》而生此數也。故其數皆曆之自生、自積、自分、自演者耳，與《易》無與也。

夫周天曆度始於伏羲，甲子作於黄帝，而顓帝之曆以建寅爲歲首，堯命羲和申明其法。《書》曰：『曆象日月星辰。』曆則紀數之書，今之曆日是也；象則觀天之器，今之渾儀是也。自黄帝建元，歷經七十，而郭守敬之法始大備。初，劉歆作《三統曆》，用積年積日之法，行之一百八十餘年，而後天七十八刻，其法不行。守敬之《授時》，一以考測爲主，取二至遠近日晷，酌其中而用之，以至元辛巳冬至分秒時刻爲氣應，以冬至距朔之日爲閏應，而歷代積年之法俱廢矣。以日爲百分，分爲百秒，而歷代日法俱廢矣。今以其法推之，以歲實加氣應，卽來歲之冬至也；以歲實加閏應，滿朔實去之，卽來歲之閏餘也。上考往古，則每百年長一；下驗將來，則每百年消一。此其術之最爲簡徑者也。

至於曆法之易差者，以宿度之未真，天運之不齊耳，何也？周天三百六十有五，四分之一，言其常數也，殊不知天運常有餘而歲運常不足，其差甚微，人初不覺。故守敬始測景驗氣，減二十四分二十五秒於周歲，加二十五分七十五秒爲周天，强弱相減，差一分五十秒，積六十六年有奇，而退一度，定爲歲差之法，而測驗始有準矣。若夫天運之可驗者，莫顯於日月之交蝕；而日月之交蝕，又在乎朔望之有定。自古曆家止用經朔，故月一大一小，日食或在朔二，月食或在望前。至虞鄺始曰：『朔在會同，苟纏次既合，何疑於頻大？日月相離，何疑於頻小？』《授時》用其說，一以辰集時刻所在之日爲定朔。夫定朔立，則交集之時日不紊矣；交會準，則天運之先後可驗矣。

其曰里差者，創於元耶律楚材，《授時》益發明其說。凡南北相懸者，以北極驗之；東西相去者，則以月食驗之。且以北極高低參算斜直，定其里數。若在赤道下，一度亦差二百五十里，漸南漸北，其度微窄矣，此里差也。明興，造曆一折衷於守敬，至西學之入，始於啟、禎之際，說者以其創見而疑之。不知唐之《九執曆》出於西域。開元六年，詔太史瞿曇悉達譯之，而後不果行，則其法之由來非一日也。今國家惟新，百度一用西洋新法，仍博訪羣言，求其至當，以立萬世之準，豈非與古帝王敬授之意，異世同揆者乎？

臣未嘗深究厥指，而竊以爲愚見測之。西洋之與中法異者：一曰每宮度分三十，而去其五度四分有一之奇零；一曰每日九十六刻，而減其每時之二小刻。是二者比前算從簡易，而九十六刻之法，則梁天監中曾用之矣。其尤異者：一曰冬至卽當極之正度，一曰四餘無氣，一曰變里差之法。以地之經度，分各省節氣之後先；以極之高度，分各省日出之先後。以是用之三四十年，而未嘗有牴牾不安之處，則信乎其可經久，而於守敬之創制有互相發明者矣。若是者，何也？蓋曆不越乎數，而數不外乎理。夫三光五星，遲速進退之不同者，數也，亦理也。蔡季通云：『天之運無常，日月、五星、積氣皆動物也，其行度遲速或過不及，自是不齊。使我之法能運乎天而不爲天之所運，則其疏密遲速或過不及之間，不出乎我，此虛寬之大數，縱有差忒，皆可推而無失矣。何也？以我法之有定，而律彼之無定，自無差也。』知此說也，將不獨中西之法有不言而相契者，雖炎黄以來幾千萬年之代異論、家異說，至今日一統之規，而有以見其合若符節也，豈不盛哉？

## 說

### 偶齋說

《易》之道，尊陽而抑陰。聖人畫卦，以其一爲陽，而謂之奇；兩其一爲陰，而謂之偶。而陰之數常多於陽者，蓋數自一而兩，而奇之用藏矣。自此以往，一陰一陽之謂道，無所往而不爲偶。故耕有偶，地力發；射有偶，禮樂比而射之。《釋算》『兩算爲純』，純，陰陽，偶也；『一算爲奇』，奇，虧數也。人情遇其虧數必不樂，故凡坎軻失職，必曰數奇。舉一世之人營營作息而不已者，孰不幾倖其偶而求去其奇也，若不可以終日然。雖然，是不可以强也。夫偶之中有偶焉，合，固偶也；其不期然而合者，亦偶也。蓋《易》之數起於太極，自太極而兩儀，自兩儀而四象，由四而八、而十六、而三十二，以至於六十四，皆不出於偶也。然而聖人非以其心思探索，與有所勉强作爲於其間也。使聖人以其心思探索，而有所妄作爲於其間以得之，則其合也亦有時而乖矣，是所謂偶然者也。故古之君子未嘗有意於富貴也，值其道之豐，富貴以從焉；非有意於功業也，及其時之行，功業以成焉。如是，雖享天下之至富極貴，建天下之大功大業，自知道者觀之，亦以爲偶然而已，其不加豪末於其胸中也明矣。

侍讀學士溧陽史先生居京師，以偶名其讀書之齋，命予爲其説。其意以爲吾之居此者，偶然耳。予謂先生遭際明盛，任啟沃之重，其所得於世，可謂偶矣。復自以爲偶然者，而名之以其居，先生其深於《易》者乎？其不以富貴功業攖其慮也，則其富貴功業之所至，孰能量之？若予處數之窮厄，固天下所謂至奇者，無乃因是以幾倖其偶合乎？其不知命，亦甚矣，故亦竊書以自警。

# 序上

## 史彙序

太史公司馬遷變《春秋》編年之例，作爲《史記》，後史家皆倣其體，而因《史記》成書者又數十家。或發明義例，或詮釋音韻，或訓故名物，皆得以其名自列於後世。江都前孝廉元長先生之《史彙》，亦類是也。孝廉分《史記》所載爲十集，立治原、正學、將略諸門，文與事各以類從，使讀者知太史公所作，其關切於治道人心如是其不苟，可謂司馬氏之功臣。然遷遭難困辱，自序其著書之旨，歷引文王、仲尼以及屈原、左丘明、孫子、呂不韋、韓非之徒，而曰：『此人皆意有所鬱結，不得通其道，退而論書策，以舒其憤，思垂空文以自見。』孝廉遇時變遷，鑿壞肥遯者三十年，所寓意惟在此書，此與太史公著書之旨何異？而孝廉之苦心，尤有難與流俗人言者，讀者當自得於文辭之外也。孝廉有孫曰繩武，字存恕，懼手澤不傳，徧求於有力者，謀梓其書。以與予有文字之知，故不遠數千里來請爲序。史公之後，惟外孫楊惲有聞，今孝廉遂有象賢如吾存恕者，此可爲幸已。

## 江西鄉試録後序代

皇上御歷之三十五年，爲丙子歲，例當貢士於鄉。時值季夏，恭遇大駕北征凱還之次。未數日，而禮臣以江西典試官列名上請。皇上既命翰林院編修臣某往，而命臣某爲之副。臣自分才具薄劣，無能躬執鞭弭，左右戎行，而喜遇太平，謂惟文章可以報國，祇承嚴命，卽齋滌厥心，思所以仰副聖天子作人至意。星車南下，兢兢涖事，撤棘後，將甄録諸士文以獻，爰進多士而命之曰：

國家用文章取士，固本於唐虞敷奏以言之典，然豈徒以藻飾爲工哉？無亦取其明理，足以致用而已。而自有帖括以來，能根極理要以闡繹聖人之微言者，海内所推重，惟江右爲最。蓋江右理學之傳遠矣。自鵝湖會講之後，於時言學者雖多宗象山，而朱子過化之地，於文章一派，江右人士得之爲尤深。元時如吳伯清、虞伯生、揭曼碩皆一代鉅儒宗匠，其平時立言之旨，規模朱子，猶朱子之取法於南豐也。至明初，楊東里、劉主靜諸公遺集，猶想見先正餘風焉。雖抑爲舉子業，而數十年以前所稱爲陳、羅、章、艾四家者，以經術之文發閩、洛之理，至今操觚家咸翕然宗之，則知文之本理以立言者，其流行天地，如日月之光景常新，不可得而磨滅也。國家統一區宇，江右之賓興凡十數舉矣，名公卿前後輩望。比者聖天子崇重理學，重新鹿洞之規，宸章遠賁，麗天垂光，八郡士子罔不瞻仰興慕，宜乎應舉之文萃然一復於古。至於今科而人才蔚起，較之往時爲尤盛也。然文之所貴於理者何？亦曰以之致用而已。朱子尚矣！若吳草廬之聖賢自任，得斯道之真傳，虞、揭、楊、劉立朝風節，卓犖可紀，而近世制義之四家者，其立身亦具有本末，特其生時不偶，顧於文章爲無負矣。況以多士之身際聖明，復當今日天師掃盪，車書萬里，戢弓櫜矢之日，諸生行上春官，對揚明問，受九重知遇不久，比之古人遭際，遠過萬萬。於以發揮於事業，垂譽於丹青，文章勳略，炳爍千古，則明理之爲用大矣。彼區區以發策決科，馳騖功名爲事者，知不足以入多士之胸中已。臣既以是勖諸生，因書其語於簡末以獻。

## 祭告紀行詩序

遼陽在幽州東界，自漢開四郡，歷代爲戰爭地。東漢崔亭伯、三國管幼安、邴根矩僑居甚久，未有所紀録。而自唐以來，士大夫之往來其地者，題詠亦不多見，何哉？豈非以其僻處邊徼，風土荒陋，無以發騷人羈客之逸興，而助其蒼涼懷古之思？故雖今志乘家多方採輯，亦無得而傳焉。本朝肇基東土，陪京並建，陵寢宫闕，所在周廬環列，官廨棊置，野有干掫，館有饔餼，仕宦者指以爲都會，蓋聲明文物之盛，視昔有加矣。然風雅之作，猶寂乎未有聞也。

歲戊寅秋，今大鴻臚阮先生以通參奉命祭告遼太祖陵。出雄關，經長城，望渤海，睇醫巫閭，往返間得詩數十首。壯言慷慨，沈辭怫鬱，雜以比興，間以諷諭，有風人之旨焉。自此而風雅繼興有日矣。然先生軺軒所至，僅錦州太守所治地。使過此六百里，觀留都天險，營建鴻麗，感豐鎬之遺績，慨然而賦，比於孟堅《兩都》、平子《二京》之作，顧不偉與？蓋吾讀《紀行》諸詩，知其才之足，爲此不難，又惜其限於所至地，不得爲之也。

## 汪中允秦行詩略序

吾讀中允汪先生詩，而歎古風之於今猶未亡也。蓋詩者本古之樂章，以志爲本，以聲爲用。志見於言而爲詩，其歌而有聲也，長短清濁之不同，於是乎三分損益其律而用之，然後被之於樂，所以諧八音而和神人。蓋孔子删《詩》，《三百篇》皆取而絃歌之。苟其不可以絃歌者，孔子弗收也。後世《樂經》散失，作詩者猶不失其意。漢魏詩或五言俱仄，或全句皆平，其律具在也。唐開、寶、大曆以還，而氣格與聲調俱備矣。於是才人賦客，吟詠脱口，卽播樂府，凡稱爲詩者皆可歌也。

今則不然。目涉淺薄，率己自是，無論市兒村嫗駡街誶室俚鄙之説，皆强取而韻之，謂之爲詩。此學究之陋，借宋人以自詭者也。揆於古言志之義，可謂徒有其言而已，不知何取於詩。然且一唱百和，叫囂滿耳，其弊將使人束書不觀，風雅道喪，此中允之所憂也。中允姿力深厚，《秦行》諸作，陶汰既精，效法尤古。王、孟之閒澹，高、岑之悲壯，東川之蕩激，龍標之雄駿，皆耽思窮研，采掇其精粹。其閒有未安，則聽掎摭於同志，或再三易稿至得當乃已。推其意，必不欲落開、寶、大曆以後一字。詩必如是，始可謂之正宗矣。吾蓋以其聲得之也。或曰：『中允之詩，其盡於聲已乎？』曰：『詩有志有聲。數十年以前，學者競爲浮響，浮響者志失；今時競爲鄙俚，鄙俚者聲亡。二者均病，而鄙俚之病於今爲甚。夫古人之論樂，其求於聲也。蓋詳循聲而按之，可以得其志矣。故吾之所以測中允者微矣。』

## 馮梧州贈行詩序

自古詞人以文詠倡酬，自建安鄴下以來，無若京師之盛者。而近時輦下詩學大熾，尤古所未有。其少年而才名最著者，雁門馮君敬南其一人也。君姿挺雋茂，弱冠登第，得徧交於耆宿大儒，而講論研切，以究極夫古作者之遺意，故其爲詩尤端雅有法度。人皆以君才宜在翰林，乃僅由中書出，得梧州司馬以去，鮮不爲君惜者。顧君自以生長邊郡，足跡未及東南。梧之爲州，當嶺外山水奇絶處，都嶠、勾漏間，所在有神仙遺跡，道家所傳爲福地洞天者，吾皆得寓目而有之，以資爲吟詠之助。其在兹行也，諸君子顧不當以我爲幸耶？而作詩以寵我行也，宜有不徒然者矣。於是同遊者聞君言莫不稱善，遂相與誦述其山川之美，道途登眺之樂，如君之所自喜者，而爲詩以贈之，終期其政成而速來者，往往亦見於篇。蓋朋友之誼當爾，亦古詩人頌禱之體也。予時未及與，故略道君與諸君子之意，以附名於卷末。

## 清苑令吴君德政詩序

漢薛宣爲左馮翊，奏粟令尹賞與頻陽令薛恭換縣，二人視事數月而兩縣大治。今順天巡撫郭公用是道也，以激揚吏治。郡保定當畿輔西南道，撫道所駐劄，亦漢左馮翊地也，尤繁劇難理〔一〕。始令吴君治廣宗，以稱職聞。廣宗僻遠小邑，未展其用，巡撫遂拜疏調君清苑〔二〕。君至，威惠並施，一時老奸宿弊剷削藏匿，訟庭寂然，而案無滯事。由是頌聲大起，咸戴令君之賢，以巡撫爲知人也。

予聞而嘉歎，竊有進者。以爲今天下府州縣，大小繁簡至懸殊也，法有調用固善，然當著爲常令。又於調用中稍寓古遷轉之意，峻其品級，增其俸秩，異其考成，待其課績有效，則優以不次之擢。如是，雖同一守令也，大小繁簡之制，判然有别，人得自見其長而得人爲易矣。守令得人，天下清和咸理不難致矣。巡撫雖不得參廟堂之議，亦何惜不爲百姓一痛切陳之乎？

【校記】

〔一〕稿本『尤繁劇難理』上有『其附郭縣』四字。

〔二〕『巡撫』，稿本作『撫軍』。

## 高戶部詩序

舊嘗往來檇李，得徧交其中賢士，聞子修高先生名最久，然至輒不相值。已而先生舉進士，從宦河北十餘年，後遷郎署，來京師，予適還里。比予再入都，未數月而先生喪車已就道矣。時聞先生爲縣及州守，有惠政，終以不得一識面爲恨。今年，長公涇縣君孝本，字大立，初謁選吏部，僦居與予邸纔隔垣。余久慕先生之賢，自歎已矣，終無由一見，而涇縣君文行超軼，有謂予仿佛如其先公者，幸不予鄙，辱與之交至厚。一日問及先生，君縷述前後爲守令時事，言無溢美，事實完備。予欲瑣錄之，如唐人之傳何易于、元紫芝者，而君出先生遺詩一編，命爲序。予讀之終卷，益知先生之爲人澹泊修潔，恬於聲利，於其詩見之矣。於涇縣君得仿佛先生之爲人，又於詩得先生爲人之賢之深。然則予雖未見先生，視世之所稱爲先生者，或未有過於予者也，乃可無一言以序其垂世之文乎？

先生之爲內鄉也，地與襄陽接壤。始至，當兵火後，村落無十家之聚。綏輯再期，流民四集，煙火相望，爲安州發倉廩，饑不待報聞輒散，民無道殣，其他政稱是。以故兩地百姓及鄰縣所嘗攝署地，無不戴之如父母，於其去，攀留之載道，沒而赴京吊哭者不絕於路也。蓋自先生爲守令十一年，未嘗攜家到署，去任囊衣篋書自隨而已，清苦過人，亦其天性。家居時，與禪僧詩友相習，時襆被宿僧舍，累日忘返。生平獨行己意，亦不以忤俗。故其爲詩一以雅澹爲宗，匠心獨運，蕭疏閒遠，而自與古法相合。視世之角立家數，喧囂於唐宋之分界者，無有也。予之自謂得先生之深者以此。涇縣君又示《樂春軒詩》。樂春軒者，其隨任上谷臨行所作絶句三十餘首，以視先生之詩無以異也。然則君之爲政於涇也，有一不如先生者乎？古有以循良世其家者，相傳有《理縣譜》，猶未免俗吏之爲，若先生父子之於詩，其爲譜也大矣。

## 谷園續集序

今河南提刑按察使茨邨胡君，爲贈少保少宰宛委公令嗣。胚胎前緒，年少稱詩。向有以《谷園集》見示者，序者稱其飄逸清新，是已。頃予留京師，有使從中州來，投詩五言三章，發緘得《谷園續集》一卷，辱不鄙命爲之序，而詩以致其殷勤之意。

按察君自起家郎署，歷宦武昌、歷下十餘年。今其《續編》起自己巳歲，南返會稽，上先塚，移節河東，及還臬河南之作，纔五六年所，遊跡半天下，更歷事益多，所得詩幾千首，大抵馳躪於少陵之閫域，視前所謂飄逸清新者一變矣。其尤致意者，自以少遭孤露，僑居薊北，又内艱新闋，纏緜桑梓之慕，悽愴蓼莪之感，往往連什累紙，使人增欷嗚咽，不忍竟讀。抑非獨如是而已，每所聞朝廷寬大之詔，及創行諸盛典，輒次第其事頌述之，疾吏貪墨，憫俗澆敝，亦時時託諸諷諭，此則仿佛於昔之稷契自許者。由其道可以施於爲政，則君今日之明慎用刑，聲譽卓然外臺，其諸得於詩教者深與？昔舜之臣二十二人，所與舜載《賡歌》於朝者，惟作士之皋陶一人而已，二十一人者無與也。蓋溫柔敦厚者，詩教也。皋陶之作士，以之使人皆知溫柔敦厚之可以作士，而明刑弼教，則無論《三百篇》也。彼律令格式，凡所以殺人生人之具，莫不有風雅之道存焉。惜乎！俗吏不知所以用之，而後世能詩之士昧於其本，又薄之以不屑爲。按察君之於詩，既見諸爲政者如此，其入而侍從左右，歌詠明聖德，媲美風雅，庶克踵於前人。

## 横山初集序

吾邑爲詩者，明初有烏春草、陳光世諸公，後之作者踵是以起，三百年至今，而學者寥寥。予往遊鄉校，觀塾師課蒙，猶有《文章正宗》、《百家詩》及理齋《通鑒》諸書。自數年來，師生几案間無復此物。士或稱古以切今，則羣聚譁之，以爲無益於進取，若浼之然。其稍知爲詩、古文者，始而鋭然，繼怵於呰笑，而詘然以疑而止。其能不疑以止，以俛首從於俗而爲吾之爲者，纔一二人耳，而呰笑之者日愈衆，至指其名氏以相戒，若裘子殷玉其一矣。君自垂髫，予識之。及長，文名日益噪，所著詩文，多至五六種，辭藻豔發，旁及宋元樂府，亦皆自名家。惜乎！以彼其才而莫試於時，以爲人之所取怪也。然君不顧，裒其詩成卷，方將遊於京師，而適予以問序。予曰：『行哉！今朝廷重文，公卿大夫厭棄俗學，而君之往也適以此時。君向之所致怪於鄉人者，庸知不反爲有識者之所重與？無亦有呰笑之如吾鄉人之見者，庸知有識之者服之衆，不反彼之絀而吾之道勝與？遇合，一時也；文章，千古也。君亦抱其道以遊於世，而聽世之是非取舍而已，若予則固不能以無言也。』

## 濂村詩鈔序

自去年丙子及今年丁丑春，大駕三提師出塞，親征不諟，掃盪漠北，振旅而旋。廷臣獻賦頌述，美上功德者以百數。獨今大司農澤州陳公所進册，爲皇上亟稱賞。於時長公濂村先生方選授庶常，先後奏詩五言排律四十韻、七言近體十六章，皆冠之以序，都下傳誦，爲之紙貴。大抵公詩，鋪陳盛德則清廟緝熙，揚厲武功則江漢常武，周公、尹吉甫之著作也。而庶常序辭，典贍有風則，媲美燕、許；詩格整麗，敘事詳核，大曆才子之遺調也。天子常稱公有子，顧以年少逸才，於散館日用國書，特絀其名第，將試之以民事。蓋皇上於司農公相待不啻家人父子，然於其子弟所欲曲成而裁就之者，其用意深遠，有非愚賤之所得而窺測者也。某獲以編纂隨侍，司農公辱引爲忘分交者十餘年。《尊聞集》成，嘗屬爲序言。暨奉命進呈，而蕪穢之文亦得上塵甲帳，經寓目焉。庶常不久將復入爲侍從，典校中秘，其文亦當貯在延閣、廣内之間。予之衰鈍，復得掛名其末，此公家兩世濟美之盛，而皆予之所藉以不朽者也。

## 蒙木詩集序

居京師作詩，多苦俗下應酬，失雅調，然古人之傳未嘗不以此也。孟郊曰：『文章者，賢人之心氣也。心氣樂則文章正，心氣不樂則文章不正。當正而不正者，心氣之僞也。』今人横方寸地，以勢利柴柵其中，盡天地清靈之氣不足以入之，則其出也爲溷濁腐餘，所以中心慘怛、生病造熱者，鮮不以此也。居京師既苦塵雜，又益以此物終日聒噪其間，令人懷抱至不得開。今觀歷城鍾君詩，其得心氣之正者與？其能釋吾懷抱，而使吾目之眯者廓然如覩雲錦之章，而聽之熒者逌然如聆鸞鳳之音與？君之詩，所與俗應酬，亦了不與人異，然何其與古之作者相似也？聞君里居，安貧嗜古，其至都也，屏跡破廟中，不妄交一客，及所與遊必天下賢士大夫。其爲人如是，則其於詩也，有不然者與？故心氣既正，卽日應酬，不害其爲可傳也。不然者，望塵投拜，終日乞憐，雖日對清泉白石而吟，求其無俗，不可得已。

## 白燕棲詩集序

予獲交問亭先生，卽請予爲《白燕棲記》，諾之而未就者行十年矣。白燕棲者，先生讀書之齋，以嘗有雙燕來巢，其色皆白，故異而名之以此。予初至其所，於時春也，野卉雜花，蔓開庭除，紅白滿地。次年再過之，庭前兩榆被霜，風吹索索有聲，落葉侵入屐齒〔一〕，窗外蘚花被砌，蝸涎緣壁，左右視不見人。佇立久之，始有蹩躠老閽來，看客而入，殆忘其爲王孫朱邸也。此則白燕棲之大概。予是時不待讀其詩，而知其澹宕有意趣，深於詩者也。

今年二月，先生出其詩數種求序，復令予一一展讀而次第之。雖一字句未安，必停量再四，定去留焉。蓋先生爲人標格既高，而又濟之以研摩之力，加之虛受集益，宜其詩之清麗閒遠，直似古人，且日進而未有已也。昔人論詩，謂遊不出五百里者，不足以極比興之致。今先生稟長白之奇，鍾天潢之秀，朝請闕下〔二〕，閒行郊野〔三〕，非有幽深汗漫瑰特之觀足以暢發其心志也；然一下筆，輒居然有重山疊波、煙霞回洑之勢〔四〕。由是觀之，使李、杜、王、孟之輩不徧游名山水，歷覽奇勝，將不得爲諸公之詩乎？故知立言家所貴其神明超俗耳。語曰：『不善遊者務觀其外，善遊者務觀其內。』蓋耳目之取資者有盡，神明之所含蓄者難窮，此有待與無待之別也。

【校記】

〔一〕『侵入』，稿本作『侵人』。

〔二〕稿本『闕下』上有『宮』字。

〔三〕『郊野』，稿本作『郊墅』。

〔四〕『煙霞』，稿本作『煙雲』。

## 李東生文序代〔一〕

同年之誼，自古所重。近制，三年上春官，所得士僅百五十人，比往額爲少，其留宦京師者不過三十餘人而已。日相與遊處於百五十人之中，數加少而情愈加密焉。其尤密者，意氣孚感，若同氣兄弟然，雖家庭委瑣，無不可相告語者，則蔚州東生李君之於予是已。予兩人既暱就無間，論文之暇，旁及制舉義。竊視東生年少耳，乃諳熟經傳、諸儒義疏如老經生，其爲文體兼眾家，類非一時襲取可得。嘗微叩其所以，東生則手其文，動容謂予曰：『某學力淺薄，敢自謂能？其得有此以連受知於主司者，皆吾伯兄元生之教也。始吾父爲郎在朝，以吾屬兄，令督之成立。而吾兄素精舉子業，籲於學宮久矣。中棄不事，獨任家政，躬侍養之勞，令吾得一意向書。某感其意，攻苦異往時，或偶病徹，兄則就問所苦何若，徐謂某：「祖父在堂，屬望惟汝一人。祖母及母早沒，非汝成名，無以慰兩孺人地下。汝不自愛，爲負吾，吾不於汝極言，吾負吾父命矣。」某聞之竦然，雖困，未嘗不力疾起也。比乙卯，名落副榜，兄復詰某：「汝所學誠未至耶？今倖得而復失，豈其有遺行耶？」視其容蹙然，若不任其憂者。既舉於鄉，罷南宮歸，誡之如前加厲。今幸博一第，而兄喜可知矣。此所集若干篇，爲某十餘年嘔心所得，亦觸手皆吾心血也。子言足垂信，願爲我序其意而文之。』

予以東生之兄之才，雖自取高第不難，乃辛苦成弟之名，至不避勞勩，必求副其祖父之願而後已，雖古所傳孝友者，何以過此？東生不以己之得第爲喜，惟恐不列其兄之名於天下，其兄弟之賢，視古人俱可無愧。然元生之所望於弟者，直科第耳。今東生既釋褐服官，如元生旨，自今以往，以身許國，其責不更有大於此者乎？使東生一不慎，伯兄之誡不旋踵至矣。夫前之勉東生以祖父之志，一家之事也。今之爲東生期者，必將爲朝廷建大議、樹大業，此東生之才所優爲者。其責既鉅，則其望將益切，是伯兄之爲東生者無已時也。《詩·小宛》，兄弟相誡之詩也。首章曰『明發不寐，有懷二人』，元生有焉。其卒章曰『溫溫恭人，如集於木。惴惴小心，如臨於谷』，東生有焉。予之視東生猶兄也。昔北魏趙郡李產之兄弟相友愛，隴西李榮至其門，歎曰：『此家風範，海內所稱，今始見之，真吾師也，願與連類。』卽日改名爲勞之。吾雖未見元生，於東生所聞之也已熟，不啻若連類矣。此集一出，爲有識爭賞，得無有聞風景慕如勞之者乎？使人人學問知根本孝弟，資於事父以事君，則從來舉子浮薄之積習可以立變，是未必非東生屬予之意也。

李給諫東生，名旭升，初第時嘗屬其同年金會公檢討爲此序，今失之。而金君已歸里，託許進士念中求予補作〔二〕。予久苦爲人客作文字，感其一家孝友，爲今世稀有，遂勉成此以復於許君，仍存之集中。金名德嘉，與予善〔三〕。許名志進，今赴任鐵嶺知縣。

**【校記】**

〔一〕稿本題作《李東生文序代金會公檢討》。

〔二〕稿本「求」上有「轉」字。

〔三〕稿本「善」上有「最」字。

## 綠楊紅杏軒詩序

文章古稱韓、柳，尚矣。若韓之於詩，硬句排奡，橫騖別驅，以文爲詩者也，今之言詩者爭趨之。而獨以蕭散沖淡爲柳詩之宗，自非山林老退、耽閒寂寞之士，則未有能究心於此者。予以爲蕭散沖淡，固柳之所以爲妙，而柳之長篇古律，縋險出奇，七言古詩，鍛鍊精刻，實不主沖淡一家。若其《酬韶州裴使君》諸詩之用險仄韻，《遊南亭序志》諸詩之出奇無窮，固非退之不能辨。而《漢家三十六將軍》長歌之排奡雄悍，尤與退之爭勝於豪釐者也。學柳不先識其似韓者，而遽求之於蕭散沖淡，將有如韓之所謂頹墮委靡，不可收拾，而詩家之崢嶸氣象索然無餘地矣。昔人論韋應物歌行，初亦放縱，後歸平淡，韋、柳一體也。故學韓而工者，未有不可以爲柳者也。

蔣子靜山詩學，初亦本於退之，旁及子瞻。人見其詭譎而横厲，夭矯而放溢，莫不以爲韓、蘇之接武矣。而予獨舉柳以爲言者，以平淡之必本於絢爛，雖子厚猶然。蔣子盛年壯氣，其才之浩瀚肆出，不可遏抑，宜有如是者，又安知其融鑄之久，不歸於蕭散沖淡不止者乎？是始終善學柳者，莫蔣子若也。且蔣子生長子厚之鄉，聞見相熟也，吾知其於兩家之詩，必有能會而一之者矣。

## 野香亭詩集序

夫人之有懷也，言之所不能盡，則見之於文辭，書之於冊而已。見之於文辭，書之於冊，而猶有所不能盡者，於是乎有詩以道其不能盡之情。蓋古之人有有其聲而無其辭者矣，聲之所感，雖辭可以不設，未有無其聲而可以詩者也。故予之論詩，必以意爲主，以聲爲用。嘗薄《毛序》、《鄭箋》不識詩人比興之義，惟朱子《集注》略轉换一字句間，使人反覆吟詠，自有感發，此爲得之。蓋作詩之體，至唐始備；論詩之法，至朱子而始明，予每自信其言爲不妄。

向讀諸城汪中允詩，嘗舉此序其首，又於中允所見《野香亭詩集》。《野香亭集》者，爲合肥編修丹壑李先生所著。編修之於詩也，既本之於今相國家學，其冥搜心得，取境近而藴義遠，有陶、韋、王、儲之風。至其才思所溢，間旁出於韓、蘇諸家，特用以開拓其境界而已，不以自詭其法也。予尤喜其樂府，古淡婉切，回環可誦，雖張、王操筆，無以過也。以爲詩必如是，則意與聲會，始可以返而復之古，蓋嘗屢言之云爾。編修謂爲知言，卽屬予序之。然編修以名公子年少登第，滯史館十五年，泊然無競進意。其所寄興，八九常在酒鎗茗椀、山邨水墅之間，宜其風格之超脱如此。至其經途觸目，凡田家疾苦、吏治清濁，與夫南北風土之險易厚薄，無不習知。所以感切諷諭，而發之以忠厚之旨，傳之以和平之聲者，又不一而足。古觀人者，往往於其人一吟詠間，知其有以天下任之意，若編修之詩之志，吾殆不得以詩人命之已。

## 燕山偶草序

予在都，數聞於士大夫有素堂禪師者，自南方來此，雖寄跡方外，性特疏放，京師老儒夙將、詩翁談客，所聚處多樂從之遊。論經説劍、茗飲而賦詩者，坐榻中，日以數輩。師攘臂其間，豪氣勃勃不自禁，而皆藴釀之以爲詩。所居城西郭圓教精舍，寺中戒律精嚴，禪板肅穆。師或時與客言詠至夜，挽留不聽去，笑呼聲出戶，同侶至闔門驚避。明日客去而詩成，長篇短韻，已籍籍播人口矣。

予自海淀歸，枉道訪之，師一聞予至，相見遂如舊。昔劉夢得論江右僧詩，謂：『如幺絃孤韻，暫入人耳，非大音之樂。』賈法曹行道苦吟，垂老成就止傳五字。豈若師之觸景興生，落筆泉湧，滔滔有國士之風也？師貌臞，善病少噉，予傳以涪翁服兔絲法。逾月來報，近胃强加飯，日數匙矣。計今身益健，詩思亦當益雄。然予以髮齒衰白，嘗欲撥棄書卷，棲心静境。師學佛者徒，方將裒輯其詩，沾沾問序於予，何耶？其言：『吾教中以無離文字、説解脱相爲第一門事，苟其足寄吾適，雖謂之解脱可也。』卽其所論詩，有超於今之禪者一等矣。

# 湛園藏稿卷二

## 序下

### 述世德爲魏南鄭贈行序

予嘗聞友人沈太史芷岸，稱其同年友魏君之賢不置也。君自舉進士卽歸里終養，十年間先後爲兩母持服，盡禮極哀，鄉黨稱之。今來謁選，得縣南鄭，君不鄙其僻遠。其論議常在濟物，謙靜廉儉，無時俗媕阿態。以此服太史之知人，而私以得交於賢者爲幸也。八月，君暫南歸，謀完葬事趨任，出其祖父兩世行述，請予傳其梗概。予覽之歎曰：『宜哉，魏氏之有後也！蓋其積累遠矣。』

魏久家繁昌，自君曾祖光祿公再世同居，官旌其廬，所謂世德是也。祖諱之翹，字楚材，少與兄孝廉君齊名，入國子學，日讀書，好行善，若不足。孝廉没，撫其子猶子，卒以成立。族人有以腴產來鬻者，既悔之而力不能贖，公立還其券，不取值。壽七十二終。嘗曰：『吾家種陰德過百年，子孫必有達者，惜吾不及見矣。』子待贈君一公諱極，君一其字也。崇禎壬午，覃恩以選拔貢生，試禮部，上卷，人以公才宜得上第，已而遭亂棄去，從酒人遊。晚年結偶亭，偃息其中，與道侶詩客往還賦詩，口不言時事，益耽經論，給齋飯僧，日以清談爲樂。然篤於孝友。楚材公捐館，年艾矣，毁至骨立。從弟中翰罹禍危甚，脱身破産救之，僅而免。粥餓棤骼，設漿以飲道惕者，家幾匱不輟，亦不以聞於人也。徐孺人有賢行，早置側室，視偶亭如己生子。偶亭者，南鄭君所自號，示不忘其先也。公没年纔五十七云。自楚材公下，兩世單傳，繼嗣不絶如綫。南鄭君年二十一，連舉五子，今爲名進士，作吏巖疆。當西南倡亂時，全蜀陷賊，漢中爲全蜀咽喉，王師苦戰其地，民膏血漬鋒鏑，産力疲餽饟，今十餘年未復也。天子優詔重䘏，累選大吏之才有守者，作牧其土，用寬西顧憂。君以經術起家，視事首縣，必能體吾君仁惠遺黎之意，多方撫輯，爲諸邑率。且因以大發其家世積德，而完其祖父鬱而未竟之施，則君之功業所至，豈可量哉？惟君之舊，則既有徵矣，曰：『萬，盈數也；魏，大名也。』又曰：『公侯之後，必復其始。』勉矣，南鄭其在兹行乎！

## 贈徐順德序

予友徐君道勇用進士起家三原令。三原故大邑，稱難理，君治之以廉靜，邑以無事三年。亟思其太夫人，遂援例歸養。及終制，瞻戀松檟，棲遲近十年始起，補令順德。順德，廣州劇縣，地接省會、邊海，亟守禦備，文武兼用，其難理殆甚於三原。然君以治三原之政聞於遠近，順德之民惟恐君之不速來也。昔漢吴佑諫其父寫經書曰：『越俗誠陋，然舊多珍怪。』《晉書》亦曰：『世云廣州刺史但經城門一過，便得三千萬。』其地饒樂，宜爲士大夫所豔羨。然劉安書所云『輿轎隃領，拕舟入水，蝮蛇猛獸之害，與夫夏日暑時歐泄霍亂之病相隨屬』，自古及今，其艱險如故也。故自宋以前，仕宦者多畏避不肯行，惟得罪貶竄者不得已而往。至則愁思悲哀，計日思返，非其無所利於彼也，蓋其所重在身，則雖有象犀珠貝、名香異石、懷奇貨賄之饒，勢不能舍身而徇之，此人情之大凡也。惟今世則不然，選人每月赴部，輒指所出缺，預較其贏絀。苟視利所在，雖滇南、粵西、鬼人之國，獞獠爨僰、萬里瘴癘之鄉，無不甘心一往，有智盡能索已耳，況廣州爲士大夫之素所豔羨者哉？其矯首頓足，日夜以冀其一當，彼非不愛其身也，視可欲有甚於身之重者，則不憚以其身嘗試之。宋之去今，僅五六百年間，士大夫風氣習尚已大變如此，則吏治之不古，若愈趨而愈下，何怪也？

君自去年冬掣缺還邸中，賀者踵門。君方搖膝吟詩，閉門臥終日，已乃徧訪粵人在都者，以邑中利病，懇懇若欣戚之在己，豈非其所重者別有在與？君固非道義莫重也。道義重，則身之利害猶所不暇顧，何良貨賄之足動其心耶？予滋信君之廉靜有守，而以其治三原者移之新政，雖比績於古循吏無難也。明崇禎末，君同邑周先生齊曾者爲縣，有殊績，旣去，民歌思之至今。予覽其邑乘，以未及立祠尸祝爲恨。昔蜀文翁祠堂，皆後之賢守相繼葺成。君積前俸，內遷不久，其亟圖之。因以表周先生晚年苦節，顯示於來者，使士大夫知所趨向，亦變風俗、返人情而復之古之一助也。

## 送座主彭先生序

癸酉八月，京師當大比，天子慎選主者，章上三日未下。丁丑日晡，乃以命翰林院侍讀德清徐先生、編修廬陵彭先生。時徐先生方病在告，而資序未及彭先生，上皆出不意用之。兩先生聞命，倉皇入闈，既鎖院出，榜下多知名士，雖以某之老困場屋，猶得列名其內。時上於行在見榜，對侍臣稱好，而言者猶摭拾不已。會部勘失填舉子名一卷，主考例當降調。上不欲兩先生之去翰林也，乃用原品令休致，暫回籍，蓋異數也。於是徐先生挈家行，而公子編修君拮据治裝，舟居潞河以待冰泮。彭先生乃謂某曰：『吾與子師生之日淺而知己深也。吾一生操行堅苦，橫被謠諑。雖主上明聖，知我兩人無罪，得以禮退，而其中耿耿猶未盡遣也。惟是所以慰吾之懷，而使吾之歸也，一展玩間，不知榮辱之在身而是非之過於前者，孰如子之贈我以言矣？』

愚惟今貢士之有座師，卽古之舉主，而鄉試舉人，卽古郡將所送之孝廉也。漢時孝廉於舉主誼至重，有被誣未理，輒隨上京師，傳拷或五毒備加，終不屈撓，其事多得白者。今朝廷素知兩先生賢，九卿具奏，固已無纖芥之累於其身矣，然猶不能不以嫌暫歸，同朝士大夫方重惜其去，吾徒無能出身以留之者，其有愧於古之孝廉者多矣。或猶謂古人之道可復行於今世者，愚竊以爲不然也。徐先生年及懸車，請告者屢。是行也，適得其意中事。某作詩爲送歸之引，先生欣然受之。獨先生釋褐纔六年，入中秘三年，留任史館，邸舍蕭然，隨侍長公及任薪水兩蒼頭，蒲簾土銼，擁書其中，讀之不知其貧也。及被命，無以治裝。其同年生及諸門下士，相與謀合資以餞，然後行有期矣。愚以先生是歸也，正俗所謂晝錦之遊者。料至家上塚，召會戚里，飲酒歡笑，閭巷子弟撰几杖、執經問義相隨屬，將必有忘其所謂耿耿者，而何待於愚生之一言？然愚讀歸熙甫送其師余太史南還序，自謂『以齒，文宜屬予』，則今日之綴辭以贈先生者，愚固不得辭也。是時太史亦新進耳，熙甫卽以大臣宰相之器推之，後果入政府，至大用。先生歸，不久當來，來而大用如余公時。某受知雖晚，冀猶及見之。不知後之視愚文與熙甫，爲何如也？

## 賀吏部郎文登于公序

凡仕者，所以爲忠也。忠孝之事，古稱兩全爲難。歷考詩人所紀，當時之賢士大夫，行役有《陟岵》之歎，出使有『將母』之告，蓋出處之際，其大致不同如此。然予觀今世之待士，實有遠勝於古者。古者之崛起爲卿大夫者，其於父母，生則盡其祿養，没則致其大夫之祭而已。其支子之貴者，亦不敢有所加於其親，特從祭於宗子之家廟而已。如是夫先王之儉於禮也，謂『子無爵，父之道』，固然也。然變通之，則豈無其説與？故曰，古今不同禮。今制，吏滿考，或遇國家覃恩異數，例得封贈其父母如己官，有推而上之，以及於大父母、曾大父母者。仕者遇此亦榮矣。夫此孰非吾君深恩厚澤，所以體恤臣下，而發其移忠成孝之私？然其間封及父母者，或數人而得一人；推而上之，及於大父母、曾大父母者，或數百十人中，一人乃僅得之耳。其恩之厚而遇之難得如此，則夫幸而得之者，非其才能之有以遠出於衆，孰能當之而無愧與？故惟其當之而人不謂過，若此者，其於教天下之爲人臣、爲人子者，有餘矣。

吏部郎文登于公以高第兩任節推，再補劇縣，業以治行卓異上聞矣。會山寇乘亂竊發，復用剿撫功累加級，不次擢至今官。天子嘉之，特詔封贈其先人，覃及三世，可謂盛哉！人臣之遇，世不數有，聖天子之德軼於上古矣。然予聞公家自高、曾以來，世有隱德，至先公任峽江，爲民求免浮糧，至十一上始得請，民思慕之至今。而公復承之以忠厚，保世滋大，天之報施積善，其不爽如此。夫古之仕者多由世族，其起徒步至公卿者十不一二，而當時仕者之先世，已鮮有不受爵禄者矣。故人主之恩澤有時而不用，亦其勢然也。今峽江公既起家甲第，受國榮寵，及於吏部，纓紱相承者再世，屹稱世家矣。而寵命便蕃，復遠及於發祥之數世，則予所謂遠勝於古者，豈不信哉？吏部公感激殊遇，屬予文紀其事。予不敏，懼不足以鋪揚盛績，然使聞者知朝廷報功之典如此不誣，而油然生其忠孝之心，於以教人爲人臣子之道，則予於此不敢不三致意也。

## 李少司空壽序

初，今年仲春，大駕將征漠北。既諏日類告，乃遣才望重臣分行天下，祭告嶽瀆及前代帝王陵寢，於是今少司空昭陽李公奉南嶽之命以往。甫踰月，四月上旬爲公五十初度。其門下士仕於朝者，皆謂公體聖天子重神至意，必能恪恭齋祓，妥厥祀事，受胙獲福於神之靈。維是朱陵之臺，赤帝攸館，金簡玉文，神禹所受，數千年以及本朝，威命遐暢，盛德洪敷。我皇上新駕六龍於大幕之庭，飆馳霆擊，維嶽之神必將奔走趨命之不暇。其去來風雨，享嗜飲食，既醉既飽，所以保翼我皇躬，而蕩滌羣氛，奠安區夏者。及今凱旋之日，肸蠁既著矣。先是，公未至衡時，湖海間旱魃爲虐，禾未下種，千里若焦，農夫釋耒以唏，守令蒿目坐歎。公下車蒞祀，祝册昭告甫畢，陰雲來族，水氣上騰，曾不崇朝，布濩徧野。蠻氓歡舞，合辭同聲以告於守土大臣，謂聖天子明德惟馨，幽明協應，而公之精虔孚感，亦宜受祐於天。督撫具疏其事，旋蒙温旨，識者已知寇不足平矣。比公還，道過維揚，拜太夫人於庭下，被褕翟之華，奉鼎烹之養，親族歡飲上壽，閭里瞻歎。以今月吉日入都門，適當回鑾飲至之時，而公以祀事有成，復命拜賜，喜可知也。

公家累世臺司，當前朝穆宗初年，文定公實首揆席，與新鄭同心合謀，决封貢之策。百年狂猘，帖首受縻，從此邊烽永息，中國享無事之福者五十年。洎謝事歸里，入子舍修温清禮，猶黑頭宰相也，東南至今傳爲盛事。公胚胎家學，器宇宏碩。由侍從參機禁，毗贊良多，轉佐冬官，聲望彌起。是役也，師武臣迪果毅，侍從者執鞭弭，公亦以明禋奉使，翊成大功，祖孫遭際，前後同轍。時議謂上眷注方殷，不久當以鈞軸相處，一如文定當年。《詩·江漢》不云乎：『虎拜稽首，對揚王休。作召公考，天子萬壽。』蓋賢臣能開敏其先世大功，則天子且敬舉萬年之觴，其身受多祉無疑也。某誼託譜末，值公歸舉壽讌，而待予一言以侑尊也。因卽公今日使事而推本其先烈，並敷揚國家盛美，使奏之賓筵，比於聲歌，殆不止爲公一家之慶云爾。

## 陳大司農壽讌序代

甲戌春，大司農員缺，天子以度支任重，非得有學識持重大臣付之不可。時澤州陳公，讀禮家居三年矣。先是，公嘗長是部，及吏部以應升姓名疏聞，上持司農印，特起公里中，付之有司，敦趣上道。公至陛見，天顔歡霽，慰問寵渥。中朝士大夫皆慶君臣相得之盛，而知上之所以倚毗公者，未有涯也。公既涖任一年，釐剔宿弊，告誡司屬，以約束吏胥。舉天下會稽之録，中外出納之數，繩貫絲聯，一一時其盈縮，而次第布之。然其大意，無非仰體聖天子恭儉慈惠之德，務以省費節用、藏富於民，而爲國家千萬年根本之計。蓋《周禮》天官冢宰，所與其屬，日成、月要、歲會，以周知四國之治者，正古者宰相之職掌。故自漢以來，居是官者咸謂之計相，而本朝以是入政府者，亦多有其人。公以老成寛大，再居厥職，天子賴之，十四司拱手受成，庶績咸理，皆感公之賜而不知所以報也。於是季冬下浣，值公初度辰，相與謀舉觴稱祝階下，又謂不可無文以先之也，以予爲知公深者，則羣請致一辭焉。

予謂諸君子曰，公等以今日之獲庇於司農公爲德也，亦知公平時學問陶鎔涵養，所以發輝光大而見之於事業者乎？公自志學，卽以聖賢自期，得心法於其鄉薛文清公《讀書録》。比通籍，受知兩朝，官禁近。凡入講幄，開陳王道，攘斥異端，詳端竟委，必期積誠感悟而後止。一總憲綱，五長部曹，諸所條列，動著功令。卽意所不可，侃侃持論，絶不爲利害小有顧卻。蓋其歷官事業，卓有根本者如此。至其所著《尊聞集》，詩重風骨，文尚體要，惟其涵茹古今而出之粹然，一稟於正，有古人所不得與者。故一時知者，不敢以文人目之，而皆以爲有德之言也。今上春秋鼎盛，公以魁壘耆碩，託寄心膂，行將待公從容論道，輔致太平，而不復煩以政事。予幸得廁同列，庶幾備聞緒論，不至隕越是懼，則今日之拱手受成，爲諸君子之幸者，予亦竊以自幸也已，爰是不辭而爲之序。

# 田司寇壽讌序代

癸酉冬，少司寇員缺。天子矜慎庶獄，不用部推，躊躇久之，乃特起舊僉都御史貴州巡撫田公於里中，而畀之以事。公歙歷外臺，及里居日頗久。次年春，既至都，華髮蒼顔，傑然班行中。士大夫皆瞻望歎息，以爲古所稱宿儒大人可備顧問者，公殆其人，天子方倚公以天下之事。時公年纔六十，精神强固，視聽詳審。凡四方所上疑獄，大司寇及同官必待公商酌已定，乃請讞於上。公折衷律令，傅以經術，所有比擬，務一切從寬厚，以稱聖天子好生德意。故自公在任，而天下郡邑之獄益稱平，十四司之官皆得拱手受成，以爲非公之惠，我不至此。踰歲五月，值公初度，因欲藉祝嘏之辭，頌揚盛德。以予爲同年友，三十餘年於兹，知公之深者，莫予若也，則相率來謁，請一言以侑觴。

憶公之始值西省，予亦讀書禁林，皆年少耳。每把酒論文，抵掌時務，謂遭際太平之世，仕宦京師，得以時時聚首如一日也。既公由郎署視學三吴，吴中雖稱文士淵藪，稍一失望，聲譽頓減。公文章渟滀深厚，灝若淵海。詩包舉韓、杜，吐納蘇、陸，與新城侍郎並爲海内推重。其課士也，遠溯六經之淵源，道之以三史波瀾，沿於唐宋諸家之支派，旁及詩賦儷體，兼收並錄，一時帖括舊習，翕然變而趨古。又杜請謁，抑奔競，潔清菬職，治行遂爲天下之冠。再歷京卿，出撫吾吴。春生秋肅，威惠並著。至其誠意之感動人心，吴之百姓與士子無以異也。天子滋欲試之以盤錯，徙節黔中。公至黔，治務清靜。公一貓獞犵狫僰峒之蠻，傅毒矢、蓄金蠱爲患害人，走棘箐如猿猱，誅茅穴地鳥獸居，不可法度理者。公一拊之以兒子，取其秀者教之禮義，迪以詩書，疏請爲九縣設學，復五衛舊學，又新陽明廢祠，而揭之碑記。然後人知嚮方，浸浸乎鄒魯之化矣。於是以其餘暇窺含碧，涉飛雲，眺東山之勝，登甲秀之樓，長嘯賦詩，與苗民共享無事之樂。蓋公之撫吳兼用威惠，而撫黔獨以惠勝。其大旨，以弗生事啟釁、弗誅求樹怨爲馭苗方略。雖然，豈獨苗哉？予讀其所著《黔書》，布置擘畫之精，雖推之天下無所不可，此上所以用公於司寇之意也。司寇職掌邦憲，考之於古，皋陶之刑至於四方風動，蘇公之刑至於長我王國，呂侯之刑至於一人有慶、兆民賴之。夫天下所以更化，王國所以長久，君身所以享福，皆於刑乎是賴。則公今日之明慎用刑，豈獨一身之既多受祉已哉？予不佞，承乏政地，方懔懔隕越是懼。《書》曰：『篤棐時二人。』庶幾哉，我二人左提右挈，復聚首若西省、禁林時乎？此予之所望於公，而諸君子之意或亦不外是。請卽以是言進之賓筵，代工歌之一奏可也。

## 邑侯方公壽序

壽之有文，起於近世，以爲養老而設。然予觀《詩》、《書》所載，其君臣上下之間，動以壽考相期，有不待其年之已及，而始致其頌禱之意者。蓋其風俗之淳厚，忠愛纏結於心而形於語言，言之不足，又爲辭以文之，固其宜也。今年春，郡大夫張公初度，吾邑方侯偕其五邑之僚屬，請予文以祝之。侯見予文而歎賞，以爲有當於古之作者，而惜世人之不盡知。因爲坐客歷指文章離合、反正、起伏、轉換、映帶之法，洞中肯綮。以是知其究心斯事者已久，其能以文章爲政事，而使吾邑之人民被其德澤而沾其教化者，豈偶然哉？然侯春秋尚未及强仕，今三月某日爲其懸弧矢之辰，邑之父老喜而交祝以壽考者，一如古《詩》、《書》所稱，而又謂不可無以文之也，遂以屬予。

維侯所生里，乃朱、蔡諸先生講學地。侯與其尊甫沛令某公，同舉於鄉。比謁選而南，纔下車，問民疾苦，風潤日暄，一當聽斷，雷電交發，官署肅清，罔干以私。以故邑比歲不登，至是大稔，民咸以爲公德。予嘗慨前朝士大夫之議論苦守令者，一拘於資格，而才傑之士無所得奮其用。今世則不然，吏道雜而多端，邑令長間得一經明行修之士，民望之不啻景慶，而其人又有不同者。《詩·丘中有麻》曰『彼留子嗟』，言其居下親民，所在見理也。繼之曰『彼留子國』，美其子本於其父也。史稱傅琰父子爲令，並著奇績，時謂其家有《理縣譜》。彼果何術，以致此哉？無過於以經學相傳授而已。漢尹賞誡子，以『吏殘賊見廢，後思必復用』。薛宣過子彭城令署，不教誡以吏職，且謂吏能不可學，此直佐史故習，非儒者所貴。公既生長理學之鄉，其家庭討論而饜飫於仁義道德之旨者，匪朝伊夕矣。以是小試之於一邑，其爲吾民之幸，宜有過於單門崛起、聞見淺狹者萬萬也。予聞之長老，往吾邑有治縣、去而爲公卿於朝者，宦成里居，其縣之百姓相要饋問於其家，歷年不絕也。吾邑風俗淳厚，待公之施澤既久，斂歷中朝，鬱爲耆碩，他日黃華白鶴之間，有扶擕而蘿拜於庭下者，必吾慈之人也。請以今日徵之已。

# 黄崑瞻先生壽序

予從事兩館間行十年，所得交編修硯芝黄先生，相與商略舊聞，多所創獲。其爲人年少静氣，不以才地自矜炫，獨其心所嚮往，乃在古忠孝廉節之行、講學取友之事。故以予之衰老失業，人所厭棄，而君獨暱就之如素交。今年春，予奉命同總裁東海公還南，纂修《一統志》，有同館挽其請行者，編修私謂予曰：『吾亦亟思歸耳。顧吾父遠宦塞外，吾在此息耗，日聞衣食什物所須，續往不匱，是吾處京師猶膝下也。吾不可以復南。』言訖淒然，若不勝孺慕之色，予益心服其純孝。既問知廣寧公莅官行己甚詳，則以爲編修君之賢，其得之家學者有素。予於是復思從廣寧公遊而不可得。編修曰：『吾父以今年十一月下旬稱六十觴矣，君盍以文序吾父生平，略道吾所以不得侍養之意，而致君相慕之誠，其可也？』予唯唯。

蓋公自戊戌通籍，歷今三十年矣。初節推劇郡，壯年鋭意辨職，沈冤滯獄，一訊立遣。又以其間代守令教養之具，聲譽卓然，自許功名可立致已。緣他郡案牽連，鐫級他郡守，即公鄉試舉主也。是時，上官多勸公辨復者，公義不以一官易所天之誼，從此淪落，浮沈幕僚。所經黔築萬里，蠻煙獠瘴，殆非人境。已而南下洞庭，東騖遼海，計人間危險地，已身歷其大半。然所守不踰，一令所至，動必奏績。今在遼數年，日以邊邑蕭條、居人愁困，欲稍爲經理之，然未盡得展布。所蒿目撫心見之歌詩者，識者比之元道州舂陵之詠，皆知其有憂天下之志矣。公宿儒舊望，人譽所歸，列卿臺省，舉足可到。方今賢公卿滿廷，必有起而爲公任斯事者。父子接武中朝，流光史册，誠甚盛事。或謂公懷遂初之志久矣。夫太邱一長，公卿再世，卽江夏父子間名位相懸，亦公家故事，德高位絀，於道何損？意者行公之志而杖策歸里，闔門私第，擷商山之紫芝，飲南陽之菊水。嘘吸沖和，頤神養性，從容以待聖天子蒲輪之召，可乎？編修君其亟持吾言以往，必有以博公之開口而一笑也。

## 侍讀徐公暨嵇夫人雙壽序代

前年癸酉初冬，爲吳興侍讀徐公七十初度。時公元配嵇夫人年六十餘，華髮相莊。宫諭君偕其令嗣暨諸孫鞠膪上壽，禮成燕飲，雍穆之風，搢紳稱歎。未幾，公謀拂衣歸山，夫人亦以有子侍從，足以上報國恩，願偕遂鹿門之隱，相與櫂舟而還。疏池藝圃，徜徉杖履。苕霅之間，多古高人奇蹟，稚川丹竈，桑苧《茶經》，王右軍、陸魯望之徒之所觴詠而歎，張志和之所浮家泛宅而遊者。公籃輿至止，未嘗不流連日夕，及入而與夫人相對，則欣然遂忘其貧。以時與子弟坐家塾，誦説經史，道先賢故老舊事。夫人則抱孫含飴，分燈課織其旁，若無軒冕之在身，而褘翟之耀體者。其視世之奔逐勢利，刓精神勞苦而不知止者，何如也？今年孟夏，夫人始壽開七十，同鄉親串莫不嘖嘖夫人之賢，而見侍讀公之以老成碩德，與之偕享五福之盛，則又爭慨慕之不已。會宫諭君以遠在京師，令嗣任可在家稱祝，請予一言，將郵致之以侑觴。

蓋予聞夫人爲名孝廉女，素嫺姆訓，自盥饋以往，侍養周旋，動循禮則。太夫人病困，夫人調侍湯劑，至兩月不解帶。以是妯娌化之，一堂聚順，跡其閫教，雖古列女不能過也。而其佐侍讀公以成名，尤爲世所難能者。公少貧績學，名重士林，所締交皆海內才儁，中更憂患，家道轉落。然席門窮巷，戶屨常滿，負笈請業者所至成市。夫人悉庀具修潔，黽勉有無以應之，而公不知也。壬癸間，公既連取高第，列從臣矣。夫人彌自謙挹，自中外親黨以及村嫗竈婦，待之各盡禮意。所與公相雞鳴交誡者，惟是夙夜在公之誼爲惓惓。故公在史館，凡所撰述進呈，天子見之無不稱善。所造就成均學者，及京兆大比所得士，皆矩步詳雅，學有家法，望而知其爲南州弟子。侍讀公之樹立偉矣，抑亦夫人相助之力居多也。自公之歸，今三年，宮諭君聲望益隆，宸眷優渥，將以大展公平生未竟之業。而君顧思戀庭闈，南望於邑，本欲因介壽之期歸而承歡於其側也。夫人則寓書於教誡，當國家多事之際，臣子驅馳效力，正在此時，慎勿以吾兩老人爲念。予與公先後同官，氣誼最篤。兩舍弟又與公家稱同年兄弟，交在紀羣間。故每見宮諭君，必舉公家庭所誡者，以解其離憂而釋其獨勞之感。又爲述所聞於其鄉人者，備頌美之辭，致之賓筵，以爲難老之祝。今主上倚宮諭君甚厚，顧惟舊德必復，致公左右，潤色鴻業，而夫人亦將起居六宮，爲命婦班行之首。此時再奉養京師，從容上壽，吾知士大夫之觀感興歎者，必益倍於公七十壽時，而宮諭君又何必眷眷於白雲之慕乎？遂次第其語，爲壽讌序。

## 章氏母壽讌序代

松江去吾邑不百里而遙。郡之望爲章氏，累世簪紱、詩書禮教之相傳，不獨其子弟醇謹有家法，其閨門之内動有軌則，亦往往有聞於姻戚間。而予所以知之最深者，予祖妣潘太夫人其女弟歸於章氏，爲大學生某公之婦，是生進士學博宗季公及明經武謀公。明經娶於新安，爲汪太孺人名家也，夙嫻禮度，能盡誠敬以事潘太夫人，無倦容。雖在亂離播遷，飲食溫凊之禮，未嘗一日稍缺，以故潘太夫人絕憐愛之。孺人之長君禹服，則予之表兄弟也。既長，爲後於學博公。予雅愛其才，謂明經公積學治行，既貢於京師，而失志抑鬱以沒，學博公亦終老一官，將必於禹服見其成。禹服肄業胄學，與予伯仲，遊最久。每相見，未嘗不切磨以德義，而禹服亦自以爲：『吾所以得久宦學而無内顧憂者，緊吾母是賴。雖然，吾母老矣。吾之别也，吾妻朱氏嘗許吾以侍養。而吾母之朝而起飲食，不離於側，疾病疴癢，抑搔之必時；吾母之晦而息，奉席請趾之必謹，一如古之事舅姑者焉。吾之所以得免於内顧，而並不至以親爲憂者，吾妻之力居多也。』予以是知汪太孺人之賢，而並知朱孺人之能繼其德美，以安太孺人之心者，其婦姑之間有過於人者矣。不幸禹服蚤世，孺人賦《柏舟》者十五年，上慰太孺人，而下以撫其孤又仲，教之讀書知理義。以故太孺人年雖老，益康寧善飯。又仲學業益進，方從予京邸，時時欲表章其先世之德，與祖母及其母之懿行苦節。而適值今年太孺人七十初度，孺人亦年五十矣。按功令，婦人守節得旌，例在五十，而孺人遭變之年與令未合，以是旌門之典缺如。然以又仲之才，承先世久乏之餘，加之以兩代懿行苦節，其積厚而光也，可計日待。予因介壽之觴而備言之，亦以補國家功令之所不及。後之志列女者，當必有采於章氏之門也。

## 張母何太夫人壽讌序代

《蒸民》之詩，尹吉甫之所以頌仲山甫也。其第四章曰：『夙夜匪懈，以事一人。』明乎山甫之生，保茲天子也。然孔子作《孝經》，至引之以明卿大夫之孝，何哉？予以是知山甫之爲忠臣，抑以其孝子也。蓋卿大夫之孝，非必其晨羞夕膳之是急也，如《詩》所謂『王躬是保〔一〕，出納王命』，敷政四方，似與門內之行無涉。然必如此，乃稱所謂『夙夜匪懈』者，而忠孝之道盡是矣。今年八月某日，爲今京江相國母何太夫人八十誕辰。太夫人時在里，相國既喜其親享無疆之壽，又以身不得歸而洗腆於其側也，則屬某數人者各爲一言，以敘己所以不得卽歸之意。因而稱述太夫人之德，以資賓筵之一笑，亦庶幾乎詩人之義也。

太夫人之始嬪，吏部公儒素耳，黽勉有無，不自言瘁。旣而吏部公冠冕南國，薦登上第，文章聲價翕然增重海內，則皆太夫人燈火佐讀之餘也。及於內總銓司，裁量人物；外持文柄，樂育人才，遂以治行徵爲天下第一。朝命方新，遽返初服，此則吏部公之高風曠致，而太夫人能贊成之。且又爲之潔庭除，庀肴醴，相與從容舉案，有終焉之志。是時，長公編修君以對策大廷，魁天下矣。相國與祠曹民部弟兄先後起家甲科，今諸孫天門復捷南宮，選入中秘，詩書之澤相望也。自吏部公没後幾十年而門戶鼎盛，甚於往時。此孰非太夫人內德之所成就也者？而一不自矜，每見有所遷陟，彌加抑損，勗子孫以無忘先公之遺誡。相國偕其兩弟，謹守家訓，清白自將，用以上當帝心，綏和有夏。則今日海宇之羣，栟櫨於相國燮理之德者，又何一非太夫人之賜也耶？ 太夫人雖壽開八秩，筋力不啻如盛年時，嘗綵輿畫舫，就養南北間。屬今初度之辰，三黨姻親，雜沓上壽，里閭子弟，趾門稱慶，而京師搢紳及四方知名士，亦無不躡相國之階，效華封之祝者。吾聞之，昔三代之盛，鄉飲酒禮、燕禮皆堂上鼓瑟，歌《鹿鳴》、《四牡》、《皇皇者華》，是爲工歌三終，明君臣之相得也。既歌而笙，奏《南陔》、《白華》、《華黍》，是爲笙入三終，見家庭之和樂也。外盡君臣之誼，內洽家庭之歡。所謂『夙夜匪懈，以事一人』，爲卿大夫之孝者，於今日張氏之堂見之矣。今聖天子方孝養長信宮，盡愛盡敬，德教洋溢。而相國適當此時，亦得致其不匱之意。於所生，雖其隔在數千里之外，其與朝問膳而夕視寢者，何以異也？ 予不敏，備官卿貳，幸從稱觴之末，而樂觀其盛。是爲序。

**【校記】**

〔一〕『王躬是保』，底本作『保王躬』，據《詩・大雅・烝民》改。

## 王太君七十壽序

鄞邑東南有地曰甲村，其山由四明發脈，迤邐東下，回抱前後。水自金峨分派，兩流匯合，而王氏聚族其間千餘家。王君某有學業，至性人也，寓京嘗過予言：『吾宗望出太原，自宋南渡至今，詩禮之傳不替，不獨其子孫濟美，亦代有賢婦人焉。高祖總憲定齋公爲正、嘉名臣，其母金太淑人身教至嚴，所遺詩文《蘭莊集》數卷，皆班《誡》七篇之類也，吾子孫世守之。先君遭亂，棄舉業不治，生計蕭條。

吾母錢太孺人蓄旨代匱，室無交謫，先君以是益忘其貧。不幸中年捐館，愚兄弟三人時尚幼也。吾母以弱婦撦門，足不踰閫限，內外整整，挾筴課子，帥以禮訓。某兄弟麤識文義，以不自墮於昏愚，不得罪於鄉黨朋友者，惟吾母之教是賴。某今恭遇新令，幸邀安人封誥，上榮膝下，將藉此以進，稱七十之觴。顧非得先生一言，不足爲鄉閭光寵。』予聞而善之，謂：『太君之賢可無愧於蘭莊之風也。自維浪遊多載，今老矣，家鄉名勝，屐齒多所未到。明春決計請告，冀以殘年徧游東浙奇山水。先取道金峨、雪竇，杖策四明二百八十峯中，訪其所謂過雲、石窗之勝，出而艤櫂甲村，拜壽母於堂，就君信宿，談話桑麻，周行阡陌，太君其必能滅茅容之饌以食我也。』

## 記

### 恭擬御製重修天津海神廟碑記

四瀆之中，海爲最大，東西南北，各有專祠。朕自御歷以來，飭所司罔不崇飾廟宇，虔其祀事。爰是數獲神貺，民用康寧。天津直沽海口，去盛京數百里，則東海之分流也。舊有海神廟，朕巡歷至止，特命鳩工重葺，又爲之高樓崇臺，遠資眺望，規制鴻敞，益竦觀瞻。邇者奉、錦兩郡，歲比不登，朕亟思往賑。念輸輓維艱，講行海運，遣侍臣往蒞其役，量撥倉儲，裝以巨艦，連飄出直沽之口，直指遼陽。風利波恬，舟行三日，遂抵盛京，散給之際，軍民歡舞。自斯以往，人歌樂育。惟朕子愛元元之意，爾海神之靈實克相之，以無重困吾民，厥功懋哉。經始之令，其可緩乎？是用刻石廟庭，用彰顯懿，垂之世世。若夫賦役庀工，費用之紀，則有司存。

## 重修湄州天妃廟碑記

天妃之廟祀普矣，而獨重於湄洲者，以神之所産也。神生於五代閩王時，相傳其上昇在宋雍熙間。神仙詭誕之說，宜君子所不道。若夫出其靈異，以上佐國家之急，下爲生民除困，歷禩久遠，功效彌著，此祀法之所謂禦大災、捍大患者，而先王之所重也。然且祠宇之弗飭，俎豆之弗共，崇德報功之意謂何？神自宋以後，人常見其朱衣翠旄，飛翔海上，往來舟檣，恒恃以無恐。至於騰霧返風、撲滅凶寇、通濟運艘，靈驗闡赫，焜燿震盪於人心目者，幾八九百年。

肆我聖朝，廓清海甸，異時金、廈之戰，神實陰相之，訖於成功。皇上用是寵嘉，晉爵崇號，每歲有司駿奔走，勑修廟，貌惟虔。閲歲幾何，而屋材械甓牆壁、朱漆堊墁之新者行故，而故者腐朽黝剝之不支矣。里人林君喬生於是亟創修之，鳩工庀材，經始於某月日，縻銀若干兩、錢若干緡、粟若干石，役之以人數者若干日。既竣而落之，屬漳都督陳君請予記其事。

夫廟之既久而復修者，欲其無壞也。然凡物之理，不能無有成與毁，惟託之於文字者可以常存。今林君用心之勤如此，又欲使後之人得以稽其年月，慮其功程，估其材賦於此，以時其修葺，永永俾之勿壞，則豈獨神貺之式憑，將聖天子之所以懷柔百神，雖萬里波濤、絶域水處之衆，猶將樂予以安全而怙冒之者，庶可想見也與？此或林君之意也與？

## 米來齋記

狄庶常立人好學善病，居京師，常習靜寓齋中。家世寶藏米南宮尺牘手蹟數幅，每閉門焚香觀之，則快然不知其疾之去體也。已而爲所識紿去，日惘惘不自聊，顏其所居齋曰米來，蓋庶幾其復來也。君嘗自言：『靜中境界，視富貴如蜉蝣，而視身如贅疣。』豈其戀戀於一物之去來間耶？亦曰寓其意云爾。雖然，請爲君實之。

君素工於書，今士大夫間鮮有如君書之善者。譬之於射，以平原爲侯，以南宮爲的，以華亭爲矢者，君之書法然也。浸假而以鍾、張爲侯，以二王爲的，以六朝諸賢及虞、褚、歐、陸爲矢，剡而羽之，括而鏃之，正而志，虛而掌，實而指，調之心手之間，徐徐而釋之，見有所謂無往不收、無垂不縮者，見有所謂印印泥、錐畫沙者，則米來之時候矣。雖然，豈徒米也哉？

今晨於枕上成此，俄庶常君以書來促文，且曰：『早備潤筆，幸勿遲。』若準以坡公仇池石易韓幹馬例。君安所復得米家書，滿此高價耶？甲戌十月朔戲跋。

# 歸舟載花圖記

士大夫胸次，當必有所寄託，不於書籍，必於山水、禽魚、花木。蓋古人以禮義養其心，則於外物宜若所無待，而資於外以養其內者，古之學道者亦在所不廢也。不然，則塵俗得入其靈府，日纏擾於榮利聲勢、世情陪奉之巧拙，求其中幾微樂趣，不可得已。如是人者，非徒以自苦，卽投之世務國家，亦何嘗賴其一日之用乎？

狄庶常向濤體韻高遠，前年假歸至虎丘，傾橐資，買海棠數百本置舟中。今來都，屬王君作《歸舟載花圖》。圖中所繪雲煙竹樹，江湖彌漫，林野平遠，仿佛自京口以達之吳會之勝。然不可得而實指其爲某山某水也，亦云以意成之而已。故知君之所託者非獨海棠，卽雲山寓目亦其偶然，其無所凝滯於物可知矣。

予再留都下三年，每春秋佳日，偕諸同好出郭看花，遊讌不遠數十里。遊必有詩，久遂成集，向濤將刻而傳之。然兩遇慈仁寺海棠盛發，約往輒罷，若有物沮之者，以是集中竟無海棠詩。今得此圖補之，不獨賞庶常之高致，亦可知吾黨之流連風物，不受羈靮於車塵馬足之間。京師固有好閒如此等人，其中浩然皆必有不受推移於世俗者，後來者毋亦有所興感耶？王君名翬，字石谷。

## 白鹿記

皇太子侍駕暢春苑西，以朝夕視膳寒煖，問寢安否惟謹。有獻白鹿者，命養之行館中。霜豪素毳，體質馴良，復有二麑從之遊，狎擾階下，意甚適也。羣臣咸賦詩稱述，引《瑞應圖》『王者至孝，則白鹿見』，又曰『王者明惠及下則見』。恭維皇上肅將廟祀，祗事寧壽宮，順德漸濡，薄海內外。皇太子繼孝治之義，篤於天性，敬承夙夜，睿業日新，宜其上格天心，聿昭靈貺。況鹿爲純善之獸，白者正色，金方之精，厥爲休徵，昭昭可覩。臣以編纂微員，不獲隨侍從之後詠歌盛美，蒙皇太子出示諸臣各體詩數十章，命臣爲之記，俾附名卷末。伏念臣才質庸瑣，幸得伏謁行宮，備承恩遇，霽容温語，超越等常，非臣衰愚所能克堪。惟是皇上仁孝之德，際天蟠地，皇太子則而象之，咸推本之一心，達於庶類。雖一草木、一昆蟲之微，猶欲安全之，使適其性，遂其生，不忍或傷焉。此『大孝不匱』，恩及行葦，詩人之歌所以作也。臣聞古者至治，鳳凰集於囿，騶虞狎於郊，龜龍之屬，無不爲畜。以況今日崇基積累，景福異集，珥筆者將不勝書焉，則白鹿之應期而至，此其先徵也已。臣被教惶悚，謹拜手記之如左。

# 湛園藏稿卷三

## 題跋

### 題汪烈女傳

女子已字未行，奔夫之喪，而誓以死守，或身殉之者，歸氏震川嘗駁其非正，以爲廉恥之道存焉耳。其立論最精。然女之未嫁，猶男子之未仕也。古若薛方、逢萌之於新莽，費貽、任永、馮信之於公孫述，謝翱、方鳳諸人之於宋、元之際，皆未嘗委質爲吏，卒之死不屈。後人皆傳之獨行，未聞以爲非也。而公卿大僚，俛首乞憐於異姓之廷者，百世而下，猶將指其名而唾之，其爲人賢不肖，何如也？孔子思狂者過之，彼雖蹈義之過，苟可以風世而善俗，斯取之已矣。《春秋》於宋共姬備書其卒葬，示予也。君子曰『伯姬，女而不婦；女而不婦，過也』，猶爲《春秋》所予，然則未同牢而殉之死，是婦而不女也。婦而不女與女而不婦，皆過也，有不皆見予於孔子者乎？

婺源汪生敔姪女宮蘭，許字同邑江某，聞江訃，求臨不得，伺其母歸寧，倉皇自沉於河。生以其事，偏白於在京士大夫。論者猶齗齗未定也。予特折衷歸氏之言而舉《春秋》之例，以告之如此。歸氏之言正也，予之言權於義而亦歸於正也。嗚呼！死生亦大矣，而澳顔忍恥以遊於世者，何多乎？然則吾之説，其終不可廢乎？其亦有不得已者乎？

## 題馮節母卷

秦始皇上會稽山刻石，其文有曰：『飾省宣義，有子而嫁，倍死不貞。防隔内外，禁止淫泆，男女絜誠。夫爲寄豭，殺之無罪。男秉義程，妻爲逃嫁，子不得母。咸化廉清。』一與之齊，終身不改者，婦道也。然改嫁之法，禮制許之，而秦獨名之爲倍死，丁寧其意於刻石之文者，豈周末教衰，其風尤熾而越俗猶未免與？然彼以帝王之尊，而母子之間多所不幸，夫亦有所感激云爾也。若今山陰平母馮太孺人，隨夫沿牒，攜櫬歸里，剺面毁服，辛苦以待其子之成立，如是者，豈不曠世而一見者哉？子遠幸得爲節婦子，不以烏頭綽楔爲母光寵，而徧求賢人君子之文詞記述，以當懷清之臺，使採風者録之。越絕一隅，媲美江漢矣，其母子之間皆可敬也。

## 湛園札記自題

予本題『札記』，淮陰閻徵君乙之，而改爲『劄記』。案《爾雅·釋器》：『簡謂之畢。』郭璞云：『今簡，札也。』《春秋傳疏》云：『簡、札、牘、畢，同物而異名。凡爲書，字有多有少，一行可盡者書之於簡，數行可盡者書之於方，方所不容者書之於策。』又云：『小事傳聞，記於簡牘。』簡牘卽札。予所記者，大抵多小事傳聞而一行可盡者，故取名以此。『劄』之與『札』，義雖通行，然劄子，古人頗用以奏事，注疏家未嘗及之。兼『劄記』名書，古人多有，予欲少異其字，以自別耳，故不從徵君，仍爲『札記』。

辛未秋八月廿五日識。

## 題朱岐載印譜

梁谿朱子岐載，律體精工，楷法遒麗，其篆刻之妙，尤能獨得籀、斯遺意。挾其藝遊京師，翕然名動搢紳間，因得日親禁近，供奉殿閣。上意方欲錄用之左右，而岐載則以母老請歸江南矣，以是人益服其高致。予特知岐載之深，其意非不知以祿養爲孝者，勢有所不可耳。顧知其不可而遂去之，是今仕官者之所難而岐載獨能如此者，其所得於古人，有不僅區區翰墨之間者矣。

值今世右文，公卿方急士，予幸岐載之將母而來也不久。此冊所存賢士大夫名家，多岐載所親識，而嘗謂其知己者。晨昏起居之暇，一展閱之，得無有褰裳而欲從之遊者乎？

## 題谷園印譜

予久聞許君默公名於士大夫間，恨未接其緒論，卽其所爲《谷園印譜》，亦未及寓目也。昔歐陽公終身惟一印記名，近文、董諸公書畫徧宇宙，鈐尾圖章亦未見有絕勝者。蓋圭璋特達，無取繅藉，以予之泥塗姓氏而欲附琬琰以不朽，非其宜與？

予嘗爲新安程君穆倩鐘鼎刻説，謂今人耳目嘗稍令近古，極言俗學詆諆之爲非是。聞君嘗問奇於程君，則所謂《谷園印譜》者，予固不待見而其源流之沕合，亦不俟予之贅辭矣。

## 鹿溪新語跋

《詩品》論詩，曲盡作者之源委，然一人一詩，必强配之前人，似太附會。吾友李子昭武先生，沈潛比興，自漢、魏、三唐以來，風調之沿襲升降，一一能得其所以然，而發之爲詩，與旁出之爲詩話者嘗相表裏也。《鹿溪新語》，乃其行笈所就，予適見之於金陵署中。不獨能盡詩原委，而旁引雜證，鉤剔隱微，間以褒刺，和以調諧，此自來論詩者，少此一副手眼。其獨得處，尤在有意無意之間，隨興點染數則，俱成雋永，使王平子而在，又不知如何絶倒耳。特其中有不盡論詩者，譬如孝標、道元之注書，處處引人著勝。善爲詩者，於此自有悟入。

## 藹園文讌集跋

往予每至玉峯，則必與葉徵君九來講論累日，過藹園，觴詠甚適。藹園者，其先公水部公之別業也。後予客京邸，徵君應新詔制科北來，索予爲《小有堂記》，甚急。小有堂者，以其所分於先公藹園之半，從而加葺焉，徵君所自爲讀書處也。

予住京師九年，今年春，奉命隨局纂修《一統志》，復至玉峯，則徵君之捐館已三歲矣。其令嗣公奭少孤向學，復整理舊業而益新之，與同志四五人爲文讌之會於園中。每會，課文賦及詩若干篇。顧予通家誼，以其文見投，復請吾文以冠其集。

予既喜徵君之有後，雖不得再窺藺園，而覩其亭池上下，泉石位置，與昔遊何似？問當日觴詠舊人某某在者幾輩，能數過從否？然觀數子之興會飆舉，而一一能摹寫之於文，與徵君之在時朋遊詩酒之盛，何以異？此予雖悲老友之凋喪，而猶樂道其今昔之所見，附於斯集之後也。

## 跋同集書後

往年，容若招予住龍華僧舍，日與蓀友、梁汾諸子集花間草堂，劇論文史，摩挲書畫，於時禹子尚基亦間來同此風味也。自後改葺通志堂，數人者復晨夕相對，几案陳設，尤極精麗，而主人不可復作矣。蓀友已前出國門，梁汾羈棲荒寓行一年所，今亦將妻子歸矣。落魄而留者，惟予與尚基耳。

閲蓀友、容若此書，不勝聚散存沒之感。而予於容若之死，尤多慨心者，不獨以區區朋遊之好已也。此殆有難爲不知者言者。若予書，偶然涉筆，不知尚基何緣收此，然亦足以見姓名於其間，志一時之勝概云爾。

## 書王少詹使祀南海神序跋

適有以碑文屬書者，作字於青油紙上，硯膠筆凍，限以界畫，又寫他人文字，時懼脱誤，神氣愈窘。書完得此卷，信筆揮灑，雜出真草，頗倣大令《洛神》全本，興到筆隨，若蛇尾之赴壑，不可遏已。孫虔禮云，書有『五合』，『徇知』居其一。予爲先生作文寫字，宜其傾倒至此也。

## 同游上方圖跋汪中允記後

三人小影，徐公固神似，朱亦頗上之豪也，特予相略疏。以時予偶不值，背寫故耳。汪不及同遊之意，而較量形跡間，其意似有含諷。恐後觀者以爲實然，故附識之於後。

## 又跋徐相國詩後〔一〕

初歸，檢行笥中，得故大學士徐公手書《游上方山詩》。初，公命禹鴻臚寫《同游上方圖》，自書所作詩，將以宸英與竹垞詩綴其後，圖成而公没矣。今秋得禹畫稿，因連公此紙裝軸，宸英亦自書所作於後，將屬朱同書，合爲一卷，如公之志云。惜畫稿山水，不可得矣。

【校記】

〔一〕此篇亦見《湛園詩稿》卷下，因頗有異同，故並存之。

## 臨聖教序跋後

丙子秋冬，寓津門，友人查子德尹請臨《聖教序》，遂書予之。既而爲人書者至再，最後得此卷，始稍得筆法。然此雖右軍書，特緇流所集。昔右軍寫《禊序》中『之』字極多，結構無一同者。而此卷字體重沓，大抵前後一例，故知書者嫌其僧氣。學山年兄既好此，宜博觀而慎取之。

# 簡札

## 與陳其年

性不喜逢人談文字，又厭聽人訴貧。昨過江，遇一二達官，高論班、馬，奴視唐、宋。微窺其意，中極自矜詡。茶酒次，攢眉訴窮，言言酸鼻，令人有解綈袍而欲贈之意，特旅人無從得此耳。歸復自歎，天既嗇我以遇而豐我以文矣。文字之外，所竊取自娱者，貧而已。故昔人有以貧賤驕人者，以爲此人所不爭之物也。身既與此二者周旋久，而皆爲有力者攘之而去，則信乎命之窮也。知足下僑寓雉皋，鍵關苦吟，經歲無裹飯而問者，此大佳，但切莫令人知，恐此輩聞之又裂眼爭耳。不一一。

## 寄雲門和尚

昨留香飯，歸讀新吟，夜雨聲中繚繞清夢，不知此身之在客矣。謝謝。先君行述，從昏迷之後略志梗概，掛漏八九，承問及，敢塵法席？倘憫其一生名節，惠箋數語，不獨顯幽闡微，所望於大慈悲者，冥冥之中亦可作往生公案也。謹懇。

## 與嚴蓀友

今日讀《司馬相如傳》。相如以爲列仙之儒居山澤間，形容甚臞，此非帝王之仙意，乃奏《大人賦》。仙乃分帝王與山澤耶？賦中侈陳輿馬幓旒之美，侍從儀衛之盛，與其意態之飛揚，驕恣而自得，召屏翳，誅風伯，刑雨師，揮霍淩厲，儼然一漢天子。千乘萬騎，鞭斥八極，氣象絕無一點煙霞之氣。大則大矣，其於仙者果何如耶？而武帝讀而大悅之，自謂飄飄有淩雲意，此所謂漢武無仙材也。長卿賦心甚麗，一涉彌縫，遂失故態。故知作俗下文字，其性靈未有不爲所移易者。然今日此道方施行，念足下擁絮苦吟，調高和寡，何時得一開茂陵劉郎之笑眼乎？

## 寄徐健庵

廣廈之庇半載，遽爾分袂，卽擬趨送國門。知供張塞路，脂車復輟，落日倉皇，與蓀友作別。時蓀友入城，弟亦襆被單行，投金氏邸，故途中作別嚴詩，有『本欲留君今夜住，我亦隨人泊何處』之句，想知己聞之，助悲歎也。大梁遇王君汝上，復與盤桓數日。屈指行旌，度已還里。板輿綠野，大勝馬足紅塵。忌者之口，適以厚公，正不知歸途興致何似？霜天景物，大要爲錦囊收拾盡耳。僕本愁人，一辭良友，倍覺生趣都盡。同侶數人，幸不寂寞，時復開一笑口也。來日當發汝，計歲杪可到揚，至時專望渡江之信，想弗遲遲。

## 又寄健庵

過淇上，去蘇門五十里，不及一見。孫徵君來滁州，馬上望琅琊山，思從醉翁亭，一訪六一公遺跡，躑躅而不得進。此行失此兩勝事，日蹩躠逆旅主人間，正是一沒氣色關西窮賈耳。因人作遊，凡百無足言者。

## 復程穆倩

得先生到署，便有清風肅然而來，籠中棲羽益動雲霄之想。數日間，正在企遲，忽傳錦字，兼惠篆章。書既珠懸，石尤璧合，泥塗姓字，獲此莊嚴，遠勝玉板金鑽矣。謝謝。孝威兄知在此間，希道意，弟尚有拙詠，欲就其訂正。只弟一生讀詩，觸目卽吟；一生作詩，意到卽發。不論宗派，不名家數。向積有一卷，去年過揚州，爲人竊去，意亦不甚惜。此如行路，舉足已過，何足記憶？只要向前尋進步耳。然亦不能懸擬也。試以此語孝威兄，於今日分標樹幟之外，當必有以位置我矣。

## 與馮孟勉

弟賦性狂率，少所檢括，又不善與俗子阿邑。而近來奔走四方，所作緣轉多此輩，觸喉抵忌，悔罪途窮，因思得『默』之一字。人能默者，與人對面，邈若江河；混俗同塵，迥然霄漢。邇來學得此法，脫如出樊之鳥，自覺灑然胸次，轉悔從前，錯過半生。

## 與朱竹垞

唐劉文泉曰：『十爲文不得十如意，一如意，豈非天乎？』昨文似不偶然，故爲足下説之如此，非自諛也。諛乃媚道，生平不善媚人，況肯自媚耶？非足下相知之深，無從發此言。

## 與成容若

經年遊子，失侍晨昏，馴至大故，聞訃崩殞，百身莫贖。此宜爲大君子所不齒，而過承垂唁，有踰常等。昨進辭太傅公，接見之次，情辭憫惻，若深憐其以貧賤而失養之可悲者。至於使者辱臨，賻賵備至。竊念公以上相之尊，爕理廟堂，而曲體下情，至不遺於一介之賤士。吾兄少都華胄，希風望澤者駢肩接足，乃獨軫念貧交，施及存没，使藐然之孤，雖不得盡奉養於生前，猶得慰所生於地下，而免於不孝之誅者。此仁人君子之用心，特其身受感激，而不知所以圖報之方，亦惟有中心藏之而已。舟已於前日南發，專此布謝，無任悽咽。

## 與鈕白水

前歲青門贈别，依依知己之情，獨厚於潦倒窮途之客，感刻之私，無時暫釋。比至都門，則輪蹄接踵而來者，莫不極口中牟異績，每從京洛諸故人歎頌不絕。非敢阿好，實欲借爲吾道光也。初夏接某書，益幸所聞之不謬。辱翰教知，知己意氣，尚不殊前，欣佩何似？

## 復鈕白水

十年分袂，遠貢相思。京邸論心，恍然舊雨。别後復荏苒改歲矣。臺翰遙臨，殷勤敘昔，詳訊使者，備諗近履清勝。拜賜之餘，不覺喜愧之交並已。鸞鳳枳棘，昔賢所歎。然地僻務閒，優遊文史。文人際遇，無復相過，正恐柱後惠文，遠來相逼耳。弟匏繫此間，既無速化之術，又鮮買山之資，局趨塵中，忽忽少趣。欲得知己如兄者，露其狂態，所欲吐於酒後耳熱之時，了不可得。如何？如何？羸箠如教奉寄，胸次惡劣，並不能以短章志謝，特祈原諒。

## 與王白民

《筆訣》是舊來相傳本子，因高足專精慕古，故備爲寫致，非敢以拙札爲英俊準格也。然弟三十年苦心研究，雖麤於此道有理會，而於所謂博觀古帖、隨物賦形者，則力有未暇而老已及之矣。生事蹉跎，往往如此。書雖小道，足發一慨也。

## 與孫舍人

昨叩祝不晤，與阿戎談，久始歸耳。選豪十枝，唐刻《蘭亭》二種，聊代一觴之敬。紫薇仙客，筆大如椽，而復用此唐突，真所謂野人之獻也。

## 寄王阮亭

昨尊紀還，數行附候。卽日蒸暑異常，伏惟台履清勝爲慰。門下翻然歸里，棲遲丙舍，松楸之慕，過時彌篤，此真古之純孝。然南來消息殊出意外，東山一局非捉鼻人莫能辦。竊謂宜以時脂秣副輿情也。某老居人下，祇益厚顔，俟館務麤了，卽圖南下矣。明布衣修《元史》者，多乞還山，此有成例，只無緣一奉清塵、快吐胸臆爲恨耳。先傳昨始脱稿，錄呈。讀《行狀》，筆筆傳神，只得依樣描畫，殊負委屬，然所恃以仰慰孝思者，或亦在此也。欲時達起居郵便，勿吝好音。

## 復仇編修

欲書長幅，須是五大，筆大、墨大、硯大、几大，此四大正旅次所少，餘是膽大耳。雖然辱公見委，不可無以復命。愚意此紙不宜爲風雲月露之辭，架上倘有《小學》及前賢語錄，當檢付錄一二段，懸之堂中，使公子輩舉頭得師，何如？

## 上杜司空

昨偶從慈恩方丈得從容陪侍，載承善誨，感謝非復常情。巡視封章，自當轉請宥府，取歸讀之。荷面諭，别紙付鈔，必求全稿，方得盡此中情事曲折。老先生當今方召其老謨碩畫、流傳竹帛者，足垂萬世之利。瑣瑣編緝，亦將藉光以塵甲帳，豈非附青雲而益顯者？其爲私幸，復何如耶？

## 與友人

積憂以來，神思眊廢，至舐筆和墨，代謀懸綷之事，尤不當問之棘人。直以數奉名節於尊先生，兼辱大孝拳拳，遂不敢引禮自外。脫稿讀之，歔欷竟日。既悲足下，又自悲也。原本送上，未合處乞指示。此公家千秋萬歲事，正不欲草草耳。聞攜來《小史》，楷法甚精，能錄别紙見付否？此間無留本，自家物仍記不得也。

# 傳一首

## 旌表周節婦傳

古所傳列女，有苦守無子，或有子不嗣者；有子姓成立而身夭閼、天年不及終享者；又有堅貞白首，子孫不克負荷，門戶零落，以致終身茹苦，而姓名之阻於上聞者。彼其所得於天者已薄矣，而人事之缺陷又往往爲其鄉閭所不樂道，以是勸懲不立，而節烈之寥寥無聞於世，無惑矣。若林母周太君，以二十一歲喪其所天，時已舉二子，矢志不改，親教子成立。年八十，守臣上狀，受旌於朝，如故事。九十三終，子孫男女四十餘人。死之日，服緦麻而位哭者八人焉。此於天爲獨豐，於人爲無憾，於世爲可勸，於事爲可傳者也。先是癸酉年，太君孫世榕來京謁選，以與予通家世好，過予述太君事，請爲傳，未果。今年四月，伻來以行述俱，且曰：『吾世父與父，不幸皆先吾祖母没，今求先生爲序者，亦以抒吾之哀云爾。』

予聞周氏爲澄海望族，太君祖諱某，起家進士，累官廣西按察司副使。父文學諱某，娶方伯鄭公女，生太君，十七歸文學公。時文學祖户部侍郎忠宣公與其夫人俱在堂。及舅姑兩世，旨甘柔滑，惟是朝夕之奉養，皆以太君爲宜。文學清羸嗜學，過勞得疾，不起。太君以撫孤故，忍死進溢米，終喪無笑容。時長姒亦孀居，命兩婢私舁篋金至，請以仲爲後。太君辭曰：『繼嗣應否，有舅姑之命。《禮》「子婦無私貨」，畜此金何爲者？』卻之。後姒改適，而主其兄。公之祭祀，必潔以虔，以舅姑命也。其課兩子也，聞咿唔聲則喜，或見篝燈至丙夜，則又亟止其讀。每私念文學以苦讀傷性，輒潸然出涕久之，以是不忍過督其子，然終不令子知也。自鼎革後，嶺外久困兵燹。癸巳，潮叛帥爲變，太君被賊執，將刃之。伯匿樓上，踉蹌下救，會仲亦自城奔赴，母子相持哀號。賊聞其節婦也，憐而舍之。前後寇抄被戹者數矣，闔門完聚，卒無一及於難者，人皆以爲節孝之報。其卒以康熙壬申八月。至次年，孫世榕筮仕爲縣令。五年中，治行日聞，人謂太君之教有素，報方未艾也。此所謂於天爲獨豐，於人爲無憾者乎？予爲之傳，不惟其世好之誼，亦以是爲勸也已。太君二子皆明經，長曰某，仲曰某，昌化教諭。世榕，昌化子，己酉舉人，見任藍田知縣。

神道碑一首

## 通議大夫兵部右侍郎項公神道碑文

故兵部右侍郎項公，以康熙二十九年十二月某日，與元配誥封宜人董氏合葬於杭州龍門山之陽。越五年，其仲子溶至京師，持狀來請銘，以碑於墓道。予舊嘗一識公，而獲交於溶也蓋久，故以序述公之爵里治行，而繫以銘。序曰：

項氏，先汴人，後徙杭州，世居錢塘之江滸。曾祖諱某，祖諱某，皆不仕。父諱大章，邑諸生，及公貴，誥封奉政大夫、日講官、起居注、翰林院侍讀學士，而母王氏封宜人。公諱景襄，字去浮，别號眉山。順治八年舉於鄉，次年成進士。又三年，殿試選翰林院庶吉士，授内弘文院檢討，充日講官。十五年，會試同考，次年給假還葬。康熙三年，補原職，升侍讀，歷侍講、侍讀學士、詹事府左右少詹事，轉詹事，遷内閣學士，兼禮部侍郎。因旱，與學士同吏部尚書清理刑獄。七月，以原銜充經筵講官，拜豐貂之賜。次年，升兵部右侍郎，從駕幸瀛臺，賜讌，賜蟒緞表裏。以其年十月得病，訃聞，上憫之甚，命内大臣馳奠，賜乳酒及茶，蓋異數也。

公長身偉幹，博學强記，諳練於世務，屢充經筵日講官，同纂修《孝經衍義》、《文皇帝實錄》。凡經公講解排纂，僉謂曰能。及貳樞政，遇廷議，輒援成例，旁通曲引，一以寬大爲主。時刑部上疏，請改五流例，盡發烏喇戍。烏喇者，去京師四千二百里，渡黑龍江，經那木色，出兩窩稽，號極險遠。公因會議力爭，罪有輕重，則流有遠近，此地以處減死罪一等可耳，奈何欲概施之他犯乎？爲之辨折數四，議者雖語塞，然終不能止也。會星變，詔廷臣直陳得失。公語其同年沈公荃曰：『某在兵言兵，不得及他事。公官詹事，於事無不可言者。曩者嘗爭烏喇戍不得，公盍爲明主痛陳之？萬一得止，則全活無算。』沈公遂上言，旨報可。罪人之免從烏喇，雖出沈公疏，實公終始成之。王師討閩，總制李公之芳奏旗兵俘略狀。上懼搖軍心，責以非所宜言，部議革職。公獨明其無罪，於是兩議上，上以公議爲是。山東瀕海，民捕魚者以篷桅行舟，巡撫坐之通海。公曰：『東海與閩、浙不同。閩、浙海無礁石，寇易窟穴其中，禁民捕魚，絶其根也。山東海多礁難泊，寇不敢犯。今詔許漁船容二百石，二百石船非篷桅不行。許其漁而復厲禁隨之，民皆罹罪，不聊生矣。』由是得免，並著令。十八年，廷議遷福建二旗兵浙江，實以浙、閩兵互調也。鎮浙馬將軍者，請盡斥杭州東城地居新兵，當事者不知所答。公據定例，凡同城不得兩地立營，今將軍所請違制，不可許。馬復請拓近營民居居之。公曰：『某杭人，習知杭事。國初割一城以駐滿兵，延袤六七里，今所餘空隙地，可更屯萬騎不止。且浙、閩互戍，主客等耳，何多請爲？』議遂寢。江右師旋，盡棄所俘民於道，有司請解部釋遣。公謂往返數千里，必無生理，命所部卽遣之還。而浙東溫、台民三十九家，持府縣劄來京贖其子女，多所需索。公謂已經所在勘明，宜卽付之，不當更受其身直，失朝廷體，皆從之。公當官强直，不避嫌怨如此。

從來官詞林者，從容養望已耳，故有身列華膴，一生無所建白者。公甫離侍從，列卿貳，遇事必言，言而非民生所以厲害安危者不以發。當是時，同列大臣之囁嚅顧畏者相望，無怪也，彼亦有所不得已耳。公以不避嫌怨而言，至其言幸數見從，從而天下受其利，而卒亦不以有所異同致恨於公者，亦惟其見理明而用心公也。惜乎！未及大用，遂以不起。彼之始與公爲忤者，豈惟無所致恨而已，比公之死，皆歎息爲不可復得。嗚呼！古之士有貧賤淪落訖終身者矣，有雖得高位，卒齟齬不及行其志者矣。公年少登朝，上之嚮用方急，同事亦少猜忌之者，於遇可謂幸，而於意可謂無不適，然而竟止於此，則天也。要其所表見，亦可不沒於後世已。公子四人：澂，候選教諭；溶、淞、泓，皆國學生。卒以康熙二十年十月八日，年五十有四。董宜人後公六年卒，得年五十有九。宜人有賢行，雖貴，不忘儉約，故公亦久而益忘其貧。銘曰：

項來於杭，由汴而還。鬱久始發，公值其年。帝開明堂，載趨載翔。記注左右，有煥文章。述帝之謨，揚先世耿光。曰予頗牧，禁中是出。彼苞旁蘖，既斧既櫟。膏之熨之，務長養以日。發言炎炎，莫予敢緘。惟帝其監白山，拂涅土，茫茫焉宅？公惠斯人，不逢不若。里安其居，婦歸其夫。敷天之下，無泣向隅。仁人之言，厥利溥哉。篆石告神，永呵勿頹。

## 墓表三首

### 前錦衣衛指揮僉事王公墓表

康熙壬戌年，予初入史館，爲《刑法志》。《志》第三卷序廷杖及廠衛、詔獄。此例，古刑志所未有，予特創爲之。偏考歷朝《實録》及朝野紀載，無慮七十餘種，猶懼文獻不備，不足以網羅舊聞。而前朝之遺民宿儒至京師者又絶少，不得以親質所疑也。已而獲交於宛平王君源字崑繩者，嘗出其尊甫中齋公小影屬題。問其官，則明崇禎間錦衣衛指揮僉事也。公家世官禁近，習見宫府舊章及時政得失，每搤腕欲有所論列。一日昌言於朝，謂朝廷有四大弊，其言皆國之所以存亡也，而時不知用。比明祚既訖，見野史所載誣妄，多歸咎於愍皇帝，因爲《崇禎遺録》。既成而自序其意，以切齒夫當時用事者之誤國，而於故主之恭儉求治、終以一死殉社稷，有隱痛焉。今書副在書館，時公尚留南，予未得一見也。及癸酉秋，幸與崑繩同領順天薦，公亦以前一歲挈家來天津。私喜從此得以通家子往來請質，以益予所未聞。乃未三閲月，遽訃聞。嗚呼！豈獨史事之不幸？自明亡至今垂五十年，迨公没而前朝之故老大抵無復存者，此尤可哀之甚者也。公没於康熙三十三年癸酉之十一月，得年八十有一。

當明崇禎十七年甲申三月十九日之變，公方司巡徼北城，聞道上籍籍傳駕崩，即拔佩刀將引決，從者力持之，共擁馬趨金剛寺。去時，魏恭人已率家人十七口投井死。而寺主素與公善，遽以僧服進，遂薙落。久之，匿跡江南，與同鄉前進士梁公以樟之寶應隱焉。時放舟金、焦、北固間，飲酒悲嘯，有舉目山河之痛。自謂此身與世若贅疣，今雖遲死，較五十年相去，而其視癸酉之與甲申，直旦暮間也。

公諱世德，字克承，中齋其別號。家世無錫，始祖玉從靖難師，戰死白溝河，用恩卹，錦衣其世職。祖諱廷楨，父諱炳本，生父諱燿，以公後嫡得襲爵，揀理衛事，宿衛周廬，以慎密稱。朝會侍立，糾儀必肅。其所言四大弊：一謂科舉以虚名取士，失經濟才；一謂大小臣不知憂國，日用門戶相傾軋；一謂國家左文右武，而武臣益委瑣不任，無爲國干城者；一謂三大營名存實亡，一旦變起，不知何以待之。然公雖痛債廷臣誤國者，益嫉其曹所爲不善，有告密者，輒抑不發，若無罪誅連，傾身調護之。嘗夜提牢獄中，燭未滅，見一大厲，披髮赤體，身剟刺徧傷，如欲訴冤狀。公熟視之，問以故，忽不見，歎曰：『此黑獄也，使我得柄，此輩何至此？』然公竟抱志悒悒不得試，比於明亡，悲夫！

公端嚴夙成，嘗及見東林首善書院講學儀，每喜爲子弟述之。終父母喪，笑不見齒。居家，雖盛暑，必正衣冠。善飲，好讀書。避亂飄泊，益沈飲自晦。其讀書也，常扃戶終日不出。教二子必以禮。長子潔，元配徐恭人出。繼娶魏，娶蕭。蕭生子，即源也。源流涕謂予曰：『家君之南遊也，予母亦攜源兄弟南下。予母以勞，卒於高郵。兄，繼母也，泣血盡哀，水漿不入口者累日。比源齒就學，身課讀益勤，不率則涕泣予杖，勖以母臨沒之言。故人見源兄弟相友愛，謂古祥、覽不如也。然兄博學多著書，朝夕於父側不忍離，故不應舉。四十纔授室，卒無子。今源以孑身煢煢，罹此大故，而源惟一子兆符，僅十五歲，出爲兄後。門戶單弱，懼不足以負荷先緒。君知我者，其爲我表先人之德而揭之墓，且不忍吾兄之無聞於後也。而重以累子，子其圖之。』

予維君一門，母死於節，兄死於孝，而公竟以憂死於忠，君家於故主可謂不薄矣。吾聞積善之家有餘慶，其在君與君之子乎？聞公之遜荒而南也，日北望哀思，曰：『吾君之陵寢在是也，吾祖宗之族葬於是也。』今源以公與三夫人之喪，卒合葬於京師西便門外羊房店之阡，又附葬其兄嫂於其左側。公之魂魄，既妥既安，卜維曰吉，兆將在是。

## 通議大夫一等侍衛進士納臘君墓表

君姓納臘氏，其先據有葉赫之地，所謂北關者也。父今大學士宫傅公，母一品夫人覺羅氏。君初名成德，字容若，後避東宫嫌名，改名性德。以今年乙丑五月晦卒。卒而朝之士大夫及四方知名士之遊於京師者，皆爲君歎息泣下。其哀君者，無問識不識，而與君不相聞者，常十之六七，然皆以當今失君爲可惜，則君之賢以才可知矣。

君年十八九，聯舉禮部，當康熙之癸丑歲。未幾也，予與相見於其座主東海閣學公邸。而是時，君自分齒少，不願仕，退而學經讀史，旁治詩歌古文詞。又三年，對策則大工，時皆謂當得上第。而今上重器君，不欲出之外廷，置名二甲。久之，授三等侍衛，再遷至一等。自上巡幸西苑、南海子、沙河，及登醫巫閭山，東出關，至烏喇，南巡上泰岱，過祀闕里，渡江以臨吴會，君鮮不左櫜鞬、右橐筆以從。遇上射獵，獸起於前，以屬君發，輒命中，驚其老宿將。所得白金、綺繡、中衣、袍帽、法帖、佩刀、名馬、香扇之賜，前後委屬。間令賦詩，奉詔卽奏稿，上每稱善。二十一年八月，使覘唆龍羌，其地去京師重五六十驛，間行或累日無水草，持乾糒食之。取道松花江，人馬行冰上竟日，危得渡，僅抵其界，卒得其要領還報，上大喜。君雖跋涉艱險，歸時從奚囊傾方寸札出之，疊數十紙，細行書，皆填詞若詩，略紀其風土方物。雖形色枯槁，不自知，反徧示客，資笑樂。性雅好讀書，日黎明問省畢，卽騎馬出，入直周廬，率至暮。雖大寒暑，還坐一榻上，翻書觀之，神止閒定，若無事者。詩蕭閒沖淡，得唐人之旨，然喜爲長短句特甚。嘗言詩家自漢、魏以來，作者代起，姓氏多澌滅。填詞濫觴於唐人，極盛於宋，其名家者不能以十數，吾爲之易工，工而傳之易久，而自南渡以後弗論也。其於詞，小令取唐五代，宗晏氏父子；長調則推周、秦及稼軒諸家，以爲其章法轉換、頓挫、離合之妙，正與文家散行體何異？而世故薄之，何耶？故卽第左葺茅爲廬，常居之，自題曰花間草堂。視其凝思慘澹，終合天巧，真若有自得之趣者。

今年五月辛巳，君將從駕出關，連促予入城。中夜酒酣，謂予曰：『吾行從子究竟班、馬事矣，子謂我何如？』予笑曰：『頃聞君論詞之法，將無優爲之耶？』是時，竊視君意鋭甚。明日，予出城，君固留，願至晚，予不可。送予及門，曰：『吾此行以八月歸，當偕數子爲文字之遊，如某某者不可以無與，君宜爲我徧致之。』先是萬壽節，上親書唐賈至《早朝詩》賜君。月餘，令賦《乾清門應制詩》，及譯御製《松賦》，皆稱旨。於是復挈予手曰：『吾倘蒙恩得量移一官，可並力斯事，與公等角一日之長矣。』意鄭重若不忍別者。然不幸以明日得疾，七日遂不起，年止三十一。以君之才與志，使假之天年，古人不難到，其終於此，命也。

居閒素縝密，與人交，遇意所不欲，百方請之，不可得謁。及其所樂就，雖以予之狂，終日叫號慢侮於其側，而不予怪。蓋知予之失志不偶，而嫉時憤俗特甚也。然時亦以此規予，予輒愧之。君視門閥貴盛，屏遠權勢，所言經史外絕不及時政，所接一二寒生罷吏而外，少見士大夫。事兩親，退食必在左右。遇公事必虔，不避勞苦。嘗司天閑牧政，馬大蕃息。侍上西苑，上倉卒有所指揮，君奮身爲僚友先。上歎曰：『此富貴家兒，乃能爾耶？』其感激主恩深厚，思所圖報，日不去口。然視文章之士，較長絜短，放浪山水，跌宕詩酒，而無所羈束。常恨不得身與其間，一似以貧賤爲可樂者。於世事如不經意，時時獨處深念，則又愨然抱無窮之思，人問之不答，以此竟死。其施不得見，其志未就也，而吾輩所區區欲爲君不朽之傳者，亦止於此而已。悲夫！

君始病，朝廷遣醫絡繹，命刻時以狀報。及死數日，唆龍外羌款書至。上時出關，即遣宮使就几筵哭，而告之以前奉使功也，賻䘏之典，皆溢常格。嗚呼！君臣之際，生死之間，其可感也已。君所輯有《詞韻正略》、《全唐詩選》，著詩若干卷，有集名《側帽》、《飲水》者，皆詞也。書行楷遒麗，得晉人法。娶盧氏，繼官氏。其中外世系，詳載閣學所撰《墓誌銘》，及顧舍人華峯所次《行述》。副室以某氏，生子二人，女子一人，子長曰福哥，次某。

## 黄長君墓表

公爲吾師樂亭公長子，九歲能文，應邑童子試，令大驚，拔之異等。嘗隨公讀齋中，指問經義，明日令覆講，所解循熟貫穿，不遺一字。日從公出入，行止有常度。應對賓客，語言無誑。事繼母某夫人，曲盡孝道。公以是益安之。人謂公積德，報將在斯，然不幸年二十三沒。生二子，長殤，次曰亨曾。君死積二十年，而亨曾亦生年二十矣。

去年癸酉，予鄉舉出公門。今春，公理樂亭政成，以病得告，將歸里。亨曾來京師，泣請於予曰：『先生與某家，幸有門牆之誼，吾父於世序，當得鴈行，先生不忘吾祖之好，而推愛於吾先人，以小子之孤苦無狀，辱惠之言，是先君之不沒而吾祖之懷可以永慰也。小子將籍是以免罪戾，先生其無辭。』

君諱某，字某，福建之晉江人，卒以乙卯年十月二十有四日。配某氏，葬某原。君既没，而樂亭公思之，有神降於乩，數前生事歷歷，又云今將去而爲神，説頗怪。然君以少慧，不久人間，其去來蹤跡慌惚，宜若有憑。故里人競傳以爲奇，而亭曾亦謹志之，聊以自紓其悲云爾。亭曾生而不見其父，長而能不忘以慕而哀，在君爲有後，在樂亭公之賢，宜得報久，其治縣又仁以廉，不於其子，將在孫也。君滋可以無憾也已。

# 湛園藏稿卷四

## 墓誌銘十首

### 資政大夫魯公合葬墓誌銘

國家自午未用兵以來，奄有遼陽之地。於時三韓豪傑，際遇風雲，莫不各用其所長以起，及乎中原既定，皆乘勢爲大官。其或身都將相，分茅胙土，慶流子孫者不乏。而承平既久，稍稍衰微，至於捍綱失業者有之。於時則有魯公毅齋者，年尚少，卽以器識侍惠親王，見愛重。順治三年，來家京師，公於仕宦之際，從容進退，落落如無意於其間者，以是終其身，官不甚顯。然及其老退也，適志琴書，督課家塾，享有子孫園林之樂者數十年，人益以是服其高。康熙乙亥三月十二日，告終正寢，得年六十有七。葬有日矣，其孤一輔等以予備員史館，與有闡幽之責者，持狀來謁銘。

按狀，公諱重明，字旦復。先爲麻城人，始祖諱岱，從明太祖起兵，歷官指揮使，得世襲，徙鎮遼東，遂占籍傳爵。至父諱某，生三子，長卽公也。公幼習書傳，順治三年開科取八旗子弟，文三義，優者卽得中式。公連就七義，限格反不入選，時論惜之。九年，授兵部筆帖式。十七年，副冊封使，使靖南。明年，當今上嗣位之初，復命授兵部啟心郎，卽漢宮主事職也，調戶部主事。時反側未盡，宥府多事，度支之任，號爲弊藪。公參決兵機，刮剔奸蠹，署無留案，兩部皆稱能。故三省總督朱某與公有舊，以封疆事論死東市，親故無一敢視者。公獨至死所，抱尸哭盡哀，舉觴酹之。見者嘖嘖驚歎，謂古人誼不過，然竟以是失官。俄還職，升職方司員外郎，奉差監牧山東。時文登縣大歉，流亡載道，公發家貲賑，活無慮千餘人。新律，盜人參者死，關外解犯禁者八人，公鞫得實，曰『此輩特饑驅耳』，乃分別首從，報聞得可，因著爲令。十九年，會王師出剿雲南，忽叩兵部門，願隨軍自效。大將軍賴公，得公喜甚，每軍事必密以諮，乃署公統攝四旗兵馬錢糧事宜。時賊於城下掘塹五六重，軍不得近。公謂師老非計，力請於帥，願身督紅夷礮攻城。攻三日，矢石雨下，不避。城内恐，遂降，軍無私焉。去省城外山中有燕子洞，邃廣，避兵其中者幾萬家，或利其貲，欲掠取爲功。公親往諭之出，護歸之，無失所者。論功，授世襲拖沙喇哈番，從此需次可大用。然公益不樂居官，庚午請老，遂不仕。

公内行修，事父母生養喪葬，無缺禮。好濟人貧乏，顧尤篤於門内，兩母弟及從弟貧，皆待以立業。在部時，嘗有十餘人，當以罪入官，代爲納贖出之。予客都下十餘年，聞搢紳中倜儻樂施者，必曰魯公其人。若其恬於進取知止，足類張長公。仗義哭友，瀕危不顧，有欒布、脂習之風，此道於今人千百中不一二得。予故讀公狀，感激增慕，而於志公之幽也，尤三致意此云。

公以兵部員外郎致仕，官至四品，再遇覃恩加三級，誥封資政大夫。元配孟氏，封夫人，參政孟公諱泰女。其嫁也，能佐公於貧，貴而能儉，有逮下之德，卒於康熙戊午年十一月十八日，年四十有九，公自爲其行述。繼娶覺羅氏蘇諱爾赫公女。子十八人，一輔，兗州府同知；一經，候選通判；一夔，候選知縣；一清，府學生；一豫，襲拖沙喇哈番；一謌、一柱、一韓，俱監生；一貫、某某，俱幼。女子十四人，臨江府同知朱某、候選主事武歲貢生荀某，其壻也，餘未字。孫七人。一輔等將以某年月日奉夫人合葬公於某原。銘曰：

翳閭靈淑，雄儁斯毓。人皆絳、灌，我獨隨、陸。雲起龍襄，化爲侯王。人競而趨，守我故常。有酒盈缶，酹於死友。義感生人，遑恤我後。我徂西南，是伐是侵。亦附於陴，鼓不絕音。匪曰勇賈，既順斯撫。帥用不違，民樂安堵。宜爾子孫，碩大且蕃。惟德之貽，以垂不刊。

## 桂林府知府翁君合葬墓誌銘

戊午歲，在京師，聞翁君武原名籍甚。時君已爲選人，得黄州丞，將出都，與相見極歡。其家故與予先兩世同年友。予爲文贈其行，序所以幸見君者，而及兩家世契之厚。既君佐治有成，上計再至都，予與同飯於汪祭酒宅，遂别。又一年，君遷守桂林，未幾罷去任，旋聞其死也，而悲之，蓋乙丑年十一月二十六日也。元配張宜人先卒於署，至是十年未即葬。孤震來京，誦予向所爲文，謂習於君者而謁之銘，將歸謀合窆焉。

翁氏先籍海鹽，明正統間始祖茂徙居錢塘之鐵冶嶺，二百年以文學世其家。高祖諱立德，福建建寧府教授。曾祖諱常益，歲貢士。祖諱聲業，前庚午舉人，入本朝官福建邵武府推官。父諱世庸，順治戊戌科進士，歷官雲南廣南府知府。父子所至，皆有政績可紀。君諱某，字介眉，武原其别號。自年髫學時，廣南公課以古學，意遂篤好，磨礲日新。入成均，每試義出，必驚其同輩，前後司成交重之。然兩試於鄉闈，輒不利，而適當朝廷以新例招徠天下之仕者，則奮然曰：『吾與其以舉子而聽進退於有司也，豈若應天子之命，貲而官，猶得行吾志？』其以黄州同知分治岐亭也。岐亭去黄遠，丞得代守親民事。君乃洗手奉職，釐剔弊蠹，勸農講學，一切與民更始，於是上官始嘖嘖歎君才。時猶用兵湖南，被檄解戰馬長沙，又檄調巴東，料理軍事，不行，委督造船湖南，轉饟於辰、靖二郡，兩攝孝感、蘄州篆。蒞岐四載，用賢勞奔馳，坐席不及煖。其攝孝感也，岐亭人爭訴盜發近山，非使君不戢，欲奪之還，而孝感民復爭之。然卒還君於岐，盜應時解散。黄闔郡饑，君親行郊野勸賑，出穀百石爲富民倡，以故民聞巴東之遣而遮道號泣，留不得行。上官聞之，遂追還前檄。黄俗健訟，君一治以清淨。豪家多蓄奴僕，失勢輒叛去，有反劫制其主者。君則威之以法，其風始息。癸亥，升桂林府知府，省廣南公於潼關署。時廣南公亦被命新擢，父子同時二千石，皆赫然有聲。先後抵漢上，聚家人宴飲。久之分道去，聞者莫不榮之。至桂林省，會積案繁夥，君隨機剖決，庭無留牘。居一年，以斷僧元正不宜倚勢侵故相墓地葬其師，迕巡撫意被劾。明年，制府白其冤，事得解，然君竟以是去位，而廣南公亦丁内艱將歸。君欲往迎之，知已發滇，不果去。遊粤東遇疾，至英德，卒於僧舍，年僅四十一。君生而王母、父母俱存。兄弟四人，君爲之長，曲盡孝友道，家無間言。居官有暇卽觀書，嘗爲本朝《詩選》，士大夫多稱之。張宜人奉姑童宜人於署，能識君意，盡力供甘旨，以時起居，得其歡心。與君同年生，前一歲死，故童宜人與廣南公皆哭之哀，如後哭君云。

先是，君隨廣南公隴州，王輔臣叛，略地至隴城，無兵守被陷。廣南公走荊棘，出迎王師，君謹侍左右不暫離。家人皆避難山中。震年六歲，忽散失，爲一卒挈至清水縣，將西去。有野老同驛卒二人知兒府中出，從卒哀求，得之，投公父子驛中。既歸縣，而家亦無恙。君止一子震也，今長大入太學，能讀書紹其家。從予求文，以圖君之不朽於後。君雖不幸蚤死，厥施不大，究積善之報，其在此也夫。震有一女弟，許嫁知縣王永。謀葬以某月日，卜吉於某原。銘曰：

君嘗自悲，績學不第。用貲致身，遇違其志。不知科名，以人重輕。仕非一途，賢者餘榮。彼之攘攘，而綬若若。以君視之，雞羣一鶴。齊安之績，匪曰予德。惟良牧伯，好是正直。蹶於始安，亦非己愆。守道不容，自古所歎。黨邪醜正，吾爲彼哀。方剛而隕，復誰尤哉？有德貽後，有子肯構。有述於文，孰云匪壽？

## 中大夫布政使司參政秦公合葬墓誌銘代

故誥授中大夫參政秦公，卒於康熙二十六年丁卯之六月十二日，既葬。又十年丁丑，孤汝泌等改卜於勑山塢之新阡，將奉母誥封淑人吴太夫人以祔。走京師，屬其所舉士李某銘石於幽，且泣而請曰：『先大夫知公實深，能爲先大夫不朽者，莫如公宜。』某辭，不得。謹按狀：

公諱鉽，字克繩，别號補念。其先宋龍圖閣直學士諱觀，子湛，通判常州，遂家焉。後遷居無錫。至太子太保、兵部尚書贈少保端敏公諱金，爲明正、嘉間名臣，贈其先三世皆尚書。而端敏之子姚安府知府諱汴者，是爲公高祖。曾祖諱楷，縣學士。祖諱延默，湯谿縣知縣。湯谿之次子長洲縣學生諱重采，公父也。自湯溪以下二世，皆以公故，誥贈中大夫、長蘆鹽運使司運使。公順治五年鄉貢士，十二年會試第一。世祖章皇帝卽命取原卷進，覽之稱善，而人士傳寫其文，一時名震都下。廷試第三人，授內翰林、國史院編修。

初，廷試卷進呈，大學士聊城傅公爲讀卷官。世祖顧謂傅公：『知此卷爲誰？』傅公謝不知。世祖曰：『此會元秦鉽卷也，吾於其字知之。』及拆卷果然，大喜，召見南海子，賜袍服比第一人，時以爲榮。公在翰林，辰入院，正席端坐。窮經之暇，淹習子史，日講求當世事可施行者，而以遊談不根爲同館戒，一館中畏重之若嚴師。後公出爲監司，所至名績見紀，皆根柢於此時云。十二年，充會試同考官。十五年，世祖親揀詞臣練習民事外補者十餘人，而公得廣東參議，分守雷州。明年己亥，遷浙江杭嚴兵備副使。踰年，升陝西榆林參政。康熙三年甲辰，擢江西按察使，坐失出，降調歸里，旋丁外艱。服除，補長蘆鹽運使。二十一年，遷湖南糧署道參政。未任缺裁，應赴部別補。公曰：『吾老矣，奈何奄奄闕下作選人？』遂歸不出。蓋世祖之用公等於外也，欲其習知民俗之利病，將俟其政成，復徵之。會不久，先皇厭世事，會推遷同出者，或內陟，或外遷，多至大官。公獨淪滯兩司，歷荒殘僻陋之邦，所勞心刓精於簿領戎馬間者，幾二十年。終以歸老，而不及於大用，此知公者無不搤捥太息，而公顧不以介意也。

公雖儒臣，治民有廉幹，稱其分守。雷州，地當兵燹後，民流亡略盡。靖南王歲發千金，買豆輸納，費以數倍，亟啟於王，免之。賊王占三、王之翰，分居海東西爲患。公偵知其內忌，可間也，手書諭占三，使圖之翰自效。占三降，而之翰遁走，督撫上其功，予紀錄。商舶飄入海港，水師利其貨，固邀公往視賊艘，公謝不往，舟遂得全。其治杭以清靜，不務赫赫名，然繁劇益理。有告無爲邪教者，所株扳數十家，曰：『是皆不食肉飲酒。』公卽命人與肉二臠、酒一杯，飲食盡，立散遣之。援閩師過境，索伕千，有司以白。公曰：『是安敢然？』正辭責其大將，咋舌不得出一語，卽日斂兵去。榆林道駐神木縣，極邊苦寒，所轄黄甫川，一路有茶煙税，民不能供。督撫以公固請，疏免煙税，而税茶如故。乃與鎮將議，借羢市三日，以其赢補税額缺，秦民利之。神木城外爲蒙古部落，與民互市，官其地者率與相貿易，資其利自給，公止不爲。在任三載，惟一出觀市，部落人感悦，爭持醴酪獻公，爲飲盡器。移官歸，多泣送者。初，公至榆林，臥一木榻。吏請符屬縣取牀，不許。迄終任不易，其清苦如此。按察江西，不攜一幕客，所請讞，皆手定稿。人謂公何自過勞，曰：『刑獄何事，而可委手他人？吾但恐心力不盡，人受冤死，不覺勞也。』或與督撫意左，命易其詞，公持之愈堅，卒不能奪。進賢縣叛人江德八在逃，有江國八者，縣令以其名相似，執之以緝獲聞。囚不勝拷，誣服，公察其枉，請總督郎公奏釋之。後竟捕得德八。奸徒蕭贊元持僞劄誘人，事敗逸去，所連染以百數。公庭鞫非實，令擒贊元自贖。贊元出，連染者得釋。公決獄，一意平反，所全活多，然竟以失出徐昆一案，罷去。先是，有數人冒稱旗兵，過鄉掠人財。新例，詐財與盜同罪。徐昆者，操舟人也，不得財。公按律以減死報部，不允，坐失出降調，居家久之。起補長蘆鹽運使，而適當用兵之際，部議加增引目，公致書當事者，以焚林竭澤，後將難繼，引誼愷切，有古人之風，然聽者或以爲迂也。

家居後，食貧，不蓄媵侍，簾閣據几，焚香讀書，蕭然終日。痛母蚤世，侍贈公極嚴敬。既貴，侍立移晷，未嘗少懈。居喪至骨立。分俸恤兩弟，有無與共。既沒，弟寅泣謂人曰：『他家相好，猶是兄弟耳，若六哥於我，真父子也。』聞者無不酸鼻。爲人沈毅寡言笑，與人交無貴賤，惟恐或傷。若事關名教，輒正色持論，不以强弱易節。某嘗侍公於史館，見其爲文如不經意，然自準於繩度，詩以婉麗爲宗。數經御試，率居高第，然雅不欲以文章名也。今其集若干卷，藏於家。公生於明天啟辛酉二月初七日，比卒時，得年六十有七。吴淑人以婉順孝慈佐公，以白首賢聲聞中外，少公一歲，後公八年卒。子三人，汝泌，任教諭；汝沆，廩例太學生；學源，長洲縣增廣生。女子三人，撫養姪女一人。殷沆、顧嗣和、劉學洙、吴漢宗，其壻也。孫男六人，曾孫男女九人。銘曰：

維古於官，不限中外。入爲侍從，出備牧帥。監司守令，以能相次。報最則還，理均榮瘁。邇世不然，一登禁近，終身館閣，恥言州郡。故有博學，未悉民隱。階署冰清，勳業無聞。於赫先皇，復古之常。妙選詞臣，釐彼巖疆。公膺懋典，登車慨慷。摩上馴下，不刓其方。初謂政成，旋資啟沃。時移事變，一往不復。人爲公唏，而公不知。天君泰然，所職逾治。廿年蹭蹬，維天子命。言休於家，益耽文詠。其施幾何，其蓄既多。困輪盤鬱，閟此巖阿。風水固藏，貞石不磨。

## 贈光禄大夫吴公合葬墓誌銘代

今大學士吴公賡庵，與予同官翰林久，今又同在政府，相得也，語次及其先世，輒泫然若不自勝者。一日，以其先贈公狀來屬予，曰：『某兩先人之不幸捐世，而宜就窀穸者有年矣，惟是寇盜之不寧，不克襄事，以重我諸孤之罪戾。今始卜得吉兆，行謀合葬於漢陽某里之某原。而知我之深，所以爲先人不朽於地下者，莫如公宜，敢以請。』予謝不敏，未得辭。及按狀，則知公之隱德未耀，宜有待於後人。

而今賡庵公之訏謨翊贊，用能勵相我國家，保乂海宇，以稱聖天子之倚畀者，其原皆本於公，是固不可以無紀也。

公生而魁梧，及長，博涉書傳，又善論史事，上下古今，縱横數十代間，語其治亂成敗、是非得失之大概，了了如在目前。嘗有意於用世矣，既而見時事多故，遂深自晦匿，不欲以所能聞於人。布衣芒屩，徜徉城市間，豪貴人鮮過而問之者，公益以此自得。然重交與，急然諾，見人憂患如出諸己，赴之惟恐不及，而不爲釣奇任俠之行。與人言，悃款無城府，聽者無不心饜而去，誘以利，牢不可動。此其爲人之大凡也。至其過人者，尤在孝友。歲乙丑，鄰舍火，延及公廬。是時，公以父喪在殯，毁骨立矣，見火逼，益號慟柩側，家人爭扶曳之，不可。會閭巷聞公哀號聲，競入移柩，置門外，甫出而殯宫燬，其誠感如此。母弟某早卒，撫其兩孤，擇師訓課，以迄成立，婚娶之事，無不親自經理。每家庭宴聚，子姪煦煦相親愛，人不知其爲從兄弟也。公雖於世無所涉，乃其濟人利物之意，則無頃刻忘者。當明季寇躪江漢間，居民扶老提幼，爭奔匿山澤，環相驅蹙。值時大祲，僵踣盈路。時公亦挈家避山中，憫然思拯之。余夫人語公：『此輩皆吾鄉閭族黨也，若環而苦飢，吾能獨飽乎？』乃歸發囷分賑，不足則出餘資，乞糴以哺之。如是者一月，而湖南米大至，人慶更生，然公絕不自爲德也。皇清鼎建，順治己丑科會試，賡庵公成進士，官中秘，歸省。公曰：『汝幸成名，非祖德不及此。新安，吾祖宗墳墓所在，子孫聚族於斯，屢經兵燹，貧窶可念。汝能爲老人成此志乎？』由是賡庵公兄弟兩至里居，置祭田以供祀事，立義田以鳩宗族。事竣復公，始色喜云。

公性嗜山水，工行楷書。所居雖湫隘，必蒔花種竹婆娑，古書畫彝鼎，翛然俗外，雖貴，不肯入官府。時攜所知數人步屧郊外，嘯詠移日。暇則課子姪誦讀，以娛晚景。而賡庵公之以左庶子參藩江右也，屢請就養，不一至。或疑爲左遷者，則又誡之曰：『常情重內而輕外，顧人臣盡職何如耳？此不足芥蒂。』未幾，賡庵公被召，貳冬官，又貽書曰：『吾不以汝得入爲喜，而以恩重難副爲憂，汝必勉之。』既改貳秋官，誡之如前。以故賡庵公歷官三十餘年，所至皆有政績可紀。受知主上，洊登揆席，實稟公之明訓云。公晚善衛生術，沒年七十有八。臨屬纊，神爽不亂，談笑如平日，豈古所謂得道之士，與天爲徒者耶？

公諱某，字自玉，別號禹石。世籍徽州休寧縣。吳，故徽大姓，其譜牒可紀者，自初祖少微公始，曾祖諱某，生文仲公諱某，依外族留居漢口，遂爲湖廣之漢陽縣人，公之祖也。文仲公生太初公諱某，是爲公父。太初公一布衣耳，當萬曆間能以義折稅使陳奉之氣，使不爲暴於漢口，故鎮人至今德之。文仲公、太初公皆以賡庵公貴，贈官至光祿大夫、禮部尚書，加二級。元配夫人余氏，文學某公女，齊安望族也。公素尚沖淡，不問家人產。夫人以勤儉治家，以孝謹奉舅姑，以慈愛育諸子，而佐公之教以義方。故家計中落復起，卒大其門閭者，亦夫人之助也。先公二十餘年卒。公累封至通議大夫、刑部右侍郎，累贈至光祿大夫、禮部尚書。夫人封孺人，累贈一品夫人。子二：長正治，卽賡庵公，今任光祿大夫、武英殿大學士，兼禮部尚書；次開治，亦有才名，拔貢生，候補主事。女一，適岳州訓導汪澂。孫男四人：宗邵，候補光祿寺丞，卒；宗懋，舉人；宗翰，州同；宗勳，國子監學正，俱正治出。孫女九人，一適蕭壽昌，一適任在亨，皆州同。一適譚弘祚，庠生。一張、一許、一熊、一余，皆聘未行，俱正治出。一適譚景，一適汪天豫，皆大學生，俱開治出。曾孫男四人：德錫、望第、登第，宗懋出；德滋，宗勳出。於是賡庵公過予而泣曰：『某不幸，縻禄於朝，皆不及兩先人之卒與其含斂，某罪大矣。願公之有以志吾之痛也。』予謂公生平内行潔修，家庭雍肅，喜讀書而不求仕進，好施與不見德，使值兩漢之世，當膺有道之選，公府辟命，非其倫與？而惜乎今法之無是也。然遭逢聖世，寵錫便蕃，身享上壽，恩賁泉壤，此今人之所難，而古法之所未嘗有者。賡庵公猶以夙夜在公，未遂其私，爲終天之憾，其尤可感也與！銘曰：

於赫延陵，萃於新安。蟠根奕葉，既碩而蕃。江漢之滸，亦集爰止。有慶緜延，施於孫子。施於孫子，暨尚書公。邁德自躬，篤實龐鴻。不淬其鋩，不用其光。不易其方，蓄極而昌。烈烈嗣君，天子是毗。曰予汝嘉，匪汝之爲。汝有賢父，克詒多祜。既壽且康，永有譽處。堂堂廟謨，載咨載諏。皇矣顯命，被於先丘。慰子慕思，綸綍方來。勒之銘辭，永以勸之。

## 封文林郎王府君墓誌銘代

公諱某，字某，世居江西之贛縣。曾大父、大父俱不仕。父諱某，以明經任建寧教諭。母李氏，繼劉氏。教諭公生公年六十矣，即棄官歸。公五歲從教諭公受書，即成誦。十一歲連應府道童子試，皆第一。比稍長，博涉四庫書。然每鄉試，時遇有疾，或試卷被摘，不得終試，若有物戹之者然。順治甲午歲貢，入京廷試。新例，廷試者以州縣佐用，遂拂衣歸，絕仕進意。壬戌，見侍讀君成進士館選，曰：『此足償吾讀書債矣。噫！貤封不及吾親，終吾恨也。』蓋公篤孝，出於天性。喪李孺人及教諭公，皆能盡哀，而奉養後母劉孺人尤力。戊申，寇起境上，闔室皆登樓避之。樓起地數丈，母年老矣，未及登。公躍而下，急掖母欲上樓，會寇逼，有救之者，母子俱得免。劉孺人初沒，三逆變作，家燬於土寇，厝柩先祠中。祠去賊巢僅一舍，賊械得人，鑽灼割截，刑極慘酷，村中怖甚，一夜數驚。公獨守柩哀號，或勸之去，不應。然賊亦終不敢逼，蓋憐其孝也。以是一村皆從公保，得無恙。邑大祲，既出粟賑之，以其間糜餒、贖鬻、藥病、楷死，家屢罄不顧。

所著書《易集解》及《史斷》八十卷，《雪園詩稿》十卷，語皆醇正，足行遠。而於佛氏所言戒殺、放生，又頗信之，嘗曰：『釋氏之教誠爲儒者所不屑，然吾見今講學者角立門戶，奔走勢利若馳，而於誠意正心之學，茫不知務。如是而又指西方爲異教，鄙慈悲爲愚俗，卽何以箝學佛者之口而服其心也？』儒者亦無以難之。公思見侍讀君，時一至京師卽返。書誡侍讀君：『勉思啟沃，無以吾爲念。』以是侍讀君積思慕，欲告歸而未果也。聞公體强健，少自安。今年九月訃至，則公以八月初十日捐館矣，得年六十有九。侍讀君泣而來請曰：『某終不得見吾父矣。雖然，猶冀公之一言以釋某之憾於萬一。』公敕封文林郎、翰林院檢討。元配謝氏，封孺人。子一，女一，孫六人。侍讀君將歸而卜葬於某原。銘曰：

既穡不獲，以爲身病。終償於子，孰云非命？徇親而生，皇鑒其誠。學以足己，不以爲名。譬如飢食，期於果腹。彼噉名者，豈知五穀？有封嶙嶙，維純孝公之墳。不城與路，維儒先生之墓。窆而辭之，塞生者悲。

# 封徵仕郎劉太翁墓誌銘

君諱承明，字某，本姓竇氏，原籍山西沁水縣。祖某，由舉人歷任懷慶府太守。父文學某，太守，爲吏廉，卒於官。文學貧不能歸葬，有女弟劉孀居，同僑鹿邑。未幾，文學夫婦俱客死鹿邑，時君甫三歲，劉遂挈爲己子，冒姓劉氏。君亦視姑妹如母，更十年，姑妹終，婦稱夫之父母曰舅姑，父之女姊妹，古人稱姑姊、姑妹也。哭踴之節、衰苴之數，不異於所生。而其於本宗念之愈甚，既遷家於亳，還至沁水，掃除丘壟，修宗譜，立祭田，徧遺諸親族之貧者，雖其於鄉里也亦然。其視其疾痛飢寒，凡力所得爲者，不以靳其力於人。凡財之所可周給者，不以私其財於己。故其設施所及，人鮮不獲其濟，而當時之所稱善人，未有先君者。世途缺陷，人生少得自遂。君少遭離亂，中年肥遯，修治園圃，訓課子弟，晚身膺封秩，緜壽九十，及享太平之盛，何其幸也。其卒以康熙三十七年六月甲子，覃恩敕封徵仕郎、行人司行人。配張、萬，贈封孺人。男某，庠生，先卒；次某，教諭；次恩沛，行人司行人。女三，張某、郭某，其壻。

蓋先王因生以賜姓，胙之土而命之氏，姓氏之由來尚矣。自漢初有改姓，濫觴於射陽奉春，混淆極於唐末，五代之際甚矣。其因事避難依親，串冒他氏者比比也。至若幼穉失怙，受人之恩勤鞠養，彼既無子，誼不忍自還其宗，不失爲仁厚之意。然譜牒不明，或至散佚，則水木本源之思，爲人後者，能無痛乎？故大行君從予乞銘，欲使子孫百世知所從來，尤仁厚之至也，而予不可以無辭。銘曰：

后緡自出是爲姓，遷於卯金枝櫱盛。處義蹈仁履險正，既安而穰考終命。於亳之野穿厥藏，魂兮逍遥歸故鄉，緜緜世澤漳流長。

## 文學李公墓誌銘

山東安丘縣有李公，諱遷梧，明嘉靖己未進士。嘗令吳江。歲饑，不忍催科蹙其民，上官急符攝吏至，即囚服往，願受罪。歲除夕，縱囚還家，及期無後者。終任不取民一錢。巡按御史賢而薦之，歷官西安、大同兩太守。其清如爲令時，其以彊直忤上官益甚，卒悒悒解職歸，時年纔四十五。

太守有孫曰文學君，諱沁，字水心。文學君之父諱三祝，三祝生五子，君爲其季。自太守棄世，而其家大貧。君年十四，遭祲，闔門飢欲死。太守王夫人手提一舊朝服與君，令易粟市中，得粟二升反，羣乞聚窘之，幾殆。後爲童子師，家七里外。每日暮袖米來歸，省視無間寒暑。如是六七年，而太守嫡夫人與其側室二母尚在，兄弟及姑嫂姊妹數十人，咸得無餒死，皆君力也。既君伯仲以次補邑諸生，而叔兄涵舉於鄉，家道亦漸起。君婦黄孺人乃曰：『向者失業以養故，今養充矣，不以此時嚮學，安待乎？』君感其言，於時年二十八矣，遂閉門取舉子書讀之。經年而録於學使者，與伯仲齊業。然值世亂寇起，室廬燒掠殆盡，卒不復謀進取，於奔竄亂離中，奉養甘旨無少缺。有弟年十歲，瞽，延師訓之，戒其子曰：『是雖疾廢，然不可不識理道也。』葬江南友人之流落者，而厚恤其妻子。既老，所焚積券直千金，曰：『若輩復私有追索，當蒙不孝罪。』故自君之死，鄉里鮮不悲思者。有父老年八十餘，從百里外扶杖至几筵，哭奠盡哀去。或問之，亦不知其涕之何從也。人曰李君賢而不愧爲廉太守孫，如出一口云。

君没時年七十□。黄孺人亦有賢行，能佐君以孝，將七旬，姑没，雀踴盡禮，語諸婦曰：『吾歸時曾三日不食，以奉舅姑，今而後不復得矣。』後君五年卒，享年七十七。子六人：其昺、其昇、其旻，皆庠生，其昇前君卒；其勖，貢生；其暈，例監生；其昂，貢生，今任樂陵縣教諭，求予爲君誌者。女一，適王，早寡守節至今。孫二十三人，曾孫二十四人，孫女、曾孫女三十一人，玄孫一人。其昺等合葬君於恢區百子山先塋，以某年某月某日。銘曰：

爲廉太守孫，幼而食貧。卒豐其家，德施孔多，宜爾蟄蟄。太守之德，誰播誰穫？亦惟君之力，孰謂善也報爽？吾銘之無妄。

## 張君墓誌銘

武進張文曉以篆刻名於士大夫間。一日，辭歸省父，已而衰絰踵予門，稽顙再拜請曰：『吾父訃至，吾生不獲親含斂，忍以死没吾父名乎？冢故有吉壤，歸將斬板而封焉，敢從先生圖所以不朽者。』予辭不可，哀請再三，益虔，不得已，徇其志而銘之曰：

君諱某，字某，世居武進之桃源里。父某，精小學，所鐫刻金石，於六書訛謬多所訂正，士林翕然歸重。君雖本家學，亦由心解。終身茹素，幅巾布褐，環堵蕭然。日坐對諸子，陳古圖書尊彝，洗敦銘款，分別形類，辨析偏傍，人得其所製，寶重之如其父，而諸所指授，文曉得之尤多也。蓋篆籀之失傳久矣，後漢杜林得漆書《古文尚書》一卷，嘗抱書而歎，遇河東杜密授之。其後衛顗略盡其妙，傳子瓘、孫恒，皆博識古文字，於是言古文者必推河東杜氏。印章之於今，直一藝耳，然其間古文與二篆互用。君祖孫三世，益修其業，後有起而神明之者，則張氏之學不將有聞於後乎？君爲人樂易，事親篤孝。嘗得遺金於道，守其人還之，以是稱爲長者。卒年七十有八。娶丁氏，生子四人，某某，文曉其仲也。女一，未字。銘曰：

沮誦有作，厥類維彰。籀文斯篆，與時頡頏。降爲摹印，一存十亡。神奇工巧，體極豪芒。君以是終，貧夫何傷？

## 國子監學正李君墓誌銘

李氏家世爵里，具見予所爲《河津公墓表》。君諱楨，字文寧，河津公長子。公元配朱孺人，生君三歲而沒，繼母王孺人愛之如己出。順治中，公令河津，大同總兵姜瓖變起，旁近州縣皆被陷。公誓死守，先遣孺人與君出，冀存宗祀。中途遇盜，追之急，孺人取自所生女置之道傍，曰：『寧失吾女，無死楨也。』抱君藏山穴中得免。君長亦善事孺人，偕諸弟依依繞膝下，見者不知其爲前後母也。

君天性聰慧絶人，工文辭，旁及書畫，洞曉音律。邀里中諸名士爲文會，廣席談讌，標格詳整，音吐雅亮。遇風月清朗之辰，酒酣以往，吹簫擫笛，清歌徐引，飄飄若出塵外。一時欽挹，有衣冠領袖之目。不幸久躓場屋，遂以明經司教博興。士子聞君至，皆欣然謂得師，君亦能悉心訓迪。遷國子監學正，爲大司成新城王公所賞識。當是時，校正監板諸經史，王公以君所分校，特爲詳核，他不及也。旋中忌者，罷去。歸而河津公已老病，依棲子舍，謹侍湯藥，不離側。暇則與諸弟茗飲劇談，灑然無復淪謫意。河津公捐館，君痛之甚，卒不勝喪，未祥除而沒，年五十有二。娶陳氏。三子，奕烈、芳焯、裔煐。女適何煒。奕烈介叔父文衆求予文誌墓，於是君沒八年矣，予未嘗識君，而觀君友中翰馮君大木所爲狀，其文辭既美矣，其言當益可信，又合諸文衆所述，系之銘曰：

才之訏訏，不失步趨。窘於一第，而官於儒。竟止於斯，誰之不如？一毀而滅，天與人與？天吾不知，孝則有餘。

## 香山了義禪師塔誌

西北隅香山寺，爲吾邑祖刹，有泉巖林木之勝。予少時讀書其中，與續宗禪師晨夕論義，間以吟詠，多所省發。師每言必稱其祖了義禪師，而是時師之化去已數年矣。請予辭誌其塔，予許之未就也。抵今二十餘歲，續師命其孫某來曰：『吾師沒而吾年亦七十有九矣，君復不銘，是吾終不得見子之文也，吾負吾師於地下矣。』予應曰：『諾。』

按師諱隆祇，字茂園，别號了義，姓嵇也。生而有慧性，六歲隨母嚴氏入寺，見誦經者，侍立諦聽，竟日不忍去。十八始執業於香山湛然師，時天台無盡大師開講《觀經妙宗鈔》於郡城延壽寺，師往，參畢就壇，受具歸。感寺殿剝落，身募資，抵閩，載木歸。竣工，請雲棲沖庵法師究論《楞嚴》、《圓覺》諸經。三伏臘，至崇禎丁卯，而寺宇宏起，金相莊嚴，道俗相與瞻顧贊歎，而不知其所自。已復攜續宗聽講於阿育王寺，參學於天童密雲大和尚，密問以《楞嚴》七處徵心，因度餓與啖次，頓有領悟。後復延雪竇石奇師往持山門，而身自奉之。自是，香山法席遂爲諸山歸仰，師之力也。師雖屢參大德，問答有契，然不欲爲近世儇薄禪子擎拳竪拂，習爲謾欺，以聲利相鼓動，故受持經行，專念佛三昧，積終身不改。昔人有言曰：『凡浮屠之道衰，其人必小律而去經。』由師是道也，佛教其有濟乎？雖其有濟，佛之徒其庸知重乎？生不知重於時，没而又無所信於後，宜續宗之惓惓以請，蓋不獨冀其師之有傳，亦將以大庇其教於無窮也。師示寂於順治辛卯之五月十三日，塔於殿之東北，壽六十七，爲僧臘四十有六年。

# 祭文五首

## 祭容若侍中文

嗚呼！自君之死，無知不知，而驟聞之，無不涕齎。况我於君，其能無悲？我始見君，歲在癸丑。時纔弱冠，叩無不有。馬賦董策，彈丸脱手。拔幟南宫，揜芒北斗。君一見我，怪我落落。轉亦以此，賞我標格。人事多乖，分袂南還。旋復合並，於午未間。或蹶而窮，百憂萃止。是時歸君，館我蕭寺。人之狺狺，笑侮多方。君不謂然，待我彌莊。俯循弱植，恃君而强。繼予憂歸，涕泣瀰瀰。所以賻賻，憐予不子。趨庭之言，今猶在耳。何圖白首，復遄斯行。削牘懷槧，著作之庭。梵筵栖止，其室不遠。縱談晨夕，枕席書卷。謔浪間作，杯盤遊衍。豈伊異人，實惟嵇阮。予來京師，刺字漫滅。舉頭觸諱，動足遭跌。見輒怡然，忘其顛蹶。數君知我，其端匪一。我常箕踞，對客欠伸。君不予傲，知我任真。我時嫚罵，無問强弱。君不予狂，知予嫉惡。激昂論事，眼瞪舌撟。君爲抵掌，助之叫號。有時對酒，雪涕悲歌。謂予失志，孤憤則那。彼何人斯，實應且憎。予色拒之，君門固扃。充君之志，期於古人。匪貌其形，直肖其神。在貴不驕，處富能貧。宜其胸中，無所厭欣。忽然而夭，豈亦有云？病之前日，信促予往。商略文選，感懷疇曩。梁吴二子，此日實來。夜合之詩，分詠同裁。詩墨未乾，花猶爛開。七日之間，玉折蘭摧。嗚呼已矣，宛其死矣。我將安適，行倚徙矣。世無君者，誰實容我？爲去與留，無一而可。君今不幸，所絀者年。其未亡者，樂府百篇。詩辭沖淡，書體精妍。吾黨銓次，以付剷鐫。生而有才，爲天子使。没而名垂，以百世俟。茫茫大造，幾人如此？魂而有知，可以無傷。嗟二三子，是亦難忘。

## 祭謝時逢太學文

誰令君生，豈曰非天？君忽而逝，理亦有然。悠悠古今，善人實艱。帝須君歸，不百其年。維君之生，爲閏十九。其中變化，倏忽萬有。先觀察公，仕宦奔走。君初弱冠，所事不苟。南詔西蜀，獮叛區降。君隨經營，若敵國强。翩然東遊，來歸故鄉。登城一揮，袖中干將。玉果璇珠，琳琅鏗鏘。照耀觀者，歎息道傍。嗟君屯蹶，亦其自蹈。竊人財賄，猶謂之盜。何況造物，恣其搜討。穿鑿彫劂，茫不知老。發爲文章，荒山鬼叫。爰顛爰躓，人咷子笑。先君死者，薛君白瑜。恭慤公子，有至行。爲世模楷，泰航膺車。人之云亡，胡不徐徐。人百可贖，而隕其軀。君貢太學，儀於帝庭。既而思歸，當秋風生。嬉游東海，思寄滄溟。手種籬菊，日餐其英。滔滔百家，爲之懸緪。君今而死，誰笥五經？嗚呼哀哉！唯君有子，克遵治命。御喪以禮，外道卻屏。君生克勤，君沒以正。惟其無憾，以是慰公。神之欣欣，降此筵中。

## 房師黃公祭文

士感知己，道重淵源。古人之誼，比於所天。猗嗟我公，族望泉山。發跡省解，下車白檀。孤竹之墟，是爲絕塞。不鄙其人，嫗煦教誨。撫循三年，俗肥身瘠。敝屣一官，投章告退。惟時西秋，分校京闈。得卷雀躍，大叫絕奇。首薦獲雋，俛復失之。出受公謁，留語移時。閩浙異音，莫辨脣齶。抵掌歡笑，耳聽臆度。惟聆四字，闇中摸索。從茲別後，聲問落落。歸道潞河，鄉人實來。事羈莫致，臨歧一杯。附奏數行，以當祖送。執書俯讀，椎枕而慟。今歲徂暑，蔡君信至。驚聞去秋，七夕奄逝。先時口占，遺我一函。云在季春，聞子吉音。得第南宮，喜不自禁。有子與壻，以爲君累。行間嗚咽，斑斑淚漬。繫某晚達，身事蹉跎。我聞有命，撫躬自嗟。回瞻恩地，涕泗滂沱。誓心欲然，未知命何。公卜何阡？公窆何日？若斧之封，末由執紼。雲山漫漫，萬里燕越。一巵寄奠，音塵永歇。嗚呼哀哉，尚饗！

# 同年合祭杜母孫孺人文

國家三年，貢士於鄉，與其選者謂之同年，皆同省士也。獨京闈解額幾三倍於大省，八旗與四方之士皆在焉。其取數多而占籍之相去有遠至七八千里者，然一爲同年，則無論遠近，誼若兄弟，喜相慶而憂相恤，非有所作而致之，以爲相兄弟之道固然也。

順天癸酉科，予輩同譜中具慶者纔十之二三，獨聞大宗母孫孺人之賢，於時年七十餘矣，與大宗尊先生尚舉案相對，不替恭敬。先生待之如友，以爲吾老而得優遊寢食以忘其貧者，孺人之力也。不幸於今月棄世，先生哭之慟。大宗既慟失其母，又懼先生之過傷，自始喪至今，朝暮一溢米，號呼苫塊，幾不免於毀滅。吾黨見其如此，皆相與涕泗，助大宗悲。又欲大宗之少節其哀，以安先生之暮齒，而釋其無涯之痛。此今日登堂之奠，所以既弔而又以慰也。

聞之先生親友云，孺人慈儉婉嫕之德，不可殫述。其大節當甲申賊犯京城，輒先誓雉經以預遠不測，賴家人奔救得免。後爲先生嗣續計，勸娶劉孺人，生二子。未幾，劉没而躬爲之鞠養，長而延師，則潔治酒食以奉之。不幸長兄早世，大宗遂上春官，迄有成立。孺人之撫大宗也，不知其非己出也，而大宗之哭其嫡也，甚於其所生之母，則孺人之德可知矣。先生道德著聞，推重鄉黨，於孺人亦多内助，則於其没而哀痛無已者，豈獨其夫婦之情云爾哉？然孺人在時，初憂無子，今兩孫矣。大宗聲名日起，門戶之慶當益隆。先生安享期頤，上荷天寵，方未艾也。孺人之靈，固可以自慰於地下，其亦泫然舉此觴耶？尚饗！

## 祭何太夫人文代

世推閫範，鍾郝是劭。彼不過閨閤之幽閒，而無關於天下之名教。故其生也鄉閭稱賢，而其沒也亦惟宗黨之追悼而已。維我誥封一品何太夫人，毓德名門，秉質窈窕，爲婦爲母，事可儀表。在先皇之世，卽見褒以德懋蘋蘩、繫諸王化之首，而及乎今上，疊承綸誥，乃一言一行，一嚬一笑，無不詒矩於後昆，使其蘊之爲道德，發之爲事業，而皆動合乎忠孝。故人見我相國匡贊之績，運隆三五，推其家學之淵源，則必曰先大夫清白之遺，歷久有耀。然先公卽世十有五年矣，相國及諸仲季之所禀承者，惟太夫人之彝訓是則而是傚。其坐享上壽也，在朝搢紳莫不相稱觥侑辭，祝其難老。比於棄世，而相國居憂，皇上若失左右手焉，則奚怪士大夫之於朝於野而相弔也？嘗聞太夫人之軼事於相國也，當往年海氛竊發，屬事之殷，先大夫憑城而守，太夫人乘機間出，攟拾先籍而藏舟於水濱，用是先大夫得請師遠去，克湔賊塵。比者王師三駕，撻伐不賓，相國執鞭弭以從，戶部亦飛輓出塞。太夫人則晨夕露禱，祈翦焉滅此，上安皇躬，而誼不及乎所親。相國歸覲，扁舟同上，日持誦上所賜經而鈔錄之精楷，至今遺墨其猶新。某與先大夫暨相國兄弟兩世同朝，誼洽情真，所得於太夫人之梗概如此。至於家庭慈儉，宗戚推恩，雖米鹽瑣屑無不度越乎凡人。而予以爲太夫人之可哀而可思者，不在乎他，而在乎忠孝之大倫。故敬造几筵，瀝酒具陳，靈之聞之，倘亦鑒此而歆歆。

# 湛園題跋

# 湛園題跋一卷

## 題樂毅論

梁武帝《答陶貞白書》：『逸少蹟無甚極細書，《樂毅論》乃微粗健，恐非真蹟。』陶上書云：『《樂毅論》，愚心甚疑非真，而不敢輕言。今旨以爲非真，竊自信頗涉有悟。』余觀逸少《黄庭》、《曹娥》、《像贊》諸帖，知《樂毅論》洵爲粗健不同。然自唐人相傳爲法書第一，蓋唐時去梁已遠，王之真蹟益微，而唐人書法氣象多而神明少，宜此帖之見重於世也。此本與余所藏宋搨寶晉齋刻相爭在毫釐之間，亦世所罕覯者。張子漢瞻別去兩年，其臨池增妙，今相見吴門，出此令題。余謂張子寶愛此書，正恐其作書便落唐以後氣格耳。

## 跋祝枝山書

今日觀陸子其清家藏法書最多，宋搨《黄庭經》、《十七帖》及宋仲溫真書《孫過庭書譜》，其尤佳者。又枝山自寫所作詩長幅〔一〕，文徵仲評其『規模襄陽』，而其書法原出於王氏父子，可謂曲盡枝山之藴。然祝書尤深入大令閫域，惜僞書紛出，非具眼不能辨也。張鳳翼後跋謂：『徵仲以東方朔學叔敖衣冠，爲一時下筆之誤。』然張云：『枝山爲徐武功宅相，故其書似之，猶張敞之類馬遷。』『張』當是『楊』字之誤，卽楊敞亦未是司馬外孫，乃敞子惲耳。一事兩誤，可謂彼此更相笑也。

【校記】

〔一〕『又枝山』，虞本、馮本作『祝枝山』。

## 題祝京兆千字文

章草書，前朝惟宋仲溫得張、索遺意，而過於放軼。枝山繼之，體兼衆家，故爲明書家第一。昨研谿庶常過余寓齋，出觀余所藏《離騷經》墨蹟，研谿歎絶，因以《千文》此本見假。余手臨一過，頗識其用筆之妙。但此帖不用章草，位置停匀，規矩謹飭，殆是此公杜德機時也。枝山又有一《千文》，純用藏真法，大小錯綜，行間天機亦自盎溢。只是摹本，摹手又不工，不及此真蹟遠甚。乙亥春三月記。

## 臨宋儋書題後

此宋儋，唐開元時人，與李璆齊聲。李師王，宋師鍾，李書今不傳，而宋真蹟惟《閣帖》存此二十一行。《閣帖》置古法帖中，列於衛夫人之前，則尚未知其爲唐人也。然其書自有六朝間風味。

## 臨樂毅論題後

近始悟運筆之妙全在心空，學中鋒三十年，都無一筆是處。早間臨此，似有轉機，然塵務關心，往往墮落舊塹。東晉諸賢書法超絕古今者，皆由其神明獨妙。

## 董臨澄清堂帖跋

華亭書派輕薄模仿，頓失古意。惟此卷筆筆藏鋒，妙於用拙，始見文敏真本領，然不得《澄清》祖帖，亦不能酣適如此。昔人論學書者，必得古人真蹟一二段臨摹，方能入妙，端有此理。今人眼界淺狹，書格所以日下也。聞張子漢瞻爲人乞文，以潤筆得之。余傭書至老，墨刓穎秃，無從購此一字。以此知文章聲價，去君遠矣。

## 跋遺教經

陶貞白與梁武帝論逸少書，備矣，獨不及《遺教經》，何耶？黄山谷詩云：『小字莫作癡凍蠅，

《樂毅論》勝《遺教經》。』癡凍蠅，言其拘窘無逸韻也。余考唐僧徒最善集書，於逸少尤多。《遺教經》是集《樂毅》、《像贊》、《黄庭》、《洛神》、《孝女》、《誓墓》諸帖而成者，逐字玩之自見。字體雖少拘窘，然自是右軍家法，勝《道德經》多矣。

## 跋蕭子雲書列子

《述書賦》：『景高則潤色鍾門，生情屬己。』〔一〕景高正書果出於鍾，此則黄伯思、米元章俱疑其僞，然極爲古秀，微少生動耳。

【校記】

〔一〕『景高』，唐竇臮《述書賦》作『景喬』，『生情屬己』作『性情勵己』。

## 臨帖後書

寒威稍霽，紙窗西照，執筆欣然，得《閣帖》，僅臨晉魏間書數種，愛其遒秀發於淳古也。不及鍾傅、二王者，亦猶唐人選詩之不録杜工部也。時乙亥十二月初五日，書成，筆頭作凍，霅然有聲。

## 謝莊諸人書〔一〕

謝希逸、庾肩吾書，張懷瓘諸家品書亦不及。然其書實超軼，可入能品。謝萬石亦在能書之列。朗，字長度，萬兄據之長子，小字胡兒，與姪疏自稱父，晉人猶有此風。晉朝議欲以謝玄爲荊州，謝安自以父子名位太重云云，亦猶漢疎廣、受之相稱也。對子姪自稱其名，則古所未有。《閣帖》王廞與三女稱廞疏，晉人通脱，固所不嫌耶？

【校記】

〔一〕馮本題作《謝莊諸人書跋》。

## 題李君冊子

篆法貴古不貴巧。漢印白文皆鑄成者，但記爵名而已，無爲字者，其篆體亦方正，無多轉折。至唐用朱文刀刻，始有字及道號，而印璽之法從此日趨於巧矣。然自唐及明隆、萬以前，書翰家亦不多用印章，用者只是銅牙章及黄楊木，故講此者頗少。今地不愛寶，文石肆出〔一〕，好奇之士鐫鑿爭工，各以其意相配换，無復知有方正體者。且專講刀法，而漢鑄之體幾亡。今李君製譜，力追古法，不欲多出新意，當波靡之會而好尚顧如此，是余之所重也。

【校記】

〔一〕『肆出』，虞本作『四出』。

## 題鄭谷口摹古碑

真出於隸，鍾太傅真書妙絶古今，以其全體分隸。右軍父子摹仿元常，所以楷法尤妙。欲學鍾、王之楷而不解分隸，是謂失其原本。漢建平、光和間碑板，乃鍾、王所出，學者顧求之開元以還，是並不知鍾、王發源處，俱未得爲書家正宗。余晚好此書，恨年事無及。又未見谷口，問之其門人，曰先生自悔從《曹碑》入手，暮年規橅《夏承》，始盡其奇妙。今觀此題《曹碑》云『甲於漢刻』，知或言未信。谷口晚書奇變，殆是游刃之餘，未有舍規矩而能成巧者也。

## 題戲魚堂像贊

寶晉齋初刻《像贊》，最爲神妙，中缺九十餘字。停書館摹本雖少生趣，風格尚可想見。余家藏寶晉，乃是曹之格重刻者，結體豐勻，亦無缺字，然頓乏風致〔一〕，不足重也。前年北上時，收拾得舊藏戲魚堂殘本四冊，吳門遇故人司寇徐公，云當爲命善手重裝，今不知竟落何處，内亦無此帖。今日友人查浦以此本見示，快所未覩，殆是寶晉初本之亞也。雖石刻多剝，意正似微雲之點月，愈覺妍好。

【校記】

〔一〕『風致』，虞本、馮本作『生致』。

## 題玉峯相國徐公感蝗賦卷

蝗之言王，陸農師曰：『其首、腹、背，皆有王字。然則羣飛食苗，聲焰蔽天者，以其有所挾而然也。』公所見入境薨薨，遍於郡縣，安知其胸、腹、背間不隱隱有文若王，如得所挾者乎？賦中有云：『念吾后之深仁，亶民依之是恤。』畢竟此輩戢影年書，大有深仁之效應若枹鼓者，惜不令公見之。如公者〔一〕，所謂『進亦憂，退亦憂』者也。

【校記】

〔一〕『者』，底本作『之』，據虞本、馮本改。

## 又題述歸賦卷〔一〕

行芳志潔，昭昭若揭，日月而行，公與靈均固可千載相質。其文瀾千迴萬折，斷續掩抑間自諧宮徵。騷人以降，惟《長門》、《羽獵》差爲近之，歷乎晉魏，寥寥絕響矣。公書法雖派本率更，實由心運。此與後賦兩紙，隨手塗乙，無一筆率爾，《祭姪文》、《爭坐位》之伯仲也。正不知《天問》呵壁時，亦有此淋漓翰墨否？竊以屈子處亂事暗，其悲憤固宜，公遭際明盛，而亦有坎坷之歎，此撫今感昔，念不忘君，蓋有不能已於言者也。每一展卷，不覺涕淚之承睫云。時丙子三月二十日，敬跋於京師椿樹邸中。

【校記】

〔一〕虞本、馮本題作《題述歸賦卷》。

## 臨王書洛神賦題後

有以《羣玉堂帖》見示者，中有此賦，校《寶晉帖》差完，且神采更生動。逐字摹之，覺形似神拘〔二〕，然形似亦在運筆間消息，今書家誰當解此？能知吾合處，方能指點吾病處。

【校記】

〔二〕『形似神拘』，虞本、馮本作『神似形拘』。

## 臨王帖題後

古人行書有真行，有行草，此所書《官奴帖》與《蘭亭序》皆真行也，通體真書，少作牽曳而已。《雨冷》、《鷹觜》二帖，行草也，真書中間以草字。雖則是草，不可縱筆，故晉、魏人多用章草入行，後來率意作書，古法遂不可復見。

## 題郎太守畫像

君謂考功，我來必告。詎意三年，一面未卜？有木千章，有琴一張。有亭有池，置君中央。躓邁龔、黄，心希嵇、阮。澹爾太虚，空林偃蹇。我展君畫，君得我文。何用識面？目擊道存。君與唐東江相對居，謂唐，余過必相聞也。余詣唐，唐輒忘之，而余亦疎懶，未及修謁，因題此，聊述其雅意，以志相思。

## 題徐武功書後

武功倜儻畸人，故其書亦多奇氣。然余浙人也，於忠肅事不能學吳人以私恕之，於此帖亦不欲多觀，亦如李衛公之惡白香山詩，以爲見則必好也。

## 臨像贊書後末云：『永和十二年五月十三日，書與王敬仁。』

敬仁，王修字，濛之子，官著作郎，此太原人，與琅琊異派，故書姓。王導雅愛鍾書，亂後猶衣帶中盛《宣示帖》。過江後以與右軍，敬仁從右軍借看，深好之，沒時年二十四，其母卽取《宣示帖》殉葬。

修書隸行入妙。

## 跋樂毅論黃庭經臨本因記始末〔一〕

陶貞白啟梁武帝：『逸少有名之蹟不過數首，《黃庭》、《勸進》、《樂毅》、《像贊》、《洛神》，不審此種猶有存否？』時武帝與陶皆疑《樂毅》微粗健，非真，不重也。至唐褚登善錄右軍正書，以《樂毅》第一，《黃庭》第二。武平一《徐氏法書記》云：『平一少育宮中，所見真蹟楷書二十餘卷，別有小函，可十餘卷，所記憶者是扇書《樂毅》、《告誓》、《黃庭》。』唐人珍重《樂毅》爲第一，代令能書者臨摹，《黃庭》不能並也。及神龍時，歸之太平公主。太平敗，爲老嫗竊取，縣令追急〔二〕，付之竈火，而《樂毅》亡矣。《樂毅論》既亡，開元五年，收大王正書三卷，遂題《黃庭》爲第一，《畫贊》第二，《告誓》第三。及潼關失守之後，訪《黃庭》真蹟不得。或云張通儒將出幽州，不知其處，而《黃庭》又亡矣。真蹟永絕，得見此妙手臨摹，令人悲喜不置。

【校記】

〔一〕虞本、馮本作《跋樂毅論黃庭經臨本》。

〔二〕『追急』，馮本作『迫急』。

## 記淳化帖

世綵堂翻本《淳化》、《絳帖》，俱可亂真。其客廖瑩中精於模搨，王用和工於刻石故也。先是，韓侂胄有《羣玉堂帖》，亦其客向若水所手摹。二奸亡國，先後合轍，其博古好事，乃亦有不謀而同者。使能移此以爲國用人，豈不家國俱榮乎？

## 跋羣玉堂帖

帖有十卷，舊名《閲古堂帖》，後名『羣玉』，蓋侂胄誅後，籍入秘省，嘉定末年所改也。以首卷皆南渡後帝書，故得存耳。二、三、四，晉、隋、唐帖，五卷後，盡是宋人書。全刻失傳久矣，此本零星收拾，僅得兩冊。雖逸少書有過肥之病，然刻手極精，紙墨亦好。又所録李邕詩，今不多見，或云是中唐人詩，似有理，然不知北海何故得書之。

## 跋曹全碑

余酷愛漢隸，而不能學。近覓此帖，連得兩本，時時展對，如見典型，正不必手摹爲快也。帖以晚出，幸完好。昨有惠予《漢滎陽令韓仁碑》者，亦是元至大間始出，令李天驥再立石，而翰林趙閒閒記之。慶韓君循吏，至是始顯，然其字已多磨滅矣。吾安知四百年之後，此碑不更磨滅如《韓碑》耶？宜廉讓曹子之寶愛此本，直欲使四百年後賞鑒家有所考據耳。

## 題丁太翁小影

伊川先生謂：『影堂之制，使有一毫髮不相似，便與拜他人父母何異？』然昔人有雕木爲像而奉其親者，宋承旨爲其作傳，不以爲非孝也，况於圖像之逼真者乎？先君沒於途次，倉卒召工，寫真未肖。余在京邸，歲時忌日，僅書官贈於片紙，如古人設幣之狀，瞻拜饋饗而已，以此銜恤終天。木公年兄敬事其尊甫愛菊圖像，雖遠客江湖，未嘗不奉之以行也，可謂『永言孝思』者矣。今日以示予，予因之有感，題曰：『思其所嗜，采籬之菊。僾如愾如，江湖一幅。』

## 題毛闇齋采芝圖

漢初黄、綺，采芝山中。於時傳經，有大毛公。采芝之歌，灼灼其華。經傳於後，詩正而葩。我歌我詩，復餌其芝。彼何人者，毛公之支。邈矣高風，相望異代。石泉蒼松，披圖斯在。

## 題查庶常臨各種帖贈行

京師人士往來，賀遷、贈别皆有詩。詩貴多無少，貴長無短，貴律而排，無古而散，得是三者，則無問工拙，彼此之心皆快然無憾，而非是以爲不稱。故余於茂名錢明府之行，多與長無有焉，亦賦七律一章爲贈。明府知余之拙也，而不以爲嫌者，徇俗之例如是足也。查庶常與明府同年至好，獨不爲詩，臨古帖各體，裝冊贈之。今人作書與詩，類不好古，其目力所到，至宋人止耳。庶常詩取法三唐，溯源漢、魏。其於書也，自鍾、王、虞、褚之輩，以及宋、元、明書家，無所不臨摹，得其運轉變換之法，如此冊種種風格，可重也。明府攜此以行嶺外，村墟山館、鳥聲淒斷、人煙稀絶、眺望無聊之際，出此展觀之，必當欣然獨笑，而有會於庶常之詩也。以視諸君子贈行之什，雖興會各自不同，然意味深長，要無踰於此者矣。

## 題宋搨十七帖

唐張懷瓘論草勢云：『草之體勢，一筆而成，惟王子敬明其深詣，故行首之字，往往繼前行之末。逸少草書，雖圓豐姸美，乃乏神氣，無戈戟。』又云：『逸少草書，有女郎才，無丈夫氣。子敬草，逸氣蓋世，千古獨立，家尊纔可爲其弟子耳。』懷瓘以一筆成書，連牽不斷，爲草書之精，非知書者也。所謂草書者，草其真也。草書在乎點畫拖曳之間，若斷若續而鋒棱宛然，真意不失，此爲至精至妙。唐文皇集右軍書，取其尤者爲《十七帖》。其《晉書·御製羲之傳贊》曰：『煙霏霧結，狀若斷而還連；鳳翥龍盤，勢如斜而反直。』如此者，可以得其集此帖之意矣。

## 臨聖教序跋後

臨二王書，須略得晉人幾分筆意〔一〕，正以蘊藉爲宗。若專務險勁，但論氣質，便似唐人效劉義慶作《世説》語，雖調條豐蔚，終離本色。

【校記】

〔一〕『晉人幾分筆意』，馮本作『幾分晉人筆意』。

## 書自作書後

古人倣書，有臨有摹。臨可自出新意，故其流傳與自運無別。摹必重規疊矩，雖得形似，已落舊本一層矣。然臨者或至流蕩失本〔二〕，摹者斤斤守法，尚有典型。余於書，非敢自謂成家，蓋卽摹以爲學也，傳與不傳，殊非意中所計。

## 又

逸兄以此冊屬書晚唐五律，隨意寫付之。字不足觀，數詩皆當時名句，時一展看，知古人下筆不苟也。

**【校記】**

〔一〕『失本』，虞本、馮本作『雜出』。

## 柳公權榮示帖〔一〕中云：『有赤箭多寄三五兩，以扶衰病。』

赤箭卽天麻苗。陶弘景曰：『其苗爲粉，久服益氣力，長陰肥健，輕身增年。』唐太平公主與宮人元氏謀，於赤箭粉中置毒進玄宗。白香山《齋居詩》：『黃著數匙粥，赤箭一甌湯。』公權所須亦此類，蓋是唐時風尚，猶晉宋間朝賢之服石散也〔二〕。

**【校記】**

〔一〕虞本、馮本題作《跋柳公權榮示帖》。

〔二〕『石散』，馮本作『散石』。

## 爲人臨衛夫人書帖

窗外微霰，毫間涑澀，勢不得騁，特於體制無失耳。逸少《蘭亭》是其最得意書，亦必於天朗氣清時得之也。

## 題清溪老人江山臥遊圖程芳朝，湖廣人

石田去後，雲間畫派單行，專以姿韻取勝矣。此卷蒼茫遠勢，不減相城風味，是百餘年所未有，其落筆時蕭然塵外之意可想也。簡可兄知寶愛此遺墨，清溪公自可不亡，正不必如米家阿虎，規規家法也。

## 題嚴蓀友留別和韻詩後

以拙手用退筆書，處處著礙，視前人所作，如蒹葭之倚玉矣。光武云：『見卿使人慚。』此書長存，余慚不止也。

## 臨右軍法帖書後

右軍爲會稽内史，與藍田相失，誓墓不出，竟行其志，可謂振古豪傑。書法皆與所臨《宣示》、《戎路》諸帖相表裏。其細書《黄庭》、《曹娥》，别是一種；《樂毅》、《像贊》，有絕相類處，此可以意會不可以言傳也。大令求展墓表，自是父子，不愧家風。二王外之能爲鍾書者，王仲將、僧虔、蕭子雲而已，唐以下此種幾絕。歲在乙丑，爲毗陵楊皛令兄寫此帖。長安筆價奇貴，以折鋒毫書此，不覺意盡。

## 題玉板十三行

右軍父子真書，雖同出於鍾太傅，右軍斂鋒，大令拓筆，觀《樂毅》、《東方》諸帖，與此可見。賈氏刻玉板，余二十年前曾見之武林，乃觀橋葉氏質之王氏者。是時從友人乞得一紙，今此刻不知又落何家，余所藏亦失去久矣，再過數十年，恐搨本便不易購。水村之喜得而寶藏之，亦見及此與？

## 書官奴小女玉潤帖後

官奴，子敬小字。劉夢得酬柳子厚詩『還思寫論付官奴』，謂子敬也。注柳詩者謂是逸少女名，誤矣，彼不知玉潤是官奴女名也。逸少尚有『官奴婦舊，復委頓，憂之深』一帖可證〔一〕。逸少七男一女，極子孫之盛，而一女疾病，至於憂之焦也，引罪自責，其慈祥樂易可見。他日又云：『得一味之甘，割而分之，以娱目前。』宜其誓墓於未衰之年，不能以此而易彼也。

昨初書，作意或小拘束，今早書第三、四頁覺少放，五、六以後至景陽《雜詩》，則神來之候，娓娓不自止矣。

【校記】

〔一〕『可證』，虞本、馮本作『可見』。

## 跋黄州詩後

楊君凫令遺兩筆，可作細楷。余疑其未佳，輒作大行草五六幅，餘一支偶試爲真書，良善。及取行草者，楷書之鋒鋭已脱矣，此是也。世不乏佳士，以意侮而失之者多矣，然余之所失者筆也，猶珍藏其一，其壞者亦拂拭而用之，可盡其餘長。筆之於余，可無憾矣。彼人之見屈於不知，而終以頽廢不振者，可勝道耶？況又有既知而故抑之者，彼其何能以無憾於心耶？余於此有感。

## 梁武帝書評跋

此從漢末至梁三十四人，乃以兩本彙而錄之。一云二十八人，今得三十有二。袁昂《古今評〔一〕》，普通四年所上，大率相類，蓋武帝用其語斟酌成此耳。然中有『張融書如辯事對揚，獨語不困，行必會理』；『蕭子雲孤松一枝，下有壯士彎弓，雄人猶虎，心胸猛浪，鋒刃難當』；『顔倩書如貧家蕒果，無效可受，少乏珍羞』；『王彬之書放縱快利，筆道流便』；『蕭特書雖有家風，風流勢薄，猶如大小王，安得似也〔二〕』；『郗惲書縱橫廓落，大意不凡，而得體未備』；『郗愔書得意甚熟，而最妙時，雖疎散風氣〔三〕，不無雅舊』；『庾肩吾書畏懼收斂，少得自充』。共八人評論，而此書不見，豈以其辭未雅馴而削之耶？抑是後來附會，原書固未嘗有耶？中於孔琳、蕭子雲諸人書，俱不下貶語，獨深文於大令，比擬不倫，豈爲公論？袁昂《書評》有云：『張芝驚奇，鍾繇特絕，逸少熊熊，獻之冠世。』此語爲得其實云。

**【校記】**

〔一〕淵本、津本、馮本『評』上有『書』字。

〔二〕淵本、津本、虞本、馮本『似』上有『相』字。

〔三〕『雖』，底本作『難』，據虞本、馮本改。

## 又題帖〔一〕

此隋僧智果書，字非一體，當是積日所成。玩其行楷，亦精研於鍾傅者。而李嗣真《書評》比之委巷之質，豈其然乎？

【校記】

〔一〕虞本題作《題帖》。

## 題絳帖

《絳帖》在南宋諸本雜出，已不可辨。單炳文、曹士晃所論至爲詳密，然較之此本，其卷數皆非舊識，字畫波磔更無論矣。舊有二十卷，而此只十二卷，終卷是孫過庭諸人，恐唐人書亦未必更有八卷，則此爲全本無疑。當亦如寶晉齋之有米、曹二本，多少並行也。司農孔君新得此，出以見示，其紙墨黝古，今時亦不易遇，洵足珍也。

## 臨米趙書跋語〔一〕

徐子道積曰：『君規摹魏晉人書，偶一爲此，終不脱向來本色。』答曰：『惟有向來本色，所以貌得宋元人書。譬如今詩家，目不識《古詩十九首》、《蘇李贈答》爲何物，哆哆蘇、陸，到底是兩家門外客也。』

【校記】

〔一〕虞本、馮本題作《自跋臨米趙書》。

## 題洛神賦後

或傳子建得甄后玉鏤金帶枕，感歎不已，還濟洛水，忽若有見，遂爲此賦。初名《感甄》，後因明帝見之，改名《洛神》。愚意不然。子桓兄弟猜忌，必無與枕之事，卽與，而子建敢斥名賦之乎？果爾，則無以異於桑濮之淫辭。王逸少父子，晉代名流，決不輕書也。蓋子建師法屈、宋，此直摹宋玉《神女賦》耳。逸少今所傳有二本，子敬喜書《洛神》，多至數十本，亦愛其辭之工麗而有體也。余固戒爲綺語者，因某之請，遂書此與之，聊亦自附於昔賢之風致云。

## 題黃庭經

《黃庭經》或云是右軍换鵝書，或云换鵝者是《道德經》，非《黃庭》也。自陶弘景始以此書與《樂毅論》並稱，爲右軍有名筆蹟。後入唐宫中，武平一所見是扇書，恐別是後來臨本矣，其書亦旋散失。開元五年，購得右軍正書三卷〔一〕，第一是《黄庭》，後函關失守，内庫法書復散落人間。事平遣使搜訪，獨未得《黄庭》真蹟，相傳爲張通儒將向幽州，莫知去處。據此則《黄庭》自唐中葉散失已久，後人摹刻者，不知竟是何本。余所見宋搨非一，此白下蔡崗南兄所寶藏，其彩色鮮好。余展卷歎賞，留置案頭，臨模再過，不識與真蹟相去幾許。若模刻，則近來收藏家殆未有過之者也。崗南屬余以數言題後，並記其始末如此。

【校記】

〔一〕『購得』，虞本、馮本作『覯得』。

題十三行

此武林緑石本，世推爲《十三行》第一。然筆法方整，頗類趙松雪，豈卽其摹刻耶？昨楊子楚萍出余所鉤唐臨墨蹟共觀之，不覺咨嗟歎絶，惜楚萍猶未見其真本。古人手蹟日就零落，雖刻本之善者將不多得，則楚萍之寶愛此本，未爲過也。戊寅八月六日記。

題畫平林遠岫〔一〕

毫尖圓動，墨汁薰蒸，盤礴之妙，宛然寫生。空林蕭條，茅屋靜整，定知有人，門跡雙屏。人不可見，名不可聞。悠悠遠山，往來白雲。如此逸蹟，誰爲寶者？邈彼朱門，何殊林下？

【校記】

〔一〕馮本題作《題畫》。

## 題孔琳之書後

孔琳之，字彦林，草行師於小王，時稱『楊真孔草』。王僧虔曰：『琳之書天然絕逸，極有筆力，規矩《閣帖》，僅得此數行，人少習者，以其語非吉祥。』然梁制，彼此吊答中，言感思乖錯者，州望須剌大中正處，入清議，終身不得仕，其重如此。故武帝嘗與儒臣講喪禮，而子弟亦家習之，有以善講喪禮得舉者。大抵六朝風氣似此。後世忌諱繁多，而人情益通脱，反以晉宋人爲放誕，何也？戊寅九月廿三，清晨臨帖，隨筆記之。

## 又題聖教序〔一〕

唐世右軍遺蹟猶多，空門碑板尤喜集其字，如盧藏用《建福寺三門碑》、胡霈然《大智禪寺師碑》、越王貞《大興國寺舍利塔碑》、僧行敘懷素《律師碑》，皆集右軍書而爲之者，非獨懷仁一人也。世傳懷仁居恒福寺，模集右軍稱精熟，其徒胡英效之，亦時集王書勒石，蓋僧徒欲借此以久其師傳耳。董文敏據《舍利塔碑》，謂集爲習，乃好奇之過。不知《舍利》亦集王書，殆是以習通集耳。不然，今《聖教碑》與逸少諸帖並行，豈懷仁之書遂足以方駕右軍耶？

【校記】

〔一〕虞本、馮本題作《題聖教序》。

## 十七帖今往絲布單衣示致意

宇文周武帝詔：『庶人以上，惟聽衣紬、緜紬、絲布、圓綾、紗、絹、綃、葛、布九種。』注：『絲布以絲褌布縷織之，今謂之兼絲布也。』觀右軍帖，則知絲布之稱，晉時已然矣。晉樂府有云：『絲布澀難縫。』唐制，凡賜雜綵十段，則中用絲布二疋。

## 跋書蘭亭敘〔一〕

定武本爲歐書，比之褚登善所臨，特爲端楷。近惟東陽何氏所藏石刻，爲得其真。然搨久漫漶，余特以意摹之。大抵去古愈遠，則失真益甚。古人作書，俱有口訣面授，今既不可得矣，但審知用筆之法，臨書時自於手腕間消息，庶乎古人不遠耳。

【校記】

〔一〕虞本、馮本題作《跋自書蘭亭敘》。

## 跋張卽之書楞嚴經

張卽之，號樗寮，書法歐陽率更，加之險峭，遂自成家，今停雲館收刻只數行。余家有其所寫《楞嚴經》全卷，遭亂播遷，僅存此二十二葉。停雲所刻有云：『慈溪有王昇者，出入吾家二十餘年。』吾邑多張書，其皆王君所得乎？世傳其爲水精書，能禳火，故藏書家多寶之。

## 題困學書李潮八分歌

余家藏伯機草書《蘭亭》及李潮《八分歌》、《蘭亭帖》。戊午，攜至京師，客久困乏，爲有力者購去。獨此帖留家，復黴爛去半截。偶於行笥檢得，輒割裂其行數，命工裝之〔一〕。雖斷文訛缺，若遇中郎，猶足爲柯亭之賞也。

【校記】

〔一〕『命工』，馮本作『令工』。

## 書石林詩話

古人語不可輕駁。葉石林云：『劉子儀、楊大年皆喜唐彦謙詩，以其用事精巧，對偶親切。黄魯直詩體雖不類，然亦不以楊、劉爲過。如彦謙《題漢高廟》云：「耳聞明主提三尺，眼見愚民盗一壞。」雖是著題，然語皆歇後。一壞事無兩出，或可略土字，如三尺律、三尺喙皆可，何獨劍乎？蘇子瞻詩有「買牛但自捐三尺，射鼠何勞挽六鈞」，亦與此同病。六鈞可去弓字，三尺不可去劍字，此理甚易知也。』其語甚辨。然余案《漢書·高祖本紀》曰：『吾以布衣提三尺取天下。』師古曰：『三尺，劍也。下韓安國所云三尺亦同，而流俗書本或云提三尺劍，劍字後人所加耳。』此語及注甚明，是歇後語，班固已然。而石林止憑《史記》從夢中彈駁古人，不慮子瞻、魯直胡盧地下耶？卽石林論詩亦未當其賞〔一〕，『王荊公晚年詩律精嚴，不見有牽率排比處』，而所舉王詩『含風鴨緑鱗鱗細，弄日鵝黄裊裊垂』，鴨緑指水，鵝黄指柳，題見水柳字可耳。不然，鴨緑、鵝黄竟是何物？反不如三尺、一壞之猶自然也。且鵝黄，古人亦以比酒，與三尺律、三尺喙何異？云提三尺，自是劍，不聞三尺喙、三尺律可提也。若捐三尺，則未妥。

【校記】

〔一〕『其賞』，虞本、馮本作『其實』。

## 書劉禹錫淮陰行五首後

『無奈脫菜時，清淮春浪軟。』『脫菜』，魯直疑其不可解。周益公《二老堂詩話》謂：『嘗見古本作「挑菜」。』按，五首，本集止四首，末篇爲《紇那曲詞》。『脫菜』本集作『晚來』，尤明。

## 題三好圖

查林先生以此圖屬題。余展卷諦視，宛然真面目也。適禹鴻臚來，謂曰：『此公之貌所以神似者，以有三好可尋耳。吾胸中一念不起，於物一無所著，君何從而物色之哉？』禹曰：『杜詩云「落月滿屋梁，猶疑照顔色」，評者謂太白風神，千古如見，是杜之善於爲李寫照也。今清風明月，何處無之，余何爲無以得子耶？』相與一笑而別，遂記其語於後。

## 題摹古印譜

自秦相變古法，作《蒼頡篇》，《爰歷》、《博學》同時並著，於是八體有摹印。其法屈曲緽密，皆仿秦璽文爲之，而頡籀古文遂廢。魯壁所藏、汲冢所出，雖沈深博古之士，至不能識其大全，況後之學者去古益遠，欲其分別文字以不失作者源流，胡可得也？摹印僅八書一體，然自分隸盛行之後，篆書賴此得存，使其由斯篆以上溯頡籀遺法，安在古文不可復興於今日？余最愛近時程山人穆倩所作，而時輩競譁之，以爲詭怪不經。穆倩已矣，百世而後，當必有識子雲者。今觀劉生《稽古堂印略》，猶能得其仿佛於方幅之上，蟲文鳥跡，絡繹雲布。余雖淺學，不能驟辨其於古真似何如，然可謂有志者矣。

## 題項霜田小影

僦居湫隘，庭前春盡，不見寸草，一枝之蔭比於瓊樹，蓋都下寓居皆如此，不獨余也。聞之老居京師者云：『五十年前，公卿邸第門宇靚飭，雜樹疎映，街衢闤闠，槐柳俱成行列。士大夫公餘散步，間入列肆〔一〕，繙閲圖史，摩挲古敦彝窑器，翛然而返，不礙車馬。』余因此想見唐人『落葉滿長安』之句。今日項子霜田手攜此圖相示，老樹突兀，在吾眼前，既快所未得，又著此蕭疎閒遠、不受一點塵埃，人物觀其挾策趺坐，意不在書，使人之意也消。時金行初屆，殘暑猶灼，與客同觀，如有涼風拂拂從卷中出矣。

【校記】

〔一〕『列肆』，虞本、馮本作『肆中』。

## 跋家藏唐石蘭亭序

（見《湛園未定稿》卷五）

### 題告誓文

《嘉話錄》云：『王右軍《告誓文》，今之所傳即其稿本，不具年月日朔。其真本云「永和十年三月癸卯朔九日辛亥而書」，亦是真小文。開元初年閏月，江寧縣瓦官寺修講堂，匠人於鴟瓦内竹筒中得之，與一沙門主。八年，縣丞李延業求得之，上岐王，岐王以獻帝，便留不出。或云後借之岐王。十年，王家失火，此書亦見焚。』按，今法帖所刻皆具年月，豈後人因夢得言而增入耶？然其摹法頗古。

### 樂毅論始末〔一〕

陳僧智永云：『《樂毅論》者正書第一，梁世模出，自蕭、阮之流，莫不臨學。陳天嘉中，人得以獻文帝，帝以賜始興王。王昨收禁中〔二〕，即以見示。吾嘗聞其妙，今覩其真。始興薨後，仍屬廢帝。廢帝没，又屬餘杭公主，陳世諸王皆求不得。及天下既定，永處處追尋，累載方得。陶貞白云「大雅吟《樂毅》」，論《太師箴》等筆力妍媚，紙墨精新，言得之矣。』智永記如此。按，梁武帝云：『《樂毅論》微粗健，恐非真蹟〔三〕。』弘景答啟：『愚心甚疑是摹，不輕言〔四〕，令旨以爲非真，竊自信頗涉有悟。』則妍媚之評，恐未必然也。此帖入唐，太宗與《蘭亭》同所賞玩，高宗敕馮懷素、諸葛真搨賜長孫無忌等六人，外間方有。則天時，武平一少育宮中，見真字楷書，每函可有二十餘卷，別有小函十餘卷，所記憶者是扇書《樂毅論》、《告誓》、《黄庭經》。至神龍中，太平公主取小函以歸。平一任郴州，日與太平子薛崇允、堂兄子崇胤連官説，太平之敗，崇胤懷《樂毅》等七軸，請崇允託其叔駙馬撤賂岐王，以求免罪，此書遂歸邸第。徐浩《古蹟記》又云：『太平公主愛《樂毅論》，以織成錦袋盛置於箱，及籍沒後，有咸陽老嫗竊舉袖中，縣令尋追，驚懼奔趨，投之竈下，香聞數里。』《蘭亭》自昭陵發掘後，真本流落人間，至宋南渡前猶有得之以獻者，而《樂毅》亡矣。然徐浩云：『潼關失守後，有趙城倉督自云有好書，欲請贖罪。史惟則索看，遂取扇書《告誓》並二王真蹟四卷上之。』韋述《開元記》又云：『蕭令尋奏上滑州人家藏右軍扇上真書《宣示》及小王行書《白騎遂》等二卷。』則扇書者，一云《告誓》，一云《宣示》，其説已不同。而平一云扇書《樂毅》、《告誓》、《黄庭》，則豈數書流傳者皆扇乎？備存之，以俟臨池者。

【校記】

〔一〕馮本題作《題樂毅論始末》。

〔二〕『昨收』，虞本、馮本作『乍收』。

〔三〕『真蹟』，底本作『蹟蹟』，據蔣本改。

〔四〕蔣本『不』下有『敢』字。

# 湛園題跋跋

黄叔琳

文章無大小，惟有才有筆。雖瑣言剩語，不經意出之，具有遙情遠旨，非選事而後言、宿構而後書者所能及也。湛園姜太史博雅嗜古，以書法名當代，殘碑遺搨，悉能溯其源流，品其甲乙。所存題跋數十條，適留故篋，爲發而梓之，不特考訂精覈，足資證據，亦時有弦外之意、虚響之音，覽者當自得之，不徒作煙雲過眼觀也。時乾隆三年戊午九月既望，北平黄叔琳跋。

# 探花姜西溟先生增定全稿

# 探花姜西溟先生增定全稿

## 序

徐秉義

康熙三十六年春，會試天下士，既撤棘，輦下翕然稱得人，而老友慈谿姜子西溟裒然中選，爲一榜眉目，其制義舊刻藁於金陵，今吳門將重刻定本問世，而屬序於余。

嗟乎！姜子遇合之難，固如是乎！姜子曾王父太常公與先太僕公於明萬曆癸未同年成進士，又同官翰林，投分不啻膠漆。兩家子孫共敦世好，百有餘年矣。姜子少負軼才，名翕海內，每來吳，與余兄弟爲文字交，切劘晨夕，往復其議論，相得甚歡，乃困頓場屋，危得旋失。余兄弟十數年中先後通籍，而姜子蓆帽依然，色無尤怨，學矻矻不少衰，著書亦日益富。皇上聞其才，每對侍臣嗟歎，屢以字稱之，海內皆傳以爲榮。逮季弟立齋監修《明史》，薦姜子史才，宜預編摩，上可其奏，俾得入史局，食七品俸。而伯兄健菴總裁《一統志》，亦首引姜子，一時大手筆，咸相屬焉。或曰：『姜子以諸生奉明詔，珥筆承明，與館閣諸公分席編纂，稽古之報亦云至矣，又何必以舉場自顯？』姜子曰：『不然。吾老矣，非能數數爲舉子業者，顧八股義亦一代取士之法，篋中有文數百篇，倘不借行卷問世，豈能讓歸、唐、金、陳獨有千古乎？』如是更十餘年，始獲鄉貢，又三年乃成進士。

嗟乎！姜子遇合之難固如此。昔熙甫先生八上公車，晚而得雋，論者謂天特老其才以振興有明中葉之文風，蓋藉通經學古之人爲科目重耳。姜子之遇毋亦類是與？姜子古文詞擅名數十年，《湛園未定藁》可與熙甫相上下。其品行高潔，人倫仰重一時，制義何足重姜子？然而有本之言，自脱凡近。今讀之，其光淵然，其色蒼然。以古文爲時文，昔有熙甫，今有西溟，何多讓也？余與姜子既屬世好，重以兄弟夙昔之雅，比復同事志館，而猶子樹本，又以通門謬廁同年，私心竊有幸焉，用不辭而書此。崑山弟徐秉義拜撰。

## 姜西溟制義序

潘從律

蓋自制科以來，糊名易書以試天下之士，凡以爲不知其名而取之者，示公也。然取之者不知其名，而使究爲天下所不知名者輒取之，天下所知名者而反不取，則又以病取者之不明矣。非惟病其不明而已也，又且疑其不公。甚矣，世之好徇名也！夫惟徇名，於是操文柄者，往往於知名之士，思有以羅而致之，而士之知名者，亦倖夫名之易售也，故結納之習成而援引之弊起。嗚呼！夫陽爲不知其人之文，而陰有以知其文之人，可謂公乎？不能憑文以錄其人，而但憑人以錄其文，可謂明乎？是兩失之也。余於姜子異是。

姜子固天下知名士也，以通經博古，用薦徵入史館，日給尚方筆札，與纂修高文典册，照耀蘭臺石室間不知凡幾，制舉義特其緒餘耳，無足軒輊者。顧猶退然應舉子試，慮無不人人爭致門下，宜其朝求而夕得也。迺遲之又久而始登賢書，遲之又久而始出余門成進士，亦可知姜子爲人固不屑以名相市者矣。人雖欲致姜子，而糊名易書之下，其又何從而議之，而余卒有以取之者，蓋取之以其文也。其文蔚然以蒼，窅然以深，悠然而靡竟，浩然而無涯。余愛之慕之，迴翔雒誦而不忍釋之，曰：『是必食古之深者。』迨發榜，執卷呼名，得姜子，余聞而爲之跫然，羣相顧而亦爲之怏然，以爲是天下所常知名者也。夫豈知取之者固不知其名而取之也哉？

嗚呼！以姜子之聞望如是，而僅博一科取一第，猶且不能立致，則虛聲之無濟於事也，蓋可知矣。抑以姜子之蹭蹬如是，而卒掇一科登一第，不致終於無售，則實學之無負於人也，又可知矣。人顧學之不力而徒相騖以名也，亦獨何哉？余故次姜子之文，感而敘之如此。若其文之足以名世，固夫人而知之矣，吾何贅？通家生潘從律撰。

## 姜西溟制義序

陳沂配

辛未、壬申歲，故大司寇徐公命我先君子課於家塾，會公請告歸里，朝廷以公纂修《明史》、《一統志》未有成書，俾公得論著於家，凡在館諸員擇以自從，而西溟先生因與俱南，設局莫釐峯下，先君子遂得與先生定交。常從容論古今文章而心折之，乃命配受學焉。自斯至今，垂六七年，中間變故，亦何可言？蓋自司寇沒而先生再遊京師，先君子嬰疾餘年，尋見背，死生契闊之際，雖書問常達而不得親侍先生之教，蓋久矣。

癸酉秋，先生舉於鄉，今始第於春官。及廷對，上見先生名，遂擢居第三人，蓋知先生久故也。先生始以薦受知，當纂修史志時，遂命給俸入館，以史事未奏成，不得大用。然先生之文章久重於天下，《湛園》之集家有其書，即制舉之業，自癸酉以來亦風行於世。今既魁多士，海内學者尤嚮慕焉。乃彙萃所作，益以新製，凡若干篇，刊刻於吴門。配學殖淺陋，何能知先生之根柢？特以辱在師門，承校讐之役，而先生且寓書以勉之，曰：『凡欲爲古文大家，格調以韓、歐諸家爲法，其源流則須本之《左》、《國》、《史》、《漢》至《十三經注疏》，尤百川之星宿海也。』先生之教配者如此。由是觀之，世之學者苟未知先生之古文，觀於斯文而可知也；苟未知先生所以作文之法，觀於此書而可知也。配故述其從遊離合之因，與先生知遇之盛，而並撮其教言之要，以視世之學者知所本焉，是予小子之志也夫！年家眷受業門人陳沂配百拜謹識。

君子喻於義一章　庚午　詩四房五　内黄縣王穎士薦卷

子曰知之者一節　己酉擬之卷

三年學一章　丁卯擬卷

大哉堯之爲全章　甲戌薦卷

天命之謂性一節　又

宜民宜人四句　庚午薦卷

君子之適政四句　辛酉薦卷

大人者不失一章　庚午薦卷

孔子登東山全章　甲戌薦卷

言近而指遠二節　丁卯擬卷

## 小序

唐紹祖

慈谿姜先生丁丑成進士，坊人請其已未刻之文將彙梓之，以謀於小子紹祖，且屬爲之序。紹祖讀之，歎其藴藉深遠，無劍拔弩張之態，其中風格高妙，神色俱超，使人往復咀味不盡。有時自攄所得，又復壯闊縱恣，擺去拘束，而粹然一出於正。自世之人學荒才落，專行剽竊，至於支蔓榛蕪，不可向邇。救之者以窈眇枯淡，發聲如蟲鳴、如鬼唱，其細已甚，轉而爲妖，學術人心不淪胥以亡不止。殊不知世間自有鐘呂之奏、鸞鳳之音也。得先生之稿出而風氣頓完，豈偶然哉？先生久困場屋，中年用薦入直史館，可以追蹤班、馬，睥睨陳、范，而頭銜虛署，金馬陸沈，雖至尊屢問及其姓名，垂老始得一第。功名利鈍之際，有足令人掩卷興歎者。無亦天之故老其才，使之磅礴鬱積而後大發之於文，以嘉惠承學之徒耶？嘗論制科以來，能以古文爲時文者，荊震二川、鹿門、陶菴、千子、海士，落落數公而已。正希、大士雖神於八股義，以言乎歐、曾之業，不無餘憾。先生出而與此數公者屹然並峙於百年之中，以開本朝一代之風氣，是時文雖不足以盡先生，而思讀先生之古文者，於此可得其大概矣。紹祖學文於先生，愧未究其閫奥，書所見，質之於海内君子。受業廣陵唐紹祖次衣拜撰。

## 癸酉鄉試墨

文之以禮樂　一句

可以贊天地　參矣

設爲庠序　射也

## 丁丑會試墨

子曰參乎吾　全章

天之所設　尊親

禹聞善言　二節

## 擬上頒發帑金重修闕里聖廟落成特命皇子致祭以光盛典仍御製碑文昭垂永遠羣臣謝表康熙三十二年

伏以牆開數仞，千秋之俎豆重光；碑出九重，萬世之圖書再朗。聚和鈴於東國，詔嚴中祀之文；降玉帛於深秋，禮重落成之典。往來之父老爭覩，率從之左右騰歡。天佑斯文，身逢此日，臣等誠惶誠恐，稽首頓首上言：

竊惟釋菜之制，古者越國而祀先師；立學之儀，天子往觀而大合樂。此在先儒之論，乃從西漢以還。自庭縈朱紱，尼山稱其素王；遂壁響絲桐，魯殿藏其禮器。至褒成之肇建，漸廟祀之有輝。其間乍歆而乍新，總係時明而時晦。乃句管之令，百石僅充；營繕之貲，多年有待。文開懸甕，纔闢榛荊；靈植從蓍，旋蒙薈蔚。唐宗過廟而歎，徒念魯王之宮；宋帝載碑而來，空留子明之字。有明唯一修於孝皇之歲，大臣止暫遣乎學士之員。代有祀者，卽其君稀世之隆儀；古不云乎，豈止臣一家之盛事？未有發朱禔之巨萬，成丹雘於三千，燕雀賀而駿驷遄來，龍勺陳而蛟螭載往，如今日者也。茲蓋伏遇皇帝陛下道契璣衡，姿融圭璧。陳經甲帳，微言屢闡於羲文；親講石渠，滯義旋疏於班、賈。十六字之心傳斯在，五百年之王者繼興。將扶斯道於窮，猶恐儒風之易息。既東巡而迴幸，緬懷鄒嶧之傳；爰北面而承師，遂下崆峒之拜。茲因曲阜之有請，適當聖廟之宜修。以頻年節衣減膳之所留，頓啟封樁而充費；卽各處離宮別館之待葺，且停將作以須時。使者開河，下千章之巨木；近臣督造，接百尺之飛梁。鐫鳳雕龍，蕩漾之洙流色映；朱甍麗栱，婆娑之檜影分光。洵絶代之殊規，爲大成之僅事。役人告就，祀典攸頒。眷爾東平，爲善最樂。往矣闕里，文不在茲。爾乃鑾旗屆而翬革如飛，翠蓋臨而魚鱗悉照。四縣響處，如聞學《易》之琴；五醴陳時，似酌奠□之酒。儼一人之親涖，岱岳聞呼；恍五老之出遊，滎河啟瑞。天子於是慶文明之大啟，禦勤政而抒思。遙想儀型，煥乎《堯典》、《舜典》之字；載詳年月，皇哉『如綸如綍』之言。勒西山奪玉之石而遄行，耀東壁成虹之氣而並立。從此漢鐫唐刻，真堪礪角之須；豈止日光月華，並入經天之照。

臣等師資業淺，經術源微。文學慚游、夏之科，浪竊榮膴於聖世；功名豈王、杜之比，敢叨姓氏於儒林。幸誦讀之逢時，喜賡颺之有地。伏願文思日懋，湯敬常躋。樹道德爲藩籬，凝一室而周情孔思；積詩書爲戶牖，洞八荒而明目達聰。則春風直拂於杏壇，玉葉與蘭枝俱茂；道派常澄於泗水，天潢共學海同流。行見被文教於無垠，處處隨象胥而入侍；衍鴻休於奕世，年年詠麟趾而呈祥矣。

臣等無任瞻天仰聖激切屏營之至，謹奉表稱謝以聞。

## 擬上嘉惠黎元恩膏皆浹復軫念廣西四川貴州雲南四省遠民特頒諭旨再加優恤將三十三年應徵地丁錢糧通行蠲免務使人沾實惠羣臣謝表康熙三十三年

伏以鴻恩均布，十年徧汔於寰區；鳳詔頻傳，四國同霑乎膏雨。視豐稔亦如傷，予鑿予耕皆帝力；念要荒爲一體，不忌不泄有心傳。正金風之乍爽，家祝豚蹄；忽玉册之遙頒，天來飯甕。歡騰近輔，慶溢遐方。臣等誠惶誠恐，稽首頓首上言：

竊惟賦名惟正，君子有用一緩二之徵；民説無疆，聖人垂損上益下之教。蓋裕之於前，欲令夫後之可繼；而寬之在近，寧忍夫遠之或遺。惟有道者預識其將，然非極盛世，敢懷此過望？是以一年全免之詔，僅見於西京；天下減半之租，止行於貞觀。其他偶水旱之爲災，聊紓追捕；此外或兵燹之宜恤，粗薄征徭。陌錢手實，加額於常額之外者奚堪；糶穀賣絲，刮創於既創之後者何限。即有惠政，徒事空名。蓋施舍於當年，則閭閻之輸納過半；若流抵於來歲，則官吏之中飽必多。以至符檄傳而村墟如沸，吏胥過而雞犬不寧。此元道州舂陵之作，字字堪悲；而杜少陵石壕之篇，言言俱淚。況瘴雨變煙，慈照易遺乎日月；鐵橋銅柱，恩波遠隔乎滄溟，所以衣穿薜荔，歲暖猶切號寒；何曾麪飽桄榔，年豐尚艱得食。未有蠲而再蠲，申命於重巽；免無不免，預誡於先庚，如今日者也。茲蓋伏遇皇帝陛下堯蓂重開，舜華載協。炳金鏡於璇臺，鑒徹窮檐之蔀屋；握寶樞於靈府，斡回天地之陽春。經經史緯，纔瞬息字過十行；物與民胞，一日夜神週萬里。方動南巡之駕，便思東道之艱；既回北闕之鑾，旋念西成之苦。如太陽躔度，中天而四遊；似血脈周流，繞身而一轉。會稽古郡，錯繡青徐；兖豫中原，分雄秦晉。既已人安其業，且猶家賜其餔。復念廣西、四川、貴州、雲南四省者，當《禹貢》荊梁之境，值分野井鬼之區。五溪水曲，三峽天高。洞官寨長，千年槃瓠之鄉；金馬碧鷄，六詔點蒼之地。半屬瘡痍之始起，旋經寇盜之頻仍。村虛落照，山魈飛食於炊煙；屋少餘棲，歸燕來巢於林木。幸神兵之迅掃，降優詔以綏安。事在前年，恩重今日。丁隨田起，地並糧徵。錢放則丁除，糧蠲則地免。降解澤於授衣之候，不教吏得遲留；預停徵於播種之先，欲使人沾實惠。從此西南一路，草木敷榮；豈止獠漢雜居，溫飽有藉。八桂堂中，燕甲醉醽醁之酒；百花潭上，遨頭開芍藥之園。犵狫來場，爭誇□□；□人入市，競貫銀鐶。竹枝□醬，牂牁通越道之船；白越紅蕉，鐵索引昆明之路。銅鼓不鳴於嶺外，蠻歌互答於篁中。可謂化被於無垠，直是恩覃於徼外。

臣等才慚傅楫，德謝召棠。願作九州大被，㟞嵘盡雕題黑齒之邦；愧爲一路福星，照燭及弱水漏天之界。務安上而全下，期宣德而達情。伏願敬德常躋，覃恩無斁。視八荒如几闥，疾痛痾之必知；書百吏於屏風，郡縣州軍之俱悉，則年年湛露，處處登春。炎黃紀籙，赤禽含九穗以延年；周室凝庥，白雉應三苗而入貢。統王會以成圖，豈止合車書者千八百國；占天官而應律，亦且驗禎祥於三十六風矣。

臣等無任瞻天仰聖激切屏營之至，謹奉表稱謝以聞。

## 擬上念農桑爲生民本計特命刊布耕織全圖仍御製詩篇冠以序文以示敦本阜民之至意羣臣謝表康熙三十五年

伏以風傳邠籥，居詠流火之篇；日轉舜琴，寓意寫薰之操。宸極遙親乎里社，皇心惟切於民依。粒粒圓成，儘是雨蓑煙笠；絲絲織就，幾回夜壁秋燈。行頒示於窮檐，先來咨於有位。歡騰在野，惠感同天。臣等誠惶誠恐，稽首頓首上言：

竊睦樹國之基，根本爲急；人生有道，衣食其端。而力而田，在處有經年之計；無衣無褐，誰家堪卒歲之謀。故有邵肇基，必致勤於東作；而軒皇御宇，亦樹教於西陵。周禮之耕餘制用，歲畜者二十七年；食貨之夜作同功，月計者四十五日。嘗讀漢詔之溫和，庶幾王風之忠厚。以雕文刻鏤爲傷農事，以錦繡纂組爲害女紅。故文帝已蠲全歲之租，及建初遂罷三官之織。此皆勸相有法，以致殷阜；成風迄乎叔運，漸少良圖。置耕夫織女之事罔聞，惟玉食鮮衣之求是急。流傳宮體，誰憐魯女之長顰；漫學田歌，豈識漢陰之徒抱？連籤萬袠，無地置相牛之經；終日七襄，有淚濕回文之錦。其流逮下，因習成風。隴上遊人，拙鳲鳩之喚雨；機邊孅婦，嗔蟋蟀之吟秋。所以饁彼田中，無聞懿女；翳茲桑下，惟見餓夫。未有身處法宮，慮周蔀屋。肖田家之樂於紙上，依依墟里之煙；悉機婦之事於圖中，款款桑麻之話，如今日者也。茲蓋伏遇皇帝陛下道契崆峒，神符河洛。闢開混沌，分兩間清濁之議；製就經綸，抉萬古屯蒙之氣。制勝之符九寸，時變化於神襟；問俗之札十行，常縈迴於清殿。猶念民爲邦本，必倉箱杼軸之無憂；教以時成，庶田里蠶桑之足樂。省風謠而有感，譜成耕織之圖；詔畫史以凝神，曲盡田家之趣。黃筌麗筆供奉，偏工籬落之形；周昉妙思隨行，偏寫江南之景。村村煙水，相望篝車；處處濃陰，惟聞絡緯。不有睿製，豈稱鴻編？知稼軒中，發藻思於錦杼；秋雲亭上，飛彩翰於禾書。序以冠篇，渾渾同稽古之典；詩以言志，煌煌齊列宿之文。周文公《七月》八章，遙賡歌於帝作；趙承旨二十四詠，難叶響於鈞天。寫就連篇，體兼行押。務期民皆得所，豈徒侈乎月露風雲；但使家□藏書，亦何殊乎布帛菽粟。於是付之剞劂，廣彼流傳。闔澤人敷，何必解衣衣而推食；成規戶曉，豈待織問婢而耕問奴。大哉濟世之宏猷，允矣傳家之令法。

臣等技止硯田，才違黼谷。久縻天廥，諒無益於富民；罔測神針，敢私期於補袞。幸生帝世，擎壤同耕鑿之風；獲侍天顏，端笏拜山龍之象。爰神驚於藻繪，輒志切於榆楊。伏願藝圃時親，宵衣益儆。念赤縣之一絲一粟，皆由辛苦而成；思黎民之不飢不寒，總籍生成之德。職方紀三男二女，平鋪地上之桑耕；太史占五雨十風，偏送人間之溫飽。則黛畝無勞兩耜，青壇不待三繅。而玉山煙煖，仙人致九熟之禾；瑤水波澄，園客獻八眠之繭矣。

臣等無任瞻天仰聖激切屏營之至，謹奉表稱謝以聞。

## 管叔以殷畔論

天下惟不學無識之人，不可以爲君子，並不可以爲小人。蓋小人務悦其君，未嘗不援引古昔，而茍其言之誣焉，則聽者不信矣。然而古今疑事，往往有賴之以取證者，雖君子不廢也。予讀《詩》至『周公居東時所自爲詩，以貽王者』而疑之。其曰鴟鴞以比武庚也，曰我子以比管、蔡也，曰取子、曰毁室以比武庚之既敗管、蔡，其禍又將及周也。若是乎亡殷餘孽，其禍蔓延，計管、蔡兄弟不幸處此，有急欲自拔而不能者矣。故後大誥天下，復曰『殷小腆誕，敢紀其敘』，明乎殷之以管叔畔也。蓋不禁其言之痛切，有餘悲也。獨《書·金縢》記管叔及蔡叔流言，周公乃告二公曰：『我之不辟，我無以告我先王。』明亂自同室，倡謀者獨管叔一人，始與周公之言不合，又絕不言其以殷畔之事，何耶？吾意周公之歸罪武庚者，託之爲親者諱也，且非獨爲親者諱。今有人方指我爲謀危社稷，而我嚣嚣然斥之以爲流言，何其不知大體之甚耶？且是愈益之疑也。至事定之後，作誥以示天下，室中不和，出語如鄰家公，又不爲也，是其所以爲殷以管叔畔也。若夫武庚之決不能爲畔，公固籌之審矣。何也？使其不忘情於甲子之舉，當其主少國疑、頑方數梗之際，乃卒不聞出一辭以伸大義於天下，顧獨流言之籍籍哉？然則陳賈之言管叔以殷畔，得其實矣。若《金縢》之不言以殷畔者，蓋管叔所謂借辭以清君側者也，其意在去公，非爲殷也。雖非爲殷，猶不能挾殷以自重，故賈必係之以殷。然管叔雖挾殷，究非能忠於殷者也。管叔既非忠於殷，又有大逆於周，故賈必斥之以殷畔。以殷畔，以殷畔者也，若殷固不可謂之畔矣，以此爲管叔累云爾。其辭嚴，其事核矣。

雖然，公之曲諱其辭者，親愛之心也。《金縢》所記，本叔之志也，賈之言蓋將累叔以累公也，言則公而意則私矣。從來小人欲售其説，必使其言之有可據。袁盎附會古誼，絳侯不得爲社稷臣。王欽若以春秋城下之盟爲恥，萊公不免於孤注。嚴詘上之條，則東漢之朋黨雖謂之無君可也；申紹述之議，則元祐之正人雖謂之無父可也。蓋君子有學以輔其忠孝，小人有學以濟其奸邪。向非孟氏，則周公何以自解於後世乎？然陳賈者，亦可謂小人之雄哉！

# 錄文

## 誓書

維康熙三十八年，歲在己卯，八月丙寅朔，越初八日癸酉，考試官某、同考官某某等，同致告於場中文昌司命之神曰：

今當己卯大比年，皇上於江浙諸省特命講讀諸臣往涖試事。而京師首善之地，某以新進小臣，學識粗陋，猥蒙簡命，入闈惶悚，惟懼隕越。即十六房名姓亦係御筆親點，委以分校之任。是某等之受知皇上均也，所望協力贊襄，克光大典。茲於聚奎堂焚香公誓，祇告明神，務期滌慮洗心，矢公矢慎。一毫之曖昧莫容，勿以在公而作營私之計；各卷之搜求宜徧，勿以今日而負初日之心。如違斯誓，暗納苞苴，致佳士沈淪，匪才倖進，則明有國法，肆市之罪難逃；幽有鬼誅，讀書之種永絕。敢告。黄叔琳編《湛園集》。

## 策問己卯鄉試

### 第一問

皇上神明天縱，備內聖外王之學，尤崇重經筵，表章正學，則經之大意，學者所當盡心也。自漢以來，言《易》者多主象占，至王弼始輔以義理而崇尚虛無，故功令黜之。然伊川每教學者先看輔嗣《易》，則弼注亦有可採者歟？《本義》之說多本程《傳》，然其中亦有互異者，可得聞歟？《尚書》壁中古文至晉始得，皆謂今文獨艱澀而古文反平易，遂疑其非真。然格言要論，多出其中，何也？明初正蔡氏《集傳》之失，爲《書傳會選》，其得失何如歟？《詩》有《小序》，朱子闢之甚力，葉石林、馬端臨俱力主《小序》，謂：『使淫詩而孔子有取焉，則其所刪者何詩歟？』然朱子同時鄭夾漈亦有《小序辨妄》

六卷，又何説歟？今儒生誦習《小戴禮》，朱子曰『《儀禮》是經，《禮記》是《儀禮》注解』，欲定爲一書，先以《儀禮》三百篇目置於前，而以《禮記》『冠』、『昏』等義附於其後，作《古禮經傳通解》。使其書得成，古禮果可復興歟？而朱子又謂其『繁重難行』，何歟？舊學官取士，《春秋》四傳並列。今功令雖獨遵胡氏安國〔一〕，然自啖、趙以後數十家，不有可相參訂歟？而歐陽氏以《三傳》誣妄，□欲從經而廢傳〔二〕，何也？諸生研索已久，當悉著於篇，以應聖天子文治之盛。黄編《湛園集》。

【校記】

〔一〕『今功令』，底本作『令功令』，據淵本、津本改。

〔二〕『□』淵本、津本作『至』，可參。

第二問

問：守令爲民命之所係。唐貞觀中，嘗書刺史名於屏間，坐臥觀之，以備黜陟，又命内外五品以上各舉堪爲縣令者以聞，此吏治之所以日隆也。皇上留心民瘼，於山陜要地郡佐以上，特令部臣列缺上請，親自補授。其他守令新除，亦必以次引見，親加訪問而後遣之，是宜人知感勸，治效日臻。比者南巡所過，目擊閭閻生聚非昔，歎撫綏之不得其人，則爲守令者可不兢兢奉職、無負委任歟？嘗考之兩漢所紀循良，文翁以好學通《春秋》被舉，龔遂、召信臣以明經致通顯，及潁川四長，皆彬彬學道君子也，則必以經術飭吏治，斯無媿於忠信之長、仁惠之師歟？奈今之有司，自催科盜案，凡百鞅掌，一挂吏議，鐫斥立隨，宜其教化有所未暇歟？或者操凜四知，志氣清明，雖處繁劇，而丰裁可以愈厲歟？

則獎廉其尤要歟？皇上選擇督撫之潔己奉公者，使之表率屬官，慮無不恪供厥職矣。然而非時舉劾，果盡公歟？調煩留任，果無私歟？常例饋遺，果盡絶歟？今欲大法小廉，使追呼無擾，盜賊屏息，和氣薰蒸，民生樂業，其何道之從？願悉言無隱。黄編《湛園集》。

## 第三問

聞之先儒曰，自古備荒有二策：一感召和氣，以致豐穰；其次惟先儲蓄之計而已。我皇上仁愛元元，宵旰圖治，所謂順五行、修五事以安百姓者，亦既上孚天意、下浹民生矣。今因巡幸所過，截留漕糧以濟被災□縣〔一〕，江浙、山左皆蠲免夙逋，畿輔捕蝗，旱不爲災。憂勤如此其至，則所以預小民蓄儲之計者，凡在郡下可不力圖報稱乎？夫法重常平，固矣，然議者謂常平外有利民之名，內實侵刻百姓。以近事觀之，名曰樂輸，而里遞追比甚於正賦，吏胥盤踞恣其中飽，則謂之侵刻亦宜。意立法本善，而奉行有弊歟？胡氏曰：『賑飢莫善於近其人。』隋置義倉於當社，飢民易於得食，則常平果不如義倉之善歟？朱子社倉，亦義倉遺意，陸象山急稱之，而憂其一遇歉歲，有散無斂，欲兼制平糴一倉，代社倉之匱。然則義倉、社倉固所以補常平之不足，而平糴一倉又所以爲社倉久遠之計歟？今州縣虧空日報，然在事之日，鮮有以虧空被參者，一經解任，弊端立發，是影射與庇狥其責惟均也，亦何法而使清查得實、民沾實惠歟？諸生痛切民隱，盍略去陳言，亟詳其弊？黄編《湛園集》。

【校記】

〔一〕『□』，淵本、津本作『州』，可參。

## 第四問

問：《周禮》無鄉校之官，其閭胥、族師、黨正、鄉遂大夫之所書所考，皆國子教學之法也，是卽其官也。至於國學而其官始大備，然教法獨詳於《春官》之《大司樂》〔一〕，而司徒、成均、簡不帥教之法獨見於《王制》，何歟？夫欲移民風，先端士習，今皇上頒朱子《小學》於天下，爲取士之的，意甚盛也。《詩》歌城闕，其患在於不學，意者讀書所以興行歟？抑其要尤在師儒歟？唐貞觀時，令徵民間有通一經者，任以助教博士，而使之分教其弟子，其法可仿而行之歟？夫大司樂教國子興、道、諷、誦、言、語，卽詩也，詩自《三百篇》而後有騷，有樂府、歌行、雜體，至於律體興而流變極矣，其旨趣風格與《三百篇》離合，何如歟？司馬光曰：『備萬物之體用者，莫善於字。』自蒼頡創造古文，貫三才，綜百行，爲萬古文字之宗，中間大小篆、分隸、真、草、飛白之遞興，許慎、李陽冰、徐鼎臣、林罕之所論著，其得失可臚列歟？皇上仰觀俯察，聲律身度，萬幾餘暇，矢口四聲，則諧和雅頌；揮灑八極，則煥爛星雲。今淵鑑齋御製詩文、法帖俱已垂勒金石，冠絕古今。爾諸士躬際文明之運，必有洞晰厥旨，足以鼓吹休明者。願詳述所聞，幸大雅之復作焉。黃編《湛園集》。

【校記】

〔一〕『大司樂』，底本作『大師樂』，據淵本、津本改。

## 第五問

問：古治安之世不能無盜，而有弭盜之方。先王制保伍以定民居，使能相保相受，同其刑賞，此防盜於未然者也。至於後世政教無聞，而法令廢弛，寇盜之作往往有之，則慎擇良吏者，尤所以爲弭盜之要歟？若夫畿輔之地，五方雜處，自古稱爲難治。歷考前世，或有用鉤距擿伏，如銖兩之稱，奸盜無所容者矣；有赭汙衣裾窮治所犯，而枹鼓稀鳴者矣；有搏擊强暴而探丸行劫，應時斂跡者矣：此皆京尹令長之已事也。今國家定制，以五城御史、九門提督巡察内外，而三輔要地則擇捕盜同知分疆緝捕，其勢與古專任者異矣。昔人已試之法，尚有可用者歟？我皇上仁心善政，洋溢寰宇，雖爰書已具，跡涉矜疑，猶時有赦宥，俾之更生，宜無不回心革面矣。乃各省之盜案日積，輦下之寇攘時聞，何歟？豈失事之律愈重而諱盜愈深，諱盜愈深而盜益滋歟？夫嚴行保甲，此備盜之善經也，豈其法有未行，抑行於閭里而猶不行於營伍乎？或謂在外之盜，治之宜寬，當重卓、魯之循良；近畿之盜，治之宜嚴，當用趙、張之明斷。然歟？否歟？各抒所見以對。黄編《湛園集》。

# 詩文輯佚

# 詩文輯佚

## 詩

### 重九後一日雨中集長椿寺

九日倏已過，姜宸英。濕雲漫四郊。森森長雨垂，彝尊。颯颯虛檐捎。病葉戀冷枝，梁佩蘭。驚烏盤空巢。晨興踐夙約，陸嘉淑。攬袂皆貧交。勝引雙樹林，魏坤。宛若深山坳。藤綰三秋蛇，張雲章。槐舞千歲蛟。赭柿迸露實，朱載震。金英坼霜苞。紅的的吳萸，陳曾蓺。碧叢叢秦艽。瓦溝竄鼯鼪，湯右曾。戶網除蠨蛸。蘚深贔屓伏，查慎行。篆古蒲牢哮。粥魚晝浩浩，俞兆曾。牆雞午嘐嘐。光景欻明晦，宸英。眺覽窮橧橵。新酎綠滿斝，彝尊。晚菘黃充庖。豈意青豆房，佩蘭。俄頃羅嘉肴。鳴薑膾紫蟹，嘉淑。題餻餘彩貓。子鵝新韭配，坤。鮮鯽枯荷包。已見雉膏登，雲章。況有兔首炰。分曹玉鉤射，載震。角力骰盤拋。急觴易沉頓，曾蓺。緩帶便爬抓。一飲動一石，右曾。截號或截呶。同聲倡者和，慎行。含意漆在膠。五言乍妥帖，兆會。十手爭傳鈔。雖乏韶濩音，宸英。肯使下里殽。合并洵匪易，彝尊。顧我中心恔。歸帆艤舿舠，佩蘭。別騎籠鞦鞘。邐迤陟荒岡，嘉淑。邪許搴長筊。免泣卞和璞，坤。且誅宋玉茅。草縛不借履，雲章。泉酌呺然匏。檳榔焦椰荔，載震。都蔗菱菰茭。雞頭袓竹萌，曾蓺。翠羽官梅梢。熟知江鄉樂，右曾。莫厭潮田磽。招隱丘中琴，慎行。勵志賁上爻。豈必馬足塵，兆會。逐逐營斗筲。宸英。

——朱彝尊《曝書亭集》卷十二，《清代詩文集彙編》影印清康熙五十三年刻本

## 竹爐聯句 並序

錫山聽松庵僧人性海製竹火爐，王舍人過而愛之，爲作山水横幅，並題以詩。歲久爐壞，盛太常因而更製，流傳都下，羣公多爲吟詠。圖既失，詩猶散見於西涯、篁墩諸老集中。梁汾典籍仿其遺式製爐，恒歎息舊圖不可復得。及來京師，忽見之容若侍衛所，容若遂以贈焉。未幾，容若逝矣。丙寅之秋，梁汾攜爐及卷過予海波寺寓，適西溟、青士、愷似三子亦至，坐青藤下，燒爐試武夷茶，相與聯句，成四十韻。明年，梁汾將歸，用書於冊，以示好事之君子。

西神峯連延，龍角沇泉噴。孫致彌。桑苧次水經，第較中泠遜。姜宸英。山僧寡營役，谷飲遂夙願。朱彝尊。跏趺長松根，風來耳垂鬊。周篔。都籃選茶具，一一細莎頓。張祜《慧山詩》：『重街夾細莎。』顧貞觀。舍彼陶冶工，截竹等辮韏。致彌。附以紅泥團，其修僅扶寸。宸英。坎上離於中，下乃利用巽。彝尊。微飇颼颼入，活火餤餤焌。篔。初聆檜雨喧，漸見魚眼睔。貞觀。紫筍舒萌尖，乍點湯色嫩。致彌。王郎穿竹過，愛接支許論。宸英。解帶磐石閒，素瓷迭相勸。彝尊。欣然愜所遇，伸紙隨染渲。篔。濛濛巖亭瀑，歷歷水田畈。貞觀。短短茅覆屋，茸茸菼抽虇。致彌。橋欹乃有路，門闢或無楗。宸英。林壑雖未深，埃壒頗已遠。彝尊。流傳盛新詠，羣雅足彝憲。篔。或爲篆籀隸，若盉鬲敦甗。貞觀。或爲真行草，若繇靖羲

獻。致彌。穆如清風作，舉一可當萬。宸英。嗚呼百年來，精廬窟貙貐。彝尊。曩時所珍物，零落委荊蔓。篔。吾家鑪塘側，想茲恒繾綣。貞觀。形模授巧匠，高下仿遺椶。致彌。所惜七尺圖，慮爲塵土坌。宸英。開篋逢故人，輟贈得右券。彝尊。羊脂鏤璨玉，獸錦束腰紊。篔。譬諸延平津，劍合始無恨。貞觀。俄驚鄰笛悲，永歎壑舟遁。致彌。蕭條黃公壚，歌哭與俗溷。宸英。是物覯者希，五都絕市販。彝尊。今年吳船來，載自潞沙堰。篔。徙置青藤陰，旅話破幽悶。貞觀。質比蓮芍輕，形嗤石鼎鈍。致彌。小勺分宮時，頭綱試甌建。宸英。忽憶秋水生，乘此風力健。彝尊。逝將掛席歸，耦耕師下潠。篔。毋令石床空，兼使夜鶴怨。貞觀。

——朱彝尊《曝書亭集》卷十三

## 社日登黑窯廠聯句

隗臺久蕪沒，薊丘不可梯。濟南王士禛貽上。雖有千里目，將何共攀躋。徐乾學原一。佳辰趁新社，膏雨融凍畦。彝尊。早抽紅藥萌，漸見碧草萋。姜宸英。層坡簇五騎，兩壺提一奚。澤州陳廷敬子端。陟彼積土岡，同駐削玉蹄。士禛。安房隱曲几，藉地分疎荑。乾學。泉樽酌用匏，飯黍先以雞。彝尊。既瀝甘蔗漿，復堆苦蕒齏。宸英。微酣恣坦步，遐覽窮端倪。廷敬。南有松柏林，其北桃李蹊。士禛。亭午風華香，疑是麝脫臍。乾學。居人半陶瓬，門竇皆衡圭。彝尊。濃薰樹杪煙，濁漉水中泥。宸英。童娃亦娟勞，面目成黟黳。廷敬。何時得頹濯，勝眼刮神篦。士禛。不見九陌塵，奔車日冥迷。乾學。吾儕處其中，形殊境則齊。彝尊。相期泛裂帛，瑩拂湖上隄。宸英。子爲逸少序，我續興公題。廷敬。

## 徐尚書載酒虎坊南園聯句

夜市燈熒熒，晨衙鼓紞紞。試瞻十二衢，何人事遊覽。姜宸英。吾黨脱朝簿，甘與世味淡。初疑諫果食，漸似都蔗噉。彝尊。駕言適丘園，塵慮益澹澉。取徑衣乍褰，入門首先頷。陳廷敬。循廊無坦步，引絙得危攬。高下屋四隅，其中乃習坎。徐乾學。穿池注嶔嵌，搆草當蘊菼。非無鶴在沙，亦有魚聚槮。宸英。移情欣鳥音，側足避花萏。層樓窗面面，遠目水黕黕。彝尊。際此日載揚，可以釋愁黲。矧饒凍春醪，因之瀝詩膽。廷敬。滿酌金屈卮，並坐綠頭毯。行厨少新烹，粗飯有遺糝。乾學。司寇珍庖盈，尚慮客顑頷。說禮何鏗鏗，升車必抱槧。宸英上司寇。冢宰論春秋，凡例屏趙啖。觀其暨一義，堅鋭不可撼。彝尊上冢宰。太史述舊聞，意欲闡幽闇。羣書擁戶棟，散紙滿箱箴。廷敬答太史。姜生老不遇，其氣頗虓闞。譬之珠在淵，光彩詎能揜。乾學答著作。趨陪固所願，賞譽夫豈敢？將毋饜燔炰，嚼及菖蒲歜。宸英。論議或異同，片言恥阿媕。共此千秋心，方寸默相感。彝尊。坐久歸反慵，臨分祛再擥。起視天壇煙，如雲出封礮。廷敬。堂坳雖一杯，五月有菡萏。相期避暑遊，復此安竈窔。乾學。

## 苦熱聯句〔一〕

苦熱今年甚，幽州亦藴蒸。朱茂晭。久無甘雨降，惟見火雲升。姜宸英。際夜焦煙合，經天杲日恒。張遠。高林枯白帶，淺洪露丹棱。王原。最怕衝灰洞，何須堰戾陵。徐善。河流金口膩，山翠畫眉層。朱彝尊。黑蜧潛難見，商羊舞莫憑。萬斯同。新畬荒稷黍，遺種慮蟊螣。朱儼。雩隊分行綴，祠官典故徵。譚瑄。力難驅旱魃，咒乃試番僧。查慎行。童女雙丫髻，旂竿五色繒。李澄中。新妝朱箔卷，雜戲緑衣能。魏坤。虹霓羣情望，塵埃萬目瞪。黄虞稷。疾雷無影響，長轂但輷輘。釋淨憲。銷夏愁無策，聯吟喜得朋。龔翔麟。盡諳微徑入，不待小僮膺。湯右曾。席帽人人脱，亭欄處處憑。鄭觀袞。劇談多野趣，苛禮必深懲。錢光夔。旅跡頻年共，鄉心觸緒增。宸英。小航思劃桨，精舍憶擔簦。茂晭。白剝烏頭芡，青牽紫角菱。原。夕風嘶麥蚻，横港没魚鷹。右曾。竹樹濃於畫，笆籬密似罾。千家花滿屋，六月稻交塍。彝尊。自失江村樂，翻憐毒暑仍。善。黄沙隨扇集，白汗比漿凝。遠。易漬床床簟，空支院院棚。擔稀珠市果，價倍玉河冰。慎行。槁落含香蕊，攣拳臮格藤。斯同。暗窺蛛網縮，乾坼燕泥崩。翔麟。户撤垂簾額，缾添汲井繩。儼。慵尋溫水浴，只想冷硎登。瑄。三葛衣猶重，雙絲履不勝。撥書嫌走蠹，懸拂倦驅蠅。坤。衹覺娑拖便，誰甘褦襶稱。觀袞。到門防客刺，無地曲吾肱。彝尊。亟買泉澆圃，同貪草藉艿。宸英。酒拚河朔飲，茶愛武夷秤。澄中。返照斜初斂，微涼暮可乘。原。分曹爭射覆，四座百觚騰。慎行。

【校記】

〔一〕此聯句亦收入查慎行《敬業堂詩集》卷十，題爲《集槐樹斜街苦熱聯句》，且列名互異：恒韻，查作『徐善』；陵韻，查作『黃虞稷』；塍韻，查作『張遠』；蹬韻，查作『龔翔麟』；朋韻，查作『湯右曾』；膺韻，查作『朱儼』；增韻，查作『茂晭』；簦韻，查作『宸英』；鷹韻，無『右曾』；罾韻，查作『彝尊』；膝韻，查作『右曾』；仍韻，查作『斯同』；藤韻，查作『善』；艿韻，查作『茂晭』；秤韻，查作『宸英』。另，『戶撤垂簾額』，『撤』，查作『撒』；『祇覺娑拖便』，『娑』，查作『挲』。

——以上朱彝尊《曝書亭集》卷十四

贈祖臯□自□河回蘇州

接壤名封重□□，使君風度正相宜。五車□日張安世，八法前身□□□。潮落吳淞停畫□，雲生茂苑擁歸□。幾回剪燭長安□，又抱風流到習池。

吳虞升抵京久不枉過燈下偶憶戲柬

十年不見故人來，知到長安第幾回？底事臨風頻惆望，平津閤下正筵開。時寓其舅宋公第。

## □史傳後起撿廢簏得制義數十篇

閒抛舊葉付東流，孤負寒窗四十秋。漫道持衡秦鏡在，還驚按劍夜光投。文章未□千人敵，意氣從□百戰收。尚把毛錐論往事，笑人癡絶是浮鷗。

## 城南讌集今用張字七言古體

昨聞好友城南約，清晨披衣起我忙。連騎且復訪古寺，日昳始至飢蒼黄。門前闃無車馬跡，樹下俄見錦席張。是時季冬木葉脱，古幹槎枒鬱相望。老人對此三歎息，肯今年少爭擅場？讙呼落日□□罣，仿佛照我髭鬢蒼。旋聞好事頗窺竇，欲□作達□其方。此輩不來敗人意，眼無俗物興益狂。自我□□遊燕市，羣公滿朝誰扶將。無何日飲隨數子，君爲博徒吾賣漿。酒談詠嘲無管籥，文詠蘊藉兼鋒鋩。城頭鼓角起未散，出門迴首月入梁。底事喧傳滿都下，灌園之叟走且僵。此非作賊聚空舍，何勞蹤跡徒蹌踉？人生貧賤過半百，豈復得飲須商量。勿□醉人多謬誤，君試相要過道傍。

## 次日復和前韻送之〔一〕

扁舟直向草玄亭，蓬藋當蹊薜荔屏。水態偏從歸後碧，山容不改舊時青。

□□□思在吳門，耆舊於今存幾□？它日尋君研谿路，但隨流水繞孤村。

歲序仍看斗柄東，歸心□□與君同。多因旅倦探懷刺，轉爲身孤怯影弓。

不勝幽恨聽驪歌，似爾交情實少過。況有詩篇推謝客，兼知經術並田何。

二月長安不見春，城隅小立在沙塵。可□芳草明朝路，南渡□□憶故人。

【校記】

〔一〕『前韻』爲《惠元龍以詩留别依韻送之兼示吳虞升時吳正還江南》，詩見《湛園詩稿》卷上。

## 送王春坊督學兩浙

道啟□圖日，時當□□辰。北扉咨夙彦，南斗轉洪鈞。□命宣初下，蒙求望正殷。湖山供□□，旌旆拂晴旻。幕府當吳岫，章逢徧越人。柯亭□必及，蜃市照無垠。鯨擲波濤大，鵬儀霄漢親。會看文蕪□，再使俗澆淳。卓爾前脩在，居然大雅陳。西田陪嘯詠，東墅對松筠。西田及東園，其兄太常煙客先生别業。午未間，予屢遊其地，承太常款□至爾。再無□交□，它年契闊頻。吾衰仍泛梗，公去失迷津。餞席鋪芳草，征□拍後塵。□□清切地，帝□待經綸。

## 聽朱子悔人說盤山之勝因爲盤山吟贈宋牧仲觀察

客來語我盤山奇，昨來更讀盤山詠。仿佛歸雲□溶洞，半見斜陽掛西嶺。二句卽《回中集·遊盤山》句。盤山五峯起高嶒，天門勢絕猿鳥騰。山腰白繞秦城□，山上紅飛金塔燈。此中詭異紛難說，靈旗翠旓溪明滅。萬歲蒼松夾澗蹲，半空怪石穿雲裂。主人□節□諸□，主人達興寄滄□。勝地遥聞謝客□，醉時惟共夢□遊。我本四明一狂客，自□□山煮白石。竭來京□隨□塵，獨驅羸馬愁殺人。一從朱生語我後，夜夜盤山□□墉。魂飛不離九華□，□□如窺種乳□。安得凌空迫飛□，日向山中望□靄。□風吹墮五峯幽，百二十重□花累。李公劍臺未□□，側身長嘯倚天外。

——以上《葦間詩集》，稿本，上海圖書館藏

## 贈謝翼昭

江潮帶雨過寒城，十五年前憶此行。邂逅幾回成老大，風塵何處足浮名。春生海上雲霞氣，日煖籬邊鳥雀聲。知爾西堂吟正好，到來惟共酒杯傾。

——阮元輯《兩浙輶軒錄》謝熾昌詩小傳，《續修四庫全書》影印嘉慶刻本

## 夏杪坐石公精舍漫賦二律

古寺深山裏，西房竹院幽。墻低容樹入，樓小得雲留。石榻垂秋果，繩床聽雨鳩。清淡已消熱，不必訪丹邱。

塵埃不到處，僻性最相宜。海近生雲易，峯高吐日遲。汲泉烹嫩茗，索筆寫新詩。莫看此行偶，山靈應早知。

——釋敏庵編《保國寺志》卷上《藝文》，《中國佛寺志叢刊》八十三册，廣陵書社，二〇〇六

## 壽峯晤潮音和尚

獨擅回珠轉璧才，久湮名勝一時開。竹窗松榻從新至，山色溪聲入舊來。洗我塵纓崖下水，索人佳句嶺頭梅。慈湖道學高千古，可向廬峯作社媒。

——釋照機編《先覺寺志略·藝文》，《中國佛寺志叢刊》八十三册

## 與羅叔初黄墓山中

二月黄鸝樹上鳴，君家好事在躬耕。三羅之後逢真隱，四皓門前無俗聲。野草碧將春水色，澗花高並石床明。窗懸青李來禽子，莫以函封又不生。

——馮可鏞修，楊泰亨纂《慈谿縣志》卷六，清光緒二十五年刊本

## 龍山

一山風景白雲遮，曲徑深藏仙子家。詩料儘爲天外疊，酒錢不費杖頭賒。盤回深入新經路，飄落春看欲盡花。遊倦漫尋休足處，松間羽客款香茶。

——劉天相編《龍山清道觀志》

## 謝起臣孝廉賡昌輓詩二首

每於風雨憶聯床，千里歸舟得共觴。豈謂虎丘一日醉，俄驚玉樹百年殤。安人有術悲長夜，吾道斯窮叩彼蒼。劍掛松枝空涕淚，九原何處問茫茫？

曾樹騷壇赤幟雄，何期泣下在南宫？知君善戰應非罪，猶謂逢時我未工。三載嫁衣今預作，千秋宿草恨難終。朝光不燦泉臺夜，枯菀由來一夢中。

——《謝起臣輓詩》（寫本）

過婁東投贈吴梅村先生

風雅於今誰重陳，婁東學士邈無倫。諸儒虎觀推前輩，弟子鴻都服大醇。山鬼幾經思薜荔，秋風原不爲鱸蓴。從教三徑荒涼甚，除卻羊求絶少人。

誰知江左有風流，不寄承明寄一丘。花底執經人問義，月中乘興獨登樓。仙家梅市桃源裏，漢帝金莖玉露秋。無奈蒼茫杯酒夜，百年文獻此中留。

漫説功名誤少年，銷亡精力鬬纖妍。心同壯悔知何及，先生嘗擬某文於侯朝宗，侯有《壯悔堂集》。書爲窮愁亦可憐。虞仲孤峯餘蔓草，謂虞山也。延陵六代接宫懸。終朝悵望東江道，床下唯應拜大賢。

扁舟繫纜泊荊村，槐柳陰陰緑到門。一曲羊何常共和，千秋班馬幾同論。聞絃感切柯亭賞，望舍心知栗里尊。亦有蒯緱彈未得，曳裾何處此寒溫。

——顧有孝《驪珠集》卷七，康熙九年刻本

## 贈洪方崖之官潮州

君昨年四十，邀我南山詩。我謂君方剛，罔陵安足侈。吟詩自紀澎湖績，風利帆輕目無敵。猱騰直上百尺桅，翻入驚濤飛礔礰。十年幕府去談兵，戰罷氛消波鏡清。西走雲中北上谷，建節仍爲潮海行。詔許景山親引見，重問樓船舊酣戰。解衣拂拭刀箭瘢，苦道天陰痛猶徧。馬射平彎六石弓，枝枝正透當心紅。至尊大笑福建子，乃與突騎爭驍雄。同時兒輩擁旄麾，至今出身尚偏裨。豈知九重結深眷，千里一刷誰能羈。歲暮風寒悵別離，何人解唱渡江辭？君出示《過江辭》，甚工。坐鎮江東老飛將，謂義山藍公。自許功圖麟閣上。與君意氣本綢繆，兩地金湯兀相望。

——周碩勳《潮州府志》（乾隆）卷四十二，《中國海疆舊方志》第二十四册

## 憶鶴和葉九萊韻

圓吭修翎共寂寥，卑棲終日伴漁樵。誰知蕙帳徒空後，舞勢猶能憶鮑昭。

——葉奕苞《經鋤堂詩稿·北上錄》，《四庫禁燬書叢刊》影印康熙刻本

無題

望重彭城郡，名高進士科。儀容如絳勃，刀筆似蕭何。木下還添字，蟲邊更著番。一般難學處，三十六食波。

——陶元藻輯《全浙詩話》卷四十四，《續修四庫全書》影印嘉慶元年怡雲閣刻本

無題

我馬瘏郎當，崚嶒瘦脊梁。終朝無限苦，駝水復駝湯。

——陳康祺《郎潛紀聞二筆》卷三，中華書局，一九九七

約謝子維賢同遊阿育予因事入白峯謝見候屢日不值及予至寺謝已先還慨然有賦兼呈法公

喜雨題詩古寺中，海天蕭颯萬山空。秋風竹徑來求仲，春草池塘憶謝公。捲幔牽蘿鷲戶碧，臨階

滴葉妒魚紅。誰將清磬敲殘暑，愁見平皋落暮鴻。

——《明州阿育王山續志》卷十四，《中國佛寺志叢刊》第九十册

## 詞

### 魚游春水 用楞嚴寺唐碑韻留别

悲歌歧路裏。又臨歧，重增磈礧。凝陰乍散，鋪就一天霞綺。帆掛西風留不得，淚灑東城紛如縷。待問情深，桃花潭水。　去去斜陽徙倚。邀我醉餘書青李，飛花萬點愁人，金尊再洗。高懷共擬雲中鶴，逸興還看庭前鯉。相思異時，楓橋角里。

——顧貞觀、納蘭性德輯《今詞初集》，《續修四庫全書》影印康熙刻本

### 浣溪沙 郊遊聯句

出郭尋春春已闌，陳維崧。東風吹面不成寒。秦松齡。青村幾曲到西山。嚴繩孫。　並馬未須愁路遠，姜宸英。看花且莫放杯閒。朱彝尊。人生别易會常難。成德。

## 蝶戀花 酬友

浪説韶光朝復暮。手把金卮，暗識歌聲誤。衆裏不教名姓露，花間驀地搖鞭去。　堪歎浮生萍梗聚。回首斜陽，又隔西陵樹。那有臨邛芳草路，三春知是和愁度。

——以上袁鈞輯録《四明近體樂府》卷十，浙江大學出版社，二〇〇六

## 臨江仙 秋柳

過盡蝶忙鶯鬧也〔一〕，而今幾許淒涼。畫眉人去不成妝。五更知有恨，碧月冷於霜。　記得小橋曾繫馬〔二〕，惹他飛絮輕狂。可能閒處不思量。寒鴉三兩點，寂寞又斜陽。

【校記】

〔一〕『鶯鬧』，袁鈞《四明近體樂府》作『蜂鬧』。

〔二〕『小橋』，袁鈞《四明近體樂府》作『小樓』。

## 青玉案 同前題〔一〕

一天閣盡廉纖雨。寒食後、春如許。滾滾城西車馬路。何年臺殿，斷金零碧，寂寞藏深樹。

有情怯向登臨處。如此江山幾今古。共爾言愁愁欲暮。危欄休倚，拚將舊恨、付與空□去。

——以上《葦間詩集》稿本

【校記】

〔一〕『前題』爲《登真教寺塔》，詩見《湛園詩稿》卷一。

## 序

### 東祀草序

丙子秋，皇上北征凱旋，以祭告武功之成，遣使四出。翰林院侍讀學士溧陽史先生奉命祀少昊、帝堯陵寢、先師孔子闕里。當是時，先生之不出京師十有六年矣。自釋褐，中秘校書，內殿起居，在鉤陳豹尾之間，枚馬之賦頌，蘇李之應制，其餘遊覽登涉，未數數然也。及乎攬轡出國門，雲山入目，奇思横流，數銜命就道之日，至訖事還朝，共得詩六十四首。其祇謁陵廟，則肅穆峻整；憑弔山川，則俯仰悲壯。酒場文會之激昂而趣逸，思親懷遠之悽愴而情深。體擅眾美，不主故常。然先生之詩實非有變於前也，獨其天然自得之趣，根柢於性靈，藻繢於學植，至是而始暢所欲言耳。張燕公、王右丞豈曾學爲山林枯槁之習哉？乃燕公居岳州所作，音調淒婉，備騷人之情思；右丞望春興慶，陪宴從遊，與其輞水雲溪、竹洲花塢之逸興，何以異哉？蓋古之達人君子，以泉石煙霞爲性情之窮之顯〔一〕，無往不存。

雖然使山林枯槁之輩，終日含毫以求，肖其所爲蕭散閒遠者而已，不勝其寒窘之態矣。況於清廟明堂，煌煌巨製，其可矯而爲之與？今聖人有道，區宇寧謐，二三儒臣，出奉簡書，入資啟沃，以發爲詠歌，藹然治世之音。天下將有想慕其遭際之盛如在皇古，邈不可即者。顧某以老生淺學，猶得逡巡其後，辱先生覆命之序，出其荒蕪之辭，以竊窺見夫作者之意旨，何其幸也！

——《湛園集》卷一，《文淵閣四庫全書》本

【校記】

〔一〕『泉石煙霞』，津本作『煙霞泉石』。

## 楝亭詩鈔序

詩自明初至今，幾於四變。洪武四家尚矣，空同、歷下，其失也浮，竟陵矯之，其失也細。今則家稱韓、白，變而南宋，其失也粗，甚而爲俗矣。楝亭諸詠，五言今古體，出入開、寶之間，尤以少陵爲濫觴，故密詠恬吟，旨趣愈出。七言兩體，胚胎諸家，而時闌入於宋調，取其雄快，芟其繁蕪，境界截然不失我法。此是其工力到家，然非其天分過人，氣格高妙，亦不能驅策古人爲我之用也。歎賞之餘，謹跋其後，四明教弟姜宸英。

——曹寅《楝亭詩鈔》卷首，《清代詩文集彙編》影印清康熙刻本

## 詩箋别疑自序

辛未夏，自京師南還，赴洞庭東山書局，住翁氏園。四月，山中日長，編纂之暇，偶借得《毛詩注疏》讀之，每日繙盡一卷，於鄭義多所未安，有見輒錄之别紙。積時成帙，藏弆行笥近三年。今年二月於京邸，尋理荒緒，塗乙顛倒，幾不可識，乃手自脱稿存之，以待質於博雅君子。鄭於經學，用心特至，其注《禮》尤詳覈，然泥於古制，窒礙難通者多有之。如封建畿内諸侯載師任地之法、四方諸侯朝覲天子、宫中進御日期□□，皆方而不適於當時之用，□嘗著論疑之。又其酷信緯書，詭譎誕妄，往往以之亂經，此則其蔽之尤甚者也。范蔚宗曰：『康成質於訓辭，通人頗譏其繁。』其注《詩》、《禮》，遺辭拙澀，語不逮意，非注家疏通其義有不可句讀者。而其於《詩》，尤無涵詠玩味之意。論文王受命與夫周公東征攝政之事，殆於毁綱裂常，遺誤萬世而不顧。至其果於自信，破字一百餘，所謂剜肉成痏，揆之聖人闕疑之意，不如是也。使非朱子折中先儒，爲之集注於其後，則風雅之道不幾息乎？予時迫於出山，又山中無它書可以參校，僅摭拾其大概，論之如此。或有爲前人所已發者，不暇檢也。鄭又有《易注》，自隋以前與輔嗣《注》並行，而後浸微矣。《易》道變動周流，其難讀更甚於《詩》，幸其書之不傳，使更雜以讖緯邪説於卜筮之學，則如歐陽公所謂『因傳而晦』者，殆不止十之五六矣。乙亥三月朔日，書於京邸之春樹齋，宸英。

——鈔本《詩箋别疑》卷首，國家圖書館藏

## 續燈正統序

先聖有云：『西方有大聖人焉，不治而不亂，不言而自化。』自達摩傳其道入東土，其爲道也，不立文字，教外別傳，明心見性，了生脱死。予初探其門庭，竟無所得，且於履踐，毫不相應。然遇出世弘法之士，擎拳竪指，棒喝交馳，一語一默間，儼若過屠門，不能禁其大嚼也。壬申春，泛南海，登普陀，得晤別庵和尚，與語連日，知爲大慧十七世孫也，贈額而還。次年以所集《續燈正統》，徵序於予。予既不能窺其門庭，又安敢於和尚前作誑語哉？然細詳是編，以南宋爲始，要歸於今日，補集《五燈》之未備，是之謂《續燈》也。以濟、洞分列，各清其授受，表章二桂之昌榮，是之謂《正統》也。燈續而統正，將見燈燈不滅，千載流光，直使人人明心見性，了生脱死，所謂『不治而不亂，不言而自化』，其在斯歟？其在斯歟？

——王亨彦輯《普陀洛迦新志》卷十《藝文》，《中國佛寺志叢刊》第八十二册

## 王端士揚州雜詠序〔一〕

廣陵居江南北之要衝。方其盛也，上林瓊臺，楊柳之堤，龍鳳之舸，延袤於重江複關之間，而相爲縈帶。諸公或建旄節，盛參佐，從四方奇士相與選勝賦詩，賡颺太平。而異時如韓魏公之與荊、岐數公

者，賞花置酒，一時主客之集，後先繼秉大政，傳爲盛事。當天下無事時，仕宦者得以其間從容於遊宴之樂，而述爲詩歌。民生其間，何大幸也！然而煙塵稍警，則淮南之受兵必先，鮑明遠所謂『通池夷，峻隅頽』者，每間世而一見也，而風嘷雨嘯之場，詩人之響或幾乎息矣。故予嘗謂廣陵之盛衰，可以驗天下之治亂，而詩人之聚散，尤廣陵之所以盛衰也，豈不信夫？前代無論，自甲申、乙酉，載經殘鹹，予時按行其舊址，蓬蒿蔚然。土人時於沙石中得遺箭鏃，血殷紅著鐵間，相傳視色變。如此寥落者幾二十年已。

太倉端士王君之同年友王阮亭儀部來佐斯郡，始稍稍披荊棘，事吟詠，用相號召。君於其秩滿而去也，以舴艋渡江而相攜登昭明之樓，尋謝公之宅，拂摩斷碣，循行舊壘，一字之賞，一石之奇，必咿唔竟日而去。或時朗吟於紅橋畫艇之間，或時倚歎城西古墓之側，有倡必和，如響赴聲。而君之詩爲絶句至五十首，殆浸淫乎供奉、龍標而掇其勝者也。集成以示予，且屬爲序，余讀之喜曰：『此其太平之徵乎？』蓋自是廣陵之風雅復作矣。且以明七子之倡和於嘉靖間也，太倉、歷下實爲職志，是時海内清晏，而家習絃誦，人尚禮樂，士大夫彬彬質有其文，作述之盛，軼於唐宋。今兩王子之起於南北，各當其地，而又適來是邦以相爲酬酢，名相重、氣相得也，豈不亦後先合轍乎？或曰：『夫兩君者之不規矩於古，以病夫王、李者也。』斯則然矣，然吾姑就其所同以知其時耳。且吾所爲，不僅爲一方幸，而爲天下幸者也。

去年予客廣陵，未嘗一識新城，陽羨陳子其年爲予言：『王君見子文，輒歎息以爲作者，今遇太倉亦云然。』予謝不敢，然兩君知予，予敢自謂不能知兩君乎？故於是集也，敢粗述其所聞。若新城之詩，雖未暇合梓，然其風流亦大略可覩矣！

【校記】

〔一〕此文與《湛園未定稿》卷二《廣陵唱和詩序》内容相似，但文字差異較大，故録之於此。

——錢肅潤輯評《文瀫初編》卷六，《四庫禁燬書叢刊》影印康熙錢氏十峯草堂刻本

# 己卯順天鄉試録序

皇上以今年二月南巡狩，車駕所過，惠澤旁敷，尤以人才爲致理根本，慮有懷奇抱德、伏處山林者，必殷殷延訪。及章縫秀士有挾所著書與詩文來獻者，輒停輦霽容受之，叩其底藴，詢及素履，思得真才而儲之，以爲天下國家之用，意甚盛也。回鑾之後逾月，適屆順天大比期，禮臣列典試官名上，皇上特命臣宸英入貳闈事。臣才識譾薄，聞命惶悚，屏營累日。竊念臣曩以布衣被薦，蒙恩食俸史館，廁編纂之末者，迄今垂十八年。丁丑獲舉南宫，對策闕下，臣名列第七。皇上親閲臣卷，拔置鼎甲。臣才謝平津〔一〕，白首被舉，凡海内淹滯耆宿，聞臣遭際，無不濯磨思奮，喜遇明時，而在臣私心感激，所思捐糜以圖報萬一者，又當何如也？兹幸得以賓興大典，忝與司衡，於以少副我皇上求賢若渴之意。此臣素所蓄積，特自以賦性庸拙，兼年齒衰暮，精力刓敝，持三寸之管而器人於糊名易書之下，又安必其能拔十得五也？顧臣之所硜硜自信者，惟有一誠而已。臣偕修撰臣蟠始入鎖院，卽與十六房同考官設誓神前，凜以國法，惕以鬼誅。此臣自爲諸生時所夙夜自矢，鏤心刻骨，而卽以質之於明神，卽以是白之於

我皇上者。臣既自盡其誠，則凡臣心力之所未逮，目力之所未周，同事諸臣必有能殫精竭思，以協成一科之盛典。蓋臣之以誠自矢，而知諸臣之有不期而同然者，其於人臣以人事君之誼一也。雖然，夫取人於文字之間，安在其人之才識品量足以當天下國家之用，而謂可以仰副皇上求賢若渴之至意乎？不知文章雖末事，而用人途轍終不外是。昔人有言：『求之賢良方正，則賢良方正卽此人也；求之孝弟力田，則孝弟力田卽此人也。』聞有能文而行不克副者矣，若舍文而別求所以取士之法，與舍八股而別求所以取文之方，臣固知其不能，又不必也。我皇上聖學淵弘，斟經酌史，闡天人之微妙，萃道德之精華，菁莪雅化，沾被斯人。而京師首善之地，人才淵藪，其沐浴於教澤也尤深。故能以風檐寸晷，略盡所長，使臣等得藉手入告，冀稍免於罪戾者，皆幸生壽考作人之世而然。臣旣颺言卷末，並語諸士其尤不可不知所自也。翰林編修臣姜宸英謹序。

【校記】

〔一〕『平津』，津本作『孫弘』。

## 贈翁同知之任黃州序

黃在春秋時爲戰爭之國，至三國時爲西陵重鎮。其地外連大江，南通雲夢。宋承平無事時，王元之、蘇子瞻之徒，愛其江山之勝，始相繼爲文詠，流傳於後，而至今宦遊者猶聞其遺風而樂之。自湖南用兵以來，三楚之間烽煙相接，民卒流亡道路，守土之吏供億繁騷，朝不謀夕。而仕於黃者無片甲之擾，得以從容几案，爲天子牧養小民。丞職當漢都尉之任，才健者居之，其力常出郡太守上。至近時選授尤稱便，所掌兵防巡徼而已，催科案獄之繁，一不以累其心。不踰年報最，則安坐而二千石矣。

余友杭州翁子武原謁選得此，所知者皆爲詩相稱賀。翁子亦若色喜者，而告余曰：『此吾得少展其志之日也，雖然，必得子之言以行。』惟余固有所進於翁子也。今夫丞之職，雖若無事，然所以佐守而表率其屬吏者，其職尤重。表率之道，無過於廉。士大夫廉潔自好，本非分外之事，但言此於今日，似見爲迂闊無用者。然吾輩出身爲民，使不稍爲其迂闊者，則誰當爲之？人相率而不爲，則斯民之受困何時已耶？王、蘇兩公之居黄，皆以謫至，其中有憂讒畏譏之意，度不能盡發抒其所欲爲，然猶皆爲民所愛慕，至於久不忘。孰如君之以選擢而得此，其庸可忘也？

## 京兆吴公壽序

國家設翰林院以儲公輔之選，其期之甚重，而待之甚優。每三年一選士，教習之，然至三年散館之際，則例有所去留，以出爲臺省郎官者相望也。至及第三人，則無所致問，常優遊侍從之班，不十餘年而踐台鼎、斷國是矣。然從容養資，不經世務，論者或以爲屈於實用，故前朝建議，屢有内外互調之説。本朝順治間，遂遴揀才望，出補方面，其弊也一出而不復入，而向之以才望稱者，且沈淪州郡，不免有積薪之歎矣。

我皇上鋭精圖治，尤加意儒臣。三十一年，親擇宫僚十人，改任京朝官，使之練習故事，親職理政。

至有所遊幸，及賜宴賦詩，則十人者常珥筆扈從，均禮如初。蓋使人各盡其實用，而不至有內外升沈之感，至良法也。是時，語水匪庵吳公以司業得通參，旋擢京兆丞。京兆號爲天下繁劇，丞之職於是無所不領，居是官者多自貴重，不事事以爲常。公獨親攬簿書，一切案牘以時行下。民間訟牒至庭，卽與斷理，一一慰遣之，民皆得願以去，而吏竦畏之若神。畿輔學校，丞專掌也。每試，鏁門圍棘，請謁無所通。用經術程課而考之以行誼，振幽發錮，才雋畢達，自其前爲司成時已然。所采錄四方名下士無數，相繼登鄉榜取高第去，一時負奇抱偉之士，無不稱述詩書，砥礪名教，號爲吳公弟子也。

於時九月上旬，值公五十初度辰，相與約爲詞以祝，而問言於余。余唯古之爲大臣者，必魁壘耆艾碩儒。公當登第日，旣以學業聞望推重海內，今雖年力强壯，容貌豐偉，不異於往年，而士大夫中相與推老成宿望，已無不歸重於公矣。以天子素所眷注之從臣，貫串古今，通達治體，又試之以繁劇之任，所處無不當而治，謂其可以大用也。經曰：『五十曰艾服。』官政又曰：『五十而爵。』蓋天下引領以望公之設施也久矣，而章甫縫掖之秀，罄折序立階下，捧觴以爲公壽考之祈者，豈獨其私心之愛慕已哉？無亦仰體聖天子企望之殷，而欲以其身及見明良之際遇，意甚盛也。余承乏政府，自愧報稱無路，唯是以人事君之誼，不敢有忘。喜公之道之將大啟，而其年適及乎此時也，故不辭諸君子之請而爲之序。

## 錢太君七十壽序

鄞邑東南有地曰甲村。其山由四明發脈，迤邐東下，迴抱前後。水自金峨分派，兩流匯合，而王氏聚族其間千餘家。某有學業，至性人也，寓京常過予，言：『吾宗望出太原，自宋南渡至今，詩禮之傳不替，不獨其子孫濟美，亦代有賢婦人焉。高祖總憲定齋公爲正、嘉名臣，其母金太淑人身教至嚴，所遺詩文《蘭莊集》數卷，皆班誡七篇之類也，吾子孫世守之。先君遭亂，棄舉業不治，生計蕭條。吾母錢太孺人蓄旨代匱，室無交謫，先君以是益忘其貧，不幸中年捐館，愚兄弟三人尚幼也。吾母弱婦揞門，足不踰閫限，内外整肅，挾筴課子，帥以禮訓。某兄弟粗識文義，以不自墮於昏愚，不得罪於鄉党朋友者，惟吾母之教是賴。某今恭遇新令，幸邀安人封誥，上榮膝下，將藉此以進，稱七十之觴。顧非得先生一言，不足爲鄉閭光寵。』予聞而善之，謂太君之賢，可無愧於蘭莊之風也。自惟浪遊多載，今老矣，家鄉名勝，屐齒多所未到。明春決計請告，冀以殘年徧遊浙奇山水，先取道金峨、雪竇，杖策四明二百八十峯中，訪其所謂過雲、石窗之勝，出而艤棹甲村，拜壽母於堂。就君信宿談話桑麻，周行阡陌，太夫人其必能減茅容之饌以食我也。

——以上《湛園集》卷二，《文淵閣四庫全書》本

## 相國明公六十壽序

天有正氣以生神聖之君，則必有間氣以生不世出之臣。氣之所聚，其盛在君臣之際，其感應常在國家。周公之留，《君奭》也既陳，成湯受命，時則有若伊尹六臣之格於皇天，繼之曰：『設禮陟配天，多歷年所。』又曰：『天壽平格。』平格者，坦然無私之謂也。君無私以御其下，臣無私以奉其上，上下

無私以祈天永命，則君臣壽考，天下和平。周公既言殷之六臣，又陳文王之五臣以丁寧之，見人臣之能用平格致壽，以至於壽其君以及國，而厥基之永孚於休，其歷世無不驗也如此。

惟我皇上嗣膺曆服，仁者必世之澤既溢其數，福禄愈臻，諸詳畢集，太傅公弼亮再世，咸有一德。自掌邦政，爰立作相，內參密勿，外盡燮理，中更苞蘖梗命用兵者幾七八年，而漸次削平。迄今宇內晏然，無援枹擊柝之警，雖皇上神明獨運本乎天授，然公之毗贊聖心，所以胥一世而衽席奠之者，其功不可泯也。是以寵命頻加，晉涉宮傅，又念其勩，暫釋機務，使之出入謀謨，相倚不啻若左右手。蓋自公之事我世祖章皇帝，方在弱齡，已卓有令譽，而今當康熙紀元之三十三年，壽開六秩矣，人以公年高位峻，或不無倦於聽覽。然公益虔共厥職，夙夜匪懈，至其吐握之誠，巖穴瑣士片長隻善無不記録於心，冀其通顯而後已。此蓋古大臣以人事君之誼，而天下所以喁喁望其復當霖雨舟楫之任者，以此者也。

宸英辱與長公爲筆硯友，習知家學淵源。次公愷功侍中以淩顏轢謝之筆受知九重，面試詩賦，停晷輒就，上驚歎以爲異才。難弟某某，姿兼文武，復以地望締婚天室，諸孫林立，皆磊然公輔器也。維古伊、周、畢、散之徒，既以老成碩德用乂厥辟，施於孫子，亦克纘承前烈，世篤忠貞，是以君臣歡然相與，而宗社靈長之慶於萬斯年未之有艾。公今年纔杖國，從此而至伊尹之稱阿衡，畢公之爲太保，考其年皆百歲餘，方且書之史册，比隆前古，區區以一辭侑觴如今日者，固不足以盡之云。

——鈔本《湛園未刻稿》，天一閣博物館藏

# 三叔母林太夫人壽序

憶癸亥年，叔母林太夫人五十初度，余語友棠，至期讌集，當爲文以序而祝之。值留史館，未果。又十年，太夫人壽屆六秩矣，友棠貽書促余文頗急。雖然，余豈忘之哉？顧胸中惙惙，舉筆不能下輒止者數矣，友棠亦知之否耶？

叔母年少余母孫太孺人二紀，生同日也。同逮事先祖父、祖母。叔母淑質婉嫕，婦德著聞中外，姊姒中與先母特相愛重。每年生日至，同盛服上堂拜訖，妯娌相序拜，子孫各致慶，稱觴而退。先祖父母嘗爲之開顔一笑，如是者二十餘年。及祖父母考終，余母及叔母亦相繼稱未亡人。雖樂事頓減，然兩房子孫以生日相拜慶，自若也。己未年，余母棄世。從此值是日，友棠與其妻子具吉衣冠，列拜堂下。余兄弟煢然相對，不得與斯事矣。

友棠纔弱冠孤露，就鄉里富家作童子師，自資給。帷燈讀書，文史足用，始補弟子員，卽上賢書，雖三試不第，而才名日起。脡脯之入，以充奉養。外祖母嫠居無後，迎與太夫人同處。既連舉三子，孩幼扶床，繞膝啼笑索棗栗，太夫人爲忘其貧。人謂友棠能子矣。

余自壬子失怙，創痛餘生，伶仃孤苦，不得已負米四方。或曠歲一歸，垂橐入門，老人善病，調治無良醫，藥性不能健飯，胃火逆上，中夜苦饑，果餌、甘毳、庋閣之物不時具，往往臨食廢箸者有之。愚積習疎嬾，日間率對客時多，常輟茅容之養以供朋友，母不余嫌也。然從今思之種種，皆悔端矣。行道上，見白髮嫗過前，輒仿佛憶母顔狀。夢中得珍膳急以遺母，比相見，或疑非真，或歡笑纔接，覺意態頓異，遂嗚咽醒，一夕夢覓母不得，復往從向孺人曰：『吾得事祖母足矣。』既而悟祖母亦前沒。恍惚睡夢中，心怦怦動，淚漬枕席也。昔舜五十而慕大孝也，余年過六十，何慕哉？蓋其良知之未盡亡，時時發露於念慮間，有不能以終揜者。然而貧賤母子之苦，至此亦已極矣。

計友棠今日上壽之餘，台會戚里，歡言酌酒，余雖遠在數千里外，南望稽首稱慶，大略不異往時。又以吾母之生同日也，起而祝，俛而感，有欷歔之不禁者。與友棠一家兄弟，當不以余爲異也。

友棠行上公車，以其年其才，爲名進士，躋通顯。叔母方强健，長享鼎食之養，要不難得。然余所見富貴而不能盡養之道者，皆是也。《經》曰：『人無於水監，當於人監。』友棠唯監吾之所以過時而悔、悔而不得者，而以之致於太夫人，則其於友棠之孝也有餘矣。

——《姜氏世譜·湛園公集選·壽序》，浙江圖書館藏

# 記

## 楝亭記

本朝設織造，江寧、蘇、杭凡三開府。故工部侍郎完璧曹公以康熙初年出蘇州督理府事，繼改江寧。省工縮費，民以不擾，而上供無闕。公暇，退休讀書，除隙地作亭，相羊其中。今戶部公時尚幼，朝夕侍側，知其亭而不能記其亭之所以名也。比奉命來吳門，纂先職，以事先抵金陵，周覽舊署，惜亭就

圮壞，出資重作，而以公手植之楝扶疏其旁也，遂以名之爲楝亭。攀條執枝，愾有餘慕。遠近士大夫聞之，皆用文辭稱述，比於甘棠之茇舍焉。

余惟織造之職，設自前朝，咸領之中官，窮極纖巧，竭民脂膏，期於取當上旨，東南民力，不免有杼軸其空之歎。及於季世，大璫柄政，中外連結，鉤黨構衅，至於衆正銷亡，邦國殄瘁，斯一代得失之由，非細故矣。

今天子親御澣濯，後宫皆衣弋綈，爲天下節儉先。兩省織造，俱用親近大臣廉静知大體者爲之，而曹氏父子，後先繼美。及是亭之復，搢紳大夫，聞先侍郎之風，追慕興感，與户部公特詩歌唱酬而已。則夫生長太平無事，所以養斯世於和平之福者何如！而是亭之有無興廢，可以不論也。辛未五月，與見陽張司馬並舟而南，司馬出是帖，令記而書之。舟居累月，精力刓敝，文體書格俱不足觀，聊應好友之命，爲荔翁先生家藏故事耳。慈谿姜宸英並記於梁溪舟次。

——《啟功全集》第四卷《記〈楝亭圖詠〉卷》，北京師範大學出版社，二〇一〇

## 二靈山房記

天地靈秀之氣，静爲山，動爲水，人得兩間之最秀最靈，而爲名山大川之主。言仁，言知，方内聖人之則也；謂清淨，謂廣長，方外至人之化也。要之，山川無有不靈秀，在乎領略者卽性、卽心。然初得者未有不以爲奇，久居者亦未有不以爲常也，奇則非性非心，常則何心何性？方内聖人貴常而不貴

奇，以常則可造於至誠至聖，而始奇也； 方外至人示奇而亦示常，以奇則可轉於大覺大悟，而未始不常也。吾尼山夫子曰：『則吾豈敢？』彼天竺先生曰：『惟我獨尊。』一常一奇，於斯自道。

鄞邑東錢湖受七十二溪之水，湖中有名之山凡十有二，而二靈居其首焉。在昔，此山有寺，有山房，有詩，有記，以其得山水之靈，名爲二靈。夫天地靈秀之氣，何山何水不靈，而獨歸奇是山耶？奇之者在人，而山固常也。知和尊者棲此而侍以虎，恭都寺之居寺而伴以猿，人必以爲奇也，而非奇也。古鼎銘公之退居也，有『高佔白雲層』之句，天淵濬公之創山房也，九靈山人戴良作記，無一不稱其最奇。吾以爲言高卽未嘗高，言奇卽未嘗奇，然別有高者、奇者，如陳文介公養忠直之氣於是山，成千古奇漢，何事捨書院爲浮屠之宮？始知大君子既秉倫常之正，當其引裾畢說時，不惜碎首以鋤姦佞，安在區區一山一室哉？卒之首丘是山，其終始不離。顧託宫於浮屠氏者，其意深矣，非高奇之最者與？吾友竹窗介公，儒而學佛者也，仰先賢而崇尊宿，寤寐二靈者多，歷年所決，志復山房於其麓，在竹窗以爲常，在人則以爲高也，奇也，況竹窗之可以靜息者？

郡有壽昌，其堂曰東隱；鄉有延福，其堂曰內鑒，恢恢焉足以潛修逸影，乃勞勞拮据於空山浩渺間，豈非高而奇者乎？奇在性之所會，心之所合，志之所定，而事得竟成者，斯竹窗之視爲常，實二靈之視爲奇也。竹窗之不知其奇，斯竹窗之所以高也。若夫無所不奇之人與無所不奇之境，有九靈之舊記，發揮無餘蘊，安知九靈之所謂奇非卽濬公之安於常乎？能知濬公卽可以知竹窗矣，因援筆而記。

——釋德介纂《天童寺志》卷九，《中國佛寺志叢刊》第八十五册

## 普陀前後兩寺藍公生祠記

佛法自漢入中國，其時可謂久，而其道日益廣矣。夫惟其道廣，則藉手於衛道者甚殷；其時久，則凡所歷治亂、盛衰、變遷、興廢之狀日多，而其需乎人之衛之也亦日亟。顧古今來作釋氏干城者多矣，大都不過捨基址、施金錢而止，未有終始經營、難不辭而久不倦如元戎藍公之於普陀兩寺者也。

方夫海禁乍弛，僧衆初歸，而道場梵刹俱未興建，時則有故鎮黃公乘間力奏，遣員賜帑，初地重光。然命甫下，而黃公旋歿於官，公來繼鎮，建牙翁洲。翁洲距補陀百里，潮汐往返，風濤叵測，不以爲勞，力任茲事。若宜革，若宜興，若宜先，若宜後，若宜多，若宜寡，寺之主者悉稟裁於公，公一以至誠大公處之。公之鄉多産巨木，斥俸捐貲，桴海運木，分給兩寺，置木之直至數千緡無所吝，然余謂此不足爲公難。其分處兩寺也，自有護法來，千百年間未有如公者。明萬曆七年以前止建一寺，至後又有鎮海，然皆長老住持而已。展復來，別公以雙徑嫡孫提督陳公敦請主席後寺，先入山者三年。公至普陀，喟曰：『改律爲禪，後寺已然。而前寺獨可不延高行大德、闡宗風而登上乘者居之乎？』博諮廣詢，得天童四世孫潮音和尚，迎拜陞座，聞者皈嚮。兩師皆慧心定識，又其宗皆臨濟，無外所淄澠。公集兩廡僧徒，曉譬而戒勉之，至誠披露，人人悅服，緇素歎息，稱自有護法來，真未有如公者，競謀建公生祠，以尸祝不朽。

越明年，兩寺告成，俱以宸英素辱公知，函書來京，丐爲文以鐫石。余曰：『公鎮定十年，功德及吾寧者甚大，卽不辱與公交，亦不得辭。然余知公極審，於公遇前寺，知公之精微；於公遇後寺，知公之廣大。嗚呼！公待佛及僧如此，其忠君愛國，誡民衂兵，更宜何如哉？』遂序其終始難不辭而久不倦者，以復兩寺之請。世之覽者，諒不以余爲阿公，而公亦必不以余言爲河漢也夫。

——許琰撰《普陀山志》卷十五《藝文》，《普陀典籍叢書》本

## 青林廟碑記

縣治東三十里有廟曰『青林』，余素聞其神之靈而未獲至也。後遊東郊過仲弟非載家，順道晉謁，始見其廟貌森然，神色如生，駭然問其里人建廟之由，答曰：『不知也，然竊聞之神姓沐氏，名號、爵里不可考，意當時巡行至此，人懷其德，如召伯《甘棠》，爰作廟以祀之。每歲春正之十日，爲神誕辰，九堡輪供俎豆，靡弗虔肅。昔在宋時，猶在雙家匯東，迨明正德間改遷於此。其前殿基先爲三官堂，堂後爲陳姓家居，忽一夕神燈朗照如白日，空中見「青林廟沐府」數字，須臾遂熄，熄而復明，如是數次。陳姓驚異，因之讓基，並遷三官殿而易爲廟。今廟中元大德四年庚子殘碑僅記三官會頗詳，而建廟事實反不及載，使後人茫無可稽也，惜哉！又鎮海沙河頭亦有廟，仍之刁家橋，以祈雨輒應，亦建廟，雖更其名而不易其神也。』余曰：『若是，青林洵句東古蹟，神之靈使居者敬畏讓基，行者易地崇祠，禱者分廟薦享。嗚呼！其得不謂之赫赫而濯濯也哉？余向聞所聞而來者，今乃見所見而去已。』里人又謂曰：『此非獨神之靈也，卽享祀者亦豈無因哉？其一卽君之先世名芳字毓之，元成宗時督餉海運之

燕，遭風溺死，千里浮歸，面色勃勃如生。人驚其異，且死於王事，遂葬於周家橋西北臨河地。其一卽捨地爲廟之陳姓祖名理者，當遷廟時，僉議以配尊神爲輔弼焉。茲廟既朽，謀欲新之，君長於文字之役，曷不爲吾里記之？』余曰：『唯唯。』

適見歲召纂修《明史》，未暇及此，今猶子伊水謁選來京，云：『修廟落成祠下，復請爲記。』余憶自奉召至今，宦遊且老，追維往事，不覺愴然於故鄉也。神之爵里，雖遠莫稽，亦不必附會其說，然能保障一方，捍災禦患，載之邑乘，自宋迄今歷數百年廟祀不衰者，非以其合於有功則祀之例歟？是廟葺於康熙三十五年，暨三十七年九堡重新，擴而大之，廟貌並嚴，冀垂不朽。且因其請，遂記於石。

——馮可鏞修，楊泰亨纂《慈谿縣志》卷十四，清光緒二十五年刊本

## 書

### 與人

唐劉文泉曰：『十爲文不得十如意，一如意，豈非天乎？』昨文似不偶然，故爲足下說之如此，非自諛也。諛乃媚道，生平不喜媚人，況肯自媚耶？非足下相知之深，無從發此言。

## 寄惠元龍

前冬送別之後，去年唐、趙兩公亦南發。老友星散，知音無幾。以此登臨少興，文詠亦復寥寥。知下車之後，正當軍興旁午，盤錯別利，肯綮迎解，真乃頗、牧出自禁中，可以鉗武夫之口，而折幹吏之角矣。秋間入闈選俊，遂空馬羣，此則吾輩意中事也。爾時恨留滯津門，無從握手一敘耳。某老而得第，祿不逮養，既極酸心，珠桂縈懷，彌成大累。以此自悔少壯謀生之無策，以至暮途汲汲逐隊少年爲可恥，我友其何以教我？頃晤計君，述先生近狀，云：『上臺公論，雖極分明，近來不無有牴牾者。』某以先生兩年撫字，能事見於天下矣。板輿侍養，極人生之樂事，何不翻然遠引，息弋者之慕乎？與其邁績龔、黄，不如希蹤曾、閔。悠悠萬事，惟此爲重，想長者念之熟矣。某屬知愛久，但願先生爲天下之全人，使《研溪》一集萬古有所傳述。故自以生平隱悔，發此狂言，倘不以爲罪，願有以相復。

## 與狄立人

昨晚始成此詩，書正，原期以十五後繳，幸不遲。但三年追敘，殊覺不情耳，望日奉候云。往報國寺買得何異書？並何佳玩？稍暇當再過，不盡。

——以上《湛園集》卷八，《文淵閣四庫全書》本

# 致張雲章書兩通

長兄别後，行且竟歲，寓居正在廛市間，冠蓋既少見過，而遊客如蝟，偶一到門，便褰裳而去，唯恐不疾，以此惘惘，無與對語。欲如往年與長兄連床促席、竟日徹夜之談，了不可得，以此相思之殷，不能自解。知道駕仍住玉峯，彼中知交輩望，雖從前襟契，定不以遠近頓殊，而境遇正自不同，故不當以鄙意相格耳。定省之暇，想復垂神著述，千秋大業，今以屬君無疑，畢竟要直下擔當，切勿以遊談廢日。如弟之悠悠忽忽，老而無成，亦可鑒也。然此事又須立定脚跟，吳下多少佳士，只被『好名』兩字，便爲妄子牽去，抹煞一生。向聞老兄議論，久有定力，知此處決勿孟浪，知己情切，要弗妨爲過情之慮，唯吾兄一笑而受之。第局趣轅下，意彌邑邑，頃入志館，屬以《海》、《江》二志見委，茫無頭緒，兩鬢如霜而日與諸年少官人爭工筆墨，頗如汲汲自厲者，豈不爲通人所笑？若長兄，則自能知而憐我也。《白雲詩》尚有未了之債，容日裝冊呈教，諸不盡言，臨書馳想。

又

歲行盡矣，想河冰初泮，便是我兄鼓棹之時。前日附書已悉，企子之意，惟俟停驂快語，解我愁結。昨獨坐想念間，得詩一首，謹緘呈教削。知展紙欣然，亦定如晤對也。弟貧病交侵，並非復前時之狀。兩館雞肋，日束縛文字間，令人神思俱盡，到今始知識字之爲累耳。長兄新製幾何？別來兩年，自當轉入妙解，只是不誤落門戶，便成鐵漢。我輩於此，切不可隨人生活。弟觀長兄篤行古道，乃眼所僅見，但微有名心未淨，故敢過相規益，知知己決不爲怪也。作此數行，托翼翁轉致，不知何時得達左右。臨書馳戀。

——以上張雲章《樸村文集》卷三，《清代詩文集彙編》影印清康熙華希閔等刻本

## 姜宸英尺牘十六通

承惠教，儷體而以開闔頓挫之法行之，豐茂典雅，俱用一氣裹成，固是大家舉止，要亦是清廟明堂器也，藉光良多矣。因昨小冗，未及奉答，謹此感謝。弟宸英頓首，亮老世道兄先生。

所求五十六字，向承慨諾，此時待用得卽惠教，甚感。司空公新賜吳山詩再望一鈔示，千萬千萬。餘晤謝。亮老道兄先生，弟宸英頓首。

海味定佳，敬拜賜矣。兩紙容書上，《洛神》當另得好紙臨之也。弟宸英頓首希文道長兄。日恐奉煩起居，不敢過叩。承委寫冊子、柱聯俱完，謹附上。尊稿序，賤體多病，以是遲遲，俟略佳，當勉呈教削也。□侍宸英頓首。

姜宸英謹稟老夫子大人臺下：前歲騶從入都門，此時倉皇取道，未獲一陪几杖，至今餘歉。茲者老師以間世之姿，當泰交之會，書接駢蕃，榮膺副相。數月之間，正論日陳，凡在有識，無不舉手加額，謂太平可立致。況辱知如宸英，其爲慶幸，當何如耶？值茲初暑，伏望尊履與時增攝。宸英才質駑

下，凡事都不如人。自遭變以來，神識荒憒，自分廢棄，不堪與時輩伍。老師猶欲取江湖之敗梗，所爲漂泊而不止者收植之，以冀其異日之扶蘇而蔭蔚，雖萬不可得，然而用意則已厚矣，知己則已至矣。其在於英，宜若何感激而思圖報於萬一也。乃經年鹿鹿，尺幅之紙未達於從者之聽，其爲疏慢之罪如此，此在旁觀者猶以爲不可，而英竊恃之以無恐者，以老師知我之素，有不在於區區形跡之間者也。茲因三世兄之便附候起居，兼陳愚款，唯江海涵納，憐而鑒之。外別具先曾祖太常公誌銘一卷。先太常首爭冊封事之首尾，皆老師所熟聞，故不贅述。兩總裁老先生各上書一通，懇其立傳。老師力賜主持而商榷之於諸同館先生。先人之靈，沒且不朽。又先侍御公諱思睿，太常公從子，歷參烏程宜興相，久著直聲，已託萬門生於崇禎邸報中代爲搜錄，倘得附傳，亦闡微之一德也。臨稟不任惶悚。宸英謹稟。

此刻得閒否，待晤殊殷也。三軸一冊並《蘭亭》，乞再促之，其卷冊之值卽以見示，恐倉卒成行，難於收拾耳。不盡。宸英頓首。

負暄而坐，遂得題軸送，正恐不足以廁羣公之後也。天氣頗佳，此時作何消遣？倘暇，當曳履叩門耳。不盡。奉老大，弟愚英頓首。

庚子之秋，暫遊珂里，訪嵇生而命駕，遇叔度而停驂，尋暢樓頭，歡詠彌日，忽忽去此已二十餘年。自後曾同萬貞老過候高齋，悤悤不遇，遂解維而西。青翁北來，辱惠示新篇，咳唾珠玉，恍如晤面，重以法書、詩板種種佳貺。抱疴連月，未能裁答，罪何可言？所恃知己之憐而恕之形跡之外耳。臨楮神馳。弟名正肅。

昨趨候，聞上壟未還，此刻想得閒也。天氣甚佳，欲一過且翁於園中，能乘興一來否？待之。制小弟宸英稽首慶，翁老道兄。

今日果成行否？雨中未得趨送，殊耿耿也。五十六字，聊代歌驪，其中無有，直是先生遺我詩料耳。一笑。希文道長兄座右，弟宸英拜上。

冊子領到，謝謝。拙稿當容送教，細爲商酌，台駕能少待卽過請也。不盡。小弟名心具。

昨都中郵致尊札及疊青佳什，捧讀迴環，不能釋手。旣深感厚意，又服膺雅才後起。英少固多，如我老世翁者，正千百中未易一二屈指耳。爾時尚未見浙省題名，想滿袖天香已摟拂六橋煙水間也。賀賀。承尊公起居安善，緣暫寓析津，不及致候，並未得莊啟左右，定能見諒也。小兒並致謝，小孫在家，望以世誼時教誨之，可勝感戢。臨書馳戀。敬老年世道兄，弟宸英頓首。

明日張園之行，當與長兄連騎而往，不審此時已借得馬否？早間千祈過我也。不一。弟名心肅。

承諭甚感，當卽商酌行耳。領分弟已送去，大抵在興雲寺，去城十里許，此中杏花甚盛，兼近八里莊，不可不乘興一遊也。尊分付來，當轉致惠元老。書紙送上。小弟宸英頓首，亮翁道兄先生。

昨歸，想尚早，卽日微有雪意，幸路未作濘，何不兼邀淡兄來爲此雞解脫？塞西□而快領也。少濟乞命駕。不盡。奉世老弟先生，愚宸英頓首。

《剡川集》得巨手裁定，能使作者精神透露於數百年之後。昨閱竟思之，大抵諸序與題跋最勝，而題跋之佳者直欲伯仲潛溪矣。諸體雖各有利鈍，只是所難者峭潔二字耳。略從先生次第中窺其梗概而述之如此，當不至逕庭否？抑愚更有請者。剡川之得傳，原繇潛溪先生之廣蒐遠訪，始能出之斷爛塵蠹中而藉以不泯。然今人目中早已不知此書矣，賴先生而復傳，蓋先生卽今日之潛溪也。特其文醇疵相半，使汰其疵者，存其大醇，另一集以授之梨棗，則此集亦不妨鴈行虞、揭諸公之後，當不至如前三百年之付之若存若亡者。先生能無意乎？知萬卷藏中如此類比不少，直以鄉里耆舊亟欲其附青雲而不朽耳。專望專望。宸英頓首。

——吴修輯《昭代名人尺牘》卷十五，清光緒三十四年西泠印社影印本

## 姜宸英書札十五通

細觀《蘭亭續帖》，皆本《汝帖》，刻較《汝》精細，其中增入乃《絳帖》澄心堂之精者。昨日雨中，僕臨一冊，用宣德紙，雖不及古人，亦有一種風致，尚未裱也。米襄陽帖，茲爲十六冊，英光本甚多，平生觀其半刻，恨未全見爲歉。奇山異谿，正不必數年遊盡徧也。留心爲他年快觀，再覩始爲叫絕。米帖亦臨半，幸仍擲一二日，完此當歸之。慕翁年長兄。宸英啟。清和五日。沖。

前奴子回，接讀手書，不勝感歎。近人交態，盡於《谷風》一詩，嘗恃愛丐貸如子公之無節，而知己不厭其求索，獎飾過情，且訂秋期之諾。展翫再四，自謝知人，不衹對家間稱高義也。至馬齒日加，忽忽已六十，内顧無狀，誡兒子輩無向人言，蓋世情厭冷，一也；體□所物，勉來稱祝，非其本情，二也。徵詩則詩無佳句，求敘則序皆浮辭，無一人一言道著西溟心曲者，何以紛紛爲？故一切屏絕，然卽有兒輩年友僚友哄鬧多日，正值酷暑，苦於應酬，遂致臥病，幸澍雨清風，爲之解穢，而慕園之緘踵至，起而閲之，神氣爲之爽颯。所諛同心之言，因自有味也。承貺過厚，本不克堪。然正酬客無貲，遂以充

用，不復自外矣。謝謝。原欲柬答，顧彼此暮年，往還宜以手蹟，庶使後人知之。故率草奉復，兩郎君同此致意。不宣。慕翁老長兄。學弟宸英頓啟。

知駕到，渴思一晤，遣小兒先候，復值公出。明晨弟當少待，若年兄先過我寓，又恐不值也。慕老年長兄。小弟宸英。

場後冗極，未及一晤，年兄不知何日返津。以年兄之宿學邃養，而復屈此試，反使衰老得之，深爲愧歎，要是造物欲稍遲其遇，爲來科冠冕耳。願勿以區區分意也，便中幸不吝尺素見喻。同學弟宸英頓首。

拙稿承面論，特遣奉領，希即付之。但未得年兄手評見教，殊爲秋然。慕翁長兄。宸英頓啟。

早間偶有筆墨之事，兼是地濘，不敢過候，亦不敢辱玉趾之過也。拙稿四本，中志銘一本，檢付來手，明日即□。不一。年弟宸英頓首。

初夏一别，大是□□。企遲之懷，殊苦未盡。私謂高足應試來京，當得快聚，不知何故中止，益深悵然。接手教，勤懇如領面談，小兒荒疎，勉强入闈，恐不能對知己厚望。惶愧惶愧。場後或至津，把晤有期也。弟宸英啟。

久闊候問，以塵俗鹿鹿，想蒙尊諒也。賢師弟讀書讀道，樂意滿懷，弟惟有望風增愧耳。近著盈笥，能惠寄數首，一開我懷抱否？宸英拜呈。

荒園亦有苹果，乃半損於風，半損於鳥，至今未得嘗鮮。頃蒙頒賜嘉□，喜出望外，情況寧在一味之甘耶？謹此申謝。宸英頓首。

委書日久乃就，竟無一筆合者，深用自愧。近來多不如意事，筆墨與吾相違久矣。賜墨而應以惡筆，不安殊甚，謹報《黄庭》一幅。拙書《李志》一通，稍將鄙意乞轉致之。慕翁年長兄。小弟宸英頓啟。

昨伻回，知感寒疾。連日天氣濃陰，即豁然，亦當杜出門數日。弟公暇自當就教。統祈珍護，不宣。弟宸英頓啟。

拙作呈政，過蒙獎諭。近日頗感興多端，容日繕寫奉教。王臨齋《秋日賦懷》十首，即檢來手一觀。慕翁年長兄。宸英頓首。

行行欲何之，東皋獨目眺。嶺雲獨未去，新月來樹杪。

日下山氣靜，天風動林樾。遑遑古竺鐘，時伴西亭月。

曉風雞亂鳴，深林側馬行。挽鞭撾酒肆，嫚罵使不平。

清溪流返照，茅屋寄閒雲。處處林巒暮，山樵月下分。

近作四首，偶爾拈筆，不計工拙也。錄呈郢政。慕園長兄閣下。宸英未定稿。

昨晚睡起，紙窗上月光漸滿，竹影半横，取蒲團靜坐，覺得又是一境界，所謂『一般清意味，料得少人知』。小疾頓減，堪慰雅懷。弟宸英啟。

日昨吾兄以『梅花幾度開』五字見問，一時忘卻。回家間檢宋詩，有『寄語林和靖，梅花幾度開。黄金臺下客，應是不歸來』。此宋幼主在京都所作，始終二十字，含蓄無限凄戚，讀之而不興感者幾希。前所惠貂毫，雅隨人意，如再賜數枝以爲不時之需，則拜謝無既矣。慕翁年長兄。宸英頓啟。

——稿本《姜宸英書劄》，國家圖書館藏

## 題跋

### 臨聖教序跋後

唐寺塔碑文集右軍書者多矣，然獨此帖盛行者，以御製文，故重之也。不作是書殆三十年，在天津與友人查浦同寓，命予書之。搨本下劣，轉得一快，以神氣不爲所奪耳。

——《湛園集》卷八，《文淵閣四庫全書》本

### 題黄庭蘭亭宋搨〔一〕

壬申歲，獲見於朱竹垞之六峯閣，因題年月其後。此帖乃是定武之最有風神者，紙隔麻，首尾無損。竹垞云多方購之始得，今遂落查浦手，其計更過於蕭翼也。丙子三月，京師再題。

**【校記】**

〔一〕此文以虞本爲底本，校以馮本、蔣本。後《録新書詩後》、《書宋搨宣示帖褚臨樂毅論後》、《書詠懷詩後》、《書

冊頁後》四文同此。

## 録新書詩後〔一〕

王君樹百以便面囑書，適新詩成，遂細行書其上，十指幾爲皸裂。不知當暑搖之定，能作冰氣來襲人否？ 時乙亥十一月二十七日也。

【校記】

〔一〕馮本題作《録新詩書後》。

## 書宋搨宣示帖褚臨樂毅論後

乙丑年在都，以褚河南《枯樹賦》易得《樂毅》、《破邪》二帖，後爲吴徵君天章取去，不得已捐此帖購還之。出門時，以《樂毅》、《破邪》付長孫嘉樹，聞又入偷兒手矣，是予並三帖失之也。此本宋搨褚書，人間絶少，各帖無所之施，褚作無施之所，足備收藏考證〔一〕。一時换去，予計固失，而徵君復以貽聲伯年兄，亦未爲得也。聲伯欲守此帖，當以予二人爲戒。

【校記】

〔一〕馮本「收藏」下有「家」字。

## 書詠懷詩後

張子寄此紙屬書《詠懷詩》。因寓中無全本，僅書《文選》所録十七首。是日閏三月朔，日有食之既，時北平薄子聿修、宿遷徐子壇長過寓齋，看書相對，閣筆歎息者久之。

## 書冊頁後

友人曹子廉讓復攜此來，曰：『願書滿冊。』兩日適無事，隨意塗抹，不覺紙盡，然不知何所用。鴻爪雪泥，寧與世人計多少哉？

——以上《小石山房叢書》本《湛園題跋》，同治十三年虞山顧氏刻本

## 又題宋儋書

僅七十字，段落凡五，其中賓主分合、單題直接、隨勢收煞照應，末又掉尾飄搖。置之龍門小贊中，是一是二？

——《昭代叢書》本《湛園題跋》，清道光二十四年吴江沈氏世楷堂刻本

## 臨王帖題後

晉魏多用章草入行，後來率意作書，古法遂不可復見。

## 題禊帖

右軍《禊帖》，乘醉用退筆隨其勢書之，故天然秀逸，妙絶古今。褚登善書每分隸體，用其法臨摹，益饒古色。近所傳刻多是褚書，余所見五字缺本吳興《十三跋》絶工，往在延令，今不可蹤跡矣。潁上學官所得石，蛟川王氏猶藏之，而搨本粗劣不足觀。此本紙墨黝古，余家藏《十七帖》絶類此，皆五六百年物也。辛酉冬將入都，得王子勤此帖，燈下漫記。

——以上《涉聞梓舊》本《湛園題跋》，咸豐元年海昌蔣氏宜年堂刻本

## 出關草題語

此本朝開國第一名諫臣詩也。讀此遺墨者，當念祖宗優容直諫，贈卹便蕃，無非陰培國家元氣而鼓動忠臣義士之心，給諫雖死猶生也。若僅以爲孤憤幽愁之作，與夫沈湘弔纍者同其慨慕，失給諫當

時抗疏本旨矣。給諫甫歿，而侍御君復以廷訐權相幽縶西曹者纍月，以此延令季氏兄弟同時後先直諫，名振天下。然遭逢聖主，俱獲昭雪，爲萬世史冊光，豈不偉哉？此卷爲其季弟南宫所藏。南宫才贍學殖，縱横萬卷，顧獨什襲此紙，則豈獨鶺鴒急難之誼可念，其趣尚亦可概見矣。余與南宫讀書者三閲月，今將鼓棹而南，而南宫亦北詣公車，出此卷屬題。行矣，南宫繼兩兄之懿軌，將在是矣。若以此卷隨行，驢車土銼中，時一展誦之，觀其真氣跌宕，怨而不誹，亦文字之一助也。己酉二月晦日四明姜宸英拜題。

——季開生《戇臣出關草》卷首，清康熙刻本

## 居項胥鈔題辭

余與鈕子玉樵别十餘年矣，平時服其驚才絶豔，方駕齊梁、西崑，以下俱所不道。頃謁補來京師，爲僕述其作令項子時事，酒酣以往，肯背誦其詩數十首，皆婉麗悲激，長於諷諭，絶不類其少作。中如《和杜秋雨歎》、《憫時》、《穡不登》、《泣柳詞》四章，刺治河無術，草木告災，凡此類皆有關理亂、足備詩史者。昔子美愛元道州《舂陵行》兼《賊退後示官吏作》而和之，且曰：『安得結輩十數公，落落然參錯天下爲邦伯，萬物吐氣，天下少安可待。』僕於鈕子詩亦如是矣。然元詩訐直，至詆銜命使者爲不如賊，於所謂比興體制猶未盡合，故一讀可了其意。以鈕子之寓託深遠，使不善觀之，直與近世詞人吟詠性情、嘲玩風月者何以異？僕故爲之疏明其大意，使知鈕子之爲吏良，寧謐不苛，去而見思，其設施具有原

本如此。《傳》所謂溫厚和平者也，讀者亦當以此得之。康熙二十七年戊辰二月日，慈谿弟姜宸英誌。

——鈕琇《臨野堂詩集》卷首，《清代詩文集彙編》影印清康熙三十八年刻本

## 題南谿僅真集

一團真氣，獨往獨來於尺幅中，此《三百篇》真派，徒以香山、放翁相許者，未可許爲知己。昔蘇子瞻評陶元亮詩謂『外枯中腴』，中腴者，真之至也。要之，外本不枯，所謂絢爛歸平淡耳。弘濟詩：『人間樂事誰能及，祖唱孫酬共一樽。』以此讀義門之詩，觸處皆天機洋溢矣。壬申春暮，姜宸英題。

讀去似得之天分，非關思索。細玩其裁製之密，迴幹之工，卽景生情，離塵入妙，非苦心於此道者不能也。彼僅以皮毛相許，位置君於劍南、荊谿間者，願勿受之。癸酉初春日，同里弟姜宸英題。

又云，一字一句，性真流露。鍾記室《詩品》，每人推其淵源所自，若此之以性情爲風雅，不必名其派別，要不失爲《三百篇》之遺也。

——鈔本《南谿僅真集》卷首，國家圖書館藏

## 題吴漁山寫王丹麓聽松小景卷

余與丹麓王子遊餘十年，見其揮灑翰墨，跌宕文史，卞推爲第一流向上人物。而王子風神閒遠，特

寄情山水之外，間以其餘興評論近代文人小品，抒寫曠懷，今世所流傳文津是也。四方名流至武林者，必從其下榻投轄，與之歡笑，醉醒不厭。其或不得見者，一展對此圖，必有千里命駕之思矣。句章同學弟姜宸英拜題。

——端方《壬寅消夏錄·國朝五》卷一

## 題臨王廙帖

王廙字仲將，其真書學元常，草法伯英，廙乃右軍之叔，而傳書法於右軍者也。然右軍雖云出藍，不如仲將多矣。

## 題鈕琇述哀詩

嘗怪子美有『東郡趨庭』之句，而不聞《蓼莪》之悲，豈逸之耶？得此補之。

——以上鈕琇《觚賸》續編卷一，上海古籍出版社，一九八六

## 宋搨樂毅論破邪論跋

《樂毅論》是右軍書付官奴者，正是王氏家法，故舊推楷書第一。予家藏宋搨寶晉齋所刻最善，此

本差可伯仲。永興《破邪論》亦舊本。此二帖皆程孟陽所收，程不以書名，其風流故足重也。右軍之書《樂毅》，勁筆偏多，而婉麗不乏；永興《破邪》，變爲險峭，筋多肉少，此晉唐之分界也。若不善學之，便墮近來王雅宜一種惡道矣。此臨池家所以貴於運腕，運腕得法，下筆自無枯枿之病。隱人甲子清明第二日又識。

## 祝枝山離騷經墨蹟跋

此書雖本章草，其結構之法多得之《藏真》。余所見枝山《十九首》真跡，遠不如此脱盡蹊徑，獨造天然。明一代書法，推枝山第一，此帖又枝山第一。乙丑六月，因暑展玩終卷，遂記之。

——以上劉獻廷《廣陽雜記》卷四，中華書局，一九八五

## 題汪舟次摹古墨跡卷

古人論書，謂如逆灘上撑篙，用力許久，不離故處。余少時頗講究運腕之法，時合時離，久之猶故吾也。兼之塵務經心，蹉跎遲暮，此事遂輟。今日病足，據膝床上，閱友人汪子舟次臨摹此卷，此其逆流中上灘時也。人驚其法兼諸體，以爲奇絶，不知此正由其運筆之熟。運筆既精，心手相習，自然種種入彀，蘇子瞻所謂『十手無一心，手手得其處』。展玩良久，不覺見獵心動，雖力不能强，祇如蔡君謨之

愛茶，惟有時置几案，把弄不輟耳。戊午十月九日，慈水弟姜宸英謹題。

——方濬頤《夢園書畫錄》卷二十，《續修四庫全書》影印清光緒三年定遠方氏成都刻本

## 題王石谷西齋圖卷

西齋先生既取子瞻詩自號，石谷高士爲之圖，而屬余書其詩於後。當子瞻在黄時，既取樂天所謂東坡者，水耕於其中，又新作南堂，其詩曰：『一聽南堂新雨響，似聞東塢小荷香。』而此詩尤眷眷於桑棗鳴鳩之樂，則其田園之想，無時不情見乎辭也。然子瞻飽經憂患，其倦而思返，今西齋方筮仕伊始，亦似有味乎其言者，蓋古今用世之人，未有不輕爵禄而樂肆志、足稱名士者也。余固思買山而不可得者，因書此以自慨。丁丑閏三月望日，葦間弟姜宸英並識。

——龐元濟《虛齋名畫錄》卷五，上海古籍出版社，二〇一六

## 書雲石山居詩後

風雅一道，今稱極盛，然未免境多情少，只是一場大家風月話耳。讀乾一此詩，清新流麗，足洗從來積瘴，詩至此方爲有情。蓋高、岑、王、孟而後，便不可無大歷才子，況今之優孟盛唐，而其實無有者乎？蒸炎中得此，真一貼清涼散也。觸熱過袁子重其漫話，袁子曰：『此詩實勝今作者。』非妄譽也。

頃當駕言婁江，與乾老更擬挑燈細論耳。四明弟姜宸英。

——《清國初諸老題鄒乾一雲石山房詩集四大冊》，裴景福《壯陶閣書畫錄》卷十五，學苑出版社，二〇〇六

# 臨古書卷題辭

## 謝莊昨還帖

梁武帝、王僧虔、《書評》，唐李嗣真、張懷瓘、竇臮，諸言書家多矣，俱不及謝莊。書遒古，特有晉、魏風味，以此見六朝士大夫鮮不習鍾、王法者，惜王著所收僅此耳。宸英。

## 王坦之惶恐帖

東亭書亦不他見，要是烏衣中人物，唐初猶有餘風，虞、褚、歐、陸以後，此調絕響矣。嘗歎絕代畫手，有絕勝前代者，唯書法每降愈下，可謂一慨。宸英。

## 孔琳之日月深酷帖

孔琳之書，《書評》謂其『散花空中，流徽自得』，然語涉傷悼，余不敢爲人書也。介兄大孝，正宜作此以助其哀。宸英。

梁制，與平吉人牋書，有增懷語者，不得答書，許乃告絶。私吊答中，彼此言感思乖錯者，州望須剌大中正處，入清議，終身不得仕。故余不敢爲人書字，及臨摹古跡，未嘗敢輕作不諱語也。宸英。

王廙二表，又《嫂何如帖》，王僧虔《南臺啟》，王獻之《違遠墳墓帖》，姜宸英。

## 姜宸英臨十七帖冊題後

唐太宗御書：『敕字付直弘文館臣解无畏勒充舘本，臣褚遂良校，無失，曾蘿。』姜宸英臨。

太宗得逸少真行二百九十紙，其古本多梁、隋官書，隋則滿騫、徐僧權題署。太宗又命魏、褚各署名卷末，後世以僧權不全本爲《十七帖》第一。此宋本帖，余家世藏之，先君手付令珍藏者。唐張懷瓘論草勢云：『草之體勢，一筆而成，惟王子敬明其深詣，故首行之字往往繼前行之末；逸少雖豐圓妍美，乃乏神氣，無戈戟。』又云：『逸少有女郎才，無丈夫氣；子敬草書逸氣概世，千古獨立，家尊才可爲其弟子耳。』懷瓘以一筆成書爲草書之精，非知書者也。所謂草書，草其真也，草書在乎點畫拖曳之間，若斷若續，而鋒棱宛然，真意不失，此爲至精至妙。文皇集右軍草書，擇其尤者爲《十七帖》，其御製《傳贊》曰：『煙霏霧結，狀若斷而還連；鳳翥龍盤，勢如斜而反直。』知此者可以得其集此帖之意矣。

右數段皆舊所題跋，仙李年兄屬臨此帖，並書於後。余學書至老而無成，當時可謂妄言之耳，仙兄不以余書爲拙，則與此言也，或亦有所會心耶？丁丑九月，宸英。

——以上裴景福《壯陶閣書畫錄》卷十六《清姜西溟臨古書卷》

## 跋自書頭陀寺碑文

趙松雪書《楞嚴經》甚精，字纔豆大，千行一律，余心愛之而不能學也。然亦有一病，烏絲細網，字求停勻，故無字不破體。退之謂『羲之俗書趁姿媚』，若松雪此書，自有隸以來六書一大劫也。使後生皆倣之，古法將安所取正乎？予書此，略規永興《破邪論》，寧拙無巧，自謂差勝。乙亥中秋後二日，書於津門張氏之遂閒堂，卽以貽聲伯三兄。同年弟姜宸英。

——《姜宸英、劉墉書法合裝》，上海博物館藏

## 書僧虔帖後

僧虔兩表見本傳中，爲當時極筆。當宋、齊之際，能書者皆宗二王之遒逸，元常古趣幾於絕響，獨僧虔書猶存漢隸遺意，而此尤其合作也。樞巢年兄善書者，必有得於此矣。宸英。

——《姜西溟先生墨跡》

## 贊銘

### 石齋黄公墨寫魁星贊

英年十五，酷愛公文。既得黄子，公官稿。想見其人。公沒而升，靈爲星辰。爲世樞杓，以建冬春。爲文璣衡，輕重唯均。灑墨染紙，自圖其真。平原之書，忠義輪囷。瞻仰生敬，於斯亦云。誰其將者？水部左君。厥兆文明，奕世其珍。

——《湛園集》卷七，《文淵閣四庫全書》本

### 蘇軾偃松圖卷贊

東坡此書，秀氣可人，對此如飲沆瀣而茹靈芝也。丙子冬日，姜宸英題。

——潘正煒編《聽帆樓續刻書畫記》，《中國書畫全書》第十一册，上海書畫出版社，一九九六

## 冬睡銘

暖床密室，低枕厚衾。側身屈足，閉目閉心。渾渾沌沌，如龍蟄陰。氤氲一氣，升降浮沈。其覺徐徐，其息深深。悠哉睡鄉，斯樂難任。

## 硯銘

予拙汝鈍，宜汝之近。

## 又

紫間焦白，遍地水藻。煙霏霧蒸，下巖之寶。其縱八寸，廣半厚二。直方以大，習無不利。汝質至堅，吾筆至鋭。力能汝穿，豈不吾畏？

——以上《湛園集》卷七，《文淵閣四庫全書》本

## 墓志銘

### 徵君馮次牧先生合葬墓誌銘

自范蔚宗《後漢書》著《逸民傳》後，史家皆因之。然昔之所謂隱者，多溷跡隴畝釣弋之間，與夫儈牛牧豬、賃舂鼓冶、織屨賣畚之事，極辱人賤行。爲之者至毁冠冕、棄妻子而不顧，而其人常身繫名教之重，及其德修名立，所在化之，至於爭訟止息，盜賊愧避，而公府交辟，或朝離芒屩，暮登三事，此其尤難者也。後世之所謂隱，則不盡然，大抵如仲長樂志之論，無古人勞形苦神之事，而朝廷禮命之亦不甚厚，無瑰行絶跡足以聳動其里閭，而吟詠著述亦足以垂世而行遠。此兩者，其爲隱之名一也，而其實不同如此，有不得而兼焉者矣。惟吾同邑徵君馮次牧先生之於隱常處於兩者之間，亦各有其可傳者。

馮氏自西漢末來居邑中，爲名族。先生曾祖諱燮，誥封池州府知府。祖諱叔吉，進士，歷官湖廣布政使司。父諱若陶，有文名，早卒。母陳太孺人，嫠而養孤，自四歲迄成立，詔旌其閭。先生年十六補邑諸生，未强仕，薄時文爲不足爲，即屏去，一意窮經史，已又學爲詩歌，益勤而專。崇禎十二年，薦舉令行，汪文烈公偉官檢討疏其名於朝，被徵至京，例下吏部試，策問弭蝗。先生對，即舉筆直書，纍纍千餘言，纖悉無忌諱，歷詆撫按、守令、閫帥及大臣、中貴賄賂養寇干政之禍，而以孽蟲災害非根本，不足問。主者怒其草野狂肆，授縣丞以辱之。先生不拜官，徑歸家，住東城。城外有小阜，舊名湯山，乃因山爲屋，改山名曰天益。又鑿山爲洞，通來往，疏沼種樹，皆手自經營，取前人未刻書及米、趙數家墨蹟，鏤版勒石，極精好。先得方伯公遺墨四櫃，悉付之回祿灰燼中，至是自按法復延工製之，以此天益山書墨布天下，海賈有載至外國者，故海外亦爭慕其名。然此皆先生盛年事，余生晚不及見。及滄海横流，吾鄉世家巨族破壞幾盡，而先生先世所留藏，無慮萬萬數，益蕩析無遺，園亭廢爲荒圃，獨天益山童然存耳。子二人，相繼歿，諸孫幼稺。性故任達，喜詼嘲，衣不緻不服，至是箬笠散帶，露胸曳屨，蹣跚行道中。口吃，遇人卽立談至久，語不得了。少年聽杖聲鏗然地上，知先生至，輒趨避之恐後，而余特喜聞先生論詩，及其所談海内師友黄文正公汝亨、倪文正公元璐諸先生緒言遺跡，必傾聽移晷乃别。先生以是暱就於余，無厭也。

方先生盛時，好施予，歲歉，發廩振貸以爲例。一日設廠施粥，偕客數輩往視之，有士人餒不前者，舉手招之曰：『來也，此粥甚佳，吾輩盍共嘗之？』遂先啜一盂，次第以啜同遊者，其人竟飽食施施去。客有賃屋與母居，不償租數年矣。一日攜母去，主者以聞曰：『某自愧去，挈家權寄城南樓。』先生曰：『城樓豈人所居？吾不忍其母子孤露也。』亟促之還，不可。時會歲暮，冒雪自至譙樓，拉之歸，而亟遺之粟肉，戒僮僕無揚言鄉里，以故深德之。先是，效陶靖節製籃輿遊山，亂後從山中歸，遇盜奪之輿，既去，問知先生輿，急追還之，且叩頭謝曰：『恐驚徵君也。』然先生窮老益困，兩日無所見，其家人至析書版爲薪以爨。嘗自裂通券，手補綴窗槅子及黏壁支風雨，曰：『今日乃知此物有用。』其天性通脱，不以貧故少改如是。

積詩至多，詩法杜而兼體北宋，然不肯存稿。今僧寮、郵館、旗亭、邨舍之所留題，塺塵剥落，僅存而可讀者猶十之二，而其孤孫淄又將廣蒐其遺集而垂之無窮。然則先生之行事與其文詞，未必不有聞於後世，吾所謂處於兩者之間以爲隱而各有其可傳者，不在是與？

先生初爲生壙於天益山，友人雲間陳徵君繼儒、陳黄門子龍先後題其墓石。葬後，淄屬余補銘。余憶子、亥間，先生延先祖戶部公、先君伯仲及宸英飲，而出其子若孫行酒，曰：『吾兩家世好五代矣，庶幾荀、陳之風也。』蓋先太常公故與方伯公親家誼篤。今公歿，其家中落，余祖父及諸父亦不逮養，而余老困無所成，今日志公之墓，能無慨然？淄幼孤，知自力，又自嫌未嘗學問，然手輯先生遺事授之余，詳盡無溢美，皆余之所重且愧也。

先生諱元仲，字爾禮，後字次牧，生於明萬曆己卯年十一月十二日辰時，八十有二年而卒，實順治庚子年六月十二日酉時也。配葉孺人，進士葉公維榮孫女，太學生長春女。副室陳氏。子嵋，郡庠生，次嵧，卽淄父也。女適邑學生錢元錫。皆先卒。孫五人，存者淄與其弟濰。曾孫廷楷、廷楫、廷梲，皆濰所出。銘曰：

貌頎而豐，髭脩長兮。口之期期，辯韓揚兮。手擒雲錦，咀宫商兮。厭儒衣冠，蓑笠行兮。身隱而文，譽孔彰兮。始也鼎食，賓滿堂兮。逢世不淑，卒劻勷兮。既窆於壙，後克昌兮。誰肖公生，行髣髴兮。附古逸民，青史光兮。

——鈔本《湛園未刻稿》，天一閣博物館藏

## 墓表

### 相國納蘭公元配誥封一品夫人覺羅氏墓表

夫人生於崇德二年丁丑七月，年五十八而卒。其卒以康熙三十三年八月晦，踰月卜兆於城北之某原，謀葬事焉。卒哭既窆，次子侍衛君某泣告於余曰：『吾母夫人之葬，吾師儀部唐先生既銘諸幽矣，惟是墓道之碑所以揭示觀者，垂之無窮，而缺焉未樹，是吾母之德猶鬱弗顯，吾父惻焉，即吾不孝兄弟之痛，曷其有極？子辱與先兄遊，習聞吾母懿行，願終惠之言。』余曰：『吾聞夫人之德久矣，誠不可以不文辭。』

夫人系本宗室，太祖高皇帝之孫女，而英王之女也。少淑姆訓，婉嫕靜專，教於公宫，明習婦順。既歸我相國納蘭公，醴饋畢，出見宗黨，莫不致慶，以相國之賢承籍華腴，世宜大啟，而夫人動合矩度，其必能交贊以有成。於時相國方宿衛周廬，夙夜匪懈，夫人以弱女子持家，一意敬慎，謹司管鑰，約束內外，秩如井如。及今皇上之朝，相國已位通顯，自中樞入政府，中更用兵，軍機呼吸，悉心籌畫，夫人亦日夜同其況瘁。既而多難底平，皇上憫四海瘡痍之後，望治益切，所與執政商略致太平之具者甚備。相國則承之以小心，務於調護元氣，凡所施設必當上旨，夫人更時時以滿盈爲戒也。

往余與長公容若讀書通志堂，見容若退朝之暇，常閉門終日，凡雜客投謁者辭勿與通。余規其太甚，容若曰：『吾何敢然哉？吾父每出門，吾母日夕誡余曰：「汝父辛勤立此門戶，保之甚難而墮之甚易，汝年少，慎勿少有所做作，勿妄預外事，盡心公家，勉立忠孝，吾無憂矣。」』以是長公雖生長富貴，自約束恂恂若寒素，文詠之外一無所嗜好。余歸里數年，復至京師，見其仲叔兩君皆長成，則讀書愛士、淡泊自修，與前日之所見於長公者無以異也。而次公詩文至動天子聽，親試而嘉歎之，則相國之教子義方，與夫人之克相夫子以造就其三子者，可不謂之交相贊以有成者與？

夫人性諳書，作字有體格。生平雅尚儉約，晚習梵誦，焚香茗飲，食鮮珍味。然歲時祭祀，饋獻必虔，待外舍師友飲膳，必潔以豐。於其沒也，人皆哀之。初封安人，累封至一品夫人。生三子，長性德，中癸丑會試，丙辰殿試，進士，官侍衛，早卒，有文名；次揆敘，以佐領選補侍衛；次揆方，尚郡主，封和碩額駙。女三人，一適溫郡王，一適某，一未字。孫三人。

相國有別業在暢春園後，皇上每居海淀，夫人則隨相國至園中，灑掃備儲，謹待遊幸。值駕臨，相國出迎拜，夫人亦俯伏屏內。上以夫人宗室尊行，輒霽顏慰勞，良久迺退。其見禮如此。及今年八月，駕巡古北口，次君從行。九月四日，夫人訃至行在，上不欲揆敘遽聞之，第宣令先歸侍母疾，而手諭相國，以夫人皇家之女，傷悼甚至。錫相國白金千兩，酒食一筵，戒以勿過哀損，宜彊進飲食，扶養天年，以副國家所以委畀之重，君臣之歡，亦永永無極。相國拜受詔已，率子孫泣告几筵以上意，存沒感荷，著在彤管，書於史氏。自古明良一德之盛，何以加此？嗚呼！其亦愈知夫人之賢也已。

——鈔本《湛園未刻稿》，天一閣博物館藏

# 祭文

## 祭張母何太夫人文

嗚呼！自我太夫人之棄世，於今十有幾日矣。凡在朝士大夫追慕閫德，無不欷歔悲愴。而要之天之所以曲成我相國母子之愛者，至此而益可感也。始相國之扈駕三征漠北，左右皇躬，內殫謀謨，外矢盡瘁。既功成掃蕩班師飲，至可以從容廊廟，尋東山、綠野之樂矣。乃相國則遙念太夫人不置，陳情歸省，限以三月還闕。髀肉未生，匹焉南返，日馳二百里。田飡野宿，雨雪載塗，竟不踰半月渡江而南。正值歲旦，拜太夫人於里第，於時鞠跽上壽，喜可知也。已而王程漸迫，行有期矣。公依倚膝下，悲戀彌切。太夫人感其至誠，遂慨然許與同行。安輿至京之日，獨僉憲公視學中州不與耳。詹事、司農諸叔季咸集都下，孫曾羅列，曲庭宴賞，備天倫之樂事。太夫人始示微疾，逍遙辭世。准之人子之情，固尚不免其太遽者。然太夫人年已上壽，秩登一品，始則起居無恙，安然而受相國之歸覲。繼之迎養邸中，家庭聚順，一切甘膬之奉，參藥之劑，公與諸季無不親嘗而虔進之。及於不幸而附棺附身，皆得以無悔者。此從來宦遊士大夫之所難，古所謂終天之痛也。而相國一門獨得無幾微遺憾於心者，豈非太夫人之令德所召與？相國純孝之所感，而造物亦將有以曲成之歟？嗚呼哀哉！猗太夫人名門毓質，作嬪先公，蘋蘩著潔。唯其淑慎，以相夫子。笄珈褕翟，象服有玼。赫赫先公，國之棟隆。哲嗣篤生，荀氏八龍。相國矯矯，左右周召。聯翩金昆，稟母之教。母來祁祁，國人是儀。奄忽上升，誰不涕洟？帝用諮嗟，戚我良輔。便蕃遺酹，旨酒惟醹。惟帝念切，其卹孔多。寵我孝子，視古有過。辱在門牆，欣戚誼共。溯德敘哀，亦惟其痛。敬奠一卮，庶其享之。神之俁俁，以慰永思。尚饗。

——《湛園集》卷六，《文淵閣四庫全書》本

## 恭擬御製孝陵祭文

親恩欲報，對陵寢而增懷；聖澤流長，撫松楸而加慕。恭德協天心，民歸景運。載清巨孽，惟今時之肆靖有徵；弼我丕基，乃昔日之耿光是烈。臣憑藉前休，克清沙漠，不敢自逸，復用省方。禮重上陵之文，時正臨乎長至。入修展墓之典，事適值乎歸途。樽俎既陳，羹牆如在。

## 恭擬御製混同江祭文

朕統御寰宇，惟以奠安民生爲念。頃者親帥行陣，北翦兇頑，是用東巡，恭謁陵寢。猶欲經行塞外，覽觀形勝，凡受懷柔之職，宜隆望祀之文。況神發源長白，險控黄龍，屢昭靈爽於先朝，更彙嘉祥於今日。報祀之典，其可忽諸？爰命專官，特申禋祀。尚饗。

## 恭擬御製長白山祭文

國有名山，以興雲雨。況當龍蟠虎踞之地，實爲發祥儲祉之區。朕誕膺曆服，宵旰靡寧，兹因厄魯特噶爾丹小醜陸梁，擾我邊鄙，聿興問罪之師，遂底蕩平之績。既告成於祖廟，復修謁乎先陵。惟神遥控舊京，聯緜天柱，鍾靈毓秀，默佑我邦。凡此克奏膚功，孰非明神擁護。報祭之典，朕不敢忘。用遣專官，虔修望祀。

## 恭擬御製遼河祭文

朕惟帝王時巡所至，必昭告於名山大川，所以隆秩祀、重靈貺也。朕廓清沙漠，行歷一年，復事東巡，展謁陵寢。惟神擁護神京，自長白而發源，合雙流而入海，靈爽夙著，厥功懋焉。兹當經行之地，宜崇肇祀之文。是用備陳牲醴，專官致祭。

## 恭擬御製醫巫閭祭文

朕惟興王之地，風氣完聚，必有名山擁衛，克壯神臯。爾神自經虞帝之封，永作幽州之鎮，扶長白而夾輔，共遼水以朝宗。朕之祖宗，實式憑焉。朕以盪逆之餘，載舉時巡之典，舳艫所過，風靜波恬，效順有徵，咸秩斯在。爰遣官以致告，庶神鑒之無違。

## 恭擬御製暫奉安殿祭文

人情追遠之誠，無間山川之隔。况途轍所經，仰瞻斯在，迴思罔極，敢忘肅將？恭維誕育神靈，佑啟我後，祥隆星渚，道叶坤儀。幸再世之蒙休，皆思齊之垂蔭。鏡匳在御，雖未啟乎山陵；龍輴是陳，已儼臨乎榱桷。兹當長至之候，適值迴輿，敬憑庶物之滋，敢邀錫嘏。

——以上鈔本《湛園未刻稿》，天一閣博物館藏

# 制義

## 第一問癸酉鄉試

古無經名也，六經之説見於《莊子》。自後戴聖記《禮》，遂有《經解》之篇。漢當秦滅經之後，諸儒掇拾於煨燼之餘，各相傳説，使聖人之道不泯於後世，而有宋諸大儒，因得以尋流而溯源，厥功偉矣。鄭氏夾漈至謂『漢窮經而經亡』，不亦過歟？

《易》家有施讐、孟喜、京房，其後費直以《彖》、《象》、《文言》雜入卦中，至王弼又分爻之《象辭》，各附當爻。胡翼之、劉原父之徒謂古文淆亂自二人始。然《程傳》、《本義》皆從費學，其意本欲使人易讀耳，故至今遵之，而施、孟、京三家之説不傳矣。

《尚書》伏生口授二十九篇，孔安國復增多二十五篇。或者謂伏生背文暗誦，乃偏得其難，而安國考定於蝌蚪古文錯亂磨滅之餘，反專得其所易。至所爲之《序》，亦不類西京文字，則梅賾所奏上之書，亦未必爲壁中之真本。然而要言格論，亦出於其間，故學者不能廢也。

《詩》齊、魯、韓三家皆立博士，魯人大毛公爲訓詁，河間獻王得而獻之，以小毛公爲博士，《毛詩》獨後出，而齊、魯、韓三家之説亦廢。韓嬰詩雖存，《外傳》真僞各半，雖其真者，於論《詩》之旨趣亦無當也。至朱子爲《集注》，則並斥《毛詩》，而後之學者又以《小序》爲不可盡去，則紛紛之論至今未有定矣。

《春秋》三傳，左氏紀事，公、穀獨傳經義，其後有鄒、夾之書，惜其不傳。自唐以來多主趙匡、啖助，而陸淳之書所載兩家之説〔一〕，往往有存者，然今功令獨遵胡安國傳。朱子謂『《春秋》多不可解，安國之説亦未見得孔子之本意』，則謂其附會時事，過於牽强耳。今學者於胡氏而外數十家之注解，或亦有可以參觀而互考者，不必株守一家之義也。

高堂生《儀禮》十七篇，后蒼傳之，與大小二戴之《禮》並存於世。今所用者，戴聖之《禮》也。朱子曰：『《儀禮》是經，《禮記》是《儀禮》注解。』欲定爲一書，以《儀禮》篇目置於前，而以《冠》、《昏》等義附於其後，作《古禮經傳通解》，而惜乎其書之未成也。

鄭康成於《易》、《詩》、《書》、《儀禮》、《周禮》皆有箋注，唐孔、賈等共爲疏義，皆就其所立説以證明其意，非有能領略聖人不傳之旨於千百世之下者。斯文未湮，周、邵、程、朱輩出，乃就經以發明絕學，剖決性命，而後天下後世始曉然知經之所以載道，而百家異説至是而統歸於一是矣。若宋元諸儒羽翼六經，各有著述，大抵本於朱子之學，而不能無得失，其間學者兼存而節取之可也。

今皇上神明天縱，直接『精一』之統，以發揮於治道，而又表章六經，崇師重道，宸翰照耀，萬方作覩，可謂曠世一時矣。今愚更有進者，夫經學之與理學一也，理不外於經，而經乃所以明理。自元以來，史臣無識，纂修《宋史》取道學與儒林而各爲之傳，於是談理者高論性天〔二〕，薄文學爲無用，而窮經之士，亦不復以致知格物爲事。此經學之所以大晦也。後之秉筆者必合道學、儒林而一之，使天下皆知明經所以造道，而不至徒事於口耳之功，其亦扶進人才之一端也與？

——《湛園集》卷四，《文淵閣四庫全書》本

【校記】

〔一〕『載』，底本作『戴』，據稿本改。

〔二〕『談理者』，稿本作『談經者』。

## 設爲庠序學校以教之　射也

於養之後言教，而不同其義者，可先舉焉。夫教不可廢，則庠序學校之設可緩乎？至養與教與

射，其義之不同又有如此者。今自井田區畫，而同井望助，有靄然仁讓之風焉，君子以此爲教之所由興也。乃恒心之在士者，已先於民而得之，此非卽鄉學之所由起乎？然而教又不可以不廣也。彼民之稼穡者，且散去於田間，吾因其散而或設之庠焉，或設之序焉，或設之校焉。事莫便於其所近，出也負耒，入也横經。比閭族黨之長，皆師儒之選也，而南畝歌其烝髦矣。教又不可以不專也。彼民之秀良者，且進而造於成均，吾示以專而第設之學焉。業莫精於其所聚，授數有節，合語有時，興道諷誦之餘，悉性情之事也，而《子衿》不憂城闕矣。今以滕之蕞爾，而欲舉庠、序、校而設之鄉也，又欲並學而設之國也，似乎繁重而迂闊，而不知彼固各有其義焉，且於義之中各有其所尚之不同焉。不明乎其義，則其名不可得而知也；不明乎義之所尚之不同，則其同者不可得而見也。夫於其名而可以得其義之所自寓，於其義之所尚之不同而可以得其所尚之無弗同，然後知古之爲教者如是其深長而可思也，則孰有如庠與校與序之設者乎？庠之設何也？吾聞之學矣，『國老上庠，庶老下庠』。蓋言養也，而庠亦有之，庠者，養也。校之設何也？吾聞之學矣，『教以《詩》、《書》，教以《禮》、《樂》』。蓋言教也，而校亦有之，校者，教也。序之設何也？吾聞之學矣，『大射選士，燕射序賢』。蓋言射也，而序亦有之，序者，射也。夫隱其義於庠、序、校之名者，亦猶之助之爲藉，徹之爲徹。創制之深心，可微寓焉，而不必以明其意，乃明其所尚於養、教、射之義者，亦猶夫讀《公田》之詩，悟『亦助』之制。古人之成法可想像焉，而不必以泥其文。蓋教之從來久矣，不然，彼夏后商周之世，何以稱焉？而學之何以無弗同又如此也？

——方苞《欽定四書文·本朝四書文》卷十一，《文淵閣四庫全書》本

# 附录

# 附録一　族譜傳記

## 姜氏世譜原序

姜應元

一世祖靜，字樂山，行六，據嵊譜，本山東淄川族也，以儒術起家，宋太祖拜肇慶府通判。靜生遵，宋真宗拜樞副。遵生梧，梧生國興，國興生仲開，宋徽宗宣和三年第進士，奉勅宰嵊，任滿考績，遂乞解職。值兵亂，不能返淄，徙台之臨海青巖家焉，是爲五世祖。仲開生二子，長玄，玄生六子，長郇，郇生二子，長囿，囿生二子，長畎，畎生四子，長安，次宜。安於宋理宗紹定三年登進士，除刑部主事，歷官至淳祐八年，陞廣東參政，掌兵機，著績。景定五年，勅封侯，未及拜命而卒。公與嵊之張崧卿最友善。崧以女妻公之長子敦，敦善地理，樂嵊名勝，因有卜居之意，及親卒，自廣東舁柩至嵊，遂卜葬於剡之桃源，與諸兄弟家焉，是爲鉅源祖。宜之長子數隨伯父遊廣，還，與從兄敦相依，亦家於桃源，生紹夫，字知天，出張氏，贅上虞，居餘姚咸池之南，生四子，從其長也。

夫淄川姜氏自靜至仲開五世而徙台，仲開至敦，數又六世，而徙嵊，數至從一又二世，而徙姚，是爲十三世矣，其宗支之在淄川、在青巖者未經考録，及八世自青巖而徙大岔者圖也，徙寧川金墩者國也，出徐氏徙上虞者蓉也，九世自青巖隨父任仁和主簿於杭者畦也、畔也，以茂才舉奉化主簿、徙餘姚娶商氏生一子宙者時也。此則皆可考覈，若吾族之在咸池，則自祖從一始備載於姚譜焉。嘉靖甲午歲十月甲午朔，裔孫應元謹敘。

——《姜氏世譜》卷首，浙江圖書館藏

## 姜氏世譜·慈水支略言

姜聯福

慈水以伏延公爲始遷祖，系出於歡六公，是與姚族同七世祖。其間賢哲挺生，冠蓋相望，固由靈秀之區鍾毓者厚，抑實祖德宗功之所培而積者歷久彌彰焉。癸丑歲，福因採輯家乘，再至城廂，詢知西溟公舊居，久經改易，爲其後者亦復寥寥無幾人。今以此稿見付，據云散處族人俟漸次訪明增入。福因取而讀之，其文雖別無撰述，而書生配、書卒葬較舊譜爲詳，遂爲編次改鐫，垂諸不朽。竊維人物代更，風景亦異，昔之由盛而衰者安必今之衰者後不復盛也？凡我宗人當聚孝友於一堂，推仁恩於衆姓，庶葛藟知庇本根而遐邇各支皆可聯爲同體也已。聯福謹識。

——《姜氏世譜》戊集，浙江圖書館藏

## 姜太常傳

徐乾學

姜太常應麟，字泰符，慈谿人。父國華，嘉靖三十八年進士，歷陝西參議，有廉名。應麟萬曆十一年進士，改庶吉士，授戶科給事中，卽疏薦蔡悉、顔鯨等五人。十四年二月，有旨加封鄭貴妃爲皇貴妃。時王恭妃生皇長子，已五歲，而鄭妃寵冠後宮，初妊邠哀王，帝與戲而傷之，生三月，不育。鄭恚甚，帝憐之，與私誓，卽更舉子，立爲東宮。及皇第三子生，賚子特厚，中外籍籍，謂神器且有所屬。未幾，加封之命下，禮部已具儀注將上，應麟疏言：『近見大學士申時行請冊立東宮，有旨元子弱，少俟二三年舉行，旣而聖諭封貴妃鄭氏爲皇貴妃。竊謂禮貴別嫌，事當愼始。貴妃所生，固皇上第三子，猶然亞位中宮，恭妃誕育元嗣，翻令居下，揆之倫理則不順，質之人心則不安，傳之天下萬世則不典，非所以重儲貳、定衆志也。伏乞俯從末議，收回成命，臣愚，不勝大願。且臣之所議者末也，未及其本也。皇上誠欲正名定分，別嫌明微，莫若俯從閣臣之請，明詔冊立元嗣爲東宮，以定天下之本，則臣民之心慰、宗社之慶長矣。』疏入，帝震怒，抵之地，遍宣中官掌印者至，諭：『冊封貴妃，非爲東宮起見，科臣奈何訕朕？』以手擊御案幾裂，中官環跪叩首，怒稍解。奉旨：『冊封非爲別故，因其敬奉勤勞，特加殊封。立儲自有長幼，姜應麟沽名賣直，窺探上意，著降極邊雜職。』應麟遂得廣昌縣典史去。是時，國本之議自應麟首發，受嚴譴，吏部員外郎沈璟、刑部主事孫如法相繼言之，並得罪。兩京諸臣申救者疏復十數上，不省，自後言者蠭起，至於三案互發，黨議相軋，垂六十年。然自立儲自有長幼之旨出，言者皆得執此語以責信於主上，朝廷雖厭之，終不能奪也。

居廣昌四年，移餘干令，丁外艱，服闋至京，時儲位尚未定，羣情恟恟。首相沈一貫嘗爲人言：『皆吾君子也。』語傳播遠近，應麟值之朝，力爭之，遂與忤。復上疏言：『臣旣以身許國，而陛下復以信許臣；臣之初心未竟者十有六年，陛下之大信未成者亦十有六年，故臣欲以此日責大信於陛下，以畢臣之初心。初，臣爲諫官，因冊封皇貴妃，有慎封典、重儲貳之請，陛下降旨云「立儲自有長幼」，以臣疑君，賣直而斥，是臣之罪在不能仰體聖心，謫有餘辜也。繼而禮官沈鯉有免斥言官之請，陛下降旨云「因其置朕有過之地，故薄罪示懲」，是臣之罪在不能仰成聖德，謫有餘辜也。信斯言也，陛下惟恐見疑於羣臣，以得罪於天下後世，將朝更夕改之不暇。不意陛下之過舉猶故，中外之人心轉疑，初謂二三年舉行，今且五年矣；初謂睿質清弱，今則强壯矣；初謂先冊立後冠婚，今則幾欲倒行矣。夫冠婚可委曰清弱，冊立何嫌於强壯？愆期不舉行，將有以窺陛下之微矣。彼偃仰風議之人方且怵威投鼠，甘心煬竈，立視陛下孤立於上，徐見陰陽之定而坐收其利。卽有曲意調停者，亦不過就中轉移，望風瑟縮，殊未聞有招不來、麾不去如古大臣之風者。且此非特不忠於陛下而已，究豈有工於爲宮掖藩邸計而善成陛下之愛者哉？夫有卻座之諍，始免永巷之菑，人彘之鑑、燕啄之禍，非不灼灼也。陛下奈何溺衽席、嗜美疢，甘爲子孫貫無涯之禍而不顧邪？夫弓不抑則不揚，矢不激則不遠，士不臨禍亂則忠憤不決裂。以祖龍之酷，尚奪氣於茅焦之解衣危論；以嬴秦之暴，士尚有建節積尸闕下而不悔。陛下欲以威劫正人而成其私，竊恐威未及殫而大亂已成，可不戒哉？夫人主之託身不可不慎，託身賢士大夫，不引而致之明盛不止；託身於宦官宮妾，不引而致之亂亡不止。今道路之言，謂冊立不決由皇貴妃牽制所致，甚者以爲窺伺璇宮，懷逝梁之非望，又甚者以爲齮齕震器，徼壓紐之適。然揆之理勢，或非事實；跡其隱微，夫豈無因？萬一外戚中涓有以邪謀綴皇貴妃者，恐皇貴妃不得自由也；萬一諂臣媚子有以家事誤陛下者，恐陛下亦不得自察也。臣又思之，陛下動以祖宗爲法，而尤憲章世廟爲兢兢。竊謂世廟雖不建儲，猶令景王之國以絶羣疑而杜覬覦，此又不定之定，不立之立也。獨不可法歟？臣前爲言官而言，以職諫也；今不爲言官矣，不當言矣。然臣之官可奪，而臣之志不可奪。陛下儻有感臣言，卽發德音，冊立、冠婚，一時並舉，臣雖死猶榮。若罪臣出位，責臣沽名，則臣已席藁括髪待矣，斷不願與中立觀望、全軀保妻子之臣同視息於天壤也。』疏上留中。初應麟被謫，有旨不許朦朧陞用，特疏其名於屏風。一貫旣銜應麟，因嗾吏部無得隨例補除。每用啟事特奏之，待命七年，輒不報。二十九年十月，有詔立皇長子爲皇太子，應麟遂歸。

家居二十餘年，光宗立，起太僕少卿。御史潘汝楨者，舊爲慈谿令，與應麟有隙，陰令給事中薛鳳翔劾應麟老病失儀，宜致仕。應麟引疾去。蓋是時，璫禍潛萌，汝楨、風翔皆逆黨，與正人爲難者也。應麟爲謫官時有善政。廣昌白狼爲害，傷人積千餘，檄於邑神，捕之立得，遂殲焉。餘干宋丞相趙汝愚墓道爲守冢方氏所侵，方宗强，應麟親勘還之，爲文祭汝愚。未幾，雷捽其人，擊而斃之墓下，如倒植然，人驚異之。性剛直，遇意不可，若飆發矢激，人無得撓者，以故恒與人齟齬。當萬曆季年，稅使四出，慈谿令韓國瑨盡括邑中契券，搜索盈萬金猶不已，人情驚怖。應麟謁國瑨，强出其契，事得止，邑人爲立尊德祠於北湖壖，尸祝之。應麟自再詣京師，目擊時事，遂無意於用世。嘗寓書族人曰：『吏部以掣籤官人，兵部以封昏媚倭，大臣皆持禄養交，日夕如雷霆轟然在頭腦上，脅息無敢出一言爲天下者，中原陸沈，恐不難致，吾此身可以再嘗試乎？』其後一起卽報罷。應麟愈老矣，家居又十餘年，崇禎三年卒。其子思簡請恤闕下，從子御史思睿亦疏言之，賜祭葬，贈太常卿。

——《憺園文集》卷第三十四，《清代詩文集彙編》影印清康熙三十三年冠山堂刻乾隆五十四年改補本

## 皇明中憲大夫太僕寺少卿贈太常寺卿松槃姜公墓誌銘 丁酉

黄宗羲

予嘗讀本朝奏疏，而歎諸臣之不敬其君也。夫諫者，寧僅行己之言爲得乎？逆料其君不若堯舜，不能納正言，而以庸言進今所共由者，庶幾吾君聽吾言，於是濟以機智勇辨而行吾之諫。諫卽行，終將凍解於西而冰堅於東，霧釋於前而雲滃於後，是使其君終身不聞正論也。吾謂諫者，亦唯是堯舜之所行者，卽吾君之所能行也。一時諫或不入，其君終畏其言而不敢自恣，未必不行之於數十年之後。若是者，可謂之敬君矣。

神廟時，光宗生，其母無寵。已而福王母鄭氏，帝嬖之甚，嘗於玄帝神前盟曰：『有子則爲後於天下。』書其盟於約，中分之，上藏其半，鄭藏其半，猶流俗之所謂合同者。至是福王生，上傳貴妃鄭氏進封皇貴妃。戶科給事中姜至言：『禮貴別嫌，事當慎始。恭妃誕育元子，翻令居下，揆之倫理則不順，質之人心則不安，傳之天下萬世則不典，非所以重儲貳、定衆志。如或情不容已，勢不可回，則願首冊恭妃，次及貴妃，又下明詔，冊立元嗣爲東宮，以定天下之本。』當是時，神宗舍光宗而立福王之意，已沛然莫之能禦，顧一時驟屈於公之昌言，不敢自明，但以牾君賣直謫公。吏科左給事中楊廷相等疏救，不聽。自公謫後，神宗故緩其冊立，初以皇長子質弱爲辭，又變爲傳嫡，已又變爲鋪宮金錢未備，展轉計窮。後公上疏之五年，爲萬曆二十九年，不得已乃冊立光宗爲皇太子，弟三子爲福王。四十一年十二月乙巳，神宗索盟書於貴妃，不肯出，明日又索之，至暮乃出，塵封如故，焚之玄帝神前。辛亥下詔：

『明年三月丙子，福王就國。』蓋數十年間，言國本者既皆祖公之説，而神宗以天子之威，不敢直行其意，則公之一言足以畏之也。

公諱應麟，字太符，别號松槃，甯之慈谿人。祖槐。父國華，嘉靖己未進士，累官至陜西省參議。母王氏，封恭人。萬曆十一年進士，選爲庶吉士，改授戶科給事中，謫大同廣昌縣典史。十七年，遷知餘干縣。二十年，丁外艱，服除赴闕。王文肅以三王並封擬旨，舉朝噪之。及文肅請去，公寓書：『爲相公計，可以四年前不出，不可於四年後求去。宜於無事時乞休，不宜於危時奉身而退。』文肅畏其言而謝之。同郡沈文恭執政，故暇豫事君者也，往會朝堂，公復以語侵之。故事，小臣隨到補任。文恭語吏部：『姜君姓名，公時置胸中，專請乃可。』於是待詔七年，五請而不報。文恭蓋亦畏之矣！册立命下，公喟然而歎曰：『吾君不難，以夜半之泣割而殉小臣之一言，是誠堯舜之君也，吾又何必出而圖吾君乎！』遂歸。光宗卽位，敘國本首功，起太僕寺少卿。吏科薛風翔以公禮格之，公亦恥與後進爭用，卽乞致仕。崇禎三年五月初七日卒，距生嘉靖二十五四月二十四日，年八十五。明年，從子御史思睿請恤，贈太常卿。十四年，嗣子思簡再請，奉旨予祭葬，錄其子一人。葬邑東北之花盆山。元配劉氏，封恭人，後公三年而卒。子三人：思簡、思素、思復，皆諸生。女五人，皆適士族。孫九人：晉珪、晉琮、晉璜、晉璐、晉珙、晉瓚、晉卿。曾孫某。銘曰：

古之君臣，亦惟師友。後之人臣，僕妾奔走。師友之言，春溫秋肅。僕妾之言，屈曲從俗。宋有程子，説書崇政。帝折柳枝，亦告以正。此風邈矣，有君不敬。昔我顯皇，風落山蟲。割臂而盟，證之玄武。侃侃姜公，有道如矢。帝黜其身，其言留只。床笫雖安，公言霜雪。山窮水盡，要盟始絶。中王趙沈，僕妾之臣。夫苟法公，何至紛紜。豈爲一疏，遂足以傳。期君堯舜，此心萬年。

——《南雷餘集》，《清代詩文集彙編》影印清宣統三年順德鄧氏排印風雨樓叢書本

## 孝潔姜先生墓誌銘

朱彝尊

慈谿姜君宸英詩文傾折海内士，天子知其姓字，然屢赴鄉試，不見録也。既而用薦入史館，支正七品俸，纂修《明史》，又分撰《一統志》，月給餐錢，衣儒生衣，雜坐公卿之次。會覃恩敕授文林郎，贈考妣如其階。歲在己巳冬，刑部尚書總裁官崑山徐公乾學告歸，詔許以書局自隨，公上言引君自助。於是君將還葬其考孝潔先生於夏家嶴華盆山之陽，妣孫孺人祔焉，持狀請彝尊誌其墓誌。曰：

先生諱晉珪，字桐侯，别字卓庵。先世自蜀遷於越，居嵊縣，再徙餘姚，復徙慈谿。曾祖國華，丁士美榜進士，累官陝西布政使司右參議，階朝列大夫，贈太僕寺少卿。祖應麟，中先文恪公榜進士，以戶科給事中抗疏爭鄭貴妃冊封，謫典史，後歷太僕寺少卿，階中憲大夫，贈太常寺卿。父司簡，官戶部司務。母向孺人，妻孫孺人。先生少補儒學生員，貢於鄉，年三十七，不復應舉。研精理學，工詩，兼通六書，辨其源流，又嫻經世之略。性至孝，友愛諸弟，與人交愷易。然取與必以義，雖勢力不能奪也。太常公以廉節自勵，遺產僅百畝，司務君昦弟分受之，先生昦弟又三分之。力不能給饘粥。兵後家計益窘，無以爲親養，乃遊學，北至燕、趙，東浮洛，西遊秦、蜀。束脩所入，歸以養父母。孫孺人曲成其孝，一味不以自甘，必先進舅姑，曉問寢安否，庭闈燕衎，靡以異先生在家也。先生既遠親舍，歲時恒望鄉

遙拜，發爲歌詩，多幽憂悱惻之言，音甚酸楚，今所傳《泛凫吟稿》是已。迨向孺人歿，先生適在旅次，訃至嘔血數升，遂中失血症。服除，將之瑞州，道出常山，疾發，卒於草坪旅舍，時康熙十一年五月日也，年六十三。宸英扶其柩歸，先生之執友張能信、林三錫等交泣下，僉曰：『君之事親可謂孝矣，君之高蹈可謂潔矣。』遂私謚曰孝潔先生。先生歿後七年，孫孺人亦卒。孺人，國子監生之蓰之女，朝列大夫知德州事森之孫，贈朝列大夫某之曾孫。子男二人：宸英、宸芝。女一人，嫁儒學生員淩玿。孫男三人，女六人。

嗚呼！自先王制產之法廢，士之貧者無以養其親，於是《陟岵》、《鴇羽》、《北山》、《蓼莪》、《四月》之詩作焉。雖不能養與祭，君子必以孝子目之，蓋惜其遇而憫其志之不得已也。先生之孝，終食不遺其親，顧以貧故，適四方資僚友縞紵之貽，以供菽水，是亦潔白之養矣。子職未盡者，孫孺人以婦道成之，宸英又克繼其志。然則先生可無憾於泉下，而因行受名，庶幾克副其實者乎？於其葬也宜銘，銘曰：

學焉而弗措也，才焉而不遇也。勞人之賦也，孺子之慕也。有賢妻爲之助也，有令子爲之嗣存故友也。子未服官而贈及其親，天子之異數也。考卜於原，有巍者檀，有菀者枌。葬先生於是，嬪也祔此。幽宅既安，斯蕃衍而孫子。

——《曝書亭集》卷第七十六

## 姜宸英傳

姜宸英，字西溟，慈谿人，明太常卿應麟曾孫。父晉珪，諸生，以孝聞。宸英績學工文辭，閎博雅健。屢躓於有司，而名達禁中。聖祖目宸英及朱彝尊、嚴繩孫爲海內三布衣。侍讀學士葉方靄薦應鴻博，後期而罷。方靄總裁《明史》，又薦充纂修，食七品俸，分撰《刑法志》。極言明詔獄、廷杖、立枷、東西廠之害，辭甚愷至。尚書徐乾學領《一統志》事，設局洞庭東山，疏請宸英偕行。久之，舉順天鄉試。三十六年，成進士。廷對李蟠第一，嚴虞惇第二，帝識宸英手書，親拔置第三人及第，授編修，年七十矣。明年，副蟠典試順天，蟠被劾遣戍，宸英亦連坐。事未白，卒獄中。

宸英性孝友，與人交，坦夷而不阿。祭酒翁叔元劾湯斌僞學，遽移書責之。著《湛園集》、《葦間集》。書法得鍾、王遺意，世頗重之。

——趙爾巽等撰《清史稿》卷四百八十四《文苑一》，中華書局，一九七七

## 姜宸英傳

姜宸英，字西溟，浙江慈谿人，明太常寺卿應麟曾孫。少工舉子業，兼善詩古文辭，屢躓於有司，而聲譽日起。聖祖仁皇帝稔聞之，嘗與秀水朱彝尊、無錫嚴繩孫並目爲『三布衣』。會開博學鴻儒科，翰

林院侍讀學士葉方靄約侍講韓菼連名上，適方靄宣召入禁中浹月，菼乃獨牒吏部，已不及期，方靄旋總裁《明史》，薦之入館，充纂修官，食七品俸，分撰《刑法志》。宸英極言明三百年詔獄、廷杖、立枷、東西廠衛之害，痛切淋漓，足爲殷鑒。尚書徐乾學罷官，卽家領《一統志》事，設局於洞庭東山，疏請宸英偕行。宸英在京時，大學士明珠長子性德從宸英學，明珠有幸僕曰安三，頗竊權，宸英不少假借。性德嘗以爲請，宸英益大怒，擲杯起，絕弗與通。安三知之，憾甚。以故連蹇不得志。久之得舉順天鄉試。康熙三十六年成進士，及廷對，進呈名稍殿，上識其手書，特拔置第三人，授翰林院編修，年已七十矣。三十八年，充順天鄉試副考官，比揭榜，御史鹿祐以物論紛紜劾奏，命勘問，並覆試舉子於內廷。上諭：『諸生俱各成卷，尚屬可矜，落第怨謗，勢所必有，焉能杜絕？祗黜數人，餘仍令會試。』正考官李蟠遣戍，宸英坐蟠繫獄事未白，病卒，年七十二。

宸英孝友，與人交悃愊無城府，然遇權貴不少阿。常熟翁叔元任祭酒時，劾湯斌僞學，宸英與叔元舊識，遽移書責之。生平讀書，以經爲根本，於注疏務窮精蘊，自二十一史及百家諸子之說，靡弗披閱。績學勤苦，至老猶篤。故其文閎博雅健，有北宋人意。魏禧嘗謂：『侯方域肆而不醇，汪琬醇而不肆，惟宸英在醇肆之間。』論者以爲實錄。詩兀奡滂葩，宗杜甫而參之蘇軾，以盡其變。書法鍾、王，尤入神品。著有《江防總論》、《海防總論》各一卷，《湛園集》八卷，《葦間集詩》十卷，又《劄記》二卷，皆證經史之語，雖小有疏舛，而考論禮制，精覈者居多。

——王鍾翰點校《清史列傳》卷七十一《文苑傳二》，中華書局，一九八七

# 翰林院編修湛園姜先生墓表

全祖望

湛園姜先生卒四十年，其家零落。會有詔修國史，臨川李先生曰：『四明之合登文苑者，非先生乎？不可無行實以移館中。』予乃摭拾所聞而詮次之。而鄭義門曰：『先生墓前石表未具，曷卽以此文爲之，而移其副於史局？』予從之。

先生諱宸英，字西溟，學者稱爲湛園先生，浙之寧波府慈谿縣人也。少工詩古文詞。其論文，以爲周秦之際莫衰於《左傳》而盛於《國策》，聞者駭而莫之信也。及見其所作，洋洋灑灑，隨意出之，無不合於律度，始皆心折。寧都魏叔子謂『侯朝宗肆而不醇，汪苕文醇而不肆，惟先生文兼乎醇肆之間』，蓋實錄也。詩以少陵爲宗，而參之蘇氏以盡其變。當是時，聖祖仁皇帝潤色鴻業，留心文學，先生之名遂達宸聽。一日謂侍臣曰：『聞江南有三布衣，尚未仕耶？』三布衣者，秀水朱先生竹垞，無錫嚴先生藕漁及先生也。又嘗呼先生之字曰：『姜西溟古文，當今作者。』於是京師之人來求文者，戶外恒滿。會征博學鴻儒，東南人望，首及先生。掌院學士崑山葉公與長洲韓公相約連名上薦，而葉公適以宣召入禁中浹月，既出則已無及矣。於是三布衣者取其二，而先生不豫。翰林新城王公歎曰：『其命也夫！』已而葉公總修《明史》，薦之入局，以翰林院纂修官食七品俸，仍許與試。尋兼豫《一統志》事。

凡先生入闈，同考官無不急欲得先生者。顧佹得佹失，而先生亦疎縱，累以醉後違科場格致斥。又嘗於謝表中，用義山點竄《堯典》、《舜典》二語，受卷官見而問曰：『是語甚粗，其有出乎？』先生曰：『義山詩未讀耶？』受卷官怒，高閣其卷，不復發謄。顧先生所以連蹇，正不止此。常熟翁尚書者，先生之故人也，最重先生。是時枋臣方排睢州湯文正公，而尚書爲祭酒，受枋臣旨，劾睢州爲僞學，枋臣因擢之副詹事以逼睢州，以睢州故兼詹事也。先生以文頭責之，一日而其文遍傳京師，尚書恨甚。顧枋臣有長子，多才，求學於先生，枋臣以此頗欲援先生登朝。枋臣有幸僕曰安三，勢傾京師，內外官寮多事之，如舊史之萼山先生者，欲先生一假借之而不得。枋臣之子乘間言於先生曰：『家君待先生厚，然而卒不得大有攸助，某以父子之間亦不能爲力者，何也？蓋有人焉，願先生少施顔色，則事可立諧。某亦知斯言非可以加之先生，然念先生老，宜降意焉。』先生投杯而起曰：『吾以汝爲佳兒也，不料其無恥至此。』絕不與通。於是枋臣之子百計請罪於先生，始終執禮，而安三知之恨甚，枋臣遂與尚書同沮先生。崑山徐尚書罷官，猶領《一統志》事，卽家置局，先生從之南歸。時貴之構崑山者，亦惡先生。顧崑山雖退居，其氣力尚健，惓惓爲先生通榜，卒不倦，則亦古人之遺也。

康熙丁丑，年七十矣。先生入闈，復違格，受卷官見之歎曰：『此老今年不第，將絕望而歸耳。』爲改正之，遂成進士。及奉大對，聖祖識其手書，特拔置第三人，賜及第，授編修。先生以雄文碩學，困頓一生，姓名爲天子所知者二十年，至能鑒別其墨跡，雖有忌之者，而亦有大老吹噓不遺餘力，乃篤老始登一第，其遭遇之奇，蓋世間所希。既登中秘，神明未衰，論者以爲當膺廟堂大著作之任，以昌其文，乃甫二年，而以己卯試事，同官不飭簠簋，牽連下吏。滿朝臣寮皆知先生之無罪，顧以其事涇渭各具，當自白，而不意先生遽病死。新城方爲刑部，歎曰：『吾在西曹，顧使湛園以非罪死獄中，愧如何矣！』嗚呼！桑榆雖晚，爲霞尚足滿天，而奇禍臨之，是則大造之所以厄之者毒也。

先生居家，孝友之行，粹然無間。與人交，悃愊不立城府。論文則娓娓不倦。書法尤入神，直追唐以前風格。生平無纖毫失德，故既死而惜之者，非徒以其文也。所著有《湛園未定稿》、《葦間集》，皆行世。先生之文，最知名者爲《明史稿・刑法志》，極言明中葉廠衛之害，淋漓痛切，以爲後王殷鑒，《一統志》中諸論序，亦經世之文也。晚年尤嗜經學，始多説經之作，未及編入集中而卒。

予生也晚，不及接先生之履絇，顧世人所知者，但先生之文，而茫然於其大節。豈知常熟一事，則歐陽兗公之於高若訥不足奇也；枋臣一事，則陳少南之於秦塤殆有遜之。若始終不負崑山，則又其小焉者矣，區區徒以其文乎哉！其銘曰：

吾郎文雄，樓宣獻公。誰其嗣之？剡源、清容。易世而起，有湛園翁。白頭一第，亦已儱涷。何辜於天，竟以凶終。茫茫黄土，冥冥太空。

——《鮚埼亭集》卷十六，《清代詩文集彙編》影印清嘉慶九年史夢蛟刻本

## 姜宸英

姜宸英，字西溟，號湛園，慈谿人。少數奇，鄉試表聯中用點竄《堯典》、《舜典》字，塗改清廟明堂詩，監試以爲怪，令易之，曰：『此李商隱《韓碑》詩，非僻書也。』御史怒，摘微疵貼出。後年餘，學士徐元文薦修《明史》，與黄虞稷俞郃以諸生入史館，食七品俸。又分撰《一統志》，月給餐錢，仍許與試，衣儒生衣，雜坐公卿之次。崑山尚書徐乾學告歸，詔許以書局自隨，上言以宸英及查慎行自助，宸英從

之南歸。舉鴻博，掌院葉方藹、尚書韓菼將薦之，方藹適宣召入禁中，逾月而出，已無及矣。新城王士禛歎曰：『豈非命乎？』尚書翁叔元雅相知好，叔元受枋臣指，劾睢州尚書湯斌，西溟以文責之，一日傳遍京師。明太傅珠有僕安三，溺之，有言必從，勢張甚。太傅子成德從宸英學，飲酒間從容言：『安三之可任，願少假顔色，必得當以報。』大怒，投杯而起，且斥罵之。安三聞之，極恨。

宸英古文有名於時，魏叔子謂：『侯朝宗肆而不醇，汪苕文醇而不肆，惟西溟兼乎醇肆之間。』旅食京華者垂四十年，聖祖聞其名，嘗問内直諸臣：『江南有四布衣，尚未仕乎？』卽李因篤、嚴繩孫、朱彝尊、宸英也。又嘗呼其字曰：『姜西溟古文，當今作者。』每鄉試榜發，使人覘之曰：『宋五得毋坦率否？』竹垞勸其罷南闈試，怒不答。平生不食豕，兼惡人食豕，一日戲語之曰：『假有人注鄉貢進士榜，蒸豕一柈曰：食之。則以淡墨書名，子其食之乎？』姜笑曰：『非馬肝也。』

詩文傾折海内士，然屢赴試不見録。求文者戶外屨恒滿。爲文疎古排宕，得歐、曾之神。書法尤逼公權，有乞片紙者寶若拱璧。其《古詩選序》云（編者案：原録《五七言詩選序》全文，略）。又《三昧集序》云（編者案：原録《唐賢三昧集序》全文，略）。

既舉鄉闈，丁丑，年七十矣，入闈復違格。受卷官曰：『此老今年不第，將絶望矣！』爲改正之，遂成進士，廷試二甲第四十。卷進呈，特拔一甲第三，授編修。庚辰未散館，主順天試事，爲同考所牽連下吏。大臣皆知宸英無罪，以爲其事當自白，無爲之言者，遽病死於獄。王士禛方長刑部，歎曰：『吾在西曹，顧使湛園以非罪死獄中，吾其愧哉！』在史館，爲《一統志》諸論序，說者以爲經世之文。有《海防總論》一卷、《江防總論》一卷、《湛園札記》三卷、《湛園集》一卷，別有《湛園未定稿》六卷，又《真意堂文稿》一卷、《葦間集》行於世。《惜花》云：『一春强半是春愁，淺白長紅付亂流。賸有垂楊吹不斷，絲絲綰恨上高樓。』

——錢林《文獻徵存錄》卷二，《續修四庫全書》影印清咸豐八年有嘉樹軒刻本

## 姜宸英傳

秦　瀛

姜宸英，字西溟，號湛園，浙江慈谿人，明太常卿應麟曾孫。康熙丁丑賜進士第三人，官翰林院編修。著有《江防總論》二十卷、《明史・刑法志》三卷、《列傳》四卷、《土司傳》二卷、《湛園未定稿》十卷、《湛園集》八卷、《真意堂文稿》一卷、《葦間集詩》十卷、《湛園札記》二卷、《湛園題跋》四卷。

初編其文爲《湛園未定稿》，秦松齡、韓菼皆爲序。後武進趙同敩摘爲《西溟文鈔》，此本爲黄叔琳所重編，凡八卷。宸英少習古文，年七十始得第，績學勤苦，用力頗深。集中有《與洪虞鄰書》，論兩浙十家古文事，謂：兩浙自洪、永以來三百餘年，不過王子充、宋景濂、方希古、王陽明三四人，其餘謝方石、茅鹿門、徐文長等尚具體而未醇。不應浙東西一水之間，一時至十人之多，不欲以身廁九人之列。蓋能不涉標榜之習以求一時之名者。其文閎肆雅健，往往有北宋人意，亦有以也。是集前二卷皆應酬之作，去取之間未必得宸英本意，然梗概亦略具於斯矣。集末《札記》二卷，據鄭羽逵所作《宸英小傳》，本自單行，今亦别著於錄，不入是集焉。節錄《四庫書目・湛園集提要》

姜宸英，字西溟，太常卿應麟曾孫。工制藝，兼善詩古文。康熙戊午有修《明史》之命，相國徐元文

以宸英有史才，薦入館，遂奉特恩授文林郎，食七品俸。己巳，徐司寇乾學即家纂修《一統志》，設局於洞庭東山，疏請宸英與黄虞稷偕行。尋中順天鄉試，丁丑廷試一甲第三，授編修，時年已七十矣。宸英讀書以經爲根本，於注疏窮其精藴，自二十一史及百家諸子之説，俱經批閲。爲文必先立意而後下筆，略無凝滯。書法鍾、王，於唐宋諸家亦靡不臨寫，晚尤加意章草及篆隸，人得片紙，藏弆以爲寶。著《明史·刑法志》三卷、《列傳》四卷、《土司傳》二卷、《一統志·總論江防、海防》共六卷，留館中。别有《湛園未定稿》十卷、《葦間詩集》八卷。《浙江通志》

先生生當熙代，潤色鴻業，留心文學，名達宸聰，嘗呼先生之字曰：『姜西溟古文，當今作者。』會征博學鴻儒，東南人物首及先生。崑山葉公與長洲韓公約連名上，而葉公適以宣召入禁中浹月，既出則已無及。已而葉公薦之入明史館，食七品俸，仍許與試。尋豫《一統志》事。常熟翁尚書者，公之故人也。是時枋臣方排擊湯文正公，而尚書爲祭酒，劾文正爲異學，枋臣因擢副詹事以逼文正，以文正故兼詹事也。先生以文責之，一日而遍傳京師，尚書恨甚。顧枋臣有長子多才，方求學於先生。時枋臣世僕安三者，勢傾内外，官寮欲先生少假借之而不得。枋臣之子乘間婉言於先生，先生投杯而起，絶不與通。於是枋臣之子百計請罪，而安三知之，恨甚，枋臣遂與尚書同沮先生。崑山徐尚書罷官，猶領《一統志》事，先生從之南歸，時貴之構昆山者，亦惡先生。康熙丁丑，先生成進士，年七十矣。仁廟識其手書，特拔第三人，賜及第。甫二年，而以己卯試事，同官不飭簠簋，牽連下逮，遽病死。世人所知者，但先生之文，而茫然於其大節，故特表而出之。節録《鮚埼亭集·墓表》

西溟少精舉子業，屢躓有司，愈不喜詭隨弋獲。前年已有以其名上聞者，會格於例報罷。余嘗謂：『西溟嗜古近癖，而不能與時文定其榮辱之數；名達九重，而不能與流輩爭其一日之遇。』西溟日與余論古今文字，益發憤，欲盡屏人事，并力以從事。會奉有命，治裝北上，哀其前後，都爲一集，曰《湛園未定稿》。節錄《蒼峴山人文集·湛園未定稿序》

姜編修西溟爲舉子時，表聯中用塗抹《堯典》、《舜典》字，點竄《清廟》、《生民》詩語，監試御史不知出處，指摘令改易。西溟曰：『此出李義山《韓碑》詩，非杜纂也。』御史怒，借微錯貼出之。《古夫于亭雜錄》

亡友姜西溟以古文名當世，其文滂沛英發，於蘇文爲多。未第時以薦舉入明史館，分纂《刑法志》，極言明三百年詔獄、廷杖、立枷、東西廠衛、緹騎之害，其文痛切淋漓，不減司馬子長。其論文則謂：『六經而下，衰於《左氏傳》，而再振於《戰國策》。』蓋其爲文本挾從横之氣，故云爾。常選《唐文粹》之文出以示余，惜未借鈔。今其家尚存此本與否不可知。曾語其從弟孝廉宸萼訪之，未見示也。王士禛《雜錄》

瀛案：先生與先宮諭論金石交，主余家最久，詩篇唱和幾無虚日，而先生尤以古文名。先宮諭爲作《湛園未定稿序》，先生亦爲先宮諭作《寄暢園記》。魏叔子嘗謂：『侯朝宗肆而未醇，汪鈍翁醇而未肆，西溟在醇肆之間。』洵不妄也。余藏先生墨蹟數種，嘗推爲本朝書家第一，訪其後人式微殆盡，悲夫！

賈崧案：韓慕廬《湛園未定稿序》云：『余亟欲以先生薦，院長葉文敏約同署名。會文敏宣入禁中，遲之兩月，及余獨呈吏部，已不及期矣。西溟嘗有句云：「北闕已成輸粟尉，西山猶貢采薇人。」蓋不能無感慨云。』

——《己未詞科錄》卷八，嘉慶十二年世恩堂本

## 湛園先生像贊

楊九畹

公之書，伯仲常，挈謙六，得思白之秀逸而追羲、獻之蹤。公之詩，抗漁洋，駕竟陵，參髯蘇之疏宕而以少陵爲宗。公之文，淩朝宗，跨茗文，原本於《國策》之洋灑，而神似歐陽子之雍容。公之名，齊竹垞、偕藕漁，一布衣而姓氏上達於九重。展公之像，覩公之貌，粹然精華之外發而道德之内充，是爲宇宙之完人，豈唯吾鄮之文雄？道光甲午八月下澣後學楊九畹拜題，光緒己丑六月下澣後學馮保燮拜書。

——《姜先生全集》卷首

# 附錄二　年譜

## 姜西溟先生年譜

慈谿馮孟顓貞羣　編

### 凡　例

一、是譜以西溟詩文排比其行狀，旁及友朋投贈之作、史志、筆記、貢舉，考略集句、編次引用之書詳句末。其采用本集者不署作者名氏。

一、所引諸書之人，有書名者，有書字者；　其地有書古名者，有書今名者，難以一律，蓋名從主人也。

一、唐氏執玉刻《葦間詩集》，爲西溟之子嗣洙裒録，目下署有『甲子鄭氏喬遷刻』。《湛園詩稿》未題歲月，今考其時事，爰將詩題分年編入。

一、集中之文不記歲月，就可考者列目譜中。

一、西溟醉心科舉，其應試歷科考官、試題、制度，悉備載之。

一、西溟以一處士遊藝四方，公卿、清流聞聲納交，與其同修《明史》，舉博學鴻儒科者五十人，纂《一統志》者十四人，其姓名、籍貫、官職、著作，特爲著録，西溟詩文所見之友可考者並爲詳注。此西溟所謂『綴姓氏於集中者，百年以後，幸有傳者，則附載之姓氏亦不泯没於後世矣』。

一、西溟交友生卒之可考者，分注其年之末。

## 姜氏世系

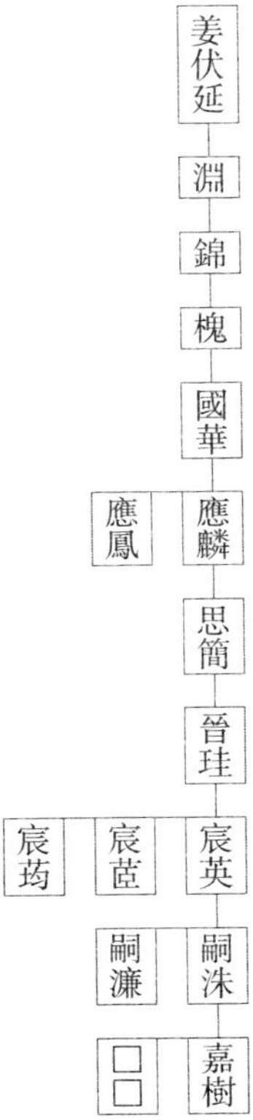


姜伏延：明初自餘姚咸池匯遷慈谿，軍籍。

錦：精於《易》數。天啟《慈谿縣志》附其孫國華傳。

槐：少孝友，有長者風。贈奉政大夫、按察司僉事。配方氏、王氏、陸氏。天啟《慈谿縣志》附其子國華傳。

國華：正月十二日生。字邦賓，號甬洲，國子生，嘉靖二十五年丙午科第七十八名舉人，三十八年己未科丁士美榜第二百八十二名。陝西布政使司右參議、朝列大夫、贈太僕寺少卿。配王氏，封宜人。葬縣北二里姜家隩。公加惠鄉里，既沒，民感公父子兩世恩德，建祠城北，環湖水爲尊德祠，歲時致祭。《明史》附子應麟傳，天啟《慈谿縣志》入《醇德傳》。有兄國泰、國藩、國秀，弟國望、國器、國佐、國賓。見《嘉靖己未進士登科錄》。

應麟：四月二十四日生。字泰符，一字子文，號松槩，慈谿縣學附學生。以國子生中萬曆元年癸酉科第五十八名舉人，十一年癸未科朱國祚榜第三百一名進士。中憲大夫、太僕寺少卿、贈太常寺卿。賜祭葬。配劉氏，贈淑人，側室黄氏。葬縣東北一十五里夏家隩花盆山。《明史》列傳有從兄應龍、應麒，弟應霖、應震、應斗、應鸞、應徵、應聘。見《萬曆癸未進士登科錄》。生三子，仲思素，季思復，均諸生。思復，家藏唐石《蘭亭序》者。

應鳳：字太阿，寧波府學附學生。博學工書法，行楷皆入能品，並工篆隸，工臨摹，書多嫁名邢侗。見雍正《寧波府志·藝術傳》。

思簡一作司簡：以父蔭授戶部司務。配向氏，封孺人。生三子，其仲、季之名無考。

晉珪：字桐侯，號卓庵，慈谿縣學附學生，貢於鄉。年三十七，明亡，不應舉。私謚孝潔先生，敕授文林郎。配孫氏，封孺人。葬夏家隩花盆山之陽。生三子一女，女適諸生淩玿。

宸英：字西溟，號湛園，慈谿縣學附學生，以國子生中康熙三十二年癸酉科順天鄉試第十九名舉人，三十六年丁丑科李蟠榜以第三人進士及第，授職編修。配孔氏，封孺人。葬夏家隩花盆山。縣東南二里德潤書院先覺堂左，道光十一年邑人建有姜湛園祠，歲於八月十九日其生日祀之。《清史列傳》。

宸茝：字非載，一字次公，歿無子。初刻《未定稿》有《祭仲北次公文》，今佚。

宸葯：小名阿仙，字孝俞。

嗣洙：原名漢儒，字道泳，康熙二十四年乙丑科拔貢生，樂清縣學教諭。

嗣濂：《祭濂兒文》云：『夫婦俱亡，並乏兒女。』

嘉樹：有風疾，浙東分巡道趙侗斆養之僧舍。

□□：頗韶秀，趙侗斆爲之娶妻。

應麟從子思睿，明御史。宸英從弟宸蕚，康熙甲子舉人，龍門知縣。族弟青御有送其之祁州幕詩云『是爲六世祖，爾我始分支』、『太僕公介弟，季也挺岐嶷。諱國望』、『五世止一身，落魄隨天涯』、舍姪汝皋新泰縣果園，見其題壁次韻皆不詳其所出，特記於此。

西溟告場中文昌司命之神，《誓書》曰：『矢公矢慎，如違斯誓，讀書之種永絕。』適西溟再傳無後，好事者遂造作姚觀事以實之。

# 年譜

先生諱宸英，字西溟一作西銘。《廣陽雜記》錄先生《宋搨樂毅論破邪論跋》，末署隱人，學者稱爲湛園一作湛庵先生，浙之寧波府慈谿縣人也，全祖望《湛園姜先生墓表》。軍籍。《萬曆癸未進士登科錄》。姜姓，漢大將軍維後裔，鄭羽逵《湛園先生傳》。舊籍淄川，《送族姪華林遷平陽郡丞序》。遷於越，居嵊縣，再徙餘姚。朱彝尊《孝潔先生墓志銘》。

明初有伏延者，自餘姚咸池匯遷慈谿，五傳而爲先生高祖國華。鄭《傳》。

高祖國華，字邦實別號甬洲，嘉靖三十五年進士，奔母喪歸，越三年，始殿試，授工部主事，遷郎中，陞河南按察僉事，移陝西參議，謫判常州，稍遷南刑部郎，陞廣東僉事。治獄多平反，尤潔己自持，卻千金，苗民爲立卻金亭。雍正《寧波府志·列傳》。卒祀郡鄉賢祠，復公建特祠湖濱以志尊德之思焉。天啟《慈谿縣志》。泰昌元年，以覃恩贈太僕寺少卿。長子應麟，次應鳳。《先參議贈太僕公傳略》。

曾祖應麟，字泰符一字子文，別號松檠。萬曆十一年進士，改庶吉士，授戶科給事中。貴妃鄭氏有殊寵，生子常洵，詔進封爲皇貴妃。而王恭妃育王長子，已五歲，無所益封，中外籍籍，疑帝欲立愛。應麟首抗疏言：『貴妃所生陛下第三子，猶亞位中宮，恭妃誕育元嗣，翻令居下，揆之倫理則不順，質之人心則不安，傳之天下萬世則不典，非所以重儲貳、定衆志也。伏請俯察輿情，收還成命。』疏入，帝震怒，降極邊雜職，得大同廣昌典史，量移餘干知縣。光宗立，起太僕寺卿。給事中薛鳳翔劾應麟老病失儀，遂引疾歸。《明史·列傳》。三子：長思簡，戶部司務；次思素、思復，皆諸生。《先太常公傳略》。

祖思簡《孝潔墓志》作『司簡』，以父蔭授戶部司務鄭《傳》作『主事』。祖母向氏，封孺人。《孝潔墓志》。

父晉珪，字桐侯，別字卓庵。少補儒學生員，貢於鄉，年三十七，不復應舉。研精理學，工詩，兼通六書，辨其源流，又嫻經世之略。性至孝，友愛諸弟，與人交愷易。然取與必以義，雖勢力不能奪也。太常公以廉節自勵，遺產僅百畝，司務君昆弟分受之，先生昆弟又三分之。力不能給饘粥。兵後家計益窘，無以爲親養，乃遊學，北至燕、趙，東浮洛，西遊秦、蜀。束脩所入，歸以養父母。孫孺人曲成其孝，一味不以自甘，必先進舅姑，曉問寢安否，庭闈燕衎，靡以異先生在家也。先生既遠親舍，歲時恒望鄉遥拜，發爲歌詩，多幽憂悱惻之言，音甚酸楚，今所傳《泛凫吟稿》是已。會覃恩敕授文林郎。母孫孺人，國子監生之莅之女，朝列大夫知德州事森之孫。子男二人：宸英、宸芝。女一人，嫁儒學生員凌玿。朱彝尊《孝潔姜先生墓志銘》。

## 戊辰崇禎元年西曆一千六百二十八年，一歲

馮孟勉遜庸生。

八月十九日，先生生於世科甲第。《谿上遺聞集録》。光緒《慈谿縣志》：「第在城中東街尚志橋南」，「自嘉靖己未進士姜國華而下訖康熙乙丑拔貢姜嗣洙，凡十人」。又：「姜探花第在縣治南福聚橋東，康熙丁丑科一甲三名姜宸英所居。」

## 己巳崇禎二年，二歲

閏四月，朱竹垞彝尊生。

## 庚午崇禎三年，三歲

黄俞邰虞稷生。陸稼書隴其生。陸次友棻生。

□月，曾祖應麟卒於家，《明史·列傳》。年八十五。王猷定《姜西銘詩序》：「姜子曰，先曾祖年八十三而吾生，去世吾三歲。」公家居三十年，坐臥一小樓，於書無所不讀。著《五經緒言》、《史論》，手輯《二十一史平衡録》、醫學、地理書各數種，尤精於《易》，有《周易容光》、《易會》諸書，皆晚年心得。行楷法顔、歐，所讀書皆手書之，累數千卷。天性剛直，遇意不可，若雷砰矢激，人無得撓者，事過恬然，不貯於胸。待子孫威嚴若朝禮，動必以法，於鄉黨宗族以恩。通籍四十餘年，守先世遺産數十畝，分毫無所增益，租入不充，而常欲節衣食以給貧者。位不過四品，闔門養重，而人常翹然，如利澤之及己。萬曆季年，税使四出，令

韓盡括邑中契券，所搜索盈萬金猶不已，將開告訐之風，名爲覈實，意主於破碎富戶，人情驚怖思變。父老頂香至門，求解於公。公謁令，使强出其契，事得止。邑人感之，爲立尊德祠於北湖壖，尸祝之。《先太常公傳略》。

**辛未崇禎四年，四歲**

徐健庵乾學生。吴漢槎兆騫生。儲同人欣生。

車廄，相傳越句踐飼馬地，先生外家居焉。兒時常從母氏遊，樂其風土。《孫朗仲詩序》。

**壬申崇禎五年，五歲**閏二月

王石谷翬生。

**癸酉崇禎六年，六歲**

宋牧仲犖生。徐彦和秉義生。胡朏明渭生。梅定九文鼎生。

**甲戌崇禎七年，七歲**閏六月

唐實君孫華生。徐公肅元文生。王貽上士禛生。

**乙亥崇禎八年，八歲**

李武曾良年生。熊敬修賜履生。李湘北天馥生。田綸霞雯生。萬充宗斯大生。

**丙子崇禎九年，九歲**

閻百詩若璩生。黄子弘儀生。

**丁丑崇禎十年，十歲**閏五月

秦留仙松齡生。韓元少菼生。張敦復英生。鄭禹梅梁生。邵子湘長蘅生。

**戊寅崇禎十一年，十一歲**

陳子端廷敬生。

**己卯崇禎十二年，十二歲**

李分虎符生。

**庚辰崇禎十三年，十三歲**閏四月

汪季角懋麟生。

祖思簡請卹其父應麟於闕下，從子御史思睿字顓愚，天啟二年進士，授行人，崇禎三年擢御史，一參周延儒，再劾溫體仁，諸所建白，多關治亂。《明史·列傳》。有《諸子鴻藻》十二卷亦上言之。有旨賜祭葬，贈太常寺卿，蓋異數云。《先太常公傳略》。

**辛巳崇禎十四年，十四歲**

**壬午崇禎十五年，十五歲**閏九月

張京江玉書生。王茂京原祁生。喬子靜萊生。

先生家縣東巷，與馮氏隔水居，世相好也。自先生舞象，執經於馮先生之門。先生有子曰孟勉遜庸，諸生，有《馮子詩存》，曰宗一。孟勉與先生同庚生，幼同學，長益相善。當甲申、乙酉之際，經涉横流，抛荒舊業，而先生與孟勉從播遷之餘，終日抵掌談縱横王霸之略，無復當世意，又以其間商榷經史，旁及詩賦。每侵晨出外舍，一榻坐對，至夜分始各歸寢，明則復然。如此者，僅十載。已而兩家生事漸促，先生先出遊，孟勉繼之。《馮宗一壽序》。得石齋黃公道周官稿，酷愛之。《石齋黃公墨寫魁星贊》。

## 癸未崇禎十六年，十六歲

萬季野斯同生。

## 甲申崇禎十七年（清順治元年），十七歲

裘殷玉璉生。 吳天章雯生。

三月，李自成克北京，莊烈帝殉社稷。 五月，清兵入北京，南都諸臣史可法等奉福王由崧監國，稱帝於南京。

比齔曉事，海内鼎沸，苦兵革不休。 先生家城中，足跡不敢越郊外一步。 母氏數病，中更亂，家益落。《孫朗仲詩序》。

## 乙酉順治二年，十八歲閏六月

王方若式丹生。 高澹人士奇生。

五月，清兵下江南，福王就執。 閏六月，寧波在籍刑部員外郎錢肅樂等起義慈谿，山西道御史沈宸荃、兵部職方司馮元颺等應之，迎魯王以海於紹興行監國事，畫錢塘江而守。

五月，奉旨纂修《明史》，大學士剛林、祁充格、范文程、馮銓、洪承疇、李建泰爲總裁，郎廷佐等九員爲纂修官。《池北偶談》。《東華錄》「大學士」上有「內三院」三字。

先生年十八九時，見天下喪亂，所至揭竿野戰，婦死其夫、子死其父之骨相撑委，隨阬谷填沒，姓氏無紀。 嘗欲廣爲搜輯，成《淚書》一卷，庶幾貞魂義魄有所依棲。 因循人事，負此志者又十八九年。《霜哺篇序》。

是年著：《琴興》、《過王山人隱居聞琴聲明日别余西去卻寄》、《飲酒》、《晚步》、《雜篇》、《古謠》、《吳馬行》、《春詞》、《贈客之剡中》、《贈家叔游湖上聞有吳君者善琴可爲我問之》、《遊子吟》、《曉發西山》、《咸陽古歎》。

## 丙戌順治三年，十九歲

潘次耕耒生。魏禹平坤生。

六月，清兵下紹興，魯王遁入海。

清師渡江，補開浙江鄉試。仇兆鰲《尚友堂年譜》。先生父晉珪年三十七，不復應舉。《孝潔姜先生墓志》。先生未冠即受知浙江提學道李際期字元獻，一字僖平，號庚生，孟津人。崇禎十三年庚辰進士，戶部主事。《浙江通志》：『順治三年任。』，已復肆力詩古文，涵泓演迤，日深以邃，下筆泉湧風發，老宿皆斂衽避席。鄭羽逵《湛園先生傳》。生平讀書以經爲根本，於注疏務窮精蘊，自二十一史及百家諸子之説，靡弗批閱。《清史·文苑傳》。爲文必先立意而後下筆，略無疑滯。乾隆《浙江通志·列傳》。績學勤苦，至老猶篤。其文閎博雅健，有北宋人意。詩兀奡滂葩，宗杜甫而參之蘇軾，以盡其變。書法鍾、王，尤入神品，《清史列傳》。於唐宋諸家亦靡不臨寫，晚尤加意章草及篆隸，人得片紙，藏弆以爲寶。《浙江通志·列傳》。北郊慈湖之西有葦間書屋，頗居湖山之勝，顧棡《伴梅草堂詩》注。爲先生讀書處。光緒《慈谿縣志》。

是年著：《金陵少年行》、《和馮元公宗儀，號魯庵，慈谿人，諸生。有〈春秋三傳謹案〉、〈三禮謹案〉、〈律呂謹案〉、詩文集九日詩同劉子仲圭純熙，慈谿人馮子孟勉》、《山中謝客》、《贈周唯一齊曾，字思沂，鄞人。崇禎十六年進士，歷知順德、香山縣事，明亡爲僧，自稱無髮居士。有〈囊雲詩文集〉先生》、《偶題》、《錢虎左慈谿人遊江寧》、《無題》、《有懷羅子叔初慈谿人》、《山中郎事》、《桃源漁父行》、《和詠史古樂府》、《孤鳳》、《妾薄命》、《讀曲歌》、《子夜歌》、《古意》、《漢武帝》、《寒食後泛舟鏡湖》、《悵舊》、《楊柳枝》、《故宮詞》、《和王建射虎行》、《吳宮》。

**丁亥順治四年，二十歲**

翁康飴嵩年生。禹尚吉之鼎生。

先生與馮元恭交時纔弱冠，居相鄰也。始用詩詞相唱酬，已應諸生舉，去爲時文，俱不意得，則學爲古文。每晨坐談論，至忘寢食，巷中兒爭笑以爲癡。《文學馮君宗儀墓志銘》。先生論韓、蘇文，天分高難學；曾、王，人皆可到。張錫璜《輓姜湛園先生詩》注。暮春同馮孟勉山遊。馮遜庸詩題。

**戊子順治五年，二十一歲**閏四月

張漢瞻雲章生。陳子文奕禧生。

八月，浙江鄉試考官編修陳爌字公朗，孟津人，順治丙戌進士、吏科給事中董篤行字瀛賓，洛陽人，順治丙戌進士。題目：『顏淵季路侍子曰盍各言爾志子路曰願車馬衣輕裘與朋友共敝之而無憾顏淵曰願無伐善無施勞子路曰願聞子之志子曰老者安之朋友信之少者懷之』、『成己仁也成物知也』、『以善養人』。解元王嗣章字德邁，慈谿人，己丑進士。《清秘述聞》。先生就試不售。

**己丑順治六年，二十二歲**

作客揚州，交陳其年維崧，號迦陵，宜興人，諸生。年五十六舉鴻博，授檢討，有《陳檢討詩集》。據《湖海樓詩序》『今之邂逅於廣陵也，已十五六年矣』推之。

**庚寅順治七年，二十三歲**

查夏重慎行生，查仲偉昇生。

**辛卯順治八年，二十四歲**閏二月

八月，浙江鄉試考官編修蔣超字虎臣，金壇人，順治丁亥進士、禮科給事中李人龍字光宸，深澤人，崇禎己卯舉人。題目：『好仁者無以尚之惡不仁者其爲仁矣不使不仁者加乎其身』、『天地位焉萬物育焉』、『孔子曰德之流行速於置郵而傳命』。解元余恂字孺子，龍遊人，壬辰進士。《清秘述聞》。先生應試不中式。

**壬辰順治九年，二十五歲**

查德尹嗣瑮生。

翰林分滿漢爲二榜，自壬辰科始。

先生館於蕭氏，蕭羽君、邵匪莪從其遊。《留別蕭羽君邵匪莪二子》詩注。交秦公祖襄。《故徽州知府前工部郎中復齋秦公誄》。光緒《慈谿縣志》曰：『祖襄，字汝翼，崇禎十六年進士。金陵失守，方與金華聲、江天一城守，而同知林貞納款，遂掛冠歸。魯監國授太僕寺卿，仍管徽州府事，未抵而徽州失守，乃返紹，仍以太僕卿管禮部儀注司事，尋充經筵講官。丙戌，清兵渡江，避難櫧林，丁外艱，廬墓三年，足不入城。當事將以遺逸薦，三上書力辭。』

是年著：《送僕東還》、《平望夜泊》、《村燕》、《鄉書》、《原田》、《秋夕書懷》、《原上行觀禾抵暮》、《積雨》、《夜坐有懷里中諸子因寄孟勉》、《荒村》、《歎别》、《九日村莊即事雜謡》、《述懷》、《倦遊東渡江謁孝女廟留題》、《秋風》、《曉望有懷》。

**癸巳順治十年，二十六歲**閏六月

先生與秦公祖襄長君燾字釆亮讀書城東甑箪山。公襆被就宿，良久，從者皆散去，夜起傍徨，與先生促膝語平生事，意慷慨殊壯。先生謂公：『幸春秋强，遂得無意於世乎？』公默然，因啟戶出視，天陰雲蒙冪，雨聲摵摵林樾間，還坐不樂，出示所知相邀致書數十紙，流涕謂先生曰：『吾殘生終不能作此等事，留我餘福，以待子孫矣。』然公矢此志，未嘗以聞於人，聞者亦不解也。顧謂先生：『惟子足以語此。』《復齋秦公誄》。

西北隅香山寺慈谿縣東三十五里，爲吾邑祖剎，有泉巖之勝，先生少時讀書其中，與續宗禪師晨夕論義，間以吟詠，多所省發。《香山了義禪師塔銘》。

是年著：《東郊讀書草堂二首》、《醉過緩歸亭題楚僧畫》、《哭錢子虎左二首》、《夜醒聞鄰舍彈絃索》、《北渡》、《曉行》、《閨情二首》、《蟬》、《桃花渡待曉》、《昨秦子采亮來別夜即夢與秦執手慨然不寐成詠》、《壽李海憲國棟，錦州監生，順治十年任浙江巡視海道》、《題大光道人畫》、《曉發自汶溪抵香山書舍題壁》、《海上較射》。

**甲午順治十一年，二十七歲**

八月，浙江鄉試考官編修熊伯龍字漢侯，漢陽人，順治己丑進士、工科給事中許作梅字傅巖，新鄉人，崇禎庚辰進士。題目：『吾年十五而志於學三十而立四十而不惑五十而知天命六十而耳順七十而從心所欲不踰矩』、『懷諸侯則天下畏之』、『我非堯舜之道不敢以陳於王前』。解元鍾朗字玉行，石門人，己亥進士。《清秘述聞》。先生應試又不售。

**乙未順治十二年，二十八歲**

納蘭容若性德生。宋山言至生。

館於定海康熙二十六年改名鎮海。《薛五玉八十壽序》部主事謝公泰宗家字時望，崇禎丁丑進士，兵科給事中，有《天愚山人集》，課其子景昌字大周，定海貢生、謣昌字殿侯，附監生。先生見其兄弟間日召客飲，飲即連晝夜不輟。或夜久聽鐘鳴，客皆散去，公復呼家人起，邀客還坐，酣飲久之，視庭中日復奄奄欲落矣。亦未嘗數數課其子弟，顧其家無長幼無不謹飭力學者。《謝工部傳》。

是年著：《贈定海薛五玉士學，布衣，有〈書巖集〉四十序》。

**丙申順治十三年，二十九歲**閏五月

湯西厓右曾生。徐壇長用錫生。

仍館定海謝氏。丙申、丁酉間，景昌、謣昌從先生爲制義。時先生尚年少，見其兩房兄弟十數人登梓山會課，競出新意，見恥蹈襲，爲文多儻蕩雄邁之氣，而先生亦攘臂其間，以爲文家務出奇無窮，當如是。獨謣昌持論根柢先正，操筆不苟下，凝思良久，必會文切理、合於法度乃得止。及成，出示同學者，先生與諸君未嘗不稱善。《太學生謝君謣昌墓志銘》。

**丁酉順治十四年，三十歲**

仍館定海謝氏，其徒有功昌字在武，定海諸生、師昌字維賢，號鐵戒，歲貢生，由平湖訓導遷南雄經歷。《薛五玉八十壽序》、熾昌字翼昭，定海諸生諸子。

**戊戌順治十五年，三十一歲**

汪文升士鋐生。八月，吳兆騫赴戍寧古塔。

客遊杭州。

是年著：《白鷴》、《歸途書懷》、《韜光呂真人祠》、《立秋》、《步出澗西橋下歷上方諸僧院燈火已明滅林樾間矣還憩冷泉亭至月昃歸明日賦呈同遊者》、《夜坐吟》、《雨後澗西》、《感興》、《西山夜坐》、《吳歌》、《藍山人瑛字田叔，錢塘人，山水法宋元諸家，晚乃自成一格。工人物、花鳥、梅，名盛於時。畫之有浙派，始於戴進，至藍爲極畫壁》、《城東》、《感事書懷》、《西湖竹枝詞四首》、《西湖竹枝詞後六首》、《明妃曲》、《聞客言西谿之勝》。

**己亥順治十六年，三十二歲**閏三月

翰林榜一甲：徐元文、華亦祥、葉方靄。

**庚子順治十七年，三十三歲**

是科鄉試額減舊制之半，中式五十四名。

客遊揚州。揚州爲地當南北要衝，富麗最天下。然其土平衍，無山林登眺之樂，水泉滷潟，下流穢雜；其人澆薄而市心，美衣服，取容好。故其至者，非四方仕宦、車舟往來之經歷，則富商巨賈、遊閒之子弟，徵貴賤，射什一之利，調箏弄丸，馳騁於狗馬聲伎而豪者耳。其他則皆窮無所恃，賴遊手以博衣食者也。《贈孫無言歸黄山序》。

**辛丑順治十八年，三十四歲**閏七月

何屺瞻焯生。秦復齋祖襄卒。

王子于一猷定，號軫石，南昌人。貢生，居廣陵，客死西湖，有《四照堂集》，南州高士也，亂後寓居廣陵十五六年。孫子無言默，號桴菴，休寧人，有《笛松閣集》亦自新安來，居十餘年。往先生將適廣陵，遇王子於西陵之古刹，謂先生：『予友孫無言者，耿介士，子至則必訪之。』既至，而孫子居僻遠，物色無所得。庚子，王子死於湖上。其次年春，會先生復來廣陵，求孫子月餘，已相會於客坐。然無言聞先生名，即邂逅傾倒盡歡。蓋于一去年已寓書無言，爲言姜子西溟也。而兩人掩涕者久之。《贈孫無言歸黄山序》。孫子朗仲俶外大父行也。舟車萍梗，常間相值。年差長於先生，因得爲忘分交。其人善貧而好詩。辛丑卒歲，乘興抵山案西山車廄，則孫子在焉，肯盡出其詩，讀之。先生覽其《憂旱不舉火》諸什，太息曰：『是數詩者，極貧之致矣。』先生厭貧，脱身來此，徒欲從殘山剩水，博數日歡，讀其詩益悲不自禁。雖然，孫子善貧，即極貧之致，使其少得所願，慷慨論天下事，必有可觀。惜其不苟合於世，而世之能言孫子者，亦未知其才之可用如此。《孫朗仲詩序》。

是年著：《春遊感興》、《澄上人索題陸高士華頂雲泉圖》、《讀史》、《郊居雨後即事》、《偶題》、《獨坐》、《晚泊登燕子磯》、《壽安寺僧》、《浮江東下望金焦》、《停船》、《追酬秦汝翼先生韻》、《遊平山堂感事有作二首》、《贈武昌孟氏郎乾德字伯健時隨尊君孟傳是，舉人將之廣州》、《送馮子遊湖州》、《憶兒漢儒嗣洙原名》、《宿友别業題贈》、《故徽州知府前工部郎中復齋秦公誄》、《贈孫無言歸黄山序》。

**壬寅康熙元年，三十五歲**

吳元朗暻生。

交太倉崔華字不雕，順治庚子舉人，畫翎毛花卉甚工，尤工詩於廣陵之文選樓。《櫻桃軒集序》。

**癸卯康熙二年，三十六歲**

癸卯秋，將適潤州。泊舟梁溪西郭下，憑艫眺望，見江流抱城，縈迴如帶，山色蒼翠，隱映數里外，其左右疎籬修竹，隨流曲折。俄有小艇從水門出，列坐三四人，中有哀絃急管之聲，亂夕陽而逕渡。先生目送久之，默默傷歎居人之自得如此，而先生以貧賤奔走，去惠山咫尺耳，無由一至其處。又還望錢君之廬，則未嘗不以爲深恨也。《十峯詩刻序》。案，錢君爲秦松齡之師，其名俟考。

是年著：《送王觀察瑛，字朴齋，諸城人，康熙二年任江西右布政使之任江右大藩》。

**甲辰康熙三年，三十七歲**閏六月

《清朝通志》：『康熙三年停止八股文三年，更定科場試題。頭場策五篇，二場用《四書》本經題作論各一篇，三場表一篇、判五道。八年三月，仍復三場舊制。』

吴江計東字甫草，順治丁酉舉人，有《中州集》、《改亭集》知姜子爲江右王于一先生友甚久，宜姜子之能古文也。計東寓與姜子居益近，乃往盡讀其文，日對之如嚴師，而姜子時鬱鬱，有遲暮之歎，以年逾三十才名未遍知天下。東則謂：『姜子過矣。夫古人所爲致歎於遲莫者，以未能有所樹立也。而所爲樹立者，以在我之德與藝，不在遇不遇也。苟在我者，可自信而自立，我將與天地爲終始，何遲暮之有？且知希則貴，古人言之矣。使天下而盡真知姜子，是天下盡能文之人也。姜子方以己之所獨能，待知己於天下後世之一二人，而又何利於天下之盡能文而盡知姜子者乎？』計東《改亭集·贈姜西銘序》。

是年著：《湖海樓詩序》、《櫻桃軒集序》。

**乙巳康熙四年，三十八歲**

先生著《真意堂論》，計東序之。《改亭集·姜西銘真意堂論序》。

**丙午康熙五年，三十九歲**

廣陵爲古淮南雄鎮。自明甲申、乙酉之際，載經殘馘，先生時過其故墟，蓬蒿蔚然，淒涼滿目，如此者幾二十年已。太倉端士王君揆，順治乙未進士，有《芝廛集》。子原祁，號麓臺，工山水之同年友新城王君貽上士禛，號阮亭，自號漁洋山人。順治乙未進士，順治十六年爲揚州府推官，康熙三年遷禮部主客司主事，官至刑部尚書，謚文簡，有《帶經堂集》、《漁洋三十六種》來佐斯郡，始稍稍披荊棘、事吟詠，用相號召。君於秩滿而去也，以舴艋渡江，而相與登昭明之樓，尋謝公之宅，拂摩斷碣，按行舊壘，一字之賞，一石之奇，必咿唔竟日而去。集成以示先生，先生讀之喜曰：『此其太平之徵乎？蓋自是廣陵之風雅復振矣。』去年先生客江北，未嘗一詣新城。陽羨陳子其年爲先生言：『王君見子文，輒歎息，以爲作者。』今遇太倉亦云然。《廣陵唱和詩序》。遇湯君荊峴參政斌，字孔伯，號潛庵，睢州人。順治壬辰進士，授國史院翰林檢討，以江西嶺北道參政乞假歸養。逮父喪服除，受業孫奇逢於蘇門。有《洛學編》、《補睢州志》、《湯子遺書》於惠山，被服寒素如諸生，從兩倉頭，其橐蕭然，而君不知其貧也。然君嘗遍行天下，求能文者以暴揚其親名。先生以其母趙恭人之節宜有傳，因不揣其陋而爲之。《旌表節烈湯母趙恭人墓表》。

八月，浙江鄉試考官編修張玉書字素存，丹徒人，順治辛丑進士、禮部郎中劉廣國字賓生，潛江人，順治己丑進士。題目：『大哉堯之爲君也論。』解元徐景范字文亦，餘姚人。《清秘述聞》。先生應試不中式。

是年著：《揚州春盡不聞杜鵑》、《秦帝》、《送張子金臺訪友之作》、《寄王端士進士值余爲其揚州倡和詩序》、《吳門留別鄧元昭翰林旭，壽州籍，江寧人，順治丁亥進士，檢討二首》、《別吳虞升靄，長洲人，計東弟子歸明山》、《送王雪洲追驥，黃岡人，順治己亥進士，禮科給事中，山東武德道僉事。有〈雪洲詩鈔〉給諫還武昌》、《賦得銀谷澗爲華平莊徵君》、《贈尤展成侗，字同人，長洲人，以永平推官舉鴻博，授檢討，晉侍講，有〈西堂全集〉》、《丙午寓吳門讀書繆子歌起彤，號念齋，吳中人，康熙丁未科進士第一人及第，侍講。有〈雙泉草堂集〉園中八月將赴省試繆子亦上公車祖席金閶門外各賦詩二首爲别》、《廣陵唱和詩序》、《旌表節烈湯母趙恭人墓表》。

## 丁未康熙六年，四十歲閏四月

翰林榜一甲：繆彤、張玉裁、董訥。

客遊崑山。先生曾王父太常公應麟，明太僕寺少卿與徐太僕公於明萬曆癸未同年成進士，又同官翰林，投分不啻膠漆。兩家子孫共敦世好，百有餘年矣。先生少負軼才，名翕海内，每來吴，與乾學字原一，號健庵，康熙庚戌第三人及第，刑部尚書。有《讀禮通考》、《憺園集》、《傳是樓書目》、秉義字彦和，號果亭，康熙癸丑第三人及第，吏部侍郎。有《耘圃培林堂代言集》、元文字公肅，號立齋，順治己亥第一人及第，官至文華殿大學士。有《含經堂集》、亮采國子生兄弟爲文字交，切劘晨夕，往復其議論，相得甚歡。徐秉義《湛園書藝定本序》。

客吴，與施子有一相對居。而小山堂者，則施子所自爲讀書處也。每暇輒散帶過從，歡然命酌。家僮五六人，雅善清樂，青衣序立庭下，引喉發聲，按節而徐舉，足以滌煩襟、導湮鬱。施子則自起歌《桂樹》之篇，發清商之辭。其聲激揚震蕩，若將蟬蛻塵埃之外，而與造物者遊，而其胸中悲憤磊落之氣，亦復不能自禁。蓋施子非隱者也，顧一發不中，則摧機而息之耳。獨其所爲交遊文字之樂，根於性命，若不可解。積詩既多，裒次之成卷，而復名之以其地者，蓋不忍斯堂之無傳也。先生既得屢從，偃息於此，固不可以無言。《小山堂詩序》。

秋，先生父晉珪寓都下，季弟宸菂旅泊揚州，尋師學道，閉關於揚州三年矣。先生亦浪跡三吴，僅仲弟宸莖字非載時依膝下。《感夢詩序》並注。

是年著：《始發聞鴈》、《胥口放舟》、《自西山還光福晚步虎山橋》、《盲詞妓》、《諸君乾一嗣郢，號勿庵，青浦人，順治辛丑進士。有〈九峯志〉、〈青浦志〉枉顧江陰寓次不遇投詩而去奉和一首》、《送程別駕自潤州遷皖郡司馬》、《蘭雪堂晚酌》、《月下》、《魯文遠超，號謙庵，會稽人，副貢生，賜翰林院庶吉士，由中書舍人出爲蘇州同知署席上聽歌四首》、《求嚴蓀友繩孫，號藕蕩漁人，無錫人，以布衣舉鴻博，授檢討。有〈秋水集〉楷書離騷經》、《感夢五首寄舍弟孝俞宸莇，小名阿仙揚州》、《致道觀七星檜》。

## 戊申康熙七年，四十一歲

方望溪苞生。

秋客無錫，同嚴蓀友、秦對巖松齡，字次椒，號留仙，無錫人。順治乙未進士，國史院檢討，康熙己未舉鴻博，復授檢討，歷諭德。有《毛詩日箋》、《蒼峴山人集》、樂天秦寅保之字也。無錫人，藏書萬卷遊惠山，歸舟過蘇州，讌繆歌起宅，時新第歸省。

自梁溪經常州遊南京，送湯荊峴歸睢州。自南京還揚州，飲季侍御振宜字詵兮，號滄葦，泰興人，順治丁亥進士，監察御史。有《延令書目》、《靜思堂詩稿》宅。題詩。

儲同人來謁先生，以文稿就正，先生爲之評論點定，其《周公太公辨》、《與齡辨》二文尤爲先生所擊賞。據《在陸草堂文集》次於是年。

先生爲董文友文集序。《董文友新刻文集序》。案，此據寫本《未刻稿》目署『戊申』。

是年著：《客有爲八燈詠者戲和其四復補以村燈爲五首》、《初秋雨後同嚴蓀友秦對巖》、《惠山中秋同蓀友樂天對巖》、《石坪玩月》、《夜坐》、《歸舟過吳門讌繆子歌起宅時新第歸省》、《題南齊旌表華孝子小像》、《自梁溪抵毘陵與董文友訂金陵之遊喜晤薛固菴鄒訏士祗謨，號程村，武進人，順治戊戌進士。有

〈遠志齋集〉龔介眉陳賡明玉瑾，武進人，康熙丁未進士，中書舍人。有〈學文堂集〉、〈耕煙詞〉作詩留別》、《馮存之聞余已抵金陵寄詩相邀因酬來韻》、《金陵送湯荊峴大參歸睢州》、《自金陵還渡廣陵飲季延令》、《再抵延令贈季侍御》、《嚴蓀友詩序》、《吳母胡孺人六十壽序》、《董文友新刻文集序》、《嘉樹園記》。

## 己酉康熙八年，四十二歲

先生自崑山歸，祖思簡云『少侍太公至崑訪徐年伯，崑山酒令甚酷』云，又云：『其家今何若？』先生對以『叔中狀元，伯孝廉也』。《輓徐司寇公》詩注。案，叔子元文，順治己亥狀元，伯子乾學，庚子順天舉人。

八月，先生應浙江鄉試，考官禮科給事中吳愈聖號梅麓，晉江人，順治壬辰進士、內閣中書段昌祚字西美，濟源人，順治丙戌進士。題目：『子曰知之者不如好之者好之者不如樂之者』、『君子之道辟如行遠必自邇辟如登高必自卑詩曰妻子好合如鼓瑟琴兄弟既翕和樂且耽宜爾室家樂爾妻帑子曰父母其順矣乎』、『樂民之樂者民亦樂其樂憂民之憂者民亦憂其憂』。解元邵奏平字似宏，仁和人。《清秘述聞》。同考試官嘉善知縣莫魯巖大勳，宜興人，順治辛丑進士，刑科給事中得先生卷，薦之主考官擬元，爲同考堅持，又遭斥。《葦間詩集》詩注。案，首藝『子曰知之者』一章，刻入《姜探花行卷》中。

每鄉試榜發，使人覘之，曰：『宋五得毋坦率否？』朱竹垞彝尊，字錫鬯，晚稱小長蘆釣魚師，秀水人，以布衣舉鴻博，授檢討。有《經義考》、《日下舊聞》、《明詩綜》、《曝書亭集》勸其罷南闈試，怒不答。平生不食豕，兼惡人食豕。一日，竹垞戲語之曰：『假有人注鄉貢進士榜，蒸豕一柈，曰食之，則以淡墨書子名。子其食之乎？』先生笑曰：『非馬肝也。』朱彝尊《書姜編修手書帖子後》。參《文獻徵存錄》。

是年著：《維揚季吏部宅讌詩二首》、《詠梅樹》、《惜花》、《口岸早發看桃花》、《覲別》、《同陸高仲家非載僧雲航慧如泛舟孤山》、《哭董文友》、《旅舍遺懷》、《早發》、《諸公邀飲城東客園有女史畹湘同用湘韻》、《重遊錢氏客園周上衡病中以卽事詩二章見貽》、《烏江》、《留別孫古喤錄，嘉善人，多髭須，人號孫髯。順治辛丑進士，潮州通判。有〈芷庵集〉二首》、《夜坐貽輿禪師慈谿范氏子》、《雨集沈氏北山草堂詠九松同用寒字和莫明府大勳，時官嘉善知縣原韻同賦者爲錢爾斐繼章，號菊農，嘉善人仲芳兩先生曹顧庵爾堪，字子顧，嘉善人，順治壬辰進士，侍講學士。有〈南溪文略〉、〈杜鵑亭集〉徐竹逸喈鳳，字鳴岐，宜興人，順治戊戌進士，永昌府推官。有〈願息齋詩文集〉暨主人沈憲吉未公》、《渡錢塘江》、《夜發西興》、《早渡娥江》。

**庚戌康熙九年，四十三歲**閏二月

翰林榜一甲：蔡啟僔、孫在豐、徐乾學。

往故給事中陽羨魯巖莫公令武塘，先生修知己之謁於門下，因得遍交其邑中名士。時周子渭陽羣從皆樂與先生往還。巾車畫舫、南園北里之遊，探籌而飲，刻燭而賦，先生未嘗不攘臂其間。蓋六年中凡四至，至則必連月而後返。時諸子多年少豪雋，詼咍間作，或乘醉叫呶狂呼，若旁無人者，而周子恂恂禮法自持，言笑不苟。其爲詩春容和雅，有黼黻之章、金石之聲，蓋幾於有道者之言、如其人者也。《周渭陽詩序》。

□月，祖母向孺人歿。裘璉《輓桐侯姜先生》詩云：「九十高堂健。」先生父晉珪適在旅次，聞訃嘔血數升，遂中失血症。朱彝尊《孝潔姜先生墓志》。

是年著：《嘉善席上賦呈莫魯巖師》、《奉懷莫魯巖師四首》、《留贈顧山人》、《雀》、《送徐爲好》、《次韻酬青士周篔，嘉興人，布衣。有〈采山堂集〉月夕見懷之作》、《次韻酬青士過訪玉虛道院不遇寄題》、《過香山題師巖上人遺像二首》、《詠古》、《重修嘉善縣署記》。

## 辛亥康熙十年，四十四歲

吴駿公偉業卒。

春，桐城錢澄之初名秉鐙，字幼光，更今名，字飲光，明翰林院編修。有《田間易學》、《詩學》、《藏山閣稿》、《田間集》客武塘，有以文字一冊匿其姓氏見示者，澄之曰：『此歐陽子所謂古文也。武塘好爲俳體儷句，安從得此？此殆學韓子之學而幾入宋人之室者也。』已知爲姜子西銘作，與相見，歡甚。自是日過從讌飲，極旅中朋樽聚首之樂。錢澄之《湛園未定稿序》。

前年，在金閶與計子甫草往還。甫草日爲文成，必命先生檢定，信使反覆，再四不倦。先生感激其誠，亦時有異同，不復更存形跡。嘗作《友説》贈之，述所以欲相扶而同進於古人之意。《與友人書》。夏，甫草數遺書，以舟迎先生至陸家溯，甫草屬定其新稿。《計孝廉甫草葬有日矣以詩敘哀祭而哭之》詩注。今甫草稿中多載先生評論。《與友人書》。

九月，父晉珪歸里。《三月十一日》詩注。

冬，先生遇周公亮工字元亮，號櫟園，開封人，崇禎庚辰進士，清戶部右侍郎，革職，復僉事職，復安督糧道。有《鹽書》、《賴古堂詩文集》、《賴古堂文選》西陵佛寺，留飲，歷數其少年來意中得失事，拊几瞪目太息，謂先生曰：『吾與子相見，今無幾。今我年六十，子歸爲我作《恕老堂酌酒歌》而已。』恕老堂者，公所居著書處也。先生渡江，詩不果作。然竊歎公之才，其轗軻歷落而老且衰於此，視其中默默如不自聊，將遂已也。《江南布政使司參議櫟園周公墓志》。

先生是年在家度歲。案，已下五年，先生客中守歲，見詩注。

## 壬子康熙十一年，四十五歲閏七月

周亮工卒。納蘭性德舉順天鄉試。

三月初，父晉珪復往瑞州，辭其父司務公，出而復入者再，伏窗外檻上私泣者久之。蓋此行取負於新昌令胡某，憂父之病不能緩也。至省城質衣買參，又買雜食物，細疏烹劑之法，誡先生兄弟以不時進。《三月十一日》詩注。

父晉珪既除向孺人服，將之瑞州，道出常山，疾發，卒於草坪旅舍，時康熙十一年五月十八據《祭濂兒文》『今十八日，汝祖忌辰』，補二字日也，年六十三。其執友張能信、林三錫等交泣下，僉曰：『君之事親可謂孝矣，君之高蹈可謂潔矣。』遂私謚孝潔先生。朱彝尊《孝潔姜先生墓志》。晉珪沒於途次，倉卒召工，寫真未肖。先生在京邸，歲時忌日，僅書官贈於片紙，如古人設幣之狀，瞻拜饋饗而已。《題丁太翁小影》。

冬，錢澄之來都下，館龔端毅公鼎孳，字孝升，號芝麓，合肥人。崇禎戊辰進士，清禮部尚書。有《定山堂集》家，徐乾學因與訂交。徐乾學《田間全集序》。未幾，先生亦至，時澄之年六十有二，先生猶强仕時也。錢澄之《湛園未定稿序》。京師人士往來，賀遷、贈別皆有詩。詩貴多無少，貴長無短，貴律而排，無古而散，得是三者，則無問工拙，彼此之心皆快然無憾，而非是以爲不稱。《題查庶常臨各種帖贈行》。

## 癸丑康熙十二年，四十六歲

翰林榜一甲：韓菼、王鴻緒榜名度心、徐秉義。二甲：納蘭性德。

在京僅一晤計孝廉甫草。《哭計孝廉》詩注。與吳佩遠稽田，徐俟齋枋妻弟在都盤桓浹月，《送吳商志》詩題。

癸丑入都，而交中書舍人錢塘高子澹人士奇，號江村，由諸生入太學，詹事府詹事，賜同博學鴻儒科。有《江村全集》，接其人，溫如也以喜。讀其詩，沖融雅閒，穆然有古有道君子之風焉，以服而增歎。《蔬香集序》。

先生與納蘭性德字容若，遼陽人，太傅明珠長子，康熙癸丑進士，一等侍衛。有《飲水》、《側帽》詞、《通志堂集》，刻《通志堂經解》相見於其座主東海閣學案，徐乾學公邸，而是時君自分齒少，不願仕，退而學經讀史，旁治詩歌古文詞。《侍衛進士納臘君墓表》。

《騰笑集》者，友人朱君竹垞所自名其入仕以後文也。先生癸丑在京師，葉文敏公方靄，字子吉，號訒菴，崑山人，順治己亥第三人及第，禮部侍郎，加尚書銜。有《讀書齋偶存稿》得君集，讀竟，歎曰：『古雅固所不論，尤難其無一語夾雜。』是時，君方襲處士服，溷跡公卿間。文敏所歎，謂其能不爲世俗語也。後君起制科，聲譽焯然，自貴公豪家、五方遊士無不欲丐一言爲重。君伸紙舐筆，日盡數牘，或非其雅意所欲爲，倦則隨手應之，咸足其願而去。以此積文至多，君裒集若干卷示先生。先生曰：『是不可以負文敏。』爲削其冗長者，存僅十之五六。既取而觀之，則精彩血脈，煥發呈露。《騰笑集序》。

秋，徐太史原一邀同官錢澄之《湛園未定稿序》葉訒菴、張素存徐乾學《田間集序》數子與先生及錢飲光爲西山之遊。先生所至，題詠都遍。錢澄之《湛園未定稿序》。案，錢序作『壬子遊西山』，今據徐乾學《田間集序》更正。龔芝麓欲告假，而其子尼之。先生爲《詠史》二疎事以諷。錢飲光持以示龔，龔讀之，謂：『是有心人。』《詠史詩序》。九月戊辰，禮部尚書龔鼎孳以病乞休，允之。十二月己酉，予故禮部尚書龔鼎孳祭葬，謚端毅。康熙《東華錄》。

九月，先生偕嚴蓀友策蹇送徐健庵，時各赴館幕。徐乾學詩題。

祖思簡公卒。據《祭淩氏姊文》「八年之内，喪吾祖父」句逆推得之。

十一月，自京師道汝寧，客邸多暇，以梁昭明太子《選》詩，自荊軻下合六十五人，分其體爲二十三部。先生嫌其未足以著時代之升降、究作者之歸趣也。十之二日，呵凍書之。僅一月，發汝抵廣陵，錄成卷，共得百十三紙。略疏其人世次、爵里於其名之下，而不見此鈔者七人焉。先生惡夫今之爲詩者剽掇其影響形似，塵土猥雜，而號之爲「《選》體」，故於今之爲「《選》詩」者無取焉。然而有唐三百年之人之詩，其不本於《選》者蓋寡矣。唐人雖發源於《選》，及其既成名家，則較然自爲唐人之詩，此學《選》者之所以可貴也。先生之爲是集也，非欲取天下之詩而必之「《選》體」，欲人之學爲唐人之詩而已。求工於唐人之詩者，必務知其所本，則舍是奚取哉？先生又欲稍葺自梁天監以後，合陳、隋、北朝作者，拾其遺事，共爲一集，博采諸家之論詩者以附焉，而未暇也。《選詩類鈔序》。

在廣陵度歲。

是年著：《謝侍御乞假送親南還卽日同諸從出都門》、《奉和駕御瀛臺觀荷大宴羣臣應制》、《徐健庵編修筵上觀洗象行》、《詠史》、《夢晤三弟復夢爲憶弟詩》、《巢由拜馬前歌》、《送喬中翰萊，字子靜，號石林，寶應人。康熙丁未進士，内閣中書，康熙己未舉鴻博，授編修，纂修〈明史〉，翰林侍讀。有〈易俟〉、〈寶應志〉、〈使粤詩文〉等集歸覲》、《賦得東陵瓜》、《孫仲謀》、《送閻華亭必崇，字隆季，長治人，康熙甲辰進士，十二年任華亭知縣》、《送永昌守金君》、《送汪蛟門舍人懋麟，字季角，江都人，康熙丁未進士，以中書舍人舉鴻博，以未終制辭，補刑部主事，有〈百尺梧桐閣詩集〉、〈錦瑟詞〉、文集乞假省親還廣陵》、《送許御史賓，字于王，侯官人，恩貢生，康熙十二年任浙江巡鹽御史巡鹽兩浙》、《聞鴈》、《至大梁贈河道崔公維雅，字大醇，保定人，舉人》、《霸陵陌》、《始遊西山出西便門憩摩訶庵作》、《贈錢叟澄之》、《出十方院》、《宿張氏莊》、《尋寶珠洞久行亂山中》、《來青軒》、《香山寺泉》、《松磴》、《表忠寺松》、《景帝陵》、《馬上數里書所見》、《江南布政使司參議前戶部右侍郎櫟園周公墓志銘》、《寄徐健庵》、《又寄健庵》。

**甲寅康熙十三年，四十七歲**

春，偕吴薗次綺，號豐南，江都人，湖州知府。有《林蕙堂集》、志伊任臣，字爾器，莆田人，仁和籍諸生，舉鴻博，授檢討。有《託園詩文集》、《周禮大義》、《禮通》、《十國春秋》、《山海經廣注》、《字彙補》、石葉、陳其年、徐健庵、李武曾良年，號秋錦，嘉興人，諸生，舉鴻博。有《秋錦山房集》過隱湖訪毛黼季扆，字斧季，常熟人。家有汲古閣藏書藏書密室，志伊欲入，不許。徐乾學《憺園集》詩題並注。

先生與山陰何嘉延字奕美，號五園，監生。有《綠水集》、《爾耳集》同客揚州郡署，嘉延守先志不求仕，有文行，與先生善。《仲淵何公墓志》。時金鎮字又鑣，號長真，宛平籍，山陰人，崇禎壬午舉人，康熙十二年任。有《清美堂詩集》爲揚州府知府。《揚州府志》。

先生得計孝廉甫草書，辭甚惋。《哭計甫草》詩注。

是年著：《夢梨》、《選詩類鈔序》、《初蓉閣詩序》、《送王子序》。

**乙卯康熙十四年，四十八歲**閏五月

孫奇逢卒。

乙卯夏初歸，而母爲先生言去歲病黄，思大梨，遍覓不可得，蓋正先生夢梨時也。《夢梨》詩注。

是年著：《一研齋詩序》。

## 丙辰康熙十五年，四十九歲

計甫草東卒。

翰林榜一甲：　彭定求、胡會恩、翁叔元。

是年著：《友人將歸黄山燈下感懷賦贈》、《送周公子在浚，號雪客，亮工子，官經歷。有〈雲煙過眼錄〉歸金陵覲母》、《題汪舍人抱瑟圖》、《山陰沈山人子來遺詩見懷東還寄贈》、《傷足靜坐因有此作》、《題邗城雅集圖》、《蝶塚》、《别靜宣上人》、《逼歲書懷二首》。

## 丁巳康熙十六年，五十歲

聖祖仁皇帝潤色鴻業，留心文學，先生之名遂達宸聰。一日謂侍臣曰：『聞江南有三布衣，尚未仕耶？』三布衣者，秀水朱先生竹垞、無錫嚴先生藕漁及先生也。又嘗呼先生之字曰：『姜西溟古文，當今作者。』於是京師之人來求文者，戶外之屨恒滿。全祖望《湛園姜先生墓表》。《墓表》云『丁丑成進士，先生姓名爲天子所知者二十年』句，故次於是年。

先生客京師，下榻徐氏健庵園中。據陳維崧『送西溟丁内艱南歸』《賀新郎》詞：『三載徐園住』句推得之。

是年著：《丁巳元旦紀事》、《晚過陳近思先生之問，字令升，號簡齋，海寧人。子世琯官文淵閣大學士高齋因留小飲有贈》、《題鄧尉村居》、《江上雨坐檢得彭爰琴桂，字上馨，溧陽人，監生，舉鴻博。有〈京口耆舊傳〉、〈初蓉閣詩集〉、〈泊庵詩詞〉前寄淮上夜泊聞鄰舟越客聲見懷之作》、《計孝廉甫草葬有日矣以詩敘哀祭而哭之四十韻》、《感事》、《贈侯公言總戎襲爵，廣寧人，康熙四年任京口左路水師總兵，十七年去任二首》、《散步至涌塔庵贈達羽上人》、《季丞》、《詠飛絮》、《同徐藝初樹穀，崑山人，乾學長子，康熙乙丑進士，監察御史。與弟炯同撰〈李義山文集箋注〉閒步至納翠亭》、《壽王解元喆生，字醇叔，青浦籍，崑山人。康熙丁巳順天鄉試第一，壬戌編修母朱太君》、《拂水山莊錢謙益丙舍》、《贈徐順德勍，字漢幟，一字道勇，號戢齋，鄞人。康熙甲辰進士，山西道監察御史序》。

## 戊午康熙十七年，五十一歲閏二月

正月十二日上諭：『自古一代之興，必有博學鴻儒振起文運，朕萬機餘暇，遊心文翰，思得博學之士，用資典學。凡有學行兼優、文詞卓越之士，不論已仕未仕，令在京三品以上及科道官員、在外督撫布按，各舉所知，朕將親試錄用。欽此。』《東華錄》。

先生與徐子道積樹聲，元文長子並轡而北，相得也。既至，而先生臥痾浹月。所居室纔容榻，塵坌堷鬱，腥穢襲人。徐子去先生五六里而舍，間日必詣先生問所苦，視食飲多少，坐語移時而後去。已力疾就試，凡僦屋賃車、藥餌器用之資畢給。當是時，先生初不知其遊子之戚也。一誤失於有司，不加怨，恬然而就道，三年於此而復行。徐子之待人厚以恕，其處己也恒嗇於外而務充於中，彼惟其無求於人也。然先生觀徐子，其用意遠矣。《送徐道積序》。

抵都下，臥病逆旅，方進士渭仁象瑛，號霞莊，遂安人，康熙丁未進士，候選中行評博。有《健松齋集》辱投先生詩文刻本各一卷。先生久聞方子才，以病不得見，就枕上取其詩文讀之，觀其馳騁盡變而一軌於法，與先生所嘗聞於古人者無以異也。《健松齋集序》。

八月，順天鄉試考官編修楊瑄字玉符，婁人，康熙丙辰進士、檢討朱一作李阜字卽山，山陰人，康熙庚戌進士。題目：『事父母能竭其力事君能致其身』、『敦厚以崇禮』、『樂正子强乎曰否有知慮乎曰否多聞識乎曰否然則奚爲喜而不寐曰其爲人也好善好善足乎曰好善優於天下』。解元張光豸字影繡，南宮人，己未進士。《清秘述聞》。先生以監生應試，又報罷。

納蘭容若見先生落落，賞其標格，《祭容若侍中文》。招先生住龍華僧舍，日與蓀友、梁汾顧貞觀之字，其號華峯，無錫人。康熙壬子舉人，秘書院典籍。有《積書巖集》、《彈指詞》諸子集花間草堂性德卽第，左葺茅爲廬，常居之，自題曰『花間草堂』。見《墓表》，劇論文史，摩挲書畫。於時禹子尚基之鼎，字上吉，號慎齋，江都人，鴻臚寺序班，以善畫供奉內庭亦間來同此風味也。自後改葺通志堂，數人者復晨夕相對，几案陳設尤極精麗。《跋同集書後》。容若求學於先生，明珠以此頗欲援先生登朝。明珠有幸僕曰安三，楊紹和《楹書偶錄》曰：『安岐，字儀周，麓村其別號也，亦號松泉老人，天津人。顏所居曰「沽水草堂」。學問宏通，極精鑒賞，收藏之富，甲於海內。著《墨錄彙觀》。』端方序曰：『麓村給事納蘭太傅家，太傅當國，權勢傾朝野。』葉德輝考得麓村生於康熙二十二年，明珠當國在二十一年以後，至二十七年爲郭琇劾敗。麓村是時始生五六齡，安得有爲人家人之理？勢傾京師，內外官僚多事之，欲先生一假借之而不得。性德乘間言於先生曰：『家君待先生厚，然而卒不得大有欲助，性德以父子之間亦不能爲力者，何也？蓋有人焉，願先生少施顏色，則事可立諧。』性德亦知斯言非可以加之先生，然念先生老，宜降意焉。』先生投杯而起曰：『吾以汝爲佳兒也，不料其無恥至此。』絕不與通。於是性德百計請罪於先生，始終執禮，而安三知之恨甚。全祖望《姜先生墓表》。案，方苞《記姜西溟遺言》云：『卽日卷書裝，遂與性德絕交。』與事不符。

是年著：《新泰縣果園莊見汝皋舍姪題壁次韻》、《宿古北口見王司成士禛感舊題壁之作拭淚次韻》、《陳六謙奕禧，字子文，號香泉，海寧人，南安知府。有〈春靄堂集〉、〈虞洲集〉之任安邑詩序》、《十二硯齋記》。

**己未康熙十八年，五十二歲**

萬斯同北上修《明史》。

開博學鴻詞科，翰林院侍讀學士韓菼《清史》本傳。菼，字元少，一字葭人，號慕廬，長洲人。康熙癸丑會元第一人及第，禮部尚書，謚文懿。有《有懷堂集》亟欲以先生薦，掌院學士葉文敏公方靄約同署名。會公宣入禁中，待之兩月，及菼獨呈吏部，已不及期矣。韓菼《湛園未定稿序》。

都門交邵長蘅字子湘，武進人，諸生。奏銷案絓誤，以山人終。有《古今韻略》、《青門簏稿》、《旅稿》、《賸稿》。長蘅以文稿來請先生評定。見《青門旅稿》。

三月初一日，召試博學鴻儒，太和殿行禮領題，體仁閣下考試徵士一百八十六人。題目：《璿璣玉衡賦》、《省耕二十韻詩》。

四月初六日，奉上諭吏部：『薦舉到文學人員已經親試，其中取一等彭孫遹字駿孫，自號羨門生，海鹽人。順治己亥進士，候選主事，授編修，禮部侍郎。有《松桂堂》、《南淮》等集、倪燦字闇公，號雁園，上元籍，錢塘人。康熙丁巳舉人，授檢討。有《雁園集》、張烈字武承，號莊持，大興人，康熙庚戌進士，內閣中書，授編修，官至贊善、汪霦字朝采，號東川，錢塘人。康熙丙辰進士，太行人，司行人，授編修，戶部侍郎。有《東川日記》、喬萊見前、王頊齡字顓士，號瑁瑚，華亭人。康熙丙辰進士，太常寺博士，授編修，官至大學士，謚文恭。有《畫舫齋集》、李因篤字天生，更字孔德，一字子德，富平籍，洪洞人，布衣，授檢討。有《漢詩評》、《受祺堂集》、秦松齡見前、周清源字且樸，號雅楫，武進人，監生，授檢討，工部侍郎。有《浣初集》、陳維崧見前、徐嘉炎字勝力，號華隱，秀水人，監生，授檢討，內閣學士。有《抱經齋集》、陸棻字次友，號義山，平湖人，康熙丁未進士，內閣典籍，授編修，內閣學士。有《雅坪文稿》、馮勗字方寅，號勉曾，長洲人，布衣，授檢討。有《蒔東集》、錢中諧字宮聲，號庸亭，昌平籍，吳人，順治戊戌進士，授編修。有《篋衲集》、《湘耘編》、汪楫字舟次，號悔齋，儀徵籍，休寧人，贛榆教諭，授檢討，福建布政使。有《琉球使錄》、《中山沿革考》、《悔齋詩文集》、袁佑字杜少，號霽軒，東明人，中書舍人，授編修，官至中允、朱彝尊見前、湯斌字籍、出身、著作見前。

舉鴻博，授侍講，工部尚書，補謚文正、汪琬字苕文，號玉遮山樵，長洲人，順治乙未進士，戶部主事，授編修。有《鈍翁前後類稿》、《堯峯文鈔》、丘象隨字季貞，號西軒，淮安籍，宣城人，順治甲午拔貢，授檢討，官至洗馬。有《西山紀年集》、二等李來泰字仲章，臨川人，順治壬辰進士，蘇常道參議，授侍講。有《蓮龕》、《石臺》等集、潘耒字次耕，號稼堂，吳江人，布衣，授檢討。有《類音》、《遂初堂集》、沈珩字昭子，號稼村，海寧人，康熙甲辰進士，授編修。有《耿巖集》、施閏章字尚白，號屺雲，晚號矩齋，宣城人，順治己丑進士，江西道參議，授侍講，轉侍讀。有《愚山詩文集》、米漢雯字紫來，號秀巖，宛平人，順治辛丑進士，考選主事，授編修，官至侍講。有《始存集》、黃與堅字庭表，太倉人，順治己亥進士，授編修，官至贊善。有《忍庵文集》、李鎧字公凱，號惺庵，山陽人，順治辛丑進士，蓋平知縣，授編修，內閣學士兼禮部侍郎。有《史斷》、《艮齋詩文集》、《恪素堂集》、徐釚字電發，號拙存，又號虹亭，晚號楓江漁父，吳江人，監生，授檢討。有《南洲草堂集》、《菊莊詞》、《續本事詩》、《詞苑叢談》、沈筠字開平，號晴巖，仁和人，康熙己未進士，庶吉士，授編修。有《斗虹集》、周慶曾字燕孫，號屺瞻，常熟人，順治戊戌進士，主事，授編修。有《峴山遺稿》、尤侗見前、范必英字秀實，號秋濤，長洲籍，吳人，順治丁酉舉人，授檢討、崔如岳字宗五，號雪峯，獲鹿人，康熙乙卯舉人，授檢討。有《坐嘯軒集》、張鴻烈字毅文，號涇原，山陽人，廩監生，授檢討，大理寺少卿、方象瑛見前、李澄中字渭清，號雷田，諸城人，康熙壬子拔貢生，授檢討，轉侍讀。有《臥象山房集》、《白雲村集》、《滇南》、《漁村》等集、吳元龍字長仁，號臥山，華亭人，康熙甲辰進士，工部郎中，授侍講。有《問月堂集》、龐塏字霽公，號雪崖，任丘人，康熙乙卯舉人，授檢討，建寧知府。有《叢碧山房集》、毛奇齡字大可，又有于一、齊于、河右、僧彌、僧開、初晴、晚晴、春莊、春遲諸號，蕭山人，廩監生，授檢討。有《西河全集》、錢金甫字越江，上海籍，華亭人，康熙己未進士，庶吉士，授編修，侍講學士。有《葆素堂集》、吳任臣見前、陳鴻績字子遜，鄞人，順治丁酉舉人，睢寧知縣，授檢討。有《紺溪本論》、《偶錄》、曹宜溥字子仁，號鳳岡，黃岡籍，東鄉人，廩生，授檢討、毛升芳字允大，號乳雪，遂安人，康熙壬子拔貢生，授檢討。有《古獲齋駢體》、《竹枝詞》、曹禾字頌嘉，江陰人，康熙甲辰進士，內閣中書，授編修，國子監祭酒。有《峨嵋集》、黎騫字子鴻，號瀟僧，又號瀟雲，清江人，順治甲午恩拔貢生，授檢討。有《玉堂集》《高詠字阮懷，宣城人，歲貢生，候選知縣，授檢討。有《遺山堂》、《若巖堂》等集、龍燮字理侯，號石樓，又號雷岸，望江人，廪監生，授檢討，太子中允。有《瓊花夢》、《芙蓉記》傳奇、邵吳遠更名遠平，字呂璜，仁和人。康熙甲辰進士，光祿寺少卿，授侍讀，擢詹事府少詹士。有《河工見聞錄》、《戒三文存》、嚴繩孫見前俱著纂修《明史》。其現任、候補及已任未仕各員，作何分別，授以職銜，其餘見任者仍歸原任，候補者仍令候補，未仕者俱著回籍，內有年老者作何量給職銜，以示恩榮，爾部一併詳議具奏。告病者不必補試。特諭。欽此。』《東華錄》。參《鶴徵錄》、《先正事略》、《昭代名人尺牘小傳》。於是三布衣者取其二，而先生不豫。翰林院侍講三字據《東華錄》補新城王士禛歎曰：『其命也夫！』全祖望《姜先生墓表》。

五月，開局內東華門外。以原任翰林院掌院學士徐元文爲監修官，翰林院掌院學士葉方靄、右春坊庶子兼侍講張玉書爲總裁官。《池北偶談》。

**毛奇齡《史館興輟錄》**

史館在前朝東廠地，入門無廳事，祇大堂三間，闢門東南隅而衡通其中，四面皆球樓，明槅如牖，然牖下周環作土炕，與門相接。其廊房雖多，然傾圮不修葺，祇收掌、司錄諸官及錄史監生居之。史官五日一到館，領題歸寓，不過值館日繳文而已。但本朝原無史館，諸史官亦並無纂修事，茲專爲纂修《明史》而設，祇其儀注有不可考者。自上開制科，以余輩五十人充《明史》館官。其到任日，監修、總裁與諸史官只一揖，監修、總裁負北牖，南面鋪簟，登土炕坐，諸史官以次登炕接，總裁南面，東西環坐。東環者轉而西面，至門止，西環者轉而東面，又轉而北面，亦至門止，全無比肩抗顏之嫌。其收掌、司錄皆中書、主事，並不上堂參揖。而監修係滿、漢中堂，凡侍立者皆內閣中書，多進士出身，與諸史官亦並不一肅手。卽供事官點茶數巡，自監修、總裁、諸史官外，亦並不一及。甚至查檢史書，則侍立中書執鑰，啟金龍大櫃，取書列長筵繙閱。其一時相形如此。是以當事重舉纂修主事，並纂修監生，以淆其局。而主事、監生亦仍居廊房，未嘗上堂，乃復薦諸舊同館官若干人，並充纂修，則一體升降，有何分別。然其題已鬮分，不得另鬮，而萬曆以後題未經分者，則本朝初入中國，又或以忌諱陰相推諉。應俟五十人中，有出館者，則接受其題。而數年之間，卽有告歸者，有死者，有充試差者，有出使外國者，有作督學院使者，且有破格內陞京堂並外轉藩臬及州府者。自康熙己未至辛未，在館者不過一二人，餘或陞侍郎，或轉閣學，或改通政使，全不與史事。而舊同館官亦俱闌散，向之爭進者，今亦告退。不惟史不得成，卽史館亦枵然無或至者。在五十人多處士，難進易退，且又老邁，十餘年間不祿者已三十人矣。第不知同館多人，並不限數，何以一任其興輟若此。時汪東川以司成艱歸，於廬次偶道及，因録之。《西河合集》。

九月，徐元文赴闕，自陳以母服未除，且辭新命，不允。疏請購遺書，徵文獻，舉故明給事中李清字心水，號映碧，句容籍，興化人，崇禎辛未進士，大理寺左丞。有《南北史南唐書合注》、《南渡録》、《二十一史同異》、《女世説》、《史論》、《史略正誤》、《明史雜著》、《三垣筆記》、《澹寧齋集》、主事黃宗羲字太沖，號梨洲，餘姚人，仁和籍，諸生。有《易學象數論》、《孟子師説》、《今水經》、《明史案》、《行朝録》、《明儒學案》、《明文海》、《南雷文定》及副使曹溶字潔躬，號秋岳，又號倦圃，嘉興人。崇禎丁丑進士，由行人授御史，仕清官戶部侍郎，轉廣東布政使，左遷山西陽和道。有《靜惕堂集》、主事汪懋麟、布衣黃虞稷字俞部，號楮園，晉江籍，上元人，諸生。有《千頃堂書目》、《我貴軒詩》、諸生姜宸英、萬言字貞一，鄞人，斯同從子，副貢生，五河知縣，修《一統志》。有《崇禎長編》、《管邨詩文鈔》等，部議不許。韓菼《文華殿大學士戶部尚書掌翰林院事徐元文行狀》。案，元文又舉萬斯同修《明史》。

母孫孺人七十生日，先生繪《松萱圖》，王士禛爲題詩四章。《帶經堂集》。

九月，先生丁内艱歸，施閏章、王士禛皆有詩送之。施、王詩題。陳維崧、納蘭性德各賦《賀新郎》、《金縷曲》。陳、納蘭詞題。性德且厚賻之。《祭容若侍中文》。進辭太傅案，性德父明珠，公接見之次，情辭憫惻，深憐其以貧賤而失養之可悲者，使至辱臨，賻賵備至。《與成容若尺牘》。

京邸接二弟手書，聞變崩殞。中述淩氏姊病篤，日奔走營視不暇也。竊疑此時姊已不幸，弟慮先生重傷，故或者諱言之。比抵家，姊果無恙，强起飯先生。先生雖創痛，猶私幸得姊荏苒經歲。《祭淩氏姊文》。

先生己未以後古文，尤貫穿六藝，非孔氏者不道。何焯《姜西溟四書文序》。

是年著：《贈陸翼王徵君元輔，嘉定人，布衣，舉鴻博試而未用。有〈十三經注疏類鈔〉、〈菊隱集〉》、《送陸徵君南還》、《送王海憲垓，號巢雲，膠州人，順治己丑進士，康熙十八年任寧紹分巡道之任寧波》、《送何明府琛，號西園，閩人，順治甲午舉人，康熙十八年任慈谿知縣出都門》、《菊隱説》、《健松齋詩序》、《與成容若》。

**庚申康熙十九年，五十三歲**閏八月

魏叔子禧卒。

右贊善徐乾學充《明史》館總裁。

今春暫往吳下，將出關，兒子書來云：『姑病勢不可起。』即日返棹，扶服歸省。中路飲泣，及城不敢問消息。殆入門，從牖間窺姊，持藥椀，倚牀上，相見且泣且喜。姊亦掩淚謂先生曰：『吾病不至死，母葬事急，盍少需而舍此來乎？』居頃之，則促先生行，先生視姊神尚王也，冀得延留數月間。北上期迫，負土無計，欲留不可，欲去不忍，姊弟之情，依違竟日，既去復入者數，而死生之别，從此決矣。六月，訃至吳門，姊已於前月二十日捐世。嗚呼！先生之自京南還，憂姊死，幸無死，及自省還，其憂彌甚，又得無死。今别甫月餘，遽有意外之戚，而先生終不及一見也。痛哉！姊天性閑淑，内外稱賢如一口。自節推公去世，事嫠姑三十年，極盡孝道。先生兄弟經歲出門，溫清缺如，輒辛苦營甘旨以遺母，有餘以賙先生兄弟之緩急。中遭門内之侮，良人被禍，隱忍圖報，而下無遺孤，旁無强近，飲恨吞聲，積成痞結，數年之間，竟以身殉。悲夫！《祭淩氏姊文》。

先生嘗於吳門董姓家見南唐澄心堂法帖六册，真祖搨也。後三册歸吳江徐翰林釚電發，以八十金鬻之王少宗伯涓來。其三册不知流轉誰氏矣。此帖吳天章曾攜示余，又有宋槧《晉宋奇談》一書。又宋刻《江西宗派圖》，圖如年表、世系之例，後再過則已亡之矣。王士禛《居易錄》述姜西溟言。

二月乙亥案，十五日，吏部遵旨議覆内閣學士兼修《明史》徐元文奏：『纂修《明史》，宜舉遺獻，請將揚州府前明科臣李清、紹興府名儒黄宗羲延致來京。如老病不能就道，令該有司就家錄所著書送館。並監生姜宸英、貢生萬言，應速行文該督撫移送。其候補主事汪懋麟，丁憂服滿到部，應以原銜食俸，入館修史。原任副使道曹溶、布衣黄虞稷，見在丁憂，俟服闋後，咨送到館。到館日一併甄敘。』從之。《東華錄》。

是年著：《送陳紫騏霆萬，嘉善人，康熙甲戌進士，臨朐知縣計偕二首》、《送劉瑞公還毗陵時余與劉共住武林僧舍》、《送族姪華林還京》、《送宗姪就選北上》、《王子武九齡，華亭人，康熙壬戌進士，左都御史。有〈松溪尊香詩稿〉、〈艾納山房集〉詒秦山草堂詩賦謝》、《顧且庵侍御豹文，字季蔚，錢塘人，順治乙未進士，御史。有〈世美堂集〉園中賦贈》、《代浙江布政使李士楨昌邑人，貢生，康熙十四年任浙江布政使，二十年去任恭頌御製詩卷八首》、《御製詩絶句賜織造金遇知，康熙八年任杭州織造府，三十一年去任卷子敬題》、《攜兒子濂避暑紅橋遊顧氏園薄暮成韻二首》、《寄問吴慶伯農祥，號星叟，錢塘人，以生員舉鴻博。有〈宣齋〉、〈南歸〉、〈雪鴻〉、〈流監〉、〈嘯臺〉諸集疾時閩師將還過省官賦民居甚急吴以戒心成病故戲有末句》、《壽徐君》、《海昌潘太夫人壽讌詞》、《孫氏祖姑生日敬述中外家世本末藉手侑觴且志孤子感懷非一也因示表叔彦遵》、《竹爐》、《别顧在衡孝廉兼訂深秋之約》、《贈王海憲垓，字□□，膠州人，進士，康熙十八年任分巡寧紹道》、《暮上玲瓏巖》、《夜哭二首》、《寄友山中》、《詠史》、《徐亦允第三子補博士弟子員》、《雪後過于石禪師釋德介。有〈天童寺志〉、〈杖頭吟〉隨惠詩二首次韻和之其二寄贈其師嘯堂和尚釋本晳，字山曉，長壽魏氏，康熙十一年繼席天童時主天童講席》、《自西渡歸路口占》、《至吴門贈張道憲永茂，奉天人，舉人，康熙二十一年任江蘇糧儲道》、《哭魏叔子禧，字凝叔，號勺庭，寧都人，明諸生，舉鴻博以疾辭。有〈左傳經世〉、〈叔子詩文集〉二首》、《贈蘇州藩伯丁思孔，鑲黄旗人，順治壬辰進士，康熙十五年任江蘇布政使司》、《吴山遇魯松江超，字文遠，號謙庵，會稽人，副貢生，翰林院庶吉士，由中書舍人出爲蘇州同知，康熙十五年擢松江知府，官至右通政》、《金陵贈金臬司長真鎮，字又鑣，康熙十八年任江蘇按察使》、《題吴山人青溪别業》、《尚書橋感舊》、《壽王使君垓》、《壽昌寺悟留禪師投詩二首禪師奉母别院閉關修行余棘人也對之增愴敬依來韻酬之》、《悟師又貽余佳茗盛以籜器款製雅樸足稱山情再贈一首》、《寄問香山寺續宗禪師》、《樨灘晚照》、《夜坐》、《祭淩氏姊文》。

**辛酉康熙二十年，五十四歲**

春，先生寓郡城。《徐母李孺人壽序》。

二月，裘殷玉璉，號蔗村，慈谿人，康熙乙未進士，庶吉士。有《横山詩文集》哀其詩成卷，方將遊於京師，而適先生以問序。先生曰：『行哉！』《横山初集序》。

秋八月，浙江鄉試考官侍講湯斌字孔伯，睢州人，康熙己未舉鴻博、禮部郎中于覺世字子先，新城人，順治己亥進士。題目：『司馬牛問仁子曰仁者其言也訒曰其言也訒斯謂之仁矣乎子曰爲之難言之得無訒乎』、『淡而不厭簡而文溫而理』、『君子以仁存心以禮存心仁者愛人有禮者敬人愛人者人恒愛之敬人者人恒敬之』。《清秘述聞》。先生應試。蓋自制科以來，糊名易書以試天下之士，示公也。潘從律《姜西溟制義序》。斌歎息語同事：『暗中好摸索，勿誤失姜君。』竟亦不能得也。韓菼《湛園未定稿序》。同考官某得先生卷，薦而不售。案，『君子以仁』試藝刻入《姜探花行卷》。解元蔡彬字以端，德清人，庚辰進士。《清秘述聞》。

先生少精舉子業，屢躓有司，愈不喜詭隨弋獲。前年已有以其名上聞者，會格於例，旋報罷。日就無錫秦松齡言：『古今文字有一定之的，雖銖毫分寸不可踰越。若學者，則務與年俱進，與時俱變耳，終其身，無得止法也。』以是益發憤，欲盡屏人事，並力以從事此道。會有纂修之命，治裝北上，哀其前後著爲一集，而中所芟汰者不下十之三四。集成，將挈之以行。松齡視其才力雄富而一規於法，擬古作者分量，恢恢有餘地，然猶自署爲『未定稿』，卽其志可知矣。秦松齡《湛園未定稿序》。

何元朗良俊，華亭人，翰林院孔目。有《何氏語林》、《何翰林集》云：『衡山先生文徵明在翰林，大爲姚明山淶，字維東，慈谿人，嘉靖癸未狀元，兵部尚書鏌子、楊方城維聰，固安人，正德庚辰狀元所窘，時昌言於衆：「我翰林不是畫院，乃容畫匠處此。」二人只會中狀元，更無餘物。而衡山名長在天地間，今世豈有道著姚淶、楊維聰者哉？』自錢宗伯謙益稱快此言，載之《列朝詩選》，而明山之後人未知也。先生辛酉年以纂修之命將北上，姚氏數人持東泉尚書父子傳志見示，復出明山存集刻本，中有《贈衡山先生南歸序》一篇，又《送衡山出灣馬上口占絕句》十首，其言曲盡嚮往之志，極贊揚之詞，而於詩末章曰『豈是先生果忘世，悲歌盡在《五噫》中』，與《序》中『台袞猶褒』，有悲憤時事、不敢指稱而相與爲隱之意，其知衡山也深矣。錢公不考，漫筆之書。近有史官自刻其稿者，復著其說於擬傳，不重誣耶？明山可傳，不獨議禮一節，其居官屢有建白，援據古今，義正辭嚴，惜其中年凋喪，不竟其志，而何氏謂今世遂無道及者。彼自不識明山，於明山固無損也。復按家傳誌銘，皆云楊文襄一清引公同修《明倫大典》，公恥不肯與，同館皆嫉之，而擬傳云：『涞雖以議受杖，後與修《明倫大典》，不終其節。』先生在史館，疑而請之監修徐公元文。公命取《大典》檢閱同修者，絕無姚名，遂命刪此一段。然其稿猶傳播人間也，此是姚公一生大節所繫。彼既罹禍於生前，復被誣於身後，史筆之陷人，豈必在張璁、桂萼。案，二人皆議大禮者羣小下哉？先生特爲表出之，以告後之君子。《姚明山學士擬傳辨誣》。

十二月初至京，投宿慈仁寺袁君寓舍。《葦間詩集》詩題。

先生辛酉冬來京師，東海兩徐先生案，乾學、元文兄弟曰：『盍往見澤州公陳廷敬，字子端，號說巖，澤州人，順治戊戌進士，文淵閣大學士，謚文貞。有《午亭文編》乎？當今名公卿能以其學復文章於先秦、兩漢之盛者，莫踰公。』然先生初見公，聳峙山嶽，邈乎其難企也。及廁史局，日領謦欬。公見先生所爲傳志而悅，後凡得先生之文，輒拊掌稱善。間隨俗爲時文，尤爲公所賞識。嘗置先生文懷袖間，逢人必出與共讀，回環雒誦。及先生倔得復失，業自委命無何。每見公，必相對搤腕太息，輒淒然復起淪落之感。而公之於先生深矣！《冢宰陳公五十壽序》。

是年著：《初至京書謝總憲公徐元文二十六韻》、《辛酉十二月初至京投宿慈仁寺袁君寓舍集杜贈之》、《横山初集序》、《徐母李孺人壽序》、《寄張閣學玉書書》、《寄葉學士方靄書》、《先太常公傳略》。

## 壬戌康熙二十一年，五十五歲

陳維崧卒。葉方靄卒。

是年翰林榜一甲：蔡升元、吴涵、彭寧求。二甲：王九齡、王喆生、許汝霖、周金然、金德嘉。

壬戌燈夕，先生與陽羡陳其年，梁谿嚴蓀友、顧華峯，嘉禾朱錫鬯，松陵吴漢槎兆騫，順治丁酉舉人，有《秋笳集》數君同飲花間草堂。中席主人指紗燈圖繪古跡，請各賦《臨江仙》一闋。先生與漢槎賦裁半，主人摘某字於聲未諧，某句調未合。先生謂漢槎曰：『此事終非吾勝場，盍姑聽客之所爲乎？』漢槎亦笑起而閣筆。然數君之於詞亦有不同，梁谿圓美清淡，以北宋爲宗；陳則頹唐於稼軒；朱則湔洗於白石，譬之《韶》、《夏》異奏，同歸悦耳。一時詞學之盛，度越前古矣。《題蔣君長短句》。

先生入史館，以翰林院纂修官食七品俸，仍許與試全祖望《姜先生墓表》，衣儒生衣，雜坐公卿之次。朱彝尊《孝潔姜先生墓志》。案，黄虞稷、萬斯同、萬言同時入館。有『白衣太史公印』。錢大昕《老易齋帖跋》。○貞羣見先生手書帖後有『姜宸英』白文方印、『西溟』朱文方印、『白衣太史公』白文長方印、『真意堂』朱文長方印，《昭代名人尺牘》中有『葦間書屋』朱文方印、『人書俱老』朱文方印、『心慕手追』朱文長圓印。

三月九日，徐健庵招飲馮園看海棠，先生分得激字。《葦間詩集》詩題。

四月二十八日，翰林掌院學士禮部尚書纂修《明史》總裁葉方靄卒謚文敏。《先正事略》。

□月□日，翰林院侍讀湯斌充《明史》總裁官。《湯潛庵年譜》。

□月□日，翰林院侍讀學士王鴻緒字季友，號儼齋，又號橫雲山人，華亭人，康熙癸丑第二人及第，戶部尚書。有《明史稿》、《賜金園集》充《明史》總裁官。《先正事略》。

康熙壬戌年，先生初入史館，爲《刑法志》，第三卷序廷杖及廠衛、詔獄。此例，古刑志所未有，先生特創爲之。《前錦衣衛指揮僉事王公墓表》。極言廷杖、詔獄、東廠、緹騎之害，淋漓痛切，不減司馬子長。王士禛《分甘餘話》。遍考歷朝《實録》及朝野紀載，無慮七十餘種，猶懼文獻不備，不足以網羅舊聞。而前朝之遺民宿儒至京師者又絶少，不得以親質所疑也。已而獲交於宛平王君源字崑繩者，嘗出其尊甫中齋公世德小影屬題。問其官，則明崇禎間錦衣衛指揮僉事也。公家世官禁近，習見宫府舊章及時政得失，每搤腕欲有所論列。一日昌言於朝，謂朝廷有四大弊，其言皆國之所以存亡也，而時不知用。比明祚既訖，見野史所載誣妄，多歸咎於愍皇者，因爲《崇禎遺録》。既成而自序其意，以切齒夫當時用事者之誤國，而於故主之恭儉求治，終以一死殉社稷，有隱痛焉。今書副在書館，時公尚留南，先生未得一見也。及癸酉秋，幸與崑繩同領順天薦，公亦以前一歲挈家來天津。私喜從此得以通家子往來請質，以益所未聞。乃未三閲月，遽訃聞。嗚呼！豈獨史事之不幸？自明亡至今垂五十年，迨公没而前朝之故老大抵無復存者，此尤可哀之甚者也。《前錦衣衛指揮僉事王公墓表》。

八月十九日，先生生日，萬貞一以詩壽之。萬言《管邨詩稿》詩題。

是年著：《三月九日徐健庵先生招飲馮園看海棠分得激字》、《王明府赴任天河》、《賀徐章仲炯，康熙壬戌進士，乾學仲子，直隸巡道舒城兄弟成進士》、《寄劉廣文》、《夜雨》、《容若邀遊城北莊移舟晚酌》、《登真教寺塔》、《同容若華峯坐雨次韻》、《送陸徐溝》、《謝孝輔爲霖，鄞人。有〈春草堂集〉歸里賦贈》、《送葉章左振甲，慈谿人。有〈田陽餘草〉之任大田》、《時相壽讌詩》、《送方田伯中德，號依巖，桐城人，以智長子。有〈古事比〉、〈遂上居集〉還桐城覲母》、《劉生歸毗陵爲其親壽》、《送趙別駕君泰，遼東人，康熙三十一年任寧波府通判之任四明》、《張京兆席上同諸公看菊醉歸有述》、《感懷》、《喜念祖弟新補邑弟子員寄贈》、《贈糧儲道陸鶴田光旭，字始旦，平湖人，順治壬辰進士，由御史出爲江安糧儲道。有〈屈亭遺稿〉》、《燕》、《同徐松之晚步休休庵》、《酬王勤中武，號忘庵，又號雪顛道人，吳人，附監生，能詩，工花卉雪中見懷》、《宿古北口見王阮亭先生感舊題壁之作拭淚次韻》、《琉璃河早發口號》、《送河南林學使堯英，字蜚伯，莆田人，順治辛丑進士，刑部郎中，出爲河南學政。有〈濟亭詩略〉》、《戲贈蔣龔兩小史》、《送汪檢討楫出使琉球五首》、《八月十八日口號》、《代和懋勤殿讀書》、《九日後駕至溫泉初冬暫還宮恭紀和韻代》、《壽讌詩》、《送人還里》、《與吳漢槎夜坐》、《燈下》、《酬祖清潤緘贈西羢並詩見寄兼懷舍弟孝俞》、《嚴蓀友生日奉賀因調之》、《贈汪檢討出使琉球序》。

**癸亥康熙二十二年，五十六歲**閏六月

施閏章卒。八月，臺灣平。

湯斌擢內閣學士，授江蘇巡撫。

國子監祭酒王士禛在成均撰五言、七言古詩，先生序之。《王漁洋年譜》。《湛園未定稿》。

秋，工部主事撫寧張君霖有園在阜城門外東北陬，修登高故事，置酒召客，南北知名士會飲者三十餘人。於時，主客衣冠濟楚，揖讓登進，禮容之盛，尊壘、几席、圖史之設，上下池館，流眄花竹，客無不灑然意得者。酒酣以往，分曹限韻，各賦詩一章以退。蓋是時，都下文會寂寥久矣，明日相傳以爲盛事，先生亦因是始識工部君。《贈工部營膳清吏司主事張公墓誌銘》。

是年著：《長安雜感四首》、《翁郡丞新任黄州賦詩四章留別京中故人因有此贈》、《題喬石林萊舍人柘谿歸隱圖其先侍御公可聘别業》、《題徐電發楓江把釣圖》、《上李閣學天馥，字湘北，號容齋，合肥人，順治戊戌進士，丁巳擢内閣學士兼吏部侍郎，武英殿大學士，謚文定》、《茗客陸君索書賦此贈行》、《題畫卷》、《送友》、《題友人小影》、《題毛惠侯際可，號鶴舫，遂安人，順治戊戌進士，舉鴻博，歷知城固、祥符縣事。有〈安敘堂詩〉、〈文鈔〉戴笠垂釣圖兼送其還任祥符》、《三月十一日》、《蓀友取松皮作石拈壁上宛然畫意戲題其側》、《留别所知》、《春詞》、《散步卽事》、《貧女詞》、《憎蠅》、《渌水亭送張丞》、《昨夢》、《金陵吴生題所居爲一硯齋自爲之記示不忘舊也余率賦短歌以代其西州之感云》、《送吴明府殿弼，遼陽人，生員，康熙十九年爲松江府董漕同知遷松江郡丞》、《題顔修來光敏，曲阜人，康熙丁未進士，吏部考功郎中。有〈樂圃集〉從獵圖》、《沈母節壽詩册》、《送徐果亭春坊假還》、《吴大馮之任四會》、《送金按察維藩，鐵嶺衛人，由正黄旗下，康熙六年任浙江提刑按察使司覲還》、《偶題有諷》、《宿燕交送容若奉使西域》、《壽李御史》、《露立》、《夜雨》、《出德勝門野望過陸氏莊小憩》、《題許給事小影卽送歸廣陵》。

## 甲子康熙二十三年，五十七歲

吴兆騫卒。

先生住都城街東，夕陽到庭除。查慎行《移居詩爲姜西溟作》。僦居湫隘，庭前春盡，不見寸草，一枝之蔭比於瓊樹，蓋都下寓居皆如此，不獨先生也。聞之老居京師者云：『五十年前，公卿邸第門宇靚飭，雜樹疎映，街衢闤闠，槐柳俱成行列。士大夫公餘散步，間入肆中，繙閲圖史，摩挲古敦彝窑器，翛然而返，不礙車馬。』先生因此想見唐人『落葉滿長安』之句。《題項子小影》。

虎坊南別墅，徐健庵尚書招陳說巖同先生、朱竹垞燕集南園聯句，說巖以詩記之。陳廷敬《午亭文編》詩題。

春社日，說巖招健庵同先生、朱竹垞登黑窯廠最高處讌集聯句，說巖、健庵各賦詩三章。《午亭文編》、《憺園集》、《曝書亭集》詩題。

八月十一日，高澹人招徐健庵、徐方虎倬，德清人，康熙癸丑進士，國子監司業。有《修吉堂文稿》、《蕢村類稿》、《全唐詩錄》、先生飲花下，健庵賦詩二首。《憺園集》詩題。

十一月，詹事府少詹事兼翰林院侍講學士王士禛奉命祭告南海，次蘆溝橋，先生偕其門人盛珍示符升，崑山人，康熙甲辰進士，御史。有《誠齋詩集》、郭皋旭、襄圖號匡山，平湖人，貢生、衛凡夫、朱悔人、吳天章雯，蒲州人，生員，舉鴻博。有《蓮洋集》、洪昉思昇，號稗畦，錢塘人，監生。有《稗畦集》、《長生殿》傳奇、湯西厓右曾，仁和人，康熙戊辰進士，吏部侍郎。有《懷清堂集》、查夏重慎行，號他山，字悔余，號初白，又號查田，海寧人，康熙癸未進士，編修。有《敬業堂集》、聲山昇，字仲韋，海寧人，康熙戊辰進士，少詹事。有《澹遠堂集》、張漢瞻雲章，號樸村，嘉定人，雍正初舉賢良方正。有《樸村集》、惠元龍周惕，自號紅豆主人，長洲人，薦鴻博，未與試，康熙辛未進士，密雲知縣。有《詩說》、《硯溪詩文集》、王孟穀戩，漢陽人。有《突星閣詩鈔》諸子祖道，士禛有詩《卻寄祖道諸子》。《蠶尾續詩》、《南海集》詩題，參《漁洋年譜》。

冬，先生以家藏《蘭亭》前一本贈昝茹芝字元彥，號抱雪，懷寧人，時同客都門，情懷甚契，出此贈昝時蓋不勝愛惜，踟躕久而卒以見贈，知友朋之愛更有甚於愛此者矣。先生曾祖太常公與茹芝曾王父金谿公學易，字心源，萬曆舉人，金谿知縣有譜誼云。昝茹芝《姜氏蘭亭跋》。

冬日，張園雅集，查夏重招先生同彭椒巖開祐，字孝緒，華亭人，康熙丙辰進士，武岡知州。有詩稿、顧九恒永年，號桐村，仁和人，康熙乙丑進士，華亭知縣。有《長慶堂集》、《梅東草堂集》、惠研谿、錢玉友、魏禹平坤，號水村，嘉善人，康熙己卯舉人。有《倚晴閣詩鈔》、蔣聿修、王孟穀、張漢瞻、汪寓昭煜，錢塘人，康熙乙丑進士，吏科給事中。有《願學堂集》、陳叔毅曾蘱，錢塘人、湯西厓、馮文子念祖，海寧人，諸生，有《東游草》、《補亭詩録》、談震方九乾，號未庵，德清人，康熙丙辰進士，吏部文選司郎中。有《從軍》、《淮浦》、《南游草》、查荊川嗣韓，號皋亭，海寧人，康熙戊辰第二人及第，授編修、聲山限韻賦詩。

查慎行《敬業堂詩集》詩題。

十二月，一等侍衛納蘭性德從駕還，值其三十初度，先生席上書贈詩六首。《葦間詩集》詩題。

是年著：《送陸英德之任》、《有贈》、《贈朱廣德》、《閉關二首》、《對菊》、《李少宰天馥，甲子調吏部左侍郎席上感懷明日賦呈二首》、《夜讀曾青藜燦，寧都人。有〈止山集〉詩卷明日送其遊粵東兼訊屈翁山大均，番禺人。有〈翁山詩外〉、〈文外〉二首》、《薄暮喜張漢瞻過寓且訂城南之遊》、《送彭爰琴桂，字上馨，溧陽人，監生，舉鴻博，有〈泊庵詩詞〉徵君赴閩撫幕》、《尋郭皋旭僧院寓居不值留題》、《同羣公讌集卽席賦送邵公子歸錢塘》、《言懷贈陳說巖總憲》、《逼歲聞顧梁汾舍人入京訪之過西華門口號》、《雪夕》、《冬杪送友還江南》、《贈謝工部四十》、《戲贈邵公子》、《容若從駕還值其三十初度席上書贈六首》、《送王少詹使祀南海序》、《友棠姜宸萼，康熙甲子舉人。龍門知縣詩刻小序》、《宋拓樂毅論破邪論跋劉獻廷〈廣陽雜記〉著録，〈姜先生全集〉未收》、《文學李君潤墓碣》。

**乙丑康熙二十四年，五十八歲**

翰林榜一甲：陸肯堂、陳元龍、黃夢麟。二甲：顧永年、仇兆鰲、俞兆曾、徐樹穀、戎澄。會試榜前數十卷進呈恭候欽定名次，自是科始。

春日，方渭仁招先生、黄俞邰、萬季野、貞一寓齋小飲，渭仁有詩。方象瑛詩題。

長子嗣洙原名漢儒，字道泳選拔貢生。光緒《慈谿縣志》。

獲交問亭先生覺羅·博爾都，號東皋主人，封輔國將軍，即請爲《白燕棲記》。白燕棲者，先生讀書之齋，以嘗有雙燕來巢，其色皆白，故異而名之以此。先生初至其所，於時春也，野卉雜花，蔓開庭除，紅白滿地。次年再過之，庭前兩榆被霜，風吹索索有聲，落葉侵入屐齒，窗外薜花被砌，蝸涎緑壁，左右視不見人。佇立久之，始有蹩躠老閽來，看客而入，殆忘其爲王孫朱邸也。《白燕棲詩集序》。

五月辛巳案，二十二日，納蘭容若將從駕出關，連促先生入城，《侍衛進士納臘君墓表》。與顧貞觀、梁佩蘭字芝五，號藥亭，南海人，康熙戊辰進士，改庶吉士。有《六瑩堂詩集》、吳雯同賦《夜合花》。《湛園詩稿》詩題。中夜酒酣，謂先生曰：『吾行從子究竟班、馬事矣，子謂我何如？』先生笑曰：『頃聞君論詞之法，將無優爲之耶？』是時，竊視君意鋭甚。明日，先生出城，君固留，願至晚，先生不可。送及門曰：『吾此行以八月歸，當偕數子爲文字之遊，如某某者不可以無與，君宜爲我遍致之。』於是復挈先生手曰：『吾倘蒙恩得量移一官，可並力斯事，與公等角一日之長矣。』意鄭重若不忍別者。然不幸以明日得疾，七日遂不起，年止三十一。君所輯有《詞韻正略》、《全唐詩選》，著詩若干卷，有集名《側帽》、《飲水》者，皆詞也。《侍衛進士納臘君墓表》。案，容若有《通志堂集》十八卷、《附録》二卷，原刻本罕見。

殘冬，徙巷南，北戶風攬裾。查慎行《姜西溟移居詩》。

九月，王士禛丁父憂歸里。《王漁洋年譜》。

是年著：《惠元龍以詩留別依韻送之兼示吳虞升藹時吳同還江南五首》、《送沈雲步進士赴任靈臺》、《郭皋旭南還》、《送盛孝廉黼宸落第同季弟還嘉興以所攜端石硯贈之》、《謝孝輔爲霖，鄞人五十得子書來徵詩甚急》、《夜合花》、《題容若出塞圖二首》、《哭亡友容若侍衛四首》、《節婦吟》、《和商丘宋觀察犖，字牧仲，號漫堂，吏部尚書。有〈西陂類稿〉遊河曲精舍詩次韻四首》、《酬高學士士奇來柬因述懷二首》、《憫農》、《吳封翁雙壽詩》、《題梅定九文鼎，號勿庵，宣城人。有〈曆算叢書〉、〈積學堂詩文鈔〉讀書飲酒圖》、《周子惟念覲省南還因與葉淵發孝廉同遊廣州葉即南陽學士長公也贈別二首》、《送周參軍在浚，字雪客，祥符人，亮工子之任山西和魏禹平韻二首》、《題侯大年開國，嘉定人，元涵子鳳阿山房圖因送歸疁城次韻三首》、《梁藥亭孝廉將還嶺南枉過不值因有此贈》、《秋山》、《牆東》、《八月夜飲高學士齋中看桂同閣學乾學司業元文兩徐公次閣學韻二首》、《金生小像戲題俞大文兆曾詩後》、《贈行詩序》、《邑候方公允猷，甌寧人，康熙庚戌舉人，二十四年知慈谿縣事壽序》、《臨右軍法帖書後》、《祝枝山離騷經墨跡跋〈廣陽雜記〉著錄，〈全集〉不收》、《思硯齋記》、《祭容若侍中文》、《一等侍衛進士納臘公墓表》。

**丙寅康熙二十五年，五十九歲**閏四月

湯斌擢禮部尚書，管詹事府事。

先生移居大街西。查慎行《姜西溟移居詩》。京師宣武門外從逆旅主人僦屋數椽，其半橢而分爲室者三，略如舟然，而以其之所居也，因名之曰『停舟書屋』。《停舟書屋記》。

三月己未案，五日，命纂修《一統志》。《東華錄》。禮部侍郎徐乾學充《一統志》、《會典》、《明史》三館總裁。張穆《閻潛丘年譜》。

錫山聽松庵僧人性海製竹火爐，王舍人孟端過而愛之，爲作山水横幅，並題以詩。歲久爐壞，盛太

常冰壑因而更製，流傳都下，羣公多爲吟詠。圖既失，詩猶散見於西涯李東陽、篁墩程敏政諸老集中。梁汾典籍仿其遺式製爐，恒歎息舊圖不可復得。及來京師，忽見之容若侍衛所，容若遂以贈焉。未幾，容若逝矣。丙寅之秋，梁汾攜爐及卷過竹垞海波寺寓，適先生、青士周篔、愷似孫致彌三子亦至，坐青藤下燒爐試武夷茶，相與聯句，成四十韻。明年，梁汾將歸，用書於冊，以示好事之君子。《曝書亭集·竹爐聯句序》。

王士禛《居易錄》九亦載此事。

是年著：《次韻和中允嚴四兄繩孫假還述懷四首》、《又送行一首》、《總憲公徐元文修禊楊氏園同湯西崖萬季野諸君時園中花事尚遙宿莽蒼然壺觴竟日清談而已》、《送湯西崖歸里》、《次韓元少閣學韻奉顧舍人》、《贈張經歷還任》、《陳北山郡丞將赴任上郡時寓慈恩方丈與余接談知爲先君舊識泫然久之賦此贈行》、《海昌楊少司馬雍建，字自西，號以齋，海寧人，順治乙未進士，兵部左侍郎。有〈黄門疏稿〉、〈弗過軒詩鈔〉、〈景疏樓集〉、〈自怡集〉壽辭》、《八月十四日出郭歸途得句二首》、《楊少司馬假歸終養二首》、《張漢瞻將歸客有貽以望雲圖者諸君皆賦此贈行余未果作今張子書來索詩書此緘寄亦仍題望雲圖詩》、《吴青壇震方，字又超，石門人，康熙丙辰進士，己未傳臚，陝西道監察御史。有〈晚樹樓詩稿〉御史建言譴歸贈行二首兼柬賢叔孟舉之振，有〈黄葉村莊詩集〉、〈宋詩鈔〉》、《送中學憲檖，號遜庵，吴人，順治辛丑進士，康熙二十五年任廣西提學道赴任過里爲茅太夫人壽序》、《姚石村南遊日記序》、《停舟書屋記》、《寄王阮亭》。

**丁卯康熙二十六年，六十歲**

十月十一日，工部尚書湯斌卒。

丁卯元夕，總憲徐公元文碧山堂之讌，出所儲酒三十種飲客，命客爲《鬭酒詩》。明日相繼以詩來者若干人，而前總憲公先得絕句三十首，手書小幀示先生，先生謹受而讀之。其體物精切，寄託深遠，至於聲調之諧美，按之皆可歌也。是夕，先生預末坐，所嘗酒雖殊方異製，大抵南北香味自相類。時座中皆南人，多右南而左北。公自序曰：『昔人稱北酒南茶，北亦未可少也。』此言雖爲酒調人，然以三十種者較之，實未易定其優劣矣。自古譜酒者，王無功、焦革而下數十家，至宋張能臣之記《酒名》，元宋伯仁之爲《酒小史》，徵類以百數，然鮮能遍致之以娛客者。是席所列，自内造法醞及坊務麯材，遠而閩海粤嶠、暹羅、琉球、荷蘭花實之釀，蠟封藤繘、梯航而至者，皆得品量於一堂之上，亦云盛矣。先生屬病未能追和，故合公詩爲一卷，以序而歸之。《碧山堂元夕鬬酒詩跋後》。

翁尚書叔元字寶林，號靜鄉，永平籍，常熟人，康熙丙辰第三人及第，刑部尚書。有《鐵庵文稿》、《梵園詩集》，故人也，雅重先生，嘗曰：『吾名不見子集中，是吾恨也。』及尚書官祭酒，時余國柱字石臣，號佺廬，大冶人，順治壬辰進士，康熙二十六年二月擢武英殿大學士方排睢州湯文正公斌，尚書受指使劾睢州僞學，遂擢少詹，以睢州故兼詹事也。先生發憤爲文，謂：『古者輔教太子有太傅、少傅之官。太傅審父子君臣之道以示之，少傅奉太子以觀太傅之德行而審諭之。今詹事有正貳卿，卽古太傅、少傅之遺也。翁君之貳詹事，其正實睢州湯公。公治身當官立朝，斬然有法度，吾知翁君必能審諭湯公之德行以導太子矣。』翁見之憮然，長跽而謝曰：『某知罪矣，然願子勿出也。』先生越日刊而布之，遍傳輦下，尚書恨刺骨。《先正事略》，本方苞《記姜西溟遺言》。

初夏，喬石林萊侍讀置酒京師邸舍一峯草堂海棠花下，招同陸嘉淑、周篔、姜宸英、朱彝尊、錢金甫、孫致彌、查慎行、湯右曾、陳曾蓺凡九人，卽席分險韻各賦七言長歌一章。與會而詩未至者，則孫致彌、姜宸英、陳曾蕤也。查慎行《一峯草堂看花歌冊跋》作『丙寅初夏』，而朱彝尊《曝書亭集·一峯草堂看花歌》廁於丁卯，今從朱氏。

八月，順天鄉試考官編修楊大鶴字芝田，號九皋，武進人，康熙己未進士，左諭德。有《稻香樓詞》、檢討王思軾字眉長，興國人，康熙壬戌進士。題目：『三年學不至於穀不易得也』、『誠者自成也而道自道也』、『言近而指遠者善言也守約而施博者善道也君子之言也不下帶而道存焉君子之守脩其身而天下平』。《清秘述聞》。先生仍以太學生應試，首場已擬第二人，及第二場表用『點竄《堯典》、《舜典》』語，監察御史某指摘令易之，先生對以出李義山《韓碑詩》，不肯易。御史怒，輒摭其小不合例貼出之，卷遂不得入。《居易錄》。先生《張使君提調陝西鄉試闈政記》曰：『丁卯試京兆，已定第二名，以言忤監臨陸御史，末場詭稱墨累貼之。言路憤惋，欲爲伸理，復爲御史巧沮中止。』案，是科『三年學』一章、『言近而指遠』兩節闈墨刻入《姜探花行卷》中。解元多時珍字玉巖，皐城人。《清秘述聞》。

選舉之法，以文字取人，已爲非古。至晚近防禁愈多，弊端滋出。明中世遂有違式之例，其得選者曰中式，於是士始有負盛才學而累舉不得終場者。本朝初年，禁網疎闊，後因科場屢有發覺，磨勘之法始峻。外簾避嫌，吹求苛密。舉子落筆，一勾戳之誤，一點畫之失，雖於書法可通，而以其不合於書吏之題紙式樣，概從截角，不已冤乎？又有油汗、墨累、煤爇之類，非條例所載者，不可勝紀。士子三年埋首書案如處子，九日夜眠食號房如囚隸，其所望榜頭姓氏，僅以供交衢之一貼，可痛也。夫士不幸而以文章見屈於有司，命也，此古人之所同也。今則文未嘗一入主司之目，其幸而初場被賞，又以二三場罣誤而擲之。主司雖有憐才之心，亦付之無可如何而已。此今士子之受困，有古人所未經見者。其間雖有條議及之，而相沿敝風，卒莫之改。嗚呼！其亦終無如之何已。《張使君提調陝西鄉試闈政記》。

十月，徐副相公肅邀先生同竹垞、又仲遊上方山，徐元文詩題。查夏重不及踐約，口占送之。查慎行詩題。

冬，長子嗣洙貢於京師，將省親而介壽焉。裘璉《送姜道泳入都省親序》。

是年著：《送徐電發檢討歸里二首》、《芍藥花》、《贈王菉園斐，字雲巖，鄞人，康熙庚戌進士，以庶吉士改御史，二十六年擢太常寺少卿，累官副都御史奉常》、《送徐行人齎詔雲南二首》、《八月二十九日書懷二首》、《禹鴻臚之鼎倣松雪水村圖自畫小影索題》、《總憲公邀同竹垞檢討遊上方山是日微雪晚憩長新店作》、《蚤發盧溝橋百里至孤山口普濟寺宿》、《登上方山飯兜率院》、《望摘星陀》、《次日抵石經山下不果上小憩東峪寺還》、《六聘山弔霍處士》、《賈島峪》、《宿顧峕道觀明日總憲公竹垞先還余以病與章君留一日紀事》、《寄壽棗強縣馮揮五兩絕句》、《謝提學于道，字敏公，鄞人，康熙癸丑進士，二十六年以戶部郎中任雲南提學道赴滇南二首》、《日下舊聞序》、《封君陳公昌期，字大來，廷敬之父壽讌序》、《封君陳公昌期八十壽序代》、《冢宰陳公廷敬五十壽序》、《宋牧仲犖僉憲壽序》、《贈翁祭酒叔元遷少詹事序》、《王母申太孺人壽序》、《掌京畿道事監察御史任公玥墓志銘》。

**戊辰康熙二十七年，六十一歲**

汪懋麟卒。

翰林榜一甲：沈廷文、查嗣韓、張豫章。二、三甲：范光陽、湯右曾、張尚瑗、鄭梁。

左都御史徐乾學充會試總裁官，卽闈中轉刑部尚書，出甫就職，因張汧事罣誤，上章乞休。準解部務，仍領各館總裁，三日一值內廷。韓菼《刑部尚書徐公行狀》。

戊辰春，錢澄之再入都門，過先生邸舍，意思淹抑，其困殆不減澄之。錢澄之《湛園未定稿序》。

三月，王士禛歸里，七夕撰《唐賢三昧集》三卷。士禛云：『《林間錄》載洞山語云：「語中有語，名爲死句；語中無語，名爲活句。」余嘗舉似學詩者。門人彭太史直上來問余選《唐賢三昧集》之旨，因引洞山前語語之。』《漁洋山人年譜》。先生序之。《三昧集》。案，《湛園未定稿》所載與此文句微有異同。

是年著：《閒居》、《題畫桃柳燕子》、《即事偶成一律戲學時體》、《道傍宅》、《傷事》、《送張昆貽進士曾裕，海寧人，康熙戊辰進士，御史歸覲》、《戲書》、《題高學士士奇蔬香圖二首》、《雜詠六首》、《感舊》、《見市有籠蟋蟀賣者命僕以錢十文得之》、《柯孝廉翰周維楨，字緘三，嘉善人，崇樸弟，康熙乙卯舉人，舉鴻博，未試丁憂。有〈澄煙閣詩〉、〈紀游草〉落第南還隨所知遊姑孰二首》、《所見》、《送竹垞先生南還》、《因□寄問張子時欲邀其入都共定志中人物》、《慈仁寺見賣白鸜鵒》、《送沈南川之任》、《送宋徵君南還》、《題張子詩集送還蘄水幕》、《爲高生作書竟戲題》、《顧母特旌詩》、《送鄭庶常梁，字禹楣，號禹梅，慈谿人，康熙戊辰進士，高州府知府。有〈寒村詩文選〉請假歸省序》、《大司寇徐健庵壽讌序》、《贈李編修濤，字紫瀾，號述修，德州人，康熙丙辰進士，編修，刑部右侍郎出守臨江序》、《蘭谿縣重建尊經閣記》、《工部尚書睢陽湯公斌神道碑》。

## 己巳康熙二十八年，六十二歲閏三月

陸嘉淑卒。

春，萬斯同北上纂修《明史》。五月，徐元文拜文華殿大學士。九月，少詹事高士奇、左都御史王鴻緒爲御史郭琇奏參『植黨營私，招搖撞騙』，得旨俱著休致回籍。《東華錄》。

先生以唐摹《十七帖》示王士禛。王記云：『紙韌好，點畫無闕失，真古物也。』秀水曹侍郎溶跋云：『貞觀中盛購右軍墨跡，裴進士以草書來上，首有十七日字，遂呼《十七帖》。今石刻傳世有二本，唐刻尾有敕字及解勒褚校者，卽此本也。南唐後主得賀知章所臨，散刻《澄心堂帖》中，王著再摹入《淳化帖》，賀本也，不及敕字本遠甚。右軍真跡存者幾絕，得此足以豪矣。』《居易錄》。

十月初一日，會靈壽知縣陸稼書隴其，平湖人，康熙庚戌進士，嘉定知縣，舉鴻博未試，丁憂，官至監察御史，從祀文廟，追贈內閣學士兼禮部侍郎，謚清獻。有《松陽講義》、《困勉錄》、《三魚堂集》。先生言徐健庵修宋、元《通鑒》甚覺掣肘，蓋以南北朝爲疑也。《陸清獻日記》。

十一月，刑部尚書、總裁官徐乾學因子樹穀考選科道事爲副都御史許三禮字典三，安陽人，順治辛丑進士，兵部督捕，右侍郎。有《讀禮偶見》、《仁孝達天發明》、《聖學問答》、《海昌講學集注》、《丁巳問答》所劾，上章乞歸。韓菼《徐公行狀》。命卽家纂修《一統志》，設局於洞庭東山。疏請姜宸英與黃虞稷偕行。《浙江通志·列傳》。又疏言：『明《一統志》疏漏舛錯，難以盡舉，臣今博訪舊聞遺獻，務期精核。』又言：『宋、明《通鑒》，明臣薛應旂、王宗沐諸本或詳略失宜，或考據牴牾，或名姓互殊，或日月闕謬，臣請改修，博採正史、雜史及諸家文集，參考同異，辨證是非，仍仿司馬光《通鑒》例，作《目錄》、《考異》，彙爲一書。』俱依行。時當仲冬，上命且過冬行，毋觸寒爲也。《徐公行狀》。

王士禛偶約座客賦琴魚詩，姜宸英西溟、吳麐仁趾、魏坤禹平作皆佳。《居易錄》。

是年著：《冢宰陳公廷敬餉木瓜六枚兼辱示新詩仍索和章謹次原韻二首》、《寄贈無錫嵇漪園司理永福，字爾遐，順治乙未進士，舉鴻博，嚴州府推官，左遷歷城縣丞。有〈漪園遺稿〉兼訊嚴蓀友檢討》、《大駕南巡還幸闕里恭紀四十六韻》、《飲古藤書屋分賦煖具得布簾二十韻》、《金豆》、《送汪檢討楫出守河南》、《送衛郞陽》、《送徐生歸葬》、《健庵司寇禊飲祝氏園分得激字》、《司農公王士禛以閏月新齋落成續修禊事分得原字》、《言志二章贈楊芝田編修》、《戲作紀事》、《高學士士奇夢得伏雨炎風正夏闌之句足成絕句五首見寄且徵和詩遂次原韻如其數》、《偶過馮方寅檢討話別留飲》、《鄉人送筍》、《次竹垞送徐敬可善，秀水人，諸生。有〈蘁谷遺稿〉韻》、《賀崑山徐公元文入閣序》、《李司空廬陵人詩序》、《跋家藏唐石蘭亭序》。

## 庚午康熙二十九年，六十三歲

汪琬卒。

春□月，刑部尚書徐健庵予告南歸，奉旨仍領書局。出都時邀先生、查慎行偕行。《敬業堂詩序》。朱彝尊賦詩送先生赴包山書局。《曝書亭集》詩題。

二月二十一日，先生偕查慎行並轡出都，早出彰儀門，魏禹平坤、談震方九乾，德清人，康熙丙辰進士，吏部郎中。有《從軍》、《淮浦》、《南游草》、沈客子季友，字南疑，平湖人，副貢生。有《學古堂集》、《南疑集》、《回江集》、《柘上遺詩》、《檇李詩繫》追送於十里之外，馬上留別。經長辛店、良鄉、琉璃河，寒食過涿州，清明在新城道中，於白溝旅店見亡友鄭樊圃舊題，愴然有感，同飯於趙北口。晨餐，先生食魚被鯁，以酒下之，徑至大醉，一時傳爲嘻笑。歷任丘、商家林、河間城外、景州、平原、晏城、崮山，上巳抵泰安，過羊流店、新泰、蒙陰，渡沂水。三月初九日至郯城，過宿遷、桃源、淮安、高郵，至揚州。王羲文、閻復申詠，山陽人，若璩長子，康熙己丑進士，中書舍人。有《左汾近稿》招先生、慎行泛舟紅橋。寶應喬白田侍讀萊有家伶六郎，以姿技稱，己巳春車駕南巡，召至行在演劇，曾蒙天賜。《湛園詩》注：『上出桂，重二兩，賜之。』自此益矜寵。先生偕慎行南還，訪侍讀於縱棹園，酒間識之，有『青衫憔悴無如我，酒綠燈紅奈爾何』之句。時東海徐尚書、射陵宋舍人、慈谿姜先生俱在座，相與流連彌夕而散。瓜洲陰風，月下渡揚子江，由閶門經吳江。兩人日有唱和，旗亭堠館，題壁書牆，多口占之作。《敬業堂詩集》，參本集詩題。

三月，徐健庵歸里，開局洞庭東山，纂輯《一統志》。《閻潛丘年譜》。既題請支七品俸臣姜宸英、臣黄虞稷隨往襄助，徐乾學《備陳修書事宜疏》。復延訪四方耆儒名宿，共襄厥成。乃選五湖之濱，洞庭之山，儆園池亭館之美者而分居之，得十有四人焉。其人德清胡渭生後名渭，字朏明，廩監生。有《禹貢錐指》、《東樵遺詩》、無錫顧祖禹字景范。有《讀史方輿紀要》、子士行、秦業、晉江黄虞稷、山陽閻若璩字百詩，號潛丘，薦鴻博。有《古文尚書疏證》、《四書釋地》、太倉唐孫華字實君，康熙戊辰進士，吏部考功主事。有《東江詩鈔》、吳暻字元朗，偉業之子，康熙戊辰進士，兵科給事中。有《西齋集》、常熟黄儀字子鴻。有《水經圖》、陶元淳字子師，康熙戊辰進士，昌化知縣。有《廣州志》、《南崖集》、錢塘沈佳字昭嗣，康熙戊辰進士，安化知縣。有《禮樂全書》、《復齋遺集》、仁和呂澄字□□，康熙戊辰進士、慈谿姜宸英、裘璉。此外供事之員、善書之士及奔走使令之役，復三四十人。裘璉《纂修書局同人題名私記》。

先生撰次《一統志·總論》、《江防》、《海防》六卷，鄭羽逵《湛園先生傳》。各冠總論於前，而條繫其形勢之略於後，題曰附錄。清《四庫》附存目。依海道所經，自廣東西路始，福建、浙江、江南、登萊、天津衛、遼陽以次及之，又括海南北所經各省郡縣，自爲一卷。其沿海山沙、寇䑸入犯分合、日本輿地皆有圖。《海防總論》。稿留館中。《浙江通志》傳。

大司寇徐公延吳江陳□□課於家塾，會公請告歸里，朝廷以公纂修《明史》、《一統志》未有成書，俾公得論著於家，凡在館諸員擇以自從，而西溟先生因與俱南，設局莫釐峯下，陳□□遂得與先生定交。常從容論古今文章而心折之，乃命其子沂配受學焉。先生且寓書以勉之，曰：『凡欲爲古文大家，格調以韓、歐諸家爲法，其源流則須本之《左》、《國》、《史》、《漢》至《十三經注疏》，尤百川之星海也。』先生之教沂配者如此。陳沂配《姜探花行卷序》。

錢澄之復相聚玉峯，則澄之年八十，而姜子之齒已屆澄之向時西山同遊之期矣。歲月飄忽，人生能得幾聚散哉！姜子爲人質直任性，或不合時宜，而於王公貴人亦率其自然，不爲少變，此其所以可重也。於是澄之將别姜子而西，姜子亦東還矣。臨行，出其《湛園未定稿》，屬澄之序之。澄之覽其編次，則昔時武塘所見之篇有僅存者，而後之所作視前則益有異矣。姜子與澄之論書，必取法鍾、王，其臨摹晉唐諸家既已入神，近復旁涉宋、元。以書至米、趙而始盡鍾、王之變，於論文亦然，謂『韓子文起八代之衰，而惟陳言之務去。彼所謂陳言者詞也，而所欲明者理也。理至宋、元而益明，而説始益暢。孔子曰：「辭達而已矣。」學韓而不極諸宋、元，未可謂善學韓也。』澄之於是益信吾向者之一見其文而卽歎爲學韓而得宋之説爲不謬矣。夫姜子必由韓子而浸淫於宋、元，亦猶其書法本諸鍾、王，熟而後可以爲米、趙也。姜子學書，得執筆之法，心手疲勞，至於眩隕欲絶，臨摹攻苦，寢食俱廢，蓋至今而始成，可謂得之難矣。則其窮源審流以有是文也，亦豈易哉？錢澄之《湛園未定稿序》。

□月，先生之常山，扶其考孝潔先生之柩歸葬於夏家隩花盆山之陽，妣孫氏祔焉。秀水朱彝尊志其墓。《曝書亭集·孝潔姜先生墓志銘》。

夏，先生偕徐乾學尚書同遊華山。天暝大雷電，及法螺庵而雨大至。《輓徐司寇》詩注。

秋，先生北上至京師，顧書宣圖河，江都人，康熙甲戌第二人及第，編修，有《雄雉齋集》以長歌阻先生行，詩到已抵京矣。《次韻送顧書宣編修余告南還》詩注。

八月，順天鄉試，考官侍講學士王掞字藻儒，號顓庵，太倉人，康熙庚戌進士，累官大學士。有《西田集》、編修魏希徵字子相，鄆城人，康熙丙辰進士。題目：『君子喻於義小人喻於利』、『宜民宜人受祿於天保佑命之自天申之』、『大人者不失其赤子之心者也』。解元張伉完縣人。《清秘述聞》。先生仍以太學生應試，簾官內黃縣王穎士得先生卷，薦而不售。案，此科闈墨三篇刻入《姜探花行卷》中。先生久困場屋，薦卷者六而被擯者三。《張使君提調陝西鄉試闈政記》。

是年著：《題魏禹平水村圖二首》、《題項節婦傳是亡友寧都魏凝叔禧所著二首》、《三家店同查夏仲》、《宿白溝店見鄭生樊圃題壁時正清明日》、《飯趙北口得魚數頭是北來未有》、《登趙北口小閣》、《河間城外》、《景州》、《發郯城》、《紅花埠》、《早發紅花埠》、《途次泰安州宴周別駕宅》、《至峒峿始入江南境》、《河隄同夏重二首》、《宿遷聞蚯蚓聲》、《大壩馬上口號》、《途中感懷》、《晚泊寶應城外飲喬侍讀別業聽歌二首》、《驛舍詠蛙》、《追和顧織簾先生夢麟，字麟士，太倉人，明貢生。有〈織簾君詩集〉晚望與子唱和詩》、《吳門寄贈京兆二兄姜希轍，字二濱，會稽人，崇禎壬午舉人，仕清由給事中累官奉天府丞。有〈兩水亭集〉時值其生日》、《題畫菜二首》、《紅橋泛舟五首》、《登瓜洲大觀樓同張見陽司馬純修，正白旗人，貢生》、《清江浦同張力臣弨，號亟齋，山陽人，棄諸生以賣書畫爲生。有〈昭陵六駿圖贊辨〉、〈瘞鶴銘辨〉諸君過大寺雪上人方丈》、《阮亭副憲席上和詠琴魚詩時予以方余鄉海鮆且許爲公致之》、《和西城別墅十三詠》、《大雪旅感寄懷黃硯芝編修夢麟，溧陽人，康熙乙丑第三人及第二首》、《同邑鄭蘭皋先生溱懿行清節鄉里致敬明年壽登八十矣其長君寒邨梁庶常將請假歸覲附詩一章爲祝》、《詠筆管中蒲盧》、《斷硯歌》、《賞荷龍頭湖還園中作》、《有感》、《黃崑瞻先生壽序》、《藟園文讌集跋》、《贈奉直大夫張君墓表》、《李節母李鎧之母丘太孺人傳》。

**辛未康熙三十年，六十四歲**閏七月

翰林榜一甲：黄叔琳；二、三甲：楊中訥、陳汝咸、張瑗、惠周惕、狄億、潘從律。

方望溪苞，字鳳九，號靈皋，上元籍，桐城人，康熙丙戌進士，禮部侍郎。有《望溪全集》十六種至京師，先生不介而過望溪，總其文屬討論，曰：『惟子知此，吾自度尚有不止於是者，以溺於科舉之學，東西奔迫，不能盡其才，今悔而無及也。』時先生長望溪以倍而又過焉，而交望溪若儕輩。方苞《記姜西溟遺言》。

三月末，查慎行有詩招先生歸。查慎行《洞庭秋望圖爲同年姜西溟題》。

歲辛未，王崑繩源，大興人，康熙舉人。有《易傳評》、《春秋三傳兵論》、《平書》、《或庵文集》與方望溪及先生同客京師，論行身祈嚮。先生曰：『吾輩生元、明以後，孰是如千里平壤拔起萬仞高峯者乎？』崑繩曰：『經緯如諸葛武侯、李伯紀、王伯安，功業如郭汾陽、李西平、于忠肅，文章如蒙莊、司馬子長，庶幾似之。』望溪曰：『此天之所爲，非人所能自任也。學行繼程、朱之後，文章介韓、歐之間，孰是能仰而企者？』先生曰：『斯言也其信！吾固知莊、馬之可慕而心困力屈，終邈乎其不可卽也。』崑繩見朋好生徒，時時稱道之。王兆符《望溪文集序》。

辛未、壬申間，方苞在京師，時四明萬季野爲横雲山人草創《明史》，凡魏忠賢餘黨齮齕東林、復社諸君子者，雖有小善，必摘發其心術，使不能掩大惡。一時馳逐聲氣之士雜然曰：『東林始於高、顧，忠憲無遺議矣，涇陽退居鄉里，而遙執朝柄，進退海內士大夫，豈君子所爲？復社始於張、楊，海內朋從者萬餘人。楊以鄉貢士里居，而逐顧秉謙於吳門，屏呂純如、錢喬肅，使士大夫不得與之齒。自古處士横議，其氣燄未有至於斯極者。』時吳門汪武曹份，長洲人，康熙癸未進士，編修。有《增訂四書大全》、《遄喜齋集》、何屺瞻焯，長洲人，康熙壬午特賜舉人，癸未特賜進士，授編修，卒賜侍講學士。有《讀書記》、《義門集》亦好持清議，爲之氣噎；而吾友北平王崑繩惡鄒南皋主議殺熊廷弼，亦謂「迂儒豈知天下大計」，宣城梅定九、西江梁質人份，南豐人。有《懷葛堂文集》、慈谿姜西溟各有論辨，以質於苞。苞正告之曰：『凡所爲清議者，皆忠於君、利於民之言也。而忠於君、利於民，未有不害於小人之私計者。故小人不約而同仇，即用其言以擠之，以爲是乃心非巷議、誇主以爲名者也。由是忠良危死於非罪，而無道可以自明。故君子之有清議，不獨在位之小人嫉之，即未進之小人亦嫉之，蓋自度異日所爲必不能當夫人之意也。不惟當時之小人惡之，即後世之小人亦惡之，以爲吾君一旦而有鑒於前言，則吾儕之術不可以復騁也。』三君子頗誦苞言，由是倡爲是說者多病之。方苞《書楊維斗先生傳後》。

七月二十七日，文華殿大學士、戶部尚書徐元文卒於崑山里第。韓菼《徐公行狀》。

夏，自京師南還，赴洞庭東山書局，住翁氏園。四月，山中日長，編纂之暇，偶借得《毛詩注疏》讀之，每日繙盡一卷，於鄭義多所未安，有見輒錄之別紙。積時成帙，藏弆行笥。《詩箋別疑自序》。

冬□月，過錢塘，遇鄞陸鈞佽鋆，康熙甲申歲貢生。有《雙水集》，率爾言別，陸贈以詩。《續甬上耆舊詩》陸鋆詩題。

是年著：《祭大學士徐公文》、《湛園札記自題》、《敕封文林郎翰林院編修沈公行狀》。

## 壬申康熙三十一年，六十五歲

陸隴其卒。

先生歸里，《馮宗一壽序》。自齎恩誥二通，《歸》詩自注。以慰妻飢。《歸》詩句。

壬申春，泛南海，登普陀，得晤別庵和尚，與語連日，知爲大慧十七世孫也，贈額而還。《普陀山志》、《續燈正統序》。

藍總兵理，字義甫，漳浦人，康熙二十九年調定海鎮總兵，累官福建提督邀先生遊舟山，舟至羅頭門阻潮不進。《湛園詩稿》詩題。

秋，寓嘉善柯寓匏崇樸，給諫從子，副貢生，中書舍人，有《振雅堂集》存古堂六十日。

十月至崑山，祝春坊秉義六十壽，先生贈以詩。《湛園詩稿》詩題。

十一月初二日，徐司寇乾學六十一壽，先生賦贈詩二章。《湛園詩稿》詩題序云：『春坊六月初度，司寇以前年初度，均以弟相國服未除，改期補祝。』

是年著：《沈昭士進士佳宅宋太君壽宴》、《出京》、《題小影》、《題張水部冊子五首》、《遂閒堂卽事效韋蘇州體》、《擬古》、《涼州行》、《將發津門題畫》、《舟過德州城寄田雨來編修需，雯之弟，康熙己未進士，授編修》、《自臨清陸行至威縣道中》、《四月廿六日待閘開河驛觀競渡示友棠弟宸萼》、《自十里閘發至南柳林眺蜀山湖》、《避風東光縣界散步河堤上皆霍姓有士人數人延入設飲歎其居在衝衢居然山野風味追賦次友棠韻》、《張司馬純修出少年小影屬題》、《又題墨筆小影》、《自瓜洲與張司馬純修並舟至吳門留別》、《洞庭送吳元朗進士暻歸覲》、《翁園寓居》、《登吳氏揖山樓眺望感隱君不存悵然有賦》、《題席中翰啟寓，字文夏，號洞庭山人少時畫影二首》、《題畫》、《出山聞陳子艾山沂配補博士弟子員》、《宿葉星期燮，吳江人，居嘉善，康熙庚戌進士，寶應知縣。有〈已畦集〉二棄草堂四首》、《平望遇漕艘回空》、《聞陸御史光旭，字始旦，號鶴田，平湖人，順治壬辰進士，由御史出爲江安糧儲道。有〈屈亭遺稿〉左遷》、《以竹扇絨韈贈慧師先之以詩》、《贈何憲副源濬，字昆孚，山陽人，教習，康熙十四年任紹興知府，三十年擢浙江糧儲道自建寧轉浙糧儲久別晤間有贈》、《偶成》、《贈王海道舜年，掖州人，順治丙戌進士，康熙三十年分巡寧台道》、《同鄉諸子邀飲湖上約爲次日之遊》、《西興逆旅贈陳氏主人》、《西興登舟次日晡後渡娥江紀行》、《歸》、《北歸謁墓》、《初歸檢篋中得故大學士徐公手書遊上方山詩初公命禹鴻臚寫同遊上方圖自書所作詩將以宸英與朱竹垞詩綴其後且訂後遊圖成而公沒矣詩不及寫今秋得禹子畫稿因屬朱書舊作併附余詩裝軸因成此詩》、《贈張太守星耀，字紫昭，武遂人，貢生，康熙二十七年任寧波知府》、《金郡丞席上作》、《贈秦通守邦英，宛平人，監生，康熙二十八年任寧波府通判》、《贈提督馬侯三奇，鑲黃旗一等侯，康熙三十年任浙江陸師提督》、《題張使君星耀家慶圖》、《余家與馮子孟勉對居君沒後其屋被火家人分散初歸閒步至其居舊址揮淚而返率成是詩二首》、《詠史》、《藍總兵邀遊舟山舟至羅頭門阻潮不進》、《武林張參軍招飲次日惠詩並示行間錄率和二章》、《贈寶陀寺潮音禪師釋道旭，華亭俞氏子，始開法慈谿壽峯，後主普陀普濟寺師舊住吾邑先覺寺移主此山》、《贈鎮海寺別庵禪師釋性統，蜀高梁龍氏子，康熙丁卯住持普陀法雨寺，修建殿宇師往金陵募修大殿隨以殿材航海歸》、《平湖道中即事》、《飲程氏新園》、《贈徐明府試士兼呈閔趙二博士》、《武塘署中秋雨二首其一贈幕客蔣東山蔣向客舊令莫師署與之話舊有感》、《秋中雜詠六首》、《詠桂投園主人》、《後日秋分坐客云農家以秋分雨爲賊蓋忌之也傍晚喜晴適有會心賦此》、《莫令君祠》、《與蕭邵二生同舟至蕭家圩余壬辰年嘗館其家去今四十年而蕭生亦六十矣感歎之餘賦以祝之》、《水閣納涼觀採蓮圖四首》、《酬柯寓匏中翰》、《留別蕭羽君邵匪莪二子》、《題謝畫師小像》、《贈陸徵君》、《贈張淇園梅花庵中次原韻》、《以遂閒堂詩卷寄張工部逸峯因題卷末》、《次韻答匪莪邵子贈別》、《贈處州劉使君廷璣，字玉衡，號在園，鑲紅旗人，蔭生，康熙四十五年任分巡溫處道。有〈葛莊編年詩〉》、《徐春坊秉義壽詞》、《崑山留贈秦翁》、《寓崑山將之金閶留題》、《贈宋牧仲犖，康熙三十一年六月由江西巡撫調任江蘇移撫浙江》、《十一月初二日徐司寇乾學壽讌賦贈二首》、《贈曹工部寅，字子清，號楝亭，奉天人，通政使》、《郭明經鑒倫出先傳求題時郭在曹工部幕》、《春暮題鄭義門性，號南溪，慈谿人，梁子，歲貢生，築二老閣藏書。有〈南溪偶刊〉南溪僅真集〈四明四友詩序〉。案，〈全集〉未載》、《馮宗一壽序》、《餞別詩序》、《張太守星耀壽序》、《邑侯方公允猷，甌寧人，康熙庚戌舉人，二十四年任慈谿知縣壽序》、《京兆吳公壽序代〈未刻稿〉》、《同遊上方圖跋王中允士鉉記後》、《又跋徐相國詩後》、《太學生謝諤昌墓志銘》。

## 癸酉康熙三十二年，六十六歲

三月北上，途經杭州謁張巡撫鵬翮字運青，號寬宇，遂寧人，康熙庚戌進士，二十八年任浙江巡撫，都察院，累官武英殿大學士，謚文端。有《治河書》。蘇州與沈芷岸編修辰垣，字紫翰，嘉善人，康熙乙丑進士，侍讀學上，纂修《明史》、《淵鑒類函》、《羣芳譜》話別。自清江浦、王家營、東蒙、羊流店、沂水，贈樂陵令族姪華林及樂陵丞胡禹尚詩。在滄州遇掠憩風花店借寓，朱氏主人留酌贈以詩。《湛園詩稿》詩題。案，查慎行有《姜西溟至都詩》二首。

八月順天鄉試，考官侍讀徐倬字方虎，德清人，康熙癸丑進士，編修彭殿元字上虎，廬陵人，康熙戊午進士。題目：『文之以禮樂』、『可以贊天地之化育則可以與天地參矣』、『設爲庠序學校以教之庠者養也校者教也序者射也』。解元李仙湄大興人。《清秘述聞》。先生仍以太學生應試，分校黃公字□□，晉江人，樂亭知縣闈中摸索得先生卷，薦而獲雋。《黃長君墓表》、《房師黃公祭文》。案，『設爲庠序學校以教之』墨卷選入《欽定本朝四書文》。癸酉順天鄉試號稱得人，如查編修慎行第二十名、劉編修巖第□□名、姜編修宸英第十九名、顧編修圖河第十八名皆是科所得士，一時有『查、劉、姜、顧』之目，其餘名流猶不可勝數。王掞《徐倬墓志銘》。國家三年，貢士於鄉，與其選者謂之同年，皆同省士也。獨京闈解額幾三倍於大省，八旗與四方之士皆在焉。其取數多而占籍之相去有遠至七八千里者，然一爲同年，則無論遠近，誼若兄弟，喜相慶而憂相恤，非有所作而致之，以爲相兄弟之道固然也。《同年合祭杜母孫孺人文》。先生曾祖太常公應麟與武强令李公大華德州人同癸酉鄉舉，而先生又與李棅大華曾孫同舉癸酉鄉試，交誼最厚。《河津令李公源墓表》。又與王源同領順天薦。《錦衣衛指揮僉事王公墓表》。汪公灝兩公子坦、壎與先生同年舉。《張使君提調陝西鄉試闈政記》。同譜中具慶者纔十之二三。《祭杜母孫孺人文》。

查慎行爲先生題《洞庭秋望圖》。《敬業堂集》詩題。

附先生《送座主彭先生序》。

癸酉八月，京師當大比，天子慎選主者，章上三日未下。丁丑日晡，乃以命翰林院侍讀德清徐先生案，年已七十二、編修廬陵彭先生。時徐先生方病在告，而資序未及彭先生，上皆出不意用之。兩先生聞命，倉皇入闈。既鎖院出，榜下多知名士，雖以宸英之老困場屋，猶得列名其內。時上於行在見榜，對侍臣稱好，而言者猶摭拾不已。會部勘失填舉子名一卷，主考例當降調。上不欲兩先生之去翰林也，乃用原品令休致，暫回籍，蓋異數也。

是年著：《北上謁張中丞二首》、《陳紫馭霆萬字，嘉善人，蘭谿教諭去年生子書此寄賀》、《胥門與沈芷岸編修話別》、《題洪簡民小影三首》、《郊居漫興》、《過清江浦投王郡丞》、《始發王家營》、《總河徐府丞廷璽，康熙三十一年以順天府協理河道事務見訪舟中賦贈徐前爲史館提調》、《東蒙道上口拈》、《羊流店懷古》、《沂水旅店見竹數竿》、《贈樂陵令族姪華林》、《贈樂陵丞胡禹尚吾故人也且同邑故辭多傾倒》、

《以海鹽緘寄阮亭侍郎並申前意》、《舊滄州遇掠颸風花店借寓朱氏主人留酌有贈》、《題印上人精舍》、《無花果》、《題樂陵君觀漁圖》、《賀張僉憲二子同舉》、《晴雲書屋讌集二首》、《送座主徐先生》、《楊伯起》、《見某給事堆假山》、《續燈正統序〈普陀山志〉、〈全集〉未載》、《蔬香集序》、《代魯瑗作山西鄉試錄前序》、《送座主彭先生序》、《初春續題僅真集〈四明四友詩〉、〈全集〉未載》、《癸酉鄉試第一問》、《張使君提調陝西鄉試闈政記》。

**甲戌康熙三十三年，六十七歲**閏五月

李良年卒。喬萊卒。

翰林榜一甲：胡任輿、顧圖河、顧悅履。二、三甲：汪瀠、張逸少。

元夕會飲狄立人億，號向濤，溧陽人，康熙辛未進士，翰林院編修。有《洮河漁子集》、《綺霞詞》。父敬，號秋水，潼關道兵備副使爽氣軒。《葦間詩稿》詩題。

訪納臘揆敘性德仲弟，字愷功，左都御史，謚文端。有《益戒堂集》，席上讀敦好堂詩感懷賦詩贈之。《葦間詩稿》詩題。案，吴漢槎兆騫爲其塾師，見詩注。

三月會試，考官吏部尚書熊賜履字素九，孝感人，順治戊戌進士、禮部尚書杜臻字肇余，秀水人，順治戊戌進士、兵部侍郎王維珍字嵋谷，漢軍鑲藍旗人，康熙庚戌進士、工部侍郎徐潮字青來，錢塘人，康熙癸丑進士。題目：『子曰大哉堯之爲君也巍巍乎唯天爲大唯堯則之蕩蕩乎民無能名焉巍巍乎其有成功也煥乎其有文章』、『天命之謂性率性之謂道修道之謂教』、『孔子登東山而小魯登太山而小天下觀於海者難爲水遊於聖人之門者難爲言觀水有術必觀其瀾日月有明容光必照焉流水之爲物也不盈科不行君子之志於道也不成章不

達』。會元裴之仙字又航，丹徒人，編修。《清秘述聞》。先生赴試，薦而不售。《居易錄》。案，先生三藝刻入《姜探花行卷》。

三月，查慎行下第南歸，留別同年姜西溟、廖越千、劉大山巖，江浦人，康熙癸未進士，編修。有《匪莪堂集》。王崑繩、李若華諸子，賦詩二首。《敬業堂集》詩題。

七月十七日，刑部尚書徐乾學卒於家。韓菼《徐公行狀》。丁亥案，《輓徐司寇詩》作二十日，詔召原任內閣學士兼禮部侍郎韓菼、原任右春坊右中允徐秉義於田間，並召原任刑部尚書徐乾學、左都御史王鴻緒、少詹事兼侍讀學士高士奇入京修書。《居易錄》。上以前內閣學士韓菼充修《一統志》總裁官。朱彝尊《韓公墓碑》。

八月晦，相國納蘭公元配誥封一品夫人覺羅氏卒，踰月卜兆於城北之某原。卒哭既窆，次子侍衛揆敘泣告先生曰：『吾母之葬，吾師儀部唐先生孫華既銘諸幽矣，惟墓道之碑缺焉未樹。子辱與先兄遊，習聞吾母懿行，願終惠之言。』先生爲撰墓表。《相國納蘭公元配覺羅氏墓表》。見寫本《未刻稿》。

十月，劉大山雕先生平日科舉文字爲《行卷》，何義門敘之。何焯《姜西溟四書文序》。

先生爲李孚青號丹壑，合肥人，文定公天馥長子，康熙己未進士，編修序《野香亭詩集》。《野香亭詩集序》。

甲戌偪臘，查慎行抵都，僦居宣武門外，與姜西溟、惠研谿寓舍相望。查慎行《酒人集序》。

除夕前二日大雪，王貽上邀先生、吳商志濩，父稽田及門人蔣京少景祁，武進人，府同知。有《東舍集》、查夏重、宋山言至，商丘人，康熙癸未進士，編修，有《緯蕭草堂詩》、周策銘彝，婁人，康熙丁巳進士，編修、殷彥來譽慶，江都人、蔣靜山諸子寓齋小集，酒酣，隸事各賦五言詠古一章。《分甘餘話》，參《葦間詩集》詩題。

除夕，狄立人編修分俸見遺，且約守歲。先生不果往，長句報謝。《葦間詩集》詩題。

是年著：《甲戌元夕會飲狄立人爽氣軒》、《題王令詒原，青浦人，康熙戊辰進士，修〈一統志〉於包山。歷任茂名、信化、銅仁知縣，工科給事中。有詩文集柳磯垂釣圖四首》、《席上讀敦好堂詩感懷有贈愷功》、《次韻送丁柯亭還丹陽》、《與同年楊可久登張輔公別駕浣煙樓眺望》、《馬坊口大風送大山還京和韻》、《逸峯同年筵上留別且約秋初同入關》、《待築民商子不至率賦遺贈》、《贈昝元彦徵士四首》、《舟中奉別座主徐先生次見贈原韻》、《次韻酬賀天山國璘，字瑒若，丹陽人，諸生舟中見寄》、《龔節孫勝玉，武進人。有〈仿樹橘詞〉相晤天津舟次自言前任宜興倣東坡楚誦意種橘園中自名橘圃出圖索句》、《榴花》、《文移北斗成天象》、《出水芙蕖》、《送王令詒進士之任茂名》、《送何屺瞻》、《題王黄山畫送金孝緒之任德興》、《同年集罷自嘲四首》、《和愷功園居見懷二首》、《次韻和吳震一餉抹麗之作》、《旅館苦雨作書自遣因題其後》、《感事二首》、《送林藍田世榕，字□□，□□人，□□己酉舉人之任》、《題徐壇長用錫，號晝堂，宿遷人，康熙己丑進士，翰林院侍講。有〈圭美堂集〉京江負笈圖》、《題陳主事小影》、《寄蒼黎丁明府二首》、《送陳伊水舍人還守兗州次留別原韻二首》、《古北口從獵應制》、《題醉仙圖》、《唐實君孫華，太倉人，康熙戊辰進士，吏部主事。有〈東江詩鈔〉儀部新居去余寓不數武題贈》、《輓徐司寇公乾學用張文昌祭韓退之體》、《送程叔才師恭，皖江人。有〈陳檢討集注〉歸皖二首》、《枕上有感而成》、《寄張使君承賜，奉天人，康熙三十四年以參政任潼關道生日兼致西遊之意》、《頌李夫人》、《言懷贈李醒齋司空振裕，字維饒，吉水人，康熙庚戌進士。三十年以吏部左侍郎擢刑、工、戶、禮四部尚書。有〈白石山房文稿〉四首》、《酬張竹侶同年秦中見懷長句次韻》、《次韻劉大山留別詩六首》、《訪汪子文升士鋐，號退谷，長洲人，康熙丁丑會元，官中允，書法爲有清第一。有〈三秦紀聞〉、〈玉堂掌故〉、〈華畿志〉、〈秋泉居士集〉新寓不遇見書紙滿几留題》、《次韻送顧書宣編修予告南還四首》、《題錢孝修山中采藥圖卷前有亡友黃俞邰七律四首極精工讀之泫然故末章及之四首》、《送何清苑》、《送唐磐庵鴻舉，歙人，康熙戊辰進士，三十四年知鎮海縣事還新安之任鎮海》、《舊藏索征南月儀章草先失去二紙新城王子幔亭士禛之弟買得於慈仁廟市省予卷首名記舉以歸之而所存十紙予南還時已並失矣幔亭苦索予還帖詩賦此志謝兼質之司農公》、《和豆腐詩二首》、《次韻胡茨村介祉，號循齋，宛平籍，山陰人，兆龍子，由蔭生累官河南按察使。有〈隨園詩集〉按察三首》、《除夕狄立人編修分俸見遺且約過守歲余不果往長句報謝》、《相國明公六十壽序〈未刻稿〉》、《相國納蘭公元配一品夫人覺羅氏墓表〈未刻稿〉》、《黃長君墓表》、《來米齋記》、《周弘濟近梁，字皋懷，慈谿人，康熙辛未進士，刑科掌印給事中。有〈娛憂內外集〉皋懷詩序》、《谷園續集序》、《野香亭詩集序》。

## 乙亥康熙三十四年，六十八歲

先生寓京琉璃廠西。查慎行詩注。

正月，飲王司農士禛宅賞雪，分詠雪事得袁安。《葦間詩集》詩題。

上元夕，招唐實君儀部、趙文饒進士俞，號蒙泉，嘉定人，康熙戊辰進士，定陶知縣。有《紺寒亭文集》、宮友鹿明經鴻曆，泰州人。有《恕堂甲乙游草》、《淮壖集》、查夏重、同年聲山庶常昇，字仲韋，海寧人，康熙戊辰進士，少詹事。有《澹遠堂集》小飲寓齋，分得南字。《葦間詩集》詩題。　查夏重分得雨字。《敬業堂詩集》。

花朝，唐實君招先生、查夏重、趙蒙泉、惠研谿、湯西厓、宮友鹿、查聲山寓齋雅集分韻，先生得朝、簾二韻，夏重得過、青二韻。《敬業堂詩集》，參《葦間詩集》詩題。　洙兒分得西字，先生戲和之，復和催字。《葦間詩集》詩題。

三月十六日，先生同夏重、實君、蒙泉、研谿、六謙陳奕禧之字，一字千文，號香泉，海寧人，南安知府。有《春靄堂集》、耑木楊中訥之字，號晚研，海寧人，康熙辛未進士，右中允、石城、友鹿、永年顧九恒之名，號桐村，仁和人，康熙乙丑進士，華亭知縣。有《長慶堂集》、《梅東草堂集》、向濤狄億之號，見前、霜田項溶之字，錢塘人。有《耘業堂遺稿》、亮功錢名世之字，武進人，康熙癸未進士，侍講。有《崇雅堂集》、次也楊守知之字，號稼亭，海寧人，康熙庚辰進士，中河通判。有《致軒集》、南陔柯煜之字，號實庵，嘉善人，康熙辛丑進士，以山林績學薦修《明史》，衢州府教授，乾隆丙辰薦鴻博，未試卒。有《石庵樵唱》至興勝寺看杏花，有詩記之。《敬業堂詩集》，參《葦間詩集》詩題，云『一十五人同出郭』是也。

唐孫華在京師，與姜西溟、趙蒙泉、楊晚研、惠研谿、湯西厓、宫恕堂、吳西齋諸君及查夏重、弟姪德尹、聲山爲文酒之會，每月必再會，每會必分韻賦詩。西溟有酒，嘗謂諸君：『我輩大約人人有集，然其詩或傳或不傳，今當牽連綴姓氏於集中，百年以後幸有傳者，則附載之姓氏，亦不泯沒於後世矣。』唐孫華《敬業堂詩集序》。

章草書，前朝惟宋仲溫得張、索遺意，而過於放軼。枝山繼之，體兼眾家，故爲明書家第一。昨研谿庶常過先生寓齋，出觀余所藏《離騷經》墨蹟，研谿歎絕，因以《千文》此本見假。先生手臨一過，頗識其用筆之妙。但此帖不用章草，位置停勻，規矩謹飭，殆是此公杜德機時也。枝山又有一《千文》，純用藏真法，大小錯綜，行間天機亦自盎溢。只是摹本，摹手又不工，不及此真蹟遠甚。《題祝京兆千字文》。乙亥春三月記。

三月晦日，狄向濤治具招先生同夏重、實君、文饒、研谿、六謙、耑木、霜田、亮功、次也、南陔、岱瞻、宗岱社飲寄園，先生《補寄園飲酒詩》注：『園是故相李文勤公別墅。』向未與會而今至者則胡芝山、周漁璜起渭之字，貴陽人，康熙甲戌進士，詹事府詹事、張天門逸少之字，丹徒人，康熙甲戌進士，侍講學士、陳堯愷、姚君山、玉階兄弟。《敬業堂集》詩題。

四月初六日地震，平陽府臨汾、洪洞、襄陵、浮山等縣傾倒公私廨舍房屋四萬餘間，壓死民、兵一萬八千有奇。《居易錄》。陸澹成侍讀招飲丁香花下，先生同夏重、崑繩、寄亭張豫章之號，青浦人，康熙戊辰進士，太子洗馬各賦詩。《敬業堂集》詩題。案，先生之詩今佚。

先生乞汪文升題《同遊上方圖記》。石刻。

五月，同縣鄭禹梅梁任高州知府，先生贈二十六韻詩。據童第德藏手稿，次於五月。

先生入史館，編成史志數種，列傳二百餘篇，又同修《一統志》。校讎日久，心枯髮禿，月提囊僅支米一石，俸錢六七緡，不抵芻馬僦屋費。同事者或從布衣起，官至大僚去，後來登第少年相繼秉史筆，稱老先生爲前輩。而先生以十四年編纂舊手，漠然退處如故，史亦至今未就也。《薛五玉八十壽序》。

先生嘗與宗人約買錢塘東園宅，尋成券矣，將告歸遂初焉。《送項霜田歸杭州》詩注。又《送湯編修移居》詩『準擬住錢塘』注：『余有卜居東園之意。』

紅蘭室主人覺羅·岳端，字兼山者，乃先安親王之季子而今王之介弟也。自先生留都下，不敢輕有曳裾，主人延之再，不敢固守不見之義，今冬始隨使者至邸，出其所爲三種集者，酌酒而屬爲之序。《紅蘭室詩序》。十月，爲撰《紅蘭室詩序》。據《玉池生稿序》補月。

除夕前一日，過東江唐孫華寓，適蒙泉、友鹿兩君先在座，主人喜爲設飲。酒行，湯西厓復至，歡笑至燭跋而散，明日書此呈東江兼示諸子。《葦間詩集》詩題。

是年著：《元日書去年守歲意》、《飲王司農宅賞雪分詠雪事得袁安》、《和夏重同年敝裘二首》、《上元夕招唐實君儀部趙文饒進士宫友鹿明經查夏重同年查聲山庶常小飲寓齋分得南字》、《寄閩學使史君陸輿，字亦石，宜興人，康熙己未進士，三十三年任福建提學道》、《寄贈元城令俞大文兆曾，海鹽人，康熙乙丑進士。有〈鷗外吟箋〉先生四首》、《題殷子彦來譽慶，江都人歲寒吟二首》、《讀韓致堯集題卷》、《賀人元夕生女》、《賀胡鹿亭德邁，御史文學子，字卓人，鄞人，康熙丁巳舉人，順天府丞。有〈適可軒集〉御史初到臺日侍姬生第四郎》、《飲東江儀部分得朝簾二韻》、《洙兒分得西字戲和之》、《既拈第二韻復和催字》、《從東江儀部借中晚唐詩賦短句奉納》、《送楊副使懋緒，遼東義州人，由蔭生康熙二十二年任溫處道分巡大名道》、《送于樗庵重遊魏郡》、《送吳商志嘉興人高士之上谷余癸丑年與其尊甫佩遠先生稽田在都盤桓浹月以吳子不忘先志故及之》、《送王宗玉赴任平湖》、《城西興聖寺同諸公看杏花》、《趙御史輓章》、《四月八日趙少宰士麟，字伯雲，號玉峯，雲南河陽人，康熙甲辰進士，吏部侍郎初度二首》、《初夏題畫冊牡丹二首》、《題畫卷》、《送鄭高州禹梅二十六韻》、《題看菊圖》、《翁康飴戶部嵩年，號蘿軒，仁和人，康熙戊辰進士，戶部郎中。有〈天香書屋稿〉招飲看芍藥》、《趙僉事分巡濟寧道》、《爲王綏寧作書因賦贈》、《送范國雯郎中光陽，號北山，鄞人，康熙戊辰會試第一傳臚，以兵部郎中出知延平府。有〈雙雲堂集〉出守延平》、《送董君雩，字山雲，鄞人，由監生授房縣知縣，擢永昌知府。有〈復齋集〉令房縣兼美鄖陽衛使君》、《何倬雲主事招飲看紫藤花》、《南海洪澤據〈普陀山志〉補二字上人以寺主别公命來京報殿功落成因以書見寄臨行贈之兼呈别公》、《五臺山歌送方明府之任五臺》、《雙白燕歌爲合肥相國李天馥，字湘北。合肥籍，永城人，順治戊戌進士，武英殿大學士，謚文定。有〈容齋集〉廬墓作》、《送伊水姪之雁門次韻二首》、《飲查聲山庶常二首》、《哀平陽》、《曉起》、《種花》、《戲和詠料絲燈者》、《送馮勉曾行人假葬歸里》、《題夏重蘆塘放鴨圖二首》、《送查夏重歸海寧》、《又一首》、《送曹希文三才，海鹽籍，海寧人，康熙乙卯舉人，內閣中書，改鎮海教諭。有〈半硯冷雲集〉》、《何倬雲主事索題扇仿范寬山水》、《查夏重以詩乞畫於王麓臺給諫原祁，字茂京，太倉人，揆子，康熙庚戌進士，由給事中改翰林，累官戶部侍郎，以畫供內廷守數日竟得之余未見查詩亦戲爲長句投王聊以寄興耳非真有求也》、《送項子霜田歸杭州》、《補寄園飲酒詩》、《少京兆吳公生日祝辭二章感知詠德情見乎辭》、《湯編修移居六首》、《宗室博問亭屬題廬山僧長幅畫竹傍有蘭數莖叢生石上》、《宮友鹿以黃尊古處士鼎，號獨生客，又號淨垢老人，常熟人，受畫學於王原祁，兼得王翬筆意冊子求題》、《送同邑葉工部振甲，字彰祖，慈谿人，康熙丙午順天舉人，知大田縣事，擢工部主事假還》、《湄亭詩爲趙進士文饒作》、《題蘿村秋景》、《秋夜》、《陳大司農廷敬壽讌二首》、《送魏令》、《送陳庶常莘學汝威，號悔廬，鄞人，康熙辛未進士，改庶吉士，漳浦知縣，累官大理寺少卿。有〈心齋集〉赴任漳浦四首》、《寄贈藍義山總鎮四首》、《餉烏圖行爲喬無功孝廉崇烈，寶應人，萊子，康熙丙戌進士，改庶吉士。有〈學齋集〉作》、《紅蘭主人招飲分韻得豪字》、《送惠庶常之任密雲二首》、《旅枕》、《除夕前一日過東江寓適蒙泉友鹿兩君先在座主人喜爲設飲酒行西崖復至歡笑至燭跋而散明日書此呈東江兼示諸子》、《詩箋別疑序》、《紅蘭室詩序》、《白燕棲詩集序》、《送族姪華林遷平陽郡丞序》、《寄壽鎮海薛五玉先生八十序》、《田司寇雯壽讌序代》、《侍讀徐公倬暨嵇夫人雙壽序代》、《大司農陳公廷敬壽讌序代》、《題祝京兆千字文》、《臨帖後書》、《錄新詩書後》、《臨右軍法帖書後》、《黃長君墓表》、《桂林府知府翁君合葬墓誌銘》、《資政大夫魯公重明合葬墓誌銘》。

## 丙子康熙三十五年，六十九歲

正月，飲湯西厓編修，又在東江考功席上賦詩。《葦間詩集》詩題。

上元夜西齋吴暻之號宴集，廿三日友鹿攜具西齋小飲分韻賦詩，是月已四會分韻矣。《葦間詩集》詩題並注。

偕狄立人庶常禊飲李園即寄園之西墅。《葦間詩集》詩題。

紅蘭室主人待先生香界庵，招至東皋草堂看杏花飲酒，先生作歌。《葦間詩集》詩題。

鄰友高孝本字大立，號華青，嘉興人，以永長子，康熙辛未進士，歷知涇、績溪知縣。有《固哉叟詩鈔》、許志進字念中，山陽人，康熙辛未進士，禮科掌印給事中。有《謹齋存稿》同年同選，高得涇縣，許得鐵嶺，先生各送以詩。《葦間詩集》詩題。

移居湯編修邸中，頗愧衰羸不稱此居也。《和顧俠君小秀野》詩注。

京邸種蓼，開花頗盛，劉大山有『滿目蕭疎』之歎。《題大山畫扇秋色》詩注。

秋冬寓津門，友人查子德尹嗣瑮，海寧人，康熙庚辰進士，翰林院侍講。有《查浦詩鈔》請臨《聖教序》，遂書予之。《臨聖教序跋後》。

先生寓天津，日從愚庵張君遊，其嗣君子勉。子勉師宛平楊子可久，先生同年友也。每率兒子嗣洙過其讀書之齋，飲酒論文，常至夜分别。先生將還京師，子勉請所以名其齋者，先生即以其字題之曰『勉齋』。《勉齋記》。

九月，方望溪同客天津，先生與望溪論古文之學至前明而衰，至本朝而復振。方苞《夏醴谷文集序》。將别之夕，撫望溪背而歎曰：『吾老矣，會見不可以期。吾自少常恐爲《文苑傳》中人，而蹉跎至今，子他日誌吾墓，可録者三事耳。吾始至京師，明氏之子成德延至其家，甚忠敬。一日進曰：「吾父信我不若信吾家某人。先生一與爲禮，所欲無不可得者。」吾怒而斥曰：「始吾以子爲佳公子人，今得子矣。」即日卷書裝，遂與絶。崑山徐司寇健庵，吾故交也，能進退天下士，平生故人並退就弟子之列，獨吾與爲兄弟稱。其子某作樓成，飲吾以落之曰：「家君云名此必海内第一流，故以屬先生。」吾笑曰：「是東鄉，可名東樓。」健庵聞而憾焉。常熟翁司寇寶林，亦吾故交也，每乞吾文曰：「吾名不見子集中，是吾恨也。」及翁以攻湯司空斌，驟遷據其位，吾發憤爲文，謂：「古者輔教太子有太傅、少傅之官。太傅審父子君臣之道以示之，少傅奉太子以觀太傅之德行而審諭之。今詹事有正貳卿，即古太傅、少傅之遺也。翁君之貳詹事，其正實睢州湯公。公治身當官立朝，斬然有法度，吾知翁君必能審諭湯公之德行以導太子矣。」翁見之憮然，長跽而謝曰：「某知罪矣，然願子勿出也。」吾越日刊而布之，翁用此相操尤急。此吾所以困至今也。』方苞《記姜西溟遺言》。王定祥曰：『望溪此文，事既失實而又多微辭。先生撰《納蘭墓志》及《祭容若文》、《祭徐司寇詩》與《感事》諸作，今存集中，彼此交際始終可見。先生性固耿介，安三之事當時自必形於辭色，而既已請罪執禮如謝山《墓表》云云，則亦何必竟與絶乎？東樓之説，偶爾作謔，使健庵果憾先生，其後豈復能倦倦若此？』

是年著：《飲西崖編修同用昌黎醉贈張秘書韻》、《送族弟青御之祁州幕》、《東江考功席上同用子瞻岐亭韻》、《上元夜西齋宴集用樂天明月春風三五夜韻分得風字》、《廬州李相國天馥壽讌詩二首》、《廿三日友鹿攜具西齋小飲分得巢字》、《寄懷周山陰時臺檄委辦軍儲留大同》、《袁靖公選君生日有贈》、《贈杜翁》、《狄立人庶常禊飲李園二首》、《爲馮文子念祖，海寧人。有〈東游草〉、〈補亭詩録〉悼亡》、《查德尹同其姪和軒到京半月和軒告歸次德尹韻贈行二首》、《東臯草堂看杏花飲酒歌》、《贈錢石臣肇修，號杏山，奉天籍，錢塘人，康熙辛未進士，洛陽知縣，累官監察御史。有〈石臣詩鈔〉之任洛陽》、《聞逸峯同年將自皖歸與昝子元彦同行卻寄》、《送高涇縣大立》、《題吳仁趾麐，新安人小影》、《和顧俠君嗣立，長洲人，康熙壬辰特賜進士，改庶吉士。有〈閭丘詩集〉、〈元詩選〉小秀野詩四首》、《送許念中赴任鐵嶺縣》、《五日分詠得赤靈符》、《題王赤紓丹林，錢塘人，中書舍人。有〈野舫集〉中書小影三首》、《送李梅崖基和，字協萬，丹徒人，康熙癸丑進士，累官巡撫分巡雁平道》、《王文在進士廷獻，海寧人，康熙辛未進士，酆都知縣之任安郡》、《贈明史總裁王總憲二十韻》、《黃子弘處士儀年六十有一王石谷翬，號耕煙，常熟人，好畫山水，以布衣供奉內廷畫山水小冊贈之索題三首》、《逸峯同年泛舟宜亭看菊分得俱字》、《太公》、《天津送范稼孟之恒字也，鄞人，諸生兄弟廷彥，諸生南還》、《又題劉子大山畫扇秋色》、《逸峯同年留館園中卽事十首》、《酬山中學道者二首》、《過香林苑聽野鶴道士彈琴同限鶴字》、《冰車》、《大興張氏宗譜序》、《代郝士鈞字子權，霸州人，康熙戊辰進士，翰林院編修江西鄉試錄後序》、《李少司空孚青，字丹壑，合肥人，康熙己未進士，文定公子壽序》、《閻徵君若璩六十一初度序》、《高戶部以水，字子修，嘉興人，康熙癸丑進士，戶部員外詩序》、《代金德嘉字會公，廣濟人，康熙壬戌進士，檢討作李東生旭升，號晴亭，蔚州人，康熙壬戌進士，太僕寺少卿文序》、《題黃庭蘭亭宋搨》、《題述歸賦卷》、《勉齋記》、《兵部右侍郎項公景襄神道碑文》。

**丁丑康熙三十六年，七十歲**閏三月

查士標卒。

翰林二、三甲：徐樹本、龔汝寬、陳壯履、周彝、宋聚業、查克建。

三月會試，考官吏部尚書熊賜履見前、禮部尚書兼掌翰林院詹事府事張英字敦復，桐城人，康熙丁未進士，累官大學士，謚文端。有《篤素堂集》、都察院左都御史吳琠字伯美，號銅川，沁州人，順治己亥進士，累官大學士，謚文端。有《思誠堂集》、刑一作兵部左侍郎田雯字綸霞，號紫綸，德州人，順治辛丑進士。有《山薑詩選》、《古歡堂集》、《黔書》、《長河志籍考》。題目：『子曰參乎吾道一以貫之曾子曰唯子出門人問曰何謂也曾子曰夫子之道忠恕而已矣』、『天之所覆地之所載日月所照霜露所墜凡有血氣者莫不尊親』、『禹聞善言則拜大舜有大焉善與人同舍己從人樂取於人以爲善』。《清秘述聞》，參《居易錄》。

先生入闈復違格，受卷官見之歎曰：『此老今年不第，將絕望而歸耳。』爲改正之。全祖望《湛園姜先生墓表》。同考官編修潘從律字雲岫，溧陽人，康熙辛未進士於糊名易書之下得先生卷，其文蔚然以蒼，窅然以深，悠然而靡竟，浩然而無涯。迴翔雒誦而不忍釋之，曰：『是必食古之深者。』迨發榜，執卷呼名，得姜宸英，從律聞而爲之跫然，羣相顧而亦爲之快然，以爲是天下所常知名者也。潘從律《姜西溟探花行卷序》。會元汪士鋐原名僎，長洲人，先生名列第八。《居易錄》曰：『中式滿漢舉人一百五十九名，會元汪士鋐，余太學門生也。』案，先生會試三藝刻入《姜探花行卷》。七月十三日殿試。《居易錄》。李蟠字根大，銅山人書法不甚精楷，文思亦復遲澀。當廷試日，諸進士薄暮皆出，而蟠獨留，殿前護軍催督甚急，蟠泣告曰：『畢生之業在此一朝，幸毋相促，以成鄙人功名。』護軍哂諾，直至四鼓始獲呈卷。上廉知之，以爲苦心之士，拔置一甲一名。鈕琇《觚賸》。十七日，上御太和殿傳臚：狀元及第李蟠徐州人，榜眼張虞惇本姓嚴，字寶臣，常熟人，明大學士謚文靖公訥之玄孫、探花姜宸英慈谿人。二甲第一汪士鋐。初擬汪士鋐一甲第二，張虞惇第三，宸英名在二甲第四。及讀卷，上問：『進呈十卷中有姜宸英乎？』韓閣學菼對：『宸英在史館久，臣識其字跡，某卷當是也。』上云：『姜宸英讀書多，能古文，可拔置一甲。』於是升置及第第三人，而虞惇移第二，士鋐移二甲第一。宸英晚遇而蒙特達之知，曠代所無也。《居易錄》。

先生作五言戲贈李蟠云：『望重彭城郡，名高進士科。儀容如絳勃，刀筆似蕭何。木下還添子，蟲邊更著番。一般難學處，三十六皴皴。』蟠偉幹虯鬚，狀似武人，其爲諸生時以刀筆聞。廷試時懷麪餅三十六枚，餐之至盡。皴皴，部下方言也。《觚賸》。

先生書素以行草擅長，登第後乃喜作小楷，以三指撮管端，懸腕疾揮，分行、結體、疏密合度，其紙尾圖記曰『丁丑後書』。《觚賸》。

先生曰：『時文至黃蘊生、楊伯祥、吳梅村諸公而六經、三史盡入鑪冶，始與古文之源流合。』朱仕琇《三鄭進士文稿序》。

金閶文藻堂、文會堂兩書坊合刻先生癸酉鄉試墨三首，丁丑會試墨三首，己酉、辛酉、丁卯、庚午、甲戌鄉會試墨十首，擬謝表三首，論一首，徐秉義、潘從律、陳沂配、唐紹祖四家序之，題曰《探花姜西溟先生增定全稿》。簡名《姜探花行卷》。先生曰：『吾老矣，非能數數爲舉子業者，顧八股義亦一代取士之法，篋中有文數百篇，儻不借行卷問世，豈能讓歸有光、唐順之、金聲、陳際泰獨有千古乎？』徐秉義《姜探花行卷序》。

是年著：《別張輔公別駕》、《題計希深默，吳江人，甫草子，遨遊四方，名滿日下驢背琢詩圖二首》、《送江邨宮詹扈從出塞詩時丁丑二月王師三出矣》、《送龔季栗汝寬，會稽人，康熙丁丑進士同年得第歸爲其太夫人壽》、《題王石谷摹王叔明畫卷》、《題洞庭秋泛圖爲樊明府》、《送蔣馭六鑨，字玉淵，號馭鹿，武進人之任浪穹》、《王宛平崇簡，字敬哉，宛平人，崇禎癸未進士，清禮部尚書，加太子太保銜，謚文貞。有〈青箱堂集〉壽讌詩四首》、《題花間獨酌圖》、《贈百歲翁周元始》、《題畫》、《張中丞勱，字敬止，遼陽人，正黃旗蔭生，康熙三十七年任浙江巡撫自東藩巡兩浙四首》、《送張鄂山起宗，字亢友，號蕚山，鄞人，康熙辛未進士，河內知縣。有〈高梧閣集〉之任河內》、《京江相國張玉書，字素存，丹徒人，順治辛丑進士，文華殿大學士，謚文貞。有詩文集扈從凱旋壽讌詩八首》、《濂村詩鈔序》、《筠亭錢琰之號，桐鄉人。貢生詩餘小序》、《送高詹事士奇歸養詩序》、《明經吳君約庵鉅合葬墓誌銘》、《中大夫布政使司秦公鉽合葬墓志銘代李天馥》。

## 戊寅康熙三十七年，七十一歲

先生備員史館，見今《一統志·外裔考》數年排纂未就，采掇徐芝仙蘭《出塞詩》數條上之，亦足資博覽之一助云。《徐芝仙出塞詩序》。

皇上繼序鴻業，今三十有七年，薄海內外悉主悉臣，而厄魯特噶爾旦恃其險遠，狡焉啟疆。皇威有赫，御蹕三駕，踰祁連，涉瀚海，西抵賀蘭，遂觀兵狼居胥山，數十年逋寇一旦殄滅，振旅而入，飲至告廟，廷臣鼓舞，皆作爲詩歌樂章，而翰林編修臣姜宸英製《愷歌》十章以獻。王士禎《姜編修愷歌後序》。先生《蕩平沙漠愷歌序》曰：『臣草茅下賤，蒙皇上拔置史館，纂修《明史》，復分纂《大清一統志》，屢因顧問及臣名字，至今糜俸一十五年。念君恩深厚，未知圖報之地，值膚功告成，還師飲至，普天率土，無不額手稱慶，喜遇昇平。若夫作爲文章以敷揚盛烈，臣忝列詞館，亦與有職焉。』舉朝獻頌，諸體畢備，惟先生文最古雅。《觚賸》。案，《西溟文鈔》但存《恭製蕩平沙漠愷歌十章序》，《愷歌》佚去。

康熙戊寅之夏，輦下諸名人合寫《芷仙書屋圖》，畫者三十人：王原祁、宋駿業、禹之鼎、顧士奇、張振岳、楊晉、顧昉、沈堅、黃鼎、劉石齡、鄭淮、馬是行、孔衍栻、楊豹、方孝維、馬昂、于炎、周茲、許容、姚匡、馮纕、顧芷、王永、李堅、鄧熯、黃衛、錢石含、翁嵩年、唐岱；而始寫樹石末復補遠山一角者，石谷子王翬也。詩者六十人，皆余思祖爲之書：姚奎、袁啟旭、費厚藩、黃元治、胡介祉、汪灝、宮鴻歷、李時龍、胡賡昌、錢維夏、江宏文、王奕清、劉允升、朱襄、汪若、顧嗣協、翁必選、錢汝翼、錢元昉、孫致彌、蔣仁錫、馮歷、王源、王澤弘、周彝、朱時鳳、許志進、蔡玺、朱鎬、顧彩、吳麐、顧瑤光、龐塏、姜宸英、王盛益、蔣疇錫、金璧、王時鴻、周清源、馬幾先、孫鉉、葉藩、陳于王、沈用濟、吳世標、孔尚任、曹日瑛、金肇昌、張霔、金德純、吳漣、宏焞阿、金文昭、博爾都、雪齋、占拙齋、珠兼、山端、釋等承、慈眎也。題識者孔毓圻，而陳奕禧爲之書。陳康祺《郎潛紀聞三筆》云：『是圖不知今落何許，錄之亦足存國初雅人姓字，並以見皇畿才彥之盛也。』

七月，王士禛遷都察院左都御史。冬，奉命直南書房。《漁洋山人年譜》。

十一月，朝鮮國王李焞上疏告饑乞糴，特旨賜米二萬石振之，由登州府廟島地方以鷄頭船運往，以吏部右侍郎陶岱往監運。《居易錄》。

是年著：《送山東劉布政皚，由候補按察使遷之任》、《上幸祈穀恭紀》、《賦得官舍梅初紫》、《送陳二受編修夢球，奉天正白旗人，一作同安人，康熙甲戌進士，授編修同少宰陶公發粟泛海賑朝鮮之作》、《題梅桐巖太常錩，字爾熾，宣城人，康熙進士，左都御史，福建巡撫黃山采藥圖》、《贈潘徵君耒》、《送陳濂村庶常壯履，澤州人，廷敬長子，康熙丁丑進士改任筠連令》、《題六郡主畫梅安和王女今古香主人妹也出嫁部落新沒其姪拙齋主人命予題之》、《送張天門庶常逸少，丹徒人，玉書之子，康熙甲戌進士，侍講學士之任壺關四首》、《送王令詒明府原之任銅仁四首》、《題曹渭符供奉日瑛，號恒齋，貴池人，大興籍，翰林院待詔，內廷纂修松菊圖》、《東郊看海棠過村寺有二株盛開然景荒不可久留》、《題蔣總憲弘道，字扶之，號裕齋，臨汾人，順治進士，左都御史家慶圖》、《夏日讀書樂》、《送平涼華亭令倪松巖》、《題王山人爲黃研芝中允畫黃山采芝圖》、《鳳池秋月》、《送胡潔庵武選郎世藻，號掞庵，章丘人，康熙丙辰進士視學中州八韻》、《御賜韓宗伯菼篤志經學扁額恭題長句》、《送荊侍御柯，丹陽人，順治乙未進士歸丹陽》、《得秦子卣勳，字□□，慈谿人，諸生消息》、《送錦州通判之任》、《古香主人壽讌詩十二韻》、《象》、《送牟東山之大梁省覲因寄贈其兄大參》、《永定河告成》、《題吳飛濤蛺蝶菊花圖》、《白鹿詩》、《送陳將軍出鎮潮州取道四明因寄問藍總戎》、《恭製蕩平沙漠愷歌十章序》、《祭告紀行詩序》、《題十三行》、《題孔琳之書後》、《青林廟碑記見光緒〈慈谿縣志〉、〈全集〉未載》。

**己卯康熙三十八年，七十二歲**七月

李天馥卒。

八月，先生副修撰李蟠典順天鄉試。《清史》本傳。《郎潛紀聞》曰：『國朝承前明舊例，順天鄉試正考官多以前一科一甲一名充之，康熙初年幾若定制。一時奔走聲氣者，遂先期輻湊於其門，場屋中多倖進者。』題目：『子曰君子食無求飽居無求安敏於事而慎於言就有道而正焉可謂好學也已』、『載華嶽而不重振河海而不洩萬物載焉』、『孔子曰大哉堯之爲君惟天爲大惟堯則之蕩蕩乎民無能名焉君哉舜也巍巍乎有天下而不與焉堯舜之治天下豈無所用其心哉亦不用於耕耳』、『吾聞用夏變夷者未聞變於夷者也陳良楚產也悅周公仲尼之道北學於中國北方之學者未能或之先也彼所謂豪傑之士也子之兄弟事之數十年師死而遂倍之』。《清秘述聞》。先生苦心校閱，極意蒐羅，倦欲都忘，餐食都廢，積勞成疾。而險怪之徒夤緣不遂而被黜者，謗訕四起。裘璉《爲姜道泳乞葬先公書》。比揭榜，御史鹿祐以物論紛紜劾奏。《清史》本傳。解元賈兆鳳字圖雲，高陽人，康熙丙戌進士。《清秘述聞》。

十一月丁酉案，初三日，御史鹿祐字有上，號蘭皋，潁州人，康熙壬戌進士奏參順天鄉試正副考官修撰李蟠、編修姜宸英等『以賓興論秀之典，爲縱恣行私之地，實爲有玷清班，請立賜罷斥』。上諭大學士等：『順天鄉試中式者童稚甚多，物論騰沸，大殊往昔。考試係國家大典，所當嚴飭以示儆戒。御史鹿祐參奏可嘉，著九卿、詹事、科道會同將李蟠等嚴加議處。』《東華録》。尹元焯《谿上遺聞集録》曰：『同邑姚觀以應北闈試赴京，嘗以文請政於先生，先生大激賞。比入闈，得一卷喜甚，顧其僕曰：「此必姚相公文也。」再閲益喜，又顧其僕曰：「此定姚相公文也。」房考俱駭愕。及榜發，姚果列魁選。於是御史鹿祐遂奏參先生徇私舞弊。』奉旨下先生及李蟠於獄。《谿上遺聞集録》。

丁未案，十三日，九卿遵旨磨勘順天鄉試中式舉人試卷，並議覆御史鹿祐奏參考試不公一案，擬將順天正副考官李蟠、姜宸英等革職。上諭大學士等：『此科考試不公已極，聞代倩之人亦復混入，科場大典豈宜如此？此案若照議完結，仍不知儆。著將所取舉人通行齊集内廷覆試，如有託故不到者卽行黜革。其考官等處分俟覆試後具奏。』《東華録》。

王士禛遷刑部尚書。《漁洋山人年譜》。

是年著：《送宋藥洲大業，字倉功，一字彦功，長洲人，文恪公次子，康熙乙丑進士，内閣學士》、《題溪山雪霽圖爲北平王司農》、《龍母某太君壽龍燮字雷岸之母》、《吴學正以神餕分餉口拈二首答之》、《送僧自五臺歸南海因寄問别公》、《聖駕南巡恭頌八章》、《聞行在曲宥罣誤官吏》、《賦得河色欲驚秋》、《寄粤西藩伯》、《賀蒼林姪孫花燭二首》、《讀盧選君所著黄逸士傳》、《寄贈》、《題王紫望風木圖二首》、《題范拙存字□□，如皋人閒居愛日圖二首》、《題定番出牧圖爲賈大夫鉉，字玉萬，號可齋，臨汾人，黄州知府，工畫花卉送行》、《題揮弦圖》、《題畫二首》、《題李公凱少詹鎧松林讀書圖》、《題呂公堂試院舊寓》、《雪霽作》、《誓書》、《策問五道》。以上二文見《未刻稿》。

**庚辰康熙三十九年**西曆一千七百年，**七十三歲**

先生以冰玉襟懷横罹誣抑，用觖觖不快，疾由此甚。裘璉《爲姜道泳乞葬先公書》。病革日，向查慎行乞筆書大字。張錫璜《輓姜湛園》詩注。正月二十一日卒於獄中。《谿上遺聞集錄》。

聖祖謂先生居官清硬，及聞其歿，歎息再三。張錫璜《輓姜湛園》詩注。王尚書士禛曰：『某在西曹，使湛園以非罪死獄中，愧死矣。』《先正事略》。捐館之日，囊空如洗。《爲姜道泳乞葬先公書》。門人趙熊詔字侯赤，號裘萼，武進人，康熙己卯舉人，己丑進士第一，翰林院侍讀。有《裘萼公賸稿》。親爲棺殮。黄之雋《侍讀趙公墓志銘》。荷友人賻贈得以倉黄歸櫬，《爲姜道泳乞葬先公書》。柩停北湖壑上。張錫璜《輓姜湛園》詩注。

辛酉二十六日，覆試順天中式舉人。《東華錄》。二月初三日，有旨：『欽定覆試順天舉人一等至三等，俱準會試，四等革黜者七人。』《居易錄》。諭曰：『諸生俱各成卷，尚屬可矜。落第者在外怨謗，勢所必有，焉能杜絶？祇黜數人，餘仍令會試。』蟠尋遣戍。先生爲蟠牽累，人皆知其無罪，顧事未白，先生先病卒獄中。《清史》本傳。《谿上遺聞集錄》曰：『聖祖特召姚觀於乾清門面試，閲其文甚佳，於是始信先生之無私，而案尚未定，先生故在獄中也。會京師紛紛傳言，將以明年正月誅北闈主試，先生聞憂甚。適又傳旨李蟠著發遣，先生自忖事由於己，今李尚發遣，己必無生望矣，遂以庚辰正月二十一日飲藥而卒。會事白，李發遣未數日卽召回，而先生則竟死獄中矣。聖祖甚惋惜之，曰：「老姜全無辣氣，小李倒有甜頭。」蓋李年尚少也。』王定祥曰：『先生實因李蟠牽連得罪，此謂咎由先生，且實以姚觀事，蓋好事者妄説而尹氏妄信之也。又有「老姜小李」云云，尤屬齊東野語。』貞羣案，黄之雋《翰林院侍讀趙公熊詔墓志》曰：『徐州李蟠，公之鄉座主也。以科場事獲罪，公親送李至奉天，又親送李母歸徐，匍匐數千里。』據此，《谿上遺聞》所述『李發遣未數日卽召回』之語全屬失實，其他誣罔先生之辭固不待辯矣。

先生碩而長，美鬚髯。汪士鋐《同遊上方圖記》。性不嗜肉，或誤食必以清水灌盥。查慎行《上元夜同唐實君諸子飲姜西溟寓》詩注。居家孝友之行，粹然無間。全祖望《墓表》。生平以禄不逮養爲恨，撫兩弟備極孝友，仲弟歿無子，一婢懷姙者他適舉子，先生爲百計贖歸，視如己出。鄭羽逵撰《傳》。與人交悃愊，不立城府，論文則娓娓不倦。《墓表》。自謂少年時科舉輟其半，中年以後奔走疾患，復輟其半。所涉獵經傳，竊取之以緣飾爲文者，特其稠雜中工夫什百之一二耳。而貧賤也，俗下應酬之文字又不能以無所爲，則其一二存者，果可以盡信乎？《復洪虞鄰書》。寧都魏叔子謂侯朝宗肆而不醇，汪苕文醇而不肆，惟先生兼乎醇肆之間，蓋實錄也。《墓表》。夏之蓉曰：『本朝以侯、魏、姜、汪稱最。侯有奇氣，魏善談史事，縱横自恣，姜與汪粹然儒者，言皆有物。此四君子者，稱絶盛矣。』《答張解元論古文書》。朱仕琇曰：『我朝學者寢少，侯、魏、汪、姜諸家皆傑出者。』詩以少陵爲宗，而參之蘇氏以盡其變。《墓表》。書法瘦硬，尤工行楷。鄭羽逵撰《傳》。梁同書曰：『本朝書以葦間先生爲第一，先生書又以小楷爲第一，妙在以自己性情合古人神理。』《跋姜西溟楷書後漢書黄憲徐穉姜肱申屠蟠列傳册》。秦祖永論畫曰：『姜西溟逸品，筆墨遒勁，思致蒼秀，深得古人神髓。近見竹石小幅，簡淡超脱，神似松圓翁，姿致静逸，氣味幽雅，無不副肖，真功力悉敵，可以並傳藝苑。』《桐陰論畫》。生平無纖毫失德。《墓表》。然遇權貴不少阿《清史》本傳，故既死而惜之者，非徒以其文也。《墓表》。

先生之柩歸櫬五載，長子嗣洙匍匐數千里，旅食京師，通謁刺求諸世臺，乞爲先生助葬。《爲姜道泳乞葬先公書》。得賻歸里，葬先生於縣東北一十五里夏家隩花盆山。《浙江通志》。

雍正十三年，武進趙侗斆熊詔長子，浙江按察副使爲浙東分巡，甫下車，即訪姜公後嗣，知其家業蕩然，有孫二人：長得風疾據先生《書宋搨褚臨樂毅論跋》，名嘉樹，侗斆捐廉養置僧舍；次頗韶秀，而貧不能娶，宗嗣不絶如綫，侗斆急爲之娶，冀延其後。趙侗斆《西溟文鈔序》。

先生卒後四十年乾隆五年，詔修國史，鄞全吉士祖望爲詮次墓表，而移其副於史局。《鮚埼亭集》。王定祥曰：『全氏墓表未勒石也。』

先生鴻文碩學，舉世宗仰，而身後無嗣，君子傷之。道光九年己丑之歲，邑人尹元煒字青輝，號方橋，嘉慶甲子舉人。有《谿上詩輯》、《清風軒詩文稿》與邑中諸君子以八月十九日先生降生之辰祀先生於德潤書院講堂。越辛卯道光十一年，先覺堂成，遂於其左別建祠，奉先生栗主其中，而馮汝霖捐錢二百貫爲置祀產，其祀仍以八月十九日，有舉不廢，歲以爲常。先生在都時嘗偕崑山徐相國及秀水朱竹垞遊上方山，禹鴻臚之鼎爲之圖，汪宮允士鋐爲之記，先生自書所作詩並相國自書所作合爲一卷，其原軸藏邑中俞氏，已借摹諸石矣。惟竹垞詩未具，馮雲濠因請道州何太史紹基原作尚書淩漢，今依石刻改正補書之，以成全璧，嵌諸祠壁。詳見尹元煒《姜湛園先生祠堂記》。《谿上遺聞集錄》。咸豐十一年燬，光緒九年知縣趙煦與掌教馮可鏞暨邑人陳錦榮、童春、趙家薰、周晉鑣勸捐集資，拓地建東西兩廡並門房、庖湢，繚以垣牆。光緒《慈谿縣志》。

## 西溟著作目採光緒《慈谿縣志》。凡其所遺，目下注『補』字以別之。

**《詩箋別疑》三卷。**鄭羽逵撰《傳》。

**《晉執政譜》。**《湛園未定稿》宸英自序。

**《明史·刑法志》三卷。**《浙江通志》。

**《明史列傳》四卷。**《浙江通志》。貞羣案，西溟《壽鎮海薛五玉八十壽序》曰：『編成史志數種，列傳二百餘篇。』

**《明史·土司傳》二卷。**《浙江通志》。

**《一統志·總論江防海防》六卷。**鄭羽逵撰《傳》。《雍正志》。《皇朝經籍志》、《文獻徵存録》、清《四庫》附存目均作《江防總論》一卷，《海防總論》一卷，是據曹溶《學海類編》删節本著録，非原帙也。《浙江通志》曰：『《明史·刑法志》三卷，《列傳》四卷，《土司傳》二卷，《一統志總論》、《江防》、《海防》共六卷，留館中。』

**《涑水餘論》一卷。**趙懷玉《亦有生齋集》。

**《湛園題跋》一卷。**顧湘《小石山房叢書》刻本。鄭羽逵撰《傳》有《葦間小品》一卷，王定祥曰：『意卽大興黄氏所刻之題跋云。』

**《校定水經注》。**趙一清《水經注釋參校諸本》云：『西溟手自校定，全謝山家有之。』

**《三國志評》。**補。王芑孫、黄式三同過録。伏跗室藏傳鈔本。

**《杜詩拾注》。**《亦有生齋集》。

**《湛園札記》四卷。**鶴皋葉氏刻本。盛氏袖珍刻本。張氏見山樓重刻本。阮氏《皇清經解》本專取其説經之作爲一卷。清《四庫》著録二卷，其提要曰：『是書皆其考證經史之語，而訂正三《禮》者尤多。前有《自序》，稱閻若璩欲改「札記」爲「劄記」，以《爾雅注》、《左傳注》皆有簡札之文，而劄則古人奏事之名，故不從其説，論亦典核。其書據鄭羽逵所作《宸英小傳》，本爲三卷。此本二卷，乃黄叔琳編入《湛園集》者，豈有所删削與合併歟？』案，《文獻徵存録》亦作三卷。

**《葦間詩集》五卷。**康熙五十二年歲次癸巳四月，下浣受業門人唐執玉識曰：『吾師慈谿姜先生古文有《湛園稿》行於世，其未刻若干卷，宋編修山言請去，山言受而藏之，謀欲公諸同好而未及也。先生所爲詩至數千首，多散落不收拾，其存者不及十之二三。既無成編，又未得名世之文爲之紀其緣起。庚寅歲，承乏浙之德清。先生癸酉試京兆，故出少宗伯德清徐蕢邨先生之門，意得宗伯公一言，庶可以弁其首。宗伯公撫今追昔，執卷泫然，不數日捐舍。而澤州、新城、長洲、秀水諸公，與先生少年文字之交，爲能得其閫奥、挈其精華者，又皆相繼辭世，則先生之詩終無有敘之者矣。因與山陰劉子戒謀，手共輯錄，量其篇章多寡之數分爲五卷，授之梓人。其編年紀世之事，皆不復詳考也。』又同年五月，唐執玉識曰：『吾師慈谿姜先生古近體詩七百三十首，先生之子嗣洙哀而錄之，欲問序於少宗伯德清徐蕢邨先生。執玉適承乏爲德清令，因介執玉請焉。宗伯撫卷欣然，樂爲之序。不數日，宗伯公辭世，故序終不成。然先生之詩固無藉於世之序之者也。因量其篇什多寡，分爲五卷，授之梓人。至編年紀世之事，皆不復詳考也。』貞羣案，唐氏四月識語爲初印本，五月識語爲後印本。目下署『受業門人唐執玉編輯，門晚學山陰劉正誼、武進唐少游校訂』。二南堂藏板，半葉十一行，行十九字，寫體字，雙黑口本。未幾，板燬於火。道光四年甲申十月，同邑鶴皋葉元塏得唐刻本，用活字板重鋟，前增全祖望撰《墓表》、鄭方坤《葦間詩鈔小傳》。《浙江通志》作八卷，《先正事略》作十卷。

**《湛園詩稿》三卷。**補。嘉慶二十三年戊寅花朝後三日，邑後學鄭喬遷識曰：『先生《未定稿》板向藏吾家二老閣中。其詩名《葦間集》者，雖經授梓，不可多得。溯洄谿上，屈指先生之詩，終以未見全豹爲憾。兹從裘夢卿上舍鼎熙家得先生手稿，塗乙改竄，光怪陸離，令人不可逼視。案其詩，蓋半爲晚年之作。爰與宗人少梅、孝廉際良、金門茂材詔鼇爲三卷，同付剞劂，以廣其傳。有散見於選家而此本所無者，不敢增入，示原稿也。工既竣，兩君請序，予不文，何以序先生詩？因錄家進士雪崖公所作先生傳，弁諸簡端，而識數語於後。』歲寒堂藏板，半葉八行，行十九字，寫體字本。案，此本詩見《葦間集》者凡一百六十一首。鄭雪崖羽逵撰《傳》云：『詩初集、中集、今集共十卷。』

**《湛園未定稿》六卷。**前有錢澄之、韓菼、秦松齡三家序。鄭氏二老閣刻本。初刻本封面下有『湛園太史氏』朱文大方印，其目爲近本所無者爲：《明史刑法志論贖法擬稿》、《大清一統志江防總論擬稿二》、《翁山詩外序》、《馮孟勉詩集序》、《孫朗仲詩序》、《贈徐順德序》、《敦好齋記》、《遠悔堂記》、《東軒記》、《題金興安卷子》、《題帖類稿》、《匡廬先生傳》、《先戶部公傳略》、《先贈文林公傳略》、《贈太孺人先母述略》、《濂兒權厝志》、《祭謝時逢太學文》、《祭仲弟次公文》，凡十一八首。清《四庫存目》曰：『此本爲其未入書局以前所自定，不及大興黃氏本之完備，以別行已久，姑附存其目。』鄭羽逵撰《傳》、《浙江通志》皆作十卷。《皇朝經籍志》、《文獻徵存錄》皆作六卷。

**《湛園未定稿文録》三卷。** 補。上高李祖陶選。道光十九年刻《國朝文録》本。

**《西溟文鈔》一册。** 補。高郵王心湛選。據初刻本《湛園未定稿》選出文六十六首，每篇間有删節，加以評語。浙江圖書館有傳鈔本，未刻。

**《真意堂文稿》一卷。** 清《四庫存目》曰：『此本前有秦松齡序，言宸英奉纂修之命治裝北上，哀爲此集。蓋其中年所作，初出問世之本也。』計東《改亭集》有《真意堂論序》。《皇朝經籍志》、《文獻徵存録》。

**《西溟文鈔》四卷。** 補。乾隆四年七月，武進趙侗斅序。貞羣案，是本之文出《未定稿》外者凡四十九首，寫體字刻本。

**《湛園手鈔藏稿》四卷。** 補。光緒乙酉冬杪，同邑王定祥跋。貞羣案，此稿今歸鄞童第德所有。

**《湛園集》十卷。** 補。清《四庫目》。《皇朝經籍志》、《文獻徵存録》作一卷，爲『十』訛。貞羣案，是集著録《四庫全書》，傳本不廣，王定祥編刻《姜先生全集》，遍求不得。昔年屬人向文瀾閣傳寫目録，校之《全集》，其所遺者計文十一首，列目於下：《誓書》、《癸酉鄉試第一問》、《己卯鄉試策問第一問》、《第二問》、《第三問》、《第四問》、《第五問》、《石齋黄公墨寫魁星贊》、《冬睡銘》、《硯銘》二首。

**《慈谿姜先生全集》三十三卷、卷首一卷、附録二卷。** 補。同邑王定祥重編《湛園未定稿》十卷，《西溟文鈔》四卷，《真意堂佚稿》一卷，《湛園藏稿》四卷，《湛園札記》四卷，《湛園題跋》一卷，《葦間詩集》五卷，《湛園詩稿》三卷，《詩詞拾遺》一卷，《四庫提要》、國史本傳、像贊、原序、目録一卷，凡三十四卷。附録二卷未刻。光緒十五年己丑同邑馮保燮毋自欺齋校刻本，版歸浙江省立圖書館。貞羣案，《葦間詩集》題目下署甲子，此刻一律删去，殊屬非是。《湛園詩稿》末補詩一首，復從《曝書亭集》、《敬業堂詩集》、《今詞初集》、《國朝詞綜》、《四明近體樂府》諸書中采得詩詞九首，爲《拾遺》一卷。

**《湛園未刻稿》一册。** 補。貞羣於清季在鄞城向王斗瞻奎後人處訪得之，中有《相國明公六十壽序》、《京兆吴公壽序》、《陳太公振荒焚券記》、《相國納蘭公元配封一品夫人覺羅氏墓表》、《恭擬御製孝陵祭文》、《恭擬御製混同江祭文》、《恭擬御製長白山祭文》、《恭擬御製遼河祭文》、《恭擬御製醫巫閭祭文》、《恭擬御製暫奉安殿祭文》，計文十首，爲王氏刻《全集》所未載。案是册所錄計文一百三十五首，除四首已刻，餘皆不見《未定稿》，故曰《未刻稿》。中有圓點，頗知作文甘苦，疑從西溟手稿傳鈔者。

**《姜西溟四書文》**。補。康熙三十三年甲戌十月，浦江劉巖雕西溟平日科舉文字爲《行卷》，長洲何焯序之。

**《探花姜西溟先生增定全稿》**。補。目署『湛園書藝定本』，又名『姜西溟制義』，簡名『姜探花行卷』。封面題『總裁同考諸先生鑒定，慈谿姜宸英西溟著，同學諸子選評，受業江都唐紹祖次衣、吳江陳沂配艾山、男嗣洙道泳校訂』。金閶文藻堂、文會堂梓行。中列歷科試墨十六首，擬謝表三首，史論一首，凡二十首。金陵別有舊刻本，見徐秉義序，今無可訪矣。

**《選詩類鈔》**。《未定稿》有《自序》。貞羣案，是書手稿今歸鄞童第德，未次卷第，分裝四册，昔曾經寓目。

**《唐文粹删定本》**。補，王士禛《香祖筆記》曰：『《文選》而下惟姚鉉《唐文粹》卓然可觀，非他選所及。其錄詩皆樂府古調，不取近體。余嘗取而删之，亡友姜編修宸英又嘗删其賦、頌、碑、志、序、記等雜文爲一編。西溟沒，此書不知流落何處。』

西溟身後著作飄零，儻有好事者訪求彙集，當不止於此目也。

## 西溟帖石目

**《老易齋法書》四册**。道光五年乙酉之夏，同邑胡欽之上舍紹曾假徐氏及親故中所藏西溟詩卷借鉤上石，彙爲四册。胡氏六行軒刻。

**《寄暢園法帖》五册**。嘉慶六年，兩浙江南鹽運使秦震鈞刻石，附御賜《三希堂法帖》槧本後，第四册有姜宸英書詩帖三種。

**《國朝名人小楷》四册**。嘉慶二十年乙亥九月，鎮海王曰升刻石。首册爲姜編修宸英《聖駕親視淮河巡行江浙恭頌》七律八章並序。

**《望雲樓集帖》十二册**。□年□月謝恭銘審定上石。第八册有姜宸英臨帖五種。

**《昭代名人尺牘》二十四卷**。道光六年丙戌十二月，海鹽吳修刻石。第十五卷有姜編修宸英尺牘十六通，爲《姜先生全集》所遺。

**《貯香館小楷》八册**。道光八年鄞萬從賢摹勒上石。第三册有姜宸英書蘇東坡詩五首。

**《天香樓藏帖八册續刻》二册**。道光十五年六月，上虞王望霖續摹上石。續刻下册有姜宸英書詩帖七種。

**《湖海閣藏帖》八册**。道光十五年乙未，同邑葉元封刻石。第七册有姜宸英書詩五種，刻工朱安山。

**《遊上方山詩卷》一册**。道光三十年庚戌，同邑馮雲濠勒石，朱安山刻。首列禹之鼎繪徐元文、姜宸英、朱彝尊小像，中有姜宸英自書詩六章並序。石嵌姜湛園祠堂之壁。

西溟手書刻入叢帖者指不勝屈，姑就耳目所及列目於右。聞曲阜孔氏刻有叢帖，中有西溟法書，帖名不詳，聊記於此，以當息壤。壬辰夏五月二十七日，孤獨老人識。

癸丑孟冬八日寫定，馮貞羣。

# 附録三　酬贈追悼

## 寄姜西銘

謝泰宗

仲蔚蒿盈徑，長卿渴未歸。枕欹寒夜月，雪灑荻蘆衣。馬首瞻雲近，嚶鳴見面希。江湖恣客傲，寧戀故山薇。

——《天愚先生詩鈔》卷四，《清代詩文集彙編》影印清康熙四十五年刻本

## 姜西銘書至

謝泰宗

猶憶鱣堂問字年，坐趺隱約映花磚。羽分孤鴈哀明月，珮解雙魚盼遠天。秋水篇從雲外至，春山黛自畫中傳。屋梁彌重伊人思，安得臨風袂拍肩。

——《天愚先生詩鈔》卷五

## 秦留仙寄暢園三詠同姜西溟、嚴蓀友、顧伊人作

吴偉業

### 山池塔影

黛色常疑雨，溪堂正早秋。亂山來眾響，盜影漾中流。似有一帆至，何因半塔留。眼前通妙理，斜日在峯頭。

### 惠井支泉

石斷源何處？涓涓樹底生。遇風流乍急，入夜響尤清。枕可穿雲聽，茶頻帶月烹。只因愁水遞，到此暫逃名。

### 宛轉橋

斜月掛銀河，虹橋樂事多。花欹當曲檻，石礙折層波。客子沉吟去，佳人窈窕過。玉簫知此意，宛轉采蓮歌。

——《梅村家藏稿》卷十四，《清代詩文集彙編》影印清宣統三年董氏誦芬室刻本

## 次日李赤茂招同姜西銘沈延年周上衡肅陶再集畹仙復在

錢澄之

昨醉仙廚未解酲，登筵又早見雙成。樽前勸客情初熟，衆裏逢歡面轉生。畹湘與坐客有舊。詩句和多知暗喜，酒杯病起免教盈。桃花結子源如故，畹湘善生子。難道劉郎記不清。坐客又有別遇嘲之。

——《田間詩集》卷十七，《清代詩文集彙編》影印清康熙刻本

## 中秋後二日徐原一邀同姜西溟葉子吉張素存遊西山馬上雜作

錢澄之

風塵雙眼暗，出郭見青山。爲趁故人興，纔偷此日閒。客心蹤跡外，秋色有無間。一往奇難盡，相期信宿還。

蘭若臨官道，開門小院幽。茗香行客戀，詩句故人留。壁上見沈仲達題句。得地能無坐，趨程豈是遊。海棠花覆砌，且對滿庭秋。摩訶庵。

尋山逢寺入，野趣是荒殘。攬勝吾忘老，攀崖客畏難。河流高處見，山頂望見盧溝橋。嵐氣晚來寒。祇在前村宿，蒼茫耐可看。海會寺。

不宿山中寺，來投路口村。有牆堪繫馬，無坐可開樽。其家方剏始未成。待月且虛榻，看山祇在門。

輸他徐太史，耐與俗人言。

錯到寶珠洞，遥聞鐘磬音。崖危牽馬上，路失遺幢尋。眼界憑虛豁，山門映雨深。向來遊興倦，幾欲罷登臨。

九松何代寺，一路碧森森。子落空庭響，枝交滿院陰。茗香忘坐久，苔厚覺寒侵。向夕無人語，微風送梵音。表忠寺看九株白松。

不見香山寺，到來耳目清。過橋高樹合，繞殿碧泉行。風起兼松響，宵深作雨聲。客來貪坐久，藉草話平生。香山寺與子吉橋邊坐話。

小憩憑虛檻，還扶上嶺筇。路盤千尺磴，陰合萬株松。月出窺疎幔，風生雜晚鐘。石闌留客坐，緩步到孤峯。松磴。

此地昔臨幸，龍章額尚留。神廟書來青軒三字。泉聲通寺聽，月色一軒收。客醉偏懷古，蛩吟自弔秋。凄涼深夜話，回首夢中遊。酒後諸子遺事。

零落西山墓，歸鞍拜景陵。寢荒搖麥秀，牆缺過瓜藤。正朔猶稱帝，中官剩作僧。昌平原廟近，何日更同登？拜景泰帝陵。

玉泉源不測，崖際湧如珠。流作御溝水，分來裂帛湖。稻粱平明灌，荷芰貼池鋪。近說湯除疾，前人此坐無。游玉泉見坐湯者紛紛。

滿江紅乙巳午日宋既庭見招泛蒲同陸處實姜西溟

曹尔堪

佳節吴閶，渾不減、汨羅愁漲。爭弔屈、龍舟簫鼓，錦帆無恙。公子畫船官驛口，名倡羅綺江樓上。擁殘書、自有故交同，清尊餉。

榴花影，杯中漾。競度曲，筵前唱。正梅黄時節，陰晴迭釀。山鬼漫矜明月珮，健人也曳菖蒲杖。祇浮生、憔悴泣枯魚，湘纍狀。

——《南溪詞》，清康熙間留松閣刻本

沈園雨中雅集同竹逸西銘爾斐仲芳亭彦卽席賦謝憲吉未公限寒字

曹爾堪

舊家亭榭碧琅玕，乳燕池塘鬬鴨欄。一水似從雲外去，九松偏向雨中看。苔深石磴芒鞋滑，花落江城翠袖寒。二十年來重熨眼，滿湖煙月笑漁竿。

——吴之振《八家詩選》卷之二《顧庵詩選》，清康熙鑒古堂刻本

送姜西溟歸奔母喪

施閏章

朔風吹易水，榮木作雨霜。豈無時菊好，蘭蕙慘不芳。懷中韞白璧，爛然明月光。天露阻閶闔，被褐徒慨慷。三夕九夢歸，驚魂依北堂。皋魚忽銜痛，執手各霑裳。越鳥西北飛，曰爲反哺計。誰言成斷蓬，回首失根蒂。家林烽火餘，屢空成儉歲。惻惻倚閭心，萬事餘雙涕。客歸誠獨難，何忍久留滯。崇巖亦有巔，滄海亦有裔。惟此孺慕情，吞恨永無際。

——《施愚山先生學餘詩集》卷十三

山中喜遇朱錫鬯嚴蓀友姜西溟秦留仙諸遊好

施閏章

花林深翠月初明，無限春山獨夜情。聯騎相逢成一笑，西峯絶壁共題名。

——《施愚山先生學餘詩集》卷五十，《清代詩文集彙編》影印清康熙四十七年刻本

偕徐健庵同年李武曾姜西溟陳其年暨家志伊並長兒訪毛黼季汲古閣賦贈

吴　綺

訪戴同爲剡曲遊，紅橋新柳繫蘭舟。六朝花草重三日，四海文章第一樓。扶病敢辭孤榻小，多情

祇爲異書留。移家若許爲鄰並，盡把牙籤借鄴侯。

——阮元輯《淮海英靈集》甲集卷二，《續修四庫全書》影印清嘉慶三年小琅嬛僊館刻本

## 題三子聯句圖有序

孫枝蔚

徐原一翰林與姜西溟文學，集飲汪季甪舍人愛園。原一之門人高生亦與焉，適善畫者禹生在席，因命作是圖，季甪爲記，屬余題詩其後。

姜子負才名，揚馬謂可儔。落落性寡合，夜光難暗投。翰林與舍人，傾蓋最綢繆。宴集偶聯句，因復寫爲圖。侍立惟高生，門墻亦勝流。但能悦吾道，何必預唱酬？我詩題卷後，援筆一長吁。交道世久喪，名譽非所謀。文章如鴻毛，勢利如山丘。所以布衣人，出門恒低頭。若非蔣詡徑，誰能來羊求？昔聞王秀之，曾慕宗敬微。寫像與己對，所樂永相依。李賀繡平原，吾嘗笑其非。同心實難得，好客安足希。徐君與姜汪，況復生同時。宴會偶然事，公然付畫師。趣與古人協，像令後世思。二君名最盛，爵位亦不卑。姜子在泥塗，鬱鬱獨可悲。請問河東賦，吹噓當仗誰？

## 九日汪叔定季甪招飲見山樓同程穆倩姜西溟徐原一

孫枝蔚

世短意多吾自悲，二難瀟灑愛吟詩。望衡對宇招尋慣，美景良辰酩酊宜。家有高樓山最近，年無

閏月菊何遲。或言今年宜有閏月，以節序驗之，端陽無榴火，重九無菊花，則其説似也。笑聲亂落梧桐樹，忘記江頭羽檄馳。

——以上《溉堂續集》卷之五，《清代詩文集彙編》影印清康熙刻六十年增刻本

## 與姜西溟

曾燦

玉堂春曉，銀管生花。先生道德文章，與時俱泰，弟惟有翹瞻紫氣、馳驟風雲而已。去冬曾拜一械，附有先君傳誌，托舍親某奉候，不審何時乃達籤室。弟十載未歸，舊業荒蕪，稍一清理，遂費時日。但喜椒酒辛盤，得與家人婦子挑燈守歲，正少陵所謂『夜闌更秉燭，相對如夢寐』者，非耶？《明史》告竣在邇，向懇先君一傳，諒已脱稿，便中幸一郵示。寒祠近有修譜之役，當載入名篇，以光家乘。去年入粵一月，倏當家難，倉卒返里，遂未入瑞州謁見制臺。昨蒙賜書趨晤，復遊嶺南，當爲先生極力揄揚。雖人微言輕，不足取重，然『緇衣之好』人人皆同，更當覓佳硯以報大德也。擬歸棹當夏末秋初，應從何處奉寄？行臺數載經營，空付一擲，嗟此髮白齒豁之日，尚不能息影休陰，以樂餘年，而顧脂韋囁嚅，依人餬口，可恥孰甚！先生其或笑之，或憐之否？敝縣陳舍親，明末與弟同社，卓犖有聲，乃偃蹇不遇，僅膺歲薦，入都廷試，忻慕龍門，敢爲介謁。知莊、惠相逢，定成針芥，不俟豐干之饒舌也。得以先君列傳，卽附其歸，尚可載入譜內。泥首五雲，不勝懇祝。袁令親入都過贛，曾惠一札見寄。札中述其平反大案，俱當情理。束脩既省，便可以爲親友贈。此番相見，定當爲先生資旅食也，何如？此時知

已出都，聚首羊城，應不遠耳。

——《六松堂詩集》卷十四，《清代詩文集彙編》影印民國四年南昌退廬刻豫章叢書本

## 贈別姜西溟歸慈谿

嚴繩孫

當世文章在，相逢情更親。山川發森爽，冰雪資清真。頻對一尊酒，欲歸千里人。看君猶失意，望落花春。

## 秋夕山園同西溟留仙

嚴繩孫

空堂初罷酌，欲起聞鐘聲。秋月水邊上，夜山林外明。逝將與朋好，即此遺平生。越客何多感，南枝時復驚。

——以上《秋水集》卷三，《清代詩文集彙編》影印清康熙雨青草堂刻本

## 讀西溟思親詩

嚴繩孫

坱莽黄塵秋日斜，與君身世屬天涯。誰知冷炙殘盃地，辛苦詩篇補白華。

倚閭應自望長安，努力他時列鼎歡。似我不須嗟久客，翳桑無母可遺餐。

## 仁慈寺毘盧閣同健庵西溟容若作

嚴繩孫

心累不自遣，山川生阻修。如何清秋日，登此百尺樓。崒嵂湧厚地，空濛辨皇州。閶闔横蒼龍，甲觀中天浮。恍疑通帝臺，晝刻聞章溝。燕昭氣已盡，寥落黄金秋。緒風吹雨沫，來自西山頭。合沓壯重險，亙東桑乾流。獨留萬古青，豁我薄醉眸。身如㡖鴿棲，心與扶光遊。東南鴈飛處，下有心所求。遠色窮墨點，莫心隨蓐收。人理亦已促，元化良悠悠。

## 送姜西溟

嚴繩孫

夙昔忘形侶，天涯只暫來。重城旋間隔，歧路幾邅迴。散亂尋書帙，飄零共酒盃。還愁牽率意，世態莫相猜。

余止非能止，君歸亦未歸。廣陵依代舍，梁苑製征衣。卒見情難展，貧交手易揮。何時重翦燭，相對話王畿。

——以上《秋水集》卷四

## 渌水亭觀荷次西溟韻

嚴繩孫

久識林塘好，新亭愜所期。花低隨燕掠，波動見魚吹。涼氣全侵席，輕陰尚覆池。茶瓜留客慣，行坐總相宜。

遠見廉纖雨，都隨斷續雲。漬花當徑合，添漲過城分。樹杪驚殘角，鷗邊逗夕曛。漁歌疑可即，此外欲何聞？

宮雲濕更浮，清漏接章溝。抗館煙中遠，疏泉天上流。銀鞍臨水映，金彈隔林收。多謝門前客，風塵剌漫投。

碧瓦壓堤斜，居人半賣花。卻思湖上女，並舫折殘霞。蘸綠安帆幅，搴紅卷袖紗。空留薜蘿月，應識舊漁家。

## 又成絕句

嚴繩孫

醉向前除眼倍明，疎簾青簟坐縱橫。只看葉葉風翻去，不辨荷聲更雨聲。

懶甚嵇生得所知，每逢清景不勝思。何年吹笛橫塘晚，憶著觚稜雨暗時。

——以上《秋水集》卷五

## 金縷曲 贈姜西溟次成容若韻

嚴繩孫

畫角三聲咽。倩星前、梵鐘敲破，三生慧業。身後虛名當日酒，未彀消磨才傑。君莫歎、蘭摧玉折。多少青蠅相弔罷，鮑家詩、碧濺秋墳血。聽鬼唱，幾時徹。　更誰炙手真堪熱。只些兒、翻雲覆雨，移根換葉。我是漆園工隱几，也任人猜蝴蝶。憑寄語、四明狂客。爛醉綠槐雙影畔，照傷心、一片琳宮月。歸夢冷，逐迴雪。

## 金縷曲 送西溟奔母喪南歸次韻

嚴繩孫

此恨何當住。也須知、王和生死，總成離阻。真使通都聞慟哭，廢盡蓼莪詩句。算母子、尋常歡聚。秔稻登場春韭綠，便休論、萬里封侯去。須富貴，竟何許？　片帆觸處成悲緒。問從今、檣烏堠燕，幾番風雨。不爾置君天祿閣，未算人生奇遇。甚一種、世間兒女。畫荻教成羞半豹，早高堂、鸞誥偏無負。天可問，儻相語。

——以上《秋水集》卷十

## 春日吳閶雜詩十二首其七

陳維崧

君文酷似廬陵筆，吳市吹簫識者稀。共貰吳娘一斗酒，櫻桃花下與沾衣。喜晤越中姜西銘宸英。

——《湖海樓詩集》卷十二，《清代詩文集彙編》影印清乾隆六十年浩然堂刻本

## 隔浦蓮近拍夏日寓吳門花溪草堂與西溟夾水而居賦示西溟

陳維崧

玲瓏雲水幾處，借我閒消暑。掠檻沙鷗過，潭香觸碎成雨。千頃風荷舉。紅粧娉，湘葯中心苦。最憐汝。　披襟脱帽，新涼隨意搴取。松風細響，緑雪暗翻花乳。林際濛濛皓月吐。四鼓，隔波尚有人語。

——《湖海樓詞集》卷五

## 齊天樂題松萱圖爲姜西溟母夫人壽

陳維崧

憑誰細研吳綾滑，貞松皴來蒼窅。鬣可拏雲，濤偏沸雨，只伴疎梅衣縞。霜零雪嫋。兒著得書成，龍鱗暗老。十載飄蓬，枝頭飛去翠禽小。　鄉關悄然回首，小橋新月下，茅屋偏好。肱被輕分，江魚

遠致，長祝歲寒相保。清愁未了。再添筆紅萱，欄邊斜裊。擬答春暉，此心慚寸草。

## 齊天樂 淥水亭觀荷同對巖蓀友竹垞舟次西溟飲容若處作

陳維崧

分明一幅江南景，恰是鳳城深處。野翠羅羅，嫩晴歷歷，撲到空香萬縷。早村人語。是柳下溝塍，籬邊兒女，稻葉菱絲，隔紗長作打窗雨。　蓮房箭鞾簇簇，西洲都蓋滿，睡鴨新乳。碧毿迴廊，黃泥小竈，幾斛冷泉親煮。倚闌凝佇。記罨畫東頭，舊尋詩路。招箇煙檣，瓢儂溪畔去。

——以上《湖海樓詞集》卷十四

## 賀新郎 送姜西溟入都

陳維崧

去矣休回顧。儘疎狂、長安市上，飛揚跋扈。誰道天涯知己少，半世人中呂布。仗彩筆、憑陵今古。伏櫪悲歌平生恨，肯車中、閉置加窮絝。君莫信，文章誤。　楊花細糝京江渡。恰盈盈、租船吹笛，柁樓撾鼓。屈指帝城秋更好，寄語冰輪玉兔。爲我照、望諸君墓。相約當年荊高輩，喚明駝、倒載琵琶女。葡萄酒，色如乳。

## 賀新郎 送西溟南歸和容若韻時西溟丁内艱

陳維崧

三載徐園住。記纏緜、春衫雪屐，幾曾離阻。又作昭王臺畔客，日日旗亭畫句。最難得、他鄉歡聚。眼底獨憐君落拓，又何堪、鶗鳥啼紅去。都不信，竟如許。　千絲漫理無頭緒。問愁悰、原非只爲，渭城朝雨。如此人還如此別，說甚凌雲遭遇。笑多少、癡兒騃女。本擬三冬長剪燭，悵今番、舊約成孤負。和殘菊，隔籬語。

——以上《湖海樓詞集》卷十九

## 壬子三月朔渡江行淮泗間口號十首 其十

計東

姜子西溟，宸英也桃花篇，真成絕妙辭。此曲聲最悲，賞音惟我知。

——《改亭詩集》卷一，《清代詩文集彙編》影印清乾隆十三年計瑸刻本

## 贈姜西溟序

計東

予於浙東之交最多，雖知姜子，然未深知姜子也。武昌孟傳是語予曰：『姜西溟有古文數十首，

屬序於若。』予曾有廣陵之行，未之序也。歸兩月，而族子炳侍側，曰：『姜先生古文辭當今不多有，其格調在歸、王之間，而知叔父，幸屬以序。』予以炳之能知古文辭也，蘧然起，讀《續范增論》，未之奇也；再讀《狄梁公祠記》、《楊節婦傳》，稍稍稱善；再讀《送孫無言序》、《爲薛君四十壽序》，益稱善。且知姜子爲江右王于一先生友甚久，宜姜子之能古文也。

既予寓與姜子居益近，乃往盡讀其文，日對之如嚴師，而姜子時鬱鬱，有遲暮之歎，以年逾三十才名未徧知天下。予則謂姜子過矣，夫古人所爲致歎於遲莫者，以未能有所樹立也。而所爲樹立者，以在我之德與藝，不在遇不遇也。苟在我者，可自信而自立，我將與天地爲終始，何遲暮之有？且知希則貴，古人言之矣。使天下而盡真知姜子，是天下盡能文之人也。姜子方以己之所獨能，待知己於天下後世之一二人，而又何利於天下之盡能文而盡知姜子者乎？且姜子與于一交，則既知于一矣。于一爲古文，高自標置者三十餘年，天下之大，真知于一者，周櫟園、宋荔裳諸先生外，不過數人。至饑寒困頓，頻年作客老死，可謂窮矣。而天下知于一者，見其遺稿一字一句，珍重愛惜之不置。當時于一寧屑屑焉求知於天下乎？嗟乎！姜子其亦可以自樂矣。

昔以韓昌黎之爲古文也，尚曰：『始自信，中自疑。』予懼姜子之汲汲求知於天下而自疑也，故序予之言以堅其志而贈之。

## 金陵别姜西溟

湯　斌

憶昨桂發時，遇子梁谿上。攜手遊名園，登高共眺賞。我行到白門，夜月苦懷想。落葉禪房寂，忽聞扣門響。相見各歡然，秉燭對書幌。高樓恣嘯詠，古道互推獎。鍾阜鬱嵯峨，秦淮平如掌。信美非吾鄉，茲晨理歸槳。送我大江濱，悲歌何慨慷。世事本浮雲，素心貴不爽。願言各努力，庶足慰吾黨。

——《湯子遺書》卷十，《清代詩文集彙編》影印清同治九年湯氏祠堂重刻本

## 暮春同姜西溟山遊

馮遜庸

消沉世故竟何成？相與登山聽磬聲。三月風光長亂葉，廿年時序積浮生。行當芳草敢言怨，背我青春絕不驚。來問青溪日未晚，田家處處羨躬耕。

——《姜先生全集·附錄上·酬贈詩》，天一閣博物館藏

## 戊寅重三修禊有序

趙吉士

山東成昭其夫子辱臨寄園，招同胡孟綸會恩、孫愷士致彌、姜西溟宸英、顧雪崖塏、朱裔三雯、

馮懿生雲驌、胡鹿亭德邁、于章雲漢翔、郝耳臣士銓、屠梅湖孝義、王令貽原、許不棄遇、汪千波澐、虞文炳、成乾夫永健、李元敬楚、嚴少陵調鼎、李元龍御、陳聞遠維鏞、朱漢源星渚、方霞嶼伊蒿、劉鰲石坊、汪紫滄灝、家文饒俞禊飲次韻記事。

紗帳重施拂講樓，摳衣隅坐樂從遊。灣池魚躍蘋蘩翳，匝樹花開綺麗流。舊邸虔分師弟席，儉庖竊喜主賓留。溫風早已敷東谷，曲岸迴波幾度秋。

爐熱煙開舞瑟塵，我希逸少愧清真。蘭芬鄭洧褰遊女，水曲稽亭集雅人。百五早看槐兔出，重三又見紙鳶伸。遊絲空裊垂楊外，翠蕚紅葩吐萬綸。

負郭春煙紫禁餘，荒園尚幸接天居。山陰舊勒臨河序，定武長傳斷石書。宋理宗内府藏《蘭亭序》一百十七刻，裝褫作十冊。甲集一十二刻，定武斷石在焉。佳節難逢風日好，樂遊莫歎酒杯疎。閒身不受簪纓縛，裂碧跳青脫網魚。

誰聽裴公袞袞論，東堂南澗兩無存。三觥願罰傳真跡，蘭亭雅集，詩不成者罰三觥。一味分甘抱弱孫。朝笏未抽安米石，魚磯早掃置蘇樽。蘇公有「灑掃漁磯共置樽」之句。花林絲管方停歇，軒騎相從醉綺墩。

——《千疊波餘》一卷，《四庫存目叢書補編》影印清康熙刻本

## 爲姜宸英題畫

朱彝尊

潞水秋風上短槎，日湖南望水雲賒。空教天子知名字，不賦長楊賦白華。

——《曝書亭集》卷十

## 喬侍讀萊一峯草堂看花歌同陸嘉淑周篔姜宸英錢金甫孫致彌查慎行湯右曾陳曾蓺賦

朱彝尊

疾風經旬不出户，獨客嬾過三眠蠶。今朝風定塵壒減，女墻翠湧西山嵐。修門池館綴金碧，鏁柵未許停羸驂。主人新拓百弓地，中園卉木吾舊諳。夭桃濃杏雖已落，海棠乍坼丁香含。初疑徑闢過者少，早有勝侣齊幽探。新松四尺掛席帽，炙具一束攜荊籃。絲頭毯展午陰直，麈尾杯泛冬醪甘。今年春較去年晚，花信十猶餘二三。長紅小白枝尚亞，雄蜂雌蝶飛相參。酒闌回憶壯年事，於此晨夕朋盍簪。燒瓷甕頭臥畢卓，蠟板曲子歌何戡？滿堰明月露濯濯，繞屋垂柳絲毿毿。十餘年來五易主，魚床潦盡成枯潭。茅亭崩剝泥暗裂，有若燕子留空龕。仙源重過豈易得，惜花老去心逾貪。韶光三月忽已盡，牡丹將吐房山南。綠囊紅襆水精域，鹿女微笑貍奴酣。相期雙屐著謝客，更借一鶴騎盧耽。諸君偕遊恐不遂，試與二老評花擔。謂周、陸二子。

## 冬日陪徐副相元文姜著作宸英遊大房山出郊雨雪馬上

朱彝尊

蓬勃東華塵，窈窕西山容。二者各有宜，强之心不從。徐公脱朝簿，姜子淹旅蹤。期我大房遊，捫葛攀長松。兹山我舊歷，不憚寒飆衝。車中三升榼，馬後九節筇。誰能先花時，蠟屐乘清冬。雨霰雖載塗，相顧多歡悰。雪色妙渲染，一峯殊一峯。明當踏霽日，遍覽金芙蓉。

——以上《曝書亭集》卷十三

## 送史館姜君宸英赴包山書局二首

朱彝尊

白蠟明經亦可憐，强吟詩卷放歸船。告身許領郎官軸，不藉題名鴈塔前。

莫釐峯下著書臺，十道圖經一室開。破臘梅花遶清夢，勝騎官馬踏霜埃。

——《曝書亭集》卷十五

## 臺城路夏日同對巖蓀友西溟其年舟次見陽飲容若渌水亭

朱彝尊

一灣裂帛湖流遠，沙堤恰環門徑。岸劃青秧，橋連皂莢，慣得遊驄相並。林淵錦鏡。愛壓水虛亭，翠螺遥映。幾日溫風，藕花開徧鷺鷥頂。　不知何者是客，醉眠無不可，有底心性。研粉長牋，翻香小曲，比似江南風景。看來也勝。只少片天斜，樹頭帆影。分我魚磯，淺莎吟到暝。

——《曝書亭集》卷二十六

## 戊午上巳日徐健庵吳薗次李武曾吳志伊姜西溟陳其年盛珍示集述古堂文讌酒闌有作

錢　曾

冥冥花霧暗江鄉，檻外雲興舊草堂。投分君能推石友，論交我欲削山王。琴繁自應書籤響，酒勁偏依墨滲香。卻指青松談往事，卅年蹤跡悔思量。

——《判春集》

## 贈姜西銘爲兩尊人壽序

董以寧

姜子西銘客遊無錫，主於秦子留仙之家。余與黃子庭表、計子甫草、陳子賡明皆至，相與晨夕論文，甚樂也。已而姜子告歸慈谿，爲其母孫孺人壽。數子者，各爲文以祝，兼祝其尊甫桐侯先生。而姜子忽有不安之色，私謂余曰：『今天下之爲古文辭者，其人大率多顯達，獨吾兩人諸生爾。而吾又有父母，方侍吾大父在堂，家貧，常恐甘旨不繼，失吾大父之歡，益以失吾父母歡。區區之意，竊願稍得所欲以效尊養，而乃蹉跎未遂，以至於今。不得已而遊，遊而歸，復無所資以爲高堂壽。此祇可告之吾子，以誌吾歉爾。』而余因念姜子其所處之境，卽孟子所云『三樂』之一，較之余已爲極順，而其大父戶部公更白首無恙，其子某亦漸進於成人。一門四世，盡在目前。先生與孺人，俯仰欣然，足備人倫之樂。雖異時姜子定能以文章致身，得遂尊養，然在今日，亦何必預期其所未至者而始爲愉快哉？且曾元之養曾子，其不同於曾子之養曾皙者，在養志與否而不關乎酒肉之必有。至其志之能養，又無乎不在而不止於所與之必請。養志而兼口體焉，宜也。其或因口體而反以推其志焉，毋寧不酒肉而菽水也。

姜氏自太僕公以來，世稱通德，而太常公首爭國本，遷謫淪落。戶部公繼之，尤於仕宦爲淡，故今桐侯先生之事戶部公者，卽以公之志爲志。在先朝，時常以經術貢於廷矣，不藉此以邀祿養，乃棄而不仕，日侍公談道讀書。或將車杖於往來遊釣之所適，然意得作爲歌詩，名曰《泛鳧吟》，寄託之遠，固有隨所遇而自足者。而母孺人，更一一安之，數十年勞苦食貧，甘於澹泊以教姜子，則其志又卽先生之志也。以此推之，賢如姜子，一旦得所欲而爲大官，苟祿食之外，多出其金玉錦繡以奉觴於前，吾知先生與孺人念所自來，亦有停觴而不卽舉者，況以諸生客遊，遂欲其必得所資，其不出於□然以媚者蓋有之，而要亦鮮矣。此毋論先生與孺人不願，而亦豈吾姜子意哉？余以爲姜子之事先生與孺人，宜一如先生之事戶部公者，惟其志焉而已。茲當孺人設帨之辰，載以余言歸而跪進之，當必爲之盡一觴焉。卽明年三月再爲先生壽，亦將無以易乎斯言矣。是爲序。

——《正誼堂文集·序》，《清代詩文集彙編》影印清康熙刻本

## 嚴蓀友姜西溟策蹇相送時各赴館幕六疊前韻

徐乾學

綈袍秋晚入寒颸，古寺松陰執手辭。襆被但餘尪僕伴，送行頻借蹇驢騎。蕭騷嚴叟披裘意，辛苦姜肱擁被時。那有樊籠留鳳鳥，低徊應諷《五噫》詩。

——《憺園集》卷五

## 同吴薗次志伊石葉陳其年姜西溟李武曾過隱湖訪毛黼季和薗次韻

徐乾學

招攜仙侣共輕舟，菴藹春光覓舊遊。禊閣客來三巳會，虹橋水匯七星流。筍輿窈窕將尋約，玉袖摩挲得暫留。曲室尚聞藏萬卷，那容排闥舞陽侯。黼季藏書密室，志伊欲入，不許。

——《憺園集》卷六

## 八月十一日澹人招同西溟方虎飲花下賦二首

徐乾學

同作市朝隱，思君不可支。重闈應有限，良會每難追。何幸逢佳序，相將對舉卮。恍疑蓬島上，仙侣共餐芝。

把臂皆吾黨，高談興轉賒。好乘西苑月，細看小山花。盆中桂花，一樹盛甚。葉翠添清影，香濃壓冷葩。更闌燒樺燭，忘卻在天涯。

奉邀太常說巖先生虎坊橋南別墅宴集同姜朱二翰林　徐乾學

半歲苦淹病，病起乍行藥。眷焉思所欽，蹤跡久寥廓。市南虎圈坊，幽居帶林薄。雅堪延野色，憑眺有菌閣。相期屏塵事，竟日共盤礴。巾車方及門，高駕俄趾錯。青絲挈春釀，促坐成小酌。極望郊壇樹，微風韻遙鐸。驚沙白皚皚，流靄青漠漠。人生俯仰間，適志原無著。伊予纏宿痾，盤辟類縶縛。翼大不能運，如彼雕陵鵲。託契惟沈冥，縈懷但丘壑。稷卨佐昌時，巢許忻有託。已能齊鵬鷃，詎復岐龍蠖。粲粲濩澤公，閞濟負偉略。枯枝廢雕鎪，不材終瓠落。潛見理則殊，奚煩更咨度？何爲王僧孺，只解京華樂。吳歈讓邊筑，尊羹比羊酪。二君聽我言，盃落太嘔噱。幸得張東門，無爲詠場藿。

說巖先生招同竹垞西溟黑窑廠最高處讌集賦謝　徐乾學

京師百萬戶，棟宇龍鱗稠。旅人職埏埴，聚族城南陬。瓴甋多廢材，委棄成山丘。雖無林麓勝，軒轡紛相求。芳辰荷嘉招，再作春郊遊。寒飈起中路，樹木聲颼飂。解我輕袷衣，更御豐狐裘。崇阜一何峻，登之望皇州。雙闕連珠甍，金碧如云浮。張幄以禦風，重氈覆青油。芳茵藉促坐，曲几羅庶羞。

聯吟寫奇懷，藻思紛樛流。造語務險澀，象外窮冥搜。春暉日以妍，能令宿疾瘳。香陌蘭始芽，垂楊絲欲柔。挈我長生瓢，飭我黃犢輈。無令盍簪會，翻成溝水頭。

——以上《憺園集》卷八

夏日萬季野黃俞邰姜西溟萬貞一沈客子家田伯小集寓齋

方象瑛

一官閉戶久成憨，自笑頻年旅況甘。薄俸纔支堪換酒，名流相對喜高談。閒心已共浮雲盡，世事都從舊史參。自是羣賢能過我，敢云賓主盡東南？

立春後一日飲愚山先生邸舍同閩公西溟俞邰季野貞一

方象瑛

靈辰纔過更鞭春，折柬還期共五辛。正喜杯觴娱客夜，嬾從燈月問遊人。閒心對酒談方劇，老友忘年意最真。卻笑京華徒碌碌，椒盤又值一番新。

春日西溟俞邰季野貞一寓齋小飲

方象瑛

七載燕山道，巷僻罕車馬。朝罷半卷書，負日南窗下。晨興支俸錢，神氣頓瀟灑。冠蓋滿長安，寂寞交游寡。諸君枉高軒，草草治杯斝。高談懷古今，言辭準大雅。前賢尚真率，此會諒無假。鄰比顧驚怪，朝來菜盈把。張筵慶未能，車馬胡爲者？太息謝鄰翁，官貧媿遊冶。故人幸見過，盤餐頗麤野。促坐忘主賓，素心良已寫。杯蘭夜向深，寒星照庭瓦。

——以上《健松齋集》卷十九，《清代詩文集彙編》影印清康熙刻本

## 雪中有懷其六姜西溟、黄俞邰、萬貞一，三君在史館

方象瑛

話別燕臺有故人，誰憐羈滯楚江濱。遙知珥筆金門夜，燒燭題詩賦早春。

——《健松齋集》卷二十一

## 己巳三月上巳健庵司寇立齋司農率兩郎君藝初舍人章仲大行招同姜西溟金穀似朱竹垞胡朏明王令儀汪武曹諸子修禊城南祝氏林亭以清流激湍映帶左右引以爲流觴曲水十五韻分賦得映字

徐嘉炎

吾宗司甄陶，金玉兩輝映。澹蕩春風中，舞雩探幽徑。城南訪小築，不與繁華競。柳舒緑乍芽，花

含紅未迸。短彴覆坳塘，頹岡俯荒蹬。孤亭儼然在，棲遲足怡性。妙選賓從多，封胡傑公姓。超超論自深，滾滾談堪聽。楸枰偕射侯，紛紜佐觴政。荔漿南粤旨，桑落西河聖。笑請四坐嘗，寧惜百斛罄。我非仲容才，林間媿未稱。曷遲故園思，爲藉良遊勝。十年奉清嘯，如荷瓊瑰贈。不辭公榮醉，奈此長卿病。碧莎軟歸路，薄暮寒猶勁。新月初如鉤，遥天湛清鏡。

——《抱經齋詩集》卷四，《四庫全書存目叢書》影印清康熙三十八年刻本

## 題松萱圖四首壽姜節母西溟之母

王士禛

丸丸徂徠松，鬱鬱新甫柏。何如句章山，仙靈所窟宅。天風奮鬐鬣，大海應潮汐。千年化爲瑿，食之勝金液。

娟娟忘憂草，朱華冒修莖。既含日月光，亦登紫微庭。勿謂兒女花，少陽體其貞。一入風人篇，千秋垂令名。

懿彼負羈妻，智能相哀偃。房杜公輔才，王母識何遠。姜子天下士，高步擅文苑。因知母也賢，儀刑在中壺。

會稽嚴夫子，蕭然雲鶴姿。晝此偃蓋松，間彼萱草枝。豫章已合抱，何不梁棟爲？共葆歲寒心，後凋終不移。

## 送姜西溟歸慈谿

王士禛

春風滋百卉，不榮孤柏根。白日迴陰崖，霜雪慘不溫。丈夫重知己，烈士輕感恩。姜生起句餘，水擊南溟鯤。商歌一畝宮，名動萬乘尊。孤高取衆忌，當路誰攀援？季布揖曹丘，感激由片言。何況貧賤士，風飆阻重閽。枚朔善詼諧，莊徐擅高論。連尻結股腳，詞賦若雲屯。君獨銜恤歸，秋風刈叢萱。虎鼠竟何常？揮手聲暗吞。

——以上《漁洋續詩》卷十二，袁世碩主編《王士禛全集》，齊魯書社，二〇〇七

## 題姜西溟洞庭秋望圖

王士禛

君家剡溪西，爲復剡溪東。王謝昔居剡，千秋緬遺蹤。我往欲就君，名山懷剡中。幾載京國遊，素心王謝同。君忽泛五湖，仙壇訪毛公。徑披笠澤雲，蓑笠青濛濛。萬頃白銀灣，倒浸七十峯。拂袖縹緲巔，五州羅心胸。腳踏巨鼇背，目送孤飛鴻。人言秋興逸，況臨水精宮。湖霜熟黄甘，林煙染丹楓。落日迴漁舟，蘆中收釣筒。欲呼天隨子，兼挾鴟夷翁。茲遊信清曠，愧我羈樊籠。他年剡溪歸，相期唤樵風。

——《蠶尾詩》卷一

甲戌除夕前二日雪集姜西溟吳商志門人蔣京少查夏重宋山言周策銘殷彦來分賦得錢思公

王士禛

雪下度轘轅，煙中望伊水。逶迤林壑間，皓然見千里。車馬渡水來，云傳府公旨。馱雪宜山行，小住爲佳耳。迴眺二室雲，蒼茫半空裏。俯聆八節灘，潺湲漱寒齒。丞相解憐才，洛中盛文士。風流映古今，千載猶興起。

——《蠶尾詩》卷二

甲子冬奉使粵東次蘆溝橋卻寄祖道諸子友人姜西溟、門人盛珍示、郭皋旭、衛凡夫、朱悔人、吳天章、洪昉思、湯西厓、查夏重、聲山、張漢瞻、惠元龍、王孟穀

王士禛

蘆溝橋上望，落日風塵昏。萬里自茲始，孤懷誰與論？故人感離贈，昨夕共清言。此去珠江水，相思寄斷猿。

——《蠶尾續詩》卷二

# 王士禛致姜宸英書札一通

昨文駕入都，以久病甫起，人事如蝟集，匆匆無暇。比卜日奉邀爲文字飲，而軒車已返潞河矣。此別未定，握手何時何地，佇望惠臨，與諸同人共申祖道，諒先生亦未能恝然也。祖老方伯榮發定於何日，亦以俗冗致遲遺賀，幸爲叱名。尊集一冊，緘付來手。附啟者，弟客歲偶撰《五言詩》十七卷，《凡例》寄請教正，欲得大序以發明此書之旨。此書成，未敢示人，惟訒庵讀學見之，頗謂不謬。此處正覓解人不得，惟先生了不異人意耳。又弟讀《禮》『時小祥』後，偶撰《感舊集》若干卷，蓋有感於陳、徐、應、劉一時俱逝之言，因輯海內師友篇什，自虞山、婁江而下約錄詩五百有奇，存歿悉載。其書略似唐《御覽》、《才調》二集，又援《篋中集》載季川、《中州集》載敏之之例，以先兄考功終焉。於中取先生之作最多，此書自訒庵外，亦無覩者，以毫無時世周旋，慮且滋謗，三四十年後，或有知者，獨亦欲丐先生一序，不知可並許否？倘仙舟未發之前，二序得俱脱稿，快何如之！餘悰縷縷，更俟握手以悉期。小弟王士禛再頓首。端午後一日。

——梁同書輯《國朝尺牘》卷三，清光緒十七年刻本

## 同姜西溟大雲舅汪右衡王亮儔建伯遊楊氏園亭

徐元文

春暮收微寒，風日共和靄。攜我同心朋，愬賞臨野外。園花雖零落，雜英尚如繪。高閣肆目眺，茂林鬱縈帶。榆槐何蚪曲，垂枝若旒旆。汲井下深池，游鱗争擁沫。倚欄愛微陰，坐檻聞虚籟。昨過草初荑，今來葉交肺。一月再盤敖，所取無乃汰。連觴傾嘉酎，盈俎飫芳膾。客醉多頹然，戶大安足賴。長歗發清吟，悠然意有會。不覩萬化遷，安識天地大。俯仰但自娱，無爲外物害。千載交寂寞，誰能辨明晦？

——《含經堂集》卷十，《清代詩文集彙編》影印清康熙刻本

## 上巳同姜西溟萬季野湯西崖王崑繩汪文升諸子及大雲舅集楊氏園亭

徐元文

春光無處覓，十里縱金羈。野館閒蕭閣，和風入柳枝。峯明林乍映，杯急坐頻移。得共張裴賞，依然洛水期。

——《含經堂集》卷十二

## 閏月小齋分韻詩有序

徐元文

重禊之日，小齋初成，伯兄偕西溟、竹垞、穀似、令貽、武曹諸君集飲於此，時在坐十有一人，用孫興公《蘭亭後序》『原詩人之致興，諒歌詠之有由』二語，各分一字爲韻，得之字者則賦二首，余適探得，遂成二詩。

暮春屬餘閏，再當解禊時。卧病甫得起，欲行其何之？昆弟共宴聚，好友相敖嬉。氣涼雨乍過，晝靜日未移。高談意不已，舉觴還賦詩。卽事自足適，多憂亦何爲？蕩滌有至理，豈繄百福期？蔡中郎《祝詞》云：『有求百福，在洛之涘。』

斗室乍經始，落成已復茲。窗軒自淡樸，几席各有宜。前垂高藤陰，背吐碧樹滋。甘蕉鬱成林，芳卉復間之。庭柯良可眄，吾顔豈不怡。羣賢固善頌，考室其無詞。祝我歸江鄉，早與旅舍辭。山邨結茆齋，終老以爲期。

——《含經堂集》卷十五

## 送姜西溟東歸序

儲方慶

往時三載一選士，正榜之外，例有乙榜。天子以時加恩，俾得入太學與明經齒。故士之不得志於有司者，往往藉是以自慰。自乙榜奉裁，進取之途益狹，士之懷奇抱異遭擯斥於一字之微者無由自知其主司，主司者亦重惜其文而不復求知其人也。姜生獨能求知於衆所不知之中，越千里來謁其主司莫魯巖，可謂篤於知己者哉。然莫君廉而有政聲，私謁者不至於其門，姜生又貧甚，無所遇而歸。姜生其如之何哉？姜生工於古文歌詩，所言皆有本末，不隨世俗取舍，姜生之不遇未必不由於此。然窺其意，終不以窮達易吾所好者，雖不遇，必有以自慰矣。余與姜生相遇於武水，姜生去而余尚留，故言以送之。

——《儲遯庵文集》卷二，《清代詩文集彙編》影印清康熙四十一年宜興儲氏刻本

嘉善寓中餞別姜西溟陳子經錢澹仙姜歸四明陳錢歸吳興

儲方慶

南來北去鴈差池，送客方知作客悲。幾度月明同載酒，片時風急共離思。遙瞻海嶠浮雲滿，近挹湖光接嶺奇。兩地征帆今日發，莫辭沉醉寫心期。

——《儲遯庵文集》卷十

花朝招姜西溟惠研谿趙蒙泉查夏重聲山湯西厓宮恕堂姜道泳寓齋小飲分韻得飛字花字

唐孫華

羈旅爲歡少，貧家召客稀。肯來同草具，相次到柴扉。酒甕春泥坼，銀刀鱠縷飛。文星昨夜動，幽

僻借光輝。

饌少虞悰味，貧疑閔叔家。麤疏飣棗栗，瑣碎雜魚鰕。寒壓回春柳，盆留隔歲花。一歡聊卜晝，分手夕陽斜。

## 楊晚研翰林招同姜西溟趙蒙泉惠研谿查夏重聲山湯西厓宫恕堂興勝寺觀杏花

唐孫華

探花一騎西郊迴，爲言紅杏千株開。子雲未老能解事，雙缾擔酒容追陪。珂馬當當簇成隊，招攜勝友連翩來。花飛一片亦可惜，莫待夏序迴恢台。閒尋古寺愜幽賞，閒堂淨掃無纖埃。穠杏初逢春雨洗，枝枝淡冶如肥梅。更窮睇覽騁遠目，振衣直上登崔嵬。天風獵獵入襟袖，山光日影相徘徊。花枝不動花陰直，皎若靜女臨妝臺。妖姿泥人頳似醉，軟草襯坐纖於苔。玉李初含蓓蕾細，頃刻爛熳開千堆。初入寺，李花未放，少頃，忽已盛開。料應喜見我輩客，爲我火急鋪瓊瑰。靈妃一笑啟玉齒，不須羯鼓催春雷。兩行布席雜賓主，風流入座無凡才。晚曛斜照臙脂雪，春酒初坼葡萄醅。良辰無事且爲樂，坐惜白日黄雞催。曲江看花憶盛事，瓊林才俊爭飛杯。年來野卉塞滿徑，杏花顔色今摧頹。聊憑詩人爲翦刻，終與雜植分根荄。爲約花開逢暇日，頻選勝地傾樽罍。

## 三月晦日同年狄向濤太史招同諸公集寄園

唐孫華

夏淺猶似春，花飛已如霰。一歡苦因循，坐失海棠院。前此約看僧院海棠不果。春歸纔幾日，餘景尚堪戀。狄君神仙人，好客雅無倦。一徑入名園，身輕便欲旋。綠柳垂長腰，緋桃褰半面。小草競作花，高下若爭絢。石壁疑雲生，虛亭愛風善。臺榭一何夥，投憩隨所便。廊深屧屢移，枝亞冠頻罥。香暖聚遊蜂，巢乾語雛燕。漸愁朱光炎，所喜綠陰蒨。那無酒千盃，餞此春一綫。良朋不易逢，勝地尤難選。園林故相家，珍館供遊讌。傍檻列奇峯，遶籬植芳楥。落花點舞衫，啼鳥窺歌扇。高臺雖未傾，浮雲亦已變。富貴曾幾時？流光疾奔電。扣門容散人，來此縱歡宴。且乘一日閒，暫使百憂遣。吾儕尚羈棲，無事常相見。

## 元夕偕查夏重宮恕堂暨同年趙蒙泉查聲山集姜西溟齋分韻得杏字

唐孫華

驚風吹令節，怕踏官街冷。空齋對短檠，頗亦厭幽屏。朝來食指動，忽聞折簡請。設鱠有姜侯，盍簪勝友竝。高詠擘魚牋，清談發犀柄。縷細已剁葱，酪香初擣杏。爭傳九醞觴，共拆十字餅。雅令涉風騷，正議露骨鯁。坐深燭屢跋，歡長漏方永。遑問尚書期，不畏金吾警。念我平生交，飄零各蓬梗。

可無文字飲，豁此憂心怲。既逢鈞詩鉤，亦添汲古綆。自惟小戶怯，得避糾逖猛。莫恃鴟夷車，嘲我缾居井。費君三月俸，飽德心終耿。歸途燈已殘，霜檐掛月影。

宮友鹿題比鄰詩二首在便面枉贈率爾奉訓兼柬西溟東江夏重聲山諸同志

誰歟觴詠共斯晨，巷有子思美且仁。骨力恰如詩勁爽，風懷還勝酒溫醇。孤蹤業許稱同社，避舍翻思別卜鄰。珍重留題在便面，天街特借障緇塵。

五君朝夕每聯鑣，高會連旬各見邀。幸廁騷壇同研席，豈期宦海狎漁樵。人如弦月迎圓影，我比村江落晚潮。所賴宗工模楷近，枯荄猶得發詞條。

元夕同姜西溟趙蒙泉張漢瞻湯西厓宮恕堂集吳元朗齋以白樂天明月清風三五夜爲韻分得明字　唐孫華

今春雨雪不肯下，天意快作元宵晴。長安燈火苦寥落，鑾歌秧鼓空生獰。同心數子喜連巷，期會不用相延迎。吳郎爨下得好手，魚飡入饌皆南烹。春燈四牖足點綴，錯落聊助蟾光明。憶昨平泉饒勝賞，火城絳樹紛縱横。照地奇葩吐蓮萼，矗天高格垂珠瓔。須臾煙火催迸發，星飛雹走聲砰訇。書生窮眼未省見，遊仙夢覺心猶驚。吾徒仕宦知不遂，分無珠翠張長檠。富貴何時且行樂，濁醪一斗須同傾。青簾深閉塵不到，坊冷兼絶驅車聲。四坐清吟有餘味，合彈何必琵琶箏。且喜城門弛牡鑰，金吾不復譏宵行。今宵既醉且歸去，鼕鼕街鼓方三更。

## 上巳日同年狄向濤太史招同諸公寄園禊飲

唐孫華

一徑疎籬插架斜，平泉池館尚清華。寒多未放垂楊線，春動先翻薁李花。觴急不須流水送，亭深偏愛小山遮。卻憐磧外從軍客，撃面邊風咽亂沙。

風月高情在翰林，良辰禊飲共招尋。五言彊韻催銅鉢，十弄新聲語玉琴。有客鼓琴。園有清池同曲水，地無修竹亦山陰。滄州滿眼誰能畫，爲倩王維好用心。琴川王石谷在坐。

——以上《東江詩鈔》卷三，《清代詩文集彙編》影印清康熙五十六年刻本

## 喜姜西溟及第

唐孫華

姜侯及第初傳信，朝野歡呼更相慶。天子由來以字稱，上言及西溟，必呼其字。兒童自昔知名姓。殿鼓雷鳴唱第時，卿雲旭日交輝映。遇合人生固有時，文章自信寧關命。羡君意氣窮益堅，愛君才筆老益

橫。文瀾浩汗本韓歐，詩格沖融逼王孟。紛綸腹笥是經神，欻忽頭濡驚草聖。十年史館效編摩，千里遨遊疲歷聘。曾看長揖對將軍，時有雄談侵執政。迂疎每恕散人狂，峭直應知君子性。長安客舍喜連坊，往往樽前發高詠。糲飯常同啜菜羹，清言不厭揮犀柄。輕薄爲文多少年，一老風流我所敬。但是成名莫恨遲，歲晚蒼松節彌勁。時來瞬息簫風雲，歷官尚可中書令。

——《東江詩鈔》卷四

## 哭姜編修西溟

唐孫華

三紀論交誼最親，同吟秋菊託南鄰。予官長安，西溟寓予舍南，贈予詩云：『賴是南鄰叟，同吟秋菊黃。』孫弘稍恨登朝晚，永叔方期變俗新。清白未渝平昔志，冬烘終是暮年人。文章聲價千秋在，應有桓譚賞絕倫。

自是恩讐集舉場，悤悤涉筆亦倉皇。比鄰竊鈇真無罪，同舍持金別有郎。命值斗箕騰頰舌，星明貫索暗文昌。早知寵辱須臾事，應悔聲名達帝閶。

## 再哭姜西溟有序

唐孫華

庚辰八月二十六夜，忽夢西溟來謁余，迎謂云：『聞子凶問久矣，子故無恙耶？』西溟笑曰：『余實未死也。』余大喜，坐語敘契闊，良久而覺，漏下四鼓矣。爲之潸然而悲，紀之以詩。

憶昔官京師，與君居連坊。時方九月初，同吟秋菊黃。何曾三日疎，行止動相將。君來披我帷，箕踞輒登牀。索筆寫新詩，字句必共商。暮年獲一第，賀弔翻同堂。生平厲志節，所守廉以方。百口足保明，祇坐少隄防。待物竟不疑，坦率無他腸。居然受欺賣，禍由同舍郎。厲階彼何人，漏辟僅投荒。殺人非曾參，公論今已彰。聞君蓋棺日，橐無百金裝。誰能直君冤，上事排天閶。夜夢忽見君，復當秋夕涼。音容故如昨，髣髴頎而長。君言實未死，不死豈文章。疇昔所著書，笥櫝猶緘藏。謗燄今已熄，刮磨自生光。世豈無桓譚，扇此萬古芳。夢覺益悽咽，漬枕淚淋浪。起視天未曙，星漢正茫茫。

——以上《東江詩抄》卷五

## 虞山上巳後一日健庵宮坊薗次太守莘田侍御其年志伊西銘斧季石谷同集曾王述古堂賦贈

李良年

篔簹葉底衡門見，芍藥欄前疊石真。未肯便歸修禊舫，卻來重對擁書人。絳雲家帙籤初就，白首名山興轉新。四美二難珍此聚，不緣留醉甕頭春。

——《秋錦山房集》卷五，《清代詩文集彙編》影印清康熙三十五刻乾隆二十四年續刻本

## 绛都春　蓀友爲西溟作松萱圖壽其母夫人西溟屬題於圖側　　李良年

鄉心一片。倩好手畫得，墨光深淺。白髮倚閭，萱影松風，雙扉展。年時午膾冰魚饌。儘對客、茅齋蔬飯。而今遥憶，無端綻了，越衫慈線。　　春半。江南迢遞，甚燕草再綠、王孫歸晚。舊樹小園，反哺鵶雛，閒棲徧。故人盡撤君羹返。想賣畚、吹簫都倦。爭如拜母蘆峯，麻姑酒暖。

## 貂裘换酒　送西溟北上　　李良年

怪煞浮萍聚。乍逢君、酒邊花底，又教歧路。跋扈雄才看幾輩，可但江東獨步。算容得、狂生何處？廣陌三條車似水，悔不求、聞達當年誤。猶未晚，長楊賦。　　横波軋軋鴉聲去。倚船窗、小簾斜卷，荷香催渡。白袷青衫京洛滿，相見憑傳一語。有研北、閒身如故。守廁也拚雞犬笑，怕金臺、好夢渾無據。原不是，煙霞痼。

——以上《秋錦山房集》卷十二

## 洗硯圖詩爲姜西溟作

王又旦

流水出山波渺然，松陰覆地清且妍。犖確疑入大蓬路，此中可以長高眠。趺坐者葛巾野服，用心乃在羲皇前。臨流兩手挾鳳味，墨花照水生雲煙。四明先生寡長物，蠻谿綠石耕爲田。偶寫卷軸持示我，幽意都向圖中傳。先生史筆健無敵，獨擁鼓鐸居中堅。中書堂上每動色，謂與龍門爭後先。五年衮衮旅塵動，入市不博青銅錢。丈夫書成告萬世，山骨磨盡殊可憐。何如攜此入東海，風林沙鳥相周旋。濯足直拂珊瑚樹，坐看雲物銷殘年。

——《黃湄詩選》卷八，《清代詩文集彙編》影印清康熙刻本

## 慈溪姜西溟邀余同作斷硯歌嬾久未就京邸無事補作此

趙　俞

舊坑端石今希有，膩如馬肝大如手。鸜鵒活眼文左紐，摩挲愛玩等瓊玖。舍人席上戲賭酒，語相訾謷忽被肘。蛟龍墮地失聲吼，先生悵恨余否否。主人癖嗜亦癡絕，余嫌此物頗怪醜。黿頭縮短項，蠹頤哆闊口。高不中柱礎，窪不中杵臼。厥質既磊砢，其理又沉黝。墨瀋有時雲煙翻，筆尖能使元精剖。蹭蹬名場淚萬行，磨耗壯心血一斗。世人欲殺，室人交詬，匪汝妖祥職誰咎？投之瓦礫計已後，何用歎息咨嗟久？先生謂余遘陽九，此物數奇亦不偶。昔人慟哭尋蓍簪，余忍捐棄同芻狗。但得光

耀動星文，不羨頑礦增老壽。先生用意亦良厚，此硯得此已不朽。趙子作歌紀歲時，斗杓在亥日丁丑。

——《紺寒亭詩集》卷一，《清代詩文集彙編》影印清康熙刻本

## 題姜西溟洞庭秋望卷

趙　俞

我知先生我尚少，我見先生恨不蚤。馬上相逢憶丁卯，丹頰蒼髯鬢欲縞。是日風塵正澒洞，頓覺濕翠晴空掃。先生見我癢爲爬，我見先生饑得飽。去年瞥眼逆旅間，骨格崚嶒一孤鷂。怪我冰霜顔面枯，愛我瘦寒詩句老。先生文奇草隸妙，蕭疎如共竹柏清，倔强能與鬼神拗。捉筆微唔忽狂叫，細者蠅頭大栲栳。我亦從旁助力勢，直就手中奪草稿。東西過從互主賓，彼此唱酬失昏曉。我遭世難集荼蓼，君且名場打毦氉。知君文章不薦達，爲君一生氣孤峭。誰爲先生寫此照，雄姿蹶張如驃姚。斯人何人隱者歟，而乃一竿五湖釣。先生掉頭更不言，巖岫窅冥水蕩潏，劃然但聞鸞鳳嘯。

## 次韻答海陵宫友鹿兼呈姜西溟唐東江楊顓木諸同志

趙　俞

到京三歷三冬嚴，顛毛種種枯髭髯。掛鱗雖幸罝網脱，鎩翮正苦泥坑淹。出門對人羞縮瑟，三日新婦閉車幨。不能傭保賃舂碓，不能操作織箔簾。邱子分宅古高誼，暫如春燕巢屋檐。胸中煩冤無可訴，口欲呿哆有物鉗。南望鄉井歸不得，雲山萬疊碧天粘。朋輩時來强慰藉，不識痛癢論針砭。用黄涪

翁語。山妻老瘦兒騃稚，白首乃不寸祿霑。吁嗟吾衰亦已矣，紅爐未燎鴻毛纖。精氣銷亡家產破，餘剩僅此筆鋒銛。宦興不敵詩興豪，焉用詹尹拂龜占。近逢詩老皆雄霸，昧者欲攻弱者兼。姜侯遠掩姜公輔，唐侯豈數唐彥謙。我每當局不敢賭，斂枰收子入棊奩。君與弘農尤英敏，一日能成五丈縑。以我下材抵四傑，椎鈍那比卓錐尖。謬欲芝蘭同臭味，無乃煎茶攙薑鹽。公等虞裳繪火藻，我獨秋水一霜兼。江南四月二麥熟，率我婦子同腰鐮。野麋山鹿有本性，休爲京洛緇塵沾。負薪謳歌郊廟樂，或爲天飛或泥潛。樊遲采齊大制作，異時流播及閭閻。餘年散髮江湖上，願學詩仙白玉蟾。

## 乙亥元夕姜西溟招同查夏重宮友鹿及同年唐實君查聲山集寓齋分得花字

趙　俞

姜髯淩晨至，入門手一叉。便云蓄斗酒，特自相邀遮。五人先後到，翕如集木鴉。主客圍爐坐，簇作六出花。珍饌列江鱐，法酒名五加。君家乏廚孃，味乃奪易牙。唐子肅鷫政，全部寂不嘩。僻事窮腹笥，搜牢徧梳爬。其有餘勇者，一發每五豝。他人或缺漏，鍊補得女媧。酒戶吾最下，巵小僅一蝸。一有不中治，畏罰甚鞭撾。人生聚還散，放手比摶沙。茲與數君子，接跡況京華。分得膠人漆，直幸蓬生麻。今夕是何夕，六街走鈿車。兒童雜鉦鼓，婦女盛笄珈。庭宇蟾魄墮，屋角參旗斜。良會不易再，不樂何爲邪？明年今日夜，爛醉在誰家？

## 上元前二日招姜西溟趙蒙泉張漢瞻湯西厓宮恕堂吳西齋集寓齋同用東坡岐亭韻

長安燈節時，肩摩汗流汁。鼓聞夜巷喧，酒濺春衫濕。而我偕數君，雅讌歡相得。天街警邏寬，促坐飛觴急。庭空戶流蟾，窗煖香浮鴨。倉卒飣棗梨，槃淺不容羃。九衢多朱門，熒煌千炬赤。前堂鏗華鐘，後房羅粉白。僮倦誤觸屏，賓醉倒著幘。算此一夕費，足抹百家泣。競逐良宵晴，惟愁望舒缺。獨慚陋巷人，翩然枉佳客。從此數追陪，酬唱當成集。

## 同西溟研谿他山聲山西厓友鹿道泳集東江寓齋文讌分得龍字

趙　俞

儀部官清暇，花朝客過從。侶能羣野鶴，句共探驪龍。袞袞風生座，遲遲日下春。得交天下士，淪落亦遭逢。

三月既望同慈谿姜西溟長洲惠元龍海寧楊顗木查夏重陳子文楊次也仁和錢石城項霜田全椒吴永年武進錢亮工嘉善柯南陔泰州宫友鹿溧水狄立人同年太倉唐東江興勝寺看杏花限七言古體

趙　俞

長安三月氣清和，晴雲捲空白干羅。郭西杏花有宿約，花神恐笑人蹉跎。出郊聯作同隊魚，凡十五人肩相摩。我與姜侯怯騎馬，果下小馬等槖駝。手抱鞍橋倚側坐，平地棿杌皆驚波。錢侯宫侯都部署，後入興勝先摩訶。先至摩訶菴，有徹侯占此不得入。戚畹張筵擁聲伎，甲兵蘭楯呵誰何。撥馬紆迴到興勝，入門苔徑松杉淨。心地空明肌骨涼，禽鳥無聲一聲磬。寺僧前導雙扉啟，萬斛春光一夜迸。花氣初酣發紅暈，耀眼生花光不定。火齊欲吐蘂珠攢，海棠雪梨相照映。虛堂四敞鋪地衣，層臺百尺開天鏡。山嵐環疊插翠屏，花霧溟濛浮玉甑。行廚遺騎已策應，分曹酒政儼軍政。雄談眼底空千秋，真宰亦爲助吟興。枝頭未開忽盡開，詩人筆與化工競。城市馳逐真營營，鈿車徹曉若雷轟。猶幸此花不世情，閑此百畝無人爭。長安此地看花好，此地看花須及蚤。人自匆忙花自閑，不見種花僧已老。湯查二子病潦倒，不預此遊知懊惱。回頭爲問寺僧道，每年看花幾人到？西崖、聲山兩同年，以抱疴不赴約。

## 三月晦日狄庶常立人邀同諸子遊賞高陽相公寄園

趙　俞

猗嗟數君子，藝林稱雄霸。筆底奔波濤，風雲隨叱咤。鄙人朽鈍姿，材器豈匹亞？今年吟社舉，首春已涉夏。徵詩如責逋，看花日不暇。相國平泉莊，乃蒙片席借。複道繚垣通，曲塘危梁架。臺層瞰樹杪，藤根穿石罅。遠嵐淡若無，密蔭濃欲瀉。名酒珍珠紅，新出糟床醡。決鬭各分曹，其意欲凌跨。豈有尚書期，亦無官長罵。詩豪縱酒狂，一若覩於蜡。姜唐最老成，風神獨醖藉。我亦歸二老，謹避退三舍。所怯酒戶小，逸興堪方駕。緬懷古哲人，秉燭恒逮夜。昨者海棠院，芳華又凋謝。相國裔孫賢，猶保此亭榭。花陰晷未移，落英撲檐瓦。吾輩逢勝埸，務此極歡罷。明發莫催詩，宿酲且乞假。

## 同年何倬雲戶部招同諸子看藤花

趙　俞

尋花到處似搜牢，折柬開尊快所遭。跨馬喜霑微雨濕，入門突見紫雲高。寶收鐵網千絲絡，機織冰蠶五色繅。席上聯吟詩句好，恰逢何遜在郎曹。

——以上《紺寒亭詩集》卷三

康飴寓齋看芍藥歌同西溟東江研谿查田聲山霜田六謙文子倬雲赤抒諸子作

趙　俞

主人愛花住花市，園戶裝送如輪租。後圃前除無隙地，入門爛若氍毹鋪。主人愛花又愛客，庫中貯酒常百石。退朝尚未解朝衫，座上賓朋已脫幘。對客看花笑口開，不計郎官月俸入。一日不飲不看花，自言何異魚離濕。京師四月花事集，芍藥羣芳稱第一。豬膏膩白猩紅殷，高者起樓大徑尺。主人不欲走馬看，欲使邸第繁盛成巨觀。大車小車捆載得，頓覺豐臺千畝春闌珊。定州白玉磁，湘江斑竹闌。霞蒸霧涌萬朵攢，髣髴丫頭花面堆風鬟。主人特出南酒治豐膳，浹旬召客皆分班。今者詩人海內士，名輩不必定尊官。一觴一詠有高韻，丰格直如晉宋間。主人無錢性不慳，主人官忙性好閒。賓主相看兩不厭，名花相對追清歡。豪家不少看花客，如此風流良亦難。

上元前四日西厓招同西溟東江漢瞻西齋小飲限用昌黎贈張秘書韻

趙　俞

門罕雜賓至，剝啄靜不聞。入座先一士，聯鑣得五君。尚不辨客主，何況乃禮文。神怡冰釋凍，氣盛山蒸雲。挹彼眉宇爽，吐此齒頰芬。東西若樹黨，東江與西厓、西齋連日舌戰。少長仍同羣。觴無苛政設，詩竟險韻分。地皆千乘賦，勢吞百萬軍。音響淡入古，滋味醇易醺。庭竹映孤翠，瓶花助氤氳。雅集昔所記，此樂吾亦云。素懷殊蕭散，清譃起糾紛。周既遺房累，何未厭腥葷。誰爲代樽俎，絶倒欹帽裙。尾毒非被蠆，口鋒莫嘲蚊。用范石湖詩。雷陳誠膠漆，曾史盡蘭薰。志在垂述作，力共討典墳。詞源借跌宕，藝圃資耕耘。兹者實文戰，非徒策酒勳。歸鞭信馬去，遠山帶夕曛。

### 上元前二日東江考功席上同諸子用東坡岐亭詩韻

趙　俞

我如鹽車駟，汗流灑漉汁。又如銜索魚，過河寧呴濕。故人惠窮友，竟此追隨得。文讌張華燈，稠疊徵召急。豈知才思短，粗比能言鴨。披拂帝里春，出井初發冪。九衢百萬家，鎔作火城赤。仰不見星芒，盡奪月光白。酒熱透重裘，座上或岸幘。連日逢歡飲，宵豈夢哭泣。所願周復始，迴環不一缺。諸公迭爲主，許我但爲客。催詩倘太苛，便不預兹集。

### 元夕同諸子集西齋寓邸以樂天明月春風三五夜分韻得夜字

趙　俞

祭酒家風未凋謝，考功同鄉老同社。吳如威鳳棲梧桐，唐如洞庭奏韶夏。編修清冰盛玉壺，慈谿蓮峯插太華。張髯踈秀野鶴姿，宮髯噴薄江濤瀉。六子分鬮建旗鼓，我合韝刀紅首帕。京師上元燈市鬧，火樹星橋爭閣架。同人連夕文讌開，相過不用相迎迓。思風言泉迸空發，璧月珠燈光照射。自昔作者登吟壇，此道風流歸蘊藉。婁東濟南近驕矜，虞山宗伯雜詈罵。夫惟卓爾大雅存，羞爲夸誕卑權詐。聖代詞章軼前古，四海宗工集都下。數子聯吟偶一堂，人有底忙此閒暇。文人召釁亦有媒，惟有謙和窒其罅。姜侯設膾是權輿，去年此月當此夜。三百六十一擲梭，猶喜春風入杯斝。官軍指日向君延，天子出征親祭禡。直廬學士著兜牟，吾曹酒暖儒冠卸。書生不復望封侯，歌詠太平沐聖化。

宮子友鹿攜尊約同諸子集西齋寓是日余先赴月川梅師席歸途昏黑不能如約諸子限韻分得衫字

趙　俞

觴詠知交不立監，未離函丈正巖巖。同堂東井占星聚，歸騎西山落日銜。設醴漫勞虛末席，行廚枉費典春衫。不辭韻險成拘束，難逐文江萬里帆。

三月上巳狄向濤庶常攜酒饌邀諸子遊賞李氏容膝園余以冗累未及赴悵然有述

趙　俞

勝事今朝并，又值清明節。羣賢此會難。市喧藏綠野，客座俯清湍。物候同和煦，詩成互詠歎。吾從想像得，恍惚入林端。

——《紺寒亭詩集》卷四

## 中秋同西銘蓀友從叔樂天先生賦

秦松齡

令節秋方半，空山夜正中。可憐明月照，還與故人同。佛火深林見，泉聲密坐通。何當對西爽，日夕桂花風。

——《蒼峴山人集》卷一《碧山集》，《清代詩文集彙編》影印清康熙五十七年刻本

## 九日同西銘芾南邳仙步黑窑廠

秦松齡

經秋白髮暗相催，一徑黄花已半開。欲避風塵聊命駕，恐傷懷抱罷登臺。閒從陶令籬邊去，老自桓公幕下來。眼底弟兄俱未達，終朝惆悵且銜杯。

## 和韻答西溟

秦松齡

崎嶇客路欲何依，回首江南故舊稀。朔雪無情相向老，秋風失意獨思歸。山塘聽雨春移舫，池館

攤書畫掩扉。此樂十年君定記，功名何物手重揮？

## 席上同西溟蓀友漢儀送邵苐南南還限韻

秦松齡

流落頻燕楚，年年送子歸。知交客路少，生計故鄉微。白髮詩書誤，青春去住非。不堪楊柳色，偏自照行衣。

——以上《蒼峴山人集》卷四《得樹軒集》

## 與姜西溟二首

邵長蘅

常時夢縹緲、莫釐之勝，今到洞庭兩月，畏暑未能一遊。與足下別六七年，每一相思，恨不奮飛，及咫尺此間，懶於數面，天下事大抵如此，可發一笑。拙文數首馳正。晚涼過翁園，坐亭子上，聽活活泉聲也。

## 又

不讀唐以後書，自是獻吉欺人語耳。今人矯之，真欲盡屏斥唐以前詩文，束置高閣，舉世滔滔，良可慨也。海內倡嗚古學，屈指如足下輩，不過數人，微足下挽之而誰挽耶？某文鄙拙不足道，辱推予過，當但有愧悚。

——《邵湘子全集·青門簏稾》卷十一，《清代詩文集彙編》影印清康熙三十九年毗陵邵氏青門草堂刻本

## 壽姜西溟

萬言

有唐重詩賦，取士失李杜。有宋崇論策，晚乃得同甫。自昔英傑人，多與科名齬。山巔並水涯，豈真才士所。良由伯樂少，相馬只牝牡。遂使騏驥姿，不獲駑駘伍。其時諸少俊，金紫擅華膴。軒軒氣激昂，功業竟自許。橫目世上徒，謂彼真鐘呂。考擊中廟廊，撐架宜筍虡。豈意百歲後，塊然掩黄土。浮榮轉眼空，修幹一朝腐。亭亭澗壑松，虬枝蔭千畝。晚霞橫錦繡，微風奏笙敔。當其初植時，歲月幾寒暑。觸踏憑牛羊，縈蔓雜榛莽。大廈棟已摧，高臺柱亦燬。斯木挺雲表，誰得加斤斧？先生稱具眼，閲世久清楚。業足垂千秋，身何嫌不偶。聊因壽觴暇，肝鬲得罄吐。落落乾坤中，相視吾與汝。

——《管邨詩稿》卷一

## 程松皋席上分賦落花生同席者朱錫鬯、姜西銘、梁藥亭、王令貽、查德尹、吳震一、孫愷似、湯西厓，唯呂山瀏、張弘蘧以疾不至

鄭梁

爾生胡不早，乃待落花時。意在親根本，形偏遠葉枝。蟠泥筍吐角，炙火豆離炊。贏有長生號，華

筵未見遺。

——《寒村詩文選·玉堂集》卷一，《清代詩文集彙編》影印清康熙刻本

## 北闈聞西溟得雋

閻若璩

六十纔一解，真成人勝天。陳同免狼疾，熙甫罷周旋。老織新花樣，貧操舊管絃。樂遊原上句，重誦倍潸然。崇禎庚午鄉試，陳大士中式，年五十八矣。臨榜前忽墮淚，人問其故，不答，固問，始誦李義山詩曰：『夕陽無限好，只是近黄昏。』

——《潛邱劄記》卷六，《清代詩文集彙編》影印清乾隆九年眷西堂刻本

## 虎坊南別墅健庵招同西溟竹垞燕集

陳廷敬

掩關過春風，吟謳害寢食。朋遊豈不佳，舊故頗遁匿。類別微尚殊，嬾性況偪側。夫君磊落人，二子不雕飾。折簡呼相從，高樓展顔色。檻牖俛遠林，尋尺納衆域。野桃歛纈紅，壇樹積鐵黑。杳窱初來徑，欲記自閟默。廊迴惜行深，石危訝步仄。羣巒像犖埆，交檐解掎踣。飲酣屏惆悵，語讙露挺特。外俗誓早捐，幽清幸兩得。懲忿除咿嗍，爲樂爭晷刻。虚亭改斜影，昏鳥接歸翼。夜魄棲空窗，醉歌寫胸臆。

——《午亭文編》卷四，《清代詩文集彙編》影印清康熙四十七年林佶寫刻本

## 次韻姜西溟孝廉見贈生日詩二首

陳廷敬

名高萬丈焰生光，自忖纔如襪線長。四海君才多武庫，六星天意一文昌。幾逢李蔡虛東閣，每訝彭宣到後堂。爲報鎖廳春日近，梅花三候發巖廊。

名在金鑾學士坡，三條紅燭照春多。君以史職試春官。晉音亦自知師曠，楚璞今當識卞和。老去東華同載筆，時來南陌羨鳴珂。相思勿憚寒廳宿，愁月淒風奈樂何？

——《午亭文編》卷十六

## 悼姜西溟

陳廷敬

牛耳雞壇孰主盟，燈檠風雨暮年情。都將阮籍窮途淚，爲送劉伶荷鍤行。黄土文章圜草緑，白頭科第榜花明。瓦全玉碎皆由命，敢向詞場薄友生。

——《午亭文編》卷十七

## 九日原一豹人姜西溟叔定家兄飲見山樓和豹人韻

汪懋麟

與君大笑勿言悲，高詠牛山杜牧詩。放眼登臺愁盡失，卷簾看菊醉相宜。蓮花幕裏人歸早，時西溟先去。蓴菜江頭客去遲。謂原一。且把茱萸好時節，從容消得羽書馳。

——《百尺梧桐閣集》卷十二，《清代詩文集彙編》影印清康熙刻本

## 朱竹垞檢討錢越江編修招集喬石林侍讀一峯草堂看花同陸辛齋周簹谷姜西溟查夏仲陳叔毅湯西崖分得咸字

孫致彌

檐牙乾鵲驚午夢，長鬚剝啄傳魚緘。故人招我醉花底，足不及襪披春衫。長街瘦馬鞭欲折，名園舊識青山函。園舊爲函山書屋，還梅工部居此，余與竹垞皆客焉。入門芳樹變蓊鬱，當軒怪石存嶄喦。已枯泉眼曲池淺，別通花氣苔垣塹。蹴花飛燕窺網戶，亦知識我相呢喃。因依賓館溯疇昔，懸榻對下盃頻銜。火前茶槍淪小鼎，雨後菜甲挑長鑱。鉤蘭月白蟪蛄弔，筠籠果熟流鶯鴿。興來得句倡必和，似跨款段追驚飆。十年樂事逐流水，琴山南望千峯巉。今日何日復來過，新知舊好少長咸。洒南耆舊見龐馬，飽經冰雪留松杉。幾人市駿碣石館，有客抱璞荊山巖。提攜鑾榼共班草，小亭花影斜陽嵌。山肴海錯飣盤格，大及麃鹿微蛣蜬。易州菊釀清若水，芳冽笑彼燒春攙。白波爭卷百分盡，醉人謬誤難爲監。過

申犯卯忘客主，幕天席地逃譏讒。軟紅飛不到酒國，疑有石扉鐫隔凡。春來客愁亂春草，忽逢鴨觜銛鋤芟。醉歌更訝長句好，落筆掃秃千秋毚。耽奇嗜僻詎屬饜，過於染指黿羹饞。生活自甘作冷淡，鹽梅不羨調酸鹹。且將酒勛策盟府，便掃醉石磨厓劖。

——《杕左堂集》卷四，《清代詩文集彙編》影印清乾隆元年刻本

## 豆腐和姜孝廉西溟

鈕　琇

種豆山南歲晚登，盤餐乍喜一肴增。炊同芳杏春凝酪，劃共寒虀夜雜冰。四海可知隨地得，百年衹合待儒稱。最憐野岸孤舟泊，茅店初開見曉燈。

未易人間賦老饕，還憑仙術省錢刀。薄筳置鼎和幽菽，小市攜籃配濁醪。久貯味應凌玉版，初成色豈遜銀膏。太常日日齋需此，遮莫長安價已高。

——《臨野堂詩集》卷十二《柳下言》，《清代詩文集彙編》影印清康熙三十八年刻本

## 渡江雲贈姜徵君西溟

鈕　琇

文章驚海內，蕭蕭兩鬢，猶自壓儒冠。寄身孤劍外，鍔冷芙蓉，何處向人彈？愁詩病酒，消幾度、片月長安。偏占卻、狂名如許，曾得達金鑾。　　相看。虞翻骨相，枚乘年華，應此飄零也。且莫歎、

白沈楚璧，紅刈秦蘭。鑑湖一曲無多地，甚官家、賜與猶慳。歸去好，怕他鷗鷺盟寒。

——《臨野堂詩餘》卷上

## 與姜西溟

鈕琇

午日晤武林馮長民，詢知行臺仍在平津東閣，兼以珥筆史館，馳驟班、揚，生平抑塞磊落之氣，於此稍吐矣。弟以兩親垂白，計窮負米，下心俯首，竊祿中州，晨夕晤對，惟椎髻鶉衣，視長安故人高步鳳池者，若霄谿之不可合。先生爲一生知己，能不以昔年窮途之淚灑及僻壤下吏也？貴鄉王夫子爲先生致書柏臺，並及菲質，柯亭之感，雖在爨下，灰心怦然而動。昨秋曾已緘謝，不意忽傳凶問，驚慟彌旬。大梁多古賢遺跡，先生倘一過訪，便覽荒署，則猶能躬掃槐陰，以受玉趾之履。

## 與姜西溟

去年僕僕塵海，幸獲時叩停舟，聆高論之激揚，觀華牋之揮染，輒覺耳污目翳豁然清醒。入秦而後，坐想此樂，往往神移。惟把玩墨妙，恍登芸館，卽空山修晷，差足自遣也。敝治僻在厜㕒，城亦斗似。其所謂博士弟子與二三孝廉，率皆以耕兼讀，袖出兩手，黑過於漆，咿唔一卷，舍爛時文外，不知緗帙爲何物，有心口而無書可借，有風月而無友可談。秋水伊人，徒虛語耳。小摘一芹，以佐先生尊酒，或可緩典鷫鸘三日。

——以上鈕琇《臨野堂尺牘》卷一

## 緩歌寄用公上人兼呈白民道濟西銘諸子

裘　璉

用公宣城之奇士，休文色盡雲卿靡。感時東海蹈魯連，卻向浮屠齊生死。手摩天姥赤城松，負鉢直上芙蓉峯。有時說法落花雨，有時談經舞蛟龍。自探禹穴賦雁宕，返掛煙羅慈水上。臨書爭識右軍孫，閉關不羨黑衣相。人言惠遠愛逃禪，送客不過虎溪邊。我昔相逢寶山麓，箕踞同論逍遥篇。東西南北悲飄瓦，風塵暗慘昏平野。吳雲連山霧不開，楚水橫煙日欲下。素書遠寄蘗山岑，乾坤浩蕩來知音。小草遠志出處殊，使我涕泗霑胸襟。

——《橫山初集》卷之三，《橫山詩文鈔》，《清代詩文集彙編》影印清康熙雍正間刻本

## 送姜道泳入都省親序丁卯

裘　璉

吾鄉理學則有若晉傅桂公清節，端介則有若祭酒陳公文定，忠讜則有若太常姜公松槃。此三君子者，皆有明偉人，故其子孫咸繇延碩大，然近稍淩彝衰微矣。唯姜公曾孫西溟先生，嗜道積行，倡學東南，四方讀書之士無問知與不知，必稱西溟先生焉。先生被薦，珥筆史館，天子愛其才，嘗問近臣字而

不名，其榮甚矣。嗟呼！士倖掇科名，獵高位，取聲勢，相傾奪，席未冷而姓氏誰何者何限，此豈可與先生較哉？

嗣君道泳能世其業，裒然首貢於京師。今年冬，將省親而介壽焉，問之，則先生春秋六十也。猶憶先生壯時，璉方髫丱，輒受先生知，今璉譾劣轗軻，二毛蚤見，仰視先生出入承明，致身霄漢，其感媿歎息能自已乎？昔漢西京韋氏、劉氏咸以功名經術世濟其美，道泳侍先生長安，學日富，名日益高，而先生黼黻致澤，方將頡頏古人，以此介壽於庭，稱觴於旅，視夫枌榆雞黍、親朋驩醵者，何如邪？璉辱舊好，於其行不能無言。道泳至都，起居溫清之隙，爲我問先生，三君子之傳屬史氏某公筆乎，幸寄我一觀之。

——《易皆軒二集·序》，《横山詩文鈔》

## 與姜太史西溟書

裘　璉

璉再拜：客有從京師來者，必述閣下言云：『君輩何不勸殷玉入都？』此言熟璉之耳，知此言潋閣下之舌矣。非閣下愛璉知璉之切且深，何以得此？自閣下掇巍科入木天來，四年於兹，璉不惟欣幸踴躍其遇，而又感愴歎息其遲，見於長言詠歌者不一而足。然每用以自喜自慰而不以奉寄，謂璉所以喜者非常情，苟以言致其喜，猶常情耳。未審閣下意中亦曾咎璉疏懶否？其咎之，則閣下尚知有璉，璉不憂；其不咎，則閣下不復知有璉矣，是可大憂也。

璉自燥髮爲童子試，輒仰閣下名，謂閣下作於先師向公聞雉，璉弟子行也；於内父比部胡公，璉子姪行也；而又獲繫葭莩之末，又往在洞庭書局辱同事之好，其交蓋非泛泛者。擬閣下於元禮，則璉得爲融、修；擬閣下於昌黎，則璉得爲籍、湜，不必執羔鴈、行束脯，立此皋比之側，而後爲師也。知閣下之淺者，謂以閣下之才必當掇巍科、入木天，若是乎巍科、木天之爲閣下重者。璉則以謂閣下之學問文章，即不巍科、不木天，其傳世行遠無疑。是巍科、木天得閣下而榮，閣下不以巍科、木天榮也。

今秋主考順天，甄拔佳士，冬烘之誚不見於唐，紅紗之厄不聞於宋，可謂盛矣。間有蜚謗，亦士廉、劉幾之徒耳，不足爲閣下損。或謂璉儻與北闈，閣下必能不避忌諱，奮然拔之，以是爲璉惜。璉謂不然。蘇公之於李廌，誼何如者？而乃過眼終迷，讀其遺吟，不慨然哉？今貧窶日甚，計窮年蹙，不得不彈鋏長安，以冀一遇。故交若今相國吴公、詹事徐公、太僕周公、給諫陳公，憐而獎借引進之，或未可知，然未有如閣下數十載之辱知愛於璉者也。

三四月間，策蹇以來，所望閣下預爲留神，凡可延譽，勿吝齒牙。夫苗未播種，而時雨和風先沃其土；蠶未出浴，而柔桑女柘先沃其枝。造物栽培長養之澤，莫不然也。伏惟閣下鼓盪太和，吹息元氣，以俟黄茂西陵之至，幸甚幸甚。惶恐陳情，不知所裁。璉再拜。

## 祭編修姜湛園文

裘　璉

嗚呼哀哉！天萎哲人，人望始泯。天喪斯文，文星始霣。惟公之生，如斗如雲。衆方仰止，乃罹於屯。憶公髫少，卽長珠盤。董醇賈茂，韻碎吟管。叶官。元纁爭致，絳帳競拜。折角重席，吳鞶越帶。石渠天祿，萬仞雲霄。惟公直上，馬鈍班枵。當公未第，名聞天子。字以呼旃，千古無此。彤廷對策，主者乙之。聖人曰吁，三猶屈而。應制甘泉，賡韻柏梁。口脂面藥，袖滿天香。己卯順天，公知貢舉。清硬之目，褒於聖主。以公爲副，非帝初意。不料盤根，鬼怪害事。幾文軋札，齡詩浮靡。公不冬烘，禍從此起。擊節佳文，實劉蕡也。而雋顏標，彼胡爲者。公忿且憎，豈其鬼使？可告無罪，臣心如水。薏苡未洗，無何疾作。公雖生天，無愧無怍。天子三歎，公卿千誄。巷哭郊賵，頌揚懿美。煢煢旅櫬，孝子扶還。丹旌素翣，迢遞關山。章之幼弟，耦齋室姜。公撫猶孫，大德敢忘。方慟公薨，旋喪予考。淚潮處凷，血殷寢藁。天降鞠凶，胡至此極。後生小子，誰依誰恤。其在於古，偃禾拔木。以公之忠，仆碑必復。況我親翁，横秋獨鶚。纘緒高門，如響赴鐸。嗚呼哀哉！愁雲墮野，悲風號林。前和將閉，冷落丘岑。薄采沚毛，佐以絮酒。誅也不文，公其顧否？

## 爲姜道泳乞葬先公書 癸未

裘　璉

年月日，某再拜致書某官執事：痛某先君子之客死都下也，實以疾也。然溯疾之自生，則以試事之切，故苦心校閱，極意搜羅，倦欲頓忘，寢餐都廢，積勞成疾，勢所必然；而又軋札險怪之徒賁緣不遂，而被黜者謗訕肆起，先君子以冰玉襟懷横罹誣抑，用觖觖不快，疾由此甚，猝致隕身。蓋先君子之幸以文章遭逢聖主，而忠被謗，信見疑，竟至死於文章者如此，此可痛也。

先君子一生狷介，不妄取與，雖以詞翰受知當世名公鉅卿，而家懍清白之風，出守原、黔之操，貧固士常，貴而不改，捐館之日，囊空如洗，辱荷賻賵之頒，得以倉黄歸櫬。迄今五載，窀穸未謀，慘傷怛悼，無以爲人。嗟呼！何子平之情事未伸，王偉元之淚枯松柏，迨有甚焉。伏念先君子生平清風高節，所以異於人者，以能貧也，以貧而能無求於人也。諸生而貧，及第而貧，翰苑而貧，知貢舉而仍貧，充先君子之操，則雖楊王孫之贏葬，應亦怡然地下。而某又不聞先賢之訓乎？斂手足形骸還葬而無愧，審是，則某當以貧成先君子之志，以無求完先君子之品，其不當乞哀助葬爲今之舉也明矣。

既伏而思之，則又有大不可者。上古之俗不可復行於今，庶人之禮不當下加於士大夫。夫且古人云道絀於不知己而伸於知己，今某之乞哀助葬者，皆先君子在日以道義相切摩、以文章相奬拔、以臭味相投合者也。今雖死，義應更厚於生時。是以匍匐數千里，旅食京師，通謁刺求諸君子之援手，以行古人之道。夫范文正麥舟之助，郭元振贈數千緡以葬三世之喪，皆素不相識之人也，猶且爲之。昌黎韓公力葬所知之貧不能舉喪者數十家。董傳未遇，一書生耳，子瞻憐其才，猶致書韓魏公以乞葬之。今先君子之於諸世臺也，情與義皆不可以此例，而某之求助於諸世臺也，亦非不當乞之人，以負先君子數十年守貧無求之節，致含恨於地下。是以痛怛陳詞，告情臺端，伏祈明公不以生死易念，不以貨賄異節，不以細故小嫌介懷，各減一朝之亨，共成百世之藏。則寧惟某銘心刻骨，圖報不忘，卽先君子亦將銜結於泉壤，庶幾古聖賢掛劍題墓之風不絶於今日也。某臨啟，不勝惶恐哀號之至。

——以上《姜先生全集·附錄上·酬贈文》

# 姜西溟時論序

沈受弘

今天子卽位之二年，詔禮部更定制藝，以古策論取士，斥去八股舊習。於是操觚家競起爲文應上旨，而策論之選遍於天下。然而文章之難，非一世矣。昔者唐之時，天下沿襲六朝之舊，排偶比對爲俳優之技，而韓子起而振之。宋之時，時文之詭異亦極矣，而歐陽子起而振之。當是時，天下所號爲文章家，習其俳優詭異，以炫有司耳目、掇金紫者，何可勝數？卽韓、歐陽二君子之徒，一旦倡爲古文，背其習俗之好尚，其爲當時之所訕笑而詆斥者何如也？然而千百年來，學士大夫之所被服而傳誦者，乃其當時之所訕笑而詆斥之寥寥數人而已，而其炫有司、掇金紫者無聞焉。今之爲文者，亦可觀矣。

予年十一時，卽搦管爲制舉業，已而讀古文詞，則欣然仰慕乎古之作者，以爲制舉之無益也。然至今十年之中，困厄於衣食，不得以其間肆力於學，才猶未就，而其志則固有可取者。初聞更定制藝令下，卽躍然喜，謂今而後，天下始有真文章，而世之犖犖奇偉之士，始可以盡其才而究其用。既又見夫世之文章，類皆循誦習傳，拘文牽俗，而傑出者不一二見，則又棄之以爲不足觀，而獨愛姜子之文。

姜子之爲文，得力於韓，而佐之於歐陽，至其出沒變化，則又馳驟於龍門、大蘇之間。若姜子之文，洵能文矣。然姜子以饑驅落落一身，日遊歷於吳山、會稽薦紳先生之門，所如而不得志，豈姜子工於爲文，而不工於趨時耶？夫姜子之文之不能以趨時也，亦明矣。今年春，姜子客婁，予訪於梅邨之梅花庵，乃一會面，而姜子則遽促裝以行。蓋姜子初未嘗知有予，而予則久知有姜子，以予固未嘗見姜子而先見其文也。姜子先曾祖奉嘗公，與家銓部同年舉進士，爲時名卿。而自喪亂之後，其子孫漂泊江湖間，如姜子之才而不遇如此。惜哉！予無文，其才不足以當姜子，而其不遇則有同然者。姜子既行矣，因命弟子録其文若干首，什襲而藏之。夫姜子真不愧乎韓、歐陽，而予亦不敢效當世之訕笑而詆斥姜子者也。從此更歷數年而後，予幸其學之有成，而得一再見姜子。姜子豈終不遇也邪？

——《白漊先生文集》卷一，《清代詩文集彙編》影印清乾隆三年刻本

## 答姜西溟用來韻

高士奇

坐剪西窗蠟炬灰，宵深共對影徘徊。戊午、己未，每過客邸，輒至夜分。紫垣何事三秋隔，白塵常教四座摧。我愧鯤魚空善徙，人非鷗鳥亦多猜。傳來句句新詩好，椀茗頻消讀幾回。

翱翔金馬意春容，獨訝丹書久未逢。鳳沼煙濃窺學浪，蓬山秋霽見詞鋒。棲遲漫憶江湖棹，遇合應趨禁掖鐘。玄晏先生情不極，西溟向曾序余《蔬香集》。可能重問舊時蹤。

——《清吟堂全集·苑西集》卷五，《清代詩文集彙編》影印清康熙朗潤堂刻本

## 成都聞姜西溟萬貞一已入史館自傷飄泊卻寄三首

陳奕禧

一枝邛竹蜀山長，萬里橋南問草堂。拭涕忽聞京國信，故人已作校書郎。

拙閒堂上青燈夕，撥火圍爐共賦詩。會並桐鄉春雪裏，李膺能記泛舟時。
帝鄉離别隔雙魚，四載虞州自讀書。反覆贈行詩敘在，浮名久已借吹噓。

——《虞州集》卷之五，《清代詩文集彙編》影印清康熙刻本

## 蘭州歸得史局纂修姜西銘寄書並所著文集

陳奕禧

黄綬久依塩澤住，星軺再溯大河回。入門妻子歡相笑，探篋交朋札遠來。展卷固知時所貴，拂塵不覺眼雙開。多君舊好能遥致，此意難禁重自哀。

——《虞州集》卷之六

## 答史局纂修姜西溟書

陳奕禧

五月五日，某某謹奉書西溟先生足下。某行能固不足以高於庸人，故自處於冗散。曩者駕遊海渚，乃蒙不辱而訪臨之，相與論詩文之事，受教已多，不意微糈餬口，睽離八年。先生以良史之才，薦任纂修，視下吏風塵，何啻仙凡之隔？舊冬轉運甘蘭，凌寒返斾，下馬進門，妻子相見罷，得先生京師來書。捧讀之頃，如對良友，兼示以大文一册，且云『有近作數十首，欲與共讀』。何先生所與之過也？始懼中媿，終於感藏以自慰。

某以居世，百無一長，於文尤所不閑，然竊觀六朝穠麗之習，至韓力振而始變，歐陽公發憤繼起，識者推爲絕倫。其間諸家踵而爲之，固自不乏，欲不蹈襲模倣、去其重景疊響有以挺持特立者，未多見矣。求於古體之中，獨出新意，依事以敘懷，假物以寓興，高颺橫騖，不可拘束，若咸韶、濩武之不同音而爲閑美條暢，曾無或異，今於尊篇復見之。苟非英才間出，能如此乎？欽服慕重，非言可喻。雖然，彼或問有幾及者，要皆失時不得志之所爲。

今天子聖明，求賢如不及，先生珥筆編輯前代之史。官雖未顯，而書成之後，主上必大加嘉歎，將見出入紫闥，訏謨黄閣，致斯世於唐虞之隆，納蒸民於三代之厚，以向之發揮於文章者，今則燦著於政事，勒諸鐘鼎，傳及不朽，忝屬友朋，寔有厚幸焉耳。滄柱時相晤否？甚爲懸懷。貞一同在纂修，必共朝夕，倘有所著，惟望賜教。今皆天上貴人，故不敢修候，統希致意不盡。

——《虞州集》卷之十

## 答姜西溟

張雲章

去年春，辱惠書及詩，大喜過望，累日越月，循諷不釋手。妙跡既藏之篋中，永以爲寶，又借重其詩，刻之燕臺，贈別集以光棗梨。閒中時出一展讀，見先生知吾之深，愛吾之厚，念我之切。某之愚陋，得此於儕輩且非敢承，況得此於長者乎？是時即作一書報謝，屬稿數百言，未及録上，忽失去，不知所在。怠惰遷延，久不復作，今且經歲，某之罪也。先生得毋疑且訝之乎？顧仰恃知愛之深且厚，必不轉而疑我訝吾，而於相思念之心，又不係乎書疏之勤與怠也。先生知我之深，必謂其不肯自安於庸眾，而以古之學者之道爲可幾；愛我之厚，必欲其不阻於才質之駑鈍，未稍有得而輒止，而務維持引掖，俾卒進於有成。又以其在遠地，不能朝夕切磨規箴如昨日也，貽書勸勉，反覆勤懇，是先生之於末學後輩顧念無已如此也，某敢一日而忘長者之賜哉？顧某昔日所趨向，以今視之，又有不同者，正欲出而質之知己，未知其有進焉否也。昔之所好，以爲三代而下之文章，自馬遷、班固而後，惟當以韓、柳、歐、蘇、曾、王爲準則，博觀前後諸作者，其有不韓、柳、歐、蘇、曾、王若者不喜也。操筆書紙，惟恐其不韓、不柳、不歐蘇曾王若也。久乃覺其畢生所勤苦而成之者，不離乎語言文字之習。又嘗讀陽明子書，往往薄韓、歐爲文士，心愈疑之，其後乃篤嗜方正學，見其言出而道與之俱，坦然明白，粹然精深，竊歎韓、歐諸公爲不能及。近年得《朱子大全集》而讀之，無不與六經、《語》、《孟》之旨相發明，而加詳切焉，以爲畢生歸宿，斷在是書，卽旁加搜討，決當奉此爲準則。此生不有聞於斯道，不可以爲人，而不得爲韓、爲歐，非吾所病也。來教所謂千秋大業，其在是乎？先生知我深，愛我厚，豈沾沾於語言文字之間？引我以所不遠哉！

又承叮嚀告誡所謂門戶者，何也？其道德之門戶耶？文章之門戶耶？文章之門戶，某固辨之早矣，年四十而復問途於人，是不知恥也。若語於道德之門戶，方慮雜然心目之間而不得指趣之一定。日間嘗念程朱所言之大，以居敬爲主，四端發見爲考驗，然存心不放，固是大難，一意檢束，又無自得處，必需之歲月交進以致知涵養之功，久而得力，方可証入孔顔樂處也。先生以爲難乎否？然必用是以考道，日孜孜而不敢玩惕，庶於先生見念不捨之意，其有足副者乎？抑望指而教之，有以開發其愚魯，幸甚。

## 與姜編修西溟

張雲章

奉别忽逾二載，先生以文章名重天下，致身鼎貴，乃所固有，無足爲賀。某孏廢日以益甚，未獲奉咫尺之書於門下，心親而貌疎，固嘗自怪且訝，然決知其不以此獲罪於知己也。屬賓興之秋，聖心結知有素，特簡主文，破五科之成例，而注意於執事。雖曰以副其選，而實倍重於居正者，此固文教作興之會，而儒者得行其志之時。其在先生，尤鬱於中而大作於外，積之久而發之者光大而彌遠。上之興賢育才，爲得人致治之根本，以稱答明詔；下以覺悟學者，起衰復古，振興一代之文章。如是，乃真可以賀矣。

某也復鎩羽南闈，跧伏東海之濱，自斷此生於科舉一途，無復進取之望矣。小時伏習八股業，歷數寒暑，而肆力其中，視時賢所作，多不稱意。年大以來，覺古人中亦僅兩三人，於此道可肩隨曾、蘇耳。竊自謂苟得窮年之力奉此兩三人者而卒業焉，可以復嘉、隆之規製，合排偶古文爲一體，返斯世浮剽不根及弔詭輕薄之趨，而扶世道於昌明之會，而無如其奔走衣食，懷鉛槧以狥人，而不能畢力於此之所業。然自顧於世俗之取高科者，無甚愧焉。即自取數科來所被斥落之文而反復之，亦未始不可冀倖於一得，乃知天之窮我，自不關人事也。彼頭腦冬烘者，固不足責，而或且以義命自守之人爲坐失機會，蹉跎歲晚，親戚朋友交萃而責之，此世道之變，而明者實了然於其際也。凡某所前後交遊數輩，至今科而騰踏盡矣，得之之易，或若操券，或如拾遺物，而某獨茫乎如涉大海，所以來或者之論，而不知夫行或使、止或尼者之潛定，而不容移易其間也。竊觀今日之世運，苟懷行道濟時、不謀利禄之心者，是固窮之招也，天方使營營者得遂其志，而輒欲逆之以行，以一人而挽百千萬人之趨，吾見其舉鼎折臏，力之不足，徒自勞勞以瘁其形神耳。以此自審，今將絶意仕進，潛伏忠隩，斷斷乎其不問途於科舉，不敢望帝王之門而妄思闖入矣。執事知之，必以某爲不當然，然某且亦就執事而揣度之矣。執事之文章，豈非所謂肩隨於曾、蘇者？執事之素志，又嘗懷仕不爲己而爲人之心者，乃不遇於少壯，而遇於今日，遲之久而始一得之，天道其亦可徵矣。誰則能如執事之經百折而不回哉？而況其所學不迨執事遠甚者哉？斯又未可以己之所能而責人矣。欲言千萬，聊布一二，諸同人有問及者，希以書中之意告之。

某之友有祝君孝瞻名愷者，惇孝友之行，文必師古，傑然有老成之風。斯人也，懷致窮之具而果窮不可療，今驅而北走，爲一言以介於門下，想當以某之友而亦友之。試徐察其文行，可信某之不欺。其於詩不多作，而清出於俗，更望琢磨成就之。諸有可爲延譽者，勿吝齒頰，並此附禱。

——《樸村文集》卷五

## 贈姜西溟有引

張雲章

西溟前輩以文章得名三十年，每遇秋薦，主文者爭欲得之。今年典京闈者與西溟雅故，榜發被放，論者多方之東坡之失李廌，余卽次東坡送方叔韻贈之。

青春遊好不計日，白首按劍無相識。君文錯落明月珠，十乘暉暉夜生色。谷風吹罷寒雨來，子瞻方叔非例責。設科取士有如君，昌言而進寧市德。君今此事付逝川，勿嗟老矣却不前。聖朝方重班椽筆，書成坐致玉堂仙。

——《樸村詩集》卷一

## 和姜西溟斷硯歌

張雲章

姜侯今代文章伯，會稽六紙傳妙跡。視草草玄兩絕倫，臨池池墨真成癖。自矜摩天割紫雲，匣藏三寸輕珪璧。色翻霞彩浴晴波，潤作露珠通雨澤。蟾蜍弄影濕太清，鸜鵒注眼點深碧。鄴都古瓦徒名存，驪山沈泥少泉脈。平公巨璞誇異狀，未免寬頑越規尺。龍尾鳳咮爭相高，等爲牛後莫護惜。吁嗟此硯出端溪，朝天之陰下巖石。熬膏燃紙踏穴幽，舉瓢出水穿雲窄。偃觀仰鑿筋力疲，傳歷巖口如重驛。氈包席裹出羚羊，得一往往廢什伯。尤物自是天所靳，取畀姜侯寧非擇。蟲魚細瑣不足箋，風雅綴緝猶褊迫。隨地波瀾萬斛寬，滄溟噴漲添筆力。摩挲一日數十過，不間窮通與憂懌。平生常戒灌將軍，毀人不作一錢直。如何酒酣罵臨汝，驚倒坐人皆膝席。旋聞推案有報施，片玉已作太華劈。君不見麟角能續仙家弦，又不見獺髓還補寵姬額。只今此硯已滅瘢，斷處不復憂重坼。埋藏委棄笑元賓，墮地空將咎臧獲。韓公作銘爲解嘲，稱說仁義夫何益？姜侯愛玩過夙昔，作詩傳觀和煊赫，萬禩千秋名籍籍。西溟之寶竹垞書，不信君看硯旁題識永不易。硯旁有八分『西溟』二字，朱檢討竹垞書也。

## 丙子上元前四日湯編修西厓齋集諸子小飲同次昌黎醉贈張秘書韻

張雲章

扁子目孫休，款啟而寡聞。我慚州部棄，上都來謁君。咸韶眩九奏，入座驚雄文。浯溪冬落石，洞庭秋空雲。西厓出所作《題磨崖碑》及《游洞庭》□詩相示。君昔遊其間，健筆播英芬。楚騷及唐雅，夫子真其羣。見謂乃張籍，一日光共分。相呼得數子，角逐回其軍。我詩如飲酒，未到氣已醺。余飲，量最下。諸君於斯文，天地盤細縕。清新鬬險韻，商較互有云。寒醅屢以潑，嘲諷忽而紛。春燈鏤薄豔，辛盤飣餘葷。八區一揮斥，細聲息蠅蚊。室盈賫菉葹，坐我以三薫。吟殘青玉案，書破白練裙。瘦詞托芎藭，高語羅典墳。索居十年久，冀野饁耕耘。此生將半百，耄及無殊勳。嗟哉從秋賦，收此桑榆曛。

## 十三日唐考功東江齋用子瞻岐亭詩韻

張雲章

此生踏槐黃，飽飲但墨汁。從渠席帽破，未解衫袖濕。衡門闔兩板，何失亦何得。征衣縫母手，遊子微祿急。敢期鳴岡鳳，真類將雛鴨。時攜次子直方。澒洞京華塵，撲面不可羃。良時過君家，列炬九衢赤。東堂肯分鵝，早韭頭已白。夢符金屈卮，西溟言昨夢人授以金盞。醉脫紅纓幘。檐蔔噴爆花，葡萄壘燭泣。四顧座上人，所懷惟一缺。□元龍不至。都門何所樂，樂哉有此客。仿佛岐亭詩，明朝寫成集。紅纓績□□本□□□，是夕西溟□墜於案，紀實事也。

## 上元日集吳元朗齋以白樂天長安元夜詩明月清風三五夜爲韻分得月字

張雲章

十年不看長安月，茅屋低檐度佳節。有如戴盆未望天，漫漫長夜悲歌發。村燈社鼓茅柴酒，邇來民力並此竭。乾死螢窗吾所安，無盡一燈誰爲揭？佛維摩言冥者明，亦爲貧窮起檀越。朅來蕩蕩行天衢，城如不夜何嗟咄。星橋火樹未足侈，百枝千炬無時歇。近堪炙手高薰天，照野光明起突兀。開筵玉饌金壺羅，曼舞妖歌弄清滑。纏頭三十萬緡錢，蜀錦越羅眼生纈。輿臺倡優炤耀同，軀爲鮮明技非拙。小儒錯莫頭冬烘，未信不完有短褐。當今開邊極萬里，親駕鑾輿杖黃鉞。欃槍熒惑痛掃除，烽火沙場亂明滅。騰驤萬匹寄死生，地用莫如馬超忽。三花六印神駿空，臺積黃金市至骨。吾恨不能頸繫左賢王，直搗北庭張撻伐。又不能奮舌動天意，陳古羈縻但勿絕。黎元愁困吾不知，戰士蒼黃吾不惜。得母風痹膜不仁，手足已痿矜無缺。平時壯心自比千里驥，豈如今日凡馬疆場效撇烈。吁嗟乎月明三五始此夜，徒與數君歡一瞥。揮杯縱飲氣憑陵，捉鼻哀吟句騷屑。差勝寂寂臥滄江，神傾意豁主賓迭。回頭此樂已成空，坐使朱顏變白髮。

——以上《樸村詩集》卷二

## 壽徐中允果亭先生六十次西溟韻

張雲章

曾從歸院撤金蓮，題處宫衣並自天。鶴禁回翔瞻華蓋，雲罍傾倒祝長筵。中允五十，余適在京師，與進壽觴。歸來抱甕方中歲，默數投簪已十年。一曲將雛余樂事，公晚得子。忘機終日對鷗眠。高風允矣陶弘景，不羨達哉白樂天。神武掛冠成早計，洛中尚齒是初筵。著書上下三千歲，閲世尊卑五百年。輸與伯兄行卜相，車前容我吐茵眠。

——《樸村詩集》卷六

## 湯編修西厓移居招集姜孝廉西溟唐吏部實君萬處士季野惠庶常元龍查庶常聲山宫貢士友鹿吳進士元朗錢貢士亮工即事賦二律

張雲章

卜宅知君爲卜鄰，參差列宿近相親。座傾重碧千鍾少，堂暖清商一部新。傍架齊來比多積，借車載去笑長貧。隔牆記否歌呼侶，邀月今成對影人。諸君旅次，皆與編修密比，獨余爲舊鄰，而今稍隔遠。

直廬初下一匡床，如蓋童童獨樹旁。寓中一樹，編修所最賞。封殖好禁宣子譽，罄錢欲學義方償。肉懷殿上寧嫌鄙，屋葺廊東有底忙。時細君南歸。且喜連牆共還往，街西並得到文昌。編修往有詩見懷，用白樂天寄張籍詩相擬，有『無人行得到街西』之句。

——《樸村詩集》卷七

## 斷硯歌爲姜西溟賦

馮廷櫆

匣中三尺劍，臂上兩石弓，丈夫萬里乘長風。安用窮年守枯硯，顛毛種種老不逢。看君才大千夫雄，搖筆作賦聲摩空，文章江海書虬龍。依然奔走西復東，何曾身到蓬萊宮。縱復給札三館中，祿米不比侏儒豐。謂硯負君君負硯，此理怳惚疑難通。何年一片石，東吳逢顧雍。酒酣耳熱氣填胸，霹靂撒手騰轟轟，斷雲零落堆書叢。阿誰不龜藥，將無假神工。鳳觜麟角煎膠濃，青花爛漫垂玉虹。墨海洋洋秋一泓，與昔完好無異同。我欲尋君叩始終，君方支枕過高舂。短床依壁鳴寒蟲，我亦蕭瑟如枯蓬。檐花細雨歌未竟，頹然醉臥頭冬烘。

——《馮舍人遺詩》卷之四，《清代詩文集彙編》影印清雍正十一年刻本

## 冬日張園雅集同姜西溟彭椒喦顧九恒惠研谿錢玉友魏禹平蔣聿修王孟穀張漢瞻汪寓昭陳叔毅湯西厓馮文子談震方家荊州聲山限韻

查慎行

丈夫置身非廟廊，便合食力勤耕桑。誰教鹵莽走京洛，去住兩策無一長。天公似憐太坎壈，一事獨許平生償。招呼朋好作痛飲，逸足快脱籠頭韁。城南小莊如畫裏，樹頭一扇風旗張。忽從空曠入叢薄，積雪寒峭屏山傍。籬根涸池受落葉，窗面破紙穿斜陽。圍爐坐密氣漸煖，稍覺冬律回春光。大柈蒸菜芼薑辣，滿甕印酒開泥香。蒲萄已充筵上果，但見枯蔓牽鄰墻。初拈險韻闘傑句，旋徵雅令搜枯腸。須臾耳熱更豪劇，角逐兩兩爭低昂。傍人卻問何所樂？我亦自笑狂夫狂。三年隻身走萬里，絲路褭褭銜鑾鄉。豈無釣藤鑾中，酒名拚獨酌，意緒冷淡難禁當。翻身勇決作歸計，又被饑餓驅遊裝。別人騎馬我徒步，鎩羽無分追高翔。行藏眼底但如許，有意排遣終悲涼。風流見賞古不乏，跌蕩慎勿矜辭章。明朝定傳好事口，指點此地成驩場。安知酒徒頹放意，不欲與世衡鋒鋩。城頭鴉啼客盡散，獨立四顧神蒼茫。

——《敬業堂詩集》卷五，《清代詩文集彙編》影印清康熙五十八年刻本

## 移居詩爲姜西溟作

查慎行

自我來都城，三見君移居。前年街東住，夕陽到庭除。殘冬徙巷南，北戶風攪裾。今臨大街西，朝日明窗疏。短生寄長世，天地猶蘧廬。矧乃一榻安，綽綽良有餘。君才本絶代，應召來公車。姓名上史館，著作登石渠。太倉五升米，既飽同驩娱。漆光拭修髯，外澤中不枯。有時典裘褐，閒架如期輸。卷軸不用籤，錯置圖與書。偶從移居候，整娖驅蟫魚。經旬復成堆，零亂巾箱廚。卽此見真率，寧能事奔趨。朱門曠蕩開，無地置爾軀。請看名山業，終古歸繩樞。

——《敬業堂詩集》卷七

## 西溟竹垞同遊房山余不及踐約口占送之

查慎行

斜陽聯騎去，影落好山中。古寺尋碑入，幽泉撥葉通。勝遊關俗念，閒趣就詩翁。隔斷桑乾水，黄沙白草風。

——《敬業堂詩集》卷八

玉峯大司寇徐公予告南歸奉旨仍領書局出都時邀姜西溟及余偕行兩人日有唱和旗亭堠館汙壁書墻率多口占之作本不足存存之所以記行跡也

查慎行

良鄉次西溟韻

乍來灰洞喜無風，馬足殘泥曉漸融。料石岡邊春雨晚，廢田無麥草蔥蔥。

寒食過涿州和西溟

柳色初濃凹字城，胡良河上偪清明。故園三百長亭外，貪得花時一月晴。

白溝旅店見亡友鄭樊圃舊題愴然有感同西溟作

一鞭重度瓦橋關，落魄星埃鬢各斑。忽見故人題壁在，轉憐爾我是生還。

過趙北口晨餐得魚戲和西溟

淼淼波光漾碧虛，中央一帶是民居。綠楊影裏罾竿起，彈鋏人歸食有魚。

景州次西溟韻時畿輔苦旱

自從騎馬出春明，滿眼流移愴客情。此日畿南行向盡，喜逢田婦餉春耕。

平原口占戲示西溟二首

碌碌因人事竟成，當初原未識先生。處囊脱穎渾閒事，何苦區區自請行？

若將毛遂比夷門，知己何人合感恩？卻笑能詩李長吉，信陵不繡繡平原。

上巳泰安道中和西溟

平山堂畔忽經年，又是荒程上巳天。慙愧漿家供野味，樹頭小串摘榆錢。

晚晴入桃源界和西溟

鳴鳩聲裹發孤城，行到桃源落照明。一色東風占兩候，曉程催雨暮催晴。

王羲文閤復申招同西溟泛舟紅橋二首

誰家園子得春多，藾栗梢頭花信過。一曲紅欄隨棹轉，綠陰濃處忽笙歌。

十里珠簾廿四橋，百年花月履綦銷。多情愛拂遊人面，尚有垂楊萬萬條。

西溟談及竹西舊事戲調之

綠楊書畫記停船，一夢揚州又十年。見説伎樓渾冷落，鬢絲誰惜杜樊川？

月下渡揚子江次西溟韻

妙高峯下曉鐘撞，隔岸吳船正發幫。風露一天人擁被，櫓枝摇夢過春江。

——《敬業堂詩集》卷十一

## 姜西溟繼赴北闈今仍下第作詩招之

查慎行

散是飛蓬聚是萍，可憐南北總飄零。一名於爾何輕重，雙眼從人自醉醒。沙路離離鴉接翅，霜天矯矯鴈開翎。此愁除有詩能豁，亟買歸舠下洞庭。

——《敬業堂詩集》卷十二

## 斷硯歌寄和姜西溟

查慎行

姜侯才高同屈宋，往往彈冠讓王貢。舉場老負十上名，史館貧支廿年俸。硯田一片羞自給，略似良農勤蓺種。爲言此石初得時，愛與端瓊稱伯仲。端瓊，亦西溟藏硯。每因拂拭誇朋友，未許收藏付僕從。平生不以文滑稽，滴露研硃事修綜。窮經恥勿草太玄，給札雄堪賦雲夢。不知磨耗幾挺墨，書到成家筆方縱。可憐尤物難久完，識者何希忌何衆？秦城十五不輕易，博浪一椎翻誤中。有情那免號癡絕，足刖荊和抱深痛。唾壺口缺琴尾焦，笑此依然配清供。作詩聊用解客嘲，屬和無端邀我共。我今所見與君異，嗜好心空色不動。膠聯漆附終有痕，來詩有『膠聯漆附太堅緻』之句。豈比天生本無縫？勸君撥棄勿復道，瓦礫寧當較輕重？君苗焚硯古有諸，持此區區欲安用？

——《敬業堂詩集》卷十六

## 姜西溟至都二首

查慎行

三年一别兩蹉跎，短策重聞酒市過。白髮舊遊諸老散，青雲同學少年多。僦居那得高賢廡，支俸聊隨博學科。幸是一氊留故物，曾包老硯歷關河。姜於滄州被盜，故云。

濩落生涯久自疑，重來笑我亦胡爲。曾從祖父承餘澤，只道科名似盛時。逐客幸蒙寬後議，憐才何敢望新知？不如蚤築畦風閣，結伴歸耕未算遲。

## 洞庭秋望圖爲同年姜西溟題

查慎行

我昨扁舟帆去聲湖水，出沒鷗羣鳧隊裏。西風吹偃萬梢蘆，斗柄插空將北指。庚午秋冬間，余寓居洞庭東山。君時正作桑乾客，南北相望渺千里。念君落第招君歸，已是明年三月尾。其秋我復遊盧阜，走上雲頭振衣履。海縣片片盪吾胸，奇絕生平乃有此。洞庭直可盆盎貯，七十二峯同撒米。有如天半立峨眉，下視成都居井底。君爲此圖毋已隘，細寫秋毫入側理。男兒失路真可憐，澤畔行吟聊復爾。今來又赴京兆試，失固其常得差喜。與君同榜獲聯名，王後雖卑吾敢恥。卻披横卷索新句，一笑如皋方射雉。才名誤汝四十年，決踵何堪比截趾。至尊久已記名姓，虛向蘭臺署良史。探支官俸月一囊，揮灑傭書日千紙。須長及腹誰攬之，髮白滿頭行老矣。向來蹭蹬天有意，特與先生慰暮齒。眼前同進俱少年，感歎無端從此始。翻思舊狎漁樵伴，故展煙波洗窗几。不然此畫且善藏，勿更題詩乞餘子。

——以上《敬業堂詩集》卷十七

## 下第南歸留別同年姜西溟廖越千劉大山王崑繩李若華諸子二首

查慎行

一顧人間事不輕，敢將汲引望公卿。張羅天遠鴻雙去，彈鋏心粗劍一鳴。誤喜青燈回昔夢，枉煩芳草勸初程。歸人别有看花約，明日騎驢便出城。
明知歸計尚茫茫，且作無聊别帝鄉。下第兒還添客累，當歌酒或替人狂。膏肓痼疾貧難療，須鬢流年老易傷。聚鐵豈堪煩鑄錯？早收心力事耕桑。

## 天津别姜西溟次韻

查慎行

同是春風失意時，送君真覺拙言辭。杜陵旅食經年久，熙甫才名一第遲。青鏡從渠增算髮，白身輸客賭殘碁。老來别緒兼師友，那得並刀剪亂絲？

——以上《敬業堂詩集》卷十八

## 上元夜同唐實君趙蒙泉宫友鹿家聲山飲姜西溟同年寓分韻得雨字

查慎行

北風未解嚴，刮面射强弩。富兒馬足塵，遊子衣上土。我有同年生，一椽望衡宇。每因赴讌會，暫得命儔侣。時節近上元，滿城競簫鼓。公卿例召客，傻指略可數。燭幌白生虹，燈屏紅窣堵。空明大圓鏡，爛熳散歌舞。可憐玉川居，破屋用茅補。荒庭一堆雪，月色帶清苦。也復呼其羣，經營同地主。不辭口腹累，爲愛風義古。酒行爵踰三，殽列簋倍五。先生鄙肉食，下箸輒欲吐。如何點食單，亦溷烹魚釜。西溟性不嗜肉，或誤食，必以清水灌盥，而盤餐乃具此味。即此毋已奢，誰能諒貧窶？我窮興蕭索，藉爾作豪舉。雅令既匝巡，拇陣捲風雨。主人但旁觀，堅坐恣狎侮。肯爲缾告罄，相勸力須努。新詩信手成，險韻鬬虓虎。費君三月俸，醉我一夕許。忽聞耳熱歌，寒律變溫煦。

## 花朝實君招同西溟蒙泉研谿西厓友鹿聲山寓齋雅集分韻得過字青字

查慎行

二月無花看，今年雨雪多。不辭官獨冷，翻喜客頻過。灑掃門庭潔，芟除禮法苛。愛君新句好，諷諭擬元和。

客久頭垂白，交深眼倍青。坐銷愁裏日，來聚酒邊星。假借通鄰曲，盤餐及使令。春郊花事近，後約更旗亭。

## 友鹿寓居孫公園與實君蒙泉耑木同巷僕及西溟聲山相距稍遠友鹿作比鄰詩二章亦來索和因次實君韻奉答

查慎行

馬蹄纔過又車輪，廣術相逢亦太頻。不惜往來隨步屧，預防倡和損精神。過墻濁酒能供客，鑿壁餘光倘借人。便與中央成鼎足，姜居西舍我東鄰。時余移寓琉璃廠東。

造門不見等離居，俗例持牢急破除。余兩詣友鹿，俱阻於閽。僮約一條申典謁，客談幾處省傳書。巷連畢曜宜相就，雨過蘇端肯見疎。添取新篇爲日課，與君直似共鄉閭。

三月十六日同西溟實君蒙泉研谿六謙耑木石城友鹿永年向濤霜田亮功次也南陔至興勝寺看杏花三首

查慎行

弄袖風微不起沙，野田分路走三鵶。十年失計仍爲客，一醉無名特借花。白塔似招遊子騎，青旗錯認美人家。金丸落處休輕逐，小立逡巡避鈿車。先經摩訶庵，不得入。

幸是韶光處處同，勝遊隨意轉芳叢。別開香界松林外，遥指煙村杏社東。黛色濃添三面綠，日痕微減一分紅。只須十步凌丹閣，多少花頭在下風。

及記當時載酒遊，舊題幾壁拂塵留。重隨客到僧猶識，不待人言我欲愁。牧笛聲中芳草路，鞭絲影裏夕陽樓。花開花謝年年事，豈料傷春易白頭。

三月晦日向濤治具招同西溟實君文饒研谿六謙耑木霜田亮功次也南陔岱瞻宗岱社飲寄園向未與會而今至者則胡芝山周漁璜張天門陳堯愷姚君山玉階兄弟

查慎行

客居感節物，鄉味想櫻筍。及此問名園，忽驚春向盡。歇鞍垂柳外，曲徑紆徐引。側帽入豐茸，迴身轉欄楯。羣賢次第到，虛坐前後盡。出《曲禮》，讀上聲，俗作儘。衆芳如媚客，四顧少畦畛。丁香垂紛披，藤蔓縮菌蠢。海棠不少待，吹作胭脂粉。那無水一池，鼓吹出蛙黽。似嫌太寂寂，作意破寒窘。鯨波捲百川，目眩空花隕。亭臺亂金碧，有若浮海蜃。日飲正無何，老狂良足憫。唐侯但坐視，出語顧見哂。余與天門、亮功鬭酒，盡酣，實君有『老馬入駒羣』之戲。幸無性命憂，何用須臾忍？春衣行且換，紅藥期將近。三百青銅錢，敝裘尚可準。

陸澹成侍讀招飲丁香花下同西溟崑繩寄亭作

查慎行

花繁葉密暗迴廊，爲放庭空特撤墻。翠幕雲遮天四角，紅燈人醉樹中央。春辭小院離離影，夜受輕衫漠漠香。曾是往年連榻地，重來容易感流光。丁卯、己巳間，與家荊州兄盤桓此地最久，故及之。

——以上《敬業堂詩集》卷十九

將有中州之行七月七日姜西溟唐實君趙文饒惠研谿楊岩木宫友鹿項霜田錢亮功湯西厓馮文子楊次也陳元之家聲山餞飲於陳六謙邸舍席間酬别

查慎行

屋檐秋網拂蟰蛸，弦月如弓掛一弰。剪燭談深宜夕館，看花人散憶春郊。窮無好句供傳寫，老不中書代解嘲。實君《見送詩》有『舍人官職是虚名』之句。本來無名歸亦得，只愁飲餞累貧交。

豫讓橋首四句姜西溟舊作也，辭意未盡，爲足成之

查慎行

趙入宫，臣廁中。趙乘馬，臣橋下。區區欲報國士知，可憐一死何能爲？君不見博浪一椎雖不中，置身事外非無用。

——以上《敬業堂詩集》卷二十

## 保定旅次閲邸抄得從弟東亭及兒建南宫捷音口占志喜兼寄嘲老友姜西溟

查慎行

邸報傳來樂事重，一尊相屬慰浮蹤。青春三月客懷好，白髮半頭歸興濃。子弟聯翩同榜羨，家門成就老夫慵。探花卻入少年隊，試問髯姜可勝儂？時姜亦成進士。

——《敬業堂詩集》卷二十三

## 庚午二月與姜西銘同飯於趙北口姜食魚被鯁以酒下之徑至大醉一時傳爲嘻笑今復經此悽然感懷

查慎行

二十年前路，髯姜並轡過。食魚憐骨鯁，下酒怪顔酡。老友他鄉盡，吾生去日多。向來談笑事，淚雨變滂沱。

——《敬業堂詩集》卷四十二

# 祭姜西溟先生文

嚴虞惇

嗚呼！衆萬馮生，賢否殊趨。如冰與炭，不能同居。惡直醜正，實繁有徒。謂天夢夢，爲人所愚。顔回早夭，伯夷餓夫。雷開賜封，蹻跖恣睢。不惟其賢，衹獎貪諛。福善禍淫，此理誠誣。惟我先生，全才備德。蜚聲藝林，騰譽邦國。至尊動容，公卿改色。藜閣雖燃，棘闈屢窒。晚登一第，得不償失。方期大用，丕振儒術。青蠅煽禍，貝錦成織。鵩鳥告災，哲人云卒。先生之學，左右具宜。原本六籍，百家分支。漢儒耑固，唐儒支離。宋儒訓詁，亦近於庳。折衷羣言，不嗇不卮。二十一史，指掌列眉。山經海志，怪怪奇奇。文經武緯，囊括驅馳。先生之才，度越今古。中所獨得，妙絶書譜。右軍大令，前規後矩。草聖入神，張顛首俯。世人作書，睢盱媚嫵。心正筆正，懸肘貫膂。嶧山之碑，岐陽之鼓。後千斯年，克配厥武。先生之文，追兩漢風。散華落實，襮外弸中。紀事班馬，談經向雄。詩歌五噫，賦頌三雍。六朝麗豔，三唐豐容。下逮宋元，含醇咀醲。鐫劖造化，刮磨昏聾。大雅復作，窮而益工。先生之行，推四科首。孝乎惟孝，兄弟則友。不侵然諾，篤於故舊。胸懷坦白，洞徹戶牖。視彼囁嚅，代之怩忸。非法不言，非義不取。餔糟歠醨，蠅營狗苟。疾之如仇，掩耳而走。三代而下，實曰才難。如我先生，翥鳳翔鸞。愛自束髮，訖於彈冠。以其屈伸，爲世戚歡。昔從布衣，來錫帶鞶。及對大廷，天子御覽。特簡宿學，振國羽翰。君臣知己，千載所歎。京師首善，擢主文柄。矢諸皎日，曰公曰慎。屏斥苞苴，羅網寒畯。宵人不悦，遂起謗釁。宵人伊何，匪疎實親。乞哀見疾，老羞成瘨。糾合暴豪，造設陷穽。同然一詞，莫可辨證。九閽沉沉，天王聖明。孰功孰罪，試於乾清。小子斐然，天顔有矜。謂彼失志，厥聲狺狺。衆惡必察，區分渭涇。煌煌渙汗，吹枯噓生。旋雋禮闈，二十八人。近古所希，公論大伸。曾參殺人，慈母投杼。鑠飢銷骨，磨牙鑢距。先生素剛，憤懣填腑。呼天不聞，莫一傾吐。鬱怫成疾，其毒大苦。多士哀號，邦人惻楚。誰生厲階，遘此惑蠱。取彼譖人，投畀豺虎。古稱不朽，立功德言。先生雖沒，其書則存。藏之名山，垂厥後昆。先生之道，維藩維垣。輝輝日月，軒軒乾坤。身之厄矣，名乃益尊。富貴而死，兀然孤魂。草木同腐，天道誰論。吾知先生，精爽不滅。上訴真皇，誅鋤姦孽。爲雷爲霆，天轟地揭。爲雨爲露，澤潤萌茁。雲車風馬，往來帝闕。一日之困，萬世之烈。人世悲傷，不足一吷。靈其來止，鑒此誠潔。

——《嚴太僕先生集》卷十一，《清代詩文集彙編》影印清乾隆元年繩武堂刻本

## 亡友

楊　賓

余素以友朋爲性命，友而云亡，痛孰甚焉。睹墅酒罏，音容猶在，擇其尤者，得四十七人，人詠一章，聊以志感。

姜西溟名宸英，慈谿探花，終編修

孔雀愛其尾，貂鼠護其毛。深藏且不免，自炫烏能逃？西溟師韓愈，峻潔似李翺。順治康熙間，

南北稱文豪。惜哉慕科名，揮手謝林皋。白髮探花郎，一夕死西曹。結交恨遲暮，臭味緣揮毫。御河橋上别，忠告徒忉忉。一誤且再誤，何以謝囂囂？

——《晞髮堂詩》卷一

同姜西溟譚左羽汪舟次朱竹垞王令貽湯西厓龔蘅圃再集古藤書屋分賦寒具得花窖限五古

查嗣瑮

北地苦高寒，花事每幽瘠。有如出塞女，容姿損朱白。枯風十月候，天地慘欲坼。萬卉同黄楊，一時逢閏厄。碧雲東西廊，豐臺南北陌。老僧及花匠，罟利勤擘劃。鑿地作花窖，貯花凡什伯。非同青塚埋，暫似永巷斥。韞匵比嘉玉，寄寓類賸客。共待春和還，同時啟閉蟄。吁嗟霜雪意，美好必誅磔。蓋藏爾何人，恐與造化逆。負質果自彊，經冬有松柏。

同姜西溟高二鮑朱竹垞譚左羽汪舟次梁藥亭孫愷似王令貽湯西厓龔蘅圃三集古藤書屋分賦西郊褉詩

查嗣瑮

白雲觀

神仙喜絶食，腥羶厭凡菓。可惜爲君恩，重餐桃一顆。

宫人斜

銅符抵玉魚，井冷胭脂澁。不及景陽宫，生共君王入。

裂帛湖

石迸珠光碎，風磨鏡面平。若教褒女聽，應愛此泉聲。

祭星臺

太乙祠星處，荒臺石幾層？至今正月晚，兒女賽磁燈。

西巖

病松龍攫拏，瘦路蛇曲屈。僧去殿角穿，斜陽照古佛。

鮑家寺

百株槐翳翳，九株松颼颼。晴疑滿山雨，夏入三分秋。

杏子口

金碧四十二，蒼茫一萬重。亂雲遮不斷，來去是晨鐘。

畏吾村

村童擔上沙，丞相墓前石。惟有宫中鴉，飛來弔寒食。

訪山亭

春風無主花，吹開復吹落。綺閣换經樓，山僧閒種藥。

小屯

萬頃緑楊煙，波光暖接天。分明兩堤水，只少是湖船。

——以上《查浦詩鈔》卷三，《清代詩文集彙編》影印清康熙六十一年刻本

遂閒堂同西溟元彦作留别青雨　　查嗣瑮

歲晏論交地，淹留得此堂。月沉詩酒海，花照管絃場。客位新咨目，書叢舊墨莊。東州推逸黨，曠

達爾何妨？

樂事隨時換，朝昏景不窮。徑移新窅窕，人占好房櫳。泥酒更更醉，分燈院院紅。豈知簾幕外，昨夜有霜風。

石勢侵廊斷，池光拂檻流。路迴亭似鵠，簾捲屋如舟。徑竹蕭蕭暮，盆花豔豔秋。客愁渾減盡，遮莫少年遊。

才子今張率，名園比謝亭。門無辭客例，家有益齋銘。顧我頭將白，逢君眼共青。茫茫人海內，此跡豈浮萍？

——《查浦詩鈔》卷六

## 早春雪後同姜西溟作

納蘭性德

西山雪易積，北風吹更多。欲尋高士去，層冰鬱嵯峨。瑠璃一萬片，映徹桑乾河。耳目故以清，苦寒其如何。朝鴉背城來，晴旭滿巖阿。春泥凍尚合，九衢交鳴珂。忽睹新歲華，履端布陽和。不知題柱客，誰和郢中歌？

——《通志堂集》卷三，《清代詩文集彙編》影印清康熙三十年徐乾學刻本

## 柬西溟　　納蘭性德

廿載疎狂世未容，重來依舊寺門鐘。曉衾何處還家夢，惟有涼飆起古松。

——《通志堂集》卷五

## 金縷曲姜西溟言別賦此贈之　　納蘭性德

誰復留君住。歎人生、幾番離合，便成遲暮。最憶西窗同翦燭，卻話家山夜雨。不道只、暫時相聚。袞袞長江蕭蕭木，送遙天，白鴈哀鳴去。黃葉下，秋如許。　曰歸因甚添愁緒？料强似、冷煙寒月，棲遲梵宇。一事傷心君落魄，兩鬢飄蕭未遇。有解憶、長安兒女。裘敝入門空太息，信古來、才命真相負。身世恨，共誰語？

## 金縷曲慰西溟　　納蘭性德

何事添悽咽，但由他、天公簸弄，莫教磨涅。失意每多如意少，終古幾人稱屈。須知道、福因才折。獨臥藜床看北斗，背高城、玉笛吹成血。聽譙鼓，二更徹。　丈夫未肯因人熱。且乘閒、五湖料理，扁舟一葉。淚似秋霖揮不盡，灑向野田黄蝶。須不羨、承明班列。馬跡車塵忙未了，任西風、吹冷長安月。又蕭寺，花如雪。

——以上《通志堂集》卷七

## 瀟湘雨 送西溟歸慈谿

納蘭性德

長安一夜雨，便添了、幾分秋色。奈此際蕭條，無端又聽，渭城風笛。咫尺層城留不住，久相忘、到此偏相憶。依依白露丹楓，漸行漸遠，天涯南北。

悽寂。黔婁當日事，總名士、如何消得。只皂帽蹇驢，西風殘照，倦遊蹤跡。廿載江南猶落拓，歎一人、知己終難覓。君須愛酒能詩，鑑湖無恙，一蓑一笠。

——《通志堂集》卷八

## 送姜西溟先輩

顧圖河

赤日揚其威，黄沙没人骭。冉冉征途間，酷烈甚湯炭。莫釐好湖山，水氣薄涼舘。從容枕簟施，清風徐可唤。胡爲挽馬撾，去意堅難絆。勇聞科詔下，觸熱不少愞。先生千載人，奚事爭一旦。羅胸燦星辰，振腕沛河漢。給札自上方，修書佐東觀。其言浩無涯，稇載牛馬汗。一第豈所榮，利鈍何足算？人生縛年命，墮地各已判。譬猶航巨海，誰不冀登岸？浪舶或窮年，風帆只須暫。朝能識之無，夕能分句斷。及時取榮尊，豈必辨真濫？我曹辱泥塗，宿業絓此案。羝羊觸藩籬，進退皆莫逭。先生更弋獲，何異明珠彈？儒官免朝參，清俸給炊爨。寶茲壽世業，投閒故無憾。聞言屢頷首，顧我發悲惋。謂我言誠高，笑我識已暗。朝家沿制科，積重勢莫撼。隋唐千年來，牢固立根幹。仙籍占青冥，通途插羽翰。頗用誇朝行，匪惟耀里閈。不由甲乙進，衆以俳優翫。丈夫苟不達，深山合逋竄。一頃田自畊，半畝園自灌。家貧牽世網，薄宦苦鞅靽。時情銖兩較，俗面低昂看。名成要有期，志在固難換。我前爲君壽，卮酒飲未半。日斜可以起，去去不容緩。

——《雄雉齋選集》卷之五，《清代詩文集彙編》影印清康熙三十一年刻本

## 斷硯歌西溟先輩索賦硯爲家梁汾舍人酒後擊碎

顧圖河

姜侯硯小纔如掌，玉膩金清世無兩。隃麋發采宣毫爽，酒半傳觀各誇賞。舍人怒起奪之急，嫚罵何堪一錢直。奮擿不顧拳皮坼，滿座失聲留不得。物之成毀有由然，舍人辨口方便便。君不見姜侯醉作草聖狂而顛，怒猊跑踔龍蜿蜒。又不見姜侯著書凡幾千，上規穹昊下徹泉。抵突虓固追談遷，脱手便有風雷纏。廟堂頗復急此賢，諸公百寮壓其巔。祿米不救飢窘煎，看人富貴摩青天。焉用此石空鑽研，羈窮白首默自憐。嗚呼！胡琴摔破不復絃，唾壺口缺那更全？姜侯乃煎麟角鳳觜之膠重綴聯，玉蜍吐水調松煙。摩挲自謂石可田，石鄉可遊吾老焉。

——《雄雉齋選集》卷之六

正月十三日東江席上同姜西溟趙蒙泉吴元朗張漢瞻宫友鹿用子瞻岐亭韻

湯右曾

東風吹何時，柳色染新汁。連朝曉夢裏，花朵壓紅濕。入春春未動，馬蹄空得得。閒來叩君門，推甕飲須急。不知陂塘外，拍拍幾鳧鴨。喜心封鮮腴，暖氣上巾冪。聞君宦遊樂，腰下金帶赤。愛君名士風，手中羽扇白。談諧二三子，取醉半墮幘。酒酣哦新詩，詩成鬼應泣。纖纖月始生，旋圓俄復缺。人生幾良會，珍重座中客。年年試燈期，莫忘此宵集。

——《懷清堂集》卷五，《清代詩文集彙編》影印清乾隆十一年刻本

九日同西溟赤抒西齋蕉飲登慈仁寺毘盧閣以亭皋木葉下五字爲韻

湯右曾

閒居當重九，淒若病葉零。稍思謝塵勞，偶來叩禪扃。升高展遠眺，傑閣起亭亭。游氛斂已無，豁達天宇青。飄風颯然至，響戛殿角鈴。顧此浮念遣，怳惚逢仙靈。

蔥蘢春陽敷，景物麗青皋。奄忽被霜露，側耳寒蛩號。四運行復周，狂馳無乃勞。不如一杯酒，爲歡尋我曹。泥塗未云卑，嵩華何必高。方寸起滅間，萬里爭秋毫。

危欄俯萬井，蒼然見喬木。藹藹帝王州，朱甍接華屋。高門黼羅綺，清吹激絲竹。美人方宴終，蘭房扇餘馥。寧知雲端士，蕩蕩散游目。仰觀青冥遠，俯視白日速。涼飈征鴈起，落日輕霞接。悠悠天末雲，簌簌林中葉。授衣及凜秋，縫素有閨妾。忽念泉下人，哀淚俄映睫。霜天枯百草，夜火山南獵。安得迴壯心，走馬逐游俠。榮瘁各有時，黄花又堪把。舉俗愛佳節，美酒斟滿斝。層軒憑窮秋，西流弱水瀉。飛塵横綺道，車馬在其下。人生無賢愚，意得卽瀟灑。時哉引頽齡，晚節冀休假。

——《懷清堂集》卷八

## 行笥檢得西溟遺札數紙感賦

宫鴻曆

擊筑誰爲甕露歌，芝蘭遭燬雉罹羅。濟南名士風流盡，廣武英雄感慨多。幸不此身終濩落，可堪垂老又風波。把書卻憶掀髯笑，轉眼人間爛斧柯。

——《恕堂詩·散懷集》（下），《清代詩文集彙編》影印清康熙刻本

## 長歌贈姜西溟先生並索其行楷書

宫鴻曆

唐宋幾人能文章，千秋只數韓歐陽。眉山掉筆亦健者，要於史事猶蒼黄。姜侯老筆精文律，刁斗

巖如程不識。尺幭寸管百法生，大可屠鯨細穿蝨。才名官職孰爲多，圜冠句屨追丘軻。天子召來集賢院，勝國史事資編摩。集賢學士多如草，長鞭短轡爭馳道。莫笑追從牛後行，眼底紛紛海鷗鳥。得暇搦管摹鍾王，腕力秀勁丰神蒼。被穿領皂不自惜，素紈夜發星虹光。愧我廿年死文字，敝帚空筌不忍棄。一讀君文一服膺，疑是廬陵落今世。蘭亭欲買囊無錢，下筆右手愁拘攣。有意橅搨略不肖，一縱便似隨風蒹。願君迅掃剡溪紙，我懸素壁生雲煙。心摹手追忽自得，槌床大叫呼姜髯。

## 閩中紀事四十韻寄姜西溟楊耑木查荊州聲山嚴寶成吳元朗王赤抒宋堅齋團雲蔚湯西厓史蕉飲汪文升安公

宮鴻曆

百越雄南服，三山近海陲。不知天隔閡，坐覺地支離。石氣千林黝，波聲萬馬嘶。迢遙過嶺日，仙霞嶺，閩之北門；杉關，閩之西門。黯淡下灘時。北自浙入閩，西自豫章入閩，灘石險惡，各以百數，而黯淡灘特著名。蠻俗聊供笑，方言可拾遺。地曾無朔雪，人不解流澌。草木誰編譜，禽蟲任缺疑。聊因耳目暇，一廣見聞資。鱨目惟園果，垂涎首荔枝。麝臍香易落，荔實時遇麝則落。石背溺先萎。荔樹生蟲如荔核，一生十二粒，遇閏又多一粒，名石背荔，香時卽溺，溺而全枝脫蔕矣。絳實盈筐瀉，晶丸帶葉垂。水晶丸，荔之美種。還愁樸孕早，或售互人欺。荔園受賈人直，謂之樸。荔有樸花、樸青、樸孕之别，大抵以樸之遲早分價之高下。樸時倩鄉老估直，名曰互人，樹主樸主爭賂之。亦可封泥活，無勞置驛馳。荔枝小幹泥封，一二年生根，花時截取郵致京師，結實無異。緗枝防護密，夜燕所過，則荔子一空，害又甚於石背，故防之甚勤苦。龍眼唱歌遲。倩人採龍眼，恐其恣啖，故采者相約歌勿輟，謂之唱龍眼。佛手寧非柿，會城外齊坑道者，巖有柿一株，結實如佛指，柑長六七寸，皮、穰、色、味皆柿也。鰕頭儼似螭。漳州龍鰕儼然龍頭也，大可三四觔，味美如蟹螯。品茶知太姥，太姥峯茶品極貴。咋舌羡西施。西施舌，會城亦不常有。柱剖江珧美，春隨海扇移。海中甲物於春三月出，名海扇。珠蚶佐羹臛，小蛤名。石蛣長萎蕤。一名龜脚，春而發花。蠢動憐沙噀，無首無目，僅能蠢動，觸之則縮小，徐復臃腫，味極美，四明亦有之，閩人呼爲土筍。蹣跚笑海蠵。海中大龜。飛翔龍蝨出，八月十三至十五，海濱龍蝨飛集，取之，餘月絶無。束縛虎蟳岐。蟹之大者名虎蟳。鬻醬空盈甕，土人重之，味極不堪。蘭湯亦滿匙。閩人以珍珠蘭點茶，不聞有毒人之説。珠娘擔石過，閩中呼婦人爲珠娘，言其貴重也。然地狹民貧，凡負薪駕舟皆役婦人爲之。颶母踏波嬉。象譯唐朝壤，日本人呼中國人爲唐人。錢刀宋代貲。延建以上多用宋錢。雕鐫疑鬼物，刻畫見鬚眉。雕漆器及自鳴鐘，皆有專家，絶技如鬼工然。秣厲千章樹，有高二三丈者，花亦絶不同。猗蘭九畹姿。龍頭爇燈火，龍蝦空其中作燈觀者，特駭目。魚魫絡藤絲。魚魫蘭，吴越亦間有之，莖白，葉劍立者是也。魚魫嬌則莖細如藤絲，力不勝花，開時横陳密葉中。蜒戶泅波出，礵田帶火治。閩地多山，山麓盡治爲田，曰礵田。搏沙珠傘孕，汀西丘坑口撥土一寸許，有珠大如粟，光稍晦。相傳汪革據歙，巡行至此，有珠傘風掣落，至今生珠。告廟土牛爲。取土於閩忠懿王之廟，牛始可成。魚訝連山大，鰭堪一木支。魚骨可作樓觀。竹森如擲火，曩見畫家寫竹用硃，不意延建間實有之。榕蔭似披帷。俗習干戈便，兵後尚武，家藏甲者頗多。人多趫捷，恥一夫之敵。人操硯席隨。人又以文事相尚，至於臧獲賤隸多能文者。蟶苗代錢鎛，壅水爲田，種蟶其中，苗初出，蠢蠢如螘子。螺甲透襳襹。螺甲作香，卽古之甲煎香。卷舌侏離語，文身漫浪兒。閩俗多雕青者。稗官留小説，淫鬼踞高祠。所祀鬼神，都不可解。最可怪者，洛陽橋祀夏得海，會城祀齊天大聖。述異資談藪，催詩倩酒巵。荒唐來絶域，懷抱向京師。鐘鼎諸公業，山林我輩期。雖憐趨舍異，未覺性情歧。大海難蠡測，奇聞只管窺。采風誰氏職，聊用播聲詩。

——陶樑輯《國朝畿輔詩傳》卷二十八，清道光十八年刻本

## 同遊上方圖記

汪士鋐

往時相國徐偕西溟、竹垞兩先生遊房山，廣陵禹生尚基實爲之圖，此其稿本也。一人攜手撚鬚、斜身而遠眺者，望而知爲相國先生也。一人頎長美鬚、髯掀而左指者，諦視之亦知爲西溟先生也。一人清臞蹙容、垂視而右指者，人若指以爲竹垞先生，亦可髣髴一二也。以三君子之圖出於一人之手，而神似與否，相懸若此，豈其有所軒輊其間哉？抑其一時之下拙偶殊與？夫亦其所與居處，習與不習焉耳。禹生舍於相國邸第，歷有日矣，平居陰察相國之起居，至於一顰一笑，無不注意，故其臨畫不必執筆而後求之也。時西溟先生以編輯史事，相國日延先生與爲商榷，生亦數數相見，諦觀而下筆，其精神意氣亦可得其大半。至竹垞先生適以左官屏居，生豈不時與之習耶？何其相似者不敵兩公之多也？東坡先生論傳神之法，以爲當得乎其天，惟其日與之習耳。余固非知畫者，因西溟先生出此圖屬題，聊附數語，他日知見者之定軒渠一笑也。乙亥初夏，汪士鋐識。

——《姜先生全集·附錄上·酬贈文》

## 挽姜西溟

陳　萇

晚入承明數未奇，那知鑄錯不堪追。文章舊價欣方慰，辛苦初心悔已遲。遺恨一時頭腹尾，空傳三絕畫書詩。生芻一束無從唁，獨向西風淚暗垂。

——《雪川詩稿》卷四，《四庫未收輯刊》影印清康熙鶯湖蘇嘯堂刻本

## 廳壁見姜西溟籠蟋蟀詩讀而愛之輒和本韻

吴　暻

六街小市翠籠擎，吟和秋蟬斷續聲。楚國王孫愁似客，天涯織女尚多情。西堂夢逐涼風盡，北戶身同病葉輕。何事蜉蝣難作侶？浪從床下署空名。

——《西齋集》卷二，《清代詩文集彙編》影印民國二十三年鹽山劉氏皕印齋校刻本

## 斷硯歌和西溟

吴　暻

玉堂新樣波工製，碧天照水涵星麗。鳳咮龍尾絕妙姿，隨身視草長安第。文章點染忠義磨，明窗大几閒情多。恨不春官貢天子，錦茵玉匣求餘波。硯乎硯乎瓦礫異，壁碎山傾驚墜地。角缺空殘耕灌泥，池漏還濡弔秦淚。絳川墨骨波磔開，于闐青鐵英靈閉。繡嶺雲飛天寶塵，鄴臺花斷興和歲。柳家悔發誠懸鐍，涪老難忘文叔惠。姜君弄硯不置手，三歎臨池失吾友。野鶩家雞詫舊腳，川媚山輝憐湫帚。十年枕上殘醉醒，短檠牆角光青熒。越藤妙遺鍾王筆，新詩夜哭陰山靈。君不見隴西才子李元賓，曾乞韓公瘞硯銘。

——《西齋集》卷五

## 乙亥除夕前一日西溟文饒西厓友鹿偶過東江考功小飲明日友鹿卽事戲成一篇示余因次其韻

吴　暻

四海幾窮交，相見喜折屐。遂令長安市，所至號歡伯。食忘塵甑空，飲笑漏卮劇。閒官如寓公，風流每借宅。終年索米憂，晨夕掛胸膈。不知好事誰，中庭無愈跡。況於卒歲謀，腹上指空畫。瓶罄少旨蓄，衣敝裂裳帛。考功吾管鮑，交味等濃醳。曹閒惜君貧，金盡知我厄。入門嘗呼黍，主婦亟走役。共歎北堂賢，膳服戚疏適。韓詩：『主婦住北堂，膳服適戚疏。』值兹休沐暇，偶然逃簿責。開門舊雨來，空幃風策策。前榮具盤飧，半臂入市易。媿爾咄嗟主，辦此倉卒客。陳遵自驚座，灌孟誰膝席。終憐鄶不與，莫謂楚弗逆。是日，余以事不得往。酒直惜老驄，飣餖想乾臘。新年人事始，東風犬嘗麥。大呼吾鄉友，妍辭媲青白。殷勤趁梨花，愛此野馬隙。更期藉草遊，數騎穿綺陌。升沈縱殊塗，終樂數晨夕。莫笑盂下窮，緣壁善脈脈。羨君門巷間，羣烏集府柏。

——《西齋集》卷七

## 丙子正月十一日西厓編修席上同用昌黎醉贈張秘書韻

吴　暻

愛君官職冷，人事百不聞。愛君同巷住，一日數見君。近坊六七子，結託於斯文。性情淡若水，心跡懶如雲。問其平生交，臭味投蘭芬。人皆謂我輩，不與世俗羣。夫豈尚幽獨，實乃嗜好分。敢矜萬人敵，亦足成一軍。新年踏鐙市，春動百草醺。朱門酒肉氣，九陌騰氛氲。十載感衰盛，舊事吾能云。歡華等傳舍，逐此萬象紛。五侯三相家，零落春盤葷。當筵奏故伎，碧草餘舞裙。富貴不滿眼，如雨銷飛蚊。豈似吾徒樂，一笑披南薰。茫茫思故人，半成宿草墳。何時歸去來，買田耦耕耘。試看文字外，何物爲功勳？相期理書籤，庶不辜隙曛。

## 十三日實君考功齋小飲同用東坡岐亭韻　吴　暻

唐君不好飲，所過設茗汁。而余見杯杓，流涎輒口濕。飲伴只宫生，相要兩相得。下馬點銀瓶，索此應最急。多君出斗酒，匕箸佐鵝鴨。愛我知我好，飲器潔布冪。朱顔一笑紅，滿座發頳赤。不能持勸君，酒比人面白。夕陽花氣亂，隱几墮冠幘。泠泠洛下詠，唧唧瓶罍泣。還恐風月辜，不令新詩缺。嗟余固狂奴，卿輩自惡客。獨恨失宫生，匆匆趨内集。是日，友鹿以家宴離席去。

## 元夕同用樂天明月春風三五夜爲韻分得春字　吴　暻

十年我作天街客，當筵三賞元宵春。流連風景美清夜，舉酒酹月歌良辰。昔年平津舊池館，春盤春日羅芳辛。兩床絲管沸畫閣，十丈氍毹迴錦茵。玉杯南國致竹葉，翠釜北路求腥脣。米家屏影蔣家鐙，歌舞由來動一句。何意風流後堂跡，長衫零落餘長身。今年賃屋閒坊住，三條小市依靈椿。數君門巷靜如水，詩酒冷淡時相親。方當玉關事鼙鼓，行人刀劍車轔轔。東南不熟無笑聲，罷鐙想見五州民。吾曹何事復歡宴，奈此花月新年新。六街到處競繁吹，五陵門外殘香塵。紅樓誰記東華市，明時，鐙市在東華門外。看場猶鬧南城闉。今在城南靈佑觀旁。衣香月面忽恍惚，星橋火樹交紛綸。萬家歡笑忘萬事，一洗天地無愁顰。媿我短檠高二尺，華鐙壓倒光難伸。何能置酒邀重客，惟當祭竈請比鄰。精盤不羨豪家饌，瓦盆聊送書生貧。論文合我十年交，共感平生意氣真。堂前明月如過夢，天上春風似舊人。酒闌莫話歡華事，半是當時東閣賓。

——以上《西齋集》卷八

## 過碧山堂杏花下與姜丈西溟感歎舊遊淒然成詠

吴　暻

闌干閒凴旋閒行，暗數殘鶯喚酒聲。一樹猶然未顛頷，十年銷得幾清明。重來松石偏憐影，舊識花枝不問名。醉哭東風兩賓客，無人知此繞街情。

——《西齋集》卷十

九日同西溟野航西厓蕉飲登慈仁寺毘盧閣用亭皋木葉下爲韻各賦五首

吴　暻

城西有飛閣，百尺淩蒼冥。下臨忽無地，萬物疑一形。石闌出雲霓，千里延郊坰。不見雲外山，但覺煙中青。百雉隱列刹，天風清塔鈴。長年送人處，夕陽笑空亭。

煙火十萬戶，車馬如秋毫。中有雙鳳闕，勢與諸天高。吾曹百僚底，聲名一鴻毛。空有遠舉志，孤鶴唳九皋。文章本無力，難爲知音操。學地生隱心，不如守蓬蒿。

佛教來中國，江左稱老宿。維摩亦有言，議論九十六。前朝崇象教，開林飾珠玉。寶相籍閒安，天衣光可掬。空中四照花，髣髴鵲山木。何時逃火宅，妻子脱屣速。

幽并百戰地，生士多任俠。盤馬上東門，秋風縱郊獵。黄沙萬里平，天與窮荒接。燕雲十六州，山河積寒雪。白骨野草埋，石田觸畚鍤。銷沉范陽兵，歷世今幾葉。

斜日忽西落，幽懷不能寫。暝禽欻來往，人語息原野。俛尋萬仞梯，拂衣雙樹下。情塵積爲岳，浮生歎不捨。得酒且相覓，呼童致菜把。騎驢歸去來，莫遭官長罵。

## 題座主慈谿姜先生遺蹟

顧嗣立

蕭蕭白髮拜明君，館閣爭推王右軍。公論僅存朝野合，交情每恨死生分。空餘殘墨光如漆，想見揮毫勢若雲。只有門生如此意，兩行清淚滴遺文。

——《秀埜草堂詩集》卷十三，《清代詩文集彙編》影印清道光二十八年顧元凱潯州郡署刻本

## 記姜西溟遺言

方苞

余爲童子，聞海内治古文者數人，而慈谿姜西溟其一焉。壬申至京師，西溟不介而過余，總其文屬討論曰：『惟子知此。吾自度尚有不止於是者，以溺於科舉之學，東西奔迫，不能盡其才，今悔而無及也。』時西溟長余以倍而又過焉，而交余若儕輩。

其後丙子同客天津，將别之前夕，撫余背而歎曰：『吾老矣，會見不可以期。吾自少常恐爲《文苑傳》中人，而蹉跎至今，子他日誌吾墓，可録者獨三事耳。吾始至京師，明氏之子成德延至其家，甚忠敬。一日進曰：「吾父信我不若信吾家某人。先生一與爲禮，所欲無不可得者。」吾怒而斥曰：「始吾以子爲佳公子，今得子矣。」卽日卷書裝，遂與絶。崑山徐司寇健庵，吾故交也，能進退天下士，平生故人並退就弟子之列，獨吾與爲兄弟稱。其子某作樓成，飲吾以落之曰：「家君云名此必海内第一

流，故以屬先生。」吾笑曰：「是東鄉，可名東樓。」健庵聞而憾焉。常熟翁司寇寶林，亦吾故交也，每乞吾文曰：「吾名不見子集中，是吾恨也。」及翁以攻湯司空斌，驟遷據其位，吾發憤爲文，謂：「古者輔教太子有太傅、少傅之官。太傅審父子君臣之道以示之，少傅奉太子以觀太傅之德行而審諭之。今詹事有正貳，卽古太傅、少傅之遺也。翁君之貳詹事，其正實睢州湯公。公治身當官立朝，斬然有法度，吾知翁君必能審諭湯公之德行以導太子矣。」翁見之憮然，長跽而謝曰：「某知罪矣，然願子勿出也。」吾越日刊而布之，翁用此相操尤急。此吾所以困至今也。』時西溟年七十餘，始舉於京兆，又踰年成進士。適翁去位，長洲韓公菼薦於上，得上甲。己卯主順天鄉試，以目昏不能視，爲同官所欺，掛吏議，遂發憤死刑部獄中。

西溟之治古文也，其名不若同時數子之盛，而氣體之雅正實過之。至不能盡其才，則所自知者審矣。平生以列《文苑傳》爲恐，而末路乃重負污累。然罪由他人，人皆諒焉；而發憤以死，亦可謂狷隘而知恥者矣。西溟之死也，其家人未嘗以誌銘屬余，而余困躓流離，與其家不通問者計數已十有九年。姑傳其語，俾衆白於其本志之所蓄云。

——《望溪先生全集·外文》卷六，《清代詩文集彙編》影印清咸豐二年戴鈞衡刻本

## 題姜西溟洞庭秋望圖

揆敘

具區水浸東南天，玻瓈萬頃光澄鮮。霜風一夜忽吹淺，北鴈下食菰蒲田。莫釐峯高插霄漢，放眼

直到秋毫顛。夕陽倒投萬丈底，七十二點浮蒼煙。我聞此語身未到，好景敢信旁人傳。乍披横卷重太息，萬象坌湧如當前。先生筆力固奇縱，懷抱蟠鬱皆山川。風雲吐納入變態，追逐作者應差肩。半生蹉跎困塌屋，踪蹟偶寄江湖邊。平時放曠不隨俗，臨老世網翻拘牽。眼前一第豈增重，文士晚節天應憐。功名但恐妨作樂，登陟未果清遊緣。湖山雖好空夢到，豈異塵世談遊仙。何當置身果在此圖裏，也應招我並上蘆中船。

——《益戒堂自訂詩集》卷一，《清代詩文集彙編》影印清雍正二年謙牧堂刻本

## 斷硯歌爲西溟賦

揆敘

姜君才思通杳冥，筆鋒銛鋭如發硎。又如天馬騁絶足，追風躡電勢莫停。硯田一片歲自給，豈有災異書秋螟。端溪美石天所予，波紋外潤中涵星。不知何年遇巧匠，刻削純朴成瓏璁。小池忽開碧眼碧，密藻細吐青花青。晴窗朝來日色好，手搨硬紙臨黄庭。摩挲把玩意未足，曾乞妙手摹其形。近傳箱篋失名繪，恍惚變化隨仙靈。風塵幾刖抱璞足，霜雪每鎩摩天翎。中書頭秃壺口缺，此硯那得逃天刑。失手一聲忽墮地，巨斧中劈疑驚霆。乃知人生尚如寄，何況外物同流萍？浮漚幻滅偶然事，擾擾大夢行當醒。瓦全玉碎兩無與，肯爲頑礦傷凋零。西溟舊有《滌硯圖》，予幼時曾及見，今聞已失去，故篇中及之。

## 至日西溟枉顧適齋中盆梅盛開因言向在京師欲作梅花賦以寓南客北來憔悴無依之意至今未果予聞其言有深感焉作詩以記其語

揆敘

君不見鄧尉梅花不知數，香雪漫山白雲護。谿迴徑轉忽迷離，便似桃源失歸路。移來燕市絶可惜，孤根未慣經凝冱。地爐借暖簾幕圍，蝨谷偷春盆盎貯。向來灰洞塵如海，白日無風散黄霧。素衣猶自化成緇，那得疎花尚如故。豈惟客土違本性，兼恐冰姿遭外污。佳人倚竹私自憐，袖薄天寒傷日暮。支離恰似蓽門翁，久客無端兩相遇。好將寄諸踐寒梅，火急催成廣平賦。

## 西溟有詩見贈次韻答之

揆敘

近來海内推知名，文籍先生素儒雅。才同蜀客遲更工，調出郢人和彌寡。襟披冰雪自瑩淨，紙落雲煙任揮灑。千仞奇峯突兀高，百灘奔浪紆回瀉。不知前輩格誰並，若數同流材盡下。憶自垂髫初識君，佳譽傳聞信非哆。一時賓侶皆眼見，想像粗能追昔者。有如肅肅宗廟中，古器依稀辨壺斝。《晉書》：『裴楷嘗目夏侯玄曰：「肅肅如入宗廟中，但見禮樂器。」』自從人琴枯淚眼，淥水亭荒廢遊冶。酒徒星散向江湖，題壁殘篇半掃撦。君窮尚學乞米顔，我幼難隨問事賈。十年踪跡悵遐隔，倏忽流光飛野馬。初聞行李來涉春，正喜公車留過夏。別經秋塞書未達，歸及冬釭臂重把。余八月間之塞外，初冬始歸。笛中感舊大可憐，餘論謙謙蒙見假。長歌辱贈何以報，永好期修月泉社。聳肩雒誦過三更，落月寒光穿紙瓦。向來聚散置勿道，哀樂從今賴陶寫。

## 慰姜西溟南宮下第兼以贈別

揆敘

文錦曾聞羨丙申，誰教失路走踆踆？青衫難逐趨時輩，白髮偏欺下第人。窮託煙霞爲痼疾，老從筆墨見精神。只愁無賴楊花雪，亂撲歸鞍作暮春。

## 園居柬西溟

揆敘

短策重吟酒市秋，衰年一第轉淹留。黄金未就虚丹竈，青史無期悵白頭。失路梁鴻猶寄廡，思家王粲每登樓。何時過我山扉畔，夜雨挑燈話舊遊。

## 疊前韻再寄西溟

揆敘

蕭聊無計遣悲秋，人束歸裝爾獨留。押字尚難書紙尾，論才原合草詞頭。多時節物違吟社，幾地心情記酒樓。共指此翁還矍鑠，興酣偏話少年遊。

——以上《益戒堂自訂詩集》卷二

## 喜姜西溟及第

揆敘

湖海才名四十年，天教上第慰華顛。得官共惜希回晚，薦士難忘吏部賢。昌黎有《薦士詩》。高閣微風花外漏，清溪歸夢葦間船。承明著作需君久，錯咎南華第二篇。

——《益戒堂自訂詩集》卷四

## 挽姜西溟

揆叙

白首經春在網羅，俄聞撤瑟淚滂沲。因人連染原非罪，傳世文章自不磨。五老榜開恩獨重，四明山遠恨偏多。忘年孔禰論交久，淥水亭邊忍再過。

——《益戒堂自訂詩集》卷五

湛園先生爲睢州湯文正公發義憤事予已載於其行狀中望谿侍郎偶及之予謂如彼人者猶屬天良之不盡澌滅者也侍郎笑而然之

全祖望

一言惱殺沈梔林，尚見斯人未死心。若使怡然甘笑駡，將無放膽混人禽。梔林，沈維祖字也。

——《鮚埼亭詩集》卷六

讀國初諸公文集成斷句十二首其八

李富孫

待詔承明禮數殊，西溟以布衣薦入史館。暮年風節轉欷歔。文章聲譽馳江表，驂靳都從長短書。

——《校經廎文稿》卷二，《清代詩文集彙編》影印清道光元年刻本

觀王嫩竹學博新刻六行軒姜帖賦贈

厲　志

古今學書難指數，以此名家無多人。古法既湮俗皆雅，晉唐沿流規模存。國初諸公萃文藻，臨池墨色紛氤氳。葦間學士名益著，楷則久爲當世珍。收藏苦無桓江州，人間贋本徒亂真。溪上胡君紹曾

獨愛惜，視其尺牘如陳遵。持與先生勞決擇，要付巧匠鐫貞珉。斟酌去留信非易，黄庭遠邇傳鮮新。《凡將》、《急就》並佳妙，疎瘦拘束無比倫。嚴家餓隸輒放縱，隆冬枯樹能屈伸。有時臨摹行我法，間出意造歸本根。幽秀既類霏煙凝，翩反胡忽生龍奔。精心求古人焉知，一朝悟脱如有神。繙閲百回趣彌摯，但知意愜口難論。忘卻置身六代下，恍與江表羣賢親。海内方家各推重，共處鄉里何惛怋。先生爲此殊快意，擎出明珠離淵濵。儻積歲月隨遷流，吉光片羽終埃塵。一邦之妙一代絶，没世猶欲隨淪泯。摩挲此卷三歎息，僥倖千載誠艱辛。

——《白華山人詩集·丁巳集》，《清代詩文集彙編》影印清道光刻本

## 觀姜西溟先生墨跡二首

厲　志

皇初遠莫逮，魏晉難匹儔。猗彼貞觀來，褚虞及薛歐。斂氣納筋髓，神明猶各酬。祖述代多門，漸衍肆厥流。元祐極英俊，敲擊南宫優。説劍非莊美，吴興又豔柔。寥寥文溪翁，仰視雲天悠。右軍本龍虎，毫髮嚴飾脩。秘笈不常啓，公獨探於幽。古則更一擲，萬目回其遒。非計後人賞，庶免前哲羞。冥寞張斯道，至美願枉投。文章若在世，幸賡千歲求。

入古不能出，偶出便忘歸。要知夢中蝶，栩栩繞床飛。出時不離我，還來我爲誰？既是當求非，欣欣遺其歸。縱恣由檢束，凜循輒故違。爲學斯誠善，注目難極窺。踰時失所據，反覆更其倪。懸心於空際，仿像遠依稀。枉同索公臥，精微安得知。

——《白華山人詩集·磊山集》（上）

## 斷硯歌和贈姜西溟

徐　柯

平公巨璞禹鑿餘，奉使三峽長嘯遘此奇。波濤雷電不可見，十手今傳杜老詩。姜侯紫雲踏天割，承詔雙趨青瑣闥。緹襲繒裹遠致之，浮筠旁出紛轇轕。落筆中書腕未停，煙馳穎騖氣始震平。千詩百賦轉坳郁怒，盡道姜侯之硯能有神。巧偷豪奪事殊醜，玉質金聲厄何有？雙闕仍銜沒字碑，五觔竟落神椎手。姜侯雅度人所難，去者弗追斷者完。晉問無勞鑄兔臀，漢史何妨論馬肝。日三去摩挲還縝瑮，長歌刷恥洗淩誶。試看光芒啟匣猶萬丈，吾欲攜倚榑桑賦日出。

## 斷硯歌二

徐　柯

西溟待詔，玉峯相所題佐史局士也，復爲此歌。

姜侯蘊奇世莫測，武庫森森萬矛戟。筆詩雄奧史更深，天語親許文章伯。端溪紫瓊性所愛，淬穎驅煙快無敵。攜來史局佐相公，如砥矢踐南薰跡。義嚴詞確正凡例，赫然直使百年姦嶭佞骨起僵栗。神忌至清鬼醜正，假手老瓊奮一擲。膠漆聯固重磨試，依舊雲湧波翻奇注射。相公罷去史局變，玉峯相於二朝黨論至嚴，侃然以分別邪正自任。史局不終，深望後賢之規隨，故結處復以朱墨史寓意云。我與老瓊別有適。到處能添詩筆興，精神依憑物不隔。始知月脅星心未儁材，龍尾鳳咮皆凡石。姜侯姜侯爾才豈空老，卽看後命催入直。乍可持瓊起草入明光，莫復將瓊續史紛朱墨。

## 斷硯歌疊前韻二首

徐柯

造化小兒張福威，倚伏消息顛倒掉弄奇。姜侯有硯弗中斷，何處流傳斷硯詩。景陽之錦横遭割，匪貞宵寐方札闥。果然亹起硯席間，奮髯一擲淩轇轕。披礫天物驅染不暫停，動植上訴帝乃震平。雖然捋鬚逢暴怒，吾道敉攝掊擊有鬼神。世眼虧全論好醜，寧知斷璧殘璋美無有。用東坡《鳳咮硯銘》句。千牘未落崔杜價，百篇詎掣陶謝手。吁嗟乎，困阨之下久處難，湔祓高鳴幾士完。出簣誅璧致卿相，當年搒摺笞偶催心肝。謾擬六德矜溫栗，硯譜比歙爲俊人，端爲德人。縱備九能遭詢誶。吁嗟乎，莫以一硯升沉成壞，遂結漫漫萬古愁，試看羊胛熟時日應出。

驪山沈泥鄴臺瓦，辱等猗腳手堪戟。葦間西溟別字所寶維德人，端溪之良流輩伯。蘊真抱樸含太素，孕育萬彙造化敵。掌大面子半寸池，蛟蟠螭拏起無跡。爛爛巖下紫電光符采，不數琮琥色凝截肪侔蒸栗。坡公《龍尾硯》詩：『黄琮白琥天不惜。』豈有鄭璞一鵲抵，竟作益笥三犀擲。幾豎喙硬無悔尤，孰表材美不彈射。右肱知醫經九折，西曹相士盈百適摘。金砂玉乳質還在，麟角鳳觜膠寧隔。霏霏仍落萬珠璣，殷殷更出千金石。奇氣鬱鬱青霞蔚，折痕隱隱朱弦直。急與釁沐延登冊，大名錫之元圭侯卽墨。

——以上《一老庵遺稿》卷二，《一老庵詩文集》，華東師範大學出版社，二〇一〇

## 題姜葦間洞庭秋望圖二首

徐柯

皮裏陽秋坳下身，三豪影好掇皮真。我今皮相題好影，文采風流澹蕩人。葦間待詔史館，故得借用唐史官隨宰相入直螭坳事。

楚江遠在吳江冷，越客深於楚客悲。誰傳落木曾波景，縹緲峯頭獨立時。《楚辭》『嫋嫋兮秋風，洞庭波兮木葉下』，亦借使也。

——《一老庵遺稿》卷四

## 送姜宸英南歸

王澤弘

明代詩人勝宋元，四家七子亦矯矯。獨有古文真者稀，三百年來大家少。金華臨海才縱横，震川姚江文更老。近代作者誰最工？慈谿姜子多古風。頻年文戰苦不利，九秋匹馬還江東。立身倔强不偶俗，賦性傲岸難苟同。眼前科名何足道，千秋藝苑誇文雄。猶憶昔年結交始，縱酒論文入神理。贈以鮮于伯幾書，行草臨摹王内史。我今蹉跎十三載，學文學書亦徒爾。送君揮手悲且歌，莫問匡時吾老矣。

——《鶴嶺山人詩集》卷十一，《清代詩文集彙編》影印清康熙王材振刻本

## 同姜西溟彭孝績金穀似顧九恒魏禹平張漢瞻查夏仲兄弟汪寓昭湯西崖談震方會飲張園作歌限張字是日諸君皆騎，余同禹平、夏仲步過張園

惠周惕

三千搁鼓開門坊，城上烏尾翻朝光。叩戶丁丁得好語，竹膜一幅書三行。書言招我文字飲，今日置酒城南岡。坐客翩翩盡豪俊，主人妍雅刑曹郎。謂朱公子敬則。我聞此語意飛動，如馬初駕帆風張。起尋巷北問我友，攜手步及青絲韁。張園結構頗妥帖，後有小閣前方塘。略彴斜行通石磴，一林瘦竹風欹廊。枯藤脱樹落殘雪，屋角撲撲飛鴉孃。隔簾鑼器笑語近，軟火煮酒微聞香。坐來亭午人正渴，玉鉤蓮子堆鵝黄。清吟雅令相間作，只少纖手彈紅桑。昔歲春明劇游衍，提壺看月天壇傍。縱横鬭酒押强韻，搜句往往窮班揚。謂其年、次耕諸子。眼底升沉一反手，可憐吾輩仍清狂。浮雲柳絮挾風過，後會未卜期何方。萬事撥棄不擬道，爲君倒盡黄金觴。

——《硯谿先生集·崢嶸集》卷下，《清代詩文集彙編》影印清康熙惠氏紅豆齋刻本

## 花朝泥飲唐儀部實君寓同姜西溟趙文饒查夏仲湯西崖查升山宮友鹿分韻兼寄納蘭愷功得圓床二字

惠周惕

仲月好風日，融怡社後天。主人修故事，佳會酌羣賢。得句美無度，劇談清可憐。明朝還賀我，喜入酒花園。酒面浮花，應是喜樂天句也。拈韻時，實君有戲語，故云。

早晚莫須問，主賓吾已忘。有情還遲月，乘醉且移床。官暇行廚潔，風清飲具香。主人三日治具炊具，皆新。阿誰能作畫，圖與侍中郎。

## 寄同年永年立人時與西溟實君夏仲文饒耑木約遊郊外

惠周惕

入月連陰晦，餘寒在綺羅。春光未可攬，如此美人何？夜雨朝来霽，清風柳上多。出郊期好客，跋馬望君過。

## 同諸君興勝寺看杏花

惠周惕

淅瀝天街過微雨，輭風吹春入花裏。小紅梳洗最風流，初日亭亭捲簾起。可憐玉骨天然香，徒倚空山欲斷腸。左掖梨花等顔色，含風婀娜臨宮墻。誰剪明霞散山曲，千枝萬枝紅蔌蔌。五家合隊麗人行，杜老瞢騰看不足。聊憑杯酒添春酣，烏帽欹斜尚可簪。客路心情似春雨，晚来和我夢江南。

## 再賦一首示嵩木及同遊諸子　惠周惕

西勾之西花爲國，暈碧裁紅鬬顔色。杏花今歲開獨遲，不共棠梨作寒食。嫣然一笑破寺中，恰似詩人在遷謫。嬉春寶馬空當當，盡是看紅不看白。『看紅看白』，遺山語。楊郎愛惜攜酒過，花欄日底相婆娑。清香泥人著茵席，酒鱗寫影搖紅波。花如有情解留客，到手莫負金叵羅。春風去矣緑陰合，明日花老君如何？

## 再賦得興勝寺杏花　惠周惕

活色生香合是仙，園官移植自何年。斜陽影裏招提路，獨與梨雲伴夜禪。
轉眼夭挑欲滿林，如絲小雨又侵尋。臨風未忍隨風墮，爲惜春工點染心。
曲江勝事記當年，詩壁籠紗好共傳。今日兔葵春色裏，不堪重問探花筵。
金魚貰酒醉佳賓，紅袖朝衫共討春。前輩風流雲散後，白頭騎馬更何人。金魚館，名虞道園，故事。

## 初夏寄園雅集同唐實君姜西溟查夏仲趙文饒楊尚木是日立人爲酒主

惠周惕

伏處尠歡緒，閒園赴招尋。入門得嘉樹，便已清我心。初日半簾閣，人聲在花陰。誰爲洛生詠？搖曳如孤琴。

塵飛不到處，樹底開房櫳。清影落綈几，花光與蒙籠。坐想夜来月，遠聞雲際鐘。何時挾書策？一賞疎簾風。

平臺綠蘿石，昨與情人期。今日一尊酒，又當春歸時。磋跎良會晚，徙倚芳樹枝。尚有娟娟花，可以貽所思。

雅尚寄丘樊，素心自爲侶。披襟憺相對，坐盡風日美。歎息五載餘，年華委流水。東菑理時稼，長揖吾歸矣。

## 翁戶部康貽招同西溟實君文饒子文夏仲霜田文子亮工飲芍藥花下

惠周惕

仙郎官舍斜街偏，童童老樹團清圓。朝来下直足幽興，名花新買千蟬娟。疎簾清簟白日永，樹影下與花光連。百匝吟看意未愜，壺觴又欲招羣賢。石榴□漿翠磁滑，綠幘行炙銀絲鮮。羣屐紛紛盡来集，依花爲座鋪長筵。蘭燭啼紅留晚醉，晴霞暈玉扶朝眠。鬖雲堆裏幾株雪，淡妝素袂尤嫣然。上林羣卉各有譜，惟此名字風人傳。白玉堂前雨初過，沉香亭北春可憐。彤墀露染侍臣佩，紫薇句破桃花箋。樂天老去李白放，誰向檀口論當年。豐臺萬本入街市，擔頭稛束包紅顔。《漢書》：「包紅顔而弗明。」小窗棐几與位置，如洗塵土施朱鉛。彼此相望孰好醜，榮枯反覆初無端。看花且盡一日樂，裸袒對爾拈觥船。

## 題姜西溟洞庭秋望圖

惠周惕

萬頃淪漪上，行行何所之。爲看青嶂出，因與白鷗期。曉露零楓葉，清江怨竹枝。試將蕭颯意，入浦問漁師。

一鷹横沙渚，秋風滿洞庭。微波晴嫋嫋，斜日晝冥冥。天影沉來淡，山容洗後青。泠然方入夜，漁笛起前汀。

欲訪鴟夸子，還尋桑苧翁。斯人渺何所，極浦遠空濛。出沒看孤棹，參差數去鴻。微吟向天末，吹斷野蓮風。

畫史亦解事，寫君滄洲情。攬茲三尺素，如在具區行。我思屬雲水，言從采杜蘅。因之撫身世，落葉一官輕。

——以上《硯谿先生集·謫居集》

## 寄姜西銘明州

陸　進

蕭蕭秋晚塞鴻征，醉酒常思阮步兵。百里風煙迷海嶠，連宵魂夢度江城。君應籬下看花發，我向霜前悵月明。極目片帆何日到？高談握手慰離情。

## 同姜西溟羅宏載過訪陸雲士賦贈

章　昞

天地胡爲者？如君亦復貧。十年迷道路，一劍困風塵。華髮傷流輩，蒼顔憶老親。友朋時過慰，來往不辭頻。

## 西泠姜西溟内翰枉詩見贈答來韻

吴季霖

筆底窮搜五嶽形，胸中旁採禹王經。蟄龍在澤未行雨，老鶴將雛正養翎。媿我衰殘卧東墅，羡君榮達返西泠。空山忽聽跫奇至，時有籃輿竹外停。

## 過姜西溟先生葦間書屋志感

顧桐嵩

小樓獨上動欷歔，寂寞何人守敝廬。曲檻風摇簾外竹，長廊蝸蝕壁間書。燕辭故壘香泥落，花冷空庭夕照虚。惆悵風流今歇絶，更誰重問子雲居。

## 踏莎行同西溟揚州郡齋看月

謝爲憲

樹覆女貞，烏啼姑惡，荳花桐子當窗落。雨餘燈火夜凉多，銀河水浸秋天薄。露氣方濃，蛩聲漸弱，中庭峭立人如鶴。記曾秋月客邗溝，芙蓉亦是圍西閣。

## 答懷姜西溟二首

何嘉延

不覺三秋別，那堪一紙書。共遊河北道，獨返甬東居。官閣看梅遠，臺城折柳疏。離愁催歲月，雙鬢各何如。

聞到還鄉後，頻來吴越間。田園經苦戰，詩酒託名山。落寞情偏摯，蕭疏興自閒。何時重把臂，幽勝共躋攀。

## 偶過武塘投宿慈雲佷公方丈適姜西溟先寓南房晤間留酌出示其尊公行狀感而有賦

董道權

溽暑出門天又秋，茜溪紅葉過扁舟。嚴風古寺嗟萍梗，細寸霜螯說蒯緱。灑子瀧岡幾許淚，喚予堂北十年愁。先司農之喪已經十載，至今停柩於堂，時正以葬事出遊。欲從買土因爲客，何處興宗便可投？

## 復姜西溟

胡亦堂

風雨西泠夜者，尊酒論文，回思佳景，忽忽如昨。僕日緣鄙吝，不禁與知己情疏，乃知蒹葭秋水，雖是離愁，尚爲韻事也。檇李何日返棹？肯發剡川之興，安邑主人當炙肝以待。恐仁老東歸，道及山城苦況，卽生褁足之思，殊遜《停雲》雅誼耳。前乞《三都賦序》，藉以壯我六合，顒禱顒禱。

## 讀姜西溟先生葦間詩集感賦

桂廷藺

峨峨太常績，英風與嶽峙。太常公諱應麟，事載《明史》。先生繩武姿，摛華振珂里。文詞濡湛園，大海迴瀾紫。點墨繼右軍，十萬揮繭紙。索米長安時，臣朔饑欲死。木天吟春風，榮光被暮齒。先生捷南宮，年已七十。胡爲觸網羅，遺芬餘蘭史。先生未第時食七品俸，預修《明史》。既官翰林，以己卯順天鄉試逮獄，追案雪，而先生先於獄中病逝矣。吁嗟骨相屯，數奇亦如此。廣陵散欲傳，碌碌歎餘子。寒邨與橫山，一軍張孤壘。吾里鄭太守禹梅先生有《寒邨集》，裘太守蔗邨先生有《橫山集》，皆先生同時友。桑梓必恭敬，高山彌仰止。載誦仙韶音，歸夢溯江水。

## 宏兒入都呈姜西溟夫子

謝景昌

弱冠事鉛槧，老矣猶未休。茲藝本雕蟲，胡爲數十秋。或言窮達殊，天定非人由。余意不謂然，譬彼帶兜鍪。奮戈入敵壘，萬象如蚍蜉。太息顧仲華，二十已封侯。可憐百戰身，牢落老林丘。梓山一拳石，晴空得蜃樓。書帶拂衣裾，文采珊瑚鉤。績學更道尊，至尊側席求。姓氏楓宸煥，聞望被皇州。玉堂得大賢，秘苑恣冥搜。鳳凰翔千仞，光華照巖幽。干將拭赤土，寶氣聯斗牛。殿陛臚傳日，天上五雲浮。科名得士重，著述古人侔。學術醇如董，文章妙於歐。詩律少陵細，書法永和遒。前賢各擅美，今見自兼優。端揆佇凝弼，翰苑結箕裘。緬想親函丈，如隔昊天悠。憶昔南樓上，羣兒侍勸酬。至今皆老大，莫可繼先猷。阿宏亦四十，纔向帝京遊。既闇窾啓會，更拙稻粱謀。進之孫子行，容其膝下留。儻有噉飯處，便紓北顧憂。時願加鞭箠，駑蹇逐驊騮。來歲金門讌，一試鳴道周。惓勤舐犢意，臨風懷素修。

——以上《姜先生全集·附録上·酬贈詩》

## 別姜西溟十年辛未冬月晤於錢塘率爾言別因贈以詩

陸鎣

分襟南北十年違，相見他鄉話舊時。祿閣讎書官俸薄，昌平落第大文垂。日紅野樹開樽晚，風咽寒潮放棹遲。湖海玄龍豪氣在，斗間星向鐵花吹。

——全祖望《續甬上耆舊詩》卷一百，杭州出版社，二〇〇三

## 哭姜西溟

陸鎣

狂波滿地鵬當門，晚遇何如老一村。兩載紫宸非得意，千秋青簡反留痕。飄零旅櫬歸應晚，悽愴花磚日不溫。隕涕幾番閩海客，夢中招得故人魂。

## 姜西溟北歸相值吳門卽送其還四明

孫琮

憶昔南湖杯酒歇，秋風秋雨人離別。依稀光景二十年，嘯吟夢斷吳山月。今春訪舊來虎丘，偶到閶門一泊舟。城門貰酒逢姜子，執手驚看雪滿頭。雪滿頭兮猶未苦，聞說朝趨丞相府。可憐燕許廟廊才，索米長安望煙火。相君罷政賓客散，客亦南歸返鄉縣。春風茂苑喜重逢，殷勤話舊堪三歎。勸君

不如歸故山，讀書依舊掩柴關。風塵幾許紛華子，轉眼亦復非朱顏。嗟我年華過半百，詩酒溪山還莫逆。四明山水自君家，恨不相隨掛帆席。

會稽方文虎慈谿姜西溟渡江見訪盛稱越中山水之勝相約同遊忽忽不果別後西溟久羈京洛文虎不可復作矣感賦此詩

孫　琮

名山有約共相尋，太息存亡歲月深。自是羊求難再面，非關禽向負初心。琴聲入夢經風斷，蟲語如愁帶雨沈。一夜西窗孤枕上，新詩淒絕不堪聞。

留姜西溟

孫　琮

共坐山窗聽鳥啼，午窗相對祇寒齏。十年痛我無親養，不畜茅容舊日雞。

## 過花盆山謁西溟先生墓

费志雲

雲起盆山冷，先生死已陳。芳名留草筆，白骨鎖花茵。鴈字秋空巧，蟲書古木新。不知來往客，墮涙有幾人？

## 輓姜湛園先生

張锡璜

千秋人物起衰靡，山斗羣瞻著作師。何李費才真自枉，曾王平造不須疑。公論韓、蘇文天分高難學，曾、王人皆可到。清溪花泛看紋纈，上苑鶯啼聽鼓吹。幾向藝林餐秀色，於今蕪穢望誰治？

楊陸麤衣競撦殘，規模單儉盡蘇韓。獨開手眼天教別，不借咽喉氣自完。領袖濫繩裴秀武，水山難續伯牙彈。懷中不滅論詩字，恐觸傷心未忍看。公有復予寄詩手札，謬以英絕領袖見稱。

軒軒海鶴迥離羣，拂袖揮毫自寫神。鼎黜贋藏申目鑑，鐵銷門限博鬚銀。鬚以學書早白。雙鉤懸腕談如昨，公曾爲予論雙鉤懸腕書法。聽雨論文跡許親。向爲予書聯云：『從君把酒論文地，他日聯床聽雨心。』畫被最憐臨易簀，尚求人贈管城新。聞病革日，向查公慎行乞筆書大字。

端爲詞場請託行，矢言寧敢負官評。上謂公居官清硬。誰云市虎疑難白，到底青蠅玷易明。黼座悲吁和日慘，上聞公歿，歎息再三。圜扉魂嘯逐風清。楚些悵我湖墩上，非復題詩笑語聲。柩停北湖墩上，前寄示近詩，有『莫作題詩嬾，歸時笑語頻』之句。

——以上《姜先生全集·附錄上·酬贈詩》

## 錄周忠烈之訓濟南死事賜卹本末及熊江夏忠肅督遼奏議呈姜西溟萬季野黃俞邰三先生兼柬史館纂修諸公

陳大章

獲麟以後稱絕筆，紫陽功與日月昭。兩京三史盛述作，魏晉而下尤紛呶。馬班歐陽負遺議，其餘安得辭訶嘲？聖代垂統重殷鑒，搜剔巖穴連脽尻。三君嗣出真儁偉，一字袞鉞惟所操。詔書敦迫立程限，直辭無諱懸丹霄。似聞東觀多同異，汗青十載猶嘵嘵。百年未遠公論在，先民有作詢芻蕘。三朝侵尋缺紀載，萬曆以下無實錄。國典豈可同弁髦？稗官野乘徒勦說，是非坌涌如猬毛。江陵綜練國之紀，江夏忠勇人中豪。當時門戶困水火，至今疑謗滋炰烋。以一例萬憤所切，杜詩：『臣甫憤所切。』百喙難破片語牢。僕本楚人習楚事，身賤未敢陳諸朝。濟南諸公誠英烈，吾鄉光祿有特褒。昨從史局窺記錄，劫灰姓氏何寥寥。篋衍所藏雖瑣屑，萬分寧不裨纖毫。周公之訓時爲濟南道，其弟之紀有請卹疏並崇禎祭葬，予諡蔭勃，又其壻袁某《墓誌》載死事、姓名極詳。失此不錄遂沈沒，忠魂毅魄隨風飆。叔皮紀載惟直筆，子荊著書無回撓。文人之言存炯戒，繩墨所彈安得逃？況復茲事體極大，三長五例同炳彪。願君疾呼排羣議，闡微顯幽徵明條。大書特書非一書，傳之金匱石室以爲千秋標。

——《玉照亭詩鈔》卷二，《清代詩文集彙編》影印清乾隆四年刻本

## 次韻姜西溟秋日雜感

陳大章

一天秋色上觚稜，身世飄蕭似冷冰。曲巷閉門三日雨，舊山歸夢十年燈。槐根歷亂多游蟻，窗紙煙煤落凍蠅。鑿枘方圓何處是？世間得失總無憑。君詩『欲就君詩簾下卜，五銖輕薄恐難憑』。

珥筆頻年在石渠，一囊官粟百無餘。君久與史局食俸，而未得官。伯鸞本不因人熱，中散從知與世疏。尺蠖屈伸存我法，蝸牛負戴亦吾廬。短檠取次新涼入，珍重窮愁且著書。

——《玉照亭詩鈔》卷三

## 春日偕姜宸英陳奕禧湯右曾查昇宮鴻曆馮念祖顧卓朱襄沈堅集問亭兄杏野

岳端

康熙丙子春三月，東皋主人清興發。草堂四面開芳筵，羅列樽罍會賓客。賓主相歡酒未闌，復爲看花過別業。老杏千株各十圍，花光直與天光接。仙人何必說三元，都尉無勞誇五色。樹上紅蓮樹下白，恍若明霞映積雪。氍毹鋪地坐其間，鼓掌歡呼歎奇絕。主人酌金叵羅我，酌罷命我爲長歌。我當此時醉欲死，酒兵賈勇攻詩魔。狂操湘管不停手，朦朧雙眼頻吟哦。詩成拜獻主人覽，不知工拙爲如何？

——《玉池生稿·就樹堂集》，《清代詩文集彙編》影印清抄本

## 姜宸英程斯莊朱襄顧卓諸子釋廣蓮

岳　端

歲當玄律窮，九陌奔寒風。掩扉下重簾，不使塵光通。香煙一縷直，爐火四圍紅。室外雖凜凜，室内乃融融。同心五六輩，迴環坐室中。怏然對樽酒，談笑氣何雄。酒醒客散後，暝色旋迷濛。月來如掛鏡，照我窗角東。揮毫紀良會，非侈章句工。

——《玉池生稿·蓼汀集》卷二

## 四十生日毛西河夫子姜西溟朱竹垞兩先生皆有贈言賦此志喜集唐

王　錫

天地茫茫秋又春李咸用，百年榮辱夢中身許渾。且論三萬六千是駱賓王，愧爾東西南北人高適。海内賢豪青雲客李白，文章舊價留鸞掖楊汝士。雄辭健筆皆若飛岑參，酒酣耳熱忘頭白杜甫。

——《嘯竹堂二集》卷一，《清代詩文集彙編》影印清乾隆二十二年刻本

## 哭姜西溟先生

王　錫

平生早著一家言，只合名成返故園。桃李花非私自植，桂薑性豈老無存。盜金誤實緣同舍，投閣

辭虛累及門。長夜未曾經日月，不辰何敢怨乾坤。青蓮卒出潯陽獄，安國重叨內史恩。獨在園墻遭二豎，奇才千古負奇寃。

——《嘯竹堂集·七排》

# 附錄四　序跋贊題

## 姜西溟真意堂論序

計東

姜子《真意堂古文》一編，此姜子傳世之文也，予將序之以告天下之知古文者，其不知者不與告也。姜子《近著論》一編，此姜子應世之古文也，予亦序之以告天下之知爲制舉業者，卽不知古文者，予且告之也。然予竊意姜子自信自重其應世之文，當不若自信自重其傳世之文，而姜子之意則均。予竊疑姜子有志於韓退之之文者也，韓於古文高自矜許，獨深訕其應舉之作，謂有類於俳優之詞，顏忸怩而心不寧。卽歐陽氏學於韓，亦自言當取科第時，未暇學韓之古文，徒時時念於心而已。夫以韓、歐之才，於二者尚不能兼，我不意姜子乃能兼韓、歐之不能兼也。既而思之，韓所爲類於俳優之辭，大概如文苑中所載限韻賦之類，宜其爲之而忸怩不安也。若《省試不貳過論》，則集中亦存之矣。今觀姜子之論，其爲舉業一如其爲古文，皆以沉鋭之力、精悍之思出之，與韓之古文何以異？安能令姜子自信自重之不相均也？況功令之所以罷八股、尚策論，將以網羅天下學古之士，而今之爲應制言者，大半空疎萷靡，與八股異體而同習，寧不亦重負功令哉？予故欲以姜子應世之古文告天下之爲制舉業者。

——《改亭集》卷四

## 題姜西溟葦間集後

楊　賓

牢落風塵遇最遲，臚傳白髮已成絲。如何雁塔題名日，卽是牛衣對泣時。死後沉冤無地雪，生前傲骨幾人知。可憐一代文章伯，留得江湖數卷詩。

——《晞髮堂詩集》卷二

## 葦間詩集題識

葉元塏

吾邑湛園姜先生著作甚多，早行於世，惟《葦間集》五卷，其門下士唐明府某於康熙五十年間付梓刊行。未幾，板燬於火，淹沒已多年矣。余偶於書肆中得之，如獲至寶。先生稽古洽聞，一代鴻儒，不獨爲吾邑文苑之望，爰重爲校正，悉依原本，並附刻全太史謝山先生《墓表》一通，鄭荔鄉先生《小傳》一篇，以志景仰云爾。道光四年小春月，同邑後學葉元塏晏爽氏識。

## 葦間詩鈔小傳

鄭方坤

姜宸英，字西溟，慈谿人，以古文詞馳譽江表，書法亦通神。聖祖仁皇帝稔識之，常與朱彝尊、嚴繩孫並稱，目之曰三布衣。己未詞科之舉，朱、嚴皆入翰林，而先生不遇。久之，用薦入史館，食七品俸，未授官。年七十始捷南宮，是爲康熙之丁丑科殿試，進呈名稍殿，上問：『十卷中有浙人姜宸英乎？』大臣有識其字蹟者，謂第八卷當是。上云：『宸英績學能文，至老猶篤，可拔置一甲，爲天下讀書人勸。』於是以第三人及第，授史職。己卯主順天試，所搜羅多名下士，以是來讒慝者之口，下獄勘問，事未及白，而先生已赴玉樓召矣。在昔沈詩任筆，兼擅爲難，自韓、柳、歐、蘇諸作家外，餘率不無遺憾。先生既以古文詞雄視一代，而有韻之言則又滂葩冡兀、宮商抗墜，與前人角勝毫釐間，韓、歐諸公安得而獨有千古也？先生在史局時，日與輦下詩人縱酒論文，嘗謂：『我輩人人有集，然其詩或傳與否，均未可知。惟當牽連綴姓名於集中，幸有傳者，即所附載之人亦因以顯，如少陵之於阮生、朱老，東坡之於杜伯升、老符秀才是已。』今先生集，固已大傳於世，即更數十百年，當不泯泯，特不知誰爲附之以傳者，因鈔詩集，並爲紀其話言如此。

——以上《葦間詩集》卷首，道光四年葉元塏木活字排印本

## 姜西溟手鈔歐曾老蘇三家文跋

沈堡

姜湛園先生文名雄一代，既歿後，手定諸書皆散逸，如秋風敗籜，不能復問其所之。而友人錢黃初入市，於廢書肆中得其《八家文鈔》本，僅存歐、曾、老蘇文，購歸篋中，知予之愛之也，珍重貽予。其朱墨甲乙，圈點鉤畫，悉具慧解，而書法尤雋妙，草草中有晉人風骨。方摩挲不認釋手，而臭朽蟫斷，漫漶

幾不可讀，亟命工補綴裝潢，理爲三帙，既成而喟然曰：『今世士夫學殖荒落，游談無根，而欲以空疎固陋之腹，塗改煙雲，點竄花鳥，與古人爭衡，難矣。睎先生之讀破萬卷，矻矻昏旦至耄不衰者，不可以少愧乎？』先生於文無不解，了而心慕手追，不出歐、曾一路，其精悍者間或出入老蘇，則是書雖缺，猶解百脈而獨得其玄牝，未爲不幸也。抑予幼時，蒙先生特達之知，今潦倒名場，忽忽數十年，目擊先生之菀枯榮悴，僅收拾殘編賸墨以爲知己之報，又赧然自愧矣。雍正辛亥四月朔，漁莊居士沈堡題於青藤晨夕處。

——《姜西溟手鈔歐曾老蘇三家文》卷首，上海圖書館藏

## 姜西溟先生雜著手稿書後

趙懷玉

姜西溟先生《雜著稿》三種，曰《湛園札記》、曰《涑水論餘》、曰《杜詩拾注》。《札記》論經史語，皆精當，已入《四庫簡明書目》。先生之文，與歸德侯朝宗、寧都魏冰叔、長洲汪苕文齊名，號『四大家』。先生之書在汪退谷之上，識者推爲本朝第一。未遇時，徵入史館，與修《明史》及《一統志》。康熙丁丑，始以一甲第三人登第，年已七十矣。又三年己卯，爲順天鄉試副考官，實先曾祖侍讀君座主。是科以科場事爲同事所賣，一榜舉人皆覆試，而先生竟歿，於理賦命之窮可謂極矣。雍正乙卯，先祖分巡浙東，訪其後人，有長孫，已得風疾，乃爲其次孫昏娶，冀延其後。所著《湛園未定稿》已早行世，又續刻《文鈔》四卷，用慰先生之志焉。是編間爲鈔胥所錄，餘多先生手跡，即以書論，亦宜什襲珍之，非特用

心之苦也。夏日命兒子檢書得此，因識數語，俾聞者知吾先世淵源所自云。

——《亦有生齋集》文卷第七，《清代詩文集彙編》影印清道光元年刻本

## 姜湛園未定稿序

范家相

國初實學，在浙東者，莫如梨洲、萬季野，辨博能文，推毛西河、姜西溟。梨洲、西溟文集皆鏤板於四明鄭氏，不肯刷行，萬無專刻，而西河集孤行海內。庚辰歲，余來京師，問《湛園未定稿》於邱君至山，君曰：『適從故家購得一冊，已許太倉王光禄矣。』急要而錄之，得若干首。其規矩不出八家，而醇郁名貴，議論悉有關係，視西河邊幅稍狹而凝重勝之。《刑法志》一篇尤生平極注力之作，可垂之百世，以爲龜鑑也。凡讀古今文字，須求其得力之所在，龍門化裁於《左》、《國》，昌黎心追乎《孟子》，廬陵沉浸《史》、《韓》，長公脱胎莊叟，如絲繭之爲錦綺，醇酒之出於穀麥也。先生得力在廬陵、南豐之間，可與荊川、遵巖翱翔而下上矣。桐城方望溪最慎許可，於史學極服萬季野，古文亟稱湛園。今季野史稿不知爲何人掩取，而《湛園集》猶在人間，得鈔而讀之，不可謂不幸也。

先生老於京師，文學、書法兼擅一時，公卿巨室雅與折節論交，而耿介自好，應試峻拒關節。聖廟賜以七品官，給事内廷，年六十八始中甲科，殿試進呈，復不得與。上曰：『姜某已中式，卷安在哉？』亟取進，拔置一甲第三。踰年副李君蟠典試順天，李暗通關節，先生弗之察也。及事發，中有一人爲先生親舊，見坐是論遺，死於戍所。至山曰：『先生後嗣不振，風流銷歇，存者一二，已爲耕甿矣。』可歎

也夫！乾隆壬午歲五月哉生明，會稽范家相序。

——《姜湛園未定稿》卷首，紹興圖書館藏清光緒會稽董氏行餘學舍鈔本

## 姜西溟詩文序手稿

張　恕

《李東生文集序》、《趙進士詩集序》、《白燕棲詩集序》合裝一册，爲抱經樓盧氏物。盧氏書畫散失殆半，三序底稿易主者屢矣。王師竹學椁稱於句容馮鳴老處見之，後歸月湖湯眉厓。近湯氏衰歇，寄存林子玉署家。後有錢竹汀、梁山舟二跋。

——《南蘭文集》

## 真意堂文稿殘本跋

王定祥

往予爲麟洲先生補刻《湛園札記》，既成而序之，獨恨未得黄氏所刻《湛園集》及《四庫》所收《真意堂文稿》者。先是，城中有舊書肆，收集故家遺書頗多，予時時過之，趙氏所刻《西溟文鈔》亦得之於此者，顧其零編斷簡，連床架屋，至不可收拾。主是肆者，因其不成部帙也，亦遂狼籍視之。邑人有見而心惻者，盡發其藏數萬卷，移至寶善堂，將焚之。寶善堂者，邑人士議善舉之所也。予聞其事，因亟與費君可遵、葉君縵卿往觀焉。二君子與修邑乘，並司采訪，事凡有涉文獻掌故及古書印本之佳者、詩文

集之罕見者，悉命留之，於是予與二君各檢得百數十本以歸，而《真意堂文稿》赫然在焉。嗟乎！文章之顯晦，有時如湛園者，當不泯泯，乃茲集之名，則鄉先生已鮮有能舉之者矣。此卷所存，凡文十六首，入《未定稿》者，僅六首耳，既無卷次，又無序目，叢雜敗蠹之中，孰使予醒心觸目而遽得之也？文字有靈，蔽於暫而終耀於無窮者，理或然也。予前校《西溟文鈔》，計《未定稿》所不收者四十首，合之此卷，得五十首矣。不知《湛園集》所存，以視三本復何如也？馮君夢香爲予言，浙中當事者方修葺文瀾閣藏書，夫閣中藏書，士人例許往鈔黄氏所刊《湛園集》，政《四庫》所著錄也者。馮君幸爲我訪之，其尚有存本否也？光緒辛巳十月初十日，後學王定祥文父氏書於郡寓之聽秋館。

## 湛園手鈔藏稿跋

王定祥

西溟先生手稿二冊，昨遊甬上得之於黄幼山先生之孫曰譜笙者。譜笙尚有一副本，校此多十七首，因並假歸寓，命人補錄之，舊無目次，乃爲編訂如左。合計《未定稿》及《文鈔》所未刻者，又得九十五首，先生之佚文庶其盡於此乎？光緒乙酉冬杪，後學王定祥敬題。

——以上《姜先生全集》卷首

# 姜先生全集跋

馮保燮

吾邑姜西溟先生著作風行海内久矣，尚無彙梓其全集者。張菱舟明府嘗有斯議，甫刻《湛園札記》，未卒業而明府物故。其高弟王縵雲孝廉爲鳩資，而《札記》始告竣，事詳縵雲所撰《重刻札記序》中。燮從弟襄卿孝廉，縵雲之妹倩也，亦有志於斯，嘗搜索秀水朱氏、海寧查氏諸集中，爲先生《詩詞拾遺》。燮從叔匋侯嘗購殘書數十萬卷，命燮集友人檢理之，于蠹帙中得《真意堂文稿》一卷，刻於康熙二十年者，傳世絶少。燮由是願爲先生補缺拾遺，網羅遺著，刻本鈔本，罔不搜集而合校之，乃知《湛園未定稿》尚有初刻本，與今所通行本鄭氏二老閣刊者不同，以初刻本校今本，多文十八首。此外有《西溟文鈔》四卷本，蘭陵趙氏刻於武林鹺署，亦世所罕見。又有《湛園藏稿》兩冊，爲先生手鈔本，塗乙再四，朱墨燦然，卷中有鑑沙顧氏珍藏印，爲伴梅草堂藏本，縵雲得於甬上黄氏。以此本校《未定稿》、《文鈔》兩本，又多文九十五首。又若鄭氏二老閣本《湛園詩》三卷，吾邑鶴皋葉氏所刻，江都武進兩唐氏本《葦間集》五卷亦有異同。惟《四庫》所著録《湛園集》十卷爲北平黄氏重編者，訪求未得，至今耿耿，僅得《札記》二卷，爲十卷中之二，卽縵雲所續刻者。又得《湛園題跋》一卷，爲虞山小石山房叢書之一，後附黄崑圃侍郎跋，疑亦十卷中之一，尚未獲見其十卷全本，則其編次若何，與各本異同若何，均未由參校，於心猶未慊也。而復以時不可失，遂不敢更待黄本之合校，姑就所已見者，謹先彙刻之。光緒戊子春，爰與縵雲商定條例，彙爲全集三十三卷，燮任刻資，而校勘則縵雲之力爲多。同任其役者，又有鎮海范君率夫、鄞章君晉泉、同邑費君桂舫、楊君穀人、童君佐宸、族叔掌明、暨燮弟保康、從弟家莆勉襄，厥事至己丑六月告成，豈非燮之幸乎？抑燮於此又有痛焉者。從叔罶侯、從弟襄卿皆早世，使天假襄卿之年，其所輯遺佚，當更有加，今以已輯者，訂爲一卷，梓入全集中，猶襄卿未竟之志也。刻事甫半，而縵雲戊子八月鄉試歸，遽一病不起，未覩厥成，尤堪嗟悼。今以縵雲所撰《重刻札記序》暨諸跋語附梓於原集序跋之後，所以慰縵雲也。縵雲所輯先生墓表、別傳、酬贈詩文、遺事、文評、叢談爲附録者，尚未卒業，今屬范君率夫爲之編次，並期有所增益，俟續刊焉。光緒十五年歲次己丑六月，慈谿馮保燮謹識。

——《姜先生全集》卷末

## 跋姜先生全集己丑

王家振

予友馮君贊綸、王君縵雲，裒刻西溟《姜先生全集》，工未竣而縵雲捐世。今夏，贊綸丐予覆校一過，既竟，遂僭論曰：自昔能文者多矣，而傳於世者蓋少，非特其才力之不逮也，安常處順，靡所激發，拘文泥古，宏肆爲艱，加以浮華淺薄，牽涉於速化場屋之習，此其所以不能行遠也。西溟有美者五：家世忠義，富有卷軸，一也；遭遇鼎革，洞見時變，二也；遨遊南北，胸次開拓，三也；碩學鴻才，鬱悒不偶，四也；海内賢俊，半通縞紵，五也。人得其一美，便足自彊，而西溟兼之，欲無傳，得乎？抑塞牢落之氣之在天壤，不善用之，則爲震霆，爲猛雨，爲冰雹，爲山崩海嘯，爲物異人妖，光怪陸離之狀不可逼視，而一澤以六經之旨趣，仲尼之家法，則日星垂而江漢流，淵然坦然，叫呶之態融而爲夷猶之致，何者？不歷險阻，則識慮不周；不探理原，則本根不殖。左氏之傳、馬遷之史、韓歐之文章，皆是物也。國朝以古文名家者，鉅手魁筆，磊落相望，求其傑然可與韓歐齊駕者，實艱其選，雖以望溪之謹嚴、叔子之踔厲、朝宗之奔放、堯峯之整鍊、竹垞之雅潔、軫石之沉鬱，防風一節，未稱具體，而西溟左宜右有，律度從心，反刓劃僞，一衷聖法，雖未知與退之如何，其於宋賢可謂取其精而嚼其華矣。且夫西溟本經世才，雅不欲以文士自命，饑驅僕僕，卒不獲一當。至潦倒愈甚，而文望愈高，蓋豐於名而嗇於遇。天之位置西溟已久，而西溟不悟，晚景崦嵫，旋罹非辜。然今讀其《江防》、《海防》諸論，亦足見其中之所蘊畜矣。遇不遇，何足道也？《全集》之刊《真意堂》才得十首，《湛園集》不可見，或以爲西溟憾。然予觀其諸作，卓卓不朽者，亦不過百餘篇而已，明珠大貝，江海無不發之光，以聽知言者之拾遺補闕焉可也。

## 跋湛園詩稿墨蹟丙申

王家振

今春三月，予方抱疴索居。裘君雲笙以《湛園詩稿》四帙見視，蓋嘉慶間鄭喬遷明經得之裘鼎熙茂才而爲之授梓，此其手稿也。鄭本少校讎之功，往往有原本不誤而鋟本誤者，如《贈嘯堂和尚》末句『臨聽松風聒耳喧』，原稿『臨』作『臥』；如《酬祖清澗》第六句『雁到雲中憶歲除』，原稿『到』作『別』；如《送周參軍之幕山西》第五句『一部蒼涼無恤廟』，『廟』原稿作『郡』；如《小憩東峪寺》『白楊落葉堆如藍』，原稿『如藍』作『伽藍』； 如《景州》『陵陂始見青青草』，原稿『草』作『麥』； 如《竹徑》『柴門須終閉』，原稿『閉』作『閈』，與上『悅』『滅』韻協； 如《徐司寇壽讌詩》『座上門生遞酒杯』，原稿作『遞舉杯』，與上『喧爭席』句對。 有兩首誤合爲一者，如《至峒峿》、《始入江南境》，原稿作截句兩首，一用仄韻，一用平韻。 有題上加『賦得』二字而裁之者，此不知作家之體例故也。 顧予又有疑於此，如《和宋牧仲河曲精舍詩》有云：『林邊流水住，樹下給孤成。』鄭本缺『樹下給孤』四字。《憫農》以下三首，鄭本缺七十余字，原皆完璧，豈所據或非是稿歟？ 而詩又適如其數，不可解也。 原刪三十餘首，詩餘二首，和詩三首，予爲錄於別簡。 往者亡友王緩雲、馮贊綸有《姜先生全集》之役，搜羅不遺片隻，今是稿出得以補正《全集》者頗多，惜二君不及見矣。 物之顯晦，豈人力之所能爲哉？ 然先生之文自當以《未定稿》爲正宗，詩則《葦間集》，皆斟酌去取，愜心貴當之作，其餘可以存，可以無存。 而先生著述繁富，書法尤超絕，以是落筆輒爲人藏弆，至於久而日出，泥古之士相與鈔錄，以期其壽世，皆不可謂無意乎先生者。 然而世目易欺，寸心難昧，此中之甘苦得失，豈不自喻？ 恐先生有知，未必不笑吾輩爲好事者耳。

——以上《西江文稿》卷十三，《清代詩文集彙編》影印清光緒三十四年活字印本

## 葦間詩稿 姜西溟先生手寫本

鄧實

西溟先生所著《葦間集》，其門下士唐執玉編爲五卷，於康熙五十二年刊行。 未幾，旋毀於火。 其後，道光四年，邑人葉元塏重刊。 然先後所刊，皆非全稿也。 余得先生手自寫詩稿一帙，取以校刊本，

大半不載，知其所遺者多矣。此帙爲先生初至京師，康熙丁未後二十年間之作，蓋其四十至六十時詩也。先生固以能書名，小楷更入神品，有晉人風格。即以書法論，亦足珍矣。矧其爲先生手自著之遺稿邪？中華民國五年五月望日，順德野殘鄧實記。

——《葦間詩稿》卷首，風雨樓秘笈留真本

## 姜西溟文鈔叙

王心湛

寧都魏叔子敘任王谷文，有云：『慈谿有姜宸英者，余愛其文，與朝宗並，毋交臂失也。』他日答計甫草，又曰：『禧嘗好侯君、姜君及某公文。』某公謂鈍翁也。余竊怪寧都於近今文少許可，即朝宗、鈍翁不無微詞，而獨極口姜君不置，意其文必有得於古人立言之旨，而無媿乎其爲大家者。積數十年而得所著《湛園未定稿》者，讀之，然後歎大家之難言，而寧都之所取於姜君，非一切世俗耳目之所能知也。今世所好名士者，類無不爲古文，而其中有大家之文焉，有名家之文焉，不可誣也。環巧朗麗，極鎔鑄之工，而令夫人之見之驚心動色者，名家之文也。澹簡沈寂，不見可欲，久而循焉，若布帛之可衣而適、菽粟之可咀而旨者，大家之文也。故爲名家易，爲大家難，而辨大家於名家之中則更難。寧都愛姜君文似朝宗，以余而觀則大不類。朝宗豪邁，姜君沖夷；朝宗雄奇，姜君平澹。二家之文，初不相似，而寧都並稱之，則所取者不在文彩詞句間抑可知也。且夫才非學不醇，學非年不至，姜君窮老羈孤，用心益密，晚年留心經術，殫極理要，故其文悉有根柢，浩然一攄其胸之所欲出，而未嘗有鉤唇棘吻、雕繪爲工之態，使寧都見其文於今日，當益歎朝宗之不得其年以竟所學爲可惜也。姜君嘗自言所學好取古人希夷淡泊之音，泊然無味者，閉戶絃歌，以自排比爲文章，而韓宗伯亦稱其骨韻高潔。夫淡者，文之極，而潔則所謂參之太史者也。然則姜君文又烏得不爲大家乎哉？與朝宗並可也。姜君近耄而第，旋以瘐死，其集六卷，皆不得志時所作。余爲汰其造次者，而存之得如干首，其他容有足錄者，要非余所好也。商丘中丞選叔子、朝宗、鈍翁三家文，鈍謂：『異日當有廣之爲六家、爲八家者。』余諮求數十年而僅得一姜君。彼六家、八家可易言乎？然而姜君文固杜樊川所謂『不爲難到』者也，願有志古文者之毋自矜而畫也。高郵王心湛譔。

——《姜西溟文鈔》卷首，清補堂本，國家圖書館藏

## 湛園題跋跋

勞　權

庚戌秋日，家典叔秀才攜贈蟫隱識，己未六月付雙聲重裝。

此乾隆戊午，北平黃崑圃侍郎刻本，有人從京師攜歸，族子典叔於叢殘中檢得相餉。尋海昌蔣君生沐遺以新刻，此本并附刻，《樂毅論始末》計六十首，蔣本少二十二首。又《臨王帖題後》非全文，而多題《蘭亭宋搨》、《書宋搨宣示帖褚臨樂論後》、《題褉帖》三首，此本復脫。《跋告誓文》題之□門官署。檢校一過，各正其僞脫數字，將行，倩生錄新刻所遺寄蔣君，令續補之。咸豐己未六月十三日，勞權巽卿記於漚喜亭池上，以前三日立秋末伏之第二日也

蔣刻據張芑堂徵君石鼓亭鈔本，次第亦不盡同，殆别編本邪？又記。

《樂毅論始末》以與前有兩跋相複，故此本别附刻之，翌日附鈔蔣本。三跋並記。

——《湛園題跋》一卷（清勞權校並跋），清乾隆三年黄叔琳刻本

## 湛園題跋

蔣光煦

國朝書家以姜西溟先生爲第一。其所著述録入《四庫全書》者有《湛園集》十卷、《湛園札記》二卷，其《湛園未定稿》六卷、《真意堂文稿》一卷録入附存。此《湛園題跋》一册，舊得鈔本有石鼓亭印記，蓋武原張文魚徵士所藏也。後又得吴氏拜經樓本，大略相同，因覆校一過，而授之梓。海昌蔣光煦識。

——《涉聞梓舊》本《湛園題跋》一卷

## 湛園題跋

沈楙悳

西溟太史所著《湛園題跋》，大半皆考證碑版，研究書法，上自魏晉，下及近今，無不品評悉當，誠翰墨中之金鑑也。至於徐武功爲明代巨奸，于少保之獄實出其口，雖鑄鐵跽墓，猶不足以蔽其辜，苟欲題跋，止就書法贊揚之可也。壬寅春日吴江沈楙悳識。

——《昭代叢書》補編第二十七

## 選詩類鈔殘本跋

據序共得百十三紙，合之序二紙，都應得百十五紙，今存百四紙，缺九紙。馮幵記。

海上鮫人泣是珠，賴有滄浪題品在，先唐風格未全蕪。湛園論詩頗宗漁洋，故□。次布以西溟手寫《選詩類鈔》屬題南掇一律。馬浮。

獨□□選詩，蓋有意乎□□者也。其《序》謂『今之爲詩者，剽剟景響，謂之選體』，當時蓋亦率爾效之，非能沉酣於此者。雖然詩至新城，則景響於宋人□填詞，又非□景響漢魏南朝而已。二者孰爲得失？惜不能起西溟而質之也。民國二十年三月，章炳麟識。

右西溟先生《選詩類鈔》真跡。先生爲此，所以矯當時作者之弊，自爲序已言之矣。是時先生年四十有□，大寒歲莫成於廣陵署齋，上下多有朱墨夾注，爛然盈目，謂：『謝康樂得諸士衡。』復綴其後云：『此余十年前持論，及見李獻吉論詩亦云，喜余言之不謬。』蓋先生既成書，時取觀覽，有所得則連續而記之，非出於一時所爲而，然最惡沈休文，斥其爲『販國之賊，年已八十，而猶思仙藥以度頹齡』，辭義凜然，仿佛如見其呵明珠、徐乾學諸人不值一錢也。余以百金得之，不惟先生之墨蹟是寶，乃欽慕其節行與其學而不厭之意。吾鄉先正之所爲如是，有足法也。全書百十五紙，序缺其一，古詩暨曹子建詩缺其八，都缺九紙。民國十九年十月，後學鄞童第德。

——稿本《選詩類鈔》卷末，上海圖書館藏

# 姜西溟先生文稿跋

馮貞羣

西溟以一布衣，周遊四方，宿儒名流，聞聲相交。崑山徐相國元文、尚書乾學兄弟先後薦修《明史》及《一統志》，於是出入豪門，名動九重。然天性傲骨，不肯媚權貴，九應南北鄉試不售。康熙癸酉，年六十六矣，始以太學生中順天鄉試。丁丑成進士，聖祖特拔置第三人。及越三歲，以科場案牽連，瘐死獄中，可哀也已。

西溟素有書名，梁山舟推爲有清第一，登第後乃喜作小楷。此冊蓋其晚年手稿，爲《癸酉鄉試第一問》、《清苑令吳君本禮德政詩序》、《李東生旭升文序》、《白燕棲覺羅·博爾都詩集序》，凡四首。塗抹改削，可見行文之法。昔在王仲邕師處見《湛園手鈔文稿》二冊，今歸童第德。與此正出一手，想其懸腕疾書，若不矜意，疏密合度，古拙可愛，先賢風流，去人不遠。

張埛《南蘭文集》有《跋西溟詩文序手稿》，曰：『《李東生文序》、《趙進士詩集序》、《白燕棲詩集序》合裝一冊，爲抱經廔盧氏流出，後有錢竹汀、梁山舟二跋。』據此，尚有《趙進士詩集敍》及錢、梁二氏跋文，想爲骨董家分割，別爲冊者。

林君集虛新得此冊，疑爲雁鼎。余一展卷，斷爲真跡。集虛其寶藏之，勿輕易讓人也。癸巳三月既望，孤獨老人馮貞羣題。時年六十有八。

——《姜西溟先生文稿》卷末，國家圖書館藏

# 附錄五　詩文雜評

## 復鄒訏士書

彭士望

伯調去歲客興安令署中，其郡人姜西銘宸英有《真意堂稿》，凝叔得之青藜笥中，雪夜異寒，讀之狂喜，呼和公，扣弟扉，共賞擊節，亟命兒子鈔誦之。道翁必素識西銘，見間爲一道此意。

——《恥躬堂文鈔》卷四，《清代詩文集彙編》影印清咸豐二年重刻本

## 詩觀詩評十則

鄧漢儀

《宿張氏莊》：『開筵面南窗，月出衆山頂。清泠秋夜長，微醉自然醒』：唐人佳勝處，反勝選體。⊙少陵遊西枝村詩有此蒼秀。

《尋寶珠洞久行亂山中》：『林卧起自早，不知陰與晴。一徑入蒙密，千峯亂晦明』：山行真境，以妙筆寫出。『側徑三四轉，蒼翠紛來迎』：轉筆自然。『忽見雙樹陰，又聞清磬聲。菌閣空中出，香雲塵外生。下窺臨無極，上繚蟠太清。五芝茁巖戶，三辰倒松楹。』點綴都佳。『萬里桑乾流，照日光晶

熒』：又極變幻。⊙一路寫景，有蒼莽處，有秀警處，皆用健筆老氣行之。

《來青軒》：『巖巒互回合，缺處當其中』：樸而真。『昔聞翠輦過，尚看垂露濃。閱世有代謝，葆道資無窮。所以廣成子，終日遊鴻濛』：只反淡筆作收。⊙神骨逼肖，不僅貌似。

《松磴》：『飛鳥之所沒，孤雲奄其逝』：令我神往。⊙摹景在空微處，遂覺丹青都廢。

《表忠寺》：『庭空靜漠漠，松子向人落。餌松啜清泉，乘月下林薄』：妙。⊙『澹然離言說』。

《近玉泉寺皆裂帛湖水，行至水盡頭》：『置宇承巖隙』：真。『水繞重巖流，林映深潭碧』：深雋。⊙蒼然、晶然，寫來都無餘景。

《西湖》：『落日銜山西』：妙。⊙『如何時代換，轉令丘壑迷』：山水間說出如許故事，令人想歎，足補《夢華》一則。

《景帝陵》：『君不見，風號雨泣于謙墓，年年奔賽空錢唐』：此自公道。⊙諸臣矜奪門之功，景陵不與天壽之數，易代而後，並同灰冷。言之可爲太息。

《孫仲謀》：『何苦低頭事兒子，亦有忠臣涕零亂』：權罪不勝誅矣。『傳世忠孝古所重，生子莫如孫仲謀』：定論。⊙父兄以忠孝開國，而權顧北面於曹，漢業終以不振，所謂權實漢賊也。此詩是正論，非翻案。

《徐編修筵上觀洗象行》：『是日都城觀洗象，立馬萬蹄車千輛』：點入洗象。『長者謂余豈解事，此物經今不知歲。聞說先朝萬曆初，貢車遠自扶南至。中更四帝時太平，一朝闖騎走神京。忍死不食三品料，每到早朝淚縱橫。滄桑變換理倏忽，勉强逐隊保殘生。君看垂老意態殊，衆中那得知其情』：獨從老象溯説一番，無限滄桑，備見紙上。『茫茫舊事且莫説，勸君飲盡杯中物』：如此作收，妙絶。⊙前敘置楚楚，入後借老象發出如許關係語，浪蹴波翻，虎啼猿嘯，令人神移魂奪，真得少陵之精髓者矣！

——《慎墨堂詩話》卷十八，鄧漢儀撰，陸林、王卓華輯，中華書局，二〇一七

## 文瀫初編文評一則

錢肅潤

《王端士揚州雜詠序》。錢礎日曰：『端士揚州諸詠，體裁極工，寄託最遠，得西溟傳出，神情意旨，俱爲躍然。至説到詩人聚散關乎廣陵盛衰，真審時識勢之言，非僅爲詩人長價也。』

——錢肅潤輯評《文瀫初編》卷六

## 答計甫草書

魏禧

禧嘗好侯君、姜君及某公文，今又得足下。竊謂足下文多高論，讀之爽心動魄，失在出手易而微多。韓子曰：『及其醇也，然後肆焉。』侯肆而不醇，某公醇而未肆，姜醇肆之間，惜其筆性稍馴，人易近而好意太多，不能捨割。然數君子者，皆今天下能文之人，故其失可指而論。

——《魏叔子文集外篇》卷五

## 與彭躬庵柬

魏禧

姜西銘文果佳耶！不虛弟黑夜上下數百磴，驚山中雞犬也。嘗笑南村析疑，此語人知之。奇文無共欣賞者，如痒極不得搔，此苦難向異體人說。雨雪中閉戶，得手札，想見好友之概，與『屨及窒皇，劍及寢門』同其激發，不覺日來宿食頓盡。

——《魏叔子文集外篇》卷七，胡守仁、姚品文、王能憲校點《魏叔子文集》，中華書局，二〇〇三

## 任王谷文集序

魏禧

吾與王谷才皆不及朝宗，而王谷論旨醇正，足以相爲勝。王谷好學不怠，其進於古作者無疑。予則瞠乎後矣。王谷謬許予，予其何敢以爲然？慈谿有姜宸英者，予愛其文，與朝宗並，王谷他日相見，其毋交臂而失也。

——《魏叔子文集外篇》卷八

## 姜宸英

王士禛

亡友姜編修西溟宸英以古文名當世。其文滂沛英發，於蘇分爲多。未第時，以薦舉入《明史》館，

分撰《刑法志》，極言明三百年詔獄、廷杖、立枷、東西廠衛、緹騎之害，其文痛切淋漓，不減司馬子長。其論文，則謂六經而下衰於《左氏傳》，而再振於《戰國策》。蓋其爲文本挾縱横之氣，故云爾。嘗選《唐文粹》之文，出以示予，惜未借鈔，今其家尚存此與否不可知。曾語其從弟孝廉宸萼訪之，未見示也。

——《古夫于亭雜録》卷四，袁世碩主編《王士禛全集》

## 友人文集序

楊賓

吳自嘉、隆以來，言古文者莫不宗歐陽公。歸太僕，學歐者也，則亦宗之。汪遁翁，學歐與歸者也，則又宗之。如其不然，則雖能文如魏叔子、姜西溟、唐鑄萬、王崑繩，類皆以爲不足録。（中略）昔魏叔子好取古人行事，設身處地一一籌劃之。其文曲折緊嚴，而又變化不測，當世之爲古文者莫能過之。西溟質實老成，叔子推之在侯朝宗上。鑄萬瑰奇排奡，叔子讀其《五行》諸篇，爲設座而拜之。崑繩雄姿汪洋，暗啞叱咤，辟易千人。此皆當世所號能文者，而吳人往往譏之，何也？以其不宗歐、歸，而宗《左》、《國》、昌黎，與遁翁不同故也。

——《楊大瓢雜文殘稿》（不分卷），《清代詩文集彙編》影印清光緒青山白雲閣抄本

# 姜西溟四書文序

何焯

慈谿姜丈西溟，以唐詩、宋文、晉字擅名者四十年。己未，用大臣薦入史館，不及鴻詞之試，獨未授官，僅食七品俸，分撰《明史》。引内閣中書例，每京兆秋賦，猶屈首逐六館之士，裹飯攜餅，提三錢雞毛筆入試。丁卯，主司已定監元，復爲外簾所抑。至昨歲，始得解。雖被黜落者，皆爲喜相告也。姜丈與劉兄大山同爲分校某公所薦，大山將雕其平日科舉文字爲行卷，咨予抉擇，而自歎其不如姜丈。手以視予，予受而疾讀，洵均之爲國工也。蓋大山之文宏而肆，姜丈之文清而溫。然所清溫者，自縱橫博辨，極其所至，洗錬以歸於粹，其風格高矣、光焰長矣。參觀少作，不可以知用功之深乎？予竊怪古今文人憒其道之鬱滯，多流爲悲凉怨思、乖謬聖籍，初不自禁，而姜丈之爲文也加粹焉。己未以後，古文尤貫穿六藝，非自孔氏者不道，何其謹也！昔李長源由薦書從事史館，館中新進雖所長，尚不滿其一笑，而從事職書寫止，若今史館之有謄錄耳。人以府史蓄之，長源不自聊，至於雷李交訟而罷。元裕之論其詩，爲詞旨危苦，鬱鬱不平者不能掩也。方今士大夫能以道相高，姜丈卽得專纂述之事，與編檢鈞禮。及修本朝《一統志》，又得預焉。蓋亦可謂獨遭其盛歟？然而汗青頭白猶著麻衣，歎老嗟卑不形篇翰，非君子有得之言殆未能然也。太史公感《子虛》、《大人》其指風諫，作《相如列傳》，直書其臨邛之事，蓋以箸才若相如，雖不護細行，然不可辱在泥塗，而狗監皆得言士是武帝能盡時人之器用也。明守科舉之法不通其變，有才而操行修潔者，亦多湮沒於場屋。

如歸熙甫晚晚一第，宰相力引之，始以冗散獲挂朝籍，況唐寅、徐渭、張大復、唐時升之徒哉？好古者無以競勸文章，且遠遜唐、宋，何望兩漢？姜丈纂述餘暇，反復史家之微旨，或當有輟簡長思，所關非特一身之窮達者乎？蓋並諗大山他日當路何術，而思天下無滯才也。康熙甲戌十月，長洲後學何焯書。

——《義門先生集》卷一，《清代詩文集彙編》影印清道光三十年姑蘇刻本

## 雪苑朝宗侯氏集序

儲大文

近日邵青門嘗詮次先生、叔子暨鈍翁汪氏文，號《三家文鈔》。然叔子望最高，而權當代古文曰：『侯肆而不醇，某公醇而不肆，姜在醇肆之間。』嘗自謂才不及朝宗。而又曰：『四明姜宸英，吾愛其文與朝宗並。』（中略）或謂大家文鈔宜益於一、西溟。或又謂並宜益藜洲、平叔，而天生、伯籲、甫草亦間及焉。

——《存研樓文集》卷十一，《清代詩文集彙編》影印清乾隆九年存研樓刻本

## 欽定四書文文評一則

方苞

《設爲庠序學校以教之　射也》：『易繫重題，疏疏淡淡，首尾氣脈一筆所成，於古人有歐陽氏

之逸。』

——方苞《欽定四書文·本朝四書文》卷十一

## 國朝詩別裁集詩評一則

沈德潛

《徐健庵編修筵上觀洗象》：流寇破京師，過象房，羣象哀鳴淚下，比於唐之舞馬，此日所存者其一也。滄桑之變遷，物類之忠愛，全於後半傳出。予在京時，見象有齒毛脱落、蹣跚緩行者，象奴謂是萬曆時貢物，閱健庵爲編修時，又將八十年矣。讀《葦間集》並記之。

——《國朝詩別裁集》卷十八，《四庫全書禁燬書叢刊》影印清乾隆二十五年教忠堂刻本

## 柳南隨筆一則

王應奎

何大復云：『文靡於隋，韓力振之，然古文之法亡於韓；詩溺於陶，謝力振之，然古詩之法亦亡於謝。』某宗伯斥其説之妄，非過論也。近日慈谿姜西溟宸英爲古文學大蘇，以縱横恣肆爲主，遂以《左氏內外傳》爲衰世之文，而病其委靡繁絮。夫左氏之文直繼六經，而西溟以一人之好惡謬爲詆諆，其妄正與大復同。同時如阮亭先生，固所稱文章宗主也，乃不加是正而反稱許之，何歟？

——王應奎《柳南隨筆》卷四，中華書局，一九八三

## 答張解元世犖論古文書

夏之蓉

本朝古文以侯、魏、姜、汪稱最。侯有奇氣，魏善談史事，縱横自恣，姜與汪粹然儒者，言皆有物，此四君子者，稱絕盛矣。其視韓、蘇諸公，相去亦未知何如也。四家而外，或取徑於幽曲，或過騁其粗豪之氣。黄藜洲、萬充宗諸公邃於經學，文采不足。朱竹垞箋疏之作，極有可觀，而無洋洋大篇。其餘若王于一、傅平叔、孫宇台輩僅等諸自鄶以下耳。施愚山有透逸之致，王崑繩長於論辨，邵青門記敘似柳州，儲同人格高，方望溪解經有足採者。鄙意欲以此接侯、魏諸君子之後，孰棄孰取，幸足下一折衷焉。

——《半舫齋古文》卷四，《清代詩文集彙編》影印清乾隆三十六年刻本

## 朱梅崖文譜一則

朱仕琇

我朝學者寖少，侯、魏、汪、姜諸家皆傑出者，然視元、明皆不及，邵青門、儲書溪、方望溪益求真素，而頗病膚淺。今世講古文者益少，墜緒茫茫，旁紹爲艱。昔震川時徒以王、李熾焰，清光不覿，每用浩歎。今則窅然靜墨，人才寥寥，欲求王、李之徒，滋不可得，豈復望驩欣芬芳，一賞至言耶！

——徐經輯《朱梅崖文譜》一卷，王水照編《歷代文話》第五册，復旦大學出版社，二〇〇七

## 帶經堂詩話附識一則

張宗柟

姜編修所著文曰《湛園未定稿》，詩五卷，曰《葦間集》，沉鬱頓挫，得力故在韓、蘇，本朝一作手也。兼工筆札，瘦硬自成一家。先大父官部曹時與之定交，得其書頗夥。今柟所藏，唯臨舊人數頁，及集唐楹帖而已，閒中玩賞，真所謂以澹泊見滋味者。

——《帶經堂詩話》卷二十八《瑣綴類》，袁世碩主編《王士禛全集》

## 書湛園未定稿

翁方綱

嘗聞方望溪以其文質諸李穆堂，穆堂笑其未通，望溪愕然。穆堂指其首句『吾桐』云：『桐江、桐廬皆可稱乎？』望溪爲折服。乃今讀姜湛園之文，有甚於此。周櫟園，河南祥符人，官江南布政使，而其《墓志》云：『卒於江寧之里第。』豈有官廨可稱里第者乎？此不更謬於桐城縣人之稱『吾桐』乎？志其人之生平而云『某科進士者』，不知其何世；云『卒年若干』，不知其爲何歲。徒以詞氣若效史遷而目爲古文，可乎？望溪於經傳考訂雖未深，然以文論，豈遜姜湛園耶？每見近人論古文，或薄望溪，而未有議湛園者，書此以當箴記，非敢漫議前輩也。

——《復初齋文集》卷十七，《清代詩文集彙編》影印清刻本

## 論文雜言一則

管世銘

國朝古文侯、魏齊名，然壯悔堂文縱横踔厲，未免氣盡語竭，不若叔子之堅栗精悍，而文章之外尚有平生志事在也。邵青門當次於侯，汪鈍翁、姜西溟又當次於邵。

——《韞山堂文集》卷八，《清代詩文集彙編》影印清嘉慶六年讀雪山房刻本

## 答某書

秦瀛

本朝初，自以汪堯峯、姜西溟爲優，竹垞雖氣體不逮堯峯、西溟，《曝書亭集》中又多牽率酬應之作，宜爲足下所詆，然其問記博洽，堯峯、西溟亦推之，其長未可概沒。

## 答陳上舍純書

秦瀛

本朝古文以汪堯峯、魏勺庭、姜西溟、邵青門四家爲長，望溪方氏後出，精於義法，簡嚴精實，而或者鉤棘字句，以僻澀爲古。

——以上《小峴山人文集》卷二，《清代詩文集彙編》影印清嘉慶二十二年刻道光間補刻本

## 復洪稚存常博書

毛燧傳

慨然以爲自漢以下，於唐有韓愈、柳宗元、李翺、孫樵、杜牧，於宋有穆修、柳開、范仲淹、韓琦、歐陽脩、蘇氏父子、司馬光、王安石、曾鞏、秦觀、李覯、陳亮、張耒、真德秀、文天祥，於元有姚燧、吴澄、揭傒斯、歐陽玄、劉因、黄溍、虞集，於明有宋濂、劉基、王褘、胡翰、方孝孺、楊士奇、羅圮、李東陽、王守仁、唐順之、歸有光、王慎中、茅坤、曾異撰、金聲、艾南英。千五百年間，跳盪踸踔而起者類出於名公卿相，獨至本朝，侯方域、魏禧、董以寧、邵長蘅、姜宸英、方苞共六家，内惟慈谿、桐城曾列仕版，餘悉不掛朝籍。壇坫之上，山林與縉紳分執牛耳。

——《味蓼文稿》卷九，《清代詩文集彙編》影印清道光刻本

## 西廬詞話一則

袁鈞

今先生集中無詞，殆非所好耳，然《蝶戀花》、《臨江仙》二闋，亦足趨步蘇、辛。

——《四明近體樂府》卷十

## 初月樓古文緒論一則

吴德旋

朱竹垞頗能擺落浙派，敘事文較議論爲優，但少風韻耳。姜湛園則更漫衍。

——《初月樓古文緒論》第四十四則，人民文學出版社，一九五九

## 初月樓文續鈔一則

吴德旋

德旋年二十許，時見吾郡諸前輩言及古文，無不嘖嘖稱羨侯、魏、汪、姜及董文友、邵青門諸子，而於望溪、海峯曾不置之齒頰間。自皋文交王悔生，而後知古文之學在桐城。數十年來，學者稍稍稱說望溪、海峯，惜抱三先生爲能學古文而得其正。然世人好三先生之文者，終不敵好侯、魏諸家之文之衆。

——《復耶溪書二》，《初月樓文續鈔》卷二，《清代詩文集彙編》影印清道光十六年刻本

## 湛園未定稿文録引

李祖陶

《湛園未定稿》，慈谿姜西溟先生著。先生爲人甚奇，非尋常文士可及。以布衣入史館，天子知其

能文，宰相爲之薦達，至老始得一第。卒緣事死於獄中，王阮亭尚書深以爲愧。論文喜《國策》，不喜《左傳》，故其文亦善議論，不善敘事。議論之文縱横貫穿，直入子瞻之室。最奇者爲《春秋四大國論》，指畫情勢，證據古今，理足氣昌，足以垂訓萬世。《江防》、《海防》二稿，亦有用文章，坐而言可以起而行者也。全謝山稱先生文最知名者爲《明史稿·刑法志》，極言明中葉廠衛之害，淋漓痛切，以爲後王殷鑒。今其文不見，集中惟存《刑法志總論擬稿》而已。集中序最多神來之筆，直邁北宋而上，而援引鋪張，至運掉或不靈，俗體或未脱者，亦間有焉。分別錄之，渢渢乎大雅之音已。雜文可觀者亦多，惟表志之作營壘不堅，不及堯峯遠甚。兹選於敘事之文，惟錄《先太常傳》一篇，餘盡從汰，蓋非其所長也。魏叔子嘗有言曰，侯朝宗肆而不醇，汪鈍翁醇而不肆，姜西溟文在醇、肆之間，但好意太多，不能捨割。三復其文，真知言之選已。上高李祖陶撰。

——《國朝文錄·湛園未定稿文錄》卷首，清道光十九年瑞州府鳳儀書院刻本

## 湛園未定稿評語二十六則

李祖陶

《春秋四大國論上》：　立論詳確之至，而發揮亦最爲透徹，文筆紆餘爲妍，卓犖爲傑，殆合歐、蘇爲一手者。

立論詳確，有目皆知。最愛其文心最靈，局陣最變，説一面而面面俱透，擊一節而節節皆應。學者能於此文心識其妙，而得其構思運筆之所以然，其於古文思過半矣。○通篇分五節讀，而歸重在秦、

齊、晉行事相符，故同作一段。楚事起手與秦近，而後事與齊、晉符，故另作一段。秦則純乎取天下之術矣，故正講後既引吴、越以駁之，復援周家以證之，然未有天下之先與周同，既有天下之後則又與吴、越同矣。推勘到底，更無餘意待後人補正。如此手筆，那得不冠絕一時？

《春秋四大國論下》：三意蟬聯而下，確鑿指畫，皆足爲後王殷鑒。

《蕭望之論》：議論一步緊一步，而結尾一段尤爲不刊。

《二氏論》：從朱子之言悟入，而雜引漢晉諸人之説以證之，立論甚創，而根據甚確，一結尤嚴。

《江防總論擬稿大清一統志》：三條檃括，而歸重於一統之後之當預防。上下千年，供其抵掌；縱横萬里，如在目前，此真經國大文。有心世務者，當座置一篇以自省也。

《海防總論擬稿大清一統志》：前事爲後事之師，故於明初經制、明臣議奏詳悉鋪陳，大抵惟有備可以無患，雖居安亦當慮危。觀嘉靖間倭患之由，及瀛渤間獨不被兵之故，夫亦可恍然矣。老成練達，不同紙上空談。

《騰笑集序》：删俗存雅，真古道交，中間文氣一往，有指與物化之妙。

《吴虞升詩序》：敘詩只前兩行已足，以下俱從家世上發出。如許議論，喜往復，善自道，真奇文、大文，亦千秋絶調也。

《陳其年湖海樓詩序》：格調與汪堯峯集中《計甫草詩序》相近，而由盛而衰，由衰轉盛，更覺波瀾壯闊，渺無津涯。

《嚴蓀友詩序》：末一段一氣貫注，曲折而達。

《黄子自譜序》：前段發證，後段進方，爲病而未死人敘譜，故應有此議論。

《奇零草序》：表章忠烈，議論激昂，末幅尤人所不敢開之口。

《志壑堂集序》：議論大有關係，筆力亦淡淹有神。

《陳六謙之任安邑詩序》：戊午鴻博之舉，一時名宿盡入網羅，而姜子獨見遺薦牘。此文借酒杯澆塊壘，宜其言之有餘憤也。一結遙情勝慨，令人想味於意言之表。

《賀崑山徐公入閣序》：典贍詳覈，經術湛深。○爲戶部作文賀閣老，便從戶部與内閣關通處發出議論，如此落想，自無不切陳言。

《蘭谿縣重建尊經閣記》：上溯淵源，推極流弊，大旨在兼通諸經，以求内外本末之皆備。至『治經以養心』一段，尤醇乎醇矣。先生以史學名，而經旨亦未嘗不深如此。

《萼圃記》：文心最奇，文情特別，文筆絶佳。

《停舟書屋記》：前一段爲『停舟』作反面，後一段爲『停舟』作去路，中間以『放舟』之險不如『停舟』之安，而委之於命，無非見道之言。

《寄鄧參政書》：磊落奇偉之氣，横見側出於行墨之間，先生人品如此，宜其蹭蹬至老而始獲一第也。

《投所知詩啟》：前後妙論相承，自寫苦衷，即自占身分。

《書嵇叔夜傳》：持論嚴正，讀之可以想見先生。

《鼻亭辨》：層層駁詰，極透極醒，末以地必近帝都而今不可考作收，深合古人闕疑之義。

《姚明山學士擬傳辨誣》： 明山此言，今流傳成典故矣，不可少此申雪。甚矣，賢子孫之不可無也。使不出而要之於路，則覆盆千古矣。

《友說贈計子甫草》： 首言朋友之誼，關係於人倫，裨補於道義，而以仲尼之徒作實證，至『師友之道得友而益彰』，較前『所以濟師之道之所不及者』而更進矣。中言市道之弊，末以交相切磋之意望計子，亦精微，亦沉摯，處處實獲我心。

《京口義渡贍產碑文》： 前幅敘次詳明，入後議論，處窈而曲，如往而復，無限波折，無限風神。

《先太常公傳略》： 磅礴英偉，數千言一氣貫注。此先生悉心營構之文，然按之正史，並系實錄，唯史文刪削太甚，不及此傳之詳備耳。

——《国朝文錄·湛園未定稿文錄》

## 四庫全書總目提要四條

湛園集八卷副都御史黄登賢家藏本

國朝姜宸英撰。宸英有《江防總論》，已著錄。初編其文爲《湛園未定稿》，秦松齡、韓菼皆爲序。後武進趙侗斆摘爲《西溟文鈔》。此本爲黄叔琳所重編，凡八卷。宸英少習古文，年七十始得第。績學勤苦，用力頗深。集中有《與洪虞鄰書》，論兩浙十家古文事，謂兩浙自洪、永以來三百餘年，不過王子充、宋景濂、方希直、王陽明三四人。其餘謝方石、茅鹿門、徐文長等，尚具體而未醇。

不應浙東西一水之間，一時至十人之多，不欲以身廁九人之列。蓋能不涉標榜之習，以求一時之名者。其文閎肆雅健，往往有北宋人意，亦有以也。是集前二卷皆應酬之作，去取之間，未必得宸英本意，然梗概亦略具於斯矣。集末《札記》二卷，據鄭羽逵所作《宸英小傳》，本自單行。今亦別著於錄，不入是集焉。

——《四庫全書總目提要》卷一百七十三

湛園未定稿六卷浙江巡撫采進本

國朝姜宸英撰。宸英有《江防總論》，已著錄。此本爲其未入書局以前所自定，不及大興黄氏本之完備，以別行已久，姑附存其目。

真意堂文稿一卷浙江巡撫采進本

國朝姜宸英撰。此本前有秦松齡《序》，言宸英奉纂修之命，治裝北上，裒爲此集，蓋其中年所作，初出問世之本也。

——以上《四庫全書總目提要》卷一百八十四

湛園札記四卷副都御史黄登賢家藏本

國朝姜宸英撰。宸英有《江防總論》，已著錄。是書皆其考證經史之語，而訂正三《禮》者尤多。其中如堅主天地合祭之説，未免偏執。引《軒轅大角傳》謂軒轅十七星如龍形，有兩角，角有大民、小民，以證角爲民之義，亦未免穿鑿。又如引《西京雜記》薄蹄事，證造紙不始蔡倫，不知乃吳均僞書；引張平宅戰艦聲如野豬事，證陰子春先鳴語，不知先二子鳴乃出《左傳》；引篠驂爲宋祁語，不知乃唐徐堅文；引李廣鑄虎頭爲溲器，爲虎子之始，不知漢制侍中所執乃在廣前；引顏竣《婦人詩集》爲《玉臺新詠》之祖，不知《新詠》非婦人詩：亦皆不免小有疏舛。然考論禮制，精覈者多，猶說部之有根柢者。前有《自序》，稱閻若璩欲改『札記』爲『劄記』，以《爾雅注》、《左傳注》皆有簡札之文，而劄則古人奏事之名，故不從其說，論亦典核。其書據鄭羽逵所作《宸英小傳》，本爲三卷。此本二卷，乃黄叔琳編入《湛園集》者，豈有所刪削與合併歟？

——《四庫全書總目提要》卷一百十九，中華書局，一九八三

## 讀湛園文集

黄式三

姜先生西溟，吾鄉之以古文名者也。自今之士，窮精疲力於舉業，少年以古文爲怪事，而老師宿儒之課弟子任教責者，亦以不合時宜而不爲。爲之者或縱横其才而不軌於法，與雖究其法而無學識以充之，終歸於無成。西溟先生學無所不窺，於漢學取博精而不爲煩碎，宋學則竱取沈實，有空虚玄眇、自陷於茫昧不可知之地者黜之。其於古文也，自幼學之垂老，未得第而不悔。所素斥者委靡繁絮之文，復以俚俗不如浮豔，而所自作者旁參乎韓、歐，宗法乎司馬子長、班孟堅之所爲，而出之以醇正，是學之足以充其文也。後人讀其文，知其閎肆雅健，足以成家，而其學亦因之以見。

范增之論，精闢於蘇子瞻而以遒勁匹之。《送王少詹使祀南海神廟序》規橅韓子《南海神廟碑》，得其神似。凡記、志、書、題，其稱述者可以勸，其諷規者可以戒，其核實者補前史所未明，其辯釋者能刊俗論之輕刻。作《邵懼叟墓誌》，稱其文得漢太史公之法而惜其無所傳於世。《歸太僕未刻稿題辭》『惜其晚始得第，爲當時盛名者所摧壓』，蓋兼自傷矣。雖然，安有文如《湛園集》而終湮沒於後世乎哉？集中有湯公潛庵之母《趙恭人墓表》，考其所作在湯公致仕之時。其後湯公復起典浙試，誠語同事者暗中摸索，勿失姜君，而卒不能得意者，天欲老其才以成之乎？而讀《墓表》之文，上法乎子長，並駕乎韓、歐，合湯公自作《事狀》讀之，益見異曲而工，宜乎湯公之傾慕心折矣。

今之言古文大家者，推姚姬傳，溯其宗派，法得之劉海峯，海峯得之方望溪，而錢竹汀之論望溪也，譏其以古文爲時文，以時文爲古文。嘗舉竹汀說問於今之宗法方、姚以古文名者，則以竹汀不知古文而爲此言。式三謂望溪之文謹嚴簡潔，亦古文之一家，而學之者往往摹其風神而流於枯寂，且以傳誌諸作拘執乎文法運掉之靈而削其事實，此學望溪者之所短，竹汀之言亦以明學古文者之不可拘也，則如《湛園集》之類，安可少哉？

——《儆居集·讀子集三》，《清代詩文集彙編》影印清光緒十四年刻儆居遺書本

## 記張皋文茗柯文後

方宗誠

國朝論古文正宗者，曰望溪方氏、海峯劉氏、惜抱姚氏，而吾從兄植之先生晚歲又並推戴氏潛虛。

（中略）四人之外，於國初則又取慈谿姜湛園，以爲雅馴勝侯、汪、魏。

——《柏堂集前編》卷三，《清代詩文集彙編》影印清光緒六年至十二年刻本

## 湛園集

李慈銘

閲姜湛園文。湛園文章簡潔紆徐，多粹然有得之語。此集皆其未第時所作，窮老不遇，他人皆爲搤掔，而湛園和平自處，絕不爲怒罵嬉笑之辭，其加於人固數等矣。十七通籍，一與文衡，非罪牽連，身填牢戶，文人之不幸，蓋未有如湛園者！每讀其集，輒爲之悲惋不置也。湛園學養深醇，故集中論古，皆具特識。其《楚子玉論》、《荀氏八龍論》等作，尤有裨於世教。《蕭望之論》，亦爲傑作。往時德夫讀《漢書》，深不滿於長倩，屢與予議論，皆與湛園暗合，恨爾時偶不記此，未及舉以相證。湛園謂望之量狹而妒前，附魏相則劾趙廣漢；惡韓延壽爲左馮翊聲名出己上，則劾韓延壽；以霍光輕己，則謀霍氏；以丙吉居己右，則短丙吉；又詛馮奉世，排張敞，尤極與予意同。又《黄老論》、《書史記儒林傳》、《讀孔子世家》諸篇，皆正議卓然，足以推明史意。其《書史記衛霍傳後》云：『論者多左霍而右衛，熟觀太史公《傳》，所謂兩人點次處，則左衛也，其於霍多微辭。《傳》敘衛戰功，摹寫惟恐不盡，至驃騎戰功三次，皆於天子詔辭見之，此良史言外褒貶法也。』其言誠當。然左右字似誤用。自來書傳，皆以右爲助，左爲觭，此當云論者皆右霍而左衛，下當云則右衛也，方合文法。予尤愛其《賀歸娶詩序》云：『或謂予曰：「古者昏禮不賀，故娶婦之家三日不舉樂，思嗣親也。今者賀之，禮歟？」曰：

「奚爲而非禮耶？《禮》不云乎『賀娶妻者，云某子使某，聞子有客，使某羞』。蓋娶婦之家，不可以是爲樂，而姻戚之情，則自有不可廢者。然不曰娶妻而曰有客，若謂佐其鄉黨僚友供具之費而已，是其所以謂不賀也。」曰：「予聞之鄭氏，進於客者，其禮蓋壺酒束脯若犬而已，不聞其以詩也，以詩賀亦禮歟？」曰：「奚爲而非禮？《詩》『間關車之舝兮』，說者曰：『宣王中興，士得親迎，其友賀之而作。』非今詩之祖與？」文王新得后妃而《關雎》以詠，亦此物也。』可謂說經解頤，不愧讀書人吐屬。《車舝》之義，出於宋儒，與《傳》、《箋》不合，故更以《關雎》義佐之。同治甲子十二月十九日。

——《越縵堂讀書記·別集類》，上海書店出版社，二〇〇〇

## 郎潛紀聞詩評五則

陳康祺

### 姜西溟哭容若侍衛詩

西溟哭容若侍衛詩云：『禁方親賜與，天語更纏綿。』又云：『俄聞中使告，慘淡素帷前。』自注：『次日，老羌款關，報至，詔使哭告靈前。』案：容若以宿衛小臣，上承天眷如此，知其才必可毗任。當時必已卓樹藎猷，不特儒雅風流，爲相門子弟所罕也。

### 姜西溟夢梨詩

西溟先生性行敦敏，詩文集中敍述家事，多纏綿懇摯之言。嘗客中州，夢食大梨而甘之，欲遺母不

果，悵然而醒，因作《夢梨詩》寄兩弟。追溯月日，正其母病黄思大梨徧覓不得時也。陸橘孟筍，事異情同，純孝至此，猶不獲完髮膚以終牖下，天乎？

——以上《郎潛紀聞初筆》卷十三

借馬詩

湯西厓少宰未遇時，與西溟先生同客都下，每出則從西溟借馬乘之。一日，西溟投以詩云：『我馬瘏郎當，崚嶒瘦脊梁。終朝無限苦，駝水復駝湯。』一時傳以爲笑。按：西溟先生吾鄉文雄，呼疲瘦爲瘏，亦吾鄉土語也。

葦間集之諷刺

西溟先生《葦閒集》中《苦熱行》、《苦寒行》，頗寓諷刺。又有詠史《二疏事》一篇，注云：『龔芝麓司馬欲告假，而其子尼之，余爲此詩以諷。錢飲光持以示龔，按：飲光字澄之，桐城人，著有《田閒集》。龔讀之，謂是有心人；數日，遂以病告。』西溟是舉，洵不愧古之友道矣。乃若芝麓，亦賢者也。

——以上《郎潛紀聞二筆》卷三

營謀薦鴻博科二則（其一）

康熙丁巳、戊午間，入貲得官者甚眾，繼復薦舉博學鴻儒，於是隱逸之士亦爭趨輦轂，惟恐不與。

西溟先生有句云：『北闕已除輸粟尉，西山猶貢采薇人。』時以爲實録。

——《郎潛紀聞二筆》卷十五

## 盋山談藝録二則

顧雲

姜西溟瘦削而澀，亦自一體。

王于一如楚軍，以剽悍勝。其與姜西溟於所謂『浩乎沛然』者，似並有所闕。

——以上《盋山談藝録》，王水照主編《歷代文話》第六册

## 古今文派述略一則

陳康黼

與三家相後先，而以古文名者，吳縣則有計東甫草，號改亭，慈谿則有姜宸英西溟，號湛園，鄞縣則有萬斯大充宗、萬斯同季野，安溪則有李光地晉卿，號榕村，吳江則有潘耒次耕，長洲則有韓菼慕廬，武進則有邵長蘅子湘，烏程則有夏駰宛來，秀水則有朱彝尊竹垞，宣城則有施閏章愚山，漢陽則有熊伯龍次侯，黄岡則有劉子壯克猷，而四川夔州唐甄鑄萬，唐甄著《潛書》。異軍蒼頭突起，亦文陣之雄。

——《古今文派述略·清時之文派》，王水照主編《歷代文話》第九册

## 湛園未定稿六卷初刻印本

葉德輝

姜宸英《湛園未定稿》初印本，版心墨塊未刻，卷數較印行本少文數十篇，前祇秦松齡一序。爲王漁洋池北書庫舊藏。前餘葉有題記云：『朱竹垞之詳雅，姜西溟之雄邁，皆近日古文高手。西溟《春秋四大國論》、《晉執政譜》，議論恢闊，尤是創闢文字。康熙二十三年夏五月阮亭甫書。』共字四行，鈐『王阮亭藏書記』六字朱文篆書長方印。後藏歷城馬竹吾大令國翰家，首葉序闌匡上有『玉函山房藏書』六字朱文篆書方印。大令輯有《玉函山房輯佚書》、《目耕帖》等書，風行一時，道光中山東學者也。湛園文《四庫全書總目》集部著録《湛園集》八卷，爲黄昆圃侍郎所編刻者，蓋在此刻之後矣。

### 又一部二老閣刻本

姜西溟《湛園未定稿》六卷，前書面有『二老閣藏版』字。二老閣者，慈谿鄭大節藏書處也。乾隆開四庫館時，進呈書籍最多，其進呈書目附薛福成所編《天一閣現存書目》後，卽其人也。無刻書年月，從子康侯有初印未分卷本，前有王文簡士禛題語，爲康熙二十三年，大約卽刻成於是年矣。此爲從子定侯東明所藏，爲馮柳東太史登府藏本。前有太史題字，在書面上云：『有歐之神，有歸之氣，而微嫌平波，無風翻雲起之勢，亦時有率處，似遜於堯峯、竹垞。而文氣和厚，言情深摯，粹然儒者之言，固我朝名家也。柳東。』字凡三行。又一行云：『先生尚有《西溟文鈔》未刻。此從半浦鄭小宋乞得之。』

每卷間有評語，前序有『石經閣』三字朱文篆書長方印，卽太史印記。太史著有《石經補考》一書，故稱石經閣也。太史考據家，論文卻門外，湛園文近桐城，本與望溪侍郎交好，竹垞、堯峯自當別論，安得謂遜於二家？此太史一時興到之言，殊不足爲定論。特前賢手跡，可作法書珍藏，不必信其評騭之公，遂以爲可與何義門、黄蕘翁比美也。

——《郋園讀書志》卷十，上海古籍出版社，二〇一〇

## 散體文家之分派

徐珂

國初，散體文以宋犖所選侯方域、魏禧、汪琬三家爲最著。方域，字朝宗，號雪苑。禧，字冰叔，號裕齋。琬，字苕文，號鈍庵。琬原本經術，瓣香廬陵，於明則推重歸太僕。禧與兄祥、弟禮時稱『三魏』，文有理致，而禧筆勢尤雄放，其論事敘事之作，多得史遷遺意。方域初好六朝文，旣而步趨史遷，矯變不測，如健鶻摩空，如鯨魚赴壑，雖享年不永，根柢遜於琬、禧，而識解特超，其高才自不可及。同時布衣以文名者，有邵青門長蘅，枕葄經史，力追歸、唐，可與雪苑、冰叔抗衡。至遺民之以文名者，則推顧炎武、黄宗羲、陳弘緒、彭士望、王猷定諸人。士大夫以文名者，則推李光地、潘耒、孫枝蔚、朱彝尊、嚴虞惇、姜宸英諸人。中惟虞惇文陶鑄羣言，體近廬陵、南豐，彝尊、宸英文善學北宋，餘多不入格。自方苞、劉大櫆繼起，而古文之道乃大明。桐城、陽湖兩派，亦由此起矣。

——《清稗類鈔·文學類》，中華書局，一九八四

## 真意堂文稿文評二十三則

吴氏偉業《嘉樹園記》評曰：前後都説得有關係，中間點景處風華掩映，與前後情事適相入，故妙。若小家數爲之，則傷氣矣。

曹氏爾堪《友説》評曰：西溟自謂不欲爲駡世之文，此其名教自任不得已而爲此痛哭之言也，亦可見兩君之相與高出古人矣。

錢氏中諧又評曰：昌黎以《師説》贈李蟠，謂其能行古道。今姜子作《友説》，其有所傷乎？其刻意暢發，直窺見聖賢師友淵源，非姜子不能爲之，非計子不能當之也。

又《李中丞傳》，評曰：一起挈要，篇中每蒙繞此意，所描寫李公孤直不遇處，曲曲入神。

王氏士禛《霜哺篇序》評曰：體裁凝重，用筆更極虚活，司馬相如之高文典册宜用廊廟者，此也。

施氏有一又評曰：一篇凡作數意，回環起伏，只是一片，結更於奇處得解。

李氏研齋《持敬堂記》評曰：一堂記耳，原本經術，發明理學，維持風俗，垂誡子弟，無不曲至，字字如渾金璞玉。

計氏東又評曰：開闔自然，轉摺變化，一種古茂醇深之氣融液流露，近世自震川而外無敢闖其室者。

又《吴虞升詩序》評曰：封疆之議，盜賊之患，皆始於朋黨，朋黨之見起於國本，而爭國本者其初無朋黨之見者也。於此洞見原委，兩家情事適同，說來自有關合，尤妙在挽合詩上。

顧氏有孝《徐電發詩序》評曰：通篇俱是高山流水之調，無一語旁雜，文到極淨處便是雲盡天空。

徐氏禎起又評曰：俱用司馬列傳法，得其神駿，自不欲隨其步趨也。北地、歷下諸公何處生活？

宋氏既庭《小山堂詩序》評曰：所點次小山堂處句句關合詩上纔是詩序，不是堂記，此作者手力，一起一結，攙入自家，尤有天然位置。

張氏繡龍又評曰：最熱鬧中靜深，最錯綜中條理，一種宕逸之氣，讀終飄飄乎欲仙矣。

闕名《狄梁公廟記》評曰：就鄉廟中從空發議，隨機點化，有關世道人心，淋漓排宕，真得六一先生之髓，歸震川未能窮此勝也。

又《贈薛五玉四十序》評曰：惋惜珍重，不作老驥伏櫪之態，特見交情深至。得之壽章苦海中更奇。

又《贈孫無言歸黃山序》評曰：祇從兩人所以相識之故層層點入，中間以王子作波，生死離合，無限感慨，無限風神。

又《吳母胡孺人壽序》評曰：結意甚曲折，細尋之條分縷析如畫，何意此等題目乃遂淋漓爛漫至此？誰謂九如之祝不可以傳？

又《孫朗仲詩序》評曰：前用外氏本色點綴，情景適稱，後忽開拓五六轉，緊接欲縱輒留、似斷還續，唐以後無此手筆。

又評曰：通篇出奇無窮，一層高似一層，令人眼目應接不暇。

又《續范增論》評曰：大旨以順人心爲主，從中看出君臣大義，此古今聖賢、豪傑、奸雄得失關頭，宇宙間一絕大公案也。不知從來何未及此？得此洗發，雖程朱復生，不能易矣。

又評曰：當與子瞻論並老泉《項羽論》合看，方知其逐款披剝不苟處。

又《楊節婦傳》評曰：只就尋常事描寫得前後濃至一往，淒絕動人，序傳中之《國風》也。

又評曰：純以議論代敘事，史遷而後惟歐陽公獨得其妙，今人不能爲，亦不能讀矣。

## 湛園藏稿文評二則

闕名

又《前錦衣僉事王公墓表》評曰：議論、敘事，極變化錯綜之妙。

又《馮梧州贈行詩序》評曰：潔淨得體，非苟作者。

——以上《姜先生全集·附錄下·文評》

## 姜西溟文鈔評語六十七則

王心湛

《春秋四大國論上》：始强終弱，始弱終强，此古今立國大勢，不獨爲四國發也。流演洋溢，體氣頗學先秦。

《春秋四大國論下》：慎兵權，戒封殖，祇兩大段文字，寫得離奇恍惚，變滅不測，此西溟作意摹古處，覺寧都諸論，猶有痕迹在。

《續范增論》： 奉義帝，殺沛公，此增所謂奇計者也，不知始終無益。巨眼摘出，真足砭子瞻惡羽護增之病。至於因增之欲殺沛公，知殺宋義、殺義帝皆增之謀。深文老筆，千古不磨。

《黄老論》： 漢用黄老而治，魏晉用老莊而亂，眼前議論，摘出快心。老氏得傳，孔子之教失其傳，故雖用儒，而不得如黄老之實效。此種識議，又非近人所知。文亦疎朗，得歐、曾氣體。

《蕭望之論》： 漢相大略皆以氣力勝，無休休之度，而望之其尤著者也。篇中摘望之失處，真如老吏斷獄，而氣體高遒，頗似寧都筆力。

《荀氏八龍論》： 正論而發以健筆，可謂辨才無礙。

《梁將王景仁論》： 敗軍之將，反面事讐，其權有所不顯，其下有所不信，景仁兩敗，或亦有故，不盡關氣之餒也。堂阜之囚，而一匡九合，則又何耶？ 而『將以氣爲主，氣以心爲主』數語自是名論不朽。

《二氏論》： 意在爲吾儒溺佛者辨，故以老佛分合，助其波瀾，亦文家避俗法。

《與子姪論讀書》： 學子當人書一通，置座右。

《論詩樂》： 卽一誦字，悟出詩樂一源，識高理邕，文致淡遠，如春雲之出岫。

《論王風》： 《詩》亡，雅亡也，較寧人列國詩亡爲正。至云伯者之迹熄而《詩》又亡，此豈宋以下人所能言？

《明史刑法志總論拟稿》： 前季刑法之失，莫過於中旨詔獄，故篇中極言之。本朝律典，輕重得宜，爲歷代所罕見。篇首『因律起例』數語，可謂得律之精矣。文氣段段相引，不立間架，頗學龍門《河渠》諸書。

《晉執政譜序》：國貧國亡，皆本於執政好利，何處得此方諸鏡，有味乎其言之也。

《五七言詩選序》：『變必復古，而所變之古非卽古』，此特識也，而余謂苟能變而古，縱不卽古，其去古人不遠矣。六經、《史》、《漢》而後，焉得復有六經、《史》、《漢》哉？

《唐賢三昧集序》：逐貌失神，最學古者之病。詩之不可以時世分，亦以此也。文多確論，可存。

《過嶺詩集序》：新城、郃陽，洵近日詩伯，品第最確，輕重合離，錯綜盡變。

《王給諫詩序》：諫官所重不在詩，斡旋殊難。文以能諫爲主，而以詩作遊兵映帶，最爲得體。引汲公一段，法與機湊。

《高舍人蔬香集序》：江邨向後榮遇，更非潛溪可比。此文作於二十年之前，在今日恐亦不能斥其布衣起家也。

《選詩類鈔序》：少陵云：『學精《文選》理。』文從此句悟出。文氣質而逸。

《陳君詩序》：於此可識長安士大夫之詩。

《一研齋詩序》：堅削似介甫，集中另一格文字。

《健松齋詩序》：如讀昌黎論文諸書。

《劉子詩文集序》：抑揚頓挫，不見針迹，深合大家體製。

《贈行詩序》：博雅。

《賀歸娶詩序》：　俗而澤之以雅，引用經文有古趣，此古文中未有之題，可備一格。

《奇零草序》：　容與淡雅，固爲可傳。

《志壑堂集》：　議論高，感慨大。

《州泉積善録序》：　名利二字，説向積善人更有味，可想見所積之非實矣。　牛、金兩引，大有波趣。

《贈徐順德序》：　以洗脱爲主，而敘述結掉處尚欠裁剪。

《贈汪檢討出使琉球序》：　雅與題稱，結尾用意尤得安内攘外之旨。

《陳六謙之任安邑詩序》：　不急於自見，非大英雄、大學問人不能，西溟亦頗自命。

《誥贈中憲大夫沈公崇祀鄉賢詩序》：　永平、天復兩引，是空中樓閣，此亦作文避俗徑處。

《冢宰陳公五十壽序》：　只言知己之感，不爲鳌祝，文品鮮潔。

《贈定海薛五玉四十序》：　就四十生情，移向他年不得，壽敘中最爲跳脱。　用三數長句，纏緜歷落，皆從《史記》來。

《大司寇徐健庵先生壽讌序》：　一篇道學文字，作爲壽序，彌覺灑脱。　然今世士夫非東海不足以當之。

《蘭谿縣重建尊經閣記》：　闡發經學次第、朱陸異同，悉有原本。

《重修嘉善縣署記》：　瀟疎淡潔，敘吏治，無一塵垢語，絕似歐公風度。

《惠山秦園記》：　不侈其園之盛，而歸本世德，有規有諷。　更妙在借層記點染一二筆，最爲倩省。文筆在韓、歐間。

《敦好齋記》：借題砭世，大有關係。文亦老樸無枝。

《持敬堂記》：經術理學，源流井如，絕似考亭靜江、福州諸學記。此等文，寧都、鈍翁集所無。

《五園圖記》：大地皆妄，喚醒多少。

《十二硯齋記》：暨義得之莊生，故文亦近乎《秋水》。

《小有堂記》：瀟灑。後三種不得買山人，說世情殆盡。

《停舟書屋記》：舍舟返家，喝棒也。卒至停舟不如，何爲知命？

《寄張閣學》：葉書纏緜，張書感慨，敘次各有主張，書中不能以無疑，是病根。故前直斷以爲於例得書，情辭與葉迥異，想見西溟負氣之概。

《寄葉學士書》：酷摹歐、曾，佳在不涉其藩，是專家作手。

《與萬充宗書》：古制不可考者甚多，存之以竢博辯。

《與馮元公書》：此議最佳，可破俗見。又文字另出一格，絕不傍依古人，是爲真能學古人文字者。寧都謂鈍翁《復仇》一篇，能不襲古人而氣類西京，吾於此文亦云。

《投所知詩啓》：於伊周尋出一間，見處盛世未嘗無怨，善斡旋，善占地步。

《與子姪論讀書》：學子當人書一通，置座右。

《鼻亭辨》：鼻亭之封，顧寧人亦以爲疑，而此辨尤愜。

《錢黄兩家合葬說》：簡朗，無靡泛之習，最爲合體。

《程處士篆刻說》：借篆刻一種，以示復古之則，用意良深，今人耳目，略使近古，肅然長者之言。

《菊隱説》：中多寓言，認作塒菊疏便非。

《困學記題辭》：文可存，嫌漫，節之乃成全璧。

《歸太僕未刻藁題辭》：惜之，更深於贊，此爲脱跳。

《書左雄察舉議後》：取文必以行，亦有爲而發，文特疏宕。

《書史記衛霍傳後》：看書何可無此識？文亦樸老。

《讀孔子世家》：頗得史公立言之意。

《題宋潛谿謝皋羽傳後》：前幅故設疑陣，以見皋羽之孤蹤，不可捉摸。後幅借世反襯，正得卽離之妙，而筆又瘦硬有神，集中傑作。

《碧山堂元夕闘酒詩跋後》：酒爲人險，無故張飲，可乎？得末路一救，方爲得體。

《跋家藏唐石蘭亭序》：西溟善書，故言之津津，前列兩面，後兩證，文瀾古質。

《董公傳》：酷摹《伯夷》、《日者》，然不着迹，故佳。

《文學邵君墓誌銘》：文章以經術爲主，是西溟自言得力處。借題發論，惜其無稱於世，亦自寓慨。疎落停頓，亦一擅場。

《明經李君墓誌銘》：敘事一氣貫注，不用起伏，頗得昌黎《樊》、《孟》兩銘意。

《光禄卿介岑龔公墓碑陰》：光禄書陵事，可備史徵。

《數賊文》：娟潔流逸，《送窮文》說出佳，此不說出更佳。

——王心湛批點《姜西溟文鈔》一卷，稿本，上海圖書館藏

## 姜宸英姜先生全集三十三卷

鄧之誠

姜宸英字西溟，慈谿人，諸生，工爲古文，有盛名。以薦入明史館，纂修《刑法志》。後從徐乾學洞庭山《一統志》局爲分纂。康熙三十六年成進士，入翰林。後二年，充順天鄉試副考官，以物論紛紜被劾下獄，病卒，年七十二。事具《清史列傳·文苑傳》。光緒中，鄞人馮保燮、王定祥裒集宸英所爲詩文而盡刻之，爲《湛園未定稿》十卷、《西溟文鈔》四卷、《真意堂佚稿》一卷、《湛園藏稿》四卷、《湛園雜記》四卷、《湛園題跋》一卷、《葦間詩集》五卷、《湛園詩稿》三卷、《詩詞拾遺》一卷，都九種三十三卷，曰《姜先生全集》。唯《四庫》著録之《湛園集》八卷未得，而《藏稿》則皆自宸英手稿録出，《序例》稱於原集不敢增省，然《未定稿》原爲六卷，今改十卷，門目次第亦俱變易。所稱初刻《未定稿》，較二老閣本多二十餘篇，亦未指出所多者，何不即以初刻本重雕乎？宸英集外詩詞，尚爲之補輯，而序文之散見於清初人文集者不少，乃不爲收拾，未爲得也。然宸英之書，久而漸佚，求之不易，今竟能刻爲全集，表章之功爲不可没矣。宸英之文較侯、魏爲近雅，較汪爲弘肆，敍事或稍遜耳，究不失爲清初高手。詩亦調高格穩，頗有寄託，自注尤足徵軼事。何焯素輕之。焯博覽，善校勘之學，固非宸英所及，如以文論，則焯集具在，安能望宸英乎？

——《清詩紀事初編》卷七，上海古籍出版社，一九八四

## 湛園未定稿十卷西溟文鈔四卷真意堂佚稿一卷湛園藏稿四卷湛園題跋一卷光緒十五年毋自欺齋校刻姜先生全集本

張舜徽

慈谿姜宸英撰。宸英字西溟，少有才名，善爲詩古文辭，與秀水朱彝尊、無錫嚴繩孫並目爲『江南三布衣』，有聞於康熙之初。一生困於場屋之試，康熙三十六年始成進士，而年已七十矣。《西溟文鈔》卷二有《張使君提調陝西鄉試闈政記》一篇，敍述科舉敗壞人才與夫士子困辱之狀，至爲痛切，蓋不啻自道其生平也。宸英經史之學根柢深厚，故發爲文辭，有物有則，所爲《湛園札記》四卷，皆考證經史之語，而訂正《三禮》者尤多，阮元嘗取其有涉經學者編入《學海堂經解》。宸英在清初固以經學名於時，集中文字亦數數以治經爲亟，可以覘其學養也。嘗入明史館任纂修，分撰《刑法志》，極言明三百年詔獄、廷杖、東西廠衛之害，使一代嚴刑峻法之酷無所復隱。又助徐乾學修《一統志》。《湛園未定稿》卷一所載《江防總論》、《海防總論》、《日本貢市入寇始末》諸篇，於形勢險要、建置利弊與夫史實之本末變化，縷述詳盡，皆非湛深問學，實有所得而兼擅史裁者不能爲也。宸英學養醇粹，集中論古之篇多具特識，《湛園未定稿》中如《黄老論》、《二氏論》、《送王白民隱居南歸序》、《蘭谿縣重建尊經閣記》，《西溟文鈔》中如《士先器識而後文藝論》、《東漢文論》、《閻徵君六十一初度序》，《湛園藏稿》中如《律曆論》、《偶齋說》諸篇，皆識議通達，卓然可傳。至其善於屬辭，自是清初一大家，《四庫提要》稱『其文閎肆雅健，往往有北宋人意』，非過情之譽也。

——《清人文集别録》卷二，中華書局，一九六三

## 葦間詩集五卷　湛園詩稿三卷拾遺一卷光緒十五年刻姜先生全集本

袁行雲

姜宸英撰。宸英字西溟，號湛園，浙江慈谿人。明諸生，入清以古文辭馳譽江南，與朱彝尊、嚴繩孫齊名，稱『三布衣』。康熙十八年薦舉博學鴻詞，不遇。入明史館充纂修，分撰《刑法志》，極言明詔獄、廷杖、立枷、東西廠衛之害。後從徐乾學在洞庭山《一統志》局爲分纂。康熙三十六年七十始成進士，以第三人及第。三十八年充順天鄉試副考官，爲主考李蟠牽累，以是招讒慝被劾，事未及白，而卒於獄，年七十二。宸英淹通經史，工書能文，才力雄富，負氣自高，方其瘐死，人皆知其無罪，世爭惜之。生平著述見於《四庫》著録者，爲《湛園集》八卷、《湛園未定稿》六卷、《真意堂文稿》二卷、《湛園札記》四卷。詩集曰《葦間詩集》者五卷，有康熙五十二年刊本，道光四年葉元塏活字本。曰《湛園詩稿》三卷，有嘉慶二十三年刊本。光緒間王定祥、馮保燮搜羅衆本，采拾遺編，刻《姜先生全集》三十三卷，内《未定稿》爲十卷，復增《西溟文鈔》四卷、《湛園藏稿》四卷、《題跋》一卷、《詩詞拾遺》一卷。以諸本錢澄之、韓菼、王猷定、秦松齡、趙侗斆、唐執玉、黄叔琳、趙懷玉、葉元塏原序冠於首。而《葦間詩集》編年紀世，依如其舊，皆不復詳。其中《城東篇》、《和尤西堂詠史古樂府》、《藍山人瑛畫壁》、《求嚴蓀友楷書離騷經》、《西湖竹枝詞十二首》、《題禹鴻臚倣松雪村居圖》、《哀平陽》、《哭魏叔子二首》、《哭計甫

草四十韻》、《哭亡友容若侍衛四首》、《輓徐司寇公》、《送惠庶常之任密雲》，多可徵事。詠北京近郊名勝，較有佳什。晚年《湛園詩稿》稍遜前編，而酬接益廣，往還多勝流，庸或有裨於傳記之需。其詩沉著工穩，亦斲輪老手。吳仰賢《小匏菴詩話》卷一引姜西溟語云：『我輩人人有集，然詩傳與否未可知。惟當連綴姓名於集中，幸有傳者，卽附載之亦因以顯』，此是謙退之詞。故《詩話》云：『夫西溟之才之學，自足千古，尚不敢自必，而冀附於附載以傳。甚矣，汲世之名可貴也。』

——《清人詩集敍錄》卷九，人民文學出版社，二〇一六

# 附錄六　西溟評語

## 選詩類鈔殘本評語四則

姜宸英

《於承明作與士龍》：余謂謝康樂詩雖源本子建，而體裁得之士衡爲多，觀此數詩可見。此予十年前持論，自謂獨得，及見李獻吉論詩亦云。

《遊沈道士館》：販國之賊，年已八十，而猶思仙藥以度頹齡，老而無厭，獨不思東昏之餘怨耶？改作：此老死負東昏，生愧玉奴矣。

《酬從弟惠連》：康樂詩所以特妙者，以其幽而能豔，細而能老。知其豔則得鍊句之法，知其老則得審局之法。

《遊仙詩七首》：潘、陸以前，聲律未備；顏、謝以往，雕鏤太工，唯景純諸詩兼辭格而並運，超千古而獨出。

——稿本《選詩類鈔》，上海圖書館藏

# 储遯菴文集評語十五則

姜宸英

《上梁宗伯書》：一邊擡高人，一邊爲自家地步，醇而後肆，蘇、王得意筆。

《與鄒程邨書》：合鑄龍門、柳州而未嘗有歎老悲窮之意，直爲世道人心肩一極大擔子，『大雅久不作』，吾輩正當服膺斯篇。

《與鄒程邨論謝獻菴題名記書》：嚴緊神似子厚。余嘗怪謝君集多沿襲古人而好譏彈同輩，觀此益信。然謝獻菴者，反藉此傳矣。

《答張敦若書》：此原道書也。待己待人俱得之矣，以其言嚴峻而不失和平之意。

《擬御製皇輿表序》：今王、李倣此體，全無真氣矣。有筆人，故自不同。

《送潘原白之任溆浦序》：此所造尤愴咽峻激，海內諸公皆變色失步矣。愈窮愈工，豈獨詩哉？維古文詞亦然，迺亦有窮之久，且甚而益以零落不振者，如予是也。然則先生之才爲不可及，而遇不遇，蓋非所論也已。

《澹木齋文集序》：命意特高一層，正是文字善於出脱處。

《願息齋詩集序》：其理深醇，其氣渾融，震川《南陔草堂記》互相發明矣。

《族譜序》：譜生於情，文寫其情之不能自已者，少引經術，多發天然，足與老蘇分有千古。

《在陸草堂記》：風韻簡遠。高才不遇，古今同慨，然自震川先生没，斯文日就蕪廢，今君家得兩人焉，豈此吝彼，奚憾哉？

《申自然傳》： 相其風韻，在《五代史·死節·一行傳》間，而杳冥變化過之。予少治古文，嘗力造此境而不能至，故知真色難學也。

《和親之議論》： 只備述和親之不利，不添一筆，真是百尺無枝。

《項羽論》： 絕不從成敗論古人，又不是一味翻案，或抑或揚，或恨之或惜之，絕樣識見，自生出無數波瀾。愚嘗有《烏江詩》曰：『虞歌曲盡怨天亡，潮落沙平舊戰場。千里江東羞不渡，六朝曾此作金湯。』亦足助此文之歎息矣。

《漢高論》： 兩段若不相蒙，觀者如連山斷嶺，自可知其氣象之聯絡，此神於章法者。漢高、項羽英雄氣短，俱在一女子。人知其眷眷於戚姬，而不知其猶情深於故劍，寧忍於韓、彭，不忍於呂雉，何其言之刻至？ 殆是古人所未發。

《公祭姚先生文》： 合祭並敘七人之情，最難下手，此如司馬之傳荀、孟、莊、韓，或於一處並提，或於始末參見，隨機變化，錯綜入妙，只此一文，已足報答師恩矣。

——儲方慶《儲遯菴文集》

## 嘯竹堂集評語十七則

姜宸英

《鶴賦》： 信筆所至，無不錘鍊精工，真是才大八斗。可稱『詩人之賦麗以則』。

《珠賦》：　典雅華縟矣，而覺一種清嬌之氣溢乎行間，遂使筆有餘情，句無滯響。開府而後，吾僅見此。

《感舊賦》：　天地盈虛之理，古今興廢之跡，無不借感舊發之，讀者莫僅作小賦觀。

《燕子賦》：　香豔者其情，幽秀者其筆，一往佳言如屑，安得不推爲工雅絕倫。

《葵賦》：　簡潔雅健，堪與鮑參軍作並垂不朽。

《培風賦》：　風已難賦，而培風則尤難賦也。作者寫得十分雄快，但覺英氣逼人，豈止繪風繪影而已耶？

《鴛鴦賦》：　豔而能幽，巧不傷雅，描摹情景，筆筆欲生，應出簡文帝、湘東王二賦之上。

《西湖賦》：　西湖山水清佳，樓臺瑰麗，花香鳥語，歌扇酒旗，一一寫得如畫，殆《兩京》、《三都》妙手也。至結處數語，更爲湖山生色。昔人猥以西子亡國比之，謬甚。

《丹楓賦》：　大要先從楓字著筆，然後轉入丹字，層次既見，而刻劃亦清。不然點染雖工，竟是一篇《紅葉賦》矣。至其遣詞之飄灑，琢句之疎秀，又非鈍根人所及。

《松賦》：　體製雖襲梁、陳，氣脈直追漢魏，艱澀者無其流利，浮靡者遜其清真。

《月中桂樹賦》：　通篇是月中桂，逐句是月中桂，試問有一語游移否？高手不同乎人，惟在此耳。

《河成賦》：　寫得鮮潤異常，迥非寒儉可比。

《孤山放鶴賦》：　序次婉曲，兼有風神，絕不爲限韻所苦。雖唐人以此取士，專精揣摩，恐亦遜其筆意之瀟灑也。

《萬壽無疆賦》：序文雅麗宏碩，擲地可作金石聲。廟堂典制之作，妙能冠冕稱題，雖使馬、楊摛藻，徐、庾含英，不是過也。

《贈隱者》：語多高曠，讀之使人功業之思冰釋。

《哀蚓》：能於小中見大，性情亦最近《三百篇》。

《田家》：撮《流火》、《楚茨》諸詩之勝，可謂致兼風雅。

——王錫《嘯竹堂集》

## 正誼堂文集評語一則

姜宸英

《計甫草文集序》：結構精緊，斟酌合宜，妙在一氣運旋而法自在。

——董以寧《正誼堂文集·序》

《蘇幕遮·帳畔聽流蘇響聲》：『和月』、『和雲』，三語化工。

——董以寧《蓉渡詞》卷中